한국 현대소설의 윤리

공종구

박문사

머리말

『한국 현대소설의 윤리』라는 이름으로 책을 낸다. 『한국현대문학론』(국학자료원, 1997), 『한국 근·현대 작가·작품론』(새미, 2001)에 이어 세 번째 책이다. 무엇인가 하나, 매듭과 아퀴를 지었다는 데서 오는 성취감이 없을 리 없다. 하지만, 최근 들어 연구자들이 폭증하면서 동업자들끼리도 상호 소통과 공유가 활발하지 않은 글을 쓰고 또 그것들을 한 권의 책으로 묶어서 내는 일이 자기 만족 이외의 무슨 의미가 있을까 하는 데서 오는 허전함. 그리고 그러한 행위가 일종의 직업적인 방편에 의한 자동화된 관성이나 타성이 아닐까 하는 데서 오는 씁쓸함으로 인해 성취감보다는 자괴감이 오히려 더 크다. 하지만, 연구자로서의 나의 정체성에 대한 유일한 존재 증명의 도구가 읽고 쓰는 행위 이외에 다른 무엇이 있을까? 계속 읽고 생각하고 또 쓸 수밖에 없을 듯 싶다.

도합 23편의 글을 모아서 엮은 이 책은 2부로 구성되어 있다. 1부에 실린 17편의 글들은 그 동안 관심을 가져 온 테마나 작가에 관해 쓴 논문들이다. '소설가의 존재론적 초상'이라는 장에 수록된 세 편의 논문은 한국의 현대 소설 지형에서 30년의 시차를 두고서 '소설가 구보 씨의 하루'라는 제명으로 발표된 세 편의 작품을 대상으로 한 작가·작품론이다. 미더스의 황금처럼 모든 게 등가적 교환의 대상으로 도구화되는 자본주의 근대에서 소설과 소설가의 운명은 형질변화를 강요당할 수밖에 없다. '세월에 항우 장사 없다'라는 속담처럼, 소설과 소설가의 운명 또한 무소불위의 권력을 지닌 시간의 풍화작용에서 결코 예외일 수 없기 때문이다. 갈수록 쪼잔한 좀비들의 사소한 욕망들이 지배하는 속물들의 왕국, 정녕 아직도 「치숙」의 시간에서 벗어나지 못하기는커녕 그 시간이 화려하게 복권하여 대로를 활보하고 있는 '지금, 이곳'에서 문화상품의 지위를 더욱 굳혀가는 문학은 과연 제 몫을 제대로, 그리고 얼마나 감당하고 있는지? 아득하기만 할 뿐이다.

'채만식 소설의 친일과 반성'이라는 장에 실린 네 편의 글은 1992년, 보다 더 정확하게는 1992년 9월 1일, 군산과 인연을 맺으면서부터 관심과 애정을 갖기 시작한 군산 임피 출신의 작가인 채만식의 친일에 관한 나의 생각과 입장을 정리한 논문들이다. 최근, 백릉 채만식 선생의 작품을 다시 읽고 있는 중이다. 정말 좋은 작가라는 생각이 든다. 일제의 천황제 파시즘의 광기가 식민지 조선의 전역을 영토화하던 1940년을 전후한 시기에 발표하기 시작한 친일에 관한 그의 글들이 더욱 더 안타깝게 생각되는 것도 그러한 이유에서이다. 본인의 반복되는 고백처럼, 채만식은 결코 용감한 투사는 될 수가 없는 사람이었다. 그렇다고 영악한 속물은 더더욱 될 수 없는 사람이었다. 채만식은 너무 정직하고 예민한 사람이었기 때문이다. '용감한 투사'도, 그렇다고 '영악한 속물'도 될 수 없는 경계인의 실존을 소유하고 있었던 채만식이 일제 말기와 같은 야만의 세월을 견디어내는 현실적인 선택지는 무엇이었을까? 당위와 존재의 괴리로 인한 심각한 주체의 분열과 갈등을 감내하면서 결코 원치 않았던 친일의 길을 선택당하는 방식이 아니었을까 생각한다. 이는 채만식 한 개인에게만 해당되는 문제는 아니었을 것이다. 어느 누구랄 것 없이 자신의 의지나 의사와는 전혀 상관없이 이 세상에 던져진 피투된 존재가 아니겠는가? 유전자를 선택해서 태어날 수도, 시대를 선택해서 태어날 수도 없는 일이다. 인간과 역사에 대해서 좀 더 겸손해야 하지 않을까 하는 생각이다.

'손창섭 소설의 기원'이라는 장에 실린 네 편의 글은 가장 최근에 쓴 논문들이다. 이제까지 손창섭의 소설에 대한 거의 대부분의 기존 논의들은 그의 작품들을 한국전쟁과의 관련 속에서 해석하고 평가하여 왔다. 손창섭에 관한 네 편의 글은 1950년대 전후상황과의 상동관계에서 접근하는 대부분의 기존 논의들이 어쩌면 '의도의 오류'로부터 자유롭지 않은, 그런 점에서 해석의 오류를 범하고 있을지도 모른다는 문제의식에서 출발했다. 그러한 문제의식은, 장용학을 비롯한 대부분 전후작가들의 작품들과는 달리 손창섭이 발표한 대부분의 작품들에는 한국전쟁과의 치열한 대결의지가 구체적인 실감으로 드러나지 않고 오히려 오이디푸스 콤플렉스와의 치열한 대결의지가 작품의 도처에서 시종일관 반복강박의 양상을 보이면서 드러나고 있다는 발견에서 촉발되었다. 물론 최근에 정철훈이 발표한 「두 번 실종된 손창섭」(『창작과 비평』, 2009년 여름호)을 통해 손창섭의 개인사와 가족사에 대한 새로운 정보들이 밝혀지면서 손창섭 소설의 기원을 오이디푸스 콤플렉스에서 찾고자 하는 네 편의 글이 지니는 문제의식은 그 근저에서부터 흔들릴 수도 있다. 하지만, 그 정보들의 신뢰도 자체도 좀 더 엄밀한 검증을 필요로 하는 바이겠지만, 더 중요한 문제는 텍스트 해석의 체계와 밀도가 아닐까 생각한다.

'한국 현대소설의 가족'이라는 장에 실린 네 편의 글은 가부장제 이데올로기의 억압과 폭력성을 심문하고 성찰하는 여성작가 세 사람의 작가·작품론이다. 어느 누구랄 것 없이 성장과정에서 그 누군가로부터 인정을 받고 사랑을 받는다는 사실은 매우 중요하다. 그 누군가의 최초의 자리는 마땅히 부모의 몫이어야 할 것이다. 따라서 어떤 가정환경에서 성장하는가 하는 문제는 한 사람의 인성이나 세계관 형성에 결정적인 토대가 될 정도로 중요하다. 그런데 최근 들어 우리 사회에서는 누구보다 먼저 그 부모들이 돌봄과 보살핌을 받아야 할 정도로 막다른 생존의 벼랑 끝으로 내몰리는 상황들이 속출하고 있다. 머리말을 쓰는 도중에 읽은 인터뷰 기사이다. "폭주족 근절을 위해서는 누가 나서야 된다고 생각해요? 경찰? 아니면 학교?"라고 묻는 기자의 질문에 인터뷰 대상 폭주족 여학생은 "아뇨. 가정 문제가 제일 커요"라는 뜻밖의 대답을 했다고 한다. 그런데 안타깝게도 최근 들어 우리 사회 곳곳에서 가정에 균열이 가고 붕괴의 조짐을 보이는 불온한 징후들이 예사롭지가 않아 보인다.

'송기숙의 소설에 나타난 분단과 화해'에 실린 두 편의 글은 개인적으로 나의 은사이기도 한 송기숙 선생이 선편을 잡은 분단문제에 관한 작품·작가론이다. 실천하는 지성의 사표이신 송기숙 선생을 생각하면 항상 부채의식으로 부끄러울 따름이다.

이번 여름, 그 동안 말로만 들어왔던 에리히 프롬의『자유로부터의 도피』를 읽었다. 깨친 바가 많았다. 나는, 진정, 자유롭게 살고 있는

가? 아니, 살고 있기는커녕 살고자 하기나 하는가? 자유롭게 살기 위해서는 어떻게 할 것인가? 나답게 산다는 것은 과연 무엇일까? 주체와 타자의 중심을. 윤리와 예의를 지키면서 사는 게 갈수록 힘들어지는 세상이다. 그럴수록 윤리와 예의를 지키면서 산다는 게 필요하고, 또 소중한 일일 것 같다.

그 동안 컴퓨터 안에서 한글 파일의 형태로 세상의 빛을 보기만을 기다리던 원고들에게 출판의 기회를 제공한 박문사. 그리고 품이 많이 드는 번잡스런 편집일을 도맡아주신 이혜영 선생에게 고마움을 전한다.

마지막으로 책 보고 지 몸 하나 챙기는 일 외에는 별다른 관심을 좀체 보이지 않는 사람을 잘도 견디어주고 있는 김은주, 서울 생활 이후 훌쩍 성장해버려 벌써 남의 사람이 되어버린 듯한 생각을 갖게 하는 형, 그리고 집에 오는 주말마다 애비의 사생활에 옴니암니 내정간섭과 불법개입이 부쩍 잦아진 안쓰러운 대한민국의 수험생 훈. 항상, 그리고 그저 고마운 존재들이다. 하여, 고마움을 전한다.

| 차례 |

Ⅲ. 손창섭 소설의 기원

IV. 송기숙의 소설에 나타난 분단과 화해

Ⅴ. 한국 현대소설의 가족

2부 한국 현대소설의 풍경들

1부

한국 현대소설의 윤리와 기원

Ⅰ. 소설가의 존재론적 초상들

1

박태원의 소설가 소설

1. 들어가는 말

'미더스의 황금'처럼 모든 것이 환금 가능성과 등가적 교환의 대상으로 도구화되는 자본주의 근대에서 소설의 담론적 지위는 어떠한 변화를 경험하게 될까? 그리고 소설가의 존재론적 지위 또한 어떤 변화를 경험하게 되는 것일까? 다른 부문 제도들과의 기능적 관련 속에서 상대적 자율성을 지니고 있는 문학제도[1]의 성격이 근본적인 변화를 경험하게 되는 자본주의 사회의 구조적 변화 그 자체와 밀접한 관련을 맺게 되는 그 문제들은 근대사회에서 문제적 성격을 지니게 된다. 그것은, "상품으로서 거래되는 교환가치의 추상성이 사용가치의 구체

---

[1] 제도라는 관점에서 예술의 존재론적 지위를 논의하고 있는 대표적인 글로는 조지 디키/김혜련, 『예술사회』, 문학과 지성사, 1998.를 들 수 있다.

성을 은폐하고 왜곡시키는 물신숭배 현상"2)이 전일화되는 자본주의 근대의 메카니즘으로 인해 소설 또한 자본주의적 생산양식 속에 도구적으로 식민화되는 운명을 피하기 힘들기 때문이다. 이러한 운명으로 인해 소설의 유통기제와 관련된 문학제도 또한 근본적인 변화를 경험하게 되는데, 특히, 문학시장과 독서계의 변화와 관련하여 익명적 상품거래에 기초하는 부르조아 사회의 시장제도가 양적인 측면에서 안정적이고, 질적인 측면에서 예측가능한 수요 계층이던 패트런 제도를 접수하게 되는 문학제도의 근본적인 변화3)는 작가들로 하여금 정체성의 분열로 인한 위기의식4)을 경험하게 한다.

그러한 사정은 대륙침략 정책과 관련해서 일제가 의욕적으로 추진했던 식민지 공업화 정책으로 인해 자본주의적 근대를 경험하기 시작하던 1930년대 식민지 조선의 작가들에게도 마찬가지였던 것으로 보여진다. 그것은 자본주의의 생산양식을 배경으로 개인의 일상을 단일하게 규제하는 원리로서의 자본주의적 일상성이 대두하던 1930년대에 자본주의적 근대에서의 소설가의 존재론적 갈등을 담론화한 소설들이 선을 보이고 있기 때문이다. 이와 관련하여 박태원의 「소설가 구보씨의 일일」(1934)과 「자화상」 제1,2,3화는 생산적인 논의의 단초를 제공하고 있는 작품들이다. 그것은 두 가지의 이유 때문에서이다. 하나는 두 작품 모두 자본의 논리가 관철되는 과정에서 근본적인 질서 재편을 경험하던 식민지 자본주의 사회에서 '생활'과 '예술'의 괴리적

---

2) 김상환, 『해체론 시대의 철학』, 문학과 지성사, 1996, 421면.
3) 자본주의 사회에서의 문학제도의 근본적인 변화에 대해서는 김문환 외, 『19세기 문화의 상품화와 물신화』, 서울대학교 출판부, 1998, 32-58면 참조.
4) 서구에서 좁게는 '예술가 소설'이니 '예술을 위한 예술'이나, 보다 넓게는 '댄디즘'이나 '모더니즘' 등의 양식들 또한 예술제도의 변화와 관련된 예술가들의 위기의식의 소산임을 부인하기 힘들다.

상황이 야기하는 불행한 의식으로 인한 존재론적 소외와 갈등을 형상화하고 있다는 점이다. 다른 하나는, 두 작품 모두 '근대적 소설가의 존재론적 초상'으로 그 성격을 규정할 수 있음에도 불구하고 그 둘 사이에는 상당한 차이가 드러나고 있다는 점이다. 이 두 가지의 이유와 관련된 이 글의 동기와 목적 또한 두 가지이다. 하나는, 꼼꼼한 텍스트 분석을 통해 두 작품 사이에 드러나는 근대적 소설가의 존재론적 초상의 차이 수준을 밝혀보고자 하는 것이다. 다른 하나는 그러한 차이를 낳게 한 발생동인을 밝혀보고자 하는 일이다. 이 두 가지의 작업을 수행하는 과정에서 양가성(ambivalenz)[5]과 무차별성이라는 개념은 최종 심급의 지위를 누리게 될 것이다.

2. 일상세계에 대한 양가성과 무차별성

당위와 욕망 사이의 괴리적 상황이 야기하는 불행한 의식으로 인한 근대적 소설가의 존재론적 소외와 갈등을 형상화하고 있다는 점, 별다

---

5) 두 가지의 상반되는 유형의 행동, 의견, 특히 어떤 사람에 대한 두 가지의 감정 사이에서 동요하는 경향성을 의미하는 양가성의 개념에 대해서는 페터 지마의 논의를 충실하게 따라갈 것이다. 양가성이라는 개념을 통해서 현대소설의 주요 작가·작품들을 분석하고 있는 페터 지마의 논의에 대해서는 페터 지마/서영상·김창주, 『소설과 이데올로기』, 문예출판사, 1996와 페터 지마/김태환 편역, 『비판적 문예이론과 미학』, 문학과 지성사, 2000, 151-159면 참조. 시민사회의 성립 이래 교환가치에 의한 매개가 언어의 가치를 박탈하고 의미론적 대립을 무너뜨리며 개별 의미 단위들을 애매하게 만들어왔으며, 그와 같은 과정에 의해 이루어진 의미단위들의 애매성이 결국에는 모든 가치 대립을 수상쩍게 만드는 극단적 양가성으로 이행한다는 것이 양가성에 관련된 페터 지마의 입장이다.

른 허구적 여과과정 없이 작가 박태원의 자전적 정보가 맨 얼굴의 형
태로 투영되고 있다는 점,[6] 서사적 설정의 측면에서 상당한 수준의
구조적 상동성을 공유하고 있다는 점 등 주제나 창작의 원천, 그리고
서사구조와 같은 몇 가지 중요한 차원에서 두 작품은 강한 친족적 유
사성을 지니고 있다. 그러나, 그럼에도 불구하고 두 작품 사이에는 일
상세계에 대한 태도라는 맥락에서 접근할 때 그 친족적 유사성을 무
화시킬 정도의 중요한 차이 또한 지니고 있다. 당위와 욕망 사이의 괴
리로 인한 존재론적 갈등과 그 갈등을 해소하는 과정에서 드러나는
서사주체의 태도의 차이가 바로 그러한 차이이다. 그 차이를 한마디
로 규정하면, '생활'과 '소설', '욕망'과 '당위'의 대립적인 가치 사이에서
진자운동을 반복하는 양가성을 통해서 소설 장르의 정체성 유지에 필
요한 경험 세계와의 미학적 거리를 확보하고 있는 작품이 「소설가 구
보씨의 일일」이라면, 생활과 예술 사이의 균형과 긴장이 완전히 무너
지게 되면서 의식의 균형추가 생활 쪽으로 급격하게 기울어지게 되는
무차별성을 통해서 최소한의 미학적 거리마저 상실하고 마는 작품이
「자화상」제1,2,3이라고 할 수 있다. 그러한 태도의 차이에는 작가의식

---

6) 「소설가 구보씨의 일일」은 우선 그 제목에서, 그리고 「음우」는 작품 말미에
   부가된 자화상 제 1화라는 부제에서부터 두 작품이 모두 작가 박태원의 자전
   적 요소가 직접적으로 투영된 것임을 강하게 암시하고 있다. 그리고 실제로
   두 작품에 나오는 인물이나 공간에 관련된 서사정보들이 거의 실제에 가까운
   편이다. 특히, 「偸盜」·「債家」와 더불어 자화상 3부작을 구성하고 있는 「음
   우」에 나오는 설영, 소영, 일영은 1934년 10월 27일 당시 보통학교 교원이던
   김정애와 결혼하여 낳은 2남 1녀의 실명과 나이 그대로여서, 그리고 「債家」
   에 나오는 '나'의 기유생 십이월 초칠일 미시라는 서사정보 또한 실제 박태원
   의 전기적 정보인 1909년 12월 7일(음력)과 정확하게 일치하고 있어 더욱 흥
   미롭다. 이와 관련된 박태원의 전기적 정보나 연보에 대해서는 정현숙, 『박태
   원 문학 연구』, 국학자료원, 1993, 25-60면 및 박태원 소설집, 『소설가 구보씨
   의 일일』, 깊은샘, 1994, 355-357면 참조.

의 차이가 핵심동인으로 작용하고 있으며, 결혼과 그것이 생활에 개입하는 억압 수준이 작가의식의 차이를 낳는 규정력으로 기능하고 있다는 것이 이 글의 지배적인 논지이다. 구체적인 텍스트 분석을 통해서 이를 밝혀보도록 한다.

2.1 일상세계에 대한 양가성 :「소설가 구보씨의 일일」

'소설가 구보씨의 일일'이라는 그 제목에서 강하게 암시하고 있는 바와 같이, 이 작품에는 박태원의 자전적인 체험소가 짙게 투영되고 있다. 그것은 '직업과 아내를 갖지 않은, 스물여섯 살짜리 아들'이라는 구보씨의 서사정보가 실제 그 당시 박태원의 자전적인 정보에 그대로 부합한다는 점에서도 증명이 되는 바이다. 이 작품은 또한 등장인물이나 공간 등 다른 여러 가지의 서사정보에서도 박태원의 경험세계가 별다른 미학적 가공이나 변형이 없이 그대로 투영되고 있다. 그런 점에서 이 작품의 서사주체로 기능하는 구보씨는 단순히 미학적 가상으로서의 허구적 인물이라기보다는 박태원의 무의식적 욕망이 투사된 그림자라고 할 수 있다.7) 그림자의 실체를 밝히는 작업은 따라서 이 작품의 진리내용과 관련하여 아주 중요한 의미를 지니게 된다. 그림자의 실체를 밝히는 작업과 관련하여 중요한 심급으로 기능하는 것이 이 작품의 배경으로 등장하는 1930년대 중반 이후 식민지 조선사회, 특히 경성의 사회·역사적 환경이다.

---

7) 그 사실을 전제할 경우, 이 작품의 서술상황은 구보씨로 초점화되는 외형적인 서술인칭으로만 보아서는 인물시각적 소설같아 보이지만 실제로는 서술행위와 체험간의 존재론적 유대가 굳건해지는 유사 자전적 일인칭 소설의 범주에 속하는 것으로 보는 것이 정확하다.

자본주의 사회 구성체로의 전화가 이루어지는 1930년대 중반 이후의 식민지 조선사회에서는 기형적인 형태이기는 하지만 자본주의적 경제 범주가 사회 구성체적 수준에서 질적인 규정성을 획득하기 시작한다. 이 시기는 따라서 "신의를 배신으로, 사랑을 미움으로, 미움을 사랑으로, 미덕을 악덕으로, 노예를 주인으로, 주인을 노예로, 헛소리를 이성적인 것으로, 이성적인 것을 헛소리로 돌변"[8]시키는 자본의 위력이 식민지 조선사회 주체들의 의식과 일상에 아비투스로 기능하면서 시장법칙이 모든 문화적 가치들의 대립과 차이를 균질화하는 시장문화의 양가성이 나타나는 때이기도 하다.

모든 가치들이 교환가치에 궁극적인 기원을 두고 있는 시장 메카니즘의 세계에서 사물들을 양분해버리는 가치평가적 태도는 허위적인 가상이 되고 만다. 가치의 대립이나 위계에 대한 형이상학적인 믿음이 근본적으로 흔들리기 시작하는 시장의 메카니즘에서는 따라서 양가성이 전면화·편재화되게 되고 그에 따라 자아 역시 판단과 행위에 있어서 중대한 위험과 갈등에 직면하게 된다. 또한 교환가치와 이데올로기적 갈등으로부터 생겨나는 양가성은 소설가들에게 실존적인 문제로 압축된다[9]. 이러한 시장 메카니즘과 연관된 양가성의 대두라는 맥락에서 접근할 때 구보의 의식은 문제적이며, 따라서 구보의 문제의식을 전경화하고 있는 「소설가 구보씨의 일일」 또한 문제적일 수밖에 없다. 자본의 논리가 관철되는 과정에서 근본적인 질서 재편을 경험하던 1930년대 식민지 자본주의 사회에서 '생활'과 '예술'의 괴리적 상황이 야기하는 불행한 의식으로 인한 구보씨의 존재론적 소외와 갈등

---

8) 페터 지마/김태환 편역, 앞의 책, 155-156면.
9) 페터 지마/서영상·김창주, 앞의 책, 49-84면 참조.

은 불가능한 것들을 교배시킴으로써 사물들의 보편적인 전도와 혼돈
을 야기하는 교환가치에 의한 매개가 모든 대립들을 상대화하거나 지
양하는 양가성의 전형을 보여주고 있기 때문이다.

　1930년대 경성의 중심가를 배회하는 과정에서 경험하게 되는 식민
지 조선의 일상과 풍물에 대한 반응의 심리적 편린들로 구성된 「소설
가 구보씨의 일일」은 크게 두 개의 서사로 구분할 수 있다. 하나는
"의식의 만화경"[10]의 소유자인 소설가 구보씨의 '경성 편력' 서사이고,
다른 하나는 '실직 예술가의 섬세한 자의식의 소유자인 소설가 구보씨
의 행복찾기' 서사이다. 두 가지의 서사 가운데 그 외형으로만 보아서
는 '경성 편력' 서사가 핵심서사로 기능하고 있으나 실질적인 핵심서
사로 기능하는 것은 '행복찾기' 서사이다. 그러한 해석의 설득력을 더
해 주는 텍스트 정보로 기능하는 것은 크게 두 가지이다. 하나는, 이
작품에서 '행복'이라는 낱말이 가장 많은 빈도로 전경화되고 있다는
점이다. 다른 하나는, '대체 어느 곳에 행복은 자기를 기다리고 있을
것인가를 생각해 본다', '그리고 또 설혹 그것이 무슨 의미를 가지고
있었다 하더라도, 그것은 적어도 '행복'은 아니었을 게다', '행복은 아
니어도,…어떻든 한 개의 일일 수 있다…', '그가 그렇게도 구하여 마
지않던 행복은, 그 여자와 함께 영구히 가버렸는지도 모른다', '구보는,
자기는, 대체 얼마를 가져야 행복일 수 있을까 생각해 본다' 등과 같이
행복찾기와 관련된 심리단편이나 독백들이 구보씨의 의식 속에서 지
속적으로 반추되고 있다는 점이다. 구보씨의 행복찾기 욕망의 강도는
반복강박과 편집에 가까울 정도로 강렬하다는 점에서 이 작품의 진정

---

10) 권성우, 「1930년대 한국 모더니즘 소설 연구」, 서울대학교 문학석사 학위 논
　　문, 1989, 23면.

한 주제라고 할 수 있을 정도이다.

한편 그 두 개의 서사는 구보씨의 행복찾기가 완성되면 경성편력은 중단된다는 점에서 상관속을 형성하고 있다고 할 수 있다. 그리고 그 두 개의 서사단위를 축으로 이 작품은 '구보씨가 행복의 의미를 찾기 위해 정오에 집을 나가 자정에 들어오다'라는 서사명제로 요약할 수 있다. 그런데 이 서사명제는 구보씨의 경성 편력이 분명한 목적의식이나 지향성을 상실한 충동적인 배회라는 서사정보와 유기적인 관련을 맺게 되면서 이 작품의 핵심 의미기제로 기능하게 된다. 구보씨의 경성편력이 충동적인 배회라는 것은 공간이동의 동기를 결정하는 낱말들이 '그의 일 있는 듯싶게 꾸미는 걸음걸이', '아무렇게나 내어 놓았던 바른발이 공교롭게도', '갑자기 걸음을 걷기로 한다', '저도 모를 사이에 그의 발은' 등과 같이 주체의 의지나 욕망이 거세되거나 배제된 정태적인 낱말들이라는 점에서, 그리고 '한 손에 단장과 또 한 손에 공책을 들고, 목적 없이 거리로 나온 자기'라는 서술정보에서 뚜렷이 드러난다. 그러면 구보씨는 왜 분명한 목적의식이나 지향성을 상실한 충동적인 배회를 반복하는가? 그리고 이 질문이 이 작품의 핵심 의미기제로 기능하게 되는 것은 어떤 이유에서인가?

구보씨의 충동적인 배회를 추동하는 동인은 '생활'과 '예술'의 괴리적 상황이 야기하는 불행한 의식으로 인한 존재론적 소외와 갈등이다. 구보씨의 존재론적 소외나 갈등과 관련하여 텍스트 해석의 요체로 기능하는 것이 바로 '생활'과 '좋은 소설(창작)'이라는 대립항이다. 두 가지 가치체계의 대립항 가운데 생활가치의 담지체로 기능하는 인물이 어머니이다. 구보씨의 직업과 가정으로 표상되는 어머니의 욕망은 소설의 끝에 이르기까지 시종일관 구보의 의식과 생활을 지배한다는 점에서 중요한 서사단위로 기능하고 있다. "지성과 심미주의를 포기하는 대가로 지불되는 일상적 행복을 표상"[11)하는 어머니의 욕망은 또한 충동적인 배회의 과정에서 마주치는 다양한 유형의 인간 군상들과 식민지 조선의 일상에서 구보씨가 확인하게 되는 속물적 욕망의 평균치를 대변하고 있다는 점에서도 중요하다.

충동적인 배회의 과정에서 마주치게 되는 부르조아의 속물적 욕망과 교환가치가 전면화되는 식민지 조선의 일상에 대한 구보의 표면적인 정서는 '경멸'과 '혐오'이다. 구보의 그러한 태도를 집약적으로 외화하는 진술이 바로 '서정 시인조차 황금광으로 나서는 때다'라는 구보씨의 내적 독백이다. 그런데 문제는, 그 당시 식민지 조선사회의 새로운 규범으로 그 세력을 넓혀나가던 부르조아 가치와 속물적 욕망에 대한 구보씨의 반응이 단순히 표면적 층위에서의 경멸과 혐오에만 그치지 않고 있다는 사실이다. '구보는 그들을 업신여겨 볼까 하다가, 문득 그들을 축복하여 주려 하였다', '구보는 그러한 여자를 가엾이, 또 안타깝게 생각하다가, 갑자기 그 사내의 재력을 탐내 본다' 등의 서사정보에서 알 수 있는 바와 같이, 구보는 부르조아의 교환가치가 지배하는 일상적 삶을 영위하는 평범한 시민들의 삶에 대해서 경멸과 혐오의 강도 못지않은 강렬한 '동경'과 '편입 욕망'을 경험하고 있다.

따라서 '생활'과 '예술' 두 대립항 사이의 가치서열이나 위계는 교환가치의 매개로 인해 구보의 의식 속에서 잠재적인 상태론만 존재하게 되는, 따라서 실제로는 그 의미론적 대립의 차별성이 무화되는 양가성이 나타나게 된다. 그것은 '직업과 아내를 갖지 않은, 스물여섯 살짜리 아들은, 늙은 어머니에게는 온갖 종류의 근심, 걱정거리였다…… 그렇

---

11) 강상희, 『한국모더니즘소설론』, 문예출판사, 1999, 206면.

더라도 대답은 역시 하여야만 하였었다고, 구보는 어머니의 외로워할 때의 표정을 눈앞에 그려 본다'라는 서두에서의 서술정보와 '이렇게 밤늦게 어머니는 또 잠자지 않고 아들을 기다릴 게다. 우산을 가지고 나가지 않은 아들에게 어머니는 또 한 가지의 근심을 가질 게다.…… 구보는 어머니의 조그만, 외로운, 슬픈 얼굴을 생각하였다. 그리고 제 자신 외로움과 또 슬픔을 맛보지 않으면 안 된다.' 라는 말미의 서술 정보에서도 확인할 수 있다. '부르조아의 교환가치가 지배하는 생활세계에 대한 경멸과 동경의 양가적 반응', 그 지점이 바로 구보의 존재론적 소외와 갈등이 발생하는 장소이다.

생활과 소설의 대립적 가치에 대한 양가성으로 인한 소외와 갈등은 반복강박과 편집에 가까울 정도로 강렬한 욕망인 구보씨의 '행복찾기'를 계속 유예시키는 심리기제이기도 하다. 구보씨가 행복을 찾기 위해서는 고독한 예술가로서의 자존을 지키기 위해 직업과 가정도 없이 어머니와 대립하든지, 아니면 안정된 직장과 가정을 가진 후 소시민적 생활인의 지위에 만족하며 어머니를 만족시켜 드리든지 어느 하나를 분명하게 선택해야 하기 때문이다. 그런데, 구보씨는 "근대 부르조아 사회의 가치체계를 거부함으로써 '고독한 예술가'라는 심미적 근대인"12)과 계량화의 표상인 교환가치와 실제적 합목적성이 지배하는 근대적 일상성의 논리에 포박된 철저한 생활인 사이에서 끊임없는 왕복 운동을 반복하고 있을 뿐이다. 따라서 구보씨의 행복찾기는 계속 유예될 수밖에 없으며, 구보씨의 목적 없는 경성편력 또한 계속 반복될 수밖에 없다.

한편, 생활과 소설의 대립적 가치에 대한 양가성과 불행한 의식. 그

---

12) 강상희, 앞의 책, 107면.

리고 그로 인한 행복찾기의 유예와 경성편력의 반복이 야기하는 구보 씨의 존재론적 소외나 갈등에 대한 정서적 반응은 고독으로 표상되며, 육체적 반응은 피로와 격렬한 두통, 그리고 한숨으로 표상된다. 고독 과 피로[13]는 경제적 소외를 매개로 한 지식인과 예술가들의 성찰적 자의식을 화두로 하는 다른 작품들 - 「딱한 사람들」, 「거리」, 「피로」, 「비량」, 「방랑장 주인」-에서와 마찬가지로 이 작품에서도 작가 특유의 개인어인 개인약호로 기능하고 있다. 흔히 작가들의 개인 약호는 일상적 · 의사소통적 언어가 갖는 일반적 약호와 큰 편차를 보일 수 있고, 이런 경우 개인약호를 일반적 약호로 환원하는 것은 불가능[14]해지는데 이 작품에서도 고독과 피로는 일상적인 소통상황에서와는 다른 존재론적 차원에서의 의미를 확보하고 있다는 점에서 개인약호로 기능하고 있다고 할 수 있다.

구보는, 벗이, 그럼 또 내일 만납시다. 그렇게 말하였어도, 거의 그것을 알아듣지 못하였다. 이제 나는 생활을 가지리라. 생활을 가지리라. 내게는 한 개의 생활을, 어머니에게는 편안한 잠을 평안(平安)히 가 주무시오. 벗이 또 한번 말했다. 구보는 비로소 그를 돌아보고, 말없이 고개를 끄떡하였다. 내일 밤에 또 만납시다. 그러나, 구보는 잠깐 주저하고 내일, 내일부터, 내 집에 있겠소, 창작하겠소.
"좋은 소설을 쓰시오."
벗은 진정으로 말하고, 그리고 두 사람은 헤어졌다. 참말 좋은 소설을 쓰리라. 번(番)드는 순사가 모멸을 가져 그를 훑어보았어도, 그는 거의

---

13) 고독과 피로는 박태원의 다른 작품들, 특히 실직 지식인을 서사주체로 설정하고 있는 작품들에서 전경화되고 있는 낱말들이다. 「피로」와 같은 작품은 그 제목부터가 아예 피로로 되어 있다.
14) 페터 지마/김태환 편역, 앞의 책, 72면.

> 그것에서 불쾌를 느끼는 일도 없이, 오직 그 생각에 조그만 한 개의 행
> 복을 갖는다.……
> 　구보는 지금 제 자신의 행복보다도 어머니의 행복을 생각하고 싶었는
> 지도 모른다. 그 생각에 그렇게 바빴을지도 모른다. 구보는 좀더 빠른
> 걸음걸이로 은근히 비 내리는 거리를 집으로 향한다.
> 　어쩌면 어머니가 이제 혼인 얘기를 꺼내더라도, 구보는 쉽게 어머니
> 의 욕망을 물리치지는 않을지도 모른다.
> 　(「소설가 구보씨의 일일」, 『소설가 구보씨의 일일』, 깊은샘, 1994,
> 　75-76면.[15])

시종일관 구보씨의 의식을 지배하면서 존재론적 갈등을 야기하는 불행한 의식 및 양가성의 태도와 관련하여 가장 중요한 서사정보를 제공하고 있는 문면이다. 문면에서 보는 바와 같이, '생활을 가지리라'는 일상적인 욕망과 '참말 좋은 소설을 쓰리라'라는 예술적 욕망이 구보의 의식 속에서 자유롭게 넘나들면서 존재론적 화해를 시도하고 있다. 그 시도는 그러나 현실적 동기부여가 미약하여 공허하게 들릴 뿐이다.

교환가치의 매개가 초래하는 중심적인 문제는 의미론의 단위가 서로 대체 가능해지고 대립이 소멸해가는 양가성의 문제이다. 따라서 교환가치가 지배하는 사회·문화적 상황에서는 기존의 유관성 기준과 약호가 더 이상 보편타당성을 지닐 수 없게 되고 결국 개개인마저도 대체 가능한 단위로 전락하게 된다. 차이와 대립이 아무 상관도 없는 의미론적 세계에서는 주체성의 기반이 허물어지기 시작하면서 행동과 진술의 주재자인 주체가 설 땅을 잃게 되기[16] 때문이다. 교환가치의

---

15) 앞으로 작품 인용 방식은 이와 같은 방식으로 통일하고자 함.
16) 페터 지마/김태환 편역, 앞의 책, 184-188면 참조.

매개에 의해 모든 문화적 가치들의 의미론적 대립 기반이 무너짐으로써 통합될 수 없는 대립물의 통일로서의 양가성에 포박된 구보씨가 자신의 존재론적 범주 속에서의 양립이 근원적으로 불가능한 예술적 자아와 현실적 자아의 관념적인 화해를 시도하는 과정에서 불행한 의식을 보여줌은 당연한 귀결이라 하겠다. 따라서 구보씨가 '좋은 소설을 쓰겠다'라는 문화적 강압과 '이제 나도 하나의 생활을 가지련다'라는 자연적 충동의 양극적 성좌 사이에서 부단한 진자운동을 반복하는 것도, 반복적으로 존재와 세계에 대한 양가적 반응으로 인한 분열증적 의식에 시달리는 것도, 주체의 정체성에 심각한 의문과 도전에 직면하게 되는 것도, 강박신경에 가까울 정도로 행복이라는 말을 반복적으로 되뇌이는 것도, 그리고 이 작품의 서사구조가 이념적 방향성에 기초한 문제적 인물의 계기적 행동이 인과적인 통일성을 형성하는 선조적 서사의 형태보다는 분열적인 욕망과 파편적인 의식의 편린들이 무계기적으로 착종하는 비선형적인 서사의 형태로 진행되는 것도, 모두 불행한 의식으로 인한 자신의 존재론적 갈등 때문이다.

지금까지의 분석을 통해서 알 수 있는 바와 같이, 별다른 허구적 여과나 미학적 변형이 없이 당시 박태원 자신의 자전적인 체험소가 짙게 투영된 것으로 보이는 당위와 욕망 사이의 괴리적 상황이 야기하는 불행한 의식으로 인한 소설가의 존재론적 소외와 갈등을 반영하고 있는 작품이 「소설가 구보씨의 일일」이라고 할 수 있다. 그러나 이 작품에는 생활과 소설, 욕망과 당위의 대립적인 가치 사이에서 진자운동을 반복하는 양가성을 통해서 소설 장르의 정체성 유지에 필요한 경험 세계와의 미학적 거리를 확보하고 있다. 이 거리야말로 박태원의 작가적 정체성을 1930년대 역사적 모더니스트로 규정하는 데 자주 동

원되곤 하는 기법적 자질들---의식의 흐름이나 내적 독백과 같은 심리
주의적 수법, 몽타주 기법과 같은 영화적 수법, 쉼표의 빈번한 사용과
치렁치렁한 장거리 문장, 특히 한 문장으로 한 작품을 구성하고 있는
「방랑장 주인」에서와 같은 극단적인 언어실험을 낳게 한 동인이라고
할 수 있다. 이 작품을 전후하여 전통적인 소설적 관습의 해체를 통한
다양한 실험의식을 모색하는 일군의 작품들이 군락을 형성하게 되는
것도 그러한 맥락에서 이해할 수 있다.

2.2 일상세계에 대한 무차별성 : 「음우」, 「투도」, 「채가」

「음우」(1940, 10)는 「투도」(1941, 2), 「채가」(1941, 4)와 더불어 연
작 3부작을 구성하고 있는 작품이다. 전기적 기록에 의하면 박태원은
1948년에 성북동 39번지로 이사할 때까지 1940년 돈암동 487-22 번지
에 새로 지은 집에서 생활했던 것으로 나타나고 있다. 그 당시 큰집에
서 분가 후 거의 원고료로 생활을 꾸려나간 박태원은 상당한 경제적
어려움에 시달렸던 것으로 보이는데 그 당시의 곤경이 3부작에 잘 반
영되어 있다.

자화상 제 1,2,3이라는 부제가 말해주고 있는 바와 같이 세 작품에
는 그 당시 박태원의 자전적 정보가 아무런 허구적 여과나 미학적 변
형이 없이 체험의 직접성의 형태로 드러나고 있다. 체험의 직접성은
그 당시 세 남매의 이름과 나이는 물론이고 처소의 번짓수까지 경험
세계의 실제 정보를 그대로 차용하고 있을 정도여서 소설이라는 장르
적 외피를 쓰고 있기가 민망스러울 정도이다. 그 정도로 박태원은 당
시의 경제적 어려움에서 오는 압박과 궁지에서 자유롭지 못했던 것으

로 보인다. 그러한 어려운 조건이 작가의식의 후퇴를 규정했을 것이
고 그러한 후퇴가 구체적인 작품으로 반영된 것이 삼부작일 것이다.
구체적인 분석을 통해서 살펴보도록 하자.

새로 터를 사서 이사한 돈암동 집이 한 달가량이나 이어진 지루한
장마 끝에 날림과 부실 공사로 인해 집안이 물난리를 맞게 되고 그
와중에 도둑이 들고 하는 과정에서 느끼게 되는 생활상의 문제로 인
한 소설가의 자의식을 형상화하고 있는 것이 삼부작의 서사 얼개이다.
거의 생활 기록문의 담론 수준에서 당시의 구체적인 생활상을 평면적
으로 서술하고 있는 삼부작에서 드러나는 박태원의 초상은 평범한 소
시민적 일상인의 지위로 소일하는 모습이다. 그리고 지배적인 서사대
상으로 초점화되는 것은 자잘한 일상사의 구체적인 세목들이다.

생활과 예술 사이의 괴리로 인한 구보씨의 존재론적 갈등이라는 「소
설가 구보씨의 일일」에서의 문제 의식은 삼부작에서도 반복적으로 변
주되고 있다. 그러나 서사의 설정에서 두 작품은 중요한 변화를 보이
고 있다. 먼저 외형적인 가족관계와 관련된 중요한 변화로는 생활가
치의 담지체로 기능하면서 구보씨의 존재론적 갈등을 야기하던 '어머
니'가 '아내'로 바뀌어 있고, '미혼의 상태'에서 '세 남매를 둔 가장'으로
바뀌어 있다는 점을 들 수 있다. 그리고 생활상의 어려움에 대한 아내
의 호소는 보다 직접적이고 적극적이다. 이러한 서사 설정과 관련된
중요한 변화는 생활과 예술 사이의 진자운동이 '양가성의 상태'에서
'무차별성의 상태'로 하강 이동하고 있는 점이다.

삼부작을 통해서 드러나는 박태원의 작가적 초상은 가정의 호구지
책과 연명의 수단으로서의 글쓰기 행위에 매달리는 왜소한 소시민적
일상인의 모습 그 자체이다. 삼부작의 서사 주체로 기능하는 나의 관

심사는 가정사의 테두리를 벗어나는 법이 결코 없으며, 나의 의식 지평 또한 가족적 온정주의의 범주를 결코 벗어나지 않고 있다. "가정을 책임지는 가장, 가정과 아이를 위해 자신의 모든 것을 희생하는 가장, 따라서 그에 위협이 되는 어떤 것도 포기해야 되며, 또한 기꺼이 그렇게 하려는 가장, 그렇게 행복한 가정을 모든 사회적 활동의 실질적 목표로 삼는 가장, 이것이 바로 19세기 후반에 탄생한 이 새로운 전략이 노동자들에게, 혹은 좀더 일반화하여 모든 직업적 활동을 하는 개인들에게 부여한 사회적 정체성/동일성(identity)이고, 그러한 정체성이 작동하고 재생산되는 자리이다. 더불어 가정의 행복을 위해 오직 가정 안에 머물며 남편과 아이의 욕망을 가정으로 이끄는 인력(引力)의 중심으로서의 여성, 가정적 안정성과 평화, 행복을 위협하는 일체의 외부적인 요소들에 대해 투쟁하는 여성, 때론 그러한 위협의 소지들을 내부에서조차 미리 발견하면서 미연에 방지하는 여성, 이것이 바로 이 새로운 전략이 노동자의 아내들에게, 혹은 좀더 일반화해서 모든 가정을 관리하고 보호하는 여성들에게 부여한 정체성/동일성(identity)이고, 그러한 정체성이 작동하고 재생산되는 자리이다"[17]. 박태원의 삼부작은 강제와 억압에 의해 작동하는 '무정한 세계'와 대비되는 '안식처'인 가족으로 개인들의 욕망 자체를 영토화하기 위하여 부르조아지가 고안하고 실행했던 계급적 전략인 '부르조아 가족주의'의 전형을 전형적으로 보여주고 있다.

박태원의 이러한 작가적 초상은 물론 일제의 식민지배 체제를 정당화하는 국민문학류의 친체제적 글쓰기 행위만이 활자화의 은전을 누릴 수 있었던 당시의 시대상황에서는 불가피한 선택이었다는 상황논

---

17) 이진경, 『근대적 주거공간의 탄생』, 소명출판, 2000, 312면.

리의 도움을 받아 면죄부를 부여받을 수도 있으리라. 더욱이 작가의 윤리의식이 미학의 문제로 전이되는 대표적인 장르인 소설적 글쓰기의 진정성을 보여주지 못하고 소시민적 일상의 세계로 후퇴한 작가가 당시 박태원 혼자만이 아니었다는 사실 또한 그러한 면죄부 부여에 상당한 원군 역할을 할 수 있으리라. 그런데 문제는 삼부작을 통해서 드러나고 있는 박태원의 작가적 초상은 "가족 중심의 소시민적 생활양태에 절대적인 가치를 부여"[18]함으로써 유토피아 지향성으로 인한 시대와의 불화를 자신의 존재론적 조건으로 삼을 수밖에 없는 문제적 인물로서의 문제성이 진공상태에 갇히게 되는 '영도의 작가의식'을 보여주고 있다는 점이다. 더욱이 삼부작에서 전경화되고 있는 일상성의 세계라고 하는 것이 그 당대 시대상황과 대화적인 관계를 형성하지 못하고 그 자체로 고립된 자족적인 세계라는 점이다. 일반적으로 한 개인의 일상은 그 구체적 개인이 몸담고 있는 사회 전체의 상징적 표상을 압축적으로 드러내게 된다. 한 개인의 일상의 본질적 의미를 제대로 포착해내기 위해서는 전체 사회의 구조적 관련 속에서 조망되어야 하는 것도 바로 그러한 맥락에서이다. 그런데 삼부작을 통해서 반복적으로 초점화되고 있는 일상은 가정의 일상사에 철저할 정도로 고착되어 있다. 「소설가 구보씨의 일일」에서의 구보씨가 그 당시 근대적 자본주의적 질서로 재편되어 가는 식민지 조선의 심장인 경성 편력을 통해 소설가로서의 성찰적 자의식을 반복적으로 반추하는 과정에서 '생활'과 '예술' 사이의 긴장을 유지하고 있는 모습과는 달리 삼부작에서의 나가 가정이라는 자족적 공간 안에 특권적 지위를 부여하면서 가장으로서의 소박한 즐거움과 생활고에 갇혀 있는 모습만을 보여

---

18) 정현숙, 앞의 책, 233면.

주고 있는 것도 두 작품들 사이에 가로놓인 작가의식의 차이 때문이라고 할 수 있다. 이러한 맥락에서 삼부작을 포함한 이 당시 박태원의 신변소설들에 대해 "소시민 계층 가족 중심의 소박한 휴머니즘에 기초한 한 가난한 작가의 심경 토로 이상의 의미를 확보하지 못하고 있다"[19]는 소극적인 평가는 설득력이 있어 보인다.

> 이 땅에서는 글만을 써가지고는 살림이 기름질 수 없었으나,…그러나 내게 만일 약간의 재물이 있다면, 나는 그들을 내 아내와 내 어린것들을 좀더 행복되게 하여 줄 방도를 구할 수 있을 듯싶어…일찍이, 나의 일생을 걸려고 하였던 문학에, 나는 정열을 상실하고 있은 지가 오랜지도 모를 일이다.…아내가 나에게 원하는 것은, 혹은, 값높은 예술작품이 아니었는지도 모른다. 작품이야 되었든 안되었든, 그가 지금 탐내고 있는 것은 약간의 고료였을지도 모른다.
>
> (「음우」, 『이상의 비련』, 깊은샘, 1991, 205-208면.)

> 이 땅에서 글을 써가지고 살림을 차려 본다는 것은 거의, 절망에 가까운 일이 아닐 수 없건만, 그러나 나에게는 글을 쓴다는밖에 아무 다른 재주도 방법도 없었으므로, 아내의 눈에도, 딱하게, 민망하게, 또 가엾게까지 보이도록, 나는 나의 힘이 미치는 데까지, 밤낮으로 붓을 달렸다.
>
> (「채가」, 『소설가 구보씨의 일일』, 깊은샘, 1994, 317면.)

자본주의 근대 사회에서 문학이나 예술을 업으로 삼는 미적 주체들이 자신들의 진정성에 대한 존재 증명의 객관적 표지로 내세울 수 있는 덕목이 바로 부르조아 일상성의 가치와 질서에 대한 비판적 거리라고 할 수 있다. 작가의 존재론적 지위를 "한 사회 집단의 가능 의식

---

19) 앞의 책.

의 최대치를 구현하는 상상적 세계를 창조하고 표현하는 데 적합한 형식을 발견하는 자"[20]로서의 예외적 개인으로 규정할 수 있는 것도 속악한 부르조아 가치의 유혹에 대한 방어기제로 기능하는 바로 그 비판적 거리 때문이라고 할 수 있다. 그런데 인용 문면을 통해서 드러나고 있는 작가로서의 박태원의 초상은 부르조아 일상성의 질서에 투항하는 과정에서 한 집안의 가장으로서 성실한 의무와 책임에 관한 자의식만을 강박적으로 반추하는 평범한 소시민의 모습 바로 그 자체이다. 이러한 모습은 "아버지/남편이 홀로 돈벌이를 하는 남성 가계 부양이라는 근대의 가족 이데올로기"[21]에 포박되어 모든 욕망을 가족적인 경계 안에 가두고자 하는 가족주의라는 욕망의 배치에 영토화된 초라한 개인의 모습에 다름 아니다.

지금까지의 분석을 통해서 알 수 있는 바와 같이, 평범한 소시민으로서 느끼게 되는 소박한 일상사들을 지배적인 서사 대상으로 초점화하면서 경험적 현실과 허구적 현실 사이의 미학적 거리가 무화되는 서사 양상을 보이고 있는 삼부작에 오게 되면 경험 세계와 허구 세계, 일상적 욕구와 이상적 욕구, 일상인과 소설가, 생활과 예술 사이의 균형과 긴장이 완전히 무너지게 된다. 그리고 두 가지의 대립쌍 가운데 의식의 균형추는 후자 쪽으로 급격하게 기울어지게 되는 무차별성이 전일화된다. 그 과정에서 작품에 맨얼굴의 형태로 드러나는 것은 평범한 일상인의 지위로 자족하며 가족의 안위에 집착하고자 하는 박태원의 일상적 욕망이다. '근대적 소설가의 존재론적 초상'이라는 동일

---

20) 홍성호, 『문학사회학, 골드만과 그 이후』, 문학과 지성사, 1995, 53면.
21) 다이에너 기틴스/안호용외 옮김, 『가족은 없다: 가족 이데올로기의 해부』, 일신사, 1997, 49-50면.

한 약호로 해석할 수 있는 두 작품들 가운데 「소설가 구보씨의 일일」
이 일상세계의 가치에 대해 양가성의 태도를 보이며 미학적 긴장을
유지했던 것과는 달리, '삼부작'과 거의 같은 시기에 발표된 『명랑한
전망』(1938)이나 『여인성장』(1941)과 같은 장편들이 애정갈등의 삼각
적 대립구조를 서사구조의 기본 축으로 하는 통속적인 연애담 범주
수준에서 크게 벗어나지 못하고 있는 것도 그러한 작가의식의 후퇴와
상당한 관련이 있다라는 것이 나의 생각이다.

3. 나오는 말

자본의 논리가 전일적으로 관철되는 자본주의 근대에서 소설가의
글쓰기 행위는 어떤 변화를 경험하게 되는 것일까? 다시 말해 자본주
의 근대 사회에서 자본의 논리와 소설가의 글쓰기 행위는 어떤 관련
을 맺게 되는 것일까? 이 글의 동기부여를 제공한 문제의식은 바로 그
질문이었다. 이러한 문제의식을 바탕으로 이 글은 네 작품(「소설가 구
보씨의 일일」, 「음우」, 「투도」, 「채가」)을 분석 대상 텍스트로 설정하
였다. 그것은 두 가지 이유에서였다. 하나는, 네 작품들이 모두 기형
적인 형태이긴 하나 식민지 조선 사회에서 자본주의적 경제 범주가
시회 구성체적 수준에서 질적인 규정성을 획득하던 시기에 쓰여진 작
품이라는 점이었다. 다른 하나는, 네 작품들이 자본의 논리에 기초한
일상성의 세계를 받아들이는 주체의 태도에서 일정한 차별성을 드러
내고 있다는 점이었다. 이러한 문제의식을 바탕으로 이 글은 네 작품

들을 '일상세계에 대한 양가성과 무차별성'이라는 개념적 차이를 통해 그 차별성의 의미를 구체적으로 살펴보았다. 이제까지의 논의를 정리하면 다음과 같다.

분석 결과 네 작품은 모두 '생활'과 '소설', '당위'와 '욕망' 사이의 괴리적 상황이 야기하는 불행한 의식으로 인한 소설가의 존재론적 소외와 갈등이 서사의 초점으로 기능하고 있음을 알 수 있었다. 네 작품 사이에는 그러나, 그러한 공통소에도 불구하고 일정한 차별소 또한 존재하고 있음을 알 수 있었다. 1934년에 발표된 「소설가 구보씨의 일일」에는 생활과 소설, 당위와 욕망의 대립적인 가치 사이에서 진자운동을 반복하는 양가성을 통해서 소설 장르의 정체성 유지에 필요한 경험 세계와의 미학적 거리를 확보하고 있음을 알 수 있었다. 반면, 1940년 초반에 발표된 「자화상」 제1, 2, 3 세 작품에는 생활과 소설, 당위와 욕망 사이의 균형과 긴장이 완전히 무너지게 되면서 의식의 균형추가 생활과 욕망 쪽으로 급격하게 기울어지는 무차별성을 통해서 최소한의 미학적 거리마저 상실하고 있음을 알 수 있었다.

네 작품 사이에 드러나는 이러한 차이는 결혼 이후 경제적인 독립을 모색하는 과정에서 겪어야만 했던 박태원의 개인사적 조건이 중요한 동인으로 작용하고 있음을 알 수 있었다.

'미더스의 황금'처럼 모든 것이 환금 가능성과 등가적 교환의 대상으로 도구화되는 자본주의적 근대에서 '생활'과 '소설', '당위'와 '욕망'의 거리는 화해 불가능한 아포리아인가? 이 글을 마치면서 남는 화두이다.

2

구성적 의식으로서의 방법적 회의와 균형감각 : 최인훈의 「소설가 구보씨의 일일」론

1. 들어가는 말

한 작가에 대한 공식적인 평가의 공증인으로 내세울 수 있는 것이 바로 문학사이다. 그런 관점에서 볼 때 최인훈은 아주 중요한 작가이다. 그것은, 문학사 서술주체의 문학관이나 이념적 지향, 문학사 서술 당시의 시대정신이나 시·공간적 조건 등, 문학사 서술의 기저변수에 상관없이 최인훈은 한국의 현대 소설사를 기술하는 과정에서 항상 중요한 서술단위로 기능하기 때문이다. 실제로 "인간과 세계에 대한 폭넓은 비전을 제시하여 그 자신의 소외를 보편화시킨 전후 최대의 작가"[1]라는 기존 문학사의 적극적인 평가가 말해주고 있는 바와 같이,

---

1) 김윤식/김현, 『한국문학사』, 민음사, 1979, 251면.

그가 누락된 한국의 현대 소설사는 심각한 왜곡이나 불구를 면키 어려울 것이다. 그러한 평가는 최인훈의 구체적인 작품들이 다투어 증명하고 있는 바이다.

구체적인 작품으로만 보더라도 "정치사적인 측면에서 보자면 1960년은 학생들의 해이었지만, 소설사적인 측면에서 보자면 그것은 광장의 해이었다"[2]라는 평가를 받을 정도로 문학사에 자신의 뚜렷한 족적을 남기고 있을 뿐만 아니라 '비평의 광장'[3]으로 불릴 정도로 다의적이면서도 중층적인 의미망을 형성하고 있는 『광장』을 비롯하여 "소설의 극적 구조를 해체하며 '지식 노동자'인 작가의 일상 행보를 자유롭게 기술하고 있는 『소설가 구보씨의 일일』, 허구보다 더욱 착잡한 현실에 대한 지적인 성찰을 사유의 직접적인 표현양식인 에세이 수법을 통해서 제시하고 있는 『회색인』과 『서유기』",[4] 그리고 '작가에게는 휴지도 집필의 연장이라'는 명제와 함께 시작된 오랜 침묵과 공백을 깨고서 발표한 후 계속 형성 중에 있는 소설의 장르적 정체성에 대한 생산적인 물음들을 촉발하고 있는 『화두』 등, 최인훈의 대부분 작품들은 비평가들이나 연구자들로부터 지속적인 관심의 초점이 되어 왔다.

이들 작품들 가운데서도 이 글에서는 『소설가 구보씨의 일일』(1972)에 주목하고자 한다. 그것은 이 작품이 최인훈 문학의 원천에 대한 길잡이 역할을 하고 있다는 판단 때문이다. 그러한 판단을 가능하게 하는 근거로 크게 두 가지 이유를 들 수 있다. 하나는, 많은 비평가들

---

2) 김현, 「사랑의 재확인 : 「광장」 개작에 대하여」, 『광장/구운몽』 최인훈 전집1, 문학과 지성사, 1987, 343면.
3) 김욱동, 『광장을 읽는 일곱 가지 방법』, 문학과 지성사, 1996, 10면.
4) 김병익, 「'남북조 시대 작가'의 의식의 자서전」, 『문학과 사회』 1994년 여름호, 835-836면.

로부터 최인훈 소설의 정체성 표지이자 최인훈의 소설적 사고의 원형으로 회자되고 있는 '피난민 의식'을 그 작품이 비교적 분명한 형태로 보여주고 있다는 점이다. 다른 하나는, 소설가로서의 정체성에 대한 자신의 성찰적 자의식이나 언어예술로서의 소설의 장르적 정체성에 대한 자신의 미학적 자의식 또한 분명하게 보여주고 있다는 점이다. 사실, 이 작품의 서사주체인 구보 씨가 단순히 미학적 가상으로서의 허구적 인물이라기보다는 "그를 창조한 작가의 꿈으로서의 얼굴"[5]로 볼 수 있다는 점, 그리고 이 작품에 대해서 최인훈 자신이 "소설가 자신을 주인공으로 한 일종의 예술가 소설이고…완전히 논리적인 맥락이 있고 자기 문제를 독자 앞에서 단계적으로 자기 생체해부 같은 걸 해 보여준 한 피크로서 보여주고 싶은 것"[6]으로 규정하고 있는 점으로 보아서도 그 두 가지 이유는 더욱 높은 설득력을 확보하고 있다.

　이 두 가지의 이유와 관련하여 이 글은 크게 두 가지의 작업가설에 그 기초를 두고 있다. 하나는, 피난민 의식과 작가의식이라고 하는 두 가지의 지향이 이 작품의 지배적인 구성적 원리로 기능하고 있다는 점이다. 다른 하나는, 이 두 가지의 의식이 서로에게 생성적 촉매로 기능하는 상호 의존적 관계를 형성하고 있다는 점이다. 따라서 이 글의 목적 또한 구체적인 작품분석을 통해 이 두 가지의 작업가설을 설득력 있게 논증하는 것이 될 것이다. 이러한 목적과 관련해서 이 글의 논의는 다음과 같은 두 가지의 수준에서 진행될 것이다. 하나는, 이 작품의 지배적인 구성적 원리로 기능하는 두 가지 의식의 객관적

---

5) 최인훈, 「소설의 주인공과 작가」, 『유토피아의 꿈』 최인훈 전집11, 문학과 지성사, 1994, 277면.
6) 한상기/최인훈, 「하늘의 뜻과 인간의 뜻」, 『꿈의 거울』, 우신사, 1990, 179면.

실체를 밝혀내는 한편 그것들이 어떻게 해서 이 작품의 구성적인 원리로 기능하는가를 밝혀내는 작업이다. 다른 하나는, 그 두 가지 의식의 상호관련성을 구체적으로 밝혀내는 작업이다.

2. 구성적 원리로서의 사유와 자의식 체계

자신의 문학적 자화상을 그려달라는 편집자의 원고청탁에 의한 「원시인이 되기 위한 문명한 의식」(『문예중앙』 1979년 겨울호)이라는 글에서 최인훈은 이 작품에 대한 자신의 생각을 다음과 같이 소개하고 있다.

> 「소설가 구보씨의 일일」에서는 이런 인식(마치 주식시장의 장세표처럼 시간의 띠 위에 각각으로 표시되는 주가처럼 벌써부터 '움직이는 질서'의 형태로만 존재한다는 그런 세계인식) 위에서 구보라고 하는 소설가의 마음의 '레이더'에 들어오는 생활의 파편들을 미분하고 적분하면서 그의 이성과 정서의 장세를 각각으로 추적해 보았다. 나는 이 소설을 지극히 소시민적으로 풀어 쓴 '나의 율리시즈'라 부르겠다.[7]

최인훈은 '나의 율리시즈'라는 명제를 통해서 이 작품의 정체성 표지를 규정하고 있다. 이 작품과 관련해서 그 당시 문학 공동체의 관습이나 문법에 비추어서 파격적인 형식실험과 내용으로 인해 많은 찬사와 비판을 동시에 받은 바 있는 제임스 조이스의 『율리시즈』(1922)는

---

7) 최인훈, 「원시인이 되기 위한 문명한 의식」, 『꿈의 거울』, 우신사, 1990, 247면.

어떤 의미를 지니는가. 널리 알려져 있다시피, 3부 18편의 삽화적 구성으로 이루어진 『율리시즈』는 레오폴드 블룸이라는 더블린의 소시민이 하루종일 더블린 시를 배회하는 과정에서 그가 경험하는 내면적인 갈등과 고통을 의식의 흐름 기법을 통해서 섬세하게 포착하고 있는 작품이다. 최인훈의 『소설가 구보씨의 일일』은 두 가지 점에서 『율리시즈』와 구조적 유사성을 지니고 있다. 하나는 『소설가 구보씨의 일일』이 15개 삽화의 삽화적 구성으로 이루어져 있다는 점이다. 다른 하나는, 이 작품을 구성하는 15개의 삽화가 모두 서울 시내를 배회하는 과정에서 구보씨 의식의 촉수에 포착된 복합적인 사유와 성찰적인 자의식을 서사의 추동인자로 삼고 있다는 점이다. 먼저 이 작품의 구성적 특성을 살펴보도록 하자.

이 작품의 구성적 특징은 삽화적 구성의 연작소설 형태를 띠고 있다는 점이다. 첫 번째 삽화인 '느릅나무가 있는 풍경'에서부터 마지막 열다섯 번째 삽화인 '난세를 사는 마음 석가 씨를 꿈에 보네'까지 이 작품의 전체서사를 구성하고 있는 15개의 삽화들은 모두 독립적인 단위서사들로 기능하고 있다. 그 삽화들은 그러나 고립·분산되어 있지 않고 하나의 전체서사 아래 유기적인 관계를 통한 일관된 의미망을 형성하고 있다. 15개의 독립적인 삽화들을 통어하여 하나의 전체서사를 정점으로 유기적 관계를 형성하도록 하는 구성적 의식으로 기능하는 것이 바로 피난민 의식과 작가의식이다.

한편, 구보씨를 서술주체로 설정하고 있는 이 작품의 서술상황은 그 서술적 외피로만 보아서는 서술자가 후퇴하는 대신 장면 제시나 대화, 의식의 반영이 묘사를 주도하게 되는 인물시각적 소설[8]임에 틀

---

8) 인물시각적 소설의 서술상황과 그와 맞물린 주석적 소설이나 일인칭 소설의

림없다. 그러나, 그러한 서술설정은 '구보씨의 사유와 자의식 체계에 대한 사유와 자의식'을 통해 나(작가 최인훈)의 사유와 자의식 체계를 객관화시키기 위한 담론전략이라고 할 수 있다. 그런 점에서 이 작품의 실제 서술상황은 그 외형적인 서술인칭과는 달리 서술행위와 체험 간의 존재론적 유대가 굳건해지는 유사 자전적 일인칭 소설에 속한다고 할 수 있다. 그러한 해석은, 이 작품에서 구보씨와 교우를 나누는 대부분의 등장인물들이 이름만 약간 변형되어 나타날 뿐 당시 최인훈과 실제로 접촉이 잦았던 교우나 동료문인들이었다는 점에서도 설득력을 확보하고 있다.

먼저, 분석의 편의를 위해 구보에게 목적의식적인 공간이동의 동기를 제공하는 서사를 축으로 15개의 독립적인 삽화들을 도표로 보이면 다음과 같다.

이 작품의 전체서사를 추동해나가는 힘은 목적의식적인 공간이동의 동기를 제공하는 서사들이 아니다. 그것은 서사 현장에서나 서사 사이의 시·공간적 틈새에서 구보가 단속적으로 보고 느끼는 존재와 세계, 그리고 언어와 문학에 대한 복합적인 사유와 성찰적인 자의식 체계이다. 목적의식적인 공간이동의 동기를 제공하는 서사들은 단지 그 복합적인 사유와 성찰적인 자의식 체계를 촉발하는 외형적인 계기나 동기로만 기능할 뿐이다. 그리고 작품 전체의 의미망과 관련해서도 별다른 의미를 지니지도 못한다. 그런 점에서 이 작품의 진정한 주인공은 '월남 피난민으로서, 서른다섯 살이며, 홀아비고, 십년의 경력을 가진 소설가'(19쪽)[9]인 구보씨라기보다는 구보씨의 사유와 성찰적

서술상황에 대해서는 F 스탄첼/안삼환 역, 『소설형식의 기본유형』, 탐구당, 1982, 24-101면 참조.

인 자의식 체계이다. 이 작품을 구성하는 15개의 독립적인 서사들에서는 모두 구보씨의 행동보다는 의식이 서사의 주체로 기능한다는 점에서 15개의 독립적인 단위서사들은 한마디로 구보씨의 의식의 촉수에 포착된 '구보씨의 일일 의식의 보고서'라고 할 수 있다.

서사의 주체로 기능하는 구보씨의 의식지평은 거의 무한대로 열려 있다. 거의 무한대로 열려 있는 구보씨의 의식지평에 포착되는 복합적인 사유와 성찰적인 자의식 체계는 각각 배타적 동일성의 경계를 형성하지 않고 하나가 다른 하나에게 다른 사유와 자의식의 생성적 계기를 촉발하는 차연의 흔적으로 기능하고 있다.

삽화명	서사명
느릅나무가 있는 풍경	*자광대학의 문학초청 특강 *월간지 『여성낙원』의 현상소설 심사 *김광섭 시인의 『성남동 까치』출판 기념회 참석
창경원에서	*창경원 구경
이 강산 흘러가는 피난민들아	*한심대학의 도서관 사서로 있는 친구 김학구 심방 *양서출판사에서 내는 문학전집 해설원고 전달 *친구 법신스님이 주지로 있는 심등사 방문
위대한 단테는	*시인 김중배와 함께 영화관람
홍콩 부기우기	*단편소설 전달과 원고료 수령차 문락사 들름 *극단 인생극장에서 공연할 각본문제 상의차 광화문 다방에서 극작가 배걸씨 만남
마음이여 야무져다오	*고향 친구인 김순남의 전기기구 가게 심방 *선배시인의 아들 결혼식 참석 *인세 수령차 평화출판사에 들름
노래하는 사갈	*프랑스 현대작가 전람회 관람

---

9) 앞으로 작품인용의 각주처리는 인용 다음에 쪽수만 명기하는 방식으로 통일하고자 한다. 작품인용 텍스트는 『소설가 구보씨의 일일』, 문학과 지성사, 1991. 을 이용했음.

팔로군 좋아서 띵호아	*이발 *문학전집편집 상의요청으로 평론가 김견해씨 만남
가노라면 있겠지	*후배 시인의 결혼식 참석
갈대의 사계	*문학전집 편집 문제로 평론가 김공론씨 심방
겨울낚시	*콩트응모 심사차 민중신문사 들름 *질문서 전달차 신세계 잡지사 들름
다시 창경원에서	*창경원 관람
남북조시대 어느 예술노동자의 초상	*친구 시인 심학규와 함께 이중섭 전람회 관람
홍길레진 나스레동	*청탁소설 전달차 한국신문사에 들름 *소설 심사문제 상의차 잡지사에 들름 *산업 신문사 주관의 좌담회 참석 *문학전집 상의 문제로 출판사에 들름
난세를 사는 마음 석가씨를 꿈에 보네	*

아무 곳에도 이르지 않는 한없는 제자리걸음이다. 아무 곳에도 이르지 않는 걸음. 그것은 이미 걸음이 아니라 춤이다. 삶이 아니라 굿이다. 영원한 삶의 떠올림(喚起). 삶의 기억을 잊어버리는 것이 두려워 일부러 떠올리는 삶의 기억. 기억을 불러일으키는 몸짓. 몸짓. 아무도 위협하지 않는 몸짓. 자기를 달래는 주문(呪文). 다라니(陀羅尼). 예술이 된 동작. 예술의 다라니성(性). 예술의 떠올림성. 무엇을? 삶을? 삶의 기억을. 왜? 삶을 잊어버리지 않기 위해서. 삶의, 그의 삶의 리듬을, Vector를 유지하기 위해서. 그의 메커니즘의 버릇을 잊어버리지 않기 위해서. 그가 사자라는 것을 잊지 않기 위해서. 그의 양식, 그의 형(型), 그의 몸짓을 잊어버리지 않기 위해서. 그래서 허무에의 혼입(混入), 해체(解體)를 막기 위해서. 자기가 자기임을 유지하기 위한 되풀이. 되풀이. 삶의 형(型)의 되풀이…… (44면)

절이란 데를 찾은 사람들. 그림도 그려주고, 불경도 베껴보면서 객채에서 엎치락뒤치락하는 나그네들의 모습이 떠오른다. 그런 범절. 노예. 감옥에 있는 노예. 있던 노예. 반정(反正). 정난공신 사이의 권력투쟁.

> 비주류파의 몰락. 멸족. 혹은. 권력에서 밀어내는 것으로 그치고 목숨을
> 살려주는 경우. 절. 구름의 소식과 물소리만으로 보내는 절. 그러한 삶
> 의 범절. 정치의 범절. 야만에서 벗어난. 속세와 탈속의 인공적 구분. 허
> 구(虛構)의 시공의 발명. 문명. 운명의 애달픔과 삶의 두려움을 슬퍼하
> 는 것만을 업으로 삼는 분업(分業). 의 형식. 노예들. 감옥에 갇힌 만큼
> 잘나지도 못했던 노예들이 마음을 의지한 곳. 장할 만큼 굳세지는 못해
> 도 한스럽게 착할 수는 있었던 약한 짐승들의 나무 그늘 …… (72면)

인용문면에서 보는 바와 같이, 발산적이고 탈영토적인 운동으로서
의 리좀적 사유체계[10]를 연상케 하는 구보씨의 의식지평에 포착되는
복합적인 사유와 성찰적인 자의식 체계의 능동적 운동성은 "부재적
타자가 형이상학적 현전성을 구성하면서 남기는 흔적에 대하여 점점
심화되는 사유를 추구하고 있다는 점에서 기표의 기표로서, 기표와 기
표의 관계 안에서 기능하면서 최종적인 초월적 기의로부터 해방된 기
호"[11]들의 운동성과 구조적으로 닮은 꼴을 이루고 있다.

공동체적 유대를 통한 상호부조의 미덕이 희박해져가는 당대의 각
박한 인정세태에 대한 비판, 서울의 교통정책과 공해문제에 대한 비판
적 대안, 탐욕스런 상혼이 빚어낸 음식공해에 대한 비판, 인간관계의
본질과 실존적 주체들 사이의 소통가능성에 대한 성찰적 자의식, 도회
지 삶의 존재방식에 대한 성찰적 자의식, 약소민족의 비애와 변방의식
에 대한 자의식, 국가 이데올로기의 억압적인 관리체제에 대한 불만,
일제 식민정책의 부정적 여파로 인한 비합리적 온정주의와 서구문물
이나 유행의 맹목적인 추종이나 모방에 대한 비판, 앞으로 다가올 미

---

10) 신현준, 「들뢰즈/가타리 : 존재의 균열과 생성의 탈주」, 이진경·신현준 외
　　『철학의 탈주』, 새길, 1995, 268면.
11) 김상환, 「데리다 소묘」, 이성원 엮음, 『데리다 읽기』, 문학과 지성사, 1997, 21-22면.

래 문명사회의 실체에 대한 진단과 예측, 문학을 포함한 다양한 예술 장르에 대한 미학적 자의식과 그것들의 장래, 한국의 근대문학사에 대한 해석적 안목, 남·북 적십자 회담과 미·중 수교 전망에 대한 논평, 월남전에 대한 비판적 자의식, 자본의 상업주의 논리에 포섭되는 과정에서 갈수록 깊이를 상실해가는 척박한 문화풍토, 위정자들의 권력의지나 사회 기득권자들의 배타적인 독점욕, 다방이나 음식점, 서울 거리의 풍경 등. 구보씨 의식의 촉수에 포착되는 내용들은 그것들만으로도 당대 시대상황에 대한 사회·문화적인 풍속도를 구성할 수 있을 정도로 넓고도 깊다.

거의 무한대로 열려 있는 구보씨의 사유와 자의식 체계 가운데 전체서사의 지배적인 구성적 의식으로 기능하는 것은 크게 두 가지 의식이다. 하나는, 뿌리뽑힌 자로서의 피난민 의식이다. 다른 하나는, 언어와 문학예술에 대한 미학적 자의식과 그를 통한 소설가의 정체성에 대한 성찰적 자의식이다. 그 두 가지의 의식이 구성적 의식으로 기능하게 되는 것은, 다른 의식들이 단발성의 사유와 자의식의 반추로 끝나는 데 비해 피난민 의식과 작가의식은 시종일관 반복적으로 반추되는 과정에서 하나의 단일한 체계를 형성하고 있기 때문이다.

2.1 구성적 의식으로서의 피난민 의식

15개의 삽화에서 시종일관 반복적으로 반추되고 있는 구보씨의 피난민 의식은 상호 존재 규정적 관계를 형성하고 있는 두 가지의 층위에서 나타나고 있다. 하나는 존재론적 층위에서이고 다른 하나는 인식론적 층위에서이다. 존재론적 층위에서 반복적으로 반추되는 피난

민 의식의 지배적 실체는 근원으로부터의 이탈에서 오는 비애와 상실
감의 정서이고, 인식론적 층위에서 반복적으로 반추되는 피난민 의식
의 지배적 실체는 존재와 세계에 대한 방법적 회의와 균형감각이다.

먼저 존재론적 층위에서 인간실존의 근저(根底)로서의 고향을 상실
한 구보씨의 피난민 의식을 전경화 시켜주는 요소로는 '고독한 홀아비
이자 불쌍한 피난민'이라는 서술정보를 들 수 있다. 존재의 출발이면
서 뿌리이자 행복의 샘(fons beati)을 형성하는 고향을 상실한 인간은
타향에서의 생활에 적응하는 과정에서 때로는 허무감이나 절망감, 때
로는 자기침잠이나 고독 또는 향수병과 같은 여러 가지의 소외를 경
험한다[12]고 한다. 구보씨가 자신을 소개하면서 시종일관 반복적으로
동원하고 있는 그 서술적 한정사는 피난민으로서의 구보씨가 남한사
회에 존재와 삶의 뿌리를 내리는 과정에서 경험하게 되는 비애와 상
실감을 표나게 강조하고 있다. 피난민 처지에 대한 구보씨의 민감한
자의식은 그러한 서술정보 이외에도 반복적인 변주를 통해서 드러나
고 있는 여러 가지 서사정보를 통해서도 엿볼 수가 있다.

그러한 서사정보들로 우선 먼저 6·25 한국전쟁 당시 상황에 대한
구보씨의 반응을 들 수 있다. '지금은 구보씨도 전쟁이 무엇인지에 알
기에,…한없이 무서웠다. 굶주림. 죽음. 고달픔. 이런 것들이 또다시
달려들게 된다고 생각해보는 것조차 무서웠다'(131쪽)라는 서술정보
에서 알 수 있는 바와 같이, 구보씨에게 전쟁은 회상 그 자체만으로도
존재의 뿌리를 뒤흔들 정도로 엄청난 파괴력을 지닌 불안과 공포의
대상일 뿐이다. 구보씨가 인천 실미도에 격리 수용 중이던 공군 특수
범들의 난동사건으로 판명된 공비사건에서 반사적으로 6·25를 연상

---

12) 전광식, 『고향』, 문학과 지성사, 1999, 117-119면.

하게 되는 것도, 그리고 끊임없이 약소민족의 비애나 변방의식을 반추하게 되는 것도, 통행금지 시간에 임박하여 나타나는 교통혼잡의 상황에서 '피난민들이 마지막 열차에 매달리는 풍경'(168쪽)을 연상하게 되는 것들이 모두 6·25 한국전쟁에 대한 구보씨의 원초적 불안과 공포 때문이다.

실제로 최인훈은 이창동과의 대담에서 "뿌리를 뽑았다는 표현으론 부족하고, 한 도시 자체의 껍질을 면도칼로 싹 잘라가지고 달랑 들어서 옮긴 것 같다고나 할까. 그 체험은 지극히 나쁜 영향을 인간에게 준다고 생각해요. 특히 어린아이들한테는 대지의 굳건함이라든지 자신의 뿌리나 생명에 대한 허무감을 주는 겁니다."[13]라는 진술을 통해 6·25와 그로 인한 피난체험 당시 입게 된 자신의 심리적 외상을 설명하고 있다. 이 대담에서 최인훈은 또한 "삶이라고 하는 것이 출렁거린다고 하는 이미지는 아마 내 경우엔 피부에 제일로 와 닿는 느낌이지요. 단단하지 않고"[14]라는 진술을 통해 자신의 삶의 본질을 규정하고 있는데, 바로 이 '출렁거림'이라고 하는 운동성 이미지야말로 월남 이후 안정된 존재론적 기반이 없이 유동적인 삶을 강요당할 수밖에 없었던 최인훈의 피난민 의식을 상징적으로 압축하고 있는 개념이라고 할 수 있다.

한편, 이산가족 찾기 남북 적십자회담이나 미·중 수교회담과 같은 국·내외적 사건들의 추이에 대해 민감한 관심을 가지게 되는 것도, 자신의 고향친구인 김순남의 뒷모습에서 용병의 그림자를 읽게 되는 것도, 1302년 1월 궐석재판에서 유죄가 확정된 이후 19년 동안 이탈

---

13) 이창동/최인훈, 「최인훈의 최근의 생각들」, 『작가세계』4, 1990년 봄호, 50면.
14) 앞의 글.

리아 각지를 유랑·걸식하며 불운한 생애를 보낸 단테에 대해 강렬한 동일시적 투사의 감정을 경험하게 되는 것도 모두 존재론적 층위에서의 구보씨의 피난민 의식과 밀접한 관련이 있다.

인식론적 층위에서의 피난민 의식과 관련하여 구보씨의 정체성 표지로 규정할 수 있는 두 가지의 인식소로 들 수 있는 것이 바로 존재와 세계에 대한 '방법적 회의'와 '균형감각'이다. '현실을 늘 선례에 의해서 이해하는 상고주의자요, 관념론자'(97쪽)인 구보씨는 시종일관 방법적 회의와 균형감각을 매개로 한 개방적 의식을 통해서 '진리의 중심은 어디에나 있으며 진리의 주변이란 어디에도 존재하지 않는다'는 진리의 편재성이나 주체와 타자를 구분하면서 연결해주는 원리로서의 나란한 보편(lateral universal), 또는 사이－나눔으로서의 타자의 차이[15]에 대한 섬세한 감수성을 체득한 인물로 등장하고 있다.

방법적 회의와 균형감각을 자신의 인식론적 표지로 삼는 구보씨의 모습을 통해서 읽어낼 수 있는 최인훈의 모습은 크게 두 가지이다. 하나는, 인식대상의 최초 기원이나 최후의 종말에 대한 확정이나 평결을 유예한 상태에서 주어진 문제를 그 근본까지 철저하게 추적해 들어가는 회의주의자의 모습이다. 니체가 짜라투스트라의 입을 빌려 말한 바 있는 '위험을 자신의 직업으로 삼는다'라는 명제는, 존재와 세계를 당연한 것으로 받아들이는 자연적 태도를 거부하고 '체계적 의심'이나 '회의의 내면화'를 통해 확실성에 도달하기 위한 과정으로서의 방법적 회의를 자신의 인식론적 표지로 삼는 회의주의자로서의 최인훈의 모

---

15) 하이데거의 사이-나눔으로서의 차이나 메를로 퐁티의 나란한 보편의 개념에 대해서는 정화열/박현모 옮김, 『몸의 정치』, 민음사, 1999. 1장과 2장, 그리고 5장 참조.

습을 대변하고 있다. 의심의 제도화를 통한 열린 시각을 통해 존재와 세계의 본질과 확고한 토대를 끝까지 궁구하는 회의주의자로서의 최인훈의 모습을 극명하게 드러내고 있는 서술정보들이 바로 '벌거숭이 된 내 마음, 진실이란 병에 걸려 벌거숭이 된 내 마음'(12쪽), '벌거숭이 된 내 마음. 오 진실을 찾다가 벌거숭이 된 내 마음'(20쪽), '의심 많은 마음이여―그대야말로 우리들의 '詩神'이다. 끊임없이 우상을 부수는 것. 그것만이 구원이다. 이끼 앉은 모든 것을 경계하라. 움직이지 않는 모든 것을 의심하라'(139쪽)는 반복적인 내적 독백들이다.

또한 "천황'이라는 신의 아들에게 속고 '진리'의 화신이라던 스탈린이라던 이름에 멍들고 '애국'의 화신이라던 이승만 영감에게 속고 몇 번의 가난한 사랑의 흉내에도 보기 좋게 속고―이렇게 으리으리한 것에 속기만 한 구보씨의 마음밭은, 부랑자라든가 거지라든가 방랑 승려의 마음처럼 스산한 것이었기에 이 세상 무엇이라고 그리 대단해 보이지 않는 것이 여간 고통스럽지 않았다.'(153쪽), '이 '천황-스탈린-이승만'이라는 세 이름 속에서 구보씨의 반생의 정신은 어리둥절하면서 지나온 것이었다.'(148-149쪽)라는 서술정보에서 알 수 있는 바와 같이, 구보씨가 현상과 본질, 허명과 실체의 괴리에 대한 민감한 자의식을 반추하게 되는 것도, 또한 자조적으로 내뱉는 '에끼 神哥놈'이라는 푸념을 통해 주체와 세계와의 인식론적 괴리를 반복적으로 드러내는 것도, 인생의 의미에 대해 '늦가을의, 아직 덜 가신 안개 기운이 서린 수풀 사이를 걸어가면서 미꾸라지처럼 잡히지 않는 삶의 비밀'(55쪽)이라고 규정하게 되는 것도 모두 이 세상에 존재하는 모든 것을 회의적 이성의 법정에 세우고자 하는 회의주의자로서의 최인훈의 인식론적 정체성이 투영된 결과이다.

구보씨의 모습을 통해서 읽어낼 수 있는 최인훈의 다른 한 가지 모습은 모든 존재에는 빛과 어둠, 해방과 억압, 우연과 필연, 삶과 죽음, 운동과 정지, 이성과 감성, 몸과 마음, 신체와 관념 등과 같이 길항과 갈등의 관계를 형성하고 있는 상호 대립물들이 한 실체에 공존하고 있다는, 한마디로 '모순의 운동성'을 모든 존재의 본질적 조건으로 규정하는 변증법의 논리를 자신의 인식론적 표지로 삼아 존재의 어느 한 극단에 대한 안이한 편향을 단호히 거부하는 건강한 다원주의자로서의 모습이다. 한 실체에 공존하고 있는 상호 대립물 가운데 어느 한쪽이 다른 한 쪽의 효과의 산물임을 간파하여 중용의 가치를 선택하는 건강한 균형감각을 통해 절대적 중심이 없는 통일성을 지향하는 다원주의자로[16]서의 최인훈의 모습을 극명하게 대변하고 있는 서사정보가 바로 '사물'을 모두 잠정적인 '현상'으로 바라보는 것, '고체역학에서 유체역학으로. 그래서 어떤 사물이든 그것을 변화의 한 형태로 바라보는 것, 모든 사물을 변화하는 전체 속에서의 한 단계로, 그것을 불변의 단위라고는 보지 않았다'(102쪽), '사실은 이 세상에 단단한 것은 없다는 세계관의 표현으로서, 사람이 늘 거기서부터 출발하고 거기로 돌아가야 할 발판이 아닐까. 아니 '발판없음의 인식'이 아닐까?'(24쪽), '이 세상에 든든한 것은 하나도 없고 세상살이에 자신이란 것도 없

---

16) 존재와 세계에 대한 의심의 제도화와 균형감각을 자신의 인식론적 표지로 하는 회의주의자와 다원주의자로서의 최인훈의 사유체계는 어떤 점에서 '아무 것도 진리가 아니다, 따라서 모든 것이 허용된다'라는 허무주의와 반토대주의의 명제를 통해서 근대적인 계몽이성의 폭력성과 허구성에 대한 통렬한 전복과 반역을 감행하여 오늘날 다양한 포스트 담론체계의 저수지 역할을 하고 있는 니체의 사유체계 및 다원성과 우연성을 삶의 전제조건으로 설정하면서 니체를 통한 니체의 극복을 자신의 철학적 과제로 삼고 있는 리차드 로티의 우연성 철학과도 담론적 친연성을 보이고 있다. 니체와 로티의 담론체계에 대해서는 이진우, 『이성은 죽었는가』, 문예출판사, 1998. 4장과 8장 참조.

다고 생각한다'(132쪽) 등과 같은 구보씨의 반복적인 내적 독백들이다.

　한편, 존재와 세계에 대한 방법적 회의와 균형감각이야말로 최인훈으로 하여금 기계론적 인과론이나 단선적 환원주의에 기초한 객관적 진리의 폭력적 허구성을 쉽게 간파하게 한 원동력이었을 것으로 판단된다. 다시 말해, 기계론적 인과론이나 단선적 환원주의에 기초한 객관적 진리야말로 형이상학적 현전에 대한 믿음을 전제로 하는 자기동일성의 원리에 기초하고 있음을, 따라서 그것은 타자의 배제와 억압을 피할 수 없음을, 한마디로 기계론적 인과론이나 단선적 환원주의에 기초한 객관적 진리란 '권력의지의 간계'에 다름 아님을 통찰하게 하였을 것이다. 구보씨가 '살고 보니 진리란 '있는' 것이 아니라 만드는 것이며 더 바르게 말하면 '있게 하는 것'이 아닌가'(179쪽)하는 생각을 굳히게 되는 것도, 인간존재의 본질을 '두 개의 얼굴을 가진 이 신화의 인물'(165쪽)인 야누스로 규정하는 것도, 『광장』에서의 이명준이 남한과 북한의 두 체제 가운데 어느 한 체제를 선뜻 선택하지 못하다 결국 제3국행을 결심하게 되는 것도, 그리고 또한 자신의 문학적 자화상을 그려달라는 편집자의 부탁에 의한 「원시인이 되기 위한 문명한 의식」이라는 글에서 '무엇이 어찌 됐건 모든 형태의 객관주의의 늪에 조심해야 할 것 같다는 것,…나는 우리 시대는 이미 삶의 뜻이 동상이나 성상처럼 고체형으로 밖에 있지도 않고, 그렇다고 경문이나 미사처럼 안에 있는 것도 아니고, 그렇다, 마치 주식시장의 장세표처럼 시간의 띠 위에 각각으로 표시되는 주가처럼 벌써부터 '움직이는 질서'의 형태로만 존재한다는 그런 세계인식 때문인 줄로 안다'라는 소회를 드러내는 것도 모두 그와 같은 방법적 회의와 균형감각이 투영된 결과라고 하겠다.

방법적 회의와 균형감각를 자신의 인식론적 표지로 삼는 회의주의자와 다원주의자로서의 구보씨의 그러한 태도형성에는 자기 동질성의 토대이자 근원적인 삶의 공간이 되기도 하는 고향에서 강제로 분리되는 극한상황에서의 다양한 가치박탈 체험들이 상당한 영향을 주었으리라 추정해 볼 수 있다. 익혀 알려져 있는 바와 같이, 최인훈은 1950년 한국전쟁과 그로 인한 피난. 그리고 그 이후 계속되는 유랑체험을 거듭하는 과정에서 많은 가치박탈을 경험한 것으로 전해지고 있다. 최인훈의 그러한 인생유전에 대해 김욱동은 '한 몸으로 인생을 두 번 거친 듯하고, 한 사람으로서 두 몸이 있는 듯하다'는 명제로 자신의 인생역정을 규정하고 있는 후쿠자와 유키치(福澤諭吉)의 삶에 견주고 있다.[17] 실제로 최인훈은 이 작품을 비롯한 여러 작품들이나 수필, 또는 대담 등과 같은 1차 자료들을 통해 6·25 이후 계속되었던 유랑체험과 그것들이 자신의 정체성 형성에 미친 영향 등에 대해 암시적인 형태로 드러내고 있다.

> 전쟁이 났을 때 그는 고등학교 일학년이었다. 전쟁이란, 거의 모든 사람에게 그런 것이지만 더구나 고등학교 일학년짜리에게는 그것은 어떤 어질머리였다. 피난. 월남. 이십 년의 세월. 그 이십년은 구보에게 있어서 그 어질머리의 실마리를 풀어가는 일이었다. 어질머리. 삶은 어질머리를 가만히 앉아서 풀어가는 가내수공업 센터 같은 것이 아닌 것도 사실이긴 하였다. 풀어간다는 것도 살면서 풀어가는 것이고, 산다는 일은 어질머리를 보태는 일이었다.…
> 아름다움을 남보다 더 누린 사람은 반드시 그 갚음을 해야 한다. 월남 후 그는 그 갚음을 하기에 이십 년을 허비했다.(19-20면)

---

17) 김욱동, 앞의 책, 31면.

특히 내 경우에는, 가령 중앙의 문화가 그리워서 변경인이 중앙으로 점점 가까이 온 경우가 아니고 정치적으로 타율에 의해서 우리 집안 자체의 필연적인 삶의 길을 찾아 이동해 온 것이거든요. 그것이 한편으로는 공교롭게도 문화적으로 굉장한 갈등을 안겨 주었는데, 그런 이동이 그 동안에 저 자신 작가로서 가장 집착하는 문제가 되었고, 앞으로도 아마 필연적으로 정해진 저의 길이 아닌가, 그렇게 생각합니다.…

그 때만 해도 제가 고등학교 2학년생이었는데, 이제까지의 생애에서 그만한 인원이 한군데 모인 것을 본 적이 없었어요.… 어떤 사람이나 그런 충격은 감각적으로는 마찬가지이겠지만, 결국 직업이 그런 것을 자꾸 반추하게 되는 직업이다 보니까 그게 내가 아직도 정식화하지 못할 만큼 굉장한 응어리를 만들어 준 것 같아요.[18]

일본말이나 일본사람이 싹없어지는 것도 충격은 충격이죠. 그리고 일본인 대신에 들어온 소련군의 새 질서라는 것도 우리에게도 생소한 것이고, 남한에 월남한 뒤엔 또 생활에 있어서나 문화에 있어서나 이데올로기에 있어서 또다른 거죠… 불행하게도 나는 절대적으로 압도할만한 선택의 기준을 만나지 못했던 것입니다. 작가생활을 시작할 때부터 지금 이 시점까지도 나는 그러한 것을 가지고 있지 않아요.… 그런 것이 나에게 없는 동안은 마치 있는 것처럼 말한 적이 없고 앞으로도 그렇다라는 입장이라고나 할 수 있을까[19]

인용문면들을 보면서 다시 한 번 확인하게 되는 것은 '존재가 의식을 결정한다'라고 하는 마르크스의 저 유명한 고전적 명제의 유효성이다. 그것은 최인훈의 존재론적 기반과 인식론적 토대 사이에는 구조적인 상동관계가 형성되어 있음을 확인하기 때문이다. 인용문면에서

---

18) 김현/최인훈, 「변동하는 시대의 예술가의 탐구」, 『꿈의 거울』, 우신사, 1990. 206-207면.
19) 이창동/최인훈, 앞의 글, 48-49면.

유추해낼 수 있는 바와 같이, 최인훈이 그 어떤 고정된 근원이나 단일한 중심에 쉽게 함몰되지 않고 이동과 과정의 유동성을 모든 존재와 세계의 본질로 규정하고자 하는 방법적 회의와 균형감각의 소유자가 된 데는 월남 이후 거듭되었던 문화충격과 유동적인 삶을 강요당할 수밖에 없었던 자신의 존재론적 조건이 결정변수로 작용하고 있음을 알 수 있다. 그러한 유추해석의 정당성에 대해서는 '땅 위에 정착하기 어려웠던 개인적이고 현실적인 경험이 지배하고 있다'[20]라는 자신의 고백적 진술이 증명하고 있는 바이다.

2.2 구성적 의식으로서의 작가의식

이 작품에서 피난민 의식 못지않게 중요한 서사비중을 차지하고 있는 의식이 바로 작가의식이다. 시인이나 소설가, 평론가나 출판인 등, 주로 문학 공동체 구성원들과의 만남에서 촉발된 구보씨의 작가의식은 크게 두 가지의 층위에서 드러나고 있다. 하나는 언어를 표현매체로 하는 소설장르의 정체성에 대한 미학적 자의식이다. 다른 하나는 소설가의 정체성에 대한 성찰적 자의식이다.

추구하는 정신에서의 리얼리즘과 구체적인 방법론에서의 모더니즘의 조화로운 공존. 소설 장르에 대해 구보씨가 일관된 형태로 보여주고 있는 미학적 자의식의 핵심적 요체로 규정할 수 있는 개념항이다. '객관적 재현을 통한 현실비판'을 핵심범주로 하는 리얼리즘과 '다양한 형식실험'을 핵심범주로 하는 모더니즘 방법론의 조화로운 공존에 대한 구보씨의 미학적 자의식은 15개의 삽화에서 반복적으로 반추되고

---

20) 앞의 글, 62면.

있다.

'어질머리라는 누에집을 풀어서 그것이 대체 어떤 까닭으로 그렇게 얽혔는가를 알아보아야 하는 것'(20쪽), '세상살이의 이치와 느낌을 지어낸 인물의 일생이나 사건을 통해서 이야기로 엮어놓은 글'(144쪽), '천지와 인사의 이치가 머리에 선할 때 일위 인물을 지어내어 그의 파란곡절을 통해 이 이치를 깨닫게 하는 것'(149쪽), '세상살이 이야기 한 꼭지를 지어내서 세상이치를 밝혀내고 인물마다 옳고 그름을 가리는 일'(262쪽) 등과 같은 서술정보들에서 알 수 있듯이, 존재와 세계의 본질적인 이치의 궁구를 통한 현실 비판이야말로 소설장르의 핵심과제라는 성찰적 자의식을 소유하고 있는 구보씨에게 소설을 쓴다고 하는 행위는 투명한 의식을 지닌 자율적이고 통일적인 사회·역사적 주체를 생산해내는 이데올로기적 실천행위인 것이다. 작가들에게 "스스로를 어떤 실천의 주체들로서 체험하도록 용인하며, 또 그들이 이 같은 실천에 자신을 예속시키면서 자기 자신의 동일성을 확인하도록 용인"[21]하는 이데올로기적 실천으로 소설 쓰는 행위를 규정하는 구보씨에게 소설이란 단순히 미학적 가상으로서의 언어적 구성물의 지위에 머무를 수가 없게 되는 것이다. 구보씨에게 소설이란 자신의 존재론적 조건에 대한 자아 성찰적 구성물이자 제도적 기호를 통해 사회·역사적 주체로서의 자신의 존재론적 지위를 드러내는 존재증명 방식이 되는 것이다. 소설 쓰는 행위를 사회적 실천이자 실존적 기투행위로 규정하고 있다는 점에서 구보씨는 엄정한 리얼리스트라고 할 수

---

21) 클라우스-미하엘 보그달, 「징후적 독해와 역사적 기능분석」, 클라우스-미하엘 보그달 편저/문학이론연구회 옮김, 『새로운 문학이론의 흐름』, 문학과 지성사, 1994, 124면.

있다.

그러나 '소설에서 이놈의 진짜 비슷하게 써야 한다는 소리가 신물이 날 지경인데'(108쪽)라는 푸념에서도 알 수 있는 바와 같이, 대상의 객관적 재현을 핵심범주로 하는 리얼리즘적 글쓰기의 강박에 대한 해방적 욕구를 항상적으로 지니고 있다는 점에서 구보씨를 단순히 리얼리스트로서만 규정하는 것은 평면적이다. 존재와 세계의 재현방식으로 선조적 인과론과 진보적 발전사관을 축으로 하는 전형과 총체성의 개념을 배타적으로 고집하지 않고 다양한 형식실험에 대해서도 유연한 태도를 견지하고 있다는 점에서 구보씨는 반리얼리스트, 아니 보다 정확히는 '개방적 리얼리스트'로 규정할 수 있을 것이다. 실제로 최인훈은 이창동과의 대담에서도 세상살이든지 우리들의 삶의 구조를 객관화되고 통일된 하나의 과학적 원칙이나 법칙으로 보려고 하고, 또 그것에 도덕성을 부여하고자 하는 경화된 리얼리즘이 지배적인 방법론과 이념으로 군림했었던 80년대의 현상에 대해 자신에게는 무슨 전통적인 소설이니 주류가 어떠느니 리얼리즘이 어떠느니 하는 종래의 그릇은 아무 쓸모가 없었고 오직 현실만이 실감이 있었다라는 진술과 더불어 자신의 눈에는 양쪽이 모두 보였기 때문에 완전히 카프카(모더니즘)처럼 가보지도 못했고 솔제니친이나 고리끼(리얼리즘)처럼도 가보지 못하고 그 중간쯤에서 배가 롤링하듯이 좌우로 움직인 궤적이 자신의 문학세계의 항적이었다[22)]는 진술을 덧붙이고 있다.

추상과 구상은 서로 배척할 것이 아니라 공존해야 한다는 것/추상과 구상도 한 시공에 동시에 존재하는 생의 얼굴이라고 봐야지 한쪽으로만

---

22) 이창동/최인훈, 앞의 글, 52-54면.

결판내려면 생을 일그러뜨릴 수밖에 없다는 것/일그러뜨릴 때는 그것이 언어의 전개형태인 계기적 서술의 한계에서 오는 방법적 단순화임을 자각하는 여유가 있으면 좋지만 그런 허구의 조작을 실체화하려 들면 교조주의가 된다는 것/예술은 현대문명에서 단일한 양식을 가질 수 없다는 것/양식전범을 통일하려 할 것이 아니라 분파가 택한 전범 각기의 테두리 안에서 감상을 얼마나 극복했는가를 가지고 신심을 저울질하는 길밖에 없다는 것/문학의 음계는 복합음계로서 풍속의 지시를 포함하지 않을 수 없다는 것(30-31면)

리얼리즘과 모더니즘의 조화로운 공존에 대한 자신의 미학적 자의식을 '추상'과 '구상'이라는 대립항을 통해 비교적 분명한 형태로 보여주고 있는 글이 바로 이 인용문이다. 추상과 구상의 두 가지 방법 가운데 어느 한쪽에 대한 배타적 편향은 교조주의적 단순화의 오류를 범할 수밖에 없다는 진술이 시사하는 바와 같이, 최인훈은 세계에 대한 계몽된 비전을 제시하고 있는 기존의 습관화된 의사소통 구조의 해체와 의미화 실천의 심문을 통한 의심의 해석학으로서의 모더니즘이 잠재적으로 지니고 있는 전복적인 기호학적 힘[23]에 대한 믿음을 지니고 있었을 뿐만 아니라 모더니즘적인 실천은 계몽주의의 비판적인 기획을 재활성화시키는 데 이바지하며, 왜곡된 의사소통에 저항하는 잠재적인 세력으로서의 의사소통적 합리성을 재활성화하는 데도 이바지할 수 있다[24]는 믿음 또한 지니고 있었던 것으로 판단된다. 이와 같이 구상과 추상의 대립적 방법론을 변증법적 통일의 관계로 파악하고 있는 문학관과 구보씨의 인식론적 표지인 존재와 세계에 대한

---

23) A. 아이스테인손/임옥희 옮김, 『모더니즘 문학론』, 현대미학사, 1996. 285-288면.
24) 앞의 책, 287면.

방법적 회의와 균형감각 사이에는 구조적인 상동성이 형성되어 있음을 알 수 있다. 최인훈이 『서유기』를 비롯하여 『구운몽』, 『열하일기』, 『총독의 소리』 등과 같은 일련의 소설들에서 환상이나 꿈과 같은 초현실주의적 기법을 적극적으로 도입했던 것도, 샤갈에 대한 일방적인 편향을 드러내는 것들이 모두 방법적 회의와 균형감각을 중시하는 구보씨의 인식적 지향과 밀접한 관련이 있다고 할 수 있다. '균형감각이 없으면 부분적으로 아무리 놀랍더라도 그 문화가 야만일 수밖에 없다'(212쪽)는 구보씨의 문화의식은 그러한 판단의 설득력을 보강해주고 있다.

소설가의 정체성에 대한 성찰적 자의식은 크게 두 가지의 층위에서 반복적으로 반추되고 있다. 하나는, 당위의 층위에서 반복적으로 반추되고 있는 '예술가 의식'이다. 다른 하나는, 현실의 층위에서 반복적으로 반추되고 있는 '직업의식'이다. '시인이란 무엇? 사기도박을 발견하면 고래고래 소리를 지르고, 죽은 자에게는 대성통곡하는 것'(47쪽), '동네가 난리를 만나거나 염병에 걸렸는데 가야금을 뚱땅거리는 건 잡담 제하고 개새끼에 틀림없다. 그럴 때는 예술가도 남을 보살피기 위해 팔을 걷어부쳐야 한다'(110쪽)라는 진술들에서 알 수 있는 바와 같이, 당위의 층위에서 반복적으로 반추되고 있는 예술가 의식의 핵심은 존재와 세계에 대한 통찰력과 비판력이다. 그와 같은 예술가 의식에 대한 압축적인 메타포로 기능하는 것이 바로 작가를 '미의 사제'나 '무당의 후손'으로 규정하는 구보씨의 작가관이다. 예술가 의식의 대립항으로 반추되고 있는 직업의식에 대한 압축적인 메타포로 기능하고 있는 것은 '노동자'라는 용어이다. 구보씨가 '그러니 소설가는 역시 인쇄기니 제본기계니 하는 생산수단을 가지지 않았다는 뜻에서 노동자임에 틀림없다'(144쪽)라는 자의식을 끊임없이 반추하는 것은 구보씨의 직업의식이 예술가 의식과 등가의 차원에서 자유롭게 넘나듦을 암시하고 있다.

사적이고 귀족적인 후원체계의 소멸과 동시에 익명적 상품거래에 기초하는 부르조아 사회의 시장기능에 자신들의 운명이 결정적인 영향을 받기 시작하는 자본주의적 근대 이후, 소설가를 포함한 거의 대부분 예술가들의 존재론적 조건이 그러하듯이, 구보씨의 예술가 의식과 직업의식은 길항관계를 형성하고 있다. 그런 점에서 구보씨는 근대적 예술가의 존재론적 초상을 대변하고 있는 인물이다. 예술가 의식과 직업의식의 괴리에서 오는 구보씨의 존재론적 갈등을 상징적으로 압축하고 있는 메타포가 바로 '시심'(詩心)과 '물욕'(物慾)의 대립항이다. 구보씨가 노동자라고 하는 명칭을 반복적으로 고집하는 것도, 그리고 인세와 원고료에 관련된 자신의 미묘한 속내를 희화적으로 드러내는 것도, 출판사에 보관 중에 있는 작품을 '재고품', 자신의 소설 쓰는 행위를 '날품팔이'나 '목구멍에 풀칠하기' 등과 같은 자조적인 표현에 빗대어 규정하는 것 등이 모두 예술가 의식과 직업의식의 괴리에서 오는 구보씨의 존재론적 갈등과 밀접한 관련이 있다고 하겠다.

또한 예술가 의식과 직업의식의 괴리에서 오는 구보씨의 존재론적 갈등에 대한 기능적 표지로 작용하고 있는 것이 바로 두 가지 의식의 문체적 차이이다. 예술가 의식을 드러내는 문체들의 속성이나 자질이 대부분 진지하면서도 성찰성이 강한 규범적 문체로 이루어져 있는 반면, 직업의식을 드러내는 문체들의 속성이나 자질은 자조적이면서도 냉소적인 문체로 이루어져 있다. 그와 같이 예술가 의식과 직업의식 사이에는 그 의식의 실체 못지않게 문체 면에서도 상당한 차이를 보이고 있는데, 그러한 문체적 차이는 그 두 의식의 존재론적 괴리의 문체적 표지로 기능하고 있다.

3. 나오는 말

이 글은 대상 텍스트인 『소설가 구보씨의 일일』이 최인훈 문학의 원천에 대한 생산적인 지도 역할을 하고 있다는 문제의식을 가지고서 출발했다. 그러한 문제의식과 관련하여 이 글은 두 가지의 작업가설을 논증하는 것을 그 연구목적으로 설정하였다. 하나는 피난민 의식과 작가의식이라고 하는 두 가지의 지향이 이 작품의 지배적인 구성적 원리로 기능하고 있다는 가설을 논증하는 작업이었다. 다른 하나는 그 두 가지의 의식 사이에는 상호 의존적 관계가 형성되어 있을 것이라는 가설을 논증하는 작업이었다. 구체적인 작품분석의 결과 실제로 이 작품은 그 두 가지의 작업가설이 상당한 설득력을 지니고 있음을 알 수 있었다.

먼저 피난민 의식과 작가의식이 이 작품의 구성적 원리로 기능할 수 있었던 이유로는 최종적인 초월적 기의로부터 해방된 기호들의 운동성을 연상케 할 정도로 개방된 구보씨의 의식지평에 포착되는 사유와 자의식 체계 가운데 다른 대부분의 의식들이 단발성의 사유와 자의식의 반추로 끝나는 데 비해 그 두 가지 의식은 하나의 단일한 체계를 형성하고 있다는 점을 들었다. 15개의 삽화에서 시종일관 반복적으로 반추되고 있는 구보씨의 피난민 의식은 두 가지의 층위에서 나타나고 있었다. 존재론적 층위에서 반복적으로 반추되고 있는 피난민 의식의 지배적 실체는 근원으로부터의 이탈에서 오는 비애와 상실감의 정서임을 알 수 있었으며, 인식론적 층위에서의 그것은 존재와 세계에 대한 방법적 회의와 균형감각임을 알 수 있었다.

주로 문하 공동체 구성원들과의 만남에서 촉발되고 있는 구보씨의 작가의식 또한 두 가지의 층위에서 반복적으로 반추되고 있음을 알 수 있었다. 언어를 표현매체로 하는 소설장르의 정체성에 대한 미학적 자의식의 핵심요체는 추구하는 정신에서의 리얼리즘과 구체적인 방법론에서의 모더니즘과의 조화로운 공존임을 알 수 있었다. 소설가의 정체성에 대한 성찰적 자의식의 핵심요체는 예술가 의식과 직업의식 사이의 존재론적 길항과 갈등임을 알 수 있었다. 시심과 물욕의 대립적 메타포로 압축되고 있는 두 가지 의식 사이의 존재론적 길항과 갈등은 그 문체 면에서도 기능적 차이를 드러내고 있음을 알 수 있었다.

이 작품이 최인훈 문학의 원천에 대한 생산적인 지도 역할을 하고 있다는 문제의식과 그것에 기초하여 이루어진 이 글에서의 분석결과는 앞으로 최인훈의 다른 작품들을 연구하는 데 유효한 준거의 틀을 제공할 수 있으리라 생각한다. 특히, 최인훈 자신이 이 작품을 포함하여 5부작으로 읽혔으면 좋겠다는 자신의 바람을 피력한 바 있는 네 작품, 『광장』, 『회색인』, 『서유기』, 『태풍』은 더욱 그럴 것이다. 그 네 작품은 물론이고 최인훈의 다른 작품들에 대한 작업은 앞으로의 과제로 남겨둔다.

3

주인석의 「검은 상처의 블루스 : 소설가 구보 씨의 하루」론

1. 들어가는 말

이 글이 집중적인 분석의 대상으로 소환하고자 하는 텍스트는 주인석의 『검은 상처의 블루스 : 소설가 구보 씨의 하루』(1993)이다. 한국의 근대문학에 조금이라도 관심이 있는 사람이게는 상식에 가까운 정보이겠지만, 이 제목의 작품은 주인석의 그것 말고도 두 편이나 더 존재한다. 하나는 박태원이 1934년 9월 『조선중앙일보』에 발표한 중편「소설가 구보씨의 일일」이고, 다른 하나는 최인훈이 1969년에서 1972년까지 연작의 형태로 발표한 장편 『소설가 구보씨의 일일』이다. 최인훈과 마찬가지로 연작의 형태로 발표한 주인석의 그것을 포함하여 세 편의 『소설가 구보씨의 일일』들은 동일한 제목만큼이나 매우 친밀한 가족 친족성을 형성하고 있다.

먼저 세 작품들은 경험적 자아와 허구적 자아 사이의 서술적 거리가 제로에 가까워지는 자전소설의 형태를 띠고 있다. 더불어 이 세 작품들은 넓게는 "픽션과 리얼리티와의 관계에 의문을 제기하기 위해 가공물로서의 그 위상에 자의식적이고 체계적으로 관심을 갖는 허구적인 글쓰기"[1]인 메타 픽션, 그리고 좁게는 예술적 당위와 현실적 욕망 사이의 괴리로 인한 경계인의 불행한 의식이 서사를 추동하는 소설가 소설의 장르적 외피를 걸치고 있다. 실제로 이 세 작품들의 서사 주체로 기능하는 세 명의 구보씨들의 이력이나 신상 정보는 창작 주체로서의 세 작가들의 개인사나 자전적인 정보와 거의 일치하고 있을 뿐만 아니라 세 작품 모두 소설가이자 지식인으로서 당대 사회에 대한 민감한 자의식이나 성찰 들이 서사의 육체를 풍부하게 있다는 점에서 세 작품을 동일 계열체의 서사로 파악하는 관점은 충분한 설득력을 지니고 있다.

자연스레 이어지는 질문. 그러면, 주인석은 왜 박태원과 최인훈에 이어 동일한 제목의 소설을 발표하게 되었을까? 주인석은 왜 창조적 재능이나 상상력의 결핍 또는 부재의 혐의를 받을지도 모를 행위에 자신의 작가적 에너지를 기꺼이 탕진하고자 하였을까? 이 글의 문제의식이 발기하는 부분은 바로 이 지점에서이다. 박태원과 최인훈의 『소설가 구보씨의 일일』[2]에 대해서는 그 동안 적지 않은 논의가 이루

---

1) 퍼트리사 워/김상구, 『메타픽션』, 열음사, 1989, 16면.
2) 『소설가 구보씨의 일일』이라는 작품명은 서술의 편의를 위해 특별한 이유가 없는 한 『구보』로 통일하고자 한다.

어진 바가 있다. 그에 비해 주인석의 『구보』에 대해서는 서자가 아닌가 하는 생각이 들 정도로 논의가 소략한 편이다. 대략 10여 편 정도에 이르는 주인석의 『구보』에 대한 기존의 논의들은 크게 두 가지 유형으로 구분할 수 있다. 하나는, 패러디나 상호 텍스트의 개념을 동원한 비교 문학적 관점에서 세 작품을 비교·분석하고 있는 글들이다. 이 유형에 속하는 글들로는 최현식의 『「소설가 구보씨의 일일」에 나타난 '소설(예술)론'의 위상』, 신철하의 「소설과 사회사 : 구보씨 소설의 사회·문화적 의미」, 양진오의 「소설가 소설의 한국적 모델의 완성과 계승」, 김외곤의 「소설가에 의한 소설, 소설가의 존재방식에 대한 질문」, 노상래의 『「소설가 구보씨의 일일」들 연구』, 나은진의 「소설가 소설과 '구보형 소설'의 계보」, 오경복의 「구보형 소설의 구조미학」 등을 들 수 있다. 다른 하나는, 온전한 작품론의 형태로 이 작품의 의미와 한계를 톺아보고 있는 글들이다. 이 유형에 속하는 글들로는 작품집 뒤에 해설의 형태로 수록된 이광호의 「그대 아직도 복수를 꿈꾸는가」와 오경복의 「주인석 '구보'의 세상 읽기와 소설 쓰기」를 들 수 있다.

개략적인 연구사 일별을 통해서 알 수 있는 바와 같이, 이 글이 논의의 중심에 두고자 하는 주인석의 『구보』에 대한 논의는 이제 막 출발선상에 놓여 있다고 할 수 있다. 따라서 이 글은 크게 두 가지의 목적을 가지고서 출발한다. 하나는 성실한 작품 읽기를 통한 구조 분석을 통해 이 작품의 의미와 한계를 해명하는 작업이다. 다른 하나는 앞서 밝힌 바 있는 이 글의 문제의식을 해명하는 작업이다. 서로 밀접한 관련을 맺고 있다는 점에서 이 두 가지의 작업은 사실 하나라고 할 수 있다.

2. 소설(가)의 당위와 현실의 균열

앞서 밝힌 바와 같이, 주인석의『구보』는 여러 가지 서사의 설정에
서 박태원과 최인훈의 동명소설인『소설가 구보씨의 일일』과 적지 않
은 가족 친족성을 형성하고 있다. 먼저 서사의 주체로 기능하는 세 명
의 구보는 모두 한결같이 사색형 인간형의 특성을 공유하고 있다. 그
리고 실향민 1세와 2세라는 차이가 있기는 하나 최인훈의 구보와 주
인석의 구보는 분단으로 인한 개인사적인 상처를 공유하고 있으며, 박
태원과 주인석의 구보는 자식의 행복만을 바라는 홀어머니의 욕망을
충족시켜 주지 못하는 데서 오는 고민과 갈등을 반추하며 사는 미혼
의 소설가라는 처지를 공유하고 있다. 실제로 주인석은 '박태원의 구
보씨는 1934년에 이십대 후반의 소설가였고, 최인훈의 구보씨는 1960
년대 말에서 1970년대 초에 삼십대 중반을 보낸 소설가였다. 그러나
이 소설 속의 구보씨는 1991년에 이십대 후반인 소설가다'[3]라는 진술
을 통해 자신의 이 소설이 박태원과 최인훈의 소설을 아주 적극적으
로 의식하면서 쓴 소설이라는 사실을 조금도 감추려 하지 않고 있다.
　박태원과 최인훈의『구보』를 포함하여 주인석의 이 소설은 왜 문제
적인가? 그것은 세 소설 모두 교환가치가 사용가치를 지배하는 타락
한 자본주의 사회, 왜소한 개인들의 사소한 욕망들이 지배하는 속물들
의 왕국에서 소설가이자 지식인으로 살아간다는 것과 문학을 한다는

---

3) 주인석, 「옛날 이야기를 좋아하면 가난하게 산단다」, 『검은 상처의 블루스 :
　　소설가 구보씨의 하루』, 문학과 지성사, 1993, 24면. 앞으로 본문에서의 작품
　　인용 각주 처리는 인용 다음에 연작의 제목과 면수만 밝히는 방식으로 통일하
　　고자 한다.

것의 의미가 무엇인가라는 화두를 자극하면서 문학 공동체의 정주민들을 끊임없이 불편하게 하기 때문이다. 보다 구체적으로, 박태원의 구보는 '서정시인마저도 황금광'으로 나서게 할 정도로 타락한 식민지 근대에서 소설가로서 살아가는 일의 소외와 상실감을 서사의 전면에 전경화하면서, 최인훈의 구보는 '거대한 피난민촌'이라는 메타포로 표상하고 있는 타락한 한국 사회에서 소설가로서 자신의 존재론적 뿌리를 내리는 과정에서 경험하게 되는 온갖 부조리와 소외를 서사의 전면에 전경화하면서 끊임없이 그 화두에 골몰하고 있다. 그렇다면 그 두 사람의 뒤를 이어 삼대의 반열에 오른 주인석의 구보는 어떤 서사의 전략을 동원하여 그 화두와 맞서고자 하는가?

 '타락한 자본주의 사회에서의 소설과 소설가의 존재방식'이라는 화두와 관련하여 이 작품이 동원하고 있는 담론의 장치는 이항 대립의 틀이다. '소설(가)의 당위/소설(가)의 현실'의 구도로 압축 가능한 이항 대립적 틀의 한 극에는 소설(가)이 마땅히 추구해야 할 지향에 대한 성찰과 모색이 자리하고 있고, 다른 극에는 현실세계에서 실현되고 있는 소설(가)의 위상에 대한 냉소와 위악이 자리하고 있다. 시대와 역사의 비애와 환멸은 현실세계에서의 소설(가)의 위상에 대한 냉소와 위악을 자극하는 동인으로 작용하고 있다. 그런 점에서 "소설가 구보 씨의 하루' 연작은 두 가지 질문을 담고 있는 소설 양식이다. 그 하나는 이 소설의 주인공인 구보가 경험한 시대 혹은 그의 세대는 무엇인가 하는 것이며, 다른 하나는 그렇다면 그 안에서 소설과 소설가란 무엇인가 하는 것이다…그렇기 때문에 이러한 소설은 작가 자신의 내면에 대한 탐색과 반성을 보여주는 동시에 그가 몸담은 역사와 현실에 대한 비평적 태도를 견지한다"[4]는 지적은 적절해 보인다.

2.1 소설(가)의 당위에 대한 성찰과 모색

소설가의 당위에 대한 성찰·모색과 관련하여 구보씨가 가장 먼저 성찰의 대상으로 삼는 화두는 소설이란 무엇인가? 라는 존재론적 질문이다. 다섯 편의 연작 가운데 가장 먼저 발표된 「옛날이야기를 좋아하면 가난하게 산단다」라는 작품의 서사는 이 질문을 축으로 축조되고 있다. 이 질문은 단순히 소설이란 무엇인가에 대한 구보씨의 문학관이나 입장을 반영하는 데 국한되지 않고 자신의 글쓰기 기원에 대해 중요한 단서나 정보원으로도 기능하고 있다는 점에서 매우 중요한 의미를 지닌다. 글쓰기의 기원과 등가일 정도로 중요한 비중을 지니고 있는 이 질문은 구보씨가 자신의 기억 목록에서 영원히 망각하거나 억압하고자 했던 고향과 아버지에 대한 과거의 기억과 밀접한 관련이 있다. 구보씨에게 고향과 아버지에 대한 과거의 기억은 지독한 악몽으로 각인되어 있으며, 구보씨에게 소설은 망각하고 싶은 과거의 기억을 재생한 다음 그것을 반성하는 글쓰기 작업이기 때문이다.

구보씨로 하여금 지독한 악몽으로 각인된 아버지와 고향에 대한 과거 기억을 반성하게 하는 계기, 그러니까 구보씨의 소설관, 나아가서는 글쓰기의 기원에 대한 탐색을 촉발하는 계기로 작용하는 것은 원고 마감 날짜에 쫓기던 글쓰기의 돌파구를 찾다가 우연히 발견한 아버지 장례식 때의 사진이다. 우연히 발견된 8년 전의 사진이 계기가 되어 찾아간 20여 년만의 고향 탐방에서 구보씨는 분단으로 인해 떠밀려온 기지촌 파주에서 군수품 밀매를 하다 살인미수 사건으로 평생

---

4) 이광호, 「그대 아직도 복수를 꿈꾸는가」, 주인석, 『검은 상처의 블루스 : 소설가 구보씨의 하루』, 문학과 지성사, 1993, 307-308면.

불행한 삶을 살다가 죽은 아버지와 화해하는 과정에서 자신의 소설관
을 발견하게 된다.

> 과거를 이야기한다는 것은, 옛날이야기를 한다는 것은 과연 무얼까.
> 반성한다는 것이 아닐까. 정직하게. 사소한 죄책감까지. 그러나 반성은
> 실패한 사람들이나 한다. 성공한 사람들은 그 따위에 관심도 없다. 그들
> 은 과거를 변장시키거나 숨겨버리거나 할 뿐, 옛날이야기를 하지 않는
> 다. 잘살기 위해 사람들은 부끄러운 과거에 대해 빗장을 건다. 옛날이야
> 기는 그 빗장을 풀어내는 일이다. 그래서 사람들이 숨겨놓고는 나몰라라
> 하는 과거를 폭로한다. 반성한다.……
> 소설은 현실에 대해 숨겨진 과거로 저항한다. 사람들이 숨긴, 잊은,
> 잊으려 하는 과거로, 소설가는 반성시키는 반성가다.
> (「옛날이야기를 좋아하면 가난하게 산단다」, 50-51면)

과거로의 시간여행을 통해서 구보씨가 도달한 결론은 소설이란 억
압하고 싶은 과거를 들추어내어 반성하는 글쓰기 행위라는 점이다.
그 과정에서 이제까지 자신의 무의식을 지배해왔던 아버지와 고향에
대한 기억과 어떤 형태로든지 타협·화해하지 않고서는 소설쓰기가
불가능하다는 사실을 확인하게 되는 구보씨는 20여년 만에 찾아간 고
향방문을 통해 그 기억들을 고백할 수밖에 없게 된다. 따라서 영원한
망각을 바랄 정도로 지독한 악몽으로 각인되어 있는 아버지와 고향에
관련된 개인 가족사를 고백하는 서사로 그 육체를 구성하고 있는 「옛
날이야기를 좋아하면 가난하게 산단다」는 주인석에게 자신의 글쓰기
기원을 천명하는 통로이자 소설가로서의 자신의 출발을 다짐하는 출
사표로서의 의미를 지니게 된다. 소설의 장르적 정체성을 반성의 힘
에서 구하고 있는 구보씨의 문제의식은 이후 발표된 연작들에서도 반

복적으로 변주되고 있다. 더욱이 이후 발표된 연작들에서 구보씨는 소설의 핵심 질료를 반성에서 구하는 자신의 문제의식을 개인의 가족사나 실존의 지평에서 벗어나 그 범위를 사회·역사적 지평으로까지 확대시키고 있다.

「사잇길로 접어든 역사」에서도 소설이란 무엇인가에 대한 구보씨의 질문은 반복적으로 변주되고 있다. 두 번째 연작에 해당되는 이 작품에서의 소설관 탐색과 성찰은 친구 H의 결혼식장으로 가는 버스 안에서 시작된다. 우연히 눈을 뜬 것을 계기로 할머니에게 자리를 양보해야만 되는 상황에서 촉발된 소설관의 탐색과 성찰에서의 핵심은 '눈을 뜨고 본다는 행위'이다. 이때 눈을 뜨고 본다는 행위는 단순히 감각기관인 눈을 동원하여 시각적인 대상을 바라본다는 차원의 의미는 아니다. 시대의 부조리와 폭력을 외면하지 않고 정면에서 감당하고자 하는 실천의지가 바로 눈을 뜨고 본다는 행위의 진정한 의도이고 그러한 실천의지를 글로써 실행하는 존재가 작가라는 게 이 작품을 통해서 드러내고자 하는 구보씨 소설관의 핵심적인 요체이다.

대학 시절 학생운동의 동지이자 시인 지망생이었던 친구 H의 입신출세와 개인적인 영달 추구를 위한 변절과 시속과 시류의 변화에 따른 서대문 형무소의 테마 파크로의 변모에 대한 구보씨의 성찰들이 이 작품의 서사를 추동하는 설정으로 구성되어 있는 것 또한 어떤 상황에서도 자신만큼은 눈을 뜨는 행위를 포기하거나 외면하지 않겠다는 소설가의 지향과 관련된 주인석의 문제의식과 밀접한 관련이 있어 보인다. 한마디로 '견리사의'의 정신을 글로써 실천하는 행위가 소설이고, 그러한 행위의 주체가 소설가라는 것이다. 구보씨의 성찰을 통해서 드러나고 있는 바와 같이, 문학주의의 성채에 갇힌 자족적이고 폐쇄적인 언어 기교나 수사의 장식품적 지위에 머무르는 문학이란, 시대의 불의와 폭력을 정면에서 감당해야만 하는 문학관의 소유자인 주인석에겐, 문학정신 그 자체를 포기한 한갓진 글쓰기 행위에 불과할 뿐이다.

한편, 소설가의 존재론과 관련된 구보씨의 성찰에서 시대의 불의와 폭력의 표상으로 특권적인 지위를 획득하면서 서사의 초점으로 전경화되는 시·공간은 '비극의 연대'인 1980년대의 '빅뱅'인 광주이다. 구보씨에게 있어서 1980년대는 시간적으론 야만과 폭력이 지배하는 불의와 불모의 시간으로, 공간적으론 불의와 불모에 대한 주체의 저항과 자유의지를 거세하는 폐쇄의 공간으로 각인되어 있다. 1980년대를 '신으로부터 버림받은 시간과 공간'으로 기억하고자 하는 주인석, 그리고 그러한 시간과 공간과의 불화를 일용할 양식으로 삼아야만 한다는 문학관의 소유자인 주인석에게 있어서 글쓰기 행위, 그리고 소설가로 나선다고 하는 행위는 1980년대에 대한 자신의 실천적 문제의식과 용기를 투사한 실존적 기투행위 그 자체였다. "뇌만을 가지고 사유하지 않고 온몸(Leib)의 격정을 가지고서 사유한 소산이 니체의 철학"[5]이었다는 비트겐슈타인의 지적처럼, 주인석의 글쓰기 행위 또한 부정한 권력과 불의의 역사에 대한 저항 의지와 새로운 질서에 대한 주체적 신념을 전 존재로 실천하고자 했던 동기에서 출발하고 있기 때문이다. 이와 같이 소설과 소설가의 존재의미를 자족적인 언어 구조나 기법 등의 형식미학에서 찾지 않고 역사의식이나 세계관과 같은 사회·역사의 미학에서 찾고 있다는 점에서 구보씨의 소설관은 "주로 비지시체

---

5) 백승영, 「니체의 철학적 삶」, 김상환 외, 『니체가 뒤흔든 철학 100년』, 민음사, 2000, 17면 참조.

적인 담론과 무역사적인 형식적 자율성을 그 특징"[6]으로 하는 모더니즘보다는 객관적인 진리에 대한 믿음을 바탕으로 역사의 진보와 발전에 대한 낙관적인 전망을 모색하는 리얼리즘의 미학적 규율에 좀 더 가까워보인다.

눈을 뜨는 행위와 관련된 구보씨 소설관의 촉수는 그 자장을 확대하여 좌절한 자의 복수의식이라는 소설관에 도달하게 된다. '좌절한 자의 복수의식'이라는 관점에서 구보씨는 소설가의 존재를 시대와의 불화를 자신의 존재론적 운명으로 선택함으로써 세상의 중심으로부터 추방당하는 불행한 타자의 운명을 기꺼이 감당하고자 하는 존재로 규정한다. 소설가란 경험의 공동체를 전제로 한 비판·부정의 정신과 원근법적 조망을 통한 주체의 적극적인 개입을 통해 세상의 부조리와 폭력에 대한 대결의지를 실천하는 존재이어야 한다는 게 이 작품을 통해서 확인할 수 있는 소설가의 존재론에 관한 구보씨의 당위이다. '구보씨는 도덕의 의미를 깨닫는다. 그리고 운명에 대해 생각한다. 그의, 그의 세대의, 그의 시대의, 역사의, 세계의.'(94면) 의미와 관련된 소설가의 당위를 성찰하며 반추하는 구보씨의 소설가 존재론은 문학의 존재가치와 의의를 "영구혁명 안에 있는 사회의 주체성"[7]에서 찾고자 했던 사르트르의 입장과 상통하는 대목이 적지 않다. 구보씨의 그러한 입장은 또한 근대 이전까지만 하더라도 '단순히 감성적 오락을 위한 단순한 읽을거리였던 '소설'에서, 철학이나 종교와는 다르지만, 보다 인식적이고 실로 도덕적인 가능성을 발견하게 함으로써 지식인과 대중 또는 다양한 사회적 계층을 '공감'을 통해 하나로 통합하는 공

---

6) A. 아이스테이손/임옥희, 『모더니즘 문학론』, 현대미학사, 1996, 53면.
7) 가라타니 고진/조영일, 『근대문학의 종언』, 도서출판b, 2006. 45면.

감의 공동체'[8]형성의 주요한 원천으로 기능했던 소설가의 위상을 상기시킨다.

2.2 소설(가)의 현실에 대한 냉소와 위악

네 번째 연작인 「한국 문학의 현단계, 1992년 겨울」에 오면서부터 서사의 방향은 두 가지의 근본적인 전환을 시도한다. 하나는 서사의 내용에서이고, 다른 하나는 그것을 전달하는 구보씨의 서술 태도에서이다. 먼저 서사 내용의 변화 가운데 가장 두드러진 변화는 구보씨가 자신의 유일한 존재 증명의 도구로 삼을 정도로 헌신하던 소설 창작에 대한 의욕을 상실하게 된다는 점이다. 구보씨는 소설 창작에 대한 자신의 의욕상실 원인으로 두 가지의 이유를 들고 있다. 하나는 '문학의 주변화 현상'이고 다른 하나는 '문학정신의 상실'이다.

문학이 문화의 중심에서 특권적인 지위를 누리던 문학의 전성시대가 해체되는 문학의 주변화 현상이 첩출하는 것은 이제는 거의 전 세계적인 추세이다. 따라서 문학은 이제 더 이상 "세계와 자아에 대한 인간의 경험을 기록한 성스러운 신화, 문화가 어느 무엇보다도 소중히 간직해온 인류의 재산, 혹은 변하지 않는 본질적인 인간 본성에 대한 보편적인 발언"[9]으로서의 담론적 권위나 아우라를 지니지 못하게 된다. 대략 1960년대부터 텔레비전을 중심으로 한 대중문화가 좀 더 빨리 발전한 미국에서부터 시작된 문학의 주변화 현상이 우리나라에 본격적으로 나타나게 된 시기는 구보씨가 『구보』씨 연작을 발표하던

---

8) 앞의 책, 51면 참조.
9) 앨빈 케넌/최인자, 『문학의 죽음』, 문학동네, 1999, 11면.

1990년대 초반부터라고 할 수 있다. 이 시기부터 구체적인 징후를 드러내던 문학의 주변화 현상의 발생 원인에 대해 구보씨는 명확한 진단을 제시하고 있지는 않고 있다. 하지만, '너도 저런 거 한번 써봐라. 니 소설은 도무지 읽을 수가 없더구나'(137면)라는 어머니의 진술을 아주 민감하게 의식하고 있는 데서 알 수 있는 바와 같이, 구보씨는 TV를 비롯한 영상매체의 영향으로부터의 불안, 그리고 그로 인해 자신의 유일한 존재 증명의 도구인 소설이 문화의 변방으로 밀려나고 있다는 자의식을 강하게 드러내고 있다.

문학의 위기를 불러온 원인에 대한 진단과 해법을 영상매체의 위력과 관련된 문학의 주변화 현상에서 찾고자 하는 문제의식은 1960년대 미국의 레슬리 피들러에 의해 본격적으로 제기된 이후 이제는 너무나도 익숙하여 진부한 처방으로 전락한 지 오래이다. 가라타니 고진 또한 최근의 한국문단에 적지 않은 파장과 파문을 불러일으킨 바 있는 문제의 「근대문학의 종언」이라는 글에서 "그러나 소설의 상대는 영화뿐이 아닙니다. 그것이 텔레비전이고 비디오이고 더욱이 컴퓨터에 의한 영상이나 음성의 디지털화입니다. 이런 시대에 활판인쇄의 획기성이 부여한 활자문화 또는 소설의 우위가 없어지는 것은 당연하다면 당연합니다."[10]라는 주장을 통해 문학의 주변화 현상의 주요 원인으로 다양한 영상매체의 영향을 들고 있다. 실제로 문화적 생산물마저도 등가적 교환의 대상인 문화상품으로 바뀌어버리는 후기 자본주의 사회에서 소설은 TV나 영화, 만화와 같은 다른 영상매체들에 비해 상대적으로 고강도의 집중과 긴장을 요구한다는 점에서 문화상품으로서의 경쟁력에 관한 한 불리한 처지에 놓일 수밖에 없게 된다. 1990년대

---

10) 가라타니 고진, 앞의 책, 62면.

초반 한국사회에서 문학이 처한 궁색한 처지를 어머니로부터 확인하게 된다는 사실, 그리고 그저 대수롭지 않은 말로 그냥 지나칠 수도 있는 어머니의 말을 매우 민감하게 의식하고 있다는 사실은 매체환경의 변화로 인한 문학의 주변화 현상을 구보씨 또한 상당히 심각하게 받아들이고 있다는 의미이다.

하지만 구보씨가 소설 창작에 대한 자신의 의욕상실과 관련해서 훨씬 더 근본적인 이유로 생각하고 있는 것은 시대와의 불화와 주변부적 타자의 운명을 기꺼이 감당하고자 하는 문학정신의 상실이다.

> "그건 당연하지요. 오히려 주변이 문학의 알맞은 자리가 아닌가요? 주변화보다는 문학성 자체의 상실이 더 심각한 문제지요. 80년대의 민중문학이 너무 운동성을 강조하면서 문학성 자체를 부정해버린 탓이 크지 않은가 싶은데, 구보씨의 생각은?"
> "그런 면이 있지요. 그러나 요즘 더욱 심각한 문제는 정신의 부재 아닐까요? 현실과 고집스럽게 맞서려는 문학의 문학다움이 보이질 않거든요. 그것이 좌파적이건 우파적이건."
>
> (「한국 문학의 현단계, 1992년 겨울」, 143면)

문학은 비판과 부정의 정신을 통해 시대의 불의와 폭력을 정면에서 감당해야만 된다는 문학관을 지닌 구보씨에게 적어도 소설과 소설가는 '산문은 본질적으로 효용적이다. 나는 기꺼이 산문가란 말을 사용하는 자라고 정의하겠다고 했을 때의 산문과 산문가이어야 하고, 예술이란 인간 자체이며 그것에 의하여 어떤 고등 포유동물이 인간으로 되는 미분적 질이기 때문이다는 맥락에서의 예술이어야만 하고, 그리고 문학은 그것이 존재하는 것만으로도 인간의 굶주림을 추문으로 만드는 것이다 했을 때의 문학'[11]이어야만 했다. 한마디로 구보씨에게 있어서 문학정신이란 리얼리즘의 정신이고 리얼리즘 정신이야말로 문학을 문학이게끔 만드는 문학적 정체성의 유일무이한 표지라고 할 수 있다. 그러한 문학관의 소유자인 구보씨에게 리얼리즘 정신의 부재나 소멸은 문학 그 자체의 몰락이자 타락이라 할 수 있다.

'당대 사회 현실의 객관적인 반영'과 '사회현실의 본질적인 연관관계를 통한 총체성의 추구'를 미학적 본질로 하는 리얼리즘의 핵심은 크게 두 가지 과제로 압축할 수 있다. 하나는, 냉철하면서도 치밀한 시선을 통해 당대의 사회현실을 객관적·총체적으로 형상화하는 과제이다. 다른 하나는, 비판과 부정의 정신을 통해 당대 사회현실의 부조리와 폭력에 적극적으로 맞서고자 하는 대결의지를 반영하는 과제이다. 이 두 가지 과제로 인해 리얼리즘을 추구하고자 하는 작가들에게는 항상 당대 사회현실과의 긴장이나 불화가 뒤따르게 되고, 그러한 긴장이나 불화는 새로운 질서나 진보적인 가치에 대한 열망을 추동하는 강력한 동력으로 작용한다. 구체적인 작품을 통해 제시하는 역사적인 전망이나 이념적 스펙트럼에 따라 상대적인 편차가 존재하기는 하나 근본적으로 기존의 체제와는 다른 대안적인 가치나 질서를 추구한다는 점에서 리얼리즘은 진보적인 미학으로 규정할 수 있다. 상상적인 선취의 수준에서이긴 하나 리얼리즘이 객관적인 진리나 중심의 존재, 역사의 진보와 발전, 그리고 주변부적 타자들의 소통과 연대의 힘에 대해 낙관적인 전망과 신뢰를 유지하게 되는 것도 대안적인 가치나 질서에 대한 믿음 때문이다. 더불어 리얼리즘으로 하여금 대안적인

---

11) 장 리카르도, 「문학은 무엇을 할 수 있는가」, 김현·김주연, 『문학이란 무엇인 가』, 문학과 지성사, 1984, 56-60면 참조.

가치나 질서에 대한 믿음을 가능하게 하는 것 또한 기본적으로 한 사실에 대한 보편적인 동의와 사회 구성원들의 동질적인 체험을 전제로 하는 '경험의 공동체'를 전제로 한다. 리얼리즘의 존립 근거를 경험의 공동체에서 구하고자 하는 이러한 입장은 소설의 발흥과 몰락을 '상상의 공동체인 네이션의 기반과 관련해서 설명하고 있는 가라타니 고진의 해석'[12]과 유사한 측면을 공유하고 있다.

"그러나 내가 근대문학의 종언을 정말 실감한 것은 한국에서 문학이 급격히 영향력을 잃어갔기 때문입니다. 그것은 충격이었습니다."[13] 라는 고진의 고백처럼, 한국의 근대문학사에서 리얼리즘의 뿌리는 말 그대로 매우 유구한 역사와 전통을 자랑하고 있다. 그게 가능했던 것은 일제의 식민지로 전락한 이후 대략 100년에 이르는 한국의 근·현대사의 진행과정에서 지배집단의 권력의지와 개인의 자유의지 사이의 갈등과 긴장의 벡터의 장에서 형성된 강력한 경험의 공동체가 유지되어 왔기 때문이다. 일제의 식민지 시대에는 식민지로 전락한 망국민의 비애와 설움, 해방 이후 1950년대는 동족상잔의 비극적인 재앙으로 인한 집단적인 악몽과 상처, 1960-70년대는 유신정권의 억압과 폭력에 대한 집단적인 비판과 저항, 1980년대는 차별 없는 평등의 가치에 대한 집단적인 열망 등 구보씨가 등단한 1990년대 이전까지만 하더라도 한국 사회에는 리얼리즘의 실천을 담보하는 경험의 공동체가 견고하게 유지되고 있었다. 그러나 소련의 해체와 함께 시작된 현실 사회주의 몰락의 여파로 한국 사회 전체가 방향전환을 하게 되는 과정에서 경험의 공동체에는 미세한 균열과 붕괴의 징후들이 나타나게

---

12) 이에 대해서는 가라타니 고진, 앞의 책, 50-53면 참조.
13) 앞의 책, 48면.

되고 그러한 징후들과 함께 리얼리즘 또한 그 존재 기반으로서의 물적 토대를 상실하게 되고 리얼리즘 정신의 실종과 함께 '책도 초콜릿이나 아이스크림과 다를 바가 없는' 상품으로 전락하는 타락한 한국의 문단에서 구보씨는 이제까지 자신의 존재 증명의 유일한 수단이었던 소설 창작의 의욕을 상실하게 된다.

'한국 문학의 현단계, 1992년 겨울'이라는 제목에서 알 수 있는 바와 같이, 구보씨가 진단하기에 1990년대 한국문단은 문학이 자신의 위의와 자존을 지키기는커녕 시장경제와 자본의 논리, 그리고 인정욕망의 광휘에 맹목이 된 청맹과니들로 넘쳐나는 참담한 처지에 놓여 있다. 시장경제 회로에 포획된 한국의 문단에 대해 구보씨가 가지는 기본적인 정조는 분노이다. 자신의 소설 창작의 의욕상실을 촉발한 한국문단에 대한 분노의 구체적인 사례로 구보씨가 열거하는 사례들로는 박일문과 이인화의 표절 시비, 그리고 마광수의 『즐거운 사라』를 둘러싼 외설 논쟁 등이다. 이 시비와 논쟁 등은 당시 한국문단에서 문학공동체의 정주민들은 물론이고 일반 대중들의 인구에도 널리 회자될 정도로 유명한 해프닝들이었다. 이러한 해프닝들은 "문학은 고통 속에서 솟아나는 것이며 인간성을 존중하는 위엄을 지니는 것이고, 삶의 구체성과 세계의 숨은 진상을 드러내야 할 진지한 정신의 소산"[14]이라는 문학관을 소유한 구보씨가 보기에 문학의 존재 자체를 추문으로 만들 정도로 파렴치하고 부도덕한 행위들이다. 그런데 문제는 그러한 문단에 대한 극도의 실망과 분노를 전달하는 구보씨의 서술 태도에 있다.

---

14) 김병익, 『새로운 글쓰기와 문학의 진정성』, 문학과 지성사, 1997, 92면.

① 1992년 봄 류인화라는 작가의 『네가 나를 모르는데 낸들 나를 알겠는가』라는 작품이 일대 파문을 일으켰었다.…그런데 누군가 그 작품이 왜국의 바나나인지 파인애플인지의 작품을 베낀 것이라고 주장했다.

(『한국 문학의 현단계』, 131면)

② 여름, 박이무라는 또 하나의 문제 작가가 등장한다. 그는 『죽어버린 자의 기쁨』이라는 작품으로 서울의 지가를 올린다는 문음사의 '내일의 작가상'을 수상했다. 그런데 그 작품이 또 표절이라는 주장이 터져나왔다. 역시 왜국의 하루킨지 자리킨지를 베꼈다는 거였다.

(『한국 문학의 현단계』, 132면)

③ 그러다가 겨울로 접어드는 문턱에서 조선 문학사상 가장 희귀한 필화사건이 발생한다. 모 명문 대학의 국문학과 교수이자 시인이자 소설가이자 당대의 칼럼니스트인 마성기가 『즐겁게 살아』라는 작품으로 에로티시즘 논쟁을 일으키다가 국가 공권력에 의해 신체의 자유를, 아울러 에로티시즘의 자유를 구속당한 사건이었다.

(『한국 문학의 현단계』, 133면)

④ 예전에는 뼈빠지게 일해도 보릿고개 넘어가기 힘들었는데 이제는 아무 일도 하지 않는 백수 구보씨도 삼십 평생 밥 한 끼 걸러본 적이 없지 않은가. 성은이 망극한 줄을 모르고 날뛰다니. 사약을 내려 마땅하거늘. 하나 어린 백성 구보를 어여삐 여겨 세계화 시대에 동참케 하옵시면 그 은혜 하해와 같을 것이옵니다. 부디 통촉하여 주시옵소서.

(『지옥의 복수가 내 마음을 불타게 한다』, 151면)

먼저 한국문단에 대한 분노와 관련하여 구보씨가 문제 삼는 대상은 표절 시비와 외설 논쟁이다. ①에서는 당시 세계사 주관의 제1회 작가세계 문학상 수상작으로 화제의 대상이 된 바 있었던 이인화의 장편『내가 누구인지 말할 수 있는 자는 누구인가』를, 그리고 ②에서는 민음사 주관의 제 16회 오늘의 작가상 수상작으로 화제의 대상이 된 바 있었던 박일문의『살아남은 자의 슬픔』을 문제 삼고 있다. 이 두 작품은 당시 유행병이 창궐하는 기세로 한국의 문단에 유행한 바 있었던 포스트모더니즘의 창작기법으로 포장된 패러디나 페스티시와 관련된 표절 시비로 세간의 화제를 불러일으킨 소설들이었다. 패러디와 페스티시는 이미 존재하고 있는 다른 텍스트들에 기대어 새로운 텍스트를 생산하고자 하는 창조적 모방을 모색한다는 점에서 반드시 부정적으로 폄하할 만한 기법은 아니다. 특히 패러디는 다양한 수준에서의 패러디적 전도를 통해 "존재와 세계의 상대성과 복잡성에 대한 다중적 통찰력과 비전을 제공"[15]하는 담론 효과를 기대할 수도 있다는 점에서 고갈의 의식을 통한 에피고넨의 비애를 경험하게 되는 현대의 많은 작가들에게 새로운 창작의 돌파구로 기능할 수도 있다. 하지만 존재와 세계에 대한 텍스트의 재현불가능성이라는 미학적 자의식이나 전략적 의도를 앞세워 혼성모방을 지향하는 패스티시의 경우는 그 명분이나 의도와는 상관없이 패러디나 패스티시의 부정적인 아류나 변종인 표절과 그 경계가 명확하지 않다는 점에서 그다지 바람직한 창작 기법은 아니라고 할 수 있다. 이 두 작품에 대한 분노를 통해서 구보씨가 드러내고자 하는 문제의식의 핵심 또한 그러한 맥락에서 이해할 수 있다. 구보씨가 보기에 포스트모더니즘의 새로운 기법을 빙자한 두 작품들이 실은 표절과 그리 멀지 않으며, 따라서 이 두 작품은 문학정신을 이미 상실해버렸다는 것이다.

---

15) 공종구,「패러디와 패스티시, 그리고 표절 그 개념적 경계와 차이」,『한국현대문학론』, 국학자료원, 1997, 32면.

그런데 문제는 문학의 진정성 문제와 관련된 진중한 문제의식을 전달하는 구보씨의 태도가 ①, ②, ③, ④의 예문을 통해서 보는 바와 같이 그 진중한 문제의식에 값할 정도로 진지하지 않고 매우 냉소적이고 위악적이라는 점이다. 당시 한국 문단의 현실에 대한 분노와 관련된 구보씨의 냉소와 위악의 태도는 인용 문면들에만 국한되지 않고 '이 엿같은 나라에서 남자로 살아야만 한다면'(128면), '물론 1992년의 조선 문학은 글 쓰는 사람들의 사기를 꺾기에 충분할 만큼 개판이었다. 난장판도 이런 난장판이 없었다. 갈 데까지 다 갔다. 그러고도 더 갔다. 이제 더 나아갈 곳이 없사옵나이다. 알라여!(131면) 등 작품 도처에서 어렵지 않게 발견된다. 더욱이 곤혹스러운 상황에 처할 때마다 매번 반사적으로 내뱉는 '빌어먹을'이라는 간투사는 일종의 장식 효과를 거두면서 구보씨의 냉소와 위악에 상승적 촉매로 기능한다.

존재와 세계에 대한 지식인 일반의 태도를 표상하는 냉소와 위악은 가치의 전도와 왜곡이 일상의 질서를 구축하고 있는 자본주의 근대에서 타락한 질서 그 자체에 대한 부정과 비판의 에너지 그 자체로서는 충분한 매력과 의미를 지니게 된다. 하지만, 냉소와 위악은 가치의 전도와 왜곡을 광정하거나 혁파하여 새로운 질서나 대안적인 체제를 탐색하거나 모색하는 긍정적인 에너지로서는 너무나도 무기력할 뿐이다.

> 냉소주의자는 바보가 아니다. 그들은 늘 만사의 궁극적 귀착점인 무(無)를 보기 때문이다. 그동안 그의 심리적 장치는 충분히 유연해져 생존 요소로서 자신의 활동에 대한 영구적 회의를 자기 내면에 설치했다 …그는 근면하게 동참하는 담담한 겉모습 속에 상처받기 쉬운 불행, 눈물을 쏟고 싶은 욕망을 잔뜩 지니고 다닌다. 그 안에는 '잃어버린 순결'에 대한 슬픔, 즉 자신의 모든 행위와 작업의 궁극적 목표

였던 좀더 좋은 지식에 대한 일말의 애도가 들어 있다.……

　냉소주의는 계몽된 허위의식이다. 냉소주의는 현대화한 불행한 의식이다. 계몽은 거기에 매달려 일했지만, 절반의 성공과 절반의 실패를 거두었을 뿐이다. 냉소주의는 계몽에 대한 교훈을 배우긴 했으나, 실행에 옮기지 않았을뿐더러 아마 실행할 수도 없었을 것이다. 이 의식은 자신이 어떤 이데올로기 비판에도 해당되지 않는다는 사실에 안도감과 비참함을 동시에 느낀다. 그의 오류는 이미 반성의 깃털이라는 완충장치를 달았던 것이다.[16]

냉소주의를 '허위의식의 황혼'이라는 멋진 수사로 정식화하고 있는 슬로터다이크의 설명에서 보는 바와 같이, 냉소는 구심점을 상실한 과잉 사유와 과소 행동 사이에서 합리적인 균형감각을 유지하지 못한 상태에서의 분열을 경험하는 주체의 불행한 내면에서 작동되는 정서이다. 다시 말해, 순응적인 속물들처럼 화해하거나 타협하지도 그렇다고 대의에 헌신하는 운동가들처럼 치열한 비판과 부정의 정신을 통해 적극적으로 맞서지도 못하는 딜레마의 상황에서 부정적인 세계에 대한 주체의 태도로서 나타나게 되는 정서가 냉소인 것이다. 그러한 맥락에서 냉소의 태도와 관련하여 이 작품의 의미와 한계를 살펴보고 있는 다음의 글은 매우 적절해 보인다.

　그의 현실과 역사에 대한 관심이 사회의 구조적 모순의 파악으로 직접 나아가지 못하고, 거기서 겪는 불행과 환멸의식을 자기폭로적으로 드러내고 있다고 판단되었기 때문이었다. 이런 자기폭로적 방법은 자신이 정한 혹은 사회에서 통용되는 일정한 도덕적·윤리적 태도의 기준치를

---

16) 페터 슬로터다이크/이진우·박미애, 『냉소적 이성 비판』, 에코리브르, 2005, 47면.

가지고, 그런 상태로 나아가겠다는 향상심이 수반될 때 자기성찰의 의미를 부여받을 수 있다. 그러한 기준이 급격히 사라져 버릴 때, 자기폭로는 자기희화의 차원으로 떨어지거나 현실의 무의미상에 대한 냉소로 귀결되기 십상이다. …이런 자기파괴적 충동은 세계와 자기에 대한 성실한 탐구를 통해 보다 나은 세계를 찾으려는 동경과 희망 대신, 함량미달인 현실에 대한 냉소와 세상이 더 나아질 것이 없다는 허무주의의 태도만을 미적 주체에게 각인시킬 뿐이다. 이런 점에서 그의 소설론은 ‘포즈의 미학’이라 볼 수 있다.[17]

“80년대의 악몽과 90년대의 환멸 사이”[18]에서 방황과 분열을 경험하는 과정에서 구보씨가 반추하는 냉소와 위악의 태도는 물론 자신만큼은 어떤 고통과 소외를 감수하고라도 문학의 진정성을 결코 포기하지 않겠다는 개인적인 다짐의 차원에서는 충분한 의미를 지닌다고 할 수 있다. 소설가의 당위와 현실 사이에 가로놓인 화해불가능할 정도로 심각한 균열과 심연으로 인한 불행한 의식이 강제하는 구보씨의 냉소와 위악은 “어느 시대에도 그 현대인은 절망한다. 절망이 기교를 낳고 기교 때문에 또 절망한다”[19]라는 아포리즘을 통해 1930년대 식민지 조선의 억압과 폭력에 대한 자신의 절망과 좌절을 분출하던 이상의 실존을 연상케하기도 한다. 하지만 구보씨의 냉소와 위악의 태도는 자신이 진단하기에 사용가치와 교환가치의 전도가 일상의 수준에서까지도 진행되기 시작한 90년대의 부박하고도 타락한 한국 문단에 대한 문제의식의 진정성을 확보하는 데는 무기력해 보인다. 그러

---

17) 최현식, 『「소설가 구보씨의 일일」에 나타난 ‘소설(예술)론’의 위상』, 『작가연구』 제3호, 1997, 314-315면.
18) 양진오, 「소설가 소설의 한국적 모델의 완성과 계승」, 『작가연구』 제14호, 깊은샘, 2002, 171면
19) 김윤식 엮음, 『이상문학전집』3, 문학사상사, 1993, 360면.

한 맥락에서 "주인석 작품은 진지한 자기반성과 성찰이 미흡하며 주변인으로서 자기변명에 그치고 있다는 비난에서 자유롭지 못한 한계를 드러내고 있다"[20]는 지적은 매우 적절해 보인다.

지금까지의 분석을 통해서 알 수 있는 바와 같이, 경험의 공동체에 대한 믿음을 바탕으로 하는 리얼리즘의 문학관을 소유한 주인석의 구보씨는 소설가의 사회·역사의식과 문학의 진정성을 실천하고자 한다는 점에서, 아들의 안정된 직장과 가정을 바라는 어머니의 세계로 표상되는 일상적인 가치체계와 '미더스의 황금'처럼 모든 것을 환금 가능성과 등가적 교환의 대상으로 도구화하는 자본의 논리에 대해 경멸과 동경의 양가적 시선이 교직하는 분열증적 욕망으로 인한 불행한 의식으로 인해 갈등과 번민을 반추하며 방황하다 결국은 '내일, 내일부터, 내 집에 있겠소, 창작하겠소'라는 말을 벗에게 남기며 귀가하면서 안이한 화해와 해결을 시도하는 것으로 끝나고 마는 자유주의자의 면모를 강하게 드러내는 박태원의 구보에 비해서는 바람직한 지식인의 모습에 더 근접해있다고 할 수 있다. 그런 점에서 "박태원의 구보가 그의 눈에 들어온 식민지적 근대 도시 경성의 도시적 풍물을 그려내는 데 집중한 나머지 작가의 시대적 책임감을 소홀히 하였던 데 반해, 1990년대 주인석의 구보는 비록 사잇길로 접어든 역사적 시간이었을지라도 자신이 살아온 시대에 대해 소설가로서의 책임감을 깊이 간직하고 있다"[21]라는 평가는 충분한 설득력을 지닌다. 하지만 분단 이후의 한국사회를 '거대한 피난민촌'이라는 메타포로 규정하며 망원

---

20) 오경복, 「주인석 '구보'의 세상 읽기와 소설 쓰기」, 한혜선 외, 『소설가 소설연구』, 국학자료원, 1999, 80면.

21) 김외곤, 「소설가에 의한 소설, 소설가의 존재방식에 대한 질문」, 『한국 현대소설탐구』, 역락, 2002, 206-207면.

경적 넓이와 현미경적 깊이를 통해 치열한 성찰과 비판을 시도하며 주어진 문제를 그 근본까지 철저하게 추적해 들어가는 최인훈의 구보에 비해 성찰의 깊이와 진정성이 부족해 보인다.

3. 나오는 말

이 글이 분석 대상으로 소환한 텍스트는 주인석의 『소설가 구보씨의 일일』이었다. 다른 두 편의 『구보』에 비해 거의 연구가 이루어지지 않고 있다는 판단 때문이었다. 이 글의 목적은 소설(가)의 존재론과 관련된 구보씨의 성찰과 냉소를 통해 이 작품의 의미와 한계를 해명해보고자 하는 것이었다. 분석의 결과를 정리·요약하는 것으로 결론을 삼기로 한다.

이 작품의 서사 주체로 기능하는 구보씨의 화두이자 서사를 추동하는 핵심 질료는 '타락한 자본주의 사회에서의 소설과 소설가의 존재방식'이라는 문제였다. 이 화두를 축으로 한 이 작품의 서사는 소설의 당위/소설의 현실이라는 이분법적 대립 구도로 전개되고 있었다. 모두 다섯 편으로 구성된 연작의 전반부 작품들에서는 소설의 당위와 관련된 구보씨의 성찰과 모색이, 그리고 후반부 작품들에서는 소설의 현실에 대한 구보씨의 냉소와 위악이 서사의 핵심 질료로 기능하고 있음을 알 수 있었다.

분석 결과 구보씨는 소설가란 시대의 부조리와 폭력을 외면하지 않고 정면에서 감당하고자 하는 실천의지를 글로써 실행하는 존재라는 소설가의 존재론을 지니고 있음을 확인할 수 있었다. 또한 여러 가지 정황을 통해 구보씨는 객관적인 진리에 대한 믿음을 바탕으로 역사의 진보와 발전에 대한 낙관적인 전망을 모색하는 리얼리즘의 미학적 규율을 실천하고자 하는 리얼리스트의 모습을 강하게 드러내고 있음을 알 수 있었다. 그런데 구보씨는 자신의 창작활동의 물적 토대를 이루는 1990년대 한국의 문학공동체 현실은 자신이 추구하고자 하는 리얼리즘의 미학적 규율을 실천하는 데는 매우 적대적인 환경으로 파악하고 있음을 알 수 있었다. 그 가운데에서도 문학정신의 상실이야말로 자신의 창작활동을 중단케 할 정도로 심각한 문제로 인식하고 있음을 알 수 있었다. 그런데 문제는 그러한 구보씨의 문제의식을 전달하는 방식이 냉소와 위악의 태도로 일관함으로써 그 문제의식의 진정성을 확보하는 데 기여하지를 못하고 오히려 방해하고 있다는 점이었다. 존재와 세계에 대한 지식인 일반의 태도를 표상하는 냉소와 위악은 가치의 전도와 왜곡이 일상의 질서를 구축하고 있는 자본주의 근대에서 타락한 질서 그 자체에 대한 부정과 비판의 에너지 그 자체로서는 충분한 매력과 의미를 지닐 수 있지만, 가치의 전도와 왜곡을 광정하거나 혁파하여 새로운 질서나 대안적인 체제를 탐색하거나 모색하는 긍정적인 에너지로서는 너무나도 무기력할 뿐이라고 보았기 때문이다. 결론적으로 80년대의 악몽과 90년대의 환멸 사이에서 방황과 분열을 경험하는 과정에서 구보씨가 반추하는 냉소와 위악의 태도는 물론 자신만큼은 어떤 고통과 소외를 감수하고라도 문학의 진정성을 결코 포기하지 않겠다는 개인적인 다짐의 차원에서는 충분한 의미를 지닌다고 할 수 있지만 자신이 진단하기에 사용가치와 교환가치의 전도가 일상의 수준에서까지도 진행되기 시작한 90년대의 부박하고도 타락한 한국 문단에 대한 문제의식의 진정성을 확보하는 데는 무기력해 보인다고 보았다.

4

채만식의 소설에 나타난 친일의 경로와 동기

1. 들어가는 말

당대의 현실에 대한 객관적인 재현과 비판적인 해석을 핵심 범주로 하는 부르조아 리얼리즘을 추구했던 일제의 식민지 시대 작가들 가운데 돌올한 문학적 성취를 보여준 두 사람의 작가로 염상섭과 채만식을 꼽는 데 딴죽을 걸거나 끙짜를 놓을 사람은 짐작컨대 거의 없을 것이다. 특히 일제의 폭압적인 식민지 질서에 대한 균열과 해체를 모색하던 채만식 문학의 원천으로 기능했던 투철한 역사의식과 날카로운 풍자 정신이 지닌 모반과 전복의 힘은 여전히 그 현재성을 잃지 않고 있다라는 점에서 더욱 문제적이다. 그런 점에서 "그의 소설은 30년대의 우리 문학이 산출해낸 가장 뛰어난 업적의 하나이다"[1]라는 지적은 조금도 과장이 아니라고 생각한다. 그러나, 그럼에도 불구하고 대단히 안타깝게도, 그리고 또 불행하게도 대부분의 일제 식민지 시대의 지식인들에게 원죄와도 같은 부정적인 낙인으로 따라 다니는 친일로부터 채만식 또한 결코 자유롭지 않다.

'시대의 압력'과 '주체의 윤리' 사이에서의 위태로운 곡예의 형국에 비유할 수 있을 그의 친일과 관련하여 채만식이 우리들을 당혹스럽게 하는 것은 크게 두 가지 사실이다. 하나는 아무리 주·객관적인 조건이 어렵기로서니 어떻게 채만식과 같은 작가가 친일을 할 수 있었겠는가이다. 그리고 다른 하나는 친일에 관련된 글들이 결코 적지 않다[2]는 사실이다. 이 사실들과 관련하여 우리들이 풀어야 할 과제 또한 크게 두 가지라고 생각한다. 하나는 특유의 신경증적 결백으로 인해 타락한 현실에 대해 시종일관 냉소와 부정으로 일관하면서 "자기 개인 안에 폐쇄된 정신적 귀족주의자"[3]의 면모를 지켜 온 채만식과 같은 작가가 친일로 돌아서게 된 동기와 경로를 밝혀내는 일이다. 다른 하나는, 채만식의 친일 행위와 참회를 어떻게 평가할 것인가 하는 문제이다.

한편, 일제 식민지 시대 지식인의 친일 문제를 감당하는 과정에서 경계해야 할 태도 또한 크게 두 가지라고 생각한다. 하나는, 과도한 민족주의적 열정과 추상같은 역사 논리를 배경으로 무조건 타매부터

---

1) 염무웅, 「식민지 민족현실과의 대화」, 『혼돈의 시대에 구상하는 문학의 논리』, 창작과 비평사, 1995, 219면.

2) 김재용은 식민주의와 파시즘의 옹호 여부를 기준으로 정리한 친일문학 작품 목록의 채만식 항목에서 「혈전」(『신시대』, 1941.7)과 『여인전기』(『매일신보』, 1944.10.5- 1945.5.17) 등 두 편의 소설 및 「나의 꽃과 병정」(『인문평론』, 1940.7)을 비롯한 12편의 평론과 논설을 소개하고 있다. 김재용 정리, 「친일문학 작품 목록」, 『실천문학』67, 2002. 가을, 145면.

3) 염무웅, 앞의 글, 213면.

하고 보는 '윤리적 근본주의'이다. 이와 관련하여 "명백한 친일파라 하더라도 오직 단죄하는 수준으로 나아가서는 진정한 의미의 극복도 이루어지지 않는다"[4]라는 지적이나 "'친일'의 문제는 아직도 아물지 않은 민족사의 상처로서 우리가 '더불어' 부끄러워해야 할 문제일망정 한두 개인의 윤리 문제로 환원시켜 손쉽게 욕해버리고 말 일이 결코 아니라"[5]는 주장은 두고두고 곱씹어 볼 만한 성찰이 아닌가 한다. 다른 하나는, 그때 당시 여론 형성과 관련된 상징 권력을 소유했던 지식인들 가운데 친일로부터 자유로울 수 있는 사람이 과연 얼마나 될까라는 상황논리를 들어 변호하고자 하는 '무차별적 온정주의'이다. 이 두 가지의 편향은 모두 친일의 동기나 배경, 수준의 경중, 보상 정도 등의 매개 변수를 섬세하게 고려하지 않고 일반화시킨 전칭 범주의 오류로부터 자유롭지 않다는 점에서 문제가 아닐 수 없다. 이 두 가지 편향에 대한 경계는 이 글에서 본격적인 논의 대상으로 삼고자 하는 채만식의 친일에 대한 평가에서도 마찬가지라고 생각한다. 따라서 채만식의 친일에 대한 평가가 온전한 평가를 받기 위해서는 '현재'와 '과거', '역사논리'와 '상황논리', '민족주의적 열정'과 '실증주의적 탐사' 사이의 생산적인 대화와 변증법적 교섭을 겯고 트는 과정에서 채만식이 친일로 가게 되는 경로나 배경, 친일의 수준 등과 같은 다양한 매개 변수들을 꼼꼼하게 고려하여야 할 것이다.

일제 식민지 시대 지식인들의 친일은 일반적으로 세 단계의 경로-객관적인 정세의 악화에 따른 주체의 위기-생활 세계로의 후퇴-친

---

4) 최원식, 「친일문학의 역사철학적 맥락」, 민족문학사연구소 엮음, 『민족문학과 근대성』, 문학과 지성사, 1995, 56면.
5) 김병걸·김규동 편, 『친일문학작품선집』, 실천문학사, 1986, 5면.

일로의 귀결―를 밟아 이루어지고 있음을 알 수 있다. 이 경로와 관련된 당시 채만식의 내면풍경을 짐작케 하는 여러 가지 글들을 살펴보면 그의 친일 또한 이와 유사한 궤적을 반복하고 있음을 알 수 있다. 한 가지 다른 점이 있다면, 결백증에 가까울 정도로 예민하면서도 정직했던 그의 성격과 기질만큼이나 친일을 선택하는 과정에서 겪었으리라 짐작되는 심리적 갈등이나 고민을 다른 작가들에 비해 채만식은 훨씬 더 선명한 형태로 보여주고 있다라는 점이다. 친일 당시에는 「소망」과 「패배자의 무덤」에서와 같은 광기에의 유혹이나 자살 충동을 통한 주체의 해체나 소멸을 강요할 정도의 강박적인 죄의식이었을, 그리고 해방 이후에는 「민족의 죄인」이라는 참회록을 쓰지 않으면 안 될 정도의 악몽이었을 그의 친일 과정에는 일정한 단계가 있음을 알 수 있다.

1937년 중일전쟁을 계기로 식민지 조선 사회의 전 부문을 전시 동원체제로 정비해나가는 한편 내선일체의 구현을 최고 통치 목표로 설정한 파시즘 체제에 포위된 현실에 대해 한 개인의 인식 능력이나 저항 의지를 초월하는 '사실의 시대'로 합리화하는 내적인 논리를 통해 순차적으로 진행되는 그의 친일 과정에는 미세하면서도 아주 중요한 차이가 존재한다. 그 차이는 세 단계로 구분할 수 있는데 다음과 같다. 역사의 논리와 상황 논리의 위태로운 경계에서 팽팽한 긴장을 유지하며 주체의 해체와 분열을 강요당할 정도의 극심한 갈등과 죄의식을 감내하며 친일의 징후를 예고하는 단계, 역사 논리와 상황 논리의 균형추에 미세한 균열이 발생함과 동시에 주체의 무게 중심이 상황 논리 쪽으로 이동하면서 친일의 징후를 합리화하는 단계, 그리고 친일 의지를 본격적으로 드러내는 단계. 이 세 단계는 또한 중일전쟁을 계기로 군국주의 노선과 병영 국가 체제를 더욱 강화해나가던 일제 말기 식민지 지배 정책과 긴밀한 상관속을 형성하면서 진행된다.

친일의 징후와 관련된 첫 번째와 두 번째 단계의 속성을 전형적으로 보여주는 작품들로는 시기적으로 중일전쟁 이후인 1938년에서 1940년 사이에 발표된 작품들을 들 수 있다. 구체적으로 첫 번째 단계에 속하는 작품들로는 「이런 처지」(1938), 「소망」(1938), 「패배자의 무덤」(1939) 등을 들 수 있으며, 두 번째 단계에 속하는 작품들로는 「모색」(1939), 「상경반절기」(1939), 「냉동어」[6](1940) 등을 들 수 있다. 본격적인 친일에의 의지를 표명하고 있는 세 번째 단계에 속하는 작품들로는 태평양 전쟁을 전후하여 더욱 강화된 파시즘의 광기가 한반도 전역을 지배하던 1940년 이후에 발표된 작품들을 들 수 있다. 구체적으로는 애초 3부 연작으로 기획했던 작품들의 1·2부 가운데 2부에 해당하는 『여인전기』(1944-1945) 및 「혈전」(1941) 등의 소설과 친일에 대한 채만식의 생각이 보다 더 직접적인 형태로 드러나고 있는 1940년 이후의 평문이나 수기 및 잡문 등을 들 수 있다.

이 글에서는 본격적인 친일의지를 표명하기 직전에 발표된, 친일의 징후와 관련된 주체의 위기를 형상화하고 있는 첫 번째와 두 번째 단계의 작품들을 집중적으로 논의하고자 한다. 논의의 초점 또한 1940

---

6) 신변 일상사를 지배적인 서사 대상으로 초점화하고 있는 사소설적 경향을 지니고 있는 「냉동어」는 주체의 위기와 관련된 친일의 징후를 드러내는 한편 작품의 후반부에 이르면 대륙 침략의 당위성을 주장하는 본격적인 친일 의지를 드러내고 있다. 이로 미루어 볼 때 1940년 『인문평론』4·5월호에 분재된 이 작품은 주체의 위기와 관련된 친일 징후의 작품들에서 본격적인 친일의지를 드러내는 작품들로 넘어가기 직전의 과도기적 작품으로 규정할 수 있다. 따라서 상당한 분량의 중편인 이 작품의 의미에 대해서는 본격적인 친일의지를 드러내는 작품들을 상론하는 글에서 별도로 논의하고자 한다.

년을 기점으로 본격적인 친일의 길로 들어서게 되는 경로와 단계를 설정하는 작업 및 그 동기와 배경을 해명하는 작업에 맞추어질 것이다. 본격적인 친일의지를 드러내고 있는 세 번째 단계에 속하는 작품들과 참회의 의미에 대해서는 글을 달리 하여 논의하도록 한다.

2. 친일의 징후 예고

채만식이 친일의 징후를 예고하는 작품들을 발표하기 시작하는 시기는 1938년경부터이다. 1938년은 일제의 식민지 지배 정책에서 분수령을 이룬다는 점에서 중요한 의미를 지니고 있는 해이다. 중일 전쟁 이후 '국가총동원법'을 통과시키면서 전시동원체제에 법적인 효력과 구속력을 부여한 해가 바로 1938년이기 때문이다. 이후 일제는 식민지 조선의 최고 통치 원리로 조선인의 완전한 황민화를 목표로 설정하는 내선일체를 제창하게 된다. 한편, "전쟁에 대한 조선인의 적극적인 지지를 이끌어 내기 위한 사전 작업으로서 사상의 통제가 가장 우선되어야 한다는 인식"[7]을 시급한 과제라고 생각한 일제의 식민 당국은 온갖 국가 이데올로기 장치 및 억압적인 국가 기구를 통해 내선일체야말로 실로 반도를 꿰뚫는 세기의 대도라는 허구적인 논리를 강요하는 한편 그의 실현을 위해 전쟁 수행을 위한 사상 통제 및 의식 동원과 전시 협력을 구체적인 내용으로 하는 '국민정신총동원운동'을 전개[8]하게 된다.

---

7) 최유리, 『일제 말기 식민지 지배 정책 연구』, 국학자료원, 1997, 70면.
8) 이와 관련된 일제 말기 식민지 지배 정책과 내선일체의 구체적인 내용과 의미

이와 같이 1938년을 계기로 일제는 식민지 조선을 철저하게 관리되고 통제되는 사회로 재편하는 본격적인 전시동원체제로 전환하는 과정에서 문학마저도 효율적인 전쟁 수행의 도구로 영토화하고자 한다. 이 과정에서 대부분의 식민지 조선의 지식인들과 문인들은 감시와 처벌의 시선을 내면화하면서 정체성의 해체나 분열을 강요당할 정도로 심각한 주체의 위기를 경험하게 된다. 채만식의 창작 활동 또한 그러한 시대상황으로부터 결코 자유로울 수 없었을 것이다. 극심한 심리적 갈등과 분열을 통한 주체의 위기를 통해 친일의 징후를 예고하고 있는 이 시기의 작품들은 따라서 그러한 시대적 맥락과의 고투를 반영한 결과인 것이다. 이 단계에 속하는 작품들로는 「이런 처지」(1938), 「소망」(1938), 「패배자의 무덤」(1939) 등을 들 수 있다.

2.1. 소극적 보신주의

먼저 친일의 징후와 관련된 그의 심리적 갈등이나 분열을 맹아의 수준에서 드러내고 있는 작품으로는 「이런 처지」를 들 수 있다. 서사의 양적인 비중으로 볼 때 이 작품은 단순히 채만식 소설에 반복적으로 등장하는 '조혼 모티프'와 관련된 단편처럼 보인다. 서울의 거리에서 우연히 만난 두 대학 동창 가운데 은행의 지점장 대리로 있는 '나'가 친구에게 조혼으로 인한 자신의 불행한 처지를 일방적으로 하소연하는 서술 구조로 되어 있기 때문이다. 하지만 자신의 불행한 가정사에 관련된 서술 정보는 이 작품 거의 대부분을 차지하는 양적인 비중

에 대해서는 최유리, 앞의 책, 65-122면과 宮田節子, 「내선일체의 구조」, 최원규 엮음, 『일제 말기 파시즘과 한국사회』, 청아출판사, 1988, 345-407면 참조.

과는 달리 그다지 중요하지 않다. 친일의 징후와 관련하여 이 작품에
서 결정적으로 중요한 비중을 차지하는 것은 자신의 불행한 가정사를
하소연하는 과정에서 단속적으로 토로하는 짧은 분량의 주변적인 서
술 정보들이다.

> 시방 이 세태에 그 이상 더 바란대서야 외려 도독놈이지…..
> 이 격렬한 시대적 급류 속에서 그런 유장한 문제를 가지고 연구니 무
> 어니 하는 수작이…
> 내가 시방 그러니 다시 새 채비로 그 격류 속에 뛰어들어서 거슬러를
> 올라가겠나? 또 그렇다고 같이 휩쓸려서 좋다구나 덩실거리고 흘러를
> 가겠나?
> 그 두 가지가 모두 내게는 임포시블이거든. 그러니 그저 농판같이 뒤
> 쳐진 역사 속에서 끄먹끄먹 호흡이나 하고 있는 수밖에.…
> 정열 빠져버린 자네나 나쯤, 시대를 고민한다고 무슨 뾰족수가 있다
> 더냐? 그저 이런 세텔수록 농판 놓아, 응? 연전에 엎으러진 중놈같이, 허
> 허어 웃고서 세상이야 어떻게 돼가건, 제 정신 대로 아무데나 한편 구석
> 에 처박혀서, 끽 소리 말고 살아가는 거야. 자네나 내나 다 그때 일은
> 일종 젊은 혈기에 호기심이요 기분이 댔지 머, 어디 그게…
>
> （「이런 처지」, 『채만식 전집』7, 306-310면）

친일의 징후와 관련하여 이 서술 정보들이 결정적으로 중요한 비중
을 차지하는 이유는 당시의 정세나 시대의 압력이 강제하는 주체의
위기로 갈등하던 채만식의 내면풍경을 엿보게 하기 때문이다. 나의
진술을 통해서 제시되는 '이 세태', '이 격렬한 시대적 급류', '시대' 등
의 어휘들이 전시 동원체제의 작동과 함께 급속하게 악화일로로 치닫
던 당시의 정세나 시국과 관련되어 있음을 짐작하기란 그리 어렵지

않다. 이 시대의 압력에 대해 나는 적극적인 저항의지를 보이지 않는다. 또 그렇다고 해서 적극적인 편입의지를 보이는 것도 아니다. 그저 시류에 편승하여 마지못해 순응하는 듯한 소극적인 보신주의의 처신과 관련된 진술만을 반추할 뿐이다. 이로 미루어 볼 때 당시 시대의 압력으로 인해 채만식이 느끼고 있었던 주체의 위기 강도는 그다지 심각하거나 절실했던 것 같지는 않아 보인다. 이 작품을 쓰던 당시만 하더라도 주체의 윤리를 통한 역사논리의 회로는 시대의 압력이 강제하는 상황논리에 대한 통제를 어느 정도 가능하게 할 정도의 수준에서는 작동했던 것으로 보인다. 이 작품이 불행한 가정사에 관련된 서술 정보와 친일의 징후와 관련된 서술 정보 사이에 비대칭성을 드러내며 서사의 밀도와 초점을 느슨하게 하는 것도 바로 그러한 심각하지 않은 갈등의 강도와 구조적인 관련이 있을 것이다.

2.2. 위악적인 광기와 일탈

「이런 처지」에서 맹아의 형태로 드러나던 주체의 갈등과 분열은 「소망」이나 「패배자의 무덤」에 이르러 그 강도를 더해가면서 위악적인 광기에의 유혹이나 자살 충동의 형태로 드러난다. 상궤에서 완전히 벗어나는 남편의 위악적인 일탈과 광기를 통해서 당대 식민지 조선의 지식인들이 직면한 주체의 위기를 형상화하고 있는 「소망」에서는 친일의 징후라고 단정할 만한 직접적인 서술 정보는 드러나지 않는다. 다만, 당시의 시국이나 정세에 대한 채만식의 입장을 대변하는 대리인으로 추정되는 남편의 위악적인 일탈 및 광기의 동기와 맥락을 통해 징후적으로 유추할 따름이다.

외부 세계와의 의도적인 고립과 단절을 시도하며 자폐에 가까울 정도의 칩거 생활에 들어가는 한편 염천에 동복 정장을 하고서 종로 네거리를 활보하다 귀가하는 자신의 위악적인 일탈과 광기의 행동에 대해 나의 남편은 스스로 '싸움'으로 규정하고 있다. 그러한 규정에서 알수 있는 바와 같이, 당시의 시국이나 정세에 대해 적극적인 저항을 통해 맞서지도 못하고, 그렇다고 무기력하게 승인하지도 못하는 데서 오는 갈등과 분열을 해소하기 위한 방어기제가 남편의 위악적인 일탈과 광기의 중요한 동인으로 작용하고 있음을 짐작하기란 그리 어렵지 않다. 그러한 맥락에서 "'더위'를 날로 가혹해지는 일제의 탄압에 대한 표상"9)으로 규정하는 해석은 적절해 보인다. 또한 본격적인 칩거 생활의 직접적인 계기가 되는 신문사의 자진 퇴사의 동기 또한 '허기는 눈동자가 옳게 박힌 놈은 이 짓 못해 먹겠다구, 그 무렵에 바싹 더 침울해지기는 했었지만서두'라는 아내의 진술에서 알 수 있는 바와 같이 당시 "황국신민화와 내선일체 등을 내세우며 조선 민중에 대한 선전 활동을 보다 강화해나가기 위한 일제의 언론 탄압과 통제 강화에 대해 별다른 저항의 움직임을 보여주지 못한 채 기업 경영 측면에서의 상호 경쟁에만 골몰"10)하는 무기력한 언론사에 대한 저항 의지에서이다.

하지만 당시의 시국이나 정세에 대한 남편의 저항이나 환멸의 표출은 신문사를 퇴사하거나, 아니면 위악적인 광기나 일탈을 통해 불만이나 갈등을 반사적으로 분출하거나 또는 당시의 시국이나 정세가 요구하는 시대적 과제들에 대해서는 철저히 외면한 채 개인의 입신양명이

---

9) 임명진,「채만식의 '근대' 인식과 '친일'의 문제」,『국어국문학』129, 2001.12.31, 500면.
10) 채백,『신문』, 대원사, 2003, 128-130면 참조.

나 물질적 욕망만을 추구하는 '상식세계의 인간'들을 향해 '하등동물', '천민', '속물', '속충' 등과 같은 극한에 가까운 모멸적인 용어를 통해 냉소적으로 경멸하거나 비하하는 수준에서 더 이상 나아가지 못하고 만다. 위악적인 일탈이나 광기, 또는 환멸과 냉소를 통한 남편의 현실 대응 방식은 그러나 부정적인 현실에 대한 부정 이상의 다른 대안적인 가치나 에너지를 지니지 못한다는 점에서 그 한계는 너무나 분명하다고 하겠다. 그 한계에 대해서는 어느 누구보다도 본인이 가장 먼저, 그리고 가장 정확하게 인식하고 있었음은 "「소망」에서 은근히 싹이 트더니 앞으로 금년 일년 중에 쓰려는 단편…이나 그리고 장편 『원장』(가칭)까지도 뚜렷이 자리를 잡고 앉는 니힐리즘의 독한 호흡이다. 나는 그 요기에 지지 않으려고 발버둥을 치면서도 그리로 끌려만 들어가는 내 자신을 바라다보면서 몸을 떨고 있다"[11]라는 고백을 통해서 잘 알 수 있다. 이러한 해석적 맥락에서 남편의 위악적인 광기와 일탈에 대해 "혹독한 고통을 강요하는 객관적 정세에 대해 적의를 명시적으로 드러낼 수 없는 자기 풍자는 현실로부터 내부로 퇴행할 수밖에 없으며 이는 결국 자기 광고 혹은 방어로서의 자기 패러디"[12]에 불과하다는 해석은 이 작품의 핵심을 꿰는 지적이라고 생각한다.

이와 같이 이 작품이 부정적인 현실에 대해 위악이나 환멸 이외의 다른 대안이나 전망을 제시하지 못하고 마는 것은 주체와 세계 사이의 거리와 단절을 강제하는 시대의 압력으로 인한 주체의 위기나 분열 때문이었을 것으로 추정된다. 시대의 압력으로 인한 주체의 갈등을 고백적인 진술을 통해 단속적으로 반추하던 「이런 처지」에서와는

---

11) 채만식, 「자작안내」, 『청색지』5, 1939.5.
12) 황국명, 『채만식 소설 연구』, 태학사, 1998, 124면.

달리 「소망」에 이르러 위악이나 환멸의 방식을 통해 반사적으로 분출하고 있는 것은 시대의 압력으로 인한 친일의 징후와 관련하여 당시 채만식이 느끼던 주체의 위기와 분열의 정도가 광기에의 유혹을 통제하지 못할 수준까지 심각하고 절실해지고 있었음을 반증하고 있는 것이다. 느슨하고 산만한 구성의 「이런 처지」와는 달리 이 작품에서의 팽팽하면서도 짜임새 있는 극적인 구성 또한 그러한 갈등의 강도에 비례한다.

2.3. 실존적 결단으로서의 자살

그 제목에서부터 허무와 적멸의 음산한 기운을 짙게 드리우고 있는 「패배자의 무덤」은 자살이라는 극단적인 방법을 선택하는 지식인의 삶을 통해 친일의 징후와 관련된 주체의 위기를 형상화하고 있는 작품이다. 채만식 스스로가 이 작품을 "작자 자신이 나서서 건드리기에 매우 불편한 무엇이 있는 페로운 물건"[13]으로 규정하고 있는 것을 보아도 이 작품의 핵심 서사로 기능하는 종택의 자살을 친일의 징후와 관련된 주체의 위기로 해석하는 것은 무리가 아니라고 생각한다. 더욱이 '그러나마 시방 역사는 백년의 경륜을 하고 있지를 않느냐. 그는 바야흐로 세계로 하여금 어떤 사실에 뿌리를 박고서 독자한 시대적 성격을 창조시키고 있는 중이니, 그의 연령을 세기로써 따져야 할 것이 아니냐. 그 사실이 불합리하고, 그 성격이 나의 생리에 맞지 않는 것은 딴 이야기다'라는 종택의 고백적 진술이 암시하는 바와 같이, 당

---

13) 채만식, 「사이비 농민소설」, 『조광』, 1939.7.

시의 시국이나 정세를 한 개인의 인식 능력이나 저항 의지를 초월하는 '사실의 시대'로 합리화하는 논리의 단초가 이미 이 작품에 등장하고 있는 사실에 비추어 보아도 종택의 자살을 친일의 징후와 관련된 주체의 위기로 해석하는 것은 적어도 과잉 해석의 혐의로부터는 자유로우리라 생각한다.

이 작품에서 종택의 잡지사 자진 퇴사와 자살은 「소망」에서의 신문사 자진 퇴사와 위악적인 일탈과는 의미론적인 층위에서 환유적 대체의 관계에 놓인다. 따라서 그 두 사건의 의미를 친일의 징후와 관련된 주체의 위기의 맥락에서 해석하는 작업이야말로 이 작품 해석의 핵심적 요체라고 할 수 있다. 「소망」에서와 마찬가지로 종택의 잡지사 자진 퇴사 및 칩거 생활이 당시의 시국이나 정세가 강제하는 분열이나 갈등으로 인한 주체의 위기에서 비롯된 것임을 짐작하기란 그리 어렵지 않다. 하지만 주체의 위기를 해소하는 방법으로 선택하는 종택의 자살과 남편의 위악적인 광기나 일탈은 그 존재론적 층위가 근본적으로 다르다. 위악적인 광기나 일탈은 그 방법의 옳고 그름을 떠나 주체의 위기를 해소하는 방법과 관련하여 선택의 여지를 남기고 있는 반면에 자살은 그 선택의 여지마저 완전히 차단해버리기 때문이다. 이러한 차이는 시대의 압력이 강제하는 분열과 갈등으로 인한 주체의 위기 강도에 정확하게 대응한다.

「패배자의 무덤」에 이르러 시대의 압력으로 인한 주체의 위기가 정점을 향해 치닫고 있었음은, 당시의 시국이나 정세가 강제하는 주체의 위기와 관련된 채만식의 내면풍경을 엿보게 하는 '자기분열'이나, '무기력한 인간', '정신생활의 중대한 난관' 등과 같은 진술들이 종택의 고백을 통해서 여과없이 직설적으로 드러나는 것을 보아도, 그리고 시국이나 정세에 관련이 있을 것으로 추정되는 진술들이 일제의 검열을 회피하기 위한 수단으로 뜻모를 '암호문자'와 같은 추상으로 제시되는 사실을 보아서도 증명이 되는 바이다.

한편, 자살 동기에 관한 결정적인 정보원으로 기능하는 서사의 정황들이 '마호멧', '코란', '한 가지 다른 명물', '낙타' '어떤 낯모를 신사' 등과 같은 비유적인 둔사로 설명되고 있어서 정확한 자살 동기를 해명하기는 어렵다. 하지만, 유서의 내용이나 자살에 즈음한 자신의 처지를 '강풍을 만나 파선을 하고 난 뱃사람'에 비유하는 등의 서술 정보에 비추어 볼 때 종택의 결정적인 자살 동기는 실존적 결단을 강요할 정도로 극심한 주체의 위기에서 촉발된 것임을 짐작하기란 그리 어렵지 않다. 따라서 '마호멧'과 '낯모를 신사'를 일제의 경찰로, '코란'은 체제에의 순응 내지 협력으로, 그리고 '한 가지 다른 명물'은 체제에의 순응이나 협력을 거부했을 때 돌아오는 정신적·육체적 고통으로 해석하면서 종택의 자살 결행을 거친 풍랑과 강풍으로 비유되는 현실에서 스스로를 격리하여 무위무능한 국외자로 살아가려는 길이 막혀버린 데서 연유[14]된 절망적인 결단의 의미로 해석하는 것은 날카로운 통찰이 돋보이는 해석이다.

이러한 해석을 통해서 유추해 볼 수 있는 한가지 정보는 당시 시대의 압력으로 인해 채만식이 느끼고 있었던 주체의 위기와 분열의 정도가 자살이라는 극단적인 방법을 통한 소멸 의지를 반추할 정도로 극심하고 격렬했다는 사실이다. 더욱이, '결국 그러므로 거추장스런 자기 분열은 오늘 여기서도 짊어지고 있어야 하고…그리고 모레 돌아와서도 끝끝내 짊어지고 살아야 할 것이 아니냐'라는 종택의 진술에서

---

14) 장성수, 「일제말 채만식의 지식인 소설」, 『국어문학』32, 1997.8, 139면 참조.

알 수 있는 바와 같이 당시 채만식은 시대의 압력이 강제하는 갈등과 분열을 주체의 의지로는 극복 불가능한 실존적 조건으로 승인하는 패배주의적인 시각에 서서히 함몰되어 가고 있었던 것으로 추정된다. 이 작품에 뒤이어서 곧장 「모색」이나 「상경 반절기」와 같이 친일의 징후를 합리화하는 작품들이 발표되는 것을 보아도 그러한 추정은 자연스러워 보인다. 아무튼 "(식민지)지식인의 패배를 가장 격렬한 방식으로 다룬"15) 이 작품에 이르러 「소망」에서 서사의 핵심 구성 원리로 작용하던 광기와 환멸이 사라지고 마는 것을 볼 때 "관습적인 세계에 대한 래디컬한 부정과 회의의 몸짓이라고 할 수 있는 환멸의 망각을 삶의 에너지의 고갈 상태"16)로 파악하는 시각은 경청할 만하다.

그러면 1938년에 접어들면서 채만식이 정체성의 해체와 분열을 강요할 정도로 심각한 주체의 위기를 반영하는 친일 징후를 드러내는 작품들을 발표하는 이유는 어디에 있는 것일까? 그 동기와 배경을 명확하게 해명하는 작업은 결코 쉽지 않다. 그와 관련된 자료나 정보 들을 거의 찾을 수 없기 때문이다. 더욱이, 염상섭의 『삼대』와 더불어 일제식민지 시기 최고의 문학적 성취로 평가받고 있는 『태평천하』(1938.1-9)를 비롯하여 『탁류』(1937.10-1938.5), 『명일』(1936), 『치숙』(1938) 등 일제의 비정상적인 식민지 질서에 대한 치열한 대결 의지를 보여주는 작품들이 1938년을 전후한 시기에 발표된 점을 감안하면 거의 비슷한 시기에 단절에 가까울 정도의 급속한 작가의식의 후퇴를 반영하는 친일 징후의 작품들을 발표한 사실은 정상적인 논리로는 해

---

15) 염무웅, 앞의 책, 239면.
16) 차원현, 「가면에 대한 인식과 포스트모던 시대의 윤리학」, 『문학동네』35, 2003 여름, 359면.

명하기 어려운 부분이다. 따라서 "채만식의 친일문학론은 이처럼 갑작스럽게 돌출할 뿐만 아니라 이전 문학과의 친연성을 찾아보기 힘들다"[17]라는 지적은 소설에도 해당되는 사실이다.

이런 정황들을 고려할 때 이 시기 들어 채만식이 그 직전 작품들과는 단층을 형성할 정도의 이질성을 지닌 친일을 예고하는 징후의 소설들을 발표하게 된 배경은 아무래도 '주체의 윤리'보다는 '불여의(不如意)한 세정(世情)'의 악화에 따른 '시대의 압력'에서 찾는 것이 온당할 것 같다. 1937년 중일전쟁에 뒤이어 1938년 5월에 공포된 국가총동원법 시행을 계기로 총독부를 정점으로 하는 각종 억압적인 국가 기구와 이데올로기적 장치를 통한 강제와 회유를 통해 여론 주도 계층인 식민지 지식인이나 문인들을 체제 내화하려 한 일제의 억압과 폭력의 강도는 그 유례를 찾아보기 힘들 정도로 철저하고 가혹한 것이었다. 이 시기 들어 식민지 조선의 진보적 지식인들이 그 동안 자신들의 운동과 실천에 이념적 좌표 역할을 해 오던 계몽의지나 진보에의 신념에 대한 회의나 반성을 토대로 한 역사철학적 근대 비판 작업에 착수하거나 카프 해산 이후 새로운 출구를 찾아 암중모색을 거듭하던 임화나 김남천 등 카프 진영 비평가들이 주체의 위기 및 재건과 관련하여 모랄론이나 세태소설론을 비롯한 다양한 이론적 모색을 시도했던 것도 당시의 시대적 맥락에 대한 위기의식 때문이었다.

특히, 당시의 소설 경향을 진단하는 임상 보고서로서 이미 고전의 지위를 얻고 있는 문건인 「세태소설론」(1938)에서 임화는 최근 조선소설의 압도적 경향의 하나로 무력한 시대의 한 특색인 주체와 세계

---

17) 류보선, 「채만식 문학에 있어서의 친일과 반성의 문제」, 『동서문학』247, 2002년 겨울, 409면.

사이의 극복 불가능한 심연과 거리로 인해 발생하는 작가의 내부에 있어서 말하려는 것과 그리려는 것과의 분열을 서사의 핵으로 하는 세태묘사[18]의 길을 들고 있는데, 그 무렵 주체와 세계 사이의 강요된 거리와 단절을 강제하는 시대의 압력으로 인한 주체의 위기로부터 결코 자유로울 수 없었던 채만식 또한 문단의 지배적인 기류나 흐름으로부터 비켜서기 힘들었을 것이다. 당시 문단의 지배적인 기류나 분위기가 채만식에게 상당한 구속과 억압으로 작용했음은 '또 요새 거모랄 소리 많이 하데마는, 그 모랄이랄지…'와 같이, 주체의 재건과 관련된 키워드로 당시 조선 문단에 널리 회자되던 '모랄'이라는 용어가 「이런 처지」에 직접 등장하고 있는 것을 보아도 잘 알 수 있다. "생리적으로는 이 공기를 호흡하면서도 그 격류와 멀리 떨어진 피안에 머물러서 육체적 실감이 없는 '과거의 행동'에 불과한 문학(행동)을 하고 있다는 마음은 통곡하고 싶다"[19]라는 절규는 당시 객관적 정세의 악화에 따른 시대의 압력으로 인해 채만식이 겪었던 주체의 위기가 어느 정도였는가를 극명하게 보여주고 있는 바이다. 게다가 "무엇보다도 그러한 범위의 것이라야만 관무사촌무사(官無事村無事)로 두루 태평의 소치다.…물론 오늘날 섣불리 사상이니 인텔리니를 그린다는 것이 객관적인 난관도 난관이려니와 우선 주관적으로도 대단히 위험한 노릇인 것이 사실은 사실"[20]이다라는 고백에서 엿볼 수 있는 바와 같이, "1938년 이후 발행되는 모든 잡지에 황국신민의 서사 조항 게재를 의무로 규정한 후 그 이행 여부를 검열하기 시작"[21]할 정도로 혹독

---

18) 임화, 「세태소설론」, 『문학의 논리』, 학예사, 1940, 341-364참조.
19) 채만식, 「통곡하고 싶은 심정」, 『동아일보』, 1938.1.14.
20) 채만식, 「사이비 농민소설」, 앞의 책.
21) 한경희, 「일제의 전시시기와 문학자의 도구화」, 『국어국문학』132, 2002.12.30,

해지기 시작한 검열의 부하와 1938년을 기점으로 가속화된 사회주의
자들의 대량 전향[22] 또한 채만식의 역사의식이나 비판적 상상력을 무
디게 하거나 위축시키는 데 적지 않은 동인으로 작용했을 것이다. 이
러한 여러 가지 요인들의 중층 결정체인 시대의 압력으로 인한 주체
의 위기가 "문학이 적으나마 인류 역사를 밀고 나가는 한 개의 힘"[23]
이 되어야 한다는 문학관과 역사의식의 소유자였던 채만식으로 하여
금 타락한 식민지 질서와의 치열한 대결 의지를 무디게 하면서 친일
을 예고하는 징후를 드러내는 작품들을 발표하게 되는 중요한 동인으
로 작용했다고 할 수 있다. 역사의 논리와 상황 논리의 위태로운 경계
에서 팽팽한 긴장을 유지하며 주체의 해체와 분열을 강요당할 정도의
극심한 갈등과 죄의식을 감내하면서 그 과정들을 정직하게 기록한 결
과가 바로 친일의 징후를 예고하는 작품들이라고 생각한다. 상궤에서
완전히 벗어나는 「소망」에서의 위악적인 광기나 자살이라는 극단적
인 방법을 선택하는 「패배자의 무덤」에서의 소멸 의지 등이 이러한
시대적 맥락에 대한 고투의 징후로 해석되어야 하는 이유가 바로 여
기에 있는 것이다.

3. 친일의 징후 합리화

  채만식이 친일의 징후를 예고하는 단계를 넘어 합리화하는 작품들

    386면 참조.
22) 홍종욱, 「중일전쟁기(1937-1941) 사회주의자들의 전향과 그 논리」, 서울대학교
    석사학위 논문, 2000, 19-32면 참조.
23) 채만식, 「자작안내」, 앞의 책.

을 발표하기 시작하는 시기는 1939년경부터이다. 1938년과는 불과 1년 정도의 차이밖에 나지 않지만 1939년은 일제말기 식민지배 정책에서 1938년 못지않은 중요한 의미를 지니는 해이다. 내선일체의 완전한 실현을 목표로 하는 '국민정신총동원운동'이 조직과 규약에서의 변화를 시도하면서 감시와 처벌의 시선을 작동 기제로 하는 억압적인 규율 권력을 통해 식민지 조선의 일상을 군사화하는 한편 식민지 조선 민중들을 순종하는 육체로 순치시키는 국가 폭력을 더욱 더 강화하는 시기가 바로 1939년이기 때문이다. 이와 같이 한 치 앞을 예측하기 힘들 정도로 급박하게 돌아가던 정세는 1939년에 발표된 「상경반절기」와 「모색」의 '세상은 정녕코 바빠진 거다! 그도 오직 반 년 지간에…세상은 적실코 알아보게 바빠졌다. 세상이 변하여 일이 많아진 때문인 것이다', '그동안 겨우 일년 반 남짓한 세월에 눈이 부시게 급격한 변천을 했고'라는 서술 정보를 통해서도 여실히 확인되고 있다.

한편 이러한 시대 상황의 변화와 압력을 반영하면서 문단에서도 전시동원체제에 적극 협력하는 기류가 형성되는데 그 구체적인 결실은 이광수를 회장으로 하는 조선문인협회의 결성(1939년 10월)과 최재서를 편집 겸 발행인으로 하는 『인문평론』의 발행(1939년 10월)에서 분명한 모습을 드러낸다. 이후 그 단체와 잡지는 직·간접적인 압력과 회유를 통해 식민지 조선 문인들의 글쓰기 행위를 내선일체의 구현과 총력전 수행에 도움이 되는 방향으로 유도하는 한편 "문학이론을 가장한 대일 굴종 선동이론"24)이라고 할 수 있는 국민문학론의 개발에

---

24) 이주형, 「일제 강점기 말기 소설의 현실대응 양상」, 『한국근대소설연구』, 창작과 비평사, 1995, 289면.

헌신적으로 복무하게 된다. 또한 "1930년대 초반을 고비로 저항 담론 생산자로서의 성격을 거의 상실하는 한편 이윤추구에 함몰하는 과정에서 검열의 소주체로서의 성격을 훨씬 두드러지게 지니게 되는 국내의 출판자본은 1939년 예약출판제의 허용을 계기로 일제에 대한 저항적 논조를 포기하기에 이른다. 그와 맞물려 국가권력이 자본을 매개로 작가들의 자발적인 검열을 강제하는 민간 검열 기제"[25] 또한 더욱 활발하게 작동된다.

이와 같이 1939년에 접어들어 여러 가지 사회·문화적인 요인들로 인해 객관적인 정세가 더욱 악화되면서 식민지 조선의 지식인이나 문인들이 경험하게 되는 주체의 위기 또한 더욱 심각해질 수밖에 없게 된다. 채만식 또한 1939년에 들어서면서 역사 논리와의 치열한 대결 의지를 상실해감과 동시에 상황 논리의 유혹과 타협하고자 하는 심각한 주체의 위기를 경험했을 것으로 추정된다. 거의 해체 직전의 임계 상황까지 내몰리는 주체의 위기를 경험하면서 채만식이 친일을 예고하는 단계를 넘어 합리화하는 작품들을 발표하는 변화를 보이는 것도 바로 그러한 시대상황의 변화를 반영하고 있는 것이다. 따라서 시대의 압력을 주체의 의지로는 극복 불가능한 사실의 세계로 합리화하던 이 단계의 작품들에서는 친일을 예고하는 단계의 작품들에서 보여지던, 주체의 위기로 인한 위악적인 광기나 일탈과 같은 격렬한 정서나 자살과 같은 극단적인 선택은 드러나지 않는다. 이 단계에 속하는 작품들로는 「모색」(1939), 「상경반절기」(1939), 「냉동어」(1940) 등을 들 수 있다.

---

25) 한만수 「식민지 시대 출판자본을 통한 문학검열에 대하여」, 『국어국문학』131, 2002.9, 579-586면 참조. 예약 출판제의 내용에 대해서도 한만수의 글 참조.

3.1 암중모색과 상황논리의 유혹

「모색」은 옥초의 암중모색과 상수의 타락을 통하여 당시 채만식이 처한 존재론적·인식론적 조건으로 인한 주체의 위기를 형상화하고 있는 작품이다. '더 이상 아닌 세계에 대한 회의와 반성'과 '아직 오지 않은 세계에 대한 전망과 기대' 사이에서의 암중모색. 당시 대부분의 식민지 조선 지식인들이나 문인들이 처한 존재론적·인식론적 조건이었을 것이다. 갈수록 야만의 강도를 더해가는 파시즘의 장벽에 부딪쳐 주도 이념의 상실로 인한 공백을 대체하기 위한 실천이나 이론적 작업들마저 여의치 못한 상황임을 인식한 식민지 조선의 지식인들과 문인들은 절박한 선택의 기로에 서게 된다. 역사논리인가? 상황논리인가? 양자택일적 선택을 강요하는 상황이 압박하는 부하는 전존재의 감당을 요구할 정도로 도저한 수준이었을 것이다. 거의 한계상황에 육박하는 실존적 정황에서 대부분의 식민지 지식인들이나 문인들은 당시의 시국이나 정세를 이미 주어진 선험적인 세계로, 따라서 개인의 의지나 능력을 초월하는 불가항력적인 사실의 세기로 승인하는 상황논리에 기대면서 하나 둘 서서히 친일의 길로 들어서게 되는 과정을 밟는다. 그 과정에서 채만식 또한 예외일 수 없었다. 따라서 그 제목에서부터 강한 함축적 울림을 지니고 있는 이 작품은 당시 역사논리와 상황논리의 기로에서 극도의 갈등과 분열로 인한 주체의 위기에 시달리며 암중모색을 거듭하던 채만식의 내면풍경에 대한 알레고리로 해석할 여지를 충분히 지니고 있다.

주체의 위기와 관련된 채만식의 내면풍경에 대한 알레고리의 맥락에서 중요한 해석 단위로 기능하는 것은 '옥초의 암중모색'과 '상수의 타락'이다. 여자 전문대학 졸업반인 옥초가 암중모색의 길찾기에 나서게 되는 것은 졸업 이후의 진로 문제에 대한 고민과 갈등 때문이다. 옥초가 진정으로 도달하고자 하는 길은 '주체 인간과 객체 학문과의 유기적 화합에서 지양이 되는 제삼의 새로운 현실의 창조' 이다. 옥초가 지향하고자 하는 '제삼의 길'이 구체적으로 어떤 세계인지는 알 수 없지만 '상식과 습관과 값 헐한 욕망이 왕노릇을 하고 있고 개성은 지혜로 더불어 생리의 종노릇을 하고 있는' 당시의 현실과는 다른 세계임을 짐작하기란 어렵지 않다. 오랜 고민과 갈등을 통한 암중모색 끝에 옥주가 다다른 제삼의 길은 애초의 의욕이나 다짐과는 달리 현존하는 대상들 가운데 "가치와 의미를 지닌 것은 아무것도 없다고 여기는 정신상태"[26]인 니힐리즘이다. '현존하는 세계에 대한 철저한 부정'과 '부재하는 세계에 대한 도저한 절망' 사이에서의 오랜 모색을 통해 힘들게 도달한 니힐리즘을 '새로 한 벌 해 입었어야 할 새옷을 해 입지 못하고서 낡은 교복을 그대로 입은 채 졸업'하는 형국에 비유하는 옥초는 본인 스스로도 '과히 니힐한 색채가 차차로 짙어가는 무엇이 없지 못했다'라는 허무주의적 자각을 인정하고 있다.

한편 옥초의 허무주의적 태도는 문학이 지닌 힘에 대한 신념에도 영향을 미쳐 소설에 대해서조차 '하릴없이 식어빠진 조밥덩어리처럼 깡깡하고도 퍼슬퍼슬하고도 천하 멋없기라고는 둘째 가라면 서럽달 망측한 물건'으로 비하하고 있다. 소설에 대한 옥초의 허무주의적 태도는 그 무렵 현실과 이상의 단절과 심연이 강제하는 주체의 위기로 인해 서서히 허무주의의 독한 기운에 잠식당해 들어가면서 작가의 내부에 있어서 말하려는 것과 그리려는 것과의 분열이라는 명제로 임화

---

26) 고드스블롬/천형균, 『니힐리즘과 문화』, 문학과 지성사, 1992, 11면.

가 정확하게 진단한 바 있는 자신의 당시 작품들에 대해서 "자살용의 양잿물"27)로 비하하며 무기력한 모습을 보이던 채만식의 안타까운 모습에 그대로 겹쳐진다. 실제로 "이 니힐리즘의 유혹은 작년 겨울이래 나에게 커다란 번민이다"28)라는 고백을 토로할 정도로 당시 주체의 위기와 관련하여 채만식을 압박했던 허무주의의 강도는 심각했던 것 같다. 소설(문학)의 힘이 지닌 힘에 대한 신념의 회의나 약화는 이 작품에 이어서 발표된 「냉동어」에 와서는 더욱 도저한 표정으로 그 얼굴을 드러내게 된다.

한편, 옥초의 고향 선배이자 친구인 상수의 타락은 당시 채만식이 직면한 주체의 위기와 관련하여 더욱 중요한 관련을 지닌다. '순박한 농촌의 구수한 때'에서 '술집 색시네 새서방의 삼팔저고리 동정에 묻은 때'로 비유되는 상수의 타락과 전향은 친일의 징후와 관련된 채만식의 동요와 갈등에 대한 알레고리로 해석될 수 있기 때문이다. 동경 유학생 시절 정의감에 불타던 열혈남아의 모습에서 식민 통치의 첨병 역할을 하던 읍회의원의 직위를 자랑하는 모습으로 타락한 자신의 처지에 대해 상수는 '나두 많이 두구서 생각두 해본 나머진데 별수 없어요! 밤낮 서생인가?…거저 우리같은 범인은 괜히 혼자서 고고했자 별 뾰족수 없구, 거저 현실과 타협을 하는 게 가장 현명한 노릇이야! 현실과 타협해서…친하구, 응?…시대가 시방 시대가 다아 그런 걸 어떡하나?'라는 대세론과 상황논리에 기대어 자신의 타락과 전향을 변호하며 합리화한다.

자신의 타락과 전향에 대한 상수의 변호 논리에 대한 옥초의 태도

---

27) 채만식, 「문학을 나처럼 해서는」, 『문장』, 1940.2.
28) 채만식, 「사이비 농민소설」, 앞의 책.

는 아주 중요한데, 여러 가지의 서사 정보로 미루어 볼 때 옥초는 채만식의 내포작가 역할을 하고 있기 때문이다. 상수의 타락과 전향에 대한 옥초는 기본적으로 '고약한 속취', '거리의 약장수', '협잡꾼', '계통이 다른 물건' 등의 진술이 암시하는 바와 같이 냉소적 비난과 경멸을 통해 비판적인 거리를 유지하고 있다. 하지만 '그동안 겨우 일년 반 남짓한 세월에 세상은 눈이 부시게 급격한 변천을 했고 세상이 변하니 당연한 추세로 사람도 따라 변하기야 할 것이었었다'라는 진술처럼 유보적이긴 하지만, 상수의 타락과 전향을 승인하는 분열적인 모습을 보이기도 한다. 파시즘의 거대한 장벽이 강요하는 역사논리와 상황논리의 기로에서 집요하게 추파를 보내는 상황논리의 유혹에 화답하며 서서히 친일에의 길 어귀로 들어서면서 고뇌하던 채만식의 내면풍경 또한 그러한 분열적인 모습에 가깝지 않았을까? 곧이어서 발표된 「상경반절기」는 그러한 추정적 해석이 크게 무리가 아님을 증명하고 있다.

3.2 식민주의 이데올로기의 내면화

친일 의지의 합리화 징후와 관련하여 『상경반절기』는 문제성을 지니는 작품이다. 간접적이고 암시적인 수준에서 친일의 합리화 징후를 드러내던 이전의 작품들과는 달리 이 작품에 오게 되면 친일의 합리화 징후는 더욱 더 직접적이며 명시적인 수준에서 드러나고 있기 때문이다.[29] 미나미, 청년단 등 그 당시 시국에 관련된 인물이나 단체

---

[29] 이 작품이 1939년 봄으로 추정되는 당시 발표되지 못하고 1962년 11월에 『신사조』에 유고로 발표된 사정도 다른 작품들에 비해 친일의 징후가 보다 직접적인 형태로 드러나는 서사의 양상 및 그에 따른 자기 검열과 밀접한 관련이 있어 보인다.

등의 실제 명칭이 그대로 등장하는 등 여러 가지의 서사정보로 미루어 볼 때『상경반절기』의 서사 주체로 기능하는 '나'는 채만식의 대리인으로 추정된다.

근 반 년만의 서울 나들이를 위해 들른 개성역에서 겪은 식민지 조선 민중들에 대한 실망과 경멸로 인해 서울 나들이를 포기하고 귀가하는 서사 얼개로 구성된 이 작품에서 친일의 합리화 징후는 자기 식민지화(self-colonialization)[30)]의 방식을 통해서 드러나고 있다. 자기 식민지화의 구체적인 방식은 일제의 식민 당국이 조선의 식민 통치를 합리화하고 정당화하기 위해 조선을 일본의 열등한 타자나 부정적인 그림자로 규정하면서 스스로의 문화적 열등성을 인정하게 하는 구성적 담론 체계로서의 식민주의 이데올로기[31)]를 강박적으로 반복[32)]하는 나의 진술을 통해서 드러나고 있다. 조선적 가치의 억압과 배제 / (일본적 가치의 승인과 옹호)라는 대립적 위계의 틀을 통해서 침묵과

---

30) 샤오메이 천/정진배·김정아 옮김,『옥시덴탈리즘』, 강, 2001, 19면.

31) 효과적인 노무관리를 위해 식민지 조선의 노동자들을 대상으로 한 자료들이기는 하나 김민영과 강이수의 연구에서 제시하고 있는 정보들은 식민주의 이데올로기에 정확하게 부합하는 내용들이다. 김민영과 강이수에 대해서는 김민영,『일제의 조선인 노동력 수탈 연구』, 한울 아카데미, 1995, 109-138면, 강이수,「공장체제와 노동규율」, 김진균·정근식 편저,『근대주체와 식민지 규율 권력』, 문화과학사, 1997, 117-169면 참조.

32) 이와 같이 식민주의 이데올로기를 내면화하는 자기 식민지화의 방식을 통해서 친일의 징후를 합리화하는 '의식의 식민지화'의 단초적 징후는 이 작품에 앞서 발표한「이런 남매」의 '일반으로 조선 사람들은 아직도 책임 관념, 즉 의무 관념이 박약해! 대단히 재미없는 일이야!'라는 영섭의 말에서도 이미 예고된 바 있다. 동일한 맥락에서 이 작품의 중심인물로 기능하는 영섭과 혜련 두 남매의 갈등을 당시의 시국이나 정세에 대한 정치적 알레고리로 해석할 경우 가난과 가족들의 부양을 명분으로 카페 여급으로 전락하는 자신의 도덕적 타락을 합리화하는 혜련의 논리는 친일의 합리화 징후로 해석할 수 있는 충분한 여지를 지니고 있다.

추방의 대상으로 타자화되는 조선적 가치로는 무례와 무질서, 비위생
성과 사대주의 근성, 자기 중심성과 순응주의 등이다. "조선인의 종족
근성에 대한 신랄한 경멸과 민족 패배주의"[33]를 냉소적으로 드러내는
나의 태도는 일단 동양과 서양의 인식론적 구분을 통해 동양을 지배
하고 재구성하기 위한 서양의 제국주의적 목적을 위해 서양에 의해
재현되고 지지된 허구적인 가치와 왜곡된 이미지를 가리키는 오리엔
탈리즘과 19세기 말 경쟁적으로 식민지 경영에 나선 서구 제국주의
국가들의 침략 이데올로기로 기능한 사회 진화론의 일본판 버전이라
고 할 수 있는 일제의 식민주의 이데올로기를 무비판적으로 답습하고
있다는 점에서 문제가 아닐 수 없다.

그런데 문제가 더욱 심각한 것은 '천년 이천년을 두고서, 전반적으
로 반도 백성들의 살과 피와 뼛속 깊이까지 배어들어 생활화하고 정
신화하고 마침내는 본능에까지 순화된(진실로 순화된!) 소위 종족 근
성', '체질? 옳아! 체질! 과연 체질인 것이다.', '이것이 나의 의지와 탄
식을 초월하고 무시하는 피의 운명'에서 보는 바와 같이, 허구적인 식
민주의 이데올로기의 근거로 왜곡된 조선인의 민족성을 주체의 의지
와는 상관없이 선험적으로 이미 결정된 속성으로, 따라서 주체의 의지
로는 극복 불가능한 고착화된 속성으로 규정하고 있다는 점이다. 조
선인의 민족성에 대한 신랄한 비하와 경멸을 반사적으로 분출하는 이
작품, 따라서 마치 「민족개조론」의 채만식 소설 버전을 보는 듯한 착
각을 불러일으키는 이 작품에서 친일의 징후를 발견하는 일은 그리
어렵지 않다. 패배주의적이고 민족 차별주의적인 시각에서 조선의 민
족성을 부정적으로 규정하는 논리는 바로 일제의 식민 지배의 정당성

---

33) 임명진, 앞의 글, 501-502면.

을 승인하는 논리로 이어질 수 있기 때문이다. 그러한 맥락에서 이러한 민족 개조론적 시각을 "열등한 한국인을 우수한 일본인에 동화시키자는 내선일체의 근거로 전락할 위험성이 큰"[34] 논리로 규정하는 것은 충분한 설득력이 있어 보인다. 실제로 채만식은 이 작품보다 1년 뒤에 발표된 「대륙경륜의 장도, 그 세계사적 의의」라는 논설에서 "어떤 한 우수한 민족이 다른 어떤 우수치 못한 민족을 사회적으로 영도를 하게 되는 것도 또한 당연한 현상인 것이다.…일본 민족에 의한 대륙의 경륜이 바로 그것인 것이다."[35]라며 식민 지배와 대륙 침략의 정당성을 옹호하는 논리를 주장하고 있다. 그런 점에서 "오리엔탈리즘(일제의 식민주의 이데올로기)에서의 동양(조선)에 관한 모든 지식은 어차피 식민지 팽창의 역사와 정치적 공모 관계에 있으며, 따라서 순수하고 사심없는 지식은 존재하지 않는다."[36]라는 사이드의 기본 전제는 이 작품에서도 여전히 그 통찰의 빛을 잃지 않고 있다.

아무튼 이 작품을 발표하던 1939년 무렵 채만식은 안타깝게도 은근한 상황 논리의 농밀한 추파와 유혹을 단호하게 내치지 못한 채 본격적인 친일의 늪을 향해 내키지 않는 고통스러운 발걸음을 한걸음, 한걸음 아주 힘겹게, 힘겹게 내딛고 있었던 것으로 추정된다. 그 과정에서 그가 겪었을 정체성의 해체와 분열로 인한 주체의 위기가 얼마나 심각했는가는, '오늘 여태까지가 안팎으로 모두 다 쇠약한 신경의 과민한 착각이었으면 싶다.'잠이 또 달아나버린다. 아다린은 있어도 물

---

34) 이경훈, 「근대 주체의 좌절과 초극」, 문학과 사상연구회 편, 『채만식 문학의 재인식』, 소명출판, 1999, 151-152면.
35) 채만식, 「대륙경륜의 장도, 그 세계사적 의의」, 『매일신보』, 1940, 11.22.
36) 바트 무어-길버트/이경원 옮김, 『탈식민주의! 저항에서 유희로』, 한길사, 2001, 131면.

이 없다'라는 나의 마지막 진술에서 극명하게 드러나고 있다. "자신의 문학적 지향과도 거리가 멀고 그의 개인적 성향에도 맞지 않는"[37] 친일의 길로 가는 도정에서 겪었을 극도의 심리적 갈등과 정체성의 분열로 인한 주체의 해체 위기와 그것이 직접적인 동인으로 작용하였을 신경증으로 고생하였을 채만식. 그렇지 않아도 생리적으로 예민한 신경과 여린 심성에 수면제에 의존하지 않으면 불면의 고통에 시달릴 정도의 중증 신경 쇠약으로 인해 고통스러운 나날을 보냈을 채만식. 막다른 골목에 내몰린 절박한 처지의 채만식의 당시 초상이 손에 잡힐 듯한 생생한 환영으로 다가선다.

그러면 1938년과는 불과 1년 정도의 차이밖에 나지 않는 1939년에 접어들어 채만식이 친일의 징후를 예고하는 단계를 넘어 합리화하는 작품들을 발표하는 이유는 어디에 있는 것일까? 먼저 친일의 징후를 예고하는 단계의 핵심 동인으로 작용했던 객관적인 정세의 악화에 따른 시대의 압력 또한 이 단계에서도 중요한 동인으로 작용했다고 할 수 있다. 하지만 이 단계에서는 시대의 압력만으로 해명이 안 되는 부분이 있다. 주체의 윤리가 개입하는 부분은 바로 그 지점에서이다.

친일의 합리화 징후와 관련된 주체의 윤리 책임에서 결정적인 동인으로 지적할 수 있는 요인이 바로 패배주의와 허무주의의 감염에 의한 상황 논리와의 타협이다. 「모색」이나 「상경반절기」 등의 분석을 통해서 알 수 있는 바와 같이, 거의 해체 직전의 임계 상황까지 내몰리는 주체의 위기를 경험하던 채만식은 당시 갈수록 야만의 강도를 더해가는 일제의 식민지 질서에 대한 대안이나 전망 부재의 절망감으로 인한 패배주의와 현존하는 세계의 그 어떤 영역에서도 의미나 가

---

37) 염무웅, 앞의 글, 214면.

치를 찾지 못하는 허무주의에 서서히 감염되어 가고 있었던 것으로 추정된다. 그러한 점에서 채만식의 친일을 "역사적 전망의 상실이 가져온 도저한 허무주의"[38]로 규정하는 지적은 적절해 보인다. 1936년 조선일보사의 퇴사와 함께 서울 생활을 청산하고 당시 광산업에 종사하던 형이 거주하던 개성으로 솔가해가면서 먹지 않고 자지 않을 정도로 창작에만 전념하겠다는 다짐을 보일 정도로 애정을 보였던 문학에 대해서조차도 '자살용의 양잿물'로 비하하고 있을 정도이니, 당시 채만식을 잠식하던 패배주의와 허무주의의 수준이 어느 정도였는가는 가히 짐작하고도 남음이 있다.

'나이는 사십도 채 못 되었으면서 환갑이 지난 만큼이나 생리는 바스러졌다. 마음은 또 생리보다 더 늙어서 한 칠십 살고 난 노인과 진배없다. 온전한 노후요 폐물이요 패잔이다.'라는 진술에서 극명하게 드러나고 있는 바와 같이, 도저한 패배주의와 허무주의로 인해 거의 주체의 진공 상태를 방불케 할 정도의 막다른 골목에 몰리다시피 한 절박한 처지의 채만식에게 일제의 식민주의 이데올로기나 파시즘 이데올로기는 아주 궁색하기는 하지만, 그렇다고 별다른 선택의 여지도 없는, 그런 점에서 거의 유일했다고 할 수 있는 돌파구의 의미로 다가왔을 것이다.

2차 세계 대전 이후 일본의 비판적 지성을 대변하는 마루야마 마사오는 "인텔리겐치아나 기술자들의 허무주의와 정치적 반감, 메스 커뮤니케이션에 의한 지성의 단편화와 방향 감각의 상실, 전체적으로 정치, 경제, 사회 문제의 합리적 조정의 가능성에 대한 회의와 절망, 실

---

38) 김양선, 「친일문학의 내적 논리와 여성의 전유양상」, 『실천문학』67, 2002.가을, 270면.

의와 무력감의 보상으로서의 강대한 권위 혹은 초인적인 지도자에 대한 갈망을 비롯한 다양한 요인들이 복합적으로 작용하여 정치적 진공을 메우는 역할을 하면서 파시즘이 등장"[39]한다고 하는데, 당시 절대 중심에 대한 절대 의존이나 동경을 통해 주체의 위기를 해소하고자 했던 극도의 무기력한 방어 심리로부터 결코 자유로울 수 없었던 채만식의 처지나 입장은 식민주의나 파시즘과 같은 전체주의 이데올로기가 창궐·서식하는 데는 더 없이 좋은 토양이었을 것이다. 이율배반적인 지향성과 자기 기만성을 그 본질로 하는 일본판 오리엔탈리즘의 전형을 보여주는 근대 초극론이나 대동아 공영권과 같은 일제의 신체제 담론에 대해 채만식이 1940년 이후 뚜렷한 저항이나 거부의 몸짓 없이 경사되었던 것도 "파시즘적 통제에 대한 복종을 통해 불안과 절망과 고립감으로부터 탈출을"[40] 모색하고자 하는 대중 심리의 맥락에서일 것이다.

물론, 건곤일척의 마지막 승부수로 던진 태평양 전쟁을 목전에 둔 1940년을 기점으로 식민지 조선의 미시적 일상의 영역까지 무차별적으로 접수하는 광기에 비례하여 갈수록 백척간두의 위태로운 처지로 몰리던 파시즘 체제를 떠받치기 위해 급조된 후 당시 시대의 유행어로 회자되던 동아신질서나 근대초극론, 신체론 등이 실상은 서구의 중심성과 패권을 탈취하기 위한 허구적이고 기만적인 이데올로기임을 채만식과 같은 예민한 비판적인 지성이 전혀 모르지는 않았을 것이다. 하지만 수필 「액년」에서 보는 바와 같이 중첩되는 우환과 신산으로

---

39) 마루야마 마사오/김석근, 「내셔널리즘, 군국주의, 파시즘」, 『현대정치의 사상과 행동』, 한길사, 1997, 343-344면.
40) 앞의 책, 348면.

인해 사면초가를 방불케 할 정도의 곤경에 처했던 채만식의 당시 처지는 그러한 사실조차 애써 외면하고 싶을 정도로 절박했을 것으로 추정된다.

보다 구체적으로, 이 무렵 '불온 독서회 사건' 혐의의 피의자 신분으로 개성 경찰서에서 두 달여 정도 구속 상태로 있으면서 겪은 육체적·정신적 고통과 "유일한 생화(生貨)가 그때나 지금이나 매문(賣文)이요, 매문을 아니하고는 2합 2작의 배급쌀조차 팔 길이 없던"[41] 적빈이 여세이던 당시의 혹독한 가난과 병고[42]는 그러한 선택과 판단에 상승적 촉매로 작용했을 가능성이 크다고 할 수 있다. 특히, 자신의 과거 친일 행위에 대한 고해성사를 방불케 하는 절절한 참회록인 「민족의 죄인」에서 '아뭏튼 대일협력이라는 주권(株券)의 이윤(利潤)이 어떠하다는 것을 실지로 배운 것이 이 개성사건이었다'라고 고백하고 있는 진술에서 알 수 있는 바와 같이, 불온 독서회 사건은 그러한 판단과 선택에 상당한 영향을 미쳤을 것으로 짐작된다. 이러한 해석은 그 다음해인 "1940년 7월 『인문평론』에 발표된 「나의 꽃과 병정」을 그 신호탄으로 친일 파시즘의 경향을 뚜렷이 보여주는 글을 발표하기 시작"[43]하는 것만 보아도 무리가 없어 보인다.

1940년을 기점으로 친일의 늪 속으로 빠져들게 되면서 채만식은 본

---

41) 채만식, 「민족의 죄인」, 『채만식 전집』8, 창작과 비평사, 1989, 440면.

42) 집안의 몰락 이후 경제적인 문제로 인한 채만식의 곤궁한 처지는 고료와 인세를 주수입원으로 거처할 집 한 칸을 찾아 동분서주 마치 피난민처럼 개성에서 안양으로(1940년 5월로 추정), 안양에서 광나루로(1940년 초겨울로 추정) 쫓겨 다니다시피 전전하는 상황을 핍진하게 형상화하고 있는 「집」(1941.2)과 「집」의 속편인 「삽화」(1942.7)에 여실히 드러나고 있다. 그리고 지병인 신경쇠약이나 신경통으로 인한 신산과 고통에 대해서는 「병여잡기」(『「조광』,1940.4)를 비롯한 많은 수필을 통해서 반복적으로 밝히고 있다.

43) 김재용, 「멸사봉공으로서의 친일 파시즘 문학」, 『실천문학』69, 2003년 봄, 397.

격적인 친일 의지를 드러내는 『여인전기』와 「혈전」을 비롯한 소설과 10여 편의 평문이나 논설들을 발표하는 한편 몇 차례의 시국강연에도 참여하게 된다. 특히, 「대륙경륜의 장도, 그 세계사적 의의」(1940.11), 「문학과 전체주의」(1941.1), 「시대를 배경하는 문학」(1941), 「위대한 아버지 감화」(1943.1), 「홍대하옵신 성은」(1943.8) 등과 같이 일제의 식민주의 이데올로기나 파시즘 이데올로기에의 경사를 보다 직접적인 형태로 드러내고 있는 글들을 통해서 본격적으로 표명되는 친일 의지는 너무나도 분명하여, 그럴 수만 있다면, 외면하거나 지워버리고 싶을 정도이다. 이 부분에 대한 비판이나 비난에 대해서는 그 어떠한 명분으로도 합리화될 수 없으며, 본인 또한 그 사실에 대해서는 스스로가 '씻어도 깎아도 지워지지 않는 '영원한 죄의 표지'로 규정할 정도로 심각하게 인식하고 있었다. 하지만 그 동기나 배경, 그리고 보상 수준을 고려할 때 채만식의 친일은 자신을 포함한 가족들을 지키기 위해 수행한 '윤리 차원에서의 소극적인 협력'으로 규정하는 것이 타당하지 않을까 생각한다. 따라서 일신상의 영달이나 명예를 추구하기 위해 식민주의나 파시즘 이데올로기의 전도사 역할을 자임하는 데 주저하지 않았던 '신념이나 세계관 차원에서의 적극적인 친일'과는 분명하게 구분되어야 마땅할 것이다. 어쩌면 채만식의 친일은 본인의 지적대로 아주 안타깝기는 하지만 '용맹하지도 못한 동시에 영리하지도 못한 나약한 지아비가 본심도 아니면서 핍박을 받을 용기가 없어 겉으로 복종이나 하는 체 했던 적지 않은 수효의 사람들 속'의 한 사람이었을지도 모른다. 이러한 맥락에서 "장소와 시간의 한계를 넘지 못한 대다수 일제시대의 지성인들에게는 차라리 평범함의 죄를 묻는 것이 가장 적절하지 않을까 싶다"[44]라는 지적은 채만식의 친일과 관련하여 촌철살인의 통찰이 아닌가 한다. 따라서 "이광수를 많이 닮은 그 글은 구차스러운 변명이고, 자기 합리화를 위한 공범의식의 조장일 뿐 진정성이라고는 없다"[45]라는 신랄한 비판과는 달리, 채만식의 친일은 진정 자신의 절절한 고백처럼 '하루아침 잠이 깨어 보고서 자신이 빠져있음을 발견한, 한정 없이 술술 자꾸만 미끄러져 들어가는 수렁'이었는지도 모를 일이다. 그 뉘라 알겠는가?

4. 나오는 말

이 글은 채만식의 친일 경로와 그 동기 해명을 목적으로 하였다. 그의 친일 경로와 동기는 예민하면서도 정직했던 자신의 성격과 기질만큼이나 선명하게 드러남을 알 수 있었다. 구체적인 작품 분석 결과, 채만식의 친일 경로는 세 단계의 과정을 밟아서 진행되고 있었다. 그 세 단계는 다음과 같다. 역사논리와 상황논리 사이의 치열한 긴장과 길항으로 인한 주체의 위기로 인해 친일의 징후를 예고하는 단계, 상황논리 쪽으로 중심 이동하는 과정에서 발생하는 주체의 위기로 인해 친일의 징후를 합리화하는 단계, 본격적인 친일 의지를 드러내는 단계.

1938년에서 1939년 사이에 발표된 「이런 처지」, 「소망」, 「패배자의 무덤」 등의 첫 번째 단계 작품들의 발생 배경에는 객관적 정세의 악화에 따른 '시대의 압력'이 핵심 동인으로 작용하고 있음을 밝히고자 하였다. 주로 1939년에 발표된 「모색」, 「상경반절기」 등의 두 번째 단

---

44) 박노자, 『나를 배반한 역사』, 인물과 사상사, 2003, 62면.
45) 조정래, 「용서는 반성의 선물」, 『누구나 홀로 선 나무』, 문학동네, 2002, 213면.

계 작품들의 발생 배경에는 패배주의와 허무주의의 감염에 의한 상황 논리와의 타협이라는 '주체의 윤리'가 핵심 동인으로 작용하고 있음을 밝히고자 하였다. 1940년 이후 일제의 식민주의 이데올로기나 파시즘 이데올로기에의 경사를 보이는 채만식의 친일 또한 절대 중심에 대한 절대 의존이나 동경을 통해 주체의 위기를 극복하고자 했던 극도의 무기력한 방어심리가 중요한 동인으로 작용했을 것이라는 결론을 내리었다. 하지만, 채만식 스스로가 통절하게 반성할 정도로 심각하게 인식하고 있는 친일에 대해서는 그 동기나 보상 수준을 고려할 때 자신을 포함한 가족들의 보신을 위한 윤리 차원에서의 소극적 협력으로 규정하는 것이 타당하지 않을까 하는 결론도 내리었다. 따라서 채만식의 친일 행위는 일신상의 영달이나 명예를 추구하기 위해 식민주의나 파시즘 이데올로기의 전도사 역할을 자임하는 데 주저하지 않았던 신념이나 세계관 차원에서의 적극적인 친일과는 분명하게 구분되어야 마땅할 것이다.

'현실적인 것은 합리적이다!.' 채만식의 소설에 나타난 친일의 문제를 다룬 이 글을 마치고자 하는 지금 이 순간, 화두로 아른거리는 명제이다. 헤겔의 명제인 그 질문은 꼬리에 꼬리를 물고서 포스트 담론의 논리적 아포리아라고 할 수 있는 '가치의 상대주의'와 '가치의 무정부주의'의 경계에 대한 실존적 고민으로까지 이어진다. '역사논리'와 '상황논리', '시대의 압력'과 '주체의 윤리' 사이에서 갈등과 분열을 반추하며 원치 않았던 친일의 늪 속으로 '한정 없이 술술 자꾸만 미끄러져 들어가면서' 채만식이 감당했을 실존의 부하나 압박은 과연 어떠한 것이었을까?

5

채만식의 소설에 나타난 친일과 반성

1. 들어가는 말

역사학계를 비롯한 우리의 근대 지성사에서 가장 예민한 주제들 가운데 하나가 일제 식민지 시대 지식인들의 친일 문제임을 부정하는 사람은 짐작컨대 거의 없을 것이다. 일제 식민지 시대 지식인들의 친일 문제가 예민한 주제가 될 수밖에 없는 이유는 그 문제가, 관련 당사자나 그 주변 사람들은 물론이고 거의 대부분의 사람들 또한 불쾌하고 어둡다는 이유로 정면에서 대면하기를 꺼려하는 그림자에 해당되기 때문이다. 성숙한 인격이란 '그림자의 편입 과정'(die Integration des Schattens)[1]을 통해 그림자를 자신의 일부로 인정하는 사람을 말

---

1) 마야 스토르히/장혜경, 『강한 여자의 낭만적 딜레마』, 푸른숲, 2003, 53면.

한다. 그와 마찬가지로 성숙한 문화나 사회 또한 자신들의 집단 그림자를 억압하거나 추방하지 않고 기꺼이 승인하고자 하는 의지나 용기를 지닌 사회나 문화를 말한다. 따라서 우리 사회가 이제 한 단계 더 성숙한 사회로 올라서기 위해서는 우리 사회의 집단 그림자 현상에 해당되는 일제 식민지 시대 지식인의 친일 문제에 대해서도 은폐하거나 억압하는 종전의 소극적인 태도에서 벗어나 정면에서 감당하고자 하는 적극적인 태도로의 전환이 요구된다고 하겠다. 친일문학적 담론에 대한 연구에는 "수치의 원인이었던 정신적인 상처에 대한 극복을 지향하는 강인한 의지 없이는 불가능"[2]한 어떤 역사적 상흔이 깊숙하게 개입되어 있다는 전제하에 친일문학에 대한 최근의 고조된 관심을 바람직한 변화로 파악하는 시각 또한 그러한 맥락과 관련이 있다.

한편, 일제 식민지 시대 지식인의 친일 문제를 감당하는 과정에서 경계해야 할 태도는 크게 두 가지라고 생각한다. 하나는, 과도한 민족주의적 열정과 추상같은 역사 논리를 배경으로 무조건 타매부터 하고 보는 '윤리적 근본주의'이다. 이와 관련하여 "명백한 친일파라 하더라도 오직 단죄하는 수준으로 나아가서는 진정한 의미의 극복도 이루어지지 않는다"[3]라는 지적이나 "'친일'의 문제는 아직도 아물지 않은 민족사의 상처로서 우리가 '더불어' 부끄러워해야 할 문제일망정 한두 개인의 윤리 문제로 환원시켜 손쉽게 욕해 버리고 말 일이 결코 아니다"[4]라는 주장은 두고두고 곱씹어 볼 만한 성찰이 아닌가 한다. 다른

---

2) 사에구사 도시카스, 심원섭 옮김, 『사에구사 교수의 한국문학연구』, 베틀 북, 2000, 572면, 류보선, 「친일문학의 역사철학적 맥락」, 『한국근대문학연구』, 태학사, 2003 상반기, 9면에서 재인용.
3) 최원식, 「한국 문학의 근대성을 다시 생각한다」, 민족문학사연구소 엮음, 『민족문학과 근대성』, 문학과 지성사, 1995, 56면.
4) 김병걸·김규동 편, 『친일문학작품선집』, 실천문학사, 1986, 5면.

하나는, 그때 당시 여론 형성과 관련된 상징 권력을 소유했던 지식인들 가운데 친일로부터 자유로울 수 있는 사람이 과연 얼마나 될까라는 상황논리를 들어 변호하고자 하는 '무차별적 온정주의'이다. 이 두 가지의 편향은 모두 친일의 동기나 배경, 수준의 경중, 보상 정도 등의 매개 변수를 섬세하게 고려하지 않고 일반화시킨 전칭 범주의 오류로부터 자유롭지 않다는 점에서 문제가 아닐 수 없다. 이 두 가지 편향에 대한 경계는 이 글에서 본격적인 논의 대상으로 삼고자 하는 채만식의 친일에 대한 평가에서도 마찬가지라고 생각한다. 따라서 채만식의 친일에 대한 평가가 온전한 평가를 받기 위해서는 '현재'와 '과거', '역사논리'와 '상황논리', '민족주의적 열정'과 '실증주의적 탐사' 사이의 생산적인 대화와 변증법적 교섭을 겯고 트는 과정에서 채만식이 친일로 가게 되는 경로나 배경, 친일의 수준 등과 같은 다양한 매개 변수들을 꼼꼼하게 고려하여야 할 것이다. 「채만식의 소설에 나타난 친일의 경로와 동기」라는 글에서 밝힌 바와 같이, 채만식의 친일은 세 단계의 경로를 밟아서 순차적으로 진행5)되고 있다. 그리고 이 글의 본격적인 논의 대상인 본격적인 친일 의지를 드러내는 글을 발표하기 시작하는 시기는 태평양 전쟁을 전후하여 더욱 강화된 천황제 파시즘의 광기가 한반도 전역을 지배하던 1940년 이후부터이다.

이 글의 초점은 두 방향으로 집중될 것이다. 하나는, 대상 작품들의 분석을 통해 친일의 동기와 수준을 밝히는 작업이다. 이 작업과 관련하여 애초 3부 연작으로 기획했던 작품들의 1·2부 가운데 2부에 해당하는 『여인전기』(1944-1945) 및 「혈전」(1941) 등의 소설들이 집중

---

5) 이에 대해서는 공종구, 「채만식의 소설에 나타난 친일의 경로와 동기」, 『현대문학이론연구』제23집, 현대문학이론학회, 2004.12참조.

적인 논의 대상으로 분석될 것이다. 친일에 대한 채만식의 생각이 보다 더 직접적인 형태로 드러나고 있는 1940년 이후의 평문이나 시사 논설 등의 글은 소설의 논의를 보강하는 자료로 동원될 것이다. 그에 앞서 주체의 위기와 관련된 친일 징후의 작품들에서 본격적인 친일 의지를 드러내는 작품들로 넘어가기 직전의 과도기적 작품으로 규정할 수 있는 「냉동어」에 대한 본격적인 논의도 같이 이루어질 것이다. 다른 하나는, 참회의 의미를 밝히는 작업이다. 이 작업과 관련해서는 「민족의 죄인」이 본격적인 논의 대상 작품으로 집중 부각될 것이다.

2. 본격적인 친일 의지의 표명

1940년에 들어서면서 이제까지 징후의 차원에서 잠복되어 있던 채만식의 친일의지는 두 가지 차원에서 큰 차이를 드러내기 시작한다. 하나는 이제까지 주로 소설들을 통하여 징후적으로 드러나던 친일의지가 보다 직접적이면서 적극적인 형태를 띠기 시작한다는 점이다. 구체적으로 이 시기에 발표된 작품들을 통하여 채만식은 식민주의 이데올로기나 천황제 파시즘을 옹호하거나 지지하는 등 이제까지와는 달리 보다 직접적이면서 적극적인 형태로 자신의 친일의지를 드러내기 시작한다. 다른 하나는, 친일의지의 매체가 소설 중심에서 시사 평론이나 논설 중심으로 이동하기 시작한다는 점이다. 이러한 변화는 이야기 구조 속에 형상화의 절차를 거쳐야만 되는 소설 장르와는 달리 작가의 세계관이나 이데올로기를 직접적인 형태로 표출하는 과정이 훨씬 더 용이한 시사 평론이나 논설의 담론 양식 때문이었으리라 생각된다. 이러한 두 가지 차원의 변화와 관련된 본격적인 친일의지를 표명하는 단계에 속하는 작품들로는 「냉동어」(1940), 「혈전」(1941), 『여인전기』(1944-45) 등의 소설과 10여 편의 시사 평론 및 논설을 들 수 있다.

2.1 내선일체와 대륙 침략의 정당성 승인 징후

본격적인 친일의지의 표명과 관련하여 1940년에 발표된 「냉동어」는 주목을 요하는 중편이다. 1940년 『인문평론』 4·5월호에 분재된 이 작품은 주체의 위기와 관련된 친일 징후의 작품들에서 본격적인 친일의지를 드러내는 작품들로 넘어가기 직전의 과도기적 작품에 해당되기 때문이다. 이 작품 이후 채만식은 단절에 가까울 정도의 급속한 작가의식의 후퇴를 보이면서 적극적인 친일의지를 직접적으로 표명하는 작품들을 연이어 발표하게 된다.

표층적인 서사 구조의 비중으로만 보아서 이 작품은 본격적인 친일의지와 관련된 작품이라고 단정하기에 어려운 점이 있다. 서사의 대부분이 채만식의 분신으로 추정되는 문대영과 스미꼬와의 곡진한 로맨스에 집중하고 있기 때문이다. 하지만 당시 역사적 전망 상실로 인한 도저한 허무주의와 패배주의에 포박되어 주체의 붕괴 직전 상황으로 내몰리던 채만식의 실존적 정황과 갈수록 야만의 광기를 더해가던 전시동원체제하에서의 일제의 전체주의적 질서를 면밀히 고려할 때 이 작품은 본격적인 친일의지라는 코드로 해석할 만한 요소들을 충분히 갖추고 있다. 채만식의 분신으로 추정되는 문대영과 일본인 처녀

스미꼬와의 곡진한 로맨스라는 서사 외피로 포장된 이 작품에서의 본격적인 친일의지는 내선일체와 대륙침략의 정당성을 승인하는 징후 수준에서 드러나고 있다.

이 작품의 서사 주체로 기능하는 문대영과 스미꼬는 만나기 직전 두 사람 모두 생에 대한 의욕이나 미래에의 전망을 상실한 극도의 허무주의와 패배주의에 감염되어 있다는 공통점을 지니고 있다. 먼저, 춘추사의 편집 주간이자 소설가인 문대영은 '신념과 생활의 괴치'로 인해 문학의 힘에 대한 신념은 물론 자신이 관계 맺고 있는 모든 일의 존재 의미를 상실할 정도의 현실 부적응과 무기력증에 빠져 있는 상태이다. 자신의 그러한 처지를 '묵은 책력'이나 '삐뚤어진 빈 집에서 홀로 거주하는 세대의 룸펜'이라는 자조적인 표현으로 냉소하면서 문대영이 하는 일이란 통음과 통곡을 통해 자신의 갈등을 발작적으로 분출하는 일뿐이다. 이러한 문대영의 존재론적 갈등과 무기력은 당시 적극적인 친일의지를 수락하기 직전 극심한 갈등과 죄의식을 감내하며 존재론적 불안에 시달리던 채만식의 내면풍경과 정확한 대칭관계를 맺고 있다. '요새는 문학이 아니라 자살용의 양잿물이더라고'[6], '생리적으로는 이 공기를 호흡하면서도 그 격류와 멀리 떨어진 피안에 물러서서 육체적 실감이 없는 과거의 행동에 불과한 문학(행동)을 하고 있다는 마음은 통곡하고 싶다'[7]라는 당시의 글들은 존재와 당위의 분열과 괴리로 인한 채만식의 존재론적 불안의 깊이와 강도를 정확하게 반영하고 있다. 이 작품 이후 본격적인 친일의지를 적극적으로 표명하는 평문이나 논설로 글쓰기의 방향을 전환함과 동시에 소설에서

---

6) 채만식, 「문학을 나처럼 해서는」, 『채만식 전집』9, 창작과 비평사, 1989, 532.
7) 채만식, 「통곡하고 싶은 심정」, 『채만식 전집』10, 창작과 비평사, 1989, 561.

는 서사의 밀도나 완성도가 떨어지는 『여인전기』와 같은 장편을 쓰게 되는 사정 또한 그와 같은 존재론적 갈등과 밀접한 관련이 있어 보인다.

문대영을 만나기 직전 아편 중독의 후유증으로 인한 극도의 허무주의와 패배주의에 포박되어 절망적인 자포자기의 상태에 놓여 있던 스미꼬의 처지 또한 문대영과 크게 다를 바 없다. 시대의 변화에 적응하지 못하고서 표류하는 자신의 처지에 대한 스미꼬의 '안 맞는 시계'라는 자조적인 자기 규정 또한 문대영의 '묵은 책력'과는 정확한 대칭 관계를 형성한다. 김종호의 소개를 통한 만남 이후 이해와 공감의 자장을 넓혀가는 과정에서 동경에서의 동거생활을 약속할 정도의 연인 사이로 발전해가는 두 사람의 로맨스를 본격적인 친일의지라는 코드로 해석 가능하게 하는 모티프는 크게 두 가지이다. 하나는 아편 중독의 치유를 위해 찾아 온 식민지 조선에서 인연을 맺은 문대영과의 로맨스를 통해 생의 의지를 회복한 스미꼬가 동경행 약속을 어기고서 대륙으로 떠난다는 설정이다.

> 용서해 주세요! 분상. 분상을 떼어놓고 스미꼬 혼자서 고만 대륙을 향해 떠나고 있답니다! ……요전날 밤, 분상도 이야기를 하신 대로, 일청(日淸) 일노(日露) 전역때부터, 더는 풍신수길, 또 더 그 이전부터 전해 내려오던 일본민족의 유구한 민족적 사명이요, 그래서 한 거대한 역사적 행동인 중원 대륙의 경륜…이는 누가 무어라고 하거나 현 세대를 전제로 한 인간정열의 커다란 폭발인 것 같아요.
>
> (「냉동어」, 『채만식전집』5, 창작사, 1987, 463면)

동경행 약속을 어기고서 대륙으로 떠나기 직전 문대영에게 보내는 서신의 일부이다. 문면에서 보는 바와 같이, 이 서신의 핵심은 대륙침략과 경륜의 정당성을 옹호하고 합리화하는 내용으로 구성되어 있다. 그리고 그러한 내용의 서신이야말로 본격적인 친일의지와 관련된 채만식의 당시 내면풍경을 생생하게 보여주는 창이기도 하다. 그것은, '요전날 밤, 분상도 이야기를 하신 대로'라는 구절이 암시하고 있는 바와 같이, 대륙침략의 정당성에 대해서는 문대영 또한 이미 적극적으로 공감하고 있기 때문이다. 더욱이 이 작품보다 6개월 뒤인 1940년 11월에 발표한 「대륙경륜의 장도, 그 세계사적 의의」라는 글에서 "우리 일본 민족에 의한 지나대륙의 경륜은 한 우수한 민족으로서의 정당한 권리요, 따라서 하나의 세계사적인 필연인 것이다."[8]라는 우승열패의 근대 제국주의 논리와 사회 진화론에 기초한 식민주의 이데올로기를 신념에 찬 확실한 목소리로 전달하고 있는 것으로 보아 그러한 판단은 조금도 무리가 아니라고 생각된다.

다른 하나는 문대영이 '문징상'이라는 자신의 첫 딸 이름을 스미꼬의 일본어 음인 '스미'에서 차용해 온다는 설정이다. 우선, 당시의 일제 식민지 정책의 맥락에서 볼 때, 문대영과 스미꼬 사이의 연애를 단순히 식민지 조선의 지식인과 일본 여성 사이의 사적인 감정의 문제로 해석하는 것은 문제의 본질에서 한참이나 비켜가는 것이다. 두 사람 사이의 로맨스는 미나미 총독의 부임(1936년 8월 5일)과 동시에 식민지 조선의 통치 이념으로 등장한 이후 중일전쟁을 계기로 절실한 과제로 부각된 '내선일체'의 전망과 관련하여 접근해야만 온전한 의미를 해명할 수 있기 때문이다. 당시 대동아공영권의 신체제를 건설하는 과정에서 대륙 침략전쟁을 감행한 일제는 조선 민중들의 전쟁 동원과

---

8) 채만식, 「대륙경륜의 장도, 그 세계사적 의의」, 『채만식 전집』10, 창작과 비평사, 1989, 582면.

징발을 호도하고 은폐하는 이데올로기로 내선일체의 논리를 선전한다. "이런 상황 아래에서 작가들은 '내선일체'의 전망과 관련지어 긍정적으로든 부정적으로든 일본인과 조선인 사이의 연애와 결혼 문제를 좀더 적극적으로 다루게"[9] 되는데 문대영과 스미꼬의 로맨스 또한 그러한 시대적 맥락과 밀접한 관련이 있는 모티프이다. 따라서 '손님이란 생각은 두지 말구 한 집안식구처럼' 자신을 대해 달라는 스미꼬의 부탁이나 문대영이 자신의 첫 딸 이름 가운데 '징'을 스미꼬의 '스미'에서 차용해 오는 것은 모두 내선일체의 황국신민화론에 대한 채만식의 당시 내면풍경이 반영된 것이라 할 수 있다.

물론, 채만식과 같이 명민하면서도 비판적인 자의식이 강했던 작가가 내선일체의 진정한 의도가 중일전쟁에 돌입하면서 병참기지로 부각된 식민지 조선의 노동력과 병력 동원을 용이하게 하기 위한 일제 식민 당국의 이데올로기적 공세일지도 모른다는 사실을 전혀 모르지는 않았을 것이다. 더욱이, 당시 현영섭과 같은 내선일체론 신봉자들이 기대하거나 꿈꾸었던 것처럼, 내선일체가 식민지 조선의 민중들에게 완전한 동화를 통한 차이의 무화를 통해 차별을 해소할 수 있는 좋은 계기를 마련해 줄 것이라는 환상 또한 가지지 않았을 것으로 추정된다. 하지만, 이 작품에서 보는 바와 같이 채만식은 당시 주변 정세의 악화로 인한 "역사적 전망의 상실이 가져온 도저한 허무주의"로 인해 내선일체의 이데올로기를 노골적으로 선전하거나 옹호하지는 않지만 스미코로 표상되는 일본적인 가치에 대해 우호적인 시선을 보내는 등 내선일체의 논리를 승인하거나 동조하는 모습을 보이고 있다.

---

9) 이상경, 「일제 말기 소설에 나타난 '내선일체'의 층위」, 김재용 외, 『친일문학의 내적 논리』, 역락, 2003, 120면.

지금까지의 분석을 통해서 알 수 있는 바와 같이, 채만식은 "일본에서의 신체제 운동에 호응하여 조선에서도 고도국방국가체제 확립을 목적으로 하는 '국민조직 신체제'를 구축하기 위한 목적으로 종래의 '국민정신총동원운동'의 기구를 '국민총력운동'으로 개편"[10]함과 동시에 미시적인 통제와 감시[11]를 통하여 식민지 조선 사회 전체를 일상적인 전시동원체제와 병영사회로 구축해가던 1940년을 기점으로 당시 대부분의 식민지 지식인들처럼 주체의 윤리를 거의 포기한 상태에서 내선일체의 황국신민화론을 정점으로 하는 식민주의 이데올로기와 대동아공영권의 전쟁동원론을 정점으로 하는 천황제 파시즘과 같은 야만의 얼굴을 한 일제의 폭력적인 식민 정책을 수용하여 본격적인 친일의 늪 속으로 함몰된 것으로 보인다. 이후 발표된 채만식 소설에서의 친일의지는 더욱 명료한 형태를 드러내기 시작한다.

2.2 군국의 어머니상 제시와 내선일체의 완성

「냉동어」 이후 채만식은 작가의식과 주체의 윤리의 급속한 후퇴를 보이면서 식민주의 이데올로기와 천황제 파시즘의 논리를 적극적으로 표명하는 10여 편의 시사 평론과 논설을 발표한다. 이와 함께 본격적인 친일의지와 관련된 소설로는 「혈전」과 『여인전기』를 발표하게 된다. 본격적인 친일의지를 적극적으로 드러내는 이 두 작품은 친일의

---

10) 전상숙, 「일제 군부 파시즘 체제와 식민지 파시즘」,『일제하 파시즘 지배정책과 민중의 생활상 : 연세대학교 국학연구원 2003년도 국제학술회의 자료집』, 연세대학교 국학연구원, 2003, 17면.
11) 구체적인 내용에 대해서는 최유리,『일제말기 식민지지배정책연구』, 국학자료원, 1997, 40-171면 참조.

지와 관련하여 그 이전의 소설들과는 크게 두 가지의 차이를 보이고 있다. 하나는, 이전의 소설들에서와는 달리 이 두 작품에는 '신념'과 '현실', '역사논리'와 '상황논리', '주체의 윤리'와 '시대의 압력' 사이의 괴리로 인한 주체의 위기가 거의 드러나지 않고 있다는 점이다. 그것은 '그렇지만 사실을 갖다가 사실대로만 보구, 사실대루만 받아들여선 못쓰는 법이어든! 그건 학문적으로는 상식의 노예요, 생활적으로는 천박한 모리배의 짓이지'라는 문대영의 진술에서와 같이 「냉동어」에서만 하더라도 당시 채만식 소설들에서 주체의 위기를 돌파하는 한편 친일의지를 합리화하는 명분과 관련된 개인약호로 기능하고 있는 '사실'이라는 용어가 이 두 작품에 와서는 완전히 그 자취를 감추는 데서도 증명이 되고 있다. 다른 하나는 두 작품이 모두 서사의 층위에서 심각한 문제를 드러내고 있다는 점이다.

먼저, 1939년 5월 일본 관동군과 외몽고군 사이에 벌어진 전투가 확대되어 소련군까지 가담하게 된 노몬한 사건을 소재로 한 「혈전」은 '이제 사일부터의 전투 경과를 대강대강 기록하면 다음과 같다'라는 서술자의 서술 표지에서 드러나는 바와 같이, 전쟁일지나 보고서의 수준에 머무르고 있는 작품이다. "일본인 장교의 수기를 바탕으로"[12] 한 경험의 직접성을 날것의 형태로 진술하는 이 작품은 따라서 "상상적 작품이 아니라 불완전한 역사, 비공식적인 역사, 보충적인 역사, 역사의 재료"[13]의 성격에 더 가까워 본격적인 논의 대상으로 삼기에는 적절하지 않은 작품[14]이다. 다만, 일제의 대륙침략전쟁을 소재로 하고

---

12) 김재용, 「'멸사봉공'으로서의 친일파시즘 문학」, 『실천문학』2003년 봄호, 404면.
13) 루 사오펑/조미원 외 옮김, 『역사에서 허구로』, 길, 2001, 89면.
14) 「혈전」과 비슷한 보고문 성격의 작품으로는 1944년 3월호부터 7월호까지 5회에 걸쳐 『반도の光』에 연재된 『군신』을 들 수 있다. 1942년 태평양전쟁에서의

있다는 점과 서사의 전면에 전경화되는 일본 군인들의 용맹성과 동료
애를 통해서 채만식의 친일의지를 엿볼 수 있을 뿐이다. 그러나 상호
텍스트적인 맥락에서 1943년에 발표한 「위대한 아버지 감화」(『매일신
보』,1943년 1월 18일)와 「추모되는 지인태 대위의 자폭」(『춘추』, 1943
년 1월), 「지인태 대위 유족 방문기」(『신시대』, 1943년 1월)이라는 세
편의 글은 이 작품의 실제 의도와 관련하여 흥미로운 추정을 가능하
게 한다.

　「혈전」의 서사 대상인 노몬한 사건 당시 일본군 항공 조종사로 전
투에 참여하였다가 자폭으로 전사한 지인태 대위의 유족들에 대한 위
문[15] 후 발표한 이 세 글에서 노골적으로 부각되는 요소는 "본질적으
로 전쟁이나 침략과 결부되어 있으며, 그 자체 몰락의 동반자로서 자
국민만이 아니라 다른 많은 국민도 파멸적인 지경으로 끌고 들어간다
는 점에서 '규율있는 발광 상태(Karl Liebknecht)"[16]로서의 군국주의
이데올로기에 대한 적극적인 옹호와 지지이다. '나라를 위하여 피를
흘리지 못하는 백성은 국민될 참다운 자격을 가지지 못한 백성일 것
이다', '내명년의 징병제로 인하여 조선청년도 누구나 한가지로 제국
군인이 될 의무와 자랑을 가지게 되었다'라고 말하거나 막내 아들인
지인태 대위의 일본 육사 합격 소식을 듣고서야 비로소 영면하였다는
지동선 노인을 군국의 아버지로 칭송하는 등 당시 채만식은 대부분의

　　싱가포르 함락을 다룬 이 작품과 작품의 내용에 대해서는 김재용 앞의 글,
　　406-450면 참조.
15) 1942년 12월 태평양 전쟁 1주년을 맞이하여 조선문인협회는 각 지역별로 작가
　　들을 파견하여 전쟁에서 죽은 군인들의 가족을 위문하는 행사를 가졌는데 당
　　시 행사에서 전북지역을 담당한 채만식은 지인태 대위의 유족들이 살고 있는
　　전주를 방문한 후 이 세 글을 발표한다.
16) 마루야마 마사오/김석근 옮김, 『현대정치의 사상과 행동』, 한길사, 1997, 340-341면.

식민지 조선의 친일 지식인들처럼 일제의 군국주의 노선과 전쟁 동원 논리를 정당화하는 친일의지를 적극적으로 표명하고 있다. 이러한 시사 평론들과의 상호 텍스트적 맥락에서 볼 때, 조선 최초의 제국 군인인 지인태 대위가 참전하였다가 자폭으로 전사한 노몬한 전투를 소재로 한 「혈전」을 통해 채만식은 "일본의 군국주의 논리를 전파"[17]하기 위한 의도를 간직하고 있었던 것으로 보인다. 다만 일본인 장교의 수기를 바탕으로 구성된 이 작품의 서사 특성으로 인해 지인태 대위의 일화는 삽입하기에 용이하지 않았을 것으로 짐작된다. 이 작품의 분석을 통해서 알 수 있는 바와 같이, 태평양 전쟁 발발 직전에 발표된 이 작품까지만 하더라도 적어도 소설에서만큼은 채만식은 적극적인 친일의지에 완전히 함몰된 것으로 보이지는 않는다. 하지만 일제의 야만적인 광기가 극으로 치닫던 태평양 전쟁 말기인 1944년 『매일신보』에 연재를 시작한 『여인전기』에 오게 되면서 채만식의 친일의지는 훨씬 더 분명한 형태로 드러나기 시작한다.

시댁에서의 진주의 수난사 서사 부분이 상호 중첩되는 실제 작품 내용이나 후속 작품이 이어질 것을 예고하는 작가의 말을 참고할 때 『여인전기』는 그보다 한 해 전인 1943년에 발표된 『여자의 일생』의 연작 장편이라고 할 수 있다. 하지만 이 작품은 "선행작 『여자의 일생』을 이어쓴 2부작에 해당되면서, 원작을 친일논리에 맞게 수정, 보완한 작품"[18]이라는 점에서 주목을 요하는 작품이다. 실제로 1943년에 『어머니』라는 제목으로 『조광』에 6회까지 연재를 하던 중 총독부의 검열로 인해 중단된 『여자의 일생』은 그 내용으로 짐작컨대 일제의 식민

---

17) 김양선, 「여성주의 시각에서 본 친일문학」, 『실천문학』67, 2002년 봄, 282면.
18) 앞의 글, 282면.

주의 이데올로기의 허구성이나 제국주의적 욕망의 간계에 대한 직접적인 비판이 문제가 되었을 것으로 판단된다. 이러한 사실로 미루어 볼 때 채만식은 적지 않은 시사 평론이나 논설 등을 통해 본격적인 친일의지를 표명하던 당시에도 심각한 주체의 갈등이나 분열을 경험했던 것으로 보인다.

「냉동어」에서 징후적으로 드러나던 친일의지는『여인전기』에 와서 보다 명료한 형태를 띠게 된다. 이 작품에서의 본격적인 친일의지는 두 가지의 형태로 드러나는데 하나는 '군국의 어머니상의 제시'이며, 다른 하나는 '내선일체를 형상화'하는 부분이다. 특히, 태평양 전쟁을 계기로 총력전 체제에 돌입한 이후 식민지 조선의 모든 부분을 병영 사회로 영토화하는 과정에서 제기된 총후부인 담론의 연장인 군국의 어머니상은 "남편이나 아들을 전선에 보낸 아내와 어머니로서의 역할에 대한 담론으로 1940년 이후 실시된 지원병 제도나 징병제의 확립과 밀접한 관련이 있다"[19]는 점에서 '대동아공영권의 전쟁동원론'의 지류 담론이라고 할 수 있다.

권명아의 연구에 의하면, "열전의 주인공들에 따라 약간의 편차는 존재하지만『군국의 어머니』는 서사에 있어서 몇 가지 스테레오 타입을 따르고 있다고 한다. 첫째, 주인공(군국의 어머니)은 남성 가문의 역사, 가계도의 계보에 따라 기술된다. 둘째, 주인공 여성의 남편이나 아들은 모두 난세의 영웅의 면모를 보인다. 셋째, 주인공 여성의 남편과 아들은 '국난'에 맞서 싸우는 영웅이되 이들이 치루는 전투는 언제나 중과부적의 상태, 객관적인 전세가 불리한 상태로 기술된다. 즉 이

---

19) 권명아, 「총력전과 젠더 : 총동원 체제하 부인 담론과『군군의 어머니』를 중심으로」,『성평등연구』제8집, 가톨릭대학교 성평등연구소, 2004, 11-15면 참조.

들은 객관적 전세의 불리를 정신력과 죽음을 불사하는 용기로 승리로 이끌게 된다. 넷째, 군국의 어머니들은 난세의 영웅인 남편과 아들의 죽음 앞에 의연하며 가족의 생계와 가문의 계보를 이어나간다."20) 『여인전기』 또한 군국의 어머니 서사의 스테레오 타입을 신통할 정도로 충실하게 반복하고 있다.

이 작품에서 군국의 어머니를 표상하는 장치로 등장하는 인물은 송심당 노인과 진주이다. 먼저, 송심당 노인을 군국의 어머니로 부각시키기 위해 이 작품은 송심당 노인의 남편과 아들, 그리고 외증손까지를 친일적인 가계도의 계보에 따라 배치하고 있다. 그의 남편은 1884년 김옥균과 박영효 등을 축으로 한 개화당이 일본의 세력을 등에 업고 새로운 정권을 세웠다가 실패하고 사흘 만에 일본으로 망명한 갑신정변의 주역 가운데 한 사람으로 설정되어 있다. 그리고 송심당 노인의 아들인 임인식은 이 작품에서 작가의 친일의지와 관련하여 상당히 중요한 비중을 차지하고 있는 핵심 인물로 설정되어 있다. 그는 "수단으로서의 군사력과 군대정신 그 자체가 목적화된다는 데에 그 현저한 특징"21)이 있는 군국주의적 인간형의 전형이자 내선일체를 몸소 실천하는 인물로 형상화되고 있기 때문이다. 일본 육사를 졸업한 임인식은 일제의 대륙 침략 전쟁의 중요한 발판을 마련한 러일전쟁에서 객관적 전세의 불리를 정신력과 죽음을 불사하는 용기로 승리를 이끌어 내는 난세의 영웅으로 형상화되고 있다. 더욱이 임인식 중위는 그 전투에서 선봉에 서기를 자처하는 그를 만류하는 일본인 부대장에게 '소관은, 사람은 조선 사람이올시다. 그러나 소관의 마음의 나

---

20) 앞의 글, 19면.
21) 마루아먀 마사오, 앞의 책, 339면.

라는 일본이올시다'라는 말로 설득하는 한편, 일본 여자를 며느리로 맞이하겠다는 아들의 말에 소극적인 태도를 보이는 송심당 노인에게는 '그러믄요! 머언 조상은 우리와 한 조상이드랍니다!'라는 동조동근의 논리로 설득시키고 있다. 또한 실제로 작가는 임인식 중위와 일본 여인과의 사이에 낳은 임무일이라는 아들을 작품 말미에 등장시켜 이복누이이인 진주와 자연스럽게 해후하면서 혈육의 정을 확인하는 설정을 통하여 중일전쟁 이후 일제의 침략전쟁을 효율적으로 수행하기 위한 필요에 의해 여러 가지 모습으로 윤색되면서 끊임없이 등장하였던 내선일체의 논리를 승인하는 친일의지를 표명하고 있다.

한편 임인식 중위를 통한 친일의지의 표명과 관련하여 더욱 흥미를 끄는 것은 노기 장군의 긍정적 형상화이다. 주지하다시피, 노기 마레스케(乃木希典)장군은 당시 제 3군 사령관으로 여순 요새 공략시 육탄 공격이라는 비인도적인 전술로 불리한 전세를 승리로 이끈 인물이다. 그런데 이 작품에서는 인간미 풍부한 아주 자상한 군인으로 형상화되어 있다. 더욱이 그는 임인식 중위의 전사 후 친필 서한과 함께 임중위의 유품을 송심당 노인에게 직접 보내는 배려를 보일 정도로 임인식 중위와는 아주 각별한 인연을 맺고 있는 것으로 설정되어 있다. 임인식 중위의 어머니인 송심당 노인은 하나뿐인 아들의 참척지화를 입고서도 별다른 마음의 동요가 없이 의연하게 맞아들일 뿐만 아니라 노기 장군의 친필 서한을 가보로 여길 정도로 군국의 어머니상을 이상적으로 실천하는 인물로 설정되고 있다.

한편 군국의 어머니상 형상화와 관련하여 연재가 중단된 이 작품의 초점은 송심당 노인보다는 송심당 노인의 손녀인 진주에게 맞추어져 있었을 것으로 추정된다. 서사의 흐름으로 볼 때 온갖 시련과 고난이 중첩되는 간난신고 끝에 키운 외아들 철이를 전장에 보낸 후 감당하기 버거운 마음의 동요와 갈등을 극복하고 결국 내지의 어머니들과 할머니인 송심당 노인을 본받아 그들 못지않은 훌륭한 군국의 어머니로 성장해가는 진주의 모습이 이어지는 것이 자연스러운 연결이기 때문이다.

'내지의 어머니들은 이천육백여 년을 두고 한결같이 나라를 위하여 아들네를 전지에 내보내되, 동치 아니하도록 도저한 도야와 훈련과 그리고 자각 가운데서 살아 내려왔다. 그런 결과 일본 여성은 사랑하는 아들을 나라에 바쳤으되 조금도 미련겨워하며 슬퍼하는 등 연약한 거동을 함이 없이 가장 늠름하기를 잊지 아니하는 천품이ㅡ 정신이 잡히기에 이르렀다.

여러 백 년을 나라와 나라 위한 줄을 모르고 오직 자아본위, 가정본위, 오직 일가족속본위로만 살아온 조선 백성은 따라서 어머니들의 군국에 대한 정신적 준비랄 것이 막상 충분치가 못하였다.

나라는 개인보다 중하니라.

민족의 번영은 언제나 그 민족의 젊은이가 흘린 피와 정비례하느니라'

(『여인전기』, 『채만식전집』4, 창작사, 1987, 310면)

이상적인 군국의 어머니 모델로 제시한 내지 어머니들과의 위계적 대비를 통해 진주가 자신을 포함한 식민지 조선 여성들의 각성과 분발을 촉구하는 한편 군국의 어머니로서의 의지를 다짐하는 장면이다. 중일전쟁에서 태평양 전쟁으로 전선을 확대해나가는 과정에서 일제는 신체제론이나 근대 초극론 등 다양한 동양주의 담론들을 통하여 침략전쟁을 통한 제국주의적 욕망을 은폐 또는 합리화하기 시작한다. 서구의 자본주의적 근대의 발본적 해체나 서구의 제국주의적 침략으로

부터의 아시아 나라들의 해방이라는 표면적인 명분과는 달리 동양주
의 담론의 본질은 "문화적 반근대주의를 정치적 반서양주의로 전환시
키며 일본 제국주의의 전쟁 확대를 옹호하는, 결국 천황제 강화와 대
동아공영권으로 집약되는 일본 제국주의의 제국주의적 자기현시의 측
면이 강한 이데올로기"[22]로 규정할 수 있다. 문제제기 당시에는 "일본
근대화의 모순을 해결하는 방법의 모색과 태평양 전쟁의 이중적 성격
에 대한 일본의 입장을 정리하는 문제의식에서 출발했지만 결국에는
천황제 파시즘과 일본의 아시아 침략을 미화하는 성전 이데올로기로
전락"[23]하여 서구의 패권적 지위와 중심을 탈취하기 위한 전도된 오
리엔탈리즘으로서의 이데올로기적 성격을 다분히 가지고 있는 한편,
일제 말기 식민지 조선의 지식인들에겐 자신들의 "친일을 합리화하고
분식하는 이론적 도구"[24]로 전유된 동양주의 담론의 기본적인 구도는
'서양 : 개인의 자유주의, 물질의 자본주의 / 동양 : 국가의 전체주의,
정신'이라는 이분법적 틀이었다. 또한 태평양 전쟁으로 전선이 확대된
이후 일제는 식민지 조선의 사회 분위기 전반을 "한 국가나 한 사회에
서 전쟁 또는 전쟁 준비를 위한 배려와 제도가 반영구적으로 최고의
지위를 차지하고, 정치, 경제, 교육, 문화 등 국민생활의 다른 모든 영
역을 군사적 가치에 종속시키는 사상 내지 행동양식"[25]이 지배하는

---

22) 강용운, 「1940년대 친일문학의 논리와 아시아주의」, 『작가연구』제7·8호, 새
   미, 1999, 287-290면.
23) 앞의 글, 291면.
24) 앞의 글, 302면. 동양주의 담론의 하위 범주인 신체제론에 경도된 채만식의 입장
   이나 태도를 비교적 선명하게 드러내고 있는 대표적인 시사평론이나 논설들로
   는 「문학과 전체주의」(『삼천리』1941, 1), 「시대를 배경하는 문학」(『매일신보』
   1941, 1.5, 10, 13-15), 「자유주의를 청소」(『삼천리』 1941, 1) 등을 들 수 있다.
25) 마루야마 마사오/김석근 옮김, 앞의 책, 335면.

군국주의적 사회로 영토화하기 시작한다. 그와 더불어 "물리적인 전력에서 열세인 일본 제국이 강대한 미국과 영국에 맞서 장기전을 수행하기 위해서는 정신력과 후방의 치안 및 질서 유지가 중대한 의미를 차지"[26)]하게 되면서 일제는 전후방을 가리지 않는 총력적 체제에 돌입하게 된다. 그 과정에서 일제는 다양한 총후 담론과 이데올로기적 공세를 통해 "서구 열강과의 전쟁에서 동양이 승리하고, 조선이 제이국민의 열등한 위치에서 벗어나기 위해서는 개인부터, 가족부터 변해야 한다"[27)]고 지속적으로 강제했는데 문면의 진주의 고백적 진술을 통해서 알 수 있는 바와 같이, 당시 채만식은 개인의 자유의지에 대한 국가 권력의지의 폭력적인 관철을 통해 국민을 국가의 생존과 번영을 위한 수단으로 도구화하는 국가 이데올로기를 통하여 개인의 희생을 정당화하는 일제의 전쟁 동원론을 승인하는 친일의지를 표명하고 있다.

한편, 연재가 중단된 미완의 작품이긴 하나 이 작품을 구성하는 세 가지의 핵심 단위서사─진주의 수난사, 러일전쟁에서의 임인식 중위와 노기 장군과 관련된 송심당 노인의 군국의 어머니 서사, 철이와 관련된 진주의 군국의 어머니 서사─들은 유기적으로 상호 긴밀한 관련을 맺지 못하고 있다. 특히, 정도 이상으로 많은 서술 비중을 차지하고 있는 진주의 수난사(시댁에서의 추방과 서울에서의 극적인 재회 후 초인적인 의지를 통한 두 자녀 양육)부분의 삽입은 이 작품의 서사적 밀도와 응집력에 균열을 내고 있다는 점에서 일종의 서사의 잉여라고 할 수 있다. 이 작품에서의 이러한 서사 양상들은 금지옥엽처럼 기른 외아들 철이를 전선에 보내고서도 꿋꿋하게 이겨나가는 훌륭한

---

26) 권명아, 앞의 글, 15면.
27) 김양선, 앞의 글, 287면.

군국의 어머니로서의 진주의 의지를 강조하기 위한 작가의 의도로 보여진다.

태평양 전쟁이 거의 막바지에 도달한 1944년에 발표한 이 작품에 뜬금없을 정도로 40년 전의 러일전쟁과 임인식 중위, 그리고 노기 장군을 등장시킨 작가의 의도 또한 비슷한 맥락에서 접근할 수 있다. 당시 식민지 조선의 작가들에게 노기 장군의 어머니와 부인은 군국의 어머니의 이상적인 모델로 인식되었다고 한다. 그리고 군국의 어머니 담론은 현실적으로 "강한 적에 맞서 싸우는 약자의 이념을 토대로 한 총력전의 이념으로 일본이 태평양 전쟁을 정당화하는 데 가장 빈번하게 호출되는 이념"28)이었다. 그리고 "1943년부터 태평양 전쟁에서 패퇴하기 시작하면서 결전 체제"29)에 돌입한 일제는 마지막 발악에 가까운 전선과 후방을 불문하고 일상적인 전시체제로 몰아가면서 군국의 어머니를 비롯한 다양한 총후 부인 담론들을 강제하였는데 채만식은 이에 동조하게 되고 이의 결과로 나타난 것이 『여인전기』라고 할 수 있다. 따라서 "이 작품의 구성은 여성 수난사와 내선일체 및 총후봉공이라는 군국주의 이데올로기로 이원화되어 심각한 결함을 노정하고 있다. 문제는 작품성을 훼손하면서까지 이 이원적 구조를 밀고 나가고, 텍스트로 하여금 말하게 하는 것이 아니라 작가 서술자가 모든 것을 말하는 정황이 제국주의 식민 담론의 정당화로 수렴되었다는 데 있다"30)라는 지적은 충분한 설득력이 있어 보인다.

---

28) 권명아, 앞의 글, 21면.
29) 이중연, 『황국신민의 시대』, 혜안, 2003, 158면.
30) 김양선, 앞의 글, 286면.

3. 참회의 의미

　지금까지의 분석을 통해서 알 수 있는 바와 같이, 채만식이 본격적인 친일의지를 표명하기 시작한 시기는 1940년을 지나면서부터였다. 이 시기는 세계체제의 격변기였으며 일제의 천황제 파시즘의 야만적인 광기와 폭력이 식민지 조선 전역을 무차별적으로 접수하던 시기였다. 당시 식민지 조선의 작가들 가운데 적지 않은 사람들이 일제의 야만적인 폭력과 광기에 저항하지 못하고 무기력하게 친일 문학의 늪 속으로 함몰하고 만다. 현실 타협의 유혹을 극복하지 못하고 친일의 길을 선택하게 되는 과정에서 대부분의 작가들은 친일을 위한 명분과 논리가 필요했을 것으로 생각되며, '내선일체의 황국신민화론'이나 '대동아공영권의 전쟁동원론', 그리고 그 두 가지 논리와 밀접한 관련을 맺고 있는 신체제론이나 동아신질서, 세계 신질서, 근대 초극론 등과 같은 동양주의 담론들은 그 필요성에 대한 충분한 동기로 작용했을 것이다. 그 담론들이 제시하는 달콤한 유혹들이 사실이라고 믿었건, 아니면 실상은 순전히 허구적인 이데올로기에 불과할 뿐임을 간파하고 있었건, 또한 일제의 강압이나 회유에 의해 친일의 길을 선택했건, 아니면 자발적인 의지에 의해 선택했건 당시 친일의 길을 선택하게 되는 대부분의 식민지 조선의 작가들에게 그러한 담론들은 거부하기에는 너무나도 매혹적인 유혹으로 다가왔을 것이다. 친일의 길을 선택하게 되는 대부분의 작가들은 그 유혹과의 타협을 통해서일 거라고 생각된다. 매우 안타깝게도 1940년 이후 발표된 적지 않은 시사 평론이나 논설에서는 물론이고 『여인전기』와 같은 소설을 통해서 내선일체와 군국의 어머니상을 통한 전쟁동원론 및 신체제론을 승인하는 친일에 관련된 글을 통해서 드러나고 있는 채만식의 친일 또한 이러한 과정을 통해서일 것이다. 그러면 채만식의 친일을 어떻게 평가할 것인가?

야만의 광기와 폭력이 지배하던 식민지 말기의 상황. 식민지 조선의 작가들이 그 상황을 감당하던 방식을 몇 가지 유형으로 분류해 볼 수 있다. 첫 번째는 완전히 절필하거나 아니면, 일제의 야만적인 광기와 폭력을 정면에서 비판하는 글쓰기를 선택하는 방식이다. 두 번째는 친일에 대한 신념과 내적 논리를 가지고서 철저하게 일제의 식민지 체제에 영합하는 한편 글쓰기 행위 또한 자신의 영달 수단으로 선택하는 방식이다. 그도 저도 아닌 제 3의 길로는, 당위와 존재의 괴리로 인한 심각한 주체의 분열과 갈등을 감내하면서 수동적으로 친일문학의 길을 선택하는 방식이다. 당시 문학에 대한 열정이든, 아니면 생계의 문제이든 합법적인 공간에서 합법적인 글쓰기 행위를 지속하고자 했던 식민지 조선의 작가들이 선택할 수 있는 가장 현실적인 선택지는 아마 세 번째의 방식이 아니었을까 생각한다.

특히, 채만식의 경우는 세 번째 방식의 전형을 전형적으로 보여준다는 점에서 문제적 인물이 아닐 수 없다. 채만식은 결코 용감한 투사가 될 수 없는 사람이었다. 그러기에는 그는 평소 자신의 강박적인 고백처럼 '용렬한 위인이자 소심한 사람'이었다. 그렇다고 채만식은 영악한 속물 또한 결코 될 수 없는 사람이었다. 그러기에 그는 신경증에 가까울 정도의 결백과 정직을 소유한 사람이었다. '용감한 투사'도, 그렇다고 '영악한 속물'도 될 수 없는 경계인의 실존을 소유하고 있었던 채만식. 그러한 그가 그 야만의 세월을 견디어내는 유일한 선택지는 과연 어떤 방식이었을까? 바로 세 번째 방식이 아니었을까?.

한편, 친일을 평가하는 기준들 가운데 최종 심급의 지위를 지니게 되는 것은 '자발성'과 '주도성'이라고 생각한다. 이러한 기준에서 보더라도 채만식의 경우는 적어도 신념이나 내적인 논리를 가지고서 친일 문학의 길을 선택했을 것으로는 보이지 않는다. 물론 일제의 식민주의 이데올로기나 파시즘 이데올로기에의 경사를 직접적인 형태로 드러내고 있는 글들을 통해서 본격적으로 표명되는 채만식의 친일 의지는 너무나도 분명하여, 그럴 수만 있다면, 외면하거나 지워버리고 싶을 정도이다. 하지만 조선문인협회나 조선문인보국회의 활동상황[31]을 보아도 잘 알 수 있듯이, 채만식은 체제지향적인 어용 문인단체에 가입하여 시국강연을 기획하거나 주선하는 등의 친일 활동에 결코 주도적이거나 자발적인 적이 결코 없었다. 더욱이, 적지 않은 시사 평론과 논설 등을 통해 적극적인 친일의지를 표명하는 글쓰기 행위를 하는 와중에서도 일제의 야만적인 검열에 의해 연재가 중단된 『어머니』를 통해 일제의 식민주의 이데올로기의 허구성이나 제국주의적 욕망의 간계를 정확하게 비판하는 글을 쓰고자 한 의도를 지니고 있었던 것으로 미루어 볼 때, 적어도 그의 친일은 신념이나 내적 논리 차원에서의 선택은 아니었던 것으로 보인다. 그리고 자신의 친일협력 행위에 대해 참회와 반성의 서사를 남긴 거의 유일한, 그런 점에서 자기 검열의 시선 또한 아주 예민했던 문인이라는 사실도 채만식의 친일을 해석하고 평가하는 작업과 관련하여 적극 고려되어야만 한다.

주지하다시피, 친일 협력의 전력을 지닌 대부분의 문인들은 해방을 맞이하자 준열한 자기 반성이나 참회를 통하여 자신들의 과오나 죄과

---

31) 이에 대해서는 이중연, 앞의 책, 131-172면 참조.

를 정리하고 넘어가기보다는 새로운 질서로의 급격한 전환을 모색하던 당시 문단의 헤게모니 확보에 골몰하느라 여념이 없었다. 그러한 상황에서도 "조선의 해방은 아무래도 행운이요 감이 저절로 입에 떨어진 격"[32]이라는 해방의 본질을 정확히 간파한 채만식만큼은 '역사가 정녕 아직도 「치숙」의 시간에서 벗어나지 못하였다'라는 준엄한 역사의식을 바탕으로 「민족의 죄인」이라는 참회의 고백록을 통해 자신의 친일 협력 행위를 '씻어도 깎아도 지워지지 않는 '영원한 죄의 표지'로 규정하면서 속죄의 속내를 드러낸다. 물론 그 작품에서의 반성과 참회가 고백록이나 참회록의 서사 일반이 지니고 있는 자기 합리화의 방어기제로부터 완전하게 자유롭기는 어려울 것이다. 하지만, "이광수를 많이 닮은 그 글은 구차스러운 변명이고, 자기 합리화를 위한 공범의식의 조장일 뿐 진정성이라고는 없다"[33]라는 지적은 적어도 채만식에 관한 한 너무 가혹하거나 인색한 평가가 아닌가 생각한다. 그러한 맥락에서 '용맹하지도 못한 동시에 영리하지도 못한 나는 결국 본심도 아니면서 겉으로 복종이나 하는 용렬하고 나약한 지아비의 부류에 들고 만 것이 있었다'라는 고백은 상당 부분 진실성을 담보하고 있다고 생각한다.

 "장소와 시간의 한계를 넘지 못한 대다수 일제시대의 지성인들에게는 차라리 평범함의 죄를 묻는 것이 가장 적절하지 않을까 싶다"[34]라는 진술은 채만식의 경우를 포함한 식민지 지식인들의 친일에 관한 적실한 통찰이 아닐까?라는 의문으로 이 글을 마무리하고자 한다.

---

32) 채만식, 「글루미 이맨시페이션」, 『예술통신』, 1946년 11월 6일.
33) 조정래, 『누구나 홀로 선 나무』, 문학동네, 2002, 213면.
34) 박노자, 『나를 배반한 역사』, 인물과 사상사, 2003, 62면.

6

채만식의 『금의 정열』론

1. 들어가는 말

채만식은 『태평천하』와 『탁류』의 작가로 잘 알려져 있다. 두 작품을 채만식의 중심에 배치하는 그러한 해석이나 평가는 대체로 무난해 보인다. 우선 그 두 작품은 서사의 밀도나 문학적 완성도에서 다른 작품들을 압도하고 있기 때문이다. 그 두 작품은 또한 식민지 근대가 진행되는 과정에서 인간성의 왜곡과 가치의 전도 현상이 터를 잡아가던 타락한 식민지 조선의 현실에 대해 예민한 대결의지를 보여준 바 있었던, 비판적 리얼리스트로서의 채만식의 작가적 정체성을 가장 정확하게 대변하고 있기 때문이다. 하지만 두 작품의 특권적 지위를 승인하는 기존의 그러한 해석이나 평가들은 채만식 문학의 다양한 특성들을 하나의 단일한 정체성으로 귀속시킬 수 있다는 점에서 문제의 여지를 지닌다. 또한, 특정한 작품들에만 비평적 관심을 집중하여 이끌어낸 논의가 온당한 작가론의 지위를 확보하는 데는 당연히 어려움이 따를 것이다. 이 글의 첫 번째 문제의식은 바로 이 지점에서 발기한다.

『금의 정열』은 이제까지 비평적 관심의 변방이나 행랑채에서 서자 취급을 받으며 고단한 드난살이의 신세를 면치 못해 온 것이 사실이다. 그러한 점은 하나의 완전한 체계로서의 작품론 수준에서 이 작품을 본격적으로 다룬 기존의 논의를 찾아보기 힘들다는 사실에서 잘 증명이 된다. 다만, 이 작품은 황금광 시대의 발생 동인과 풍속의 방증 텍스트로 호명되거나, 주제론이나 작가론의 성격을 지닌 글들에서 다른 작품들과 함께 상호텍스트적 맥락에서 동원되고 있을 뿐이다. 황금광 시대의 발생 동인과 풍속의 방증 텍스트로 이 작품을 거론한 주목할 만한 논의로는 전봉관[1]과 한수영[2]의 글을 들 수 있으며, 리얼리즘의 성취 수준을 척도로 한 주제론이나 작가론에서 이 작품을 비중 있게 대접한 논의로는 양문규와 한수영의 글을 들 수 있다.

리얼리즘의 성취 수준이라는 해석 코드를 평가의 척도로 공유하고 있으면서도 평가의 내용에서 한수영과 양문규의 글은 사뭇 대조적이다. "채만식은 주상문 같은 자들이 갖고 있는 부르좌적 속물성에 대한 환멸만을 그릴 뿐, 그것의 역사적 성격에 대한 문제제기는 하지 못하고 있기에, 『금의 정열』은 더 이상의 리얼리즘 문학으로 나아가지 못한다"[3]라는 평가에서 알 수 있는 바와 같이, 양문규는 이 작품의 리얼

---

1) 전봉관, 「황금광시대 지식인의 초상-채만식의 금광행을 중심으로」, 『한국근대문학연구』6, 2002하반기.
2) 한수영, 「하바꾼에서 황금광까지」, 연세대학교국학연구원편, 『일제의 식민지배와 일상생활』, 혜안, 2004.

리즘 성취 수준에 대해 상당히 소극적이거나 부정적이다. 반면, "이 작품 역시 디테일의 진실성에 기초하여 일정한 리얼리즘적 성과를 이루고 있는 측면이 있어서『탁류』와 더불어 면밀한 고찰이 필요한 작품이라고 생각한다"4)라는 해석에서 알 수 있는 바와 같이, 한수영은 이 작품의 성과를 상당히 적극적으로 평가하고 있다.

두 연구자의 글은 이제까지 변변한 주목 한 번 제대로 받아보지 못한 이 작품을 비중있게 다루고 있다는 사실 하나만으로도 이 작품의 연구에 선도적 의미를 충분히 지닌다. 하지만 두 글은, 상품으로서 거래되는 교화가치의 추상성이 사용가치의 구체성을 은폐하고 왜곡시키는 물신숭배 현상이 전일적으로 관철되는 자본주의 근대의 메카니즘이 자리를 잡아가던 1930년대 식민지 조선의 현실에서 자본의 논리를 매개로 한 욕망의 풍속(현상)과 발생동인으로서의 사회·경제적 심급(본질) 가운데 어느 한 쪽에만 초점을 맞추어서 결론을 이끌어내고 있다는 점에서 문제 또한 분명해 보인다. 리얼리즘의 성취 수준을 척도로 한수영이 이 작품을 적극적으로 평가하는 중요한 이유는, 이 작품이 황금에 대한 광기에 가까운 열정을 매개로 자본에 대한 집착과 탐욕으로 인해 인간성이 왜곡되거나 심성이 타락해가는 다양한 인간 군상들의 욕망의 풍속을 정치하게 형상화하는 데 성공하고 있다는 점이다. 한마디로 이 작품이 황금을 매개로 자본에 탐닉하는 다양한 인간 군상들의 욕망의 현상학을 밀도 있게 서사화하고 있다는 점이다. 한편 양문규가 이 작품을 소극적으로 평가하는 중요한 이유는, 이 작품

---

3) 양문규, 「1930년대 후반 채만식 소설의 리얼리즘 문제」, 문학과 사상연구회 편, 『채만식 문학의 재인식』, 소명출판, 1999, 110면.
4) 한수영, 「비판적 리얼리즘적 성과와 1930년대 후반 채만식의 소설미학」, 문학과 사상연구회편, 앞의 책, 136면.

이 당시 타락한 식민지 현실을 적극적으로 타개하거나 대안적 질서를 모색하는 등의 적극적 의지를 보여주는 긍정적 인물을 보여주지 못하고 있으며, 그러한 긍정적 인물의 부재는 바로 작가의식의 후퇴와 밀접한 관련이 있다는 점이다. 한수영이 '욕망의 현상학'이라는 해석 코드를 통해 이 작품을 적극적으로 평가하고 있다면, 양문규는 '욕망의 사회・경제학'이라는 해석 코드를 통해 이 작품을 소극적으로 평가하고 있는 것이다. 따라서 이 작품의 의미를 오롯히 드러내기 위해서는 황금을 둘러싼 당시 인간 군상들의 욕망의 현상학과 사회 경제학을 상호 유기적인 관련 속에서 파악해야만 될 것이다. 말의 온전한 의미에서의 리얼리즘이란 현상과 본질, 대상과 주체, 개별과 법칙, 구체와 추상, 직접성과 개념의 변증법적 통일을 통한 당대 시대상의 총체적 형상화를 미학적 규율로 하기 때문이다. 이 글의 두 번째 문제의식이 발기하는 장소는 바로 이 지점에서이다.

'서정시인마저도 황금광으로 나서게 했던 1930년대 식민지 조선의 부박한 시대상에 대한 절반의 리얼리즘.' 이 글의 해석 코드로 설정한 명제이다. '이윤추구를 위해서라면 지옥 끝까지라도 간다'라는 자본 일반의 운동 역학에 맹목적으로 휘둘리는 다양한 인간 군상들의 욕망의 풍속을 밀도있게 서사화하는 데는 이 작품이 일정한 성취를 보여주고 있지만, 그러한 욕망한 배태하는 발생 동인으로서의 사회・경제적 심급에 대한 구조적 천착은 외면하고 있기 때문이다. 『금의 정열』에 나타난 다양한 인간 군상들의 맹목적인 금의 정열이 지닌 사회사적 의미에 대한 성실한 탐색을 목적으로 이 글은 출발한다.

2. 창작동인으로서의 황금광시대

  대한민국은 투기 공화국이라고 불리워도 큰 무리가 아니다. 그 동안 대한민국에서는 집단적인 광기를 방불케 하는 몰입과 도취의 수준에서 그 대상을 달리 하는 투기의 신드롬이 주기적으로 반복되어 왔기 때문이다. 사회 통합을 우려할 정도로 그 폐해가 심각하여 망국병으로까지 지탄을 받으면서 공분의 대상이 되었던 부동산 투기에 이어 개미군단이라는 용어가 암시하는 바와 같이 전국민의 주주화를 자극한 바 있었던 주식 투자 열풍 등은 지금도 기억에 생생하다. 그리고 일반 대중들의 고단한 일상을 '인생역전'이라는 대박에 대한 간절한 기다림으로 위무하면서 새로운 천 년의 총아로 부상한 최근의 로또 열풍은 그 기세가 쉽게 사그라들 것 같지 않아 보인다. 이 글이 본격적인 탐구의 대상으로 삼고자 하는 1930년대 또한 투기의 열풍에서 결코 예외는 아니었던 듯싶다. 서정시인마저도 황금광으로 나서게 만들 정도로 금 투기 열풍이 질풍노도의 기세로 식민지조선을 지배했던 시기가 바로 1930년대였기 때문이다. 한마디로 거의 "광신적인 비종교적 종교"5)의 수준에서 식민지 조선의 욕망을 금에 대한 편집증적 정열로 영토화한 시기가 1930년대였다고 할 수 있다.

  "조선사회가 본격적으로 '금 투기 열풍'에 휩싸인 것은 대략 1932년부터라고 할 수 있으며, 직접적인 계기가 된 것은 1931년 12월에 단행한 '금수출재금지' 조치였다. 당시 만성적인 불황을 타개하기 위해 엔화의 평가절하를 감수하고라도 '금본위제'의 이탈에서 오는 반사이익

---

5) 강상중/임성모, 『내셔널리즘』, 이산, 2004, 102면.

을 통해 국내경제의 회복 및 수출증진을 꾀하기 위해 금수출재금지 조치를 시행한 1931년 이후 일제는 사활적인 이해가 걸린 금보유고를 높이기 위해 금수출금지와 밀매매단속, 산금장려, 그리고 정부의 금사들이기 정책 등을 다투어 시행하기 시작"[6]한다.

한편, 중일전쟁이 발발하자 대륙에 대한 전진병참기지로 설정한 조선의 역할과 지위가 더욱 중요해지면서 조선경제의 구조 또한 효율적인 전쟁동원을 위한 체제로 재편되는 과정을 겪게 된다. 그 과정에서 전쟁 수행에 필요한 군수물자의 지불수단으로 금의 수요가 급증하자 일제는 금의 생산을 촉진하기 위해 조선산금령(1937.9)을 발표하게 된다. 또한 조선의 광업을 군수공업에 종속시키고 국방상 특히 중요성을 가지는 금·은·철·텅스텐·흑연 등 25종의 광물을 증산하기 위해 광업자에게 사업설비의 신설·확장·개량 등을 명령하거나 광업권의 양도를 명령할 수 있는 조선중요광물증산령(1938.5)를 공포하는 한편 조선광업주식회사를 설립하여 산금업자에 대한 자금융통을 통제했다.[7] 이와 같이 1930년대의 식민지 조선에서의 금 투기나 금광 개발 열풍은 세계 경제 공황의 여파로 일본에 불어닥친 만성적인 불황 타개와 만주 사변 이후 태평양 전쟁으로 전선이 확장되는 대륙 침략전쟁을 수행하는 과정에서 필요한 군비 조달을 위해 일제가 단행한 산금 증산 정책과 그에 따른 금값 폭등이 기폭제가 되어 발생한 사회풍속이었다. 그러한 맥락에서 1930년대 식민지 조선의 금광 열풍을 "한국사회가 일본을 매개로 세계 자본주의 경제 체제에 편입되는 과

---

6) 보다 구체적인 내용에 대해서는 한수영, 「하바꾼에서 황금광까지」, 앞의 책, 258-275면 참조.
7) 강만길, 『고쳐쓴 한국현대사』, 창작과 비평사, 2003, 163-164면.

정에서 생긴 내적 모순이 표면화된 것으로 이해"해야 하며 금광 또한 "일국의 통화 정책과 분리할 수 없는 국가의 기간산업"[8]으로 규정하는 시각은 문제의 정곡을 꿰는 정확한 지적이라 할 수 있다. 이러한 과정을 거쳐 식민지 조선사회는 금 투기 열풍이라는 블랙홀에 빠져들게 된다.

> 모든 광시대를 지내서 이제는 황금광 시대가 왔다. 금광 금광! 금본의 본위화부족으로 위체가 폭락된 바람인지 그런 까닭에 금광허가를 선듯선듯 내어주는지 너도 나도 금광 금광하며 리욕에 귀밝은 량인들이 대소동이다. 강화도는 사십간만 남겨 노코는 모두가 소유자 잇는 금땅이라 하고 조선에는 어느 곳이나 금이 안나는 곳이 업다 하니[9].

> 금광 금광 금광! 조선 三천리 강토에 금 아니나는 곳이 업다고 아비도 아들도 아우도 삼촌도 두더쥐가티 땅을 파헤친다. 서울에 여관마다 황금광들의 금광허가증타령이요, 길에서도 오랜만에 맛나는 사람은 의례히 주머니 속에서 부시럭 부시럭 꺼내 보히는 것이 금ㅅ돌이다[10]

> 경성에 한번 들여놓으면 여관의 유숙인 가운데 열에 아홉까지가 금광업자들이다.
> 10만원이니 100만원이니 하는 흥정소리에 귀를 기울이면 죄다가 금광의 매매다.
> 의사는 메스를 집어던지고, 변호사는 법복을 벗어던지고 금광에로 금광에로 달려간다.

---

8) 전봉관, 앞의 글, 83-84면.
9) 「황금광시대」, 『조선일보』, 1932.11.29, 신명직, 『모던뽀이 경성을 거닐다』, 현실문화연구, 2003, 306면에서 재인용.
10) 「그대 先墓의 金脈이 덧낫데」, 『조선중앙일보』, 1933.9.17, 신명직 앞의 책, 307면에서 재인용.

> 기생이 영문도 모르고서 105원을 들여 광을 출원(出願)하는가 하면 현직의 교원이 광석을 들고 분석소엘 찾아간다.
> 브로커며 건달이며 난봉이 광산도면을 한 짐씩 안고 구석구석에서 수 군거리는 것쯤은 유로 셀 수가 없다.[11]

만성적인 불황 해소와 군비 조달이라는 사회·경제적인 요인을 배경으로 발생한 식민지 조선에서의 금 투기 열풍은 크게 조선총독부의 지원과 장려금을 독점하다시피 한 일본의 대표적인 재벌들이 중심이 된 산업 차원에서의 금광 개발과 시세 차익을 겨냥한 일반 서민들의 금 밀매매 두 방향으로 진행되었는데, 인용문면에서 보는 바와 같이 당시 식민지 조선에서의 금광 개발 열풍의 강도는 거의 비이성적인 광기의 수준에 육박했던 것으로 보인다. 사회·경제적 지위나 이념적 지향, 직업이나 계층, 체면이나 신분 등 존재 증명과 정체성의 표지로 기능했던 다양한 자기 검열의 기제들은 금광 개발로 일확천금을 횡재할 수 있으리라는 허황된 환상 앞에서 작동 제로의 상태로 빠질 정도로 무기력해졌음을 알 수 있다. "지금 한 괴물이 조선 천지를 횡행한다. '금'이라는 놈이다"[12]라는 채만식의 진술이나 "예전에는 금전꾼이라 하면 미친놈으로 알았으나 지금은 금광 아니하는 사람을 미친놈으로 부르리 만치 되었다"[13]라는 세간의 풍문들은 당시 금광 개발 열풍의 강도가 어느 정도였나를 압축적으로 증명하고 있다.

따라서 채만식의 금의 정열이 황금광 시대의 풍속을 객관적으로 규

---

11) 채만식, 「금과 문학」, 『인문평론』1940.2, 『채만식전집』9, 창작과 비평사, 1989, 531면에서 인용.
12) 채만식, 「문학인의 촉감」, 『조선일보』1936.6.5-7, 9-13. 『채만식 전집』10, 310면에서 인용.
13) 「金鑛界 財界 內報」, 『삼천리』, 1934.8,전봉관 앞의 글, 78면에서 재인용.

정하는 모든 본질적인 연관관계들을 올바른 비례적 관계와 구체적인 역동적인 운동과정 속에서 반영해야 하는 리얼리즘의 미학적 규율에 합당한 성취를 확보하기 위해서는 이러한 측면들에 대한 총체적인 형상화가 전제되어야 한다. 이러한 전제를 이 작품에 대한 최종심급의 기준으로 설정하여 이 작품의 의의와 한계에 대해서 논의해보도록 한다.

3. 절반의 리얼리즘

1939년 6월 19일부터 동년 11월 19일까지 『매일신보』에 130여 회에 걸쳐 11장 구성으로 연재된 『금의 정열』[14]은 급격하게 기운 가세를 회복할 마지막 돌파구로 여기고서 당시 여러 금광들의 덕대나 현장 감독으로 전전하며 식솔들을 이끌던 가형들(셋째형인 준식과 넷째형인 춘식)과 함께 뛰어든 금광 채굴 사업 현장에서 보고 들은 간접경험[15]을 바탕으로 쓰여진 작품이다. 그러한 추정은 "『금의 정열』에서

---

14) 이 연재본은 대폭적인 수정을 거쳐 1941년 6월 10일 영창서관에서 단행본(4 × 6판 종서498쪽)으로 출간된다. 이 글이 텍스트로 삼고 있는 채만식 전집본은 영창서관본에 채만식의 영식 계열씨가 오·탈자를 바로잡아 놓은 것을 대본으로 하여 출간한 것이다. 본문에서의 작품 인용은 인용문면 다음에 전집본의 면수만 밝히는 방식으로 통일한다.

15) 채만식이 가형들의 금광 채굴 사업에 관계하게 된 것은 청주의 남택광 광주의 배려로 가형들이 확보하게 된 이삼천 평가량의 분광권을 개발하는 데 필요한 자본금 2천원을 지기인 小梧 薛義植으로부터 변통하는 일을 주선하게 되는 과정이 계기가 되었을 것으로 추정된다. 당시 채만식 가족의 생계에 사활적인 이해가 걸릴 정도로 중요했던 이 사업은 오히려 5천 원 이상의 큰 손실만 보고서 실패하게 되고 이후 채만식을 포함한 전체 가족은 더욱 더 절박한 처지로 내몰리게 된다. 이 사실은 작품에서 전서방의 모티프에 그대로 부합하는 것으로 미루어 보아 전서방의 모델은 채만식의 가형들로 추정해도 큰 무리가

울궈먹은 보링이니 채금선이니 기타 사금광에 관한 것은 십중팔구까
지 그 소득이었고, 뿐만 아니라 '철 있는 풍경'이니 '백골동원(白骨動
員)'이니 하는 에피소드는 말하자면 직접 우리 자신의 사건이라고도
할 수가 있는 것이었었다."[16]라는 채만식의 진술로도 확인이 되는 바
이다. 실제로 7장 '鐵 있는 風景'과 8장 '白骨 動員'은 금광 개발 현장
에 관한 아주 구체적인 정보와 세목들이 서사의 절대적인 비중을 차
지하고 있는데, 서사의 형상화 수준으로 미루어 볼 때 금광 개발 현장
과 관련된 채만식의 전문 지식과 정보 수준은 무시할 수 없는 정도였
을 것으로 짐작된다.

'물질적인 욕망에 전일적으로 포섭된 다양한 인간 군상들의 집단적
인 몰락과 파멸의 서사'로 규정할 수 있는 이 작품의 이야기는 크게
세 개의 서사 축―금광개발열풍, 금 투기열풍, 은봉아를 둘러싼 주상
문과 서순범 사이의 로맨스―으로 구획할 수 있다. 이 세 개의 서사들
은 유기적으로 긴밀한 연쇄를 구축하지 못한 채 병렬적으로 분산되어
있다. 그리고 서사의 초점 또한 느슨하다. 이 작품이 그러한 서사 문
법을 지니게 된 데는 황금에 대한 욕망으로 표상되는 식민지 근대와
일제의 파시즘 체제에 대한 작가의 역사적 전망과 세계관의 불투명함

아닐 듯싶다. 그리고 설의식(1901-1954)은 함남 출신의 언론인이자 평론가로
동아일보사에서 약 20여 년간 활동하면서 해방 이후 동아일보가 복간될 때는
부사장에 취임하기도 했던 인물이다. 채만식과의 지교는 채만식이 동아일보사
에 근무했던 시기의 반연이 계기가 되었을 것으로 짐작된다. 전봉관의 글에
의하면 소오 설의식은 1936년 '일장기 말소사건'의 책임을 지고 동아일보 편집
국장에서 퇴진한 바 있으며, 1927년에는 『동아일보』에 忙中閑人이라는 필명
으로 「황금의 유혹―삼성금광 탐방기」라는 글을 남기기도 했으며, 『삼천리』
1938년 11월호에는 모광산 주식회사 상무취체역을 맡고 있는 것으로 나와 있
다. 전봉관, 앞의 글, 90-91면 참조.
16) 채만식, 「금과 문학」, 앞의 책, 529면에서 인용.

이 구조적 규정력으로 작용하고 있다. 역사적 전망과 세계관의 불투명함은 또한 중일 전쟁을 계기로 야만의 광기를 노골적으로 드러내던 일제의 파시즘 체제가 식민지 조선의 모든 부문을 총력전에 대비한 전시동원체제로 재편해나가는 과정에서 채만식이 직면한 심각한 실존의 문제와 관련된 주체의 위기와 밀접한 관련이 있다. 이 작품을 쓰던 당시 채만식이 직면했던 심각한 주체의 위기로 인한 작가의식의 후퇴나 위축. 그리고 그러한 후퇴와 위축이 촉발한 작가의 분열증적 자의식이 텍스트의 무의식에 구조적으로 삼투한 결과가 바로 이 작품의 서사라 할 수 있다. 과연 그럴까? 구체적인 작품 분석을 통해서 알아보도록 하자.

3.1 타락한 식민지 질서의 표상 : 거래로서의 인관관계

'극단적인 것은 모두 병적인 것이다'라는 잠언처럼, 병적일 정도로 과도한 사행심이나 집단적인 투기 심리가 창궐하는 사회는 결코 건강한 사회라고 할 수 없다. 그리고 사회 구성원들의 물질적 욕망을 신성성의 아우라로 감싸거나 맹목적인 집착 수준에 육박하게 하는 사회 또한 정상성이 지배하는 사회라고는 할 수 없다. 정당한 노동의 댓가보다는 우연에 편승하여 일확천금의 횡재를 꿈꾸는 타락한 투기 사회가 문제인 것은 두 가지 점에서 그러하다. 하나는, 정상적인 절차나 단계를 밟지 않고서는 자신들의 욕망을 도저히 실현할 수 없다는 노동과 욕망의 비대칭성이다. 개인적 성취나 사회적 인정을 얻기 위한 정상적인 노력이나 분발이 좌절당하는 경험을 반복적으로 경험하는 사람들이 투기와 같은 비정상적인 방법에 의존하여 자신들의 실패나 좌절을 만회해보고자 하는 보상심리에 빠져들게 되는 것은 충분히 예측 가능한 현상이다. 정상적인 방법과 절차로는 도저히 자신들의 욕망을 실현하기 어렵다는 좌절감이나 절망감을 가진 사람들에게 투기는 비록 정당한 방법이 아니긴 하지만, 유일한 욕망 실현의 방법일 수 있기 때문이다. 다른 하나는, 물질적인 욕망에 대한 터무니없을 정도로 과도한 욕망을 욕망하는 욕망의 맹목성이다. 모든 정상적인 질서나 가치체계가 전도되고 왜곡된 타락한 사회에서 집단적인 허무주의나 절망감에 시달리는 사회 구성원들에게 '눈에 보이는 신'이라는 불리우는 물질이야말로 유일한 존재 증명의 도구일 수도 있기 때문이다. 그러한 맥락에서 물질적 욕망을 포함한 뭇 대상에 대한 무조건적인 열광이나 집착에는 자기 학대나 자기 도피의 심리가 개입해 있다는 정신분석학적인 통찰에는 충분한 설득력이 있어 보인다. 노동과 욕망의 비대칭 현상이나 과도한 욕망의 맹목성 현상에는 모두 정상적인 노력이나 절차가 정당한 노력의 결실을 맺지 못하는 좌절의 반복과 그러한 좌절감에서 기인하는 허무주의적인 절망감이라는 사회 구성원들의 집단 무의식이나 사회 심리에서 기인하고 있기 때문이다. 그러한 맥락에서 "투기에는 분명히 합리적으로 설명할 수 없는 비이성적이고 맹목적인 사회·심리학적 동인인 대중들의 비정상적인 환상과 집단적인 광기가 작동"[17]하고 있다는 지적은 투기 현상의 정곡을 꿰는 정확한 진단으로 보인다.

비정상적인 광기의 수준에 육박하면서 진행되었던 1930년대 식민지 조선에서의 금 투기 열풍은 이러한 투기의 일반적인 메카니즘으로부터 결코 예외일 수 없었으며 이를 바라보는 채만식의 시선은 지극

---

17) 한수영, 「하바꾼에서 황금광까지」, 앞의 책, 236면.

히 비판적이며 부정적이다. 우선 먼저 지적할 수 있는 것이 사업의 출발 단계인 투자 자본의 성격이다. 광산왕으로 자타가 공인하는 주상문은 말할 것도 없고 중간접주인 박윤식을 비롯하여 금광 현장의 보링기사인 전서방과 현장 판매책인 강화 아씨에 이르기까지 금광 개발이나 금 밀매에 관계하는 인물들의 투자 자본은 한결같이 정상적인 투자의 성격을 지닌 것이 아니라 왜곡된 투기의 성격을 지니고 있다. 강화 아씨의 5푼변의 고리 빚, 박윤식의 부친 저금통장, 전서방의 선산 매각비용에서 알 수 있는 바와 같이 그들이 변통하거나 주선하는 투자 자본은 건곤일척의 승부수로 던진 도박판에서의 베팅을 방불케 한다. 이들의 집단적인 몰락이나 파멸은 따라서 이미 예정된 사필귀정의 수순이라고 할 수 있다.

　다음으로 지적할 수 있는 것은 금 투기 열풍에 관계하는 인물들에 대한 서술 태도이다. 금광 개발과 관련된 당시의 풍속을 반영한 결과이겠지만 '세상이 온통…거저 어중이떠중이 모두 금광 타령이구, 발부리에 툭툭 걸어채는 게 금광쟁이루구나! 응?'이라는 순범의 냉소적인 진술에서 알 수 있는 바와 같이, 주상문과 같은 직업적인 금광광업자는 물론이고 민변호사나 신의사와 같은 전문직이나 보험회사 외교원 최, 서순범과 같은 동경 유학생, 봉아와 같은 신여성, 심지어는 금주와 같은 기생들까지도 금광 개발 사업에 참여하고 있거나 참여할 예정으로 형상화되어 있다. 또한 금광 개발이나 금 밀매에 상관없이 이들 사업에 관계하는 인물들은 한결같이 물질적인 탐욕에 맹목적으로 집착하는 왜곡된 심성과 전도된 가치관의 소유자들로 형상화되어 있다. 자본의 잉여를 창출하기 위해서라면 수단과 방법을 가리지 않을 정도로 이들의 가치관이나 의식은 물신화되어 있다. 이들의 인간관계에서 관계의 진정성이라고는 그 흔적의 형태로조차도 찾아보기 힘들다. 오직 존재하는 것은 거래로서의 관계일 뿐이다. 금 밀매조직에 의한 해외 밀반출을 차단하기 위한 예비적인 조치로 일제의 식민 당국이 예고한 강제매입 가능성을 강제무상공출이라는 왜곡된 정보를 통하여 금밀매를 선동하여 시세차익을 노리는 강화 아씨의 간계, 김봉식의 황룡금광을 헐가에 매입하게 되는 과정에서 주상문이 보이는 술수와 기만, 주상문의 청주 남택금광의 분광권을 전서방에게 알선하는 과정에서 드러내는 성주사의 거짓과 언구럭 등, 자본의 논리에 포박된 사물화된 의식의 소유자들인 이들의 관계를 지배하는 최고의 가치는 술수와 간계 및 사기와 기만을 통해 자신의 이익만을 충족시키는 일이다. 또한 이들은 물질적인 탐욕에 대한 맹목적인 집착으로 인해 최소한의 분별력을 상실한 채 강화 아씨나 전서방과 같이 허황된 공상에 몰입하거나, 아니면 원접주인 현씨의 장모에게서 보는 바와 같이 감옥행을 불사한다. 심지어는 고씨와 백씨의 경우에서 보는 바와 같이 유일무이의 개체성을 지닌 소중한 생명까지도 담보로 저당잡히는 일을 조금도 서슴지 않는다.

마지막으로 지적할 수 있는 것은 금투기에 관련된 대부분 인물들의 운명을 비극적인 결말로 마무리 짓고 있다는 점이다. 먼저 육체적인 불구에다 엽색행각을 일삼는 정신적인 불구로 다른 금밀매 조직 일당과 함께 검거되는 중간 접주 박윤식. 금을 도굴하다 갱내 붕괴로 인해 현장에서 사망하는 백씨와 고씨. 선산 매각 비용으로 전 가족의 사활적인 이해를 걸고서 투자한 분광권 개발 사업에서 파멸하게 되는 전서방[18]. 그리고 전서방의 파멸에서 그 징후를 예고하는 광산왕 주상

---

18) 탐욕과 사물화된 사고로 인한 왜곡된 심성의 형상화를 통해 금 밀매와 관련된

문의 몰락 등 금투기에 관련된 거의 대부분의 인물들은 파멸과 몰락의 운명을 면치 못한다.

이와 같이 자본의 욕망에 맹목적으로 집착하다 몰락과 파멸의 운명을 면치 못하는 다양한 인간군상들에 대한 비판과 부정이라는 서사 설정을 통해서 징후적으로 드러나는 텍스트의 무의식은 과연 무엇일까? 자본의 논리에 맹목이 된 부정적인 인간군상들의 다양한 전시장을 방불케 하는 서사의 설정을 통해서 드러나는 텍스트 무의식의 핵심은 인간의 영혼과 생명마저도 담보의 대상으로 영토화할 정도로 파괴력을 지닌 자본 논리의 전일적인 지배가 폭력적으로 관철되는 식민지 근대에 대한 작가의 비판적인 문제의식이다. 이러한 해석의 맥락에서 "채만식이 30년대 들어 보여준 일련의 변화 양상은 식민지 체제란 특수한 상황에서 글쓰기를 통해서나마 식민지 근대 규율화에 맞서 싸우려는 작가의 처절한 저항으로 바라봐야 한다. 1930년대 채만식

부정적인 인간군상들에 대한 비판적인 문제의식의 대변자로 설정하고자 한 의도를 지닌 인물이 박윤식이라면 전서방의 몰락은 금광 개발과 관련된 부정적인 인간군상들에 대한 비판적인 문제의식의 대변자로 설정한 인물과 모티프로 해석할 수 있다. 전서방은 광주인 주상문으로부터 성실성과 보링 기술력을 인정받아 그 보상으로 청주 남택광의 천여 평 정도의 분광권을 확보하게 되나, 금광 개발에 필요한 자본금 2천여 원을 변통하는 과정에서 부친 전선달을 설득하여 유일한 재산인 선산을 저당잡혀 착수하나 하루아침에 거덜이 난다. 이러한 전서방의 모티프는 물론 적지 않은 허구적 변형의 과정을 통해서이긴 하겠지만, 실제로 오랫동안 금광 개발 현장에서 덕대로 종사했던 채만식 가형들의 전기적 사실에 상당 부분 부합한다. 따라서 전서방의 모델은 채만식의 가형들로 추정해도 큰 무리가 아닐 듯싶다. 채만식이 가형들의 금광 채굴 사업에 관계하게 된 것은 청주의 남택광 광주의 배려로 가형들이 확보하게 된 이삼천 평가량의 분광권을 개발하는 데 필요한 자본금 2천 원을 지기인 小梧薛義植으로부터 변통하는 일을 주선하게 되는 과정이 계기가 되었을 것으로 추정된다. 당시 채만식 가족의 생계에 사활적인 이해가 걸릴 정도로 중요했던 이 사업은 오히려 5천 원 이상의 큰 손실만 보고서 실패하게 되고 이후 채만식을 포함한 전체 가족은 더욱 더 절박한 처지로 내몰리게 된다.

문학의 의의는 바로 식민지적 현실을 사실로 인정하고, 그 사실에 대해 작가 나름의 치열한 비판 정신을 수행한 점이라 하겠다."[19]라는 지적은 충분한 설득력이 있어 보인다. 동일한 해석의 맥락에서 『금의 정열』을 비롯한 1930대 후반 채만식의 지식인 소설들 또한 "사적으로 보이고 철저한 리비도적인 역동성을 부여받은 것들조차 민족적 알레고리의 형식 속에 필연적으로 정치적 차원을 투사하는 제3세계 텍스트"[20]의 범주에 넣을 수 있다. 한편 식민지 근대와 그것을 강제한 일제의 파시즘 체제에 대한 작가의 비판적인 문제의식을 대변하는 기능을 담당하는 인물들이 바로 서순범과 은봉아이다.

3.2 식민지 근대에 대한 문제의식과 그 한계

반영대상으로서의 현실세계의 복잡다기한 사회현상들 가운데 어떤 것을 작품의 소재로 취택하는가 하는 문제는 한 작품의 분석이나 해석에서 대단히 중요한 의미를 지니게 된다. 그 문제는 단순히 소재 차원의 문제에만 국한되는 것이 아니라 당대의 시대상이나 사회현실에 대한 작가의 문제의식이나 세계관을 엿볼 수 있는 창의 역할을 하기 때문이다. 그러한 맥락에서 황금에 대한 맹목적인 광기를 방불케 할 정도의 편집증적 욕망에 휘둘리는 다양한 인간 군상들의 초상을 지배적인 서사의 대상으로 초점화하고 있는 『금의 정열』의 서사 설정은 당시 식민지 근대와 그를 강제한 일제의 파시즘 체제에 대한 채만식

---

19) 강진구, 「'사실의 세기'를 향한 웃음의 미학」, 문학과 비평 연구회 편, 『1930년대 문학과 근대 체험』, 이회, 1999, 258면.
20) 최익현, 「1930년대 염상섭의 글쓰기와 만주행의 의미」, 앞의 책, 64면.

의 문제의식을 엿보게 한다는 점에서 문제성을 지닌다.

주지하다시피, 한국의 식민지 근대는 그 출발부터 온전한 발전을 기대하기 어려웠었다. 무엇보다 먼저 한국의 식민지 근대는 서구의 충격과 강제에 의해 추동된 일제의 근대에 의해 문명화의 과정이라는 명분과 수사로 포장된 폭력적인 수탈과 탄압의 연속이었기 때문이다. 서구의 근대에 대한 콤플렉스를 지닌 근대의 후발 주자이면서도 그 당시까지도 여전히 전근대적인 전통적 질서에 갇혀 있던 동양에 대한 엘리트 의식으로 무장한 일제는 다양한 헤게모니 장치와 폭력적인 강제를 동원하여 식민지 조선의 모든 부문을 식민 모국의 이해를 반영하는 구조로의 재편을 강제로 관철해간다. 서구 근대의 타자이면서도 동양 전통의 주체라는 전도된 오리엔탈리즘으로 왜곡된 일제에 의해 진행된 식민지 조선에서의 근대화 과정은 따라서 자본주의 근대 일반과 식민지 근대라는 중층의 질곡으로부터 결코 자유로울 수가 없었다. 공동체적 의식에 기초한 협동과 상생보다는 단자적 의식에 기초한 긴장과 갈등으로 인한 소외의 경험, 거짓과 위선이 지배하는 수단과 거래로서의 인간관계, 매개적 규정력으로서의 교환가치의 개입으로 인한 의식의 사물화와 물신숭배의 팽배 등 탐욕스럽고 몰인정한 자본의 논리가 지배하는 자본주의 근대 일반의 문제들이 식민지 조선에서 더욱 복잡하면서도 왜곡된 양상을 드러내게 된 것도 식민지 근대화 과정의 독특한 메카니즘 때문이다.

거시적인 맥락에서 접근하면『금의 정열』이 지배적인 서사 대상으로 초점화하고 있는 금 투기 열풍 또한 식민지 근대의 자장 안에서 형성된 풍속이다. 대공황 이후 구조적 위기에 직면한 일제의 파시즘 체제가 위기 타개책으로 군부의 주도 아래 감행한 대륙침략전쟁 이후 식민지와 점령지를 포괄하는 엔블록 전시경제체제를 통해 전쟁 수행을 위한 자원수탈 물자동원체제[21]와 관련된 일종의 국책사업으로 시도한 산금정책과 동전의 양면을 형성하면서 등장하게 된 풍속이 바로 금 투기 열풍이기 때문이다. 따라서 1930년대 후반 식민지 조선이 겪고 있던 식민지 근대의 중층 모순을 압축적으로 표상하는 금 투기 풍속에 대한 형상화 수준이야말로 식민지 근대와 그를 강제한 일제의 파시즘 체제에 대한 작가의 문제의식을 검증하는 유효한 창이라고 할 수 있다.

서구의 근대에 대한 콤플렉스와 동양의 전통에 대한 엘리트 의식이라는 전도된 오리엔탈리즘으로 왜곡된 일제에 의해 강제된 식민지 근대에 대한 채만식의 문제의식과 관련하여 서순범과 은봉아는 중요한 의미를 지니는 인물로 기능한다. 두 인물 모두 식민지 근대와 그를 강제한 일제의 파시즘 체제에 대한 채만식의 문제의식이나 세계관을 대변하는 기능을 하고 있기 때문이다. 먼저 순범은 그리 크지 않은 체격에 야유나 독설을 일삼는 기질이나 성격 등 인물 형상화의 서사 정보에서 작가 채만식을 연상케 하는 대목이 적지 않다. 상문의 죽마고우이자 동경 유학생인 서순범은 귀국 이후 이상과 현실 사이의 괴리로 인한 존재론적 갈등과 번민을 반추하며 무위도식 상태로 상문에게 기생하는 잉여인간의 생활을 영위한다. 이러한 서순범을 매개로 해서 드러나는 식민지 근대에 대한 채만식의 문제의식은 상문과 금광 개발에 대한 태도의 변화를 통해서 드러난다.

비록 '매약 광고의 효능서' 이상의 평가를 해주지 않는 식민지 조선

---

21) 방기중, 「1930년대 조선 농공병진정책과 경제통제」, 방기중편, 『일제 파시즘 지배정책과 민중생활』, 혜안, 2004, 69면 참조.

의 현실로 인해 상문의 식객 노릇을 하는 처지이긴 하나, 당시 세상의 중심이라고 믿었던 동경에서 5년 동안의 유학생활을 통해 습득한 근대적인 학문과 전문지식에 대한 순범의 자부심과 자긍심은 자신을 인정해주지 않는 현실세계에 대한 환멸 및 그로 인한 보상심리로 인해 그 어느 것으로도 제어할 길이 없을 정도로 도저하다. '금광을 한다는 광자(鑛字)가 조선말룬 미칠 광자(狂字)하구 발음이 같으니…그래서 금광장이라면 미칠광자 광장이루 통용이 되구'라는 진술에서 알 수 있는 바와 같이, 당시 금으로 표상되는 교환가치의 전일적인 지배에 의해 존재의 고유한 질적 가치를 박탈하거나 개인의 통일된 인격 또한 해체해버리는 식민지 근대에 대해서 순범이 매우 비판적인 태도를 견지할 수 있었던 것도, 그리고 광산왕으로 자타가 공인하는 상문에게도 존재론적 우월감을 유지할 수 있었던 것도 모두 그와 같은 자부심과 자긍심 때문이었다. 그러던 그가 결국 변호사나 의사는 물론 기생들까지 금광개발에 나서는 주변 현실을 인정하며 청주 금광의 대리광주로 금광 개발에 투신하는 과정에서 식민지 근대에 대한 양가적인 감정을 경험하게 되는 심각한 실존의 문제에 직면하게 되는 것은 지극히 당연할 일이 아닐 수 없다.

   순범은 일찍이 그들 민변이나 신의를 또는 상문을, 향토적인 우정으로 혹은 인간성의 선량함을 사랑은 하고 있었으나,
   그러면서도 그는 그들의 시정적(市井的)임을 단순한 의식주의 노예(奴隷)질이라서 경멸하고 존경치 않았었다.
   하던 것을 지금에 이르러서는 일변하여 경의(敬意)와 경이(驚異)의 눈으로 눈을 씻고 다시금 그들을 바라다보지 않을 수가 없었다.
   그들은 (낡은 '전설'의 고향을 가진 순범 저와는 달라) 맹목적이요 무

비판한 것이 오히려 유리하여, 세기의 '사실'을 솔직하게 호흡하는 생리(生理)의 소유자들이었었다.

　　그들은 그와 같이 아무런 주저도 회의도 불안도 없이 안심하고 그 세기의 '사실'을 호흡함으로써 그 속에 머금어 있는 새로운 생명의 원소(元素)를 섭취해가는 동안, 생리는 장차 오려는 세대(世代)에로 지양(止揚)이 될 것이었었다.　　　　　　　　　　　　　　(『전집』3, 339면)[22]

　　이 인용문면에서 사실이라는 용어는 식민지 근대에 대한 순범의 태도 변화와 관련하여 결정적일 정도로 중요한 의미를 지닌다. 식민지 근대에 대한 채만식의 문제의식과 관련하여 결정적인 개인약호의 기능을 하는 것이 바로 '사실'이라는 용어이기 때문이다. 1939년에 발표된 「패배자의 무덤」 이후 채만식의 소설에서 자주 발견되는 사실이라는 용어는 중일 전쟁의 충격으로 인한 식민지 지식인들의 정신적 공황을 배경으로 등장한 사실 논쟁과 밀접한 관련이 있다. 중일 전쟁이 불러일으킨 정신적 충격과 선택과 결단을 강요하는 파시즘 체제의 폭력으로 인해 기존의 진리체계와 이념에 대한 믿음의 동요와 상실에서 촉발된 사실 논쟁은 일제의 군국주의 파시즘의 거센 위협과 식민지 현실에 대한 식민지 문인들의 입장 차이를 선명하게 보여준다.[23] 상문을 정점으로 한 친구들의 금광업을 사실로 인정하며 그들에 대해 경멸에서 경의와 경이의 태도로 전환하는 순범의 고백 또한 이 작품을 발표할 당시 역사적 전망의 상실로 인한 허무주의와 패배주의에 감염되어 애초엔 극복의 대상으로 아주 비판적이었던 식민지 근대와

---

22) 앞으로 본문에서의 작품 인용은 이와 같은 방식으로 통일하고자 함, 인용 텍스트는 『채만식 전집』3, 창작사, 1987.

23) 하정일, 「'사실'논쟁과 1930년대 후반 문학의 성격」, 『작가연구』6, 1998.10, 209-211면 참조.

파시즘 체제에 대한 입장과 관련하여 심각한 주체의 위기를 경험하고 있던 채만식의 내면풍경을 정직하게 보여주고 있다. 사실이라는 용어는 당시의 시국이나 정세를 이미 주어진 선험적인 소여의 세계로, 따라서 개인의 의지나 능력을 초월하는 불가항력적인 세계로 승인하는 상황논리에 투항하는 순응주의의 태도를 의미하기 때문이다. 따라서 "여기서 '사실'은 자본주의를 가리키는 말일 수도 있고 군국주의 파시즘 또는 단순히 시대의 대세를 뜻하는 말일 수도 있다. 중요한 것은 그 구체적 내포가 무엇이든 간에 '사실'의 수용을 '새로운 생명의 원소를 섭취'하는 행위로 해석하고 있는 점이다. 이는 시대의 대세에 굴복해 가치 판단을 포기한 당시 지식인들의 일반적 정서를 확연히 보여주는 것"[24]이라는 지적은 정확해 보인다.

이 작품을 연재하던 1939년 무렵의 채만식은 거의 해체 직전의 임계 상황까지 내몰리는 주체의 위기를 경험했던 것으로 보인다. 채만식은 당시 갈수록 야만의 강도를 더해가는 일제의 식민지 질서에 대한 대안이나 전망 부재의 절망감으로 인한 패배주의와 현존하는 세계의 그 어떤 영역에서도 의미나 가치를 찾지 못하는 허무주의에 서서히 감염되어 가고 있었던 것으로 추정되기 때문이다. 실제로 "이 니힐리즘의 유혹은 작년 겨울이래 나에게 커다란 번민이다"[25]라는 고백을 토로할 정도로 당시 주체의 위기와 관련하여 채만식을 압박했던 허무주의의 강도는 심각했던 것 같다. 이러한 허무주의를 대변하는 인물이 은봉아이다.

---

24) 앞의 글, 212면.
25) 채만식, 「사이비 농민소설」, 앞의 책.

　　의식주란 한갓 생리의 방편이지, 지혜를 가진 자의 생활은 마땅히 진리와 방향을 같이 해야 하리라는 것이 그의 신념이랄까 한데, 그러나 세상은 역사가 중단이 되었다던 중세기와도 같이 어둡고 무지했다.

　　그러므로 어둡고 무지한 그 속엘 뛰어들어가자매는 하릴없이 하인청에 참례를 하여 함께 쌍소리를 지껄이고 속된 탁발승으로 더불어 술과 고기를 탐하고 '진리의 사기한'들과 어울려 문화를 '브로커'하고 해야 할 판이었다. 그러나 그것은 깨끗한 내 몸의 긍지를 위하여 차마 못할 노릇…

　　그리하여, 줄곧 두고 삭막히 생각을 하다가는 버리고 모색을 하다가는 단념을 하고 해오는 동안에, 절망은 어느덧 제 자신의 그와 같은 의욕, 그것조차가 두루 공연한 노릇이라는 것, 그래서 필경은 접하고 감각하고 인식하고 하는 온갖 존재와 행위가 모조리 다 추잡하기 아니면 무의미하게만 생각기도록, 그의 니힐리즘의 굴절각(屈折角)은 차차로 각도(角度)가 더 벌어져 왔었다.　　　　　　　　(『전집』3, 496-497면)

'속된 탁발승'이나 '진리의 사기한'과 같은 서사 정보들이 극명하게 보여주는 바와 같이, 은봉아는 자신이 처한 현실을 당시 식민지 질서에 영합하여 개인의 사적 이익이나 영달 추구에 골몰한 타락한 속물들이 지배하는 속악한 세계로 파악하고 있다. '마땅히 진리와 방향을 같이 해야 한다'는 신념을 가진 은봉아와 그러한 속악한 현실세계 사이에 서로 화해 불가능한 단층이 형성되는 것은 당연한 일이고, 은봉아의 비극적인 세계인식이 문면에서 보는 바와 같이, 삶의 근본적인 모든 가치들을 부정하려는 시도들을 끝까지 밀고 나가는 니힐리즘으로 발전하는 것도 당연한 일이라 할 수 있다. 속악한 현실세계와의 화해 불가능한 단층으로 인해 니힐리즘에 감염되어 문학을 '천하무능한 독충'으로 비유할 정도로까지 생의 의지를 상실해가는 은봉아의 내면풍경은 당시 현실과 이상의 단절과 심연이 강제하는 주체의 위기로 인해 서서히 허무주의의 독한 기운에 잠식당해 들어가면서 작가의 내부에 있어서 말하려는 것과 그리려는 것과의 분열이라는 명제로 임화가 정확하게 진단한 바 있는 자신의 당시 작품들에 대해서 "자살용의 양잿물"[26]로 비하하며 무기력한 모습을 보이던 채만식의 안타까운 모습에 그대로 겹쳐진다.

서사의 내적 논리로 볼 때, 채만식의 애초 의도는 은봉아를 작가의 세계관을 대변하는 대리인이자 전체 서사의 질서를 통어하는 초점인물로 설정하려 했던 것 같다. 채만식은 그러한 서사 설정을 통하여 미시적으로는 황금에 대한 욕망을 둘러싼 사회 역사적 본질적인 연관관계에, 거시적으로는 자본의 논리가 지배하는 가운데 주체의 훼손을 야기하는 식민지 근대와 그를 강제하는 파시즘 체제에 대한 비판적인 문제의식을 제기하려 했던 것으로 보인다. 하지만 이 작품을 발표하던 1939년 당시 허무주의에 감염되어 식민지 근대와 파시즘 체제에 대한 역사적 전망을 상실하면서 서서히 체제에 순응해가던 채만식으로선 그러한 서사 설정을 끝까지 관철시키기 어려웠을 것이다. 은봉아의 이러한 설정은 당시 식민지 조선 문단의 지배적인 조류를 세태와 내성으로 파악하면서 그 원인을 사상성의 감퇴로 인한 말하려는 것과 그리려는 것과의 분열과 환경과 성격의 부조화에서 찾는 임화의 진단에 대한 정확한 전형을 제공하고 있다. 물론 이 작품이 애초의 의도와는 달리 작가의식의 후퇴로 인하여 식민지 근대와 파시즘 체제에 대한 역사적인 전망을 보여주지 못한 한계는 분명해 보인다. 하지만, 유일하게 긍정적인 인물로 형상화되던 인물인 은봉아마저도 결말 부

---

26) 채만식, 「문학을 나처럼 해서는」, 『문장』, 1940.2.

분에서 급작스런 장티푸스 발병으로 인해 사망하게 하는 설정을 통하여 일제의 억압과 폭력이 지배하는 당대의 식민지 조선의 현실이 은봉아와 같은 건강한 가치관을 소유한 사람에게는 정상적인 욕망 실현의 출구를 차단하는 타락한 세계임을, 따라서 도저히 감당하기 버거운 속악한 세계라는 사실을 암시하고자 한 작가의 문제의식에 대해서는 인색할 필요가 없을 듯싶다. 이러한 맥락에서 "봉아는 속물주의로 가득찬 시대와 대비되는 순수성 혹은 낭만성의 상징이다. 따라서 봉아의 죽음은 사사로운 죽음이 아닌 온전한 생명성이 거세된 시대에 대한 절망으로 읽을 수 있다"[27]라는 지적은 충분한 설득력이 있어 보인다.

한편 "모든 피식민지는 모국의 이익을 위해서만 존재한다."[28]라는 루퍼트 에머슨(Rupert Emerson)의 통찰이 시사하는 바와 같이, 당시의 금광 개발이나 금 투기 열풍은 대륙 침략을 수행하는 과정에서 필요한 막대한 군비의 조달 및 당시 세계적 공황으로 야기된 일본 국내의 문제를 해결하기 위한 식민 지배 정책과의 밀접한 관련 속에서 발생한 사회 풍속이었다. 그런데 이 작품은 자본의 논리에 맹목적으로 집착하다 파멸과 몰락의 운명을 면치 못하는 다양한 인간군상들의 인생유전을 통하여 금 투기 열풍과 관련된 당대 풍속의 평면적인 재현에 그치고 있을 뿐, 그러한 풍속을 낳게 한 발생동인으로서의 사회 역사적 맥락이나 그에 대한 작가의 적극적인 의미부여와 평가는 제시하지 못하고 있다. 이는 식민지 근대와 파시즘 체제를 극복하는 수준으로까지 밀고 나가지 못한 작가의식의 후퇴나 역사적인 전망과 밀접한 관련이 있다. 동일한 맥락에서 "소설의 리얼리즘은 소설이 제시하는

---

27) 양문규, 앞의 글, 110면.
28) 한상일, 『제국의 시선』, 새물결, 2004, 24면.

삶의 종류 내에 존재하는 것이 아니라 삶을 제시하는 방법 내에 존재하고 있는 것이다"[29]라는 리얼리즘의 미학적 규율에 비추어 볼 때 이 작품에 대해 "그러나 채만식은 주상문 같은 자들이 갖고 있는 부르좌적 속물성에 대한 환멸만을 그릴 뿐, 그것의 역사적 성격에 대한 문제 제기는 하지 못하고 있기에,『금의 정열』등은 더 이상의 리얼리즘 문학으로 나아가지 못한다"[30]라는 지적은 적절해 보인다. 그리고 이 작품의 그러한 한계에 대해서는 "『금의 정열』은 애초의 의도가 실로 이상식의 배후에 있는 그 무엇을 찾아보잤던 것이나 그에 뚜렷이 드러나지 않았으니 결국 실패를 했다고 해야 할 것이다"[31]라는 고백적 진술에서 알 수 있는 바와 같이 그 누구보다도 작가 스스로가 너무나도 잘 알고 있었던 것 같다.

4. 나오는 글

『금의 정열』은 현실과 이상의 괴리로 인한 심각한 주체의 위기를 경험하던 1930년대 후반의 채만식 소설에서 차지하고 있는 중요성에도 불구하고 이제까지 별다른 주목 한번 제대로 받아보지 못해 왔다. 이 글이 출발하게 된 가장 중요한 문제의식이었다. 그러한 문제의식에서 출발한 이 글은 자본의 논리에 맹목적으로 집착하다 파멸과 몰락의 길을 걷게 되는 다양한 인간군상들의 욕망을 통해서 당시 식민

---

29) 이언 와트/전철민 옮김,『소설의 발생』, 열린책들, 1988, 20면.
30) 양문규, 앞의 글, 110면.
31) 채만식,「금과 문학」, 앞의 책, 532면에서 인용.

지 조선의 현실에서 금의 정열이 지닌 사회사적 의미를 밝혀보고자
했다. 그러한 문제의식과 목적을 가지고서 수행해 온 논의를 요약·정
리하는 것으로 결론을 삼고자 한다.

이 글은 먼저 '서정시인마저도 황금광으로 나서게 했던 1930년대
식민지 조선의 부박한 시대상에 대한 절반의 리얼리즘'이라는 명제를
이 작품의 지배적인 해석 코드로 설정했다. '이윤추구를 위해서라면
지옥 끝까지라도 간다'라는 자본 일반의 운동 역학에 맹목적으로 휘둘
리는 다양한 인간 군상들의 욕망의 풍속을 밀도있게 서사화하는 데는
이 작품이 일정한 성취를 보여주고 있지만, 그러한 욕망한 배태하는
발생 동인으로서의 사회·경제적 심급에 대한 구조적 천착은 외면하고
있다라는 판단 때문이었다. 그 명제와 관련된 분석의 편의를 위하여
'물질적인 욕망에 전일적으로 포섭된 다양한 인간 군상들의 집단적인
몰락과 파멸의 서사'로 규정할 수 있는 이 작품의 이야기를 크게 세
개의 서사 축—금광개발열풍, 금 투기열풍, 은봉아를 둘러싼 주상문
과 서순범 사이의 로맨스—으로 구획하였다.

비정상적인 광기의 수준에 육박하면서 진행되었던 1930년대 식민
지 조선에서의 금 투기 열풍으로 표상되는 식민지 근대와 그를 강제
한 파시즘 체제에 대해 채만식은 지극히 비판적이며 부정적임을 알
수 있었다. 자본의 욕망에 맹목적으로 집착하다 몰락과 파멸의 운명
을 면치 못하는 다양한 인간군상들에 대한 비판과 부정이라는 서사
설정을 통해서 채만식은 식민지 근대를 자본의 논리가 전일적으로 지
배하는 폭력적인 세계로 인식하고 있음을 알 수 있었다. 하지만 채만
식은 이 작품을 발표하던 당시 겪고 있던 심각한 주체의 위기로 인한
작가의식의 후퇴로 인해 식민지 근대와 파시즘 체제를 극복할 만한

대안적인 전망을 보여주지는 못하고 있음을 알 수 있었다. 식민지 근대와 그것을 강제한 일제의 파시즘 체제에 대한 작가의 비판적인 문제의식과 한계를 대변하는 기능을 담당하는 인물들이 바로 서순범과 은봉아임을 알 수 있었다. 이 두 인물의 갈등과 허무주의는 당시 식민지 근대와 파시즘 체제에 대한 입장과 관련하여 심각한 주체의 위기를 경험하고 있던 채만식의 존재론적 갈등과 상동구조임을 밝히고자 하였다. 결론적으로 이 작품은 애초의 작가 의도와는 달리 작가의식의 후퇴로 인하여 식민지 근대와 파시즘 체제에 대한 역사적인 전망을 보여주지 못한 한계는 분명해 보임을 밝히고자 했다. 하지만, 일제의 억압과 폭력이 지배하는 당대의 식민지 조선의 현실에 대한 작가의 문제의식에 대해서는 인색할 필요가 없을 듯싶다.

Ⅱ. 채만식 소설의 친일과 반성

7

『문학의 모험』의 ‘모험’

　이 글의 서평 대상 텍스트는 최유찬의 『문학의 모험』이다. 모두 9편의 글로 구성된 이 연구서에서 화두로 제기되고 있는 일관된 주제는 ‘채만식 문학의 친일 문제’이다. 이 주제와 관련된 자신의 문제의식을 드러내는 저자의 방식은 매우 논쟁적이다. 자신의 문제의식을 논증하기 위해 저자는 ‘채만식의 문학은 친일문학인가? 항일문학인가?’라는, 아주 선명한 이분법의 틀을 동원하고 있기 때문이다. 이 글은 따라서 저자의 문제의식에 대한 단상들을 중심으로 채워질 것이다.

　본격적인 서평에 앞서 이 연구서가 지니고 있는 두 가지의 미덕에 대해 언급하지 않을 수 없다. 무엇보다 이 연구서의 미덕은 저자의 문제의식과 관련된 선행연구들에 대한 성실한 독서를 전제하고 있다는 점이다. 최근 들어 학문 공동체에서마저도 생산성과 효율성을 근간으로 하는 ‘양적인 업적주의’ 논리가 그 세를 넓혀가고 있다. 동업자들 사이에서마저도 연구의 성과물들이 공유는 물론 소통조차 되지 못한 채 외딴 섬으로 겉돌거나 광야의 외로운 외침으로 그치고 마는 것도 생산성과 효율성의 신화에 들린 근자의 연구 추세와 적지 않은 관련이 있어 보인다. 자신의 주장만을 일방적으로 전달하기에 급급한 일부 연구성과들이 대로를 활보하는 요즈음, 선행 연구들과의 생산적인 대화와 긴장을 통하여 자신의 논지를 차분하면서도 꼼꼼하게 논증하고 있는 이 연구서의 작업 방식은 아무리 강조해도 지나치지 않을 미덕이다. 이 연구서는 평자에게도 유익한 반성적인 타자로 기능했음을 고백하고자 한다.

이 연구서의 또 다른 미덕으로는 시종일관 1차 자료인 작품과의 성실한 대화에서 나오는 긴장과 탄력을 계속 유지하고 있다는 점을 들 수 있다. 누가 뭐래도 문학 연구에서 가장 중요한 것은 1차 자료인 텍스트와의 대결이다. 문학 연구는 문학 작품에 대한 연구이기 때문이다. 그러나 요즘 우리의 문학연구 공동체에서 이와 같이 지극히 자명한 상식적인 명제가 어렵지 않게 배반당하는 모습을 너무나도 자주 목격하고 있다. 설익은 서구의 문학이론에 기대어 한국의 문학작품을 폭력적으로 재단하다시피하여, '자크 라캉(서구의 문학이론)을 위한 한국문학인가? 아니면 한국문학을 위한 자크 라캉인가?' 하는 질문을 심각하게 던져야 할 정도의 위험수위에 도달해 있는 최근의 일부 잘못된 연구 방향이나 관행에 적지 않은 성찰을 자극하고 있다는 점에서도 이 연구서가 지니는 의의나 성취는 다대하다.

최유찬이 이 책을 통해서 일관되게 견지하고 있는 문제의식의 핵심을 한마디로 압축하면, '채만식의 문학은 친일문학이 아니라 항일문학이다'라는 점이다. 한국문학 해석 공동체에서 채만식의 문학을 '친일

문학'의 코드와 관련해서 접근하는 연구 성과들이 선을 보이기 시작한 것은 최근 들어서이다. 보다 구체적으로는 참여 정부 들어 과거의 잘못된 역사를 청산하고자 하는 각종 특별법들이 발의·제정되기 시작하는 정치상황이 전개되면서부터이다. 그 흐름의 중심에 김재용의 『협력과 저항』이라는 연구서가 자리한다. 이 저서에서 김재용은 일제 말기의 작품들을 '시대적인 것'과 '친일적인 것'으로 구분한 후 '대동아공영권의 전쟁동원'과 '내선일체의 황국신민화'론을 친일문학의 기준으로 제시한다. 이 두 가지의 내적 논리를 자발적으로 반영하고 있는 작품들이 친일문학의 범주에 속한다는 것이 김재용의 주장[1]이다.

『문학의 모험』을 통해 최유찬은 시종일관 김재용을 비롯한 친일문학 논자들의 해석이나 평가에 정면으로 충돌하는 '모험'을 감행하고 있다. "이 책에서 필자는 채만식이 이 시점에서 친일을 가장한 가면을 쓰고 항일투쟁을 본격적으로 전개하겠다는 자신의 방침을 구체적으로 실행에 옮기기 시작한 것으로 판단한다."[2], "이 책을 쓰는 필자의 입장은 채만식이 친일문학 행위를 한 것이 아니라 항일투쟁을 했다는 진실을 밝히는 데 목적을 둔다."(103면), "채만식은 일제 말기 본격적으로 항일투쟁을 전개하였다."(105면), "그래서 『여인전기』는 친일문학의 대명사가 아니라, 작가가 온갖 모멸과 고통을 감수하면서 자신의 피를 방울방울 찍어서 쓴 조선민족항일투쟁사, 조선민족항일투쟁지혈사인 것이다."(332면), "하나는 채만식이 친일문자 행위로 알려진 행동들이 항일투쟁을 위한 가면에 불과한 것이고 작가는 해방되는 날까지

---

1) 친일문학의 개념 규정에 대한 김재용의 논의에 대해서는 김재용, 『협력과 저항』, 소명출판, 2004, 47-76면 참조.
2) 최유찬, 『문학의 모험』, 역락, 2006, 100면. 앞으로 이 책에서의 본문 인용은 인용문면 다음에 인용면수만을 밝히는 방식을 사용하고자 한다.

문학을 통해 치열한 항일투쟁을 전개했다는 데 있다."(350면) 등 채만식의 문학을 항일문학의 코드로 해석하고자 하는 필자의 주장은 거의 강박에 가까울 정도로 저서의 도처에서 어렵지 않게 발견된다.

채만식의 문학을 항일문학으로 규정하는 자신의 논지와 관련하여 최유찬이 그 근거로 동원하고 있는 키 워드는 '알레고리'이다. "곧 2년간의 침묵 속에서 작가는 향후 자신이 가져야 할 문학 방법의 일환으로 알레고리를 선택하였다고 짐작할 수 있고, 그것을 일제의 검열을 극복하기 위한 방안으로 사용한 것이라고 추리할 수 있는 것이다."(194면), "채만식 문학 가운데서 『태평천하』는 부정적인 인물을 주인공으로 내세운 알레고리 작품의 대표이다…작가의 이 실험들은 검열이라는 제도로 상징되는 현실의 질곡을 극복하는 방법의 모색이라는 의미를 지니는 것이다."(233면), "숨소리가 들릴 만큼 가까운 바로 옆에서 작가의 일거수일투족을 지켜보고 여차하면 고문과 감옥으로 몰아넣기 위해 독사 같은 눈알을 휘번득이고 있는 존재가 일본 제국주의 관헌과 검열관이었다. 이 전선 없는 전선, 사방의 적들에게 포위되어 있는 항일의 최전선에서 작가가 계발한 항일투쟁의 문학적 방법이 알레고리이고 자전적 기법이고 제 3자적 시점을 사용한 풍자였다."(290-291면), "『탁류』에서 『여인전기』까지 알레고리는 채만식의 작품을 이해하는 데 빼놓을 수 없는 가장 중요한 요소였다."(350면), "이와 같은 사실을 감안하면 일제 말기 채만식의 문학을 올바로 이해하기 위해서는 알레고리 구조에 대한 파악이 필수요건이 되는 것이다." (414-415면) 등에서 보는 바와 같이, 채만식의 문학을 항일문학으로 해석하기 위한 기법적 장치로 동원하고 있는 '알레고리'라는 용어 또한 '항일문학' 못지않은 빈도의 비중을 지니고서 등장하고 있다.

식민주의 이데올로기에 대한 '공모'와 '저항'이 혼재된 혼종성과 중층성을 주요한 특성으로 하는 식민지 서사를 어떤 코드로 해석하는가 하는 문제는 해석주체의 고유 권한이다. 더욱이 "프레드릭 제임슨의 지적처럼 식민지 서사를 포함한 제 3세계의 텍스트들은 사적으로 보이고 철저한 리비도적인 역동성을 부여받은 것들조차 민족적 알레고리의 형식 속에 필연적으로 정치적 차원을 투사한다.(따라서 제3세계 텍스트에서의) 사적이며 개인적인 운명의 이야기는 언제나 공적인 제3세계 문화와 사회의 전투태세를 갖춘 상황의 알레고리로 기능한다. 제 3세계의 문화적 텍스트들에서 알레고리 구조가 발생하는 것은 이들 텍스트가 식민지적 억압, 제국주의의 파열적 지배와 분리되지 않는, 개인과 집단의 문제가 얽혀 들어가는 상황의식 위에 놓인 것이기 때문임을 알 수 있다. 제 3세계의 민족적 알레고리는 욕망의 실현이 불가능한 세계, 출구가 봉쇄된 세계에서 작가들이 어떤 방식으로 자기 조건을 넘어 존재의 초극을 지향하는가를 보여주는 장치"3)가 되기 때문이다. 실제로 많은 연구자들로부터 채만식의 대표적인 친일소설로 이야기되는 『여인전기』를 비롯한 일제 말기의 많은 작품들이 프레드릭 제임슨이 말하는 의미에서의 민족적 알레고리의 요소를 풍부하게 내장하고 있을 수도 있고, 따라서 그러한 맥락에서 작품을 해석하는 접근방법 또한 충분히 의미있는 작업이 될 수도 있다. 그리고, '협력'과 '저항', '시대적인 것'과 '친일적인 것'과 같은 선명한 이분법적 구도 내에서 전개되는 김재용의 친일 논의는 그 선도적 의미에도 불구하고 단선적인 재단의 오류로부터 자유로울 수 없는 문제를 지니고 있기

---

3) 최익현, 「1930년대 염상섭의 글쓰기와 만주행의 의미」, 문학과 비평연구회, 『1930년대 문학과 근대체험』, 이회, 1999, 64-67면.

때문에 최유찬의 작업은 더욱 의미가 클 수도 있다.

그러나, 그럼에도 불구하고 채만식의 문학을 항일문학의 코드로 해석하고 평가하는 것은 아무래도 과잉해석으로부터 자유롭지 않아 보인다. 나름대로의 설득력에도 불구하고『문학의 모험』에서는 채만식의 문학을 친일문학의 법정에 세우지 않겠다는 변호사의 강박 같은 게 감지되기 때문이다. 실제로도 저자는「역사의 심판 밑에서」라는 장에서 "그 재미있고 구수한 이야기들을 다시 듣고 볼 수 없게 될지도 모른다. 채만식의 문학 전체가 정전에서 제외될 운명에 놓여 있기 때문이다. 역사의 심판이 눈앞에 다가온 것이다. 이 역사의 심판장은 이미 열려져 있다. 역사의 법정에서 논고는 이미 행해졌다. 피고에 대한 논고는 지엄하다. 그 논고의 목소리는 크고 당당하고 근엄하며 매우 논리적이기까지 하다. 그 목소리는 막강한 힘과 배경을 갖추고 있다. 그리하여 채만식 문학은 그 위세 앞에서 사지를 벌벌 떨고 있다. 이제 우리는 어떻게 해야 할 것인가? 이 책은 그 논고가 부당하고 근거 없는 것이라고 주장하는 변론이다."(104)라고, 사뭇 비장한 어조로 자신의 문제의식을 밝히고 있는데 그러한 어조의 문제의식 또한 채만식 문학에 대한 변론의 강박과 전혀 무관해 보이지 않는다. 더욱이 항일의 명확한 기준을 제시하지 않은 상태에서 채만식의 문학을 '친일을 가장한 항일문학'으로 규정하는 해석이 해석적 전유에 의한 해석의 자의성으로부터 과연 얼마나 자유로울 수 있을까 하는지도 의문이다.

평자가 보기에 채만식의 문학은 풍자를 비롯한 다양한 담론장치를 동원하여 가치의 전도를 강요하는 타락한 일제의 식민지 질서와 자본주의 근대에 대한 비판적인 문제의식을 창작의 원천으로 하고 있다. 그 사실에 대해서만큼은 거의 대부분의 연구자들로부터 보편적인 동의를 얻고 있다. 채만식의 문학적 실천의 중심에는 항상 민족 현실에 대한 고민과 관심이 강력한 자장을 형성하고 있기 때문이다. 냉철한 현실인식과 역사의식에 기초한 미래의 전망이라는 리얼리즘의 미학적 규율에 충실한 리얼리스트로서의 문학적 실천을 실천하며 식민지 조선 문단의 중심을 형성한 채만식의 문학은 안타깝게도 일제 말기 계속 악화되는 주·객관적인 정세의 압력을 더 이상 견디지 못하고 본인의 고백처럼 '대일협력자라는 수렁으로 한정 없이 술술 자꾸만 미끄러져 들어가게' 된다. 1938년을 기점으로 실존의 해체를 야기할 정도의 극심한 분열과 갈등에 시달리던 채만식은 1940년에 접어들면서 본인이 결코 원하지 않았던 친일의 길로 들어서게 된다는 것이 평자의 생각이다.

사실 '문학이 적으나마 인류 역사를 밀고 나가는 한개의 힘일진대 한인(閑人)의 소장(消長)거리나 아녀자의 완롱물(玩弄物)에 그칠 수는 없을 것이라고 나는 목이 부러져도 주장을 하는 자이다'라는 문학관을 피력할 정도로 투철한 역사의식의 소유자였던 채만식이었기에, 결코 본인이 원하지 않았던 것이긴 하지만, 그래서 더욱 안타깝기는 하지만, 친일에 관련된 글들을 발표했다는 사실만큼은 부인할 수 없다. 그 사실에 대해서는 누구보다 본인이 먼저 통렬히 인정하고 반성하고 있는 바이다.

하지만 채만식의 친일은 결코 주도적이지도 않았다. 뿐만 아니라 김재용의 지적처럼 내적인 논리를 지닌 자발적인 것 또한 아니었던 것으로 판단한다. 그러한 맥락에서 많은 연구자들로부터 대표적인 친일 소설로 규정당하고 있는 『여인전기』에서의 서사의 균열이나 분열은 본인이 결코 원치 않았던 친일의 길로 들어서는 과정에서 감내해야만 했던 실존의 해체를 강요당할 정도의 분열과 갈등의 구조적 상동성을 반영하는 텍스트의 징후로 보인다.

「민족의 죄인」에서 채만식은 "용맹하지도 못한 동시에 영리하지도 못한 나는 결국 본심도 아니면서 겉으로 복종이나 하는 용렬하고 나약한 지아비의 부류에 들고 만 것이 있었다."라는 고백을 통해 자신의 과오를 자탄·반성하고 있다. 이러한 고백은 자신의 친일을 '씻어도 깎아도 지워지지 않는 영원한 죄의 표지'로 인식할 정도로 극심한 죄의식에 시달리던 당시 채만식의 내면풍경에 가장 근접한 육성이 아니었을까 생각한다. 따라서 「민족의 죄인」을 통해서 제시되는 '반성의 윤리학'의 진정성에 대해서는 조금도 인색해서는 안 될 것 같다.

여러 가지 자료나 정보들을 종합해서 판단해 볼 때 채만식은 식민지 시대 문인들 가운데 누구 못지않게 정직한 지식인이자 날카로운 역사의식을 지닌 명민한 비판적 지성이었다. 채만식은 또한 애비를 상실한 불임과 불모의 식민지 시대에 작가란 어떤 존재이며, 글쓰기 행위란 무엇을 지향해야 하는가 하는 '작가의 존재론'이나 '글쓰기의 방향성' 등의 문제에 대해서도 아주 예민한 자의식을 지녔던 양심적인 작가였다. 그러한 사실의 설득력에 대해서는 해방 직후 적지 않은 문인들이 자신들의 잘못된 과거 행적에 대한 최소한의 반성이나 성찰 없이 목전의 이해에 따라 이합집산을 거듭하며 권력투쟁에 골몰하던 경성에 환멸의 비애만을 경험하며 낙향한 후, 죽음을 넘나드는 병고와 가난에 시달리면서도 식민지 시대를 반복하는 당대의 타락한 현실을 풍자하는 창작활동에 전념하다 지천명의 길지 않은 나이에 영면한 채만식의 삶이 증명하고 있는 바이다. 따라서 「민족의 죄인」의 진정성을 어설픈 자기 합리화나 구차한 변명으로 매도하는 것은 너무나도 가혹한 처사라 아니할 수 없다.

본인의 반복되는 고백처럼, 채만식은 결코 용감한 투사가 될 수 없는 사람이었다. 그렇다고 영악한 속물은 더더욱 될 수 없는 사람이었다. '용감한 투사'도, 그렇다고 '영악한 속물'도 될 수 없는 경계인의 실존을 소유하고 있었던 채만식이 일제 말기와 같은 야만의 세월을 견디어내는 현실적인 선택지는 무엇이었을까? 당위와 존재의 괴리로 인한 심각한 주체의 분열과 갈등을 감내하면서 결코 원치 않았던 친일문학의 길을 선택당하는 방식이 아니었을까 생각한다. 이는 채만식 한 개인에게만 해당되는 문제는 아니었을 것이다. 문학에 대한 열정이든, 아니면 생계의 문제이든 합법적인 공간에서 합법적인 글쓰기 행위를 지속하고자 했던 당시 식민지 조선의 작가들이 선택할 수 있는 가장 현실적인 선택지는 아마 그 방식이 아니었을까 생각하기 때문이다.

'텍스트의 의미란 단 하나만의 유일한 해석이 올연독좌(兀然獨坐)의 형세로 군림하는 기념비적인 존재가 아니라 서로 다른 수많은 해석들이 인정투쟁의 욕망으로 인해 들끓는 용광로와도 같다'라는 해석학의 기본 공리에서 볼 때, 기존의 해석체계를 전복하거나 탈영토화하는 새로운 해석들은 얼마든지 가능하며 바람직하기조차 하다. 그러한 맥락에서 알레고리라는 해석의 코드를 통해 채만식의 친일문학을 항일문학으로 해체·전유하는 『문학의 모험』의 독서는 평자에게 적지 않은 해석의 통찰과 성찰을 자극했다. 더욱이 어떤 부분에서는 에피파니의 아우라와도 같은 섬광을 통한 돈오의 충격을 주기도 했다. 하지만 다른 한편으로 해체의 독법과 새로운 해석의 가능성은 과연 어디까지일까? 하는 의문과 호기심 또한 독서 내내 화두로 따라다니며 다음과 같은 해석학의 공리를 자극하기도 했다.

'사실은 없고 오직 존재하는 것은 텍스트의 해석뿐이다.' '모든 해석
은 해석 주체의 해석의지로부터 오염될 수밖에 없다.'

8

손창섭 소설의 기원

1. 들어가는 말

문제의 핵심에서 출발하기로 한다. 손창섭에게 소설은 무엇이었을까? 이 글의 문제의식이 출발하는 지점은 바로 그 질문이 서 있는 자리이다. 우리들에게 《생의 이면》이라는 작품으로 잘 알려진 이승우는 김화영과의 대담에서 "작가는 여러 편의 소설을 통해서 한 편의 소설을 쓰는 사람이다"[1]라는 말로 작가와 작품의 존재론을 규정하고 있다. 이 진술이 시사하고 있는 바와 같이, 한 작가의 작품에는 그 작가의 생애나 전기적 요소들이 어떤 형태로든 투영되어 있을 수밖에 없고, 그 생애나 전기적 요소들 중에서도 트라우마와 관련된 체험들은

---

1) 김화영, 『한국문학의 사생활』, 문학동네, 2005, 52면.

창작의 중요한 원천으로 기능하게 된다. 그런 점에서 트라우마야말로 한 사람을 작가의 길로 나서게 만드는 중요한 동인이 되며, 따라서 트라우마의 실체를 해명하는 작업이야말로 한 작가의 연구에서 결정적인 중요성을 지니게 된다. 거의 대부분의 작가들이 자신의 작가적 실존과 관련하여 트라우마가 아주 중요한 요소로 간섭하고 있음을 다투어 고백하고 있는 사실을 보더라도 그러한 판단은 충분한 설득력을 지닌다. 실제로 박완서는 '벌레와도 같은 세월'로 표상되는 한국전쟁기 상황에서 강요된 가족사의 비극으로 인한 상처의 증언 의지가 자신을 작가의 길로 나서게 했으며, 임철우는 한국 현대사의 비극적 재앙인 5·18 광주의 현장에서 '살아남은 자의 죄의식'에 대한 참회 의지가 자신을 작가의 길로 나서게 했음을 고백하고 있다.

그러면 또 다시, 손창섭에게 소설은 무엇이었으며, 그로 하여금 작가의 길로 나서게 만든 트라우마는 무엇이었을까? 오이디푸스 콤플렉스. 오이디푸스 콤플렉스로 인한 원한 감정과 죄의식이야말로 손창섭으로 하여금 작가의 길로 나서게 만든 핵심 동인이 아니었을까 하는 문제의식을 가지고서 이 글은 출발한다. 그러니까 이 글의 목적은 구체적인 작품 분석을 통하여 오이디푸스 콤플렉스가 손창섭 소설의 중요한 창작 동인으로 작동하고 있음을 밝혀내는 일이다. 그의 소설이나 문학론들을 읽어나가다 보면 그의 소설을 1950년대 전후상황과의 상동관계에서 접근하는 대부분의 기존 논의들이 어쩌면 '의도의 오류'로부터 자유롭지 않은, 그런 점에서 해석의 오류를 범하고 있을지도 모른다는 생각이 든다. 등단 이후 손창섭이 발표한 대부분의 작품들을 보면 그가 한국전쟁과 치열하게 대결을 벌이고 있다는 느낌은 구체적인 실감으로 다가오지 않고 있기 때문이다. 단편적인 정보의 수준에서 단속적으로 제공되는 한국전쟁 모티프는 먼 발치의 포성이나 포연처럼 서사의 배면으로 멀찍이 물러나 있다.

물론, 한국전쟁이 자연인 손창섭의 일상은 물론 작가 손창섭의 창작활동에 아무런 자극이나 영향을 주지 않지는 않았을 것이다. 그러나 손창섭을 '전후문학의 대표적인 작가'로 규정하는 기존 논의들의 반복되는 주장처럼 한국전쟁이 최종심급으로 작용할 정도의 중요한 창작 원천으로 기능했을 것 같지는 않아 보인다. 오히려 그의 소설에서 반복강박에 가까울 정도의 빈도와 강도를 지니고서 전경화되는 모티프는 오이디푸스 콤플렉스와의 치열한 대결의지이다. 이와 같이 손창섭의 소설을 한국전쟁보다는 오이디푸스 콤플렉스의 맥락에서 접근하고자 하는 이 글의 문제의식과 관련하여 "손창섭은 객관 현실에 대한 탐구와 반영에는 거의 관심을 두지 않았던 작가이다.…그러므로 시간적·공간적 배경과 관련지어 손창섭 소설을 이해하려는 독법은 그다지 효과적이지 않다"[2]는 해석은 매우 적절한 지적이라고 생각한다. 손창섭 소설의 기원을 오이디푸스 콤플렉스에서 찾고자 하는 이 글의 문제의식을 받쳐주는 강력한 원군으로 기능하는 서사의 요소는 '피메일 콤플렉스'이다.

오이디푸스 콤플렉스의 징후로서의 피메일 콤플렉스에 주목하고자 하는 이 글의 방향과 유사한 관점의 글 가운데 주목할 만한 최근의 논의로는 송경빈의 「손창섭 소설의 여성인물 연구」[3]와 양현진의 「손창섭 소설의 환상적 타자성 연구 : 여성인물의 타자화 양상을 중심으

---

2) 정호웅, 「손창섭 소설의 인물성격과 형식」, 『작가연구』창간호, 새미, 1996.4, 53면.
3) 송경빈, 「손창섭 소설의 여성인물 연구」, 『한국문학이론과 비평』18집, 2003.3.

로」4)를 들 수 있다. 송경빈의 글은 남성인물들에 의한 여성인물들의 타자화 방식의 분석을 통해 손창섭 소설의 허무주의적 기원을 해명하고 있는 논문이다. 양현진의 글은 여성인물들의 환상적 타자성을 세 유형으로 분류한 다음 그 세 유형들과 남성인물들의 세계인식 및 주체인식 사이의 관련성을 해명하고 있는 논문이다. 이 두 글은 여성인물들에 대한 콤플렉스의 심리적 기원을 손창섭의 오이디푸스 콤플렉스에서 찾고자 하는 이 글의 문제의식과는 상당히 거리가 있다. 손창섭 소설의 기원을 오이디푸스 콤플렉스에서 찾고자 하는 이 글의 문제의식과 유사한 논의로는 손창섭 논의의 선편을 지고서 향도 구실을 하고 있는 송기숙의 「창작과정을 통해 본 손창섭」5)과 조두영의 『목석의 울음 : 손창섭 문학의 정신분석』6), 그리고 김형중의 『소설과 정신분석』7) 등을 들 수 있다. 하지만 이 세 글들은 모두 오이디푸스 콤플렉스를 손창섭 소설의 창작 원천을 자극하는 여러 가지 심리 기제들 가운데 하나로 파악하고 있을 뿐 이 글과 같이 결정적인 기원으로 접근하고 있지는 않고 있다. 이 글이 〈공휴일〉, 〈미소〉, 〈잉여인간〉, 〈신의 희작〉 등의 작품들에 집중하고자 하는 것 또한 손창섭 소설의 기원을 오이디푸스 콤플렉스에서 해명하고자 하는 문제의식과 밀접한 관련이 있다.

---

4) 양현진, 「손창섭 소설의 환상적 타자성 연구」, 『현대소설 연구』33호, 2007.3.
5) 송기숙, 「창작 과정을 통해 본 손창섭」, 송하춘 편, 『손창섭』, 새미, 2003
6) 조두영, 『목석의 울음 : 손창섭 문학의 정신분석』, 서울대학교출판부, 2004.
7) 김형중, 『소설과 정신분석』, 푸른사상, 2003.

2. 피메일 콤플렉스의 두 얼굴

손창섭의 소설을 읽어나가다 보면 한 가지 흥미로운 사실을 발견할
수 있다. 오이디푸스 콤플렉스로 인한 신경증의 징후들을 작품 도처
에서 어렵지 않게 발견할 수 있다는 점이다. 3장에서 규명하겠지만,
손창섭은 어린 시절 아버지의 사후 〈신의 희작〉에서 '멧돼지같이 생
긴 남자'로 표상되는 남자를 따라 만주로 출분해버린 모친에 대한
애·증의 감정이 미분화된 상태에서 실존의 근거를 뒤흔들 정도의 극
심한 오이디푸스 콤플렉스와 그로 인한 양가성의 혼돈을 경험했을 것
으로 추정된다. 손창섭의 소설에서 객관적인 법칙성을 보일 정도로
반복적인 변주를 보이는, 여성인물들에 대한 양가성의 태도를 형성하
는 기본 도식은 원한 감정과 죄의식이 공존하는 메카니즘이다. 이러
한 메카니즘을 작동기제로 하는 피메일 콤플렉스로 인해 손창섭의 소
설에 등장하는 남성 인물들은 대체로 왜곡된 여성관을 소유하고 있을
뿐만 아니라 여성인물들과 건강한 관계를 맺는 데도 실패하거나 어려
움을 겪고 있다. 또한 이들은, 첫사랑인 정숙이 월남 이후 피난지에서
자신의 친구이자 정숙의 남편인 성규의 병사 이후 자살하자 자신에게
남겨진 정숙의 두 자매에 대한 책임감을 느끼는 〈사연기〉의 동식, 사
고무친의 피난지 부산에서 적수공권의 몸으로 추방당하다시피 한 동
옥의 가련한 처지에 대해 죄의식을 느끼는 〈비오는 날〉의 원구, 14살
소녀 순이의 비참한 죽음에 강렬한 동일시의 감정을 느끼는 〈생활적〉
의 동주 등 여성인물들의 불행에 방관자적인 태도를 보이다가 비극적
인 결말이 나고서야 책임감이나 죄의식으로 번민하는 등 모순과 분열

의 모습을 드러내기도 한다.

　오이디푸스 콤플렉스로 인한 신경증의 징후와 관련된 손창섭의 심층심리를 표상하는 인물로 추정 가능한 서술자나 초점인물들의 피메일 콤플렉스는 크게 두 가지 범주로 유형화할 수 있다. 하나는, 타자화 기제를 통한 혐오와 폭력이다. 다른 하나는, 환상 가로지르기를 통한 승화이다. 여성인물들을 혐오와 폭력의 대상으로 타자화하는 피메일 콤플렉스의 양상은 〈공휴일〉을 비롯하여 주로 초기 작품들에 두드러지게 드러난다. 반면에 "자신의 주이상스에 대한 불만 및 실재계의 불가능성과 화해하게 만드는 한 방법"[8]인 환상 가로지르기를 통해 여성인물들을 숭고의 대상으로 승화하는 피메일 콤플렉스의 양상은 〈미소〉를 변곡점으로 〈잉여인간〉,《낙서족》 등 후기의 작품들에 두드러지게 나타난다. 여성인물들을 혐오와 폭력의 대상으로 타자화하는 피메일 콤플렉스는 어린 시절 홀로 남은 자신과 할머니를 배반한 모친에 대한 손창섭의 분노와 원한 감정이 텍스트의 무의식에 투사된 결과로 볼 수 있다. 환상 가로지르기를 통해 여성인물을 숭고의 대상으로 승화하는 피메일 콤플렉스 또한 자신의 모친에 대한 분노와 원한 감정에서 오는 죄의식과 불안이 텍스트의 무의식에 투사된 결과로 보여진다. 동전의 양면이라고 할 수 있는 그 두 가지 피메일 콤플렉스의 기원은 〈신의 희작〉을 통해서 분명한 형태로 드러나고 있는 오이디푸스 콤플렉스이다.

---

8) 숀 호머/김서영, 『라캉읽기』, 은행나무, 2006, 170면.

2.1 타자화 기제를 통한 혐오와 폭력

그의 소설을 읽어나가다 보면 손창섭은 소설을 통해 어린 시절 아버지의 사후 홀로 남은 자신과 할머니를 배반하고 다른 남자를 따라 만주로 출분해버린 모친에 대해 상징적인 복수를 감행하고 있다는 느낌을 갖게 한다. 그리고 자신의 모친에 대한 손창섭의 분노와 원한 감정은 여성 일반에 대한 혐오의 감정으로 발전했을 가능성이 충분하다. "소학교 5학년 때 모친이 개가하자부터 칠순이 가까운 조모를 모시고 나는 자력으로 생활을 개척해 나가지 않을 수 없었다.…열세 살 먹은 나는 그 시기에 이미 냉엄한 현실과 정면으로 대결하지 않을 수 없었던 것이다. 비록 사지에 빠지더라도 세상에 나를 건져줄 사람은 없다는 것을 깨달았다.…누구를 사랑할 줄도 모르고 누구에게서 사랑을 받을 수도 없는 우울하고 고독한 소년이었고 청년이었던 것이다. 산다는 것이 그대로 과장의 연속이었다."[9]라는 본인의 고백에서 짐작할 수 있는 바와 같이, 손창섭은 어머니로부터 받은 배반의 상처와 이후 지속되는 유랑생활에서 강요당한 신산과 고초로 인해 여성과 세상에 대한 균형감각을 체득하기 어려웠을 것으로 보인다. 특히 유곽에서의 성장환경과 어머니의 출분은 손창섭이 여성 일반을 정신성이 거세된 육체적 존재로 규정하는 왜곡된 여성관을 형성하게 하는 데 사후적으로 결정적인 영향을 미쳤을 것으로 보인다. 더불어 그러한 환경은 육체적 욕망만을 추구하는 여성들을 윤리적으로 응징하고 처벌해야 한다는 윤리적 근본주의자의 태도를 형성하게 하는 데도 중요한 역할을

---

9) 손창섭, 「나의 작가수업」, 송하춘 편, 『손창섭』, 새미, 2003, 297-298면.

했을 것으로 짐작된다. 왜곡된 여성관과 윤리적 근본주의자의 태도. 이 두 요소가 중층결정하여 나타난 결과가 바로 그의 초기 소설에 반복적으로 등장하는 피메일 콤플렉스라고 할 수 있다.

실제로 그의 초기소설들을 보면 여성인물들은 한결같이 〈비오는 날〉의 동옥이나 〈혈서〉의 창애처럼 소아마비나 간질병 환자와 같은 육체적인 결락을 지니고 있거나 〈유실몽〉의 누이나 〈소년〉의 창훈이 모친 또는 〈잉여인간〉의 봉우의 부인처럼 성적으로 방종한 술집 작부나 요부 또는 〈미해결의 장〉에서의 광순처럼 낮과 밤을 갈마들며 여대생과 창녀의 이중생활을 하는 도덕적인 결손을 지닌 인물들로 타자화되어 등장하고 있다. 더 나아가 남성인물들은 〈피해자〉의 병준이처럼 결혼을 후회하거나 〈공휴일〉의 도일처럼 여성의 육체에 대한 혐오로 인해 아예 결혼 그 자체를 회피하는 등 결혼 자체에 대해서도 소극적이거나 부정적이다. 또한 손창섭의 초기 소설에서 여성인물들은 대체로 정신성이 거세된 요부나 탕녀의 이미지로 타자화되어 있다.

"신경증의 증세란 바로 육체 위에 새겨진 욕망의 자국",[10] "신경증 증상은 육체 위에 쓰는 글쓰기의 일종"[11]이라는 정신분석학적 통찰을 굳이 동원하지 않더라도 인간존재에게 있어서 정신과 육체는 상호 분리불가능한 유기적 통일체이다. 그런 점에서 인간의 정신과 육체를 상극의 관계로 파악하면서 여성인물들을 육체적인 욕망만을 추구하는, 마치 '섹슈얼리티의 용광로'와 같은 존재로 타자화하는 손창섭의 여성관은 여성 일반은 물론 인간 존재 자체에 대한 심각한 왜곡 및 도착이 아닐 수 없다. 이러한 맥락에서 〈공휴일〉은 주목을 요하는 작

---

10) 피터 부룩스/이봉지 · 한애경, 『육체와 예술』, 문학과 지성사, 2000, 104면.
11) 위의 책, 62면.

품이다. 여성인물들을 혐오의 대상으로 타자화하는 피메일 콤플렉스를 보다 의식적인 차원에서 드러내고 있기 때문이다.

"정신분석이나 심층정신치료에서 환자가 가져오는 첫 꿈이 그러하듯이 작가가 쓴 처녀작은 그 작가 자신의 무의식 깊이 있는 기본갈등을 노출시키고 있다."[12] 부산 피난 시절에 발표한 〈공휴일〉 또한 피메일 콤플렉스를 통해 어린 시절 자신과 할머니를 배반하고 만주로 출분해버린 어머니에 대한 분노와 원한감정을 징후적으로 드러내고 있다는 점에서 처녀작의 일반 공리에 매우 충실한 작품이다. 이 작품에서의 피메일 콤플렉스는 결혼 및 가족의 가치에 대한 부정과 여성에 대한 혐오를 통해서 드러나고 있다.

이 작품에 대한 기존의 많은 논의들은 '무의미'라는 코드를 통해 이 작품의 의미를 해석해 왔다. 이러한 기존의 논의들은 이 작품의 서사주체로 기능하는 도일의 자폐적인 성격이나 여성에 대한 태무심한 태도 등을 볼 때 충분한 설득력을 지니고 있다. 하지만 이 작품의 의미는 오이디푸스 콤플렉스라는 맥락에서 접근할 때에 비로소 그 실체가 더 정확하게 드러난다. 이 작품을 오이디푸스 콤플렉스라는 해석의 코드로 접근할 때 '의미의 곳간'으로 들어가게 하는 결정적인 열쇠 역할을 하는 게 바로 결혼과 여성에 대한 도일의 태도이다. 이 작품의 서사주체로 기능하는 은행원 도일은 여러 가지 면에서 상궤를 벗어난 청년이다. 무엇보다 먼저 도일은 부모들의 간절한 기대와 여성들의 적극적인 관심에도 불구하고 결혼에 대해서 매우 냉소적이거나 부정적이다.

---

12) 조두영, 앞의 책, 89면.

부고장과 같은 착각을 일으키게 하는 이 결혼 청첩장에다가 도일은 연필로 흑색 테두리를 진하게 그려 넣고 주례자니, 청첩인이니 하는 글자 옆에다 사자(嗣子)니, 친척 대표니 하는 글자까지 끼어 넣은 다음 의미 없이 여백에다가 물방울 같은 동그라미를 무수히 그려 나가다 말고 그는 문득 뜻하지 않게 가느다란 숨을 토하는 것이었다.[13]

(〈공휴일〉,《잉여인간》, 동아출판사, 1995, 13면)

도대체, 어머니나 아버지는 어떻게 자기를 그렇게 사랑할 수가 있을까 고 생각해 보는 일도 있었다. 부모로서의 의무나 노후에 의탁할 타산에 서뿐 아니라 그것들 이상으로 깊고 넘치는 맹목적인 사랑이 자기에게 부어지고 있다고 생각할 제, 도일은 그것을 부모에게도, 혹은 자식에게도 갚을 자신이 없이, 받기만 해야 하는 괴로움조차 경험해 보는 것이었다.

(〈공휴일〉,《잉여인간》, 21면)

그러한 도일에게는 문득 자기와 금순과의 관계가 머리에 떠올랐다. 별 수 없는 미꾸라지와 붕어새끼와의 결혼! 도일은 그만 저도 모르게 숨을 몰아 내쉬었다.

(〈공휴일〉,《잉여인간》, 24면)

약혼 단계까지 갔던 아미의 청첩장을 부고장으로 만들어버리는 행위, 금순과 자신과의 결혼을 '별 수 없는 미꾸라지와 붕어새끼와의 결혼'으로 규정하면서 작품 말미에 파혼을 통보하기 위해 약혼녀 금순의 집으로 향하는 행위, 상대방의 사기결혼으로 아미의 결혼식장을 아수라장으로 돌변하게 하는 설정, '어머니가 정말 나를 낳으셨수'라는 질문이나 '도숙 씨?'와 같은 호칭을 통해 자신의 어머니나 누이와의 관계마저 부정하는 발언 등 결혼과 가족의 가치에 대한 도일의 냉소적·

---

13) 앞으로 본문에서의 작품 인용은 인용문면 다음에 텍스트의 서지 사항과 인용 면수를 밝히는 방식으로 통일하고자 한다.

부정적인 태도를 증명해주는 정보들은 텍스트 곳곳에서 어렵지 않게 확인할 수 있다. 이와 관련하여 '문득 뜻하지 않게 가느다란 숨을 토하는 것이었다', '그만 저도 모르게 숨을 몰아 내쉬었다'와 같은 정보들 또한 매우 중요한 의미단위로 기능한다. 그 구절들은, 결혼이나 가족의 가치에 대한 도일의 냉소와 부정의 태도가 무의식의 차원에서 작동할 정도로 근원적이라는 사실을 징후적으로 암시하고 있기 때문이다. '청춘을 묻어 버리는 한 구절의 장송문―그것은 고래로 이 남녀의 결혼의 내용을 암시해 주는 청춘의 비문이 아닐까? 그들은 진실로 그 무미건조한 비문 앞에 준비되어 있는 초라한 생활의 무덤 속에, 행복이라는 것이 있다고 믿어지는 것일까?'라는 그의 고백은 결혼에 대한 도일의 냉소적·부정적인 태도가 어느 정도인가를 극명하게 보여주고 있다.

오이디푸스 콤플렉스 해석 코드와 관련하여 여성에 대한 도일의 태도는 결혼에 대한 냉소적·부정적인 태도와 짝패를 이루면서 매우 중요한 해석소로 기능한다. 이와 관련하여 누이 동생 도숙과 약혼녀 금순의 육체에 대한 도일의 태도는 매우 중요한 모티프로 기능한다. 이 두 여성의 육체에 대한 도일의 반응은 시종 혐오로 일관하고 있기 때문이다. '살찐 돼지의 허연 비계덩이', '하마의 등덜미나 엉덩짝', '진창 발로 좋아라고 주인에게 뛰어오르는 개' 등 이 두 여성의 육체에 대한 표상이 한결같이 동물과의 유비를 통해서 재현되고 있는 사실만 보더라도 여성의 육체에 대한 도일의 혐오가 어느 정도인가를 어렵지 않게 확인할 수 있다. 결혼에 대한 냉소적·부정적인 태도와 여성의 육체에 대한 혐오라는 분명한 형태로 드러나고 있는 도일의 피메일 콤플렉스는 어린 시절 자신과 할머니를 배반하고서 만주로 출분해버린 어머니에 대한 손창섭의 분노와 원한감정(오이디푸스 콤플렉스)이 여성인물들에게 전치(displacement)된 결과로 해석할 수 있다. 도일의 피메일 콤플렉스를 창작 주체인 손창섭의 오이디푸스 콤플렉스로 환원하는 해석의 설득력은, "말하자면 나의 작품은 소설의 형식을 빌린 작가의 정신적 수기(手記)요, 도회(韜晦)취미를 띤 자기 고백의 과장된 기록인 것이다. 기형적인 개성의 특이성을 바탕으로 불우한 역경에서 형성된, 굴곡된 정신 내용의 역설적 고백, 이것이 내 작품의 정체인 것이다."[14]라는 손창섭 본인의 고백을 통해서도 확인되고 있다.

지금까지의 분석을 통해서 볼 때 손창섭은 여성인물들에 대한 응징과 처벌을 통해 자신의 어머니에 대한 분노와 원한 감정으로 인한 여성 일반에 대한 혐오의 감정을 상징적으로 해소하고자 했던 것으로 보인다. 이를 단계적으로 설명하면 다음과 같이 정리할 수 있다. 손창섭의 무의식에는 어린 시절 자신과 할머니를 배반한 어머니에 대한 분노와 원한감정이 억압되어 있었다. 어머니에 대한 분노와 원한감정은 발전하여 여성 일반에 대한 혐오의 감정으로 전이된다. 등단 이후 손창섭은 여성 일반에 대한 혐오의 감정을 여성인물들에 전치시킨다. 여성인물들에 대한 응징과 처벌의 과정을 통해 손창섭은 어머니에 대한 분노와 원한감정을 상징적으로 해소하게 된다.

2.2 환상 가로지르기를 통한 승화

동서와 고금을 초월하여 모든 주체들에게 최고의 헌신적인 타자로

---

14) 손창섭, 「아마츄어 작가의 변」, 송하춘 편, 앞의 책, 317면.

각인되는 존재가 있다면 어머니일 것이다. 이 세상의 모든 주체들은 태어나 성장하여 독립할 때까지 어머니의, 거의 절대적인 보호와 애정을 필요로 하기 때문이다. 따라서 그 동기나 배경이야 어찌 되었든 어머니라는 헌신적인 타자에 대한 공격 충동이나 적개심, 분노나 증오 등의 감정을 오랫동안 지속하는 일은 치명적일 정도의 위험을 초래할 수도 있다. 그러한 감정의 지속은 실존의 근저를 뒤흔들 정도의 격렬한 죄의식이나 불안과 같은 감정노동을 강요하기 때문이다. 대부분의 사람들은 이러한 상황에서 자신들의 죄의식이나 불안을 완화시켜 줄 다양한 방어기제(defense mechanism)를 동원한다. 손창섭 또한 그러한 인간 일반의 범주를 벗어나기는 어려웠을 것으로 짐작된다. 〈미소〉(1956)를 변곡점으로 손창섭은 타협을 시도하기 때문이다. 손창섭에게 그러한 타협은 '통제나 제어가 불가능한 실재계가 우리의 일상생활의 경험 안으로 침입할 때 방어하는 환상 가로지르기'[15)를 통해 이루어진다.

응징과 처벌을 통해 여성인물들을 타자화하는 양상을 보이던 이전까지의 작품들에서와는 달리 〈미소〉 이후의 작품들에서부터 손창섭은 상징계와 상상계 너머에 있는 실재계의 외상을 주체화하는 '환상 가로지르기'를 통해 여성인물들을 숭고한 영적 대상의 위치로 고양하는 승화(sublimation)의 전략을 시도한다. 병적이고 어두운 성적 욕망, 공격 충동과 적개심, 원한과 분노 등의 충동들을 사회 문화적으로 용인 가능한 형태로 변형하여 드러냄으로써 그러한 충동들에서 오는 죄의식이나 불안을 해소하고자 하는 방어기제인 승화는 창작심리의 원천으로 기능하는 경우가 적지 않다. 이 경우 작품은 "작가의 무의식적 소

---

15) 숀 호머/김서영, 앞의 책, 167-170면 참조.

망을 충족시키는 형태로 나올 때도 있지만 대개는 그런 무의식적 소망에 대한 '방어의 방어'의 산물인 것이다."[16] 그 배후에 자신의 어머니에 대한 분노와 원한감정으로 인한 죄의식과 불안을 완화하기 위한 방어기제가 작동하고 있다는 점에서 〈미소〉 이후의 작품들에 징후적으로 반복되는, 환상 가로지르기를 통해 여성인물들을 숭고의 대상으로 승화시키는 서사전략은 정확하게 '방어의 방어'의 경우에 해당된다. 여성인물들을 숭고의 대상으로 승화하는 피메일 콤플렉스가 드러나는 작품들에서 여성을 숭배하는 태도가 상대방 여성의 태도와는 전혀 상관없는 일방적인 구조로 되어 있는 점이나 숭고의 대상으로 숭배하는 여성인물들이 현실세계에서는 그 모델을 찾아보기 어려운 초월적이고 선험적인 존재들이라는 점을 보더라도 그러한 해석은 충분한 설득력을 지니게 된다. 따라서 〈미소〉 이후의 작품들 또한 그 외형의 차이에도 불구하고 여성인물들을 혐오의 대상으로 타자화하던 초기의 작품들과 마찬가지로 그 기원에는 오이디푸스 콤플렉스가 작동하고 있다고 할 수 있다. 그러니까 이 두 계열의 작품군들은 오이디푸스 콤플렉스로 인한 어머니에 대한 분노와 원한감정을 상호 대척적인 지점에서 투사하고 있는 것이다. 환상 가로지르기를 통해 여성인물들을 숭고의 대상으로 승화하는 피메일 콤플렉스가 분명한 형태로 드러나기 시작하는 작품은 〈미소〉이며, 〈잉여인간〉과 《낙서족》[17]의 작품들에서는

---

16) 조두영, 앞의 책, 73-74면.

17) 《낙서족》에 드러나는 피메일 콤플렉스의 의미에 대해서는 글을 달리 하여야 할 것 같다. 이 작품에 드러나는 피메일 콤플렉스의 양상이 단순하지 않기 때문이다. 피메일 콤플렉스의 기원으로 기능하고 있는 〈신의 희작〉 바로 직전에 발표된 이 장편에는 여성인물들이 섹슈얼리티가 거세된 천사나 성녀의 이미지로만 나타나던 〈미소〉나 〈잉여인간〉 등의 작품들과는 조금 다르게 도현과 더불어 이 작품의 서사 주체로 기능하는 상희에게 천사나 성녀의 이미지

보다 더 두드러지게 드러나고 있다.

손창섭의 소설에 대한 기존 연구들 가운데 〈미소〉를 본격적으로 다루고 있는 글은 아예 없다. 하지만 앞서 언급한 바와 같이 오이디푸스 콤플렉스의 징후로서의 피메일 콤플렉스와 관련하여 이 작품은 매우 중요한 의미를 지닌다. 이 작품을 변곡점으로 손창섭 소설의 피메일 콤플렉스는 여성인물들을 혐오의 대상으로 타자화하는 양상에서 숭고의 대상으로 승화하는 양상으로 전환되기 때문이다. 더불어 내부 액자의 서술자로 기능하는 먼 인척 아저씨의 장남 원고를 외부 액자의 서술자인 '나'가 전달하는 형식으로 이루어진 이 작품의 액자 구성은 방어의 방어라는 승화의 전략을 강화하는 데 기여하고 있다. 뿐만 아니라 액자 구성은 육체적인 욕망의 화신인 요부나 탕녀의 이미지와 함께 혐오의 대상으로 타자화하는 피메일 콤플렉스 양상에서 천사나 성녀의 이미지와 함께 숭고의 대상으로 승화하는 양상으로의 급작스런 전환을 시도하는 과정에서 필요한 완충장치의 역할을 하고 있다. 실제, 서사의 내용 층위에서도 이 작품은, 자신의 어머니를 혐오의 대상으로 타자화하는 데서 오는 죄의식과 불안을 방어하기 위한 승화의

이외에 섹슈얼리티가 드러나고 있기 때문이다. 잠정적인 가설 차원이기는 하나, 손창섭은 정신성이 거세된 요부나 탕녀의 이미지로만 나타내던 초기 소설들에서 그 반대인 섹슈얼리티가 거세된 천사나 성녀의 이미지로만 나타내던 〈미소〉와 〈잉여인간〉의 양극을 통과한 다음 《낙서족》에서 균형감각을 회복한 다음 〈신의 희작〉에서 자신의 원죄인 오이디푸스 콤플렉스를 고백할 수 있었던 것으로 보인다. 이 작품을 발표하면서부터 손창섭은 어머니와의 화해를 결심했던 것으로 보인다. 그러한 맥락에서 《낙서족》과 같은 해인 1959년에 발표한 〈포말의 의지〉 또한 《낙서족》 못지않게 중요한 의미를 지니는 작품이다. 몸을 파는 창녀인 영실에 대한 종배의 애정과 관심이 서사의 축을 형성하고 있는 이 작품을 통해 손창섭은 자신의 원죄인 오이디푸스 콤플렉스를 고백하는 과정에서 반드시 요구되는 '어머니와의 화해'를 투사하고 있기 때문이다.

산물로 해석하게 하는 징후들을 풍부하게 내장하고 있다.

이 작품에서 인척 아저씨의 장남이 서술자와 초점인물('나')로 기능하는 내부 액자는 절대적인 비중을 차지하고 있다. 내부 액자의 핵심은 '나'가 이상적인 모델로 집착하는 '귀양'을 찾아 정신없이 헤매는 이야기로 되어 있다. 그런데, '나'가 집착하는 이상적인 여성상인 귀양의 이미지는 오이디푸스 콤플렉스 해석 코드와 관련하여 결정적인 정도로 중요한 의미를 지닌다. 나의 집착에 의해 숭고한 영적 대상의 위치로 고양되는 귀양의 이미지는 방어의 방어라는 승화의 기제를 전형적으로 보여주기 때문이다. 나에게 이상적인 여성의 모델로 각인된 귀양은, '귀양의 그 미묘하고 신비한 미소', '티 하나 없는 유리알 마냥 투명한 미소', '기독교 냄새를 풍기는 미소', '관념상의 미추가 통해 반영될 수 없는 유리처럼 투명한 미소', 등의 표상에서 알 수 있는 바와 같이, 육체적인 욕망이나 세속적인 관심과는 절연된 절대 순수의 정신적인 가치의 화신으로 승화되고 있다. 그런데 문제는 귀양이라는 그 명칭에서 알 수 있는 바와 같이 그녀는 그 실체가 분명하지 않고 나의 순수 관념 속에서만 존재 가능한 유령 같은 존재라는 점이다. 그런 점에서 귀양은 "욕망의 움직임 자체를 개시하는 욕망의 불가능한 원인/대상으로 획득 불가능할 뿐만 아니라 애초에 결코 존재한 적이 없었던, 현실적 상응물을 가지지 않는 이상화된 이미지인 대상 a"[18]의 특성을 전형적으로 보여주고 있는 존재이다. 그리고 '모든 인간을 불신하지 않을 수 없는 나는, 최후로 귀양만을 믿는 것입니다.', '그러한 모든 것으로 송두리째 바치고라도 내가 진정 얻고자 하는 것은 귀양인

---

18) 숀 호머/김서영, 앞의 책, 205면.

것입니다. 그러기에 주위 사람들에게 아무리 억울한 오해를 사면서라도 나는 귀양의 실체 포착을 단념할 수 없는 것입니다.', '죽어두 좋다. 죽어두 만나 보구야 만다! 죽어두, 죽어두…'라는 진술 등을 통해 극명하게 드러나고 있는 바와 같이, 당사자인 그녀는 물론 주위의 오해와 박대에도 불구하고 그녀를 찾아 방황하는 절실한 동기나 이유 또한, 치명적인 매혹으로 나를 압도하는 미소 이외에, 달리 찾아볼 수 없는 일방적인 구조로 되어 있다. 이와 같이 나의 간절한 추구와 일방적인 집착에도 불구하고 그 실체를 포착할 수 없다는 점에서도 귀양은 "자신을 불러내는 욕망의 관계 속에서만 어떤 것으로서 존재하는, 객관적으로/대상적으로 무인 대상 a"[19]의 존재론적 특성에 정확하게 부합하고 있다. 이러한 양상은 약간의 변주를 보이면서 〈잉여인간〉이나 《낙서족》에서도 반복된다.

〈잉여인간〉에 대한 기존 논의들은 거의 대부분 이 작품이 손창섭 소설의 전환점을 형성하고 있다는 사실에 대해 해석의 지평을 공유해 왔다. 그러한 평가에 대한 논거로 대부분의 연구자들은 이 작품이 그 이전의 작품들에서와는 달리 서만기와 채익준이라고 하는 긍정적인 인물을 통해 한국전쟁에 대한 악몽으로부터 어느 정도 거리를 확보하기 시작했다는 점을 내세우고 있다. "인간 초자아 내부에서의 부조화와 갈등을 그리고 있는" 이 작품은 "두 주인공인 서만기와 채익준의 이야기다"[20]라는 규정에서 알 수 있는 바와 같이, 정신분석학적 관점에서 손창섭의 소설을 분석하고 있는 조두영조차도 두 인물을 중심으로 이 작품의 의미를 살펴보고 있다. 하지만 오이디푸스 콤플렉스의

---

19) 위의 책, 165면.
20) 조두영, 앞의 책, 171면.

징후인 피메일 콤플렉스 코드를 통해 접근할 때 이 작품의 진정한 주인공은 봉우이다. 그러니까 오이디푸스 콤플렉스와 관련된 이 작품의 의미는 봉우라는 인물을 초점으로 살펴보아야만 된다는 의미이다. 왜 그러한가?

액자구성에서 극적 구성으로의 변화, 그 실체도 불분명한 유령 같은 존재인 '귀양'에서 실체가 분명한 존재인 간호사 '홍인숙 양'으로의 대상 변화, 집착의 동기를 추정 가능하게 하는 정보 제시 등 여러 가지 점에서 〈잉여인간〉은 〈미소〉에 비해 오이디푸스 콤플렉스에 대한 방어의 방어의 강도가 약한 편이다. 하지만, 오이디푸스 콤플렉스의 징후로 기능하는 피메일 콤플렉스의 주체인 봉우의 일방적인 집착에 의해 간호사 미스 홍을 숭고의 대상으로 이상화하는 승화의 기제는 여전히 작동되고 있다. 이러한 해석의 맥락에서 '실의의 인간 천봉우'는 매우 중요한 인물로 기능한다. 간호사 미스 홍에 대한 상궤를 벗어난 그의 집착에는 오이디푸스 콤플렉스와 관련된 손창섭의 무의식이 투사되어 있기 때문이다. 그리고 봉우의 기행은 손창섭 스스로 '괴짜'[21]나 '완전한 영양실조에 걸린 육신과 정신의 고아'[22]로 규정하고 있는 자신의 이미지와도 부합하는 측면이 많다는 점에서 그러한 해석은 충분한 설득력을 지닌다.

〈미소〉에서의 '귀양'과 마찬가지로 봉우가 숭고의 대상으로 집착하는 미스 홍은 오이디푸스 콤플렉스 해석 코드와 관련하여 결정적인 정도로 중요한 의미를 지닌다. 숭고의 대상으로 봉우가 집착하는 미스 홍의 이미지는 방어의 방어라는 승화의 기제를 전형적으로 보여주

---

21) 손창섭, 「괴짜의 변」, 송하춘 편, 앞의 책, 301면.
22) 손창섭, 「아마츄어 작가의 변」, 위의 책, 312면.

기 때문이다. 이 작품에서 미스 홍은 물질적·육체적 욕망의 화신으로 표상되는 봉우 처와는 극명한 대비를 이루면서 매우 순수한 인물로 재현되고 있다. 더 흥미로운 사실은 그러한 미스 홍을 대하는 봉우의 태도이다.

> 이상한 것은 그러면서도 단 한 가지 간호원 인숙 양을 바라볼 때만은 잠에서 덜 깬 사람같이 언제나 게슴츠레하던 그의 눈이 깨어 있는 사람의 눈답게 빛나는 것이었다.　　　　(〈잉여인간〉, 《잉여인간》, 336면)

> 그렇다고 지긋지긋 귀찮게 실없는 수작을 거는 것은 아니다. 고작 꿈을 꾸듯 황홀한 눈을 인숙의 전신에 몰래 퍼부을 뿐이다. 처음엔 그러한 봉우가 그저 우습기만 했다. 그 뒤에는 징그러웠다. 요즘 와서는 무서워졌다는 것이다.　　　　(〈잉여인간〉, 《잉여인간》, 355면.)

> 전차 정류장 쪽으로 향해 저만큼 걸어가고 있는 인숙의 뒤를 봉우는 부리나케 쫓아가고 있었다. 그 광경이 흡사 엄마를 놓칠세라 질겁을 해서 발버둥치며 쫓아가는 어린애 모양과 비슷했다.
> 　　　　(〈잉여인간〉, 《잉여인간》, 357면.)

〈미소〉에서의 '나'와 마찬가지로 미스 홍에 대한 봉우의 과도한 집착은 병적인 수준을 육박하고 있고, 또한 일방적이다. 나와 봉우를 초점인물로 해서 드러나고 있는 피멜일 콤플렉스의 양상은 다음과 같이 정리할 수 있다. 숭고의 대상으로 나와 봉우가 집착하고 있는 '귀양'과 '미스 홍' 두 여성은 현실세계에서는 그 모델을 찾아볼 수 없을 정도로 순수한 존재로 등장하고 있다. 그리고 이 두 여성에 대한 나와 봉우의 집착은 거의 병적인 수준에 육박하고 있다. 그리고 두 여성에 대한 나와 봉우의 집착의 동기나 이유 또한 분명하지가 않다. 이러한 양상의 피메일 콤플렉스는 그 외형에서는 여성인물들을 혐오의 대상으로 타자화하던 초기 작품들과는 사뭇 다르다. 하지만 이 두 작품에 드러나고 있는 피메일 콤플렉스 또한 그 배후에 자신의 어머니에 대한 분노와 원한감정에서 야기되는 죄의식이나 불안을 방어하기 위한 전략으로서의 승화 기제가 작동하고 있다는 점에서 본질적으로 초기소설에서의 피메일 콤플렉스의 그림자라고 할 수 있다. 그런 점에서 "죄책감은 양가감정(Ambivalenz)으로 말미암은 갈등의 표현, 즉 파괴 또는 죽음의 본능과 에로스 사이에 벌어지는 영원한 투쟁의 표현"[23]이라는 규정은 적실한 통찰로 보여진다.

반복해서 말하지만, 손창섭은 어린 시절 멧돼지로 표상되는 정체불명의 남자를 따라 만주로 출분해버린 어머니에 대한 분노와 원한감정을 무의식에 간직했을 가능성이 매우 높다. 그리고 '멧돼지'라는 표상을 통해 재현하고 있는 데서도 알 수 있는 바와 같이, 그 남자는 성적인 에너지가 충만한 존재였을 가능성이 매우 높고, 따라서 손창섭은 어머니의 출분 동기를 사후적으로 육체적인 욕망이었을 것이라고 판단했을 가능성 또한 매우 높다. 그러한 해석은 3장에서 그 의미를 살펴보게 될, 〈신의 희작〉에서 제시되는 원장면(primary scene)으로 인한 정신적 외상으로 보아서도 충분한 설득력을 지닌다. 이러한 해석의 맥락에서 초기 소설들에서 반복적으로 드러나던, 여성인물들을 육체적인 욕망의 화신으로 혐오하면서 타자화하는 양상의 피메일 콤플렉스는 육체적인 욕망 때문에 자신과 할머니를 배반한 어머니에 대한 분노와 원한감정이 여성인물들에게 전치된 것이라 할 수 있다. 하지

---

23) 프로이트/김석희, 『문명 속의 불만』, 열린책들, 1998, 325면.

만 앞서 설명한 바와 같이, 최고의 헌신적인 타자인 어머니를 오랫동안 미워하고 혐오하기에는 감당해야 할 감정노동의 강도가 압도적이었을 것이다. 이러한 상황에서 손창섭은 여성인물들을 숭고한 영적 대상의 위치로 고양시키는 승화의 기제를 통해 어머니에 대한 분노와 원한감정이 야기하는 죄의식이나 불안을 방어하는 타협의 전략을 시도한 것이며, 그 전략의 문학적인 결과가 바로 〈미소〉와 〈잉여인간〉과 같은 계열의 작품들인 것이다. 그리고 환상 가로지르기를 통한 승화의 전략을 통해 이 두 작품에 드러나고 있는 이상적인 여성상에는 이상적인 어머니상에 대한 손창섭의 원망이 사후적으로 투영되었을 것으로도 보인다.

3. 기원으로서의 오이디푸스 콤플렉스

이제는 이 글의 문제의식의 정상에 도달하기 직전, 그러니까 이 글의 마지막 가풀막을 넘어서는 지점에 와 있다. 이 글의 문제의식의 핵심은 오이디푸스 콤플렉스가 손창섭 소설의 창작 원천의 최종심급으로 작동하고 있다는 점이었고, 이 장에서의 논의 핵심은 바로 '자화상'이라는 부제를 단 〈신의 희작〉의 텍스트 분석을 통해 실제로 손창섭이 오이디푸스 콤플렉스로 인한 신경증의 징후들을 보여주고 있는가 하는 문제를 타진해 보는 내용이기 때문이다.

손창섭의 소설들 중에는 〈신의 희작〉 말고도 텍스트의 무의식 차원에서 오이디푸스 콤플렉스의 맥락에서 독법을 가능하게 하는 텍스트들이 적지 않다. 그 중에서도 계부 창규와 승두와의 대결구도를 동원하고 있는 〈광야〉나 을미를 욕망의 대상으로 공유하는 강력한 경쟁자들인 복희 부친 및 박치용과 세 소년들 사이의 대결구도를 동원하고 있는 〈치몽〉같은 텍스트들은 아예 오이디푸스의 서사문법을 변형된 형태로 동원하고 있어 주목을 요한다. 특히, 〈광야〉는 〈신의 희작〉 못지않게 중요한 정보원으로 기능하게 된다.

서사의 공간이 만주로 설정되어 있는 점, 마약 밀매업자인 계부 창규와 승두의 관계가 불구대천의 적대적인 관계로 설정되어 있는 점, 그리고 두 사람이 서로에게 거세의 위협과 살의 충동의 공포를 아주 예민하게 느끼고 있는 점, 꿈을 통해 반복적으로 승두에게 자신의 복수를 주문하는 친부, 마지막에 승두의 어머니와 계부 창규가 마왕을 주동자로 한 아편 중독자들의 무리들에게 참혹하게 살해당하는 점 등, 여러 가지 서사 정보로 미루어 짐작건대, 이 작품은 당시 만주에서 살고 있던 계부와 친모에 대한 손창섭의 무의식적 분노와 원망이 투사된 것으로 보인다. 이러한 사실들만을 보더라도 오이디푸스 콤플렉스가 손창섭 소설의 창작 원천의 최종심급으로 작동하고 있다는 이 글의 문제의식은 적어도 과장이나 억측의 혐의로부터는 자유로워 보인다. 이 글의 문제의식을 더욱 확증하기 위해 〈신의 희작〉의 텍스트 분석을 시도해 보기로 한다.

'자화상'이라는 부제를 단 이 작품은 텍스트 자체가 발산하는 강렬한 병리와 일탈의 징후로 인해 많은 연구자들로부터 주목을 받아 왔다. "이상심리학 교과서"[24]라는 진단처럼 "문학작품에 대한 정신분석

---

24) 유종호, 「고백이라는 것」, 『현대문학』 1961년 12월호, 조두영, 앞의 책, 38면에서 재인용.

학적 연구에 있어 아주 소중한 자료"[25]가 되고 있는 이 작품은 오이디푸스 콤플렉스와 관련된 손창섭의 무의식을 탐사해 보고자 하는 이 글의 문제의식을 해명하는 결정적인 정보원 역할을 하고 있다는 점에서 집중적인 분석을 요한다. '자화상'이라는 제목 자체도 그렇지만 여러 가지 서사 정보로 미루어 짐작할 때 이 작품에서 제공하고 있는 정보들은 실제로 오이디푸스 콤플렉스와 관련된 손창섭 개인의 가족사에 상당히 근접하고 있다는 판단 때문이다.

이성의 부모에 대한 성욕과 동성의 부모에 대한 살의로 단순화될 수 있는 오이디푸스 콤플렉스는 무의식적인 수준에서 이루어지며, 정상적인 심리발달이 이루어지면서 차차 해소된다. 오이디푸스 콤플렉스의 해소와 함께 이루어지는 것이 도덕성과 초자아의 발달이며, 어린이는 근친상간의 금지와 같은 사회문화적 관습에 복종하도록 훈련되는 것이다…오이디푸스 콤플렉스의 해소에 실패한 사람은 신경증에 걸리게 되는 것이다.[26]

남자아이의 어머니에 대한 소유 욕망은 아버지가 자신을 거세하리라는 두려움과 아버지에 대한 존경, 그리고 자신의 신체가 미숙하다는 자각에 의해서 조절·제어되며, 남자아이는 어머니를 포기하고 더욱더 아버지를 닮으려고 노력하게 되면서 오이디푸스 콤플렉스의 해결단계에 들어가게 된다.[27]

프로이트에 따르면 어머니를 갈망하는 소년은 욕망을 포기하지 않는 한 한편으로는 어머니의 사랑을 상실하지나 않을까 하는 불안감과 함께,

---

25) 김형중, 앞의 책, 151면.
26) 류인균,『한국 근대소설에 나타난 오이디푸스 콤플렉스의 이해』, 서울대학교 출판부, 2007, 5면.
27) 위의 책, 6면.

다른 한편으로는 아버지가 자신을 거세해버릴지도 모른다는 두려움을 갖게 된다. 그는 아버지의 권위에 짓눌려 욕망의 실현을 포기하지만, 동시에 강한 공격성을 보이기 시작한다. 그 공격적 태도는 외면적으로나 내면적으로 파괴적인 성향을 보이며, 실현되지 않은 성적 소망의 대리 만족으로서 신경증을 초래할 수 있다.[28]

프로이트는 우리의 가장 깊은 무의식적 욕망은 아버지를 죽이고 어머니와 결혼하는 것이라고 제안한다. 하지만 오이디푸스 콤플렉스는 이보다는 더욱 복잡한 개념으로서 아이가 부모를 향해 가지는 사랑하는 감정이나 적대적인 느낌, 즉 양가적인 감정을 파악하기 위한 프로이트의 시도라고 할 수 있다, 그 긍정적인 형태에서 콤플렉스는 경쟁자인 동성의 부모의 죽음에 대한 욕망이 이성의 부모에 대한 성적인 욕망과 더불어 표현된다. 그 부정적인 형태에서 콤플렉스는 반대로 동성의 부모에 대한 욕망과 이성의 부모를 향한 증오로서 작용한다. 사실 소위 '정상적'인 오이디푸스 콤플렉스는 긍정적 형태와 부정적 형태를 모두 가진다. 오이디푸스 콤플렉스에서 중요한 것은 어이가 어떻게 부모에 대한 양가적 감정을 조절하고 해소하는 방법을 배우는가이다.[29]

먼저 오이디푸스 콤플렉스는 동서와 고금을 초월하여 보편적으로 발견되는 콤플렉스라는 점이다. 그리고 오이디푸스 콤플렉스를 성공적으로 극복하게 되면 아버지의 이름으로 표상되는 상징계의 질서를 내면화하는 과정에서 초자아가 형성되고 그 이후 정상적인 사회 구성원으로 편입된다는 것이다. 성공적인 극복에 실패하는 경우는 거의 대부분 신경증의 소유자로 발전하게 될 가능성이 매우 높다는 것이다. 그리고 상상계로부터 상징계, 자연에서 문화로의 이행을 의미하는 오

---

28) 안네마리 피퍼/이재황, 『선과 악』, 이끌리오, 2002, 47면.
29) 숀 호머/김서영, 앞의 책, 2006, 97-98면.

이디푸스 콤플렉스의 극복 과정에서 결정적인 역할을 하게 되는 존재가 바로 "아이가 어머니의 욕망의 대상이 위치한 곳이라고 인식하는 상징적 자리"이자 "아이의 욕망을 금지하기 위해 개입하는 권위와 상징계의 법의 위치"[30]이기도 한 기표로서의 팔루스이다.

개인적인 차가 존재하지만 오이디푸스 콤플렉스를 경험하는 시기는 대개 만 세 살에서 여섯 살 정도까지의 나이라고 한다. 이 나이에 대부분의 어린이들은 "어머니와 자신 사이에 구축된 상상적인 이자관계에 의한 상호 욕망의 폐쇄회로가 아버지 이름의 개입을 통해 깨어지고 아이가 자신을 어머니로부터 분리된 존재로서 구별하기 시작할 수 있는 공간이 형성"[31]되는 사건을 경험한다. 어머니를 욕망의 대상으로 공유하는 두 남자의 적대적인 관계를 기본축으로 하는 그 유명한 삼각형 구도의 메카니즘에서 볼 때 손창섭은 오이디푸스 콤플렉스로부터 자유로워 보인다. 정확하게 밝히지는 않고 있지만 오이디푸스 콤플렉스 형성과 관련하여 결정적인 요소로 기능하는 손창섭의 아버지는 손창섭이 아주 어린 나이, 그러니까 오이디푸스 콤플렉스가 형성되는 시기 이전에 유명을 달리 했기 때문이다. 하지만 반드시 그런 것 같지는 않아 보인다. 이 작품을 분석해보면 손창섭은 어머니를 욕망의 대상으로 공유하는, 멧돼지로 표상되는 그 남자와 S(작품의 서두를 '시시한 소설가로 통하는 S — 좀더 정확히 말해서 삼류 작가 손창섭씨는'으로 시작하는 것으로 보더라도 이 작품의 초점인물로 기능하는 S를 손창섭의 실체에 아주 근접한 인물로 간주해도 큰 무리는 없을 것으로 보인다.)의 대립과 갈등을 축으로 하는 유사구조(pseudo-struct

---

30) 위의 책, 100면.
31) 위의 책.

ure)를 통한 변형된 형태의 오이디푸스 콤플렉스를, 그것도 아주 심하게 겪었던 것으로 보이기 때문이다. 이 과정에서 13살 무렵을 전후한 어린 시절에 경험한 세 가지 사건－성기애무사건, 정사현장 목격, 만주로의 출분－은 결정적인 동인으로 작용했을 것으로 보인다.

> 물론 S는 아직도 어머니와 한 이불 속에서 잤다. 밤중에 어렴풋이 잠이 깼을 때였다. 사타구니에 별안간 어머니의 손길을 느끼었다. 어머니의 손은 다정하게 그것을 주물러 주었다. 그러자 그의 그 조그만 부분은 어이없게도 맹렬한 반응을 일으킨 것이다. 어머니는 놀라선지 주무르던 손을 멈추었다. 그러나 놓지는 않고 한참이나 꼭 쥔 채로 있었다. 그는 어머니의 손의 감촉을 향락하듯이 고간(股間)에 힘을 주어 꼭 끼었다. 어머니는 갑자기 손을 뺐다. 그러더니 그를 탁 밀어부치듯 하고 돌아누워 버리었다.   (〈신의 희작〉, 《잉여인간》, 민음사, 2002, 201-202면.)

오이디푸스 콤플렉스의 의미론적 연쇄에서 발단에 해당되는 성기애무사건은 어머니의 주도로 이루어진다. "사내 같고(phal- lic) 극성맞을 여자"[32]였을 가능성이 높은 S의 어머니에게 S는 "남편 없는 공백을 메워줄 성적 대상(sexual object)으로 남아 있었을 가능성이 있다."[33] 그 당시 어린 나이의 S는 이 사건이 지니는 정확한 의미에 대해서는 정확하게 몰랐을 것으로 보인다. 하지만, '자기의 사타구니를 주무르는 어머니의 손을 향락하던 자신'이라는 고백에서 알 수 있는 바와 같이, 그 경험에서 성적 쾌감을 느꼈던 점만큼은 분명해 보인다. 그리고 그 경험 이후 거세 콤플렉스로 인한 공포와 불안 속에서도 수동적이고 소극적이긴 하지만 어머니를 성적인 욕망의 대상으로 욕망했을 가능성도 배제할 수 없어 보인다. "인간이 성의 즐거움을 아는

---

32) 조두영, 앞의 책, 54면.
33) 위의 책, 49면.

것은 만 2세다"[34]라는 지적을 보더라도 그러한 판단은 충분한 근거를 지닌다. 이후 이 경험은 그리 큰 시간차가 없이 경험한 '정사현장 목격' 및 '만주로의 출분'과 중층적으로 작용하면서 사후적으로 어머니에 대한 S의 분노와 죄의식 및 열등감을 형성하게 하는 데 결정적으로 중요한 동인으로 작용한다.

> 그날도 할머니가 어느 일가 집에 다니러 간 뒤의 일이었다. S가 학교에서 돌아와 보니 대문과 방문이 안으로 다 잠겨 있었다. 그는 문틈으로 방안을 들여다보았다. 역시 이불이 펴 있었고, 그 속에는 어머니와 남자가 말이 안 되는 모양으로 부둥켜 안고 있었다. 그는 문틈에 전신이 얼어붙은 듯이, 어머니와 남자가 옷을 챙겨 입고 일어나 나올 때까지 붙어서 들여다보고 있었다. 그의 얼굴은 완전히 핏기가 사라지고, 멱을 감은 듯이 땀에 젖어 있었다.
>
> (〈신의 희작〉, 《잉여인간》, 민음사, 2002, 2004면.)

프로이트에 의하면 '외상은 어린 시절 자신이 이해할 수 없는 상황을 실제적/상상적으로 경험하게 되는 원장면(primary scene)과 밀접한 관련이 있다고 한다. 다시 말해 외상은 주체가 외부 자극을 이해하고 적절하게 통제할 수 없는 상황에서 발생하는데, 너무 어린 나이에 성에 대면하여 전개되는 상황을 이해할 수 없는 상황이 가장 일반적인 경우라고 한다.'[35] '그렇더라도 모친이 웬 남자와 동침한 사건을 구체적으로 이해하기에는 S는 아직도 너무 어리었다.'라는 논평처럼, 편모 슬하에다 유곽에서 자란 성장환경 등으로 인해 성에 비교적 일찍 눈이 뜬 S라고 하더라도 13살의 나이에 목격한 어머니의 정사 장면은

---

34) 위의 책, 61면.
35) 숀 호머/김서영, 앞의 책, 156면 참조.

정확하게 외상의 발생기전으로 작용하는 '원장면'에 해당되고, 따라서 그 사건은 문면에서 보는 바와 같이 심각한 신체화(somatization)증상을 야기할 정도로 S에게 상당히 충격적이었던 것으로 보인다. 더불어 S가 어머니에 대한 강력한 경쟁자로 여기는, 멧돼지라는 표상으로 재현되는 남자의 존재 또한 상당한 충격이었던 것으로 보인다. 이 사건과 남자와 관한 모티프는 〈신의 희작〉 말고도 《낙서족》을 비롯한 다른 작품들에도 반복적으로 변주되어 나타나기 때문이다. 특히, 어머니를 유혹하여 만주로 도주한 그 남자를 〈신의 희작〉에서는 멧돼지, 을미를 욕망의 대상으로 공유하는 강력한 경쟁자인 박치용과 세 소년들 사이의 삼각 대결 구도를 동원하고 있는 〈치몽〉에서는 '맨대가리'라는 표상으로 재현하고 있는데, 그러한 재현 체계는 손창섭의 오이디푸스 콤플렉스와 관련하여 상당히 중요한 징후로 기능한다. 멧돼지나 맨대가리라는 두 표상은 어머니를 유혹하여 만주로 출분한 그 남자의 성적인 에너지에 대한 중요한 상징으로 해석할 수 있기 때문이다.

그 형상이나 운동성에서 볼 때 '멧돼지'나 '맨대가리'와 같은 표상으로 재현되는 그 남자는 사후적으로 S에게 리비도가 성적인 에너지에 고착된 호색한으로 여겨졌을 가능성이 매우 높다. 먼저 멧돼지라는 표상에서 환기되는 의미론적 인접성의 기표는 성적인 욕망의 대상인 자신의 어머니를 향해 맹렬한 기세로 돌진하는 동물의 공격성이다. 어머니의 정사 장면이 변형된 형태로 드러나는 《낙서족》에서 '전 그때 어머니하고 아저씨하구 싸우는 줄 알았어요. 아저씨가 어머니 위에 올라타구 막 때린다구 생각했거든요'라고 도현의 말에서 포착되는 징후를 보더라도 그러한 해석은 충분한 설득력을 지닌다. 그리고 맨대가리라는 표상은 실제 그 남자의 신체적 표지로서의 대머리 자체를 가리키는 기호일 수도 있다. 하지만 그 남자의 성적인 에너지와 관련된 의미론적 유사성의 맥락에서 맨대가리라는 표상 또한 아직은 성숙하지 않은 S의 왜소한 남근과 비교하여 완전히 성숙한 어른의 남근 형상에 대한 기표로 볼 수 있다. 그 남자의 성적인 에너지와 관련된 두 가지 표상과 관련하여 S는 사후적으로 그 남자의 정체를 성적인 에너지가 충만한 존재로 인식했을 가능성이 매우 높다. 더불어 S는 어머니가 자신과 할머니를 배반하고서 그 남자를 따라 만주로 출분하게 된 중요한 원인이 그 남자의 성적인 능력 때문이었을 것으로 판단했을 가능성 또한 매우 높다. 이로 인해 S는 어머니에 대해서는 분노와 죄의식을, 이 남자에 대해서는 분노와 적의를 무의식에 억압하면서 성장했을 것으로 보인다.

한편, '라깡에 의하면 프로이트의 오이디푸스 콤플렉스 모델에서 발견되는 아버지는 한 명이 아닌 두 명이다. 하나는 어머니와 아이의 상상적인 이자 관계에 개입하여 이를 파괴한 후 그 자리에 상징적인 교환의 질서를 구축하여 아이의 욕망을, 자신도 복종하는 법에 종속시키는 오이디푸스적 아버지이고, 다른 하나는 법의 외부에 존재하면서 아들들을 포함한 자신의 경쟁자들을 무자비하게 추방한 후 모든 욕망을 독점하는 잔인하고 방탕한 원초적 아버지이다. 오이디푸스적 아버지와의 동일시를 통해 근친상간의 금지가 내재화되고 이 과정에서 도덕적 양심의 발달과 관련된 초자아가 구성되며, 반면에 원초적 아버지와의 동일시는 주체가 법이라는 권위와 함께 법을 위반하고 훼손하려는 불법적 욕망과 일제히 동일시하는 애매모호한 과정[36]이다. 유사구조의 형태로 변형된 오이디푸스 모델에서 아버지의 역할을 하는 그 남

---

36) 위의 책, 104-113면 참조.

자는 손창섭이 오이디푸스 콤플렉스를 극복하는 과정에서 긍정적인 모델로 기능할 오이디푸스적 아버지보다는 부정적인 모델로 기능하는 원초적 아버지에 훨씬 더 가까웠을 것으로 보인다. 이와 같이, 손창섭은 오이디푸스 콤플렉스를 극복하는 과정에서 결정적인 역할을 하는, 동일시의 모델이 될 만한 팔루스의 부재(아버지)와 훼손(그 남자)으로 인해 오이디푸스 콤플렉스를 성공적으로 극복하지 못하고 신경증의 소유자가 되었을 가능성 또한 매우 높다고 할 수 있다. 그러한 신경증의 증상들이 징후적으로 드러난 작품들이 바로 〈신희 희작〉 이전의 작품들이라고 할 수 있다.

〈신의 희작〉의 분석을 통해서 알 수 있는 바와 같이, 손창섭은 자신의 무의식에 유사구조의 형태로 변형된 오이디푸스 콤플렉스로 인한 분노와 죄의식—육체적인 욕망을 위해 자신과 할머니를 배반하고서 정부를 따라 만주로 출분해버린 자신의 어머니에 대한 분노와 죄의식—을 오랫동안 억압해 왔을 것으로 보인다. 이 작품 이전에 발표된, 여성인물들을 혐오의 대상으로 타자화하거나 숭고의 대상으로 승화하는 피메일 콤플렉스 계열의 작품들은 모두 이러한 분노와 죄의식을, 상징적 변용을 통해 간접적으로 해소하고자 한 실존적 기투에 해당한다. 하지만, 손창섭 개인에게 '원죄'에 해당되는 오이디푸스 콤플렉스로 인한 분노와 죄의식은 그와 같은 간접적인 방식으로는 완전히 해소되기 어려웠을 것이다. 그에게 남은 유일한 해결책은 '실존의 결단'을 요구하는 '고백'의 방식이었을 것이다. 손창섭이 〈신의 희작〉의 발표를 결심한 시점은 바로 이 지점이었을 것으로 짐작된다. 물론 소설이라는 장르적 특성으로 인해 허구적인 변용이나 여과가 없을 리 없다. 그럼에도 불구하고 이 작품에는 오이디푸스 콤플렉스와 관련된 손창섭의 무의식이 비교적 솔직하게 드러나고 있다고 할 수 있다. 결론적으로 손창섭은 이 작품으로 인해 그 이전까지 자신을 고통의 수렁에서 힘들게 했던, 오이디푸스 콤플렉스로 인한 자신의 어머니에 대한 분노와 죄의식으로부터 해방되는 계기를 맞이했던 것으로 보인다.

지금까지 적지 않은 품을 들여 이어 온 논의를 바탕으로 이 글의 종지부를 찍어야 할 지점에 와 있다. 〈신의 희작〉이전까지 손창섭이 발표한 모든 작품들은 자신의 '원죄'인 오이디푸스 콤플렉스를 고백하고 있는 〈신의 희작〉이라는 항구에 닻을 내리는 과정에서 잠시 들른 기착지이다. 한마디로 〈신의 희작〉 이전의 작품들은 〈신의 희작〉이라는 텍스트의 징후이다. 〈신의 희작〉을 피메일 콤플렉스를 드러내고 있는 작품들 뒤에 발표하고 있는 점, 이 작품 이후에 발표된 작품들에는 흔적의 형태로만 드러나고 있을 뿐 피메일 콤플렉스나 오이디푸스 콤플렉스가 드러나지 않고 있는 점, 그리고 이 작품 이후 범속한 세태소설 범주의 장편으로 나아가는 점들을 보아서도 그러나 판단은 상당한 설득력을 지니고 있다.

이 지점에서 묻지 않을 수 없다. 작가는 과연 누구를 위해서 쓰는가? 그리고 무엇을 위해서 쓰는가? 손창섭의 경우를 보면, 작가는 어느 누구보다도 먼저 자기 자신을 위해서 쓰고, 자기 자신의 구원과 해방을 위해서 쓴다는 명제는 여전히 유효해 보인다. 이 명제의 유효성은 '아마도 그가 격에 맞지 않는 문학을 필생의 업으로 택하게 된 것은, 자신의 이러한 비극적인 유머의 정체를 기어이 밝혀보자는 절실한 욕구에서인지 모른다.'(〈신의 희작〉, 199면)라는 S의 소회를 통해서도 입증이 되고 있다. 그러한 맥락에서 "문학작품의 예술로서 성공여부나 그것이 가져오는 사회적인 명예 따위보다는 창작과정의 비극적 체험에서 오는 효과로서 카타르시스만이, 손창섭이라는 인간과 문학 사이를 연결시켜 주는 궁극적인 요소이다.”[37]라는 지적은 손창섭의 문학에 관한 한 매우 정확한 통찰이 아닐 수 없다.

4. 나오는 말

‘손창섭 소설의 기원은 오이디푸스 콤플렉스이다’는 문제의식을 가지고서 이 글은 출발했다. 그러니까 이 글의 목적은 오이디푸스 콤플렉스가 손창섭 소설의 창작 원천의 최종심급으로 작동하고 있음을, 보다 구체적으로 손창섭의 소설은 오이디푸스 콤플렉스로 인해 무의식에 억압해 온 자신의 어머니에 대한 원한감정과 죄의식으로부터 해방되기 위한 실존의 고투의 기록이었음을 밝혀내는 일이었다. ‘자화상’이라는 부제를 단 〈신의 희작〉의 분석 결과 이 작품에는 유사구조의 변형된 형태이기는 하나, 오이디푸스 콤플렉스가 분명한 형태로 드러나고 있음을 확인할 수 있었다. 그러한 분석 결과에 힘입어 이 글은 〈신의 희작〉 이전의 작품들은 〈신의 희작〉이라는 텍스트의 징후라는 결론을 내릴 수 있었다.

〈신의 희작〉 이전의 작품들에서 드러나는, 오이디푸스 콤플렉스의 징후로서의 피메일 콤플렉스는 두 가지 형태로 반복적으로 변주되고 있음을 확인할 수 있었다. 하나는, 타자화 기제를 통한 혐오와 폭력이었으며, 다른 하나는, 환상 가로지르기를 통한 승화의 양상이었다. 여

---

37) 송기숙, 앞의 글, 74면.

성인물들을 혐오와 폭력의 대상으로 타자화하는 피메일 콤플렉스의 양상은 〈공휴일〉을 비롯하여 주로 초기 작품들에 두드러지게 드러난 반면, 환상 가로지르기를 통해 여성인물들을 숭고의 대상으로 승화하는 피메일 콤플렉스의 양상은 〈미소〉를 변곡점으로 〈잉여인간〉,《낙서족》 등 후기의 작품들에 두드러지게 나타남을 확인할 수 있었다. 이 두 양상의 피메일 콤플렉스의 배경에는 〈신의 희작〉을 통해서 분명한 형태로 드러나고 있는 오이디푸스 콤플렉스로 인한, 자신의 모친에 대한 원한감정과 죄의식이 작동하고 있음을 밝혀 보았다. 이러한 분석의 과정을 통해 이 글은 〈신의 희작〉 이전까지 손창섭이 발표한 모든 작품들은 자신의 '원죄'인 오이디푸스 콤플렉스를 고백하고 있는 〈신의 희작〉이라는 항구에 닻을 내리는 과정에서 잠시 들른 기착지였음을 밝혀보았다. 이 두 계열의 피메일 콤플렉스를 드러내는 작품들에서 자신의 원죄인 오이디푸스 콤플렉스를 고백하는 〈신의 희작〉으로 넘어가기 전 어머니와의 화해를 드러내는 작품들의 의미에 대해서는 글을 달리하여 발표하고자 한다.

Ⅲ. 손창섭 소설의 기원

9

손창섭 소설에 나타난 화해

1. 들어가는 말

「손창섭, 소설의 기원」[1]이라는 글에서 밝힌 바와 같이, 소설의 기원은 오이디푸스 콤플렉스이다. 다시 말해 손창섭 소설의 최종 심급은, 유사구조의 변형된 형태이기는 하나 '자화상'이라는 부제를 단 〈신의 희작〉에 분명한 형태로 드러나고 있는, 오이디푸스 콤플렉스이다. 왜 그러한가? 그의 작품들이 다투어 증명하고 있다. 주제나 모티프, 서사구조 등 그 층위를 달리 해서 나타나기는 하지만, 손창섭의 거의 대부분 소설들은 반복적으로 변주되는 오이디푸스 콤플렉스의 다채로운 전시장이기 때문이다. 오이디푸스 콤플렉스라는 관점에서 그의 많

---

1) 공종구, 「손창섭 소설의 기원」, 『현대소설연구』, 40, 2009, 4.

은 작품들은 〈신의 희작〉이라는 건축물을 완성하기 위한 정지작업의 성격을 지닌다. 그러니까 〈신의 희작〉 이전의 작품들은 오이디푸스 콤플렉스로 인해 무의식의 수면 아래 억압해 온, 자신의 어머니에 대한 원한감정과 죄의식으로부터 해방되는 과정에서 손창섭이 경험한 실존의 고투를 징후적으로 재현하고 있는 '텍스트의 무의식'이라고 할 수 있다. 한마디로 그의 많은 작품들은 오이디푸스 콤플렉스를 고백하고 있는 〈신의 희작〉이라는 텍스트의 징후이자 무의식이다. 〈신의 희작〉이 오이디푸스 콤플렉스의 징후로서의 피메일 콤플렉스를 드러내고 있는 작품들 뒤에 발표되고 있는 점, 〈신의 희작〉 이후에 발표된 작품들에는 흔적의 형태로만 드러나고 있을 뿐 피메일 콤플렉스나 오이디푸스 콤플렉스가 드러나지 않고 있는 점, 더불어 이 작품 이후의 작품들이 범속한 세태소설 범주의 장편으로 나아가는 점들을 보아서도 그러나 판단은 상당한 설득력을 지니고 있다. 그렇다면 오이디푸스 콤플렉스는 무엇인가? 그리고 그게 왜 손창섭 소설의 기원을 형성하고 있는가?

프로이디즘의 맥락에서 자연에서 문화로의 이행을 의미하는 오이디푸스 콤플렉스는 문명, 종교, 도덕, 그리고 예술의 기원을 이룬다. 또한 한 개인의 차원에서 좌절당한 욕망을 의미하는 그것은 신경증의 원인이 되기도 하지만, 상징계의 정주민으로 편입되는 과정에서 요구되는 영주권의 승인 여부를 가리는 시금석이 되기도 한다. 또한 한 개인의 차원에서 오이디푸스 콤플렉스를 고백하는 일은 자신의 '원죄'를 고백하는 데서 오는 고통을 감당하고 감내해야만 된다는 점에서 실존의 심연을 바닥까지 들여다보는 용기가 전제되지 않고서는 불가능하다. 따라서 어느 누구에게나 오이디푸스 콤플렉스를 성공적으로 극복하는 작업은 치명적인 과제가 될 수밖에 없고, 어느 누구랄 것 없이 오이디푸스 콤플렉스를 고백하는 일은 지난한 고투의 과정을 거치게 되어 있다. 손창섭이라고 예외일 리 없었다. 예외이기는커녕, '소설로 쓴 자서전'이라고 할 수 있는 〈신의 희작〉을 비롯한 많은 작품들에서 반복강박의 양상을 보이면서 드러나고 있는 징후들로 짐작건대, 어느 누구보다 손창섭은 오이디푸스 콤플렉스로 인한 외상과 그로 인한 신경증을 혹독하게 경험했던 것으로 보인다. 더욱이 "비교적 청렴결백하고 경우가 밝은 편"2)에 속하는 성격으로 인해 손창섭은 그것을 고백하는 과정 또한 더욱 힘들었을 것으로 보인다. 〈신의 희작〉을 포함한 그의 많은 작품들을 살펴보면 그러한 판단이 크게 무리가 아니라는 생각이 든다.

그의 많은 작품들이 다투어 증명하고 있는 바와 같이, 손창섭에게 오이디푸스 콤플렉스는 원죄이자 치명적인 외상이었다. 따라서 그 원죄나 외상으로 인한 고통에서 해방되는 유일한 길은 오이디푸스 콤플렉스를 고백하는 일이었다. 하지만 그것을 고백하는 작업 또한 실존의 결단이 요구될 정도의 고통이 따르는 일이었다. 그 작업은 자신의 무의식 아래 억압의 형태로 잠복해 오면서 손창섭을 괴롭혀 온 죄의식의 뿌리를 끊임없이 호출해내야만 하는 엄청난 고통을 요구하기 때문이었다. 그런 점에서 그 작업은 한마디로 '목숨을 건 도약'에 가까운 모험이라 할 수 있다. 〈신의 희작〉 이전에 발표된 많은 작품들에서 반복강박의 양상을 보이면서 반복적으로 변주되고 있는 피메일 콤플렉스의 징후를 보더라도 그러한 해석은 충분한 설득력을 확보하고 있다.

피메일 콤플렉스라는 텍스트의 무의식을 통해서 징후적으로 드러

---

2) 손창섭, 「아마츄어작가의 변」, 송하춘 편, 『손창섭』, 새미, 2003, 316면.

나고 있는 오이디푸스 콤플렉스를 고백하는 과정은 크게 세 단계로 구분할 수 있다. 첫 번째 단계는 어린 시절 아버지의 사후 자신과 할머니를 배반하고 다른 남자를 따라 만주로 출분해버린 어머니에 대한 죄의식과 원한감정을 여성인물들에게 전치(displacement)하는 단계이다. 〈공휴일〉은 이 단계의 전형을 보여주고 있는 작품이다. 두 번째 단계는 자신의 어머니를 증오하는 데서 오는 죄의식에 대한 방어기제로서의 '환상 가로지르기'를 통해 여성인물들을 숭고의 대상으로 승화(sublimation)하는 단계이다. 이 단계의 전형을 대표하는 작품으로는 〈미소〉와 〈잉여인간〉을 들 수 있다.[3] 마지막 세 번째 단계는 어머니와의 화해를 통해 오이디푸스 콤플렉스로 인한 자신의 죄의식으로부터 해방되고자 하는 단계이다. 이 세 단계의 지난한 과정을 통해 손창섭은 오이디푸스 콤플렉스의 고백록이라고 할 수 있는 〈신의 희작〉을 발표하기에 이른다. 이 글이 주목하고자 하는 단계는 세 번째 단계이다. 이 글이 《낙서족》과 〈포말의 의지〉 두 작품을 집중적인 분석 대상으로 소환하는 것도 이 두 작품들이 세 번째 단계의 과정을 텍스트의 무의식 차원에서 징후적으로 가장 정확하게 보여주고 있기 때문이다.

2. 화해의 두 징후

앞서 말한 바와 같이, 손창섭으로 하여금 자신의 죄의식을 끊임없이 호출해내도록 강요하는 오이디푸스 콤플렉스는 실존의 근저에 균

---

3) 첫 번째와 두 번째 단계에 대해서는 각주1)의 글 참조.

열을 낼 정도로 파괴적이었다. 따라서 오이디푸스 콤플렉스는 어떠한 방법으로든지 해소를 해야만 되었고, 최선의 유일한 방법은 그것을 고백하는 것이었다. 그 과정에서 통과의례의 절차로서 반드시 필요한 의식이 바로 어머니와의 화해였다. 하지만 다른 사람들에 비해서도 오이디푸스 콤플렉스로 인한 외상과 신경증을 더욱 더 혹독하게 겪었을 것으로 보이는 손창섭에게 어머니와 화해로 가는 길은 멀고도 험한 도정이었다. 그 과정에서 손창섭이 극심한 심리적 분열과 갈등을 경험하게 되는 것도 그러한 연유에서이다. 이러한 분열과 갈등은 텍스트의 무의식의 형태로 징후적으로 드러나고 있다. 그런 점에서 《낙서족》[4]은 주목을 요하는 작품이 아닐 수 없다. 오이디푸스 콤플렉스를 고백하고 있는 〈신의 희작〉 직전인 1959년에 발표한 이 작품에는 그러한 갈등과 분열의 징후가 비교적 분명한 형태로 드러나고 있기 때문이다. 그 징후는 크게 두 가지 양상으로 드러난다. 하나는, "주체가 자신들의 욕망을 구조화하고 조직하는 방식"[5]이자 "자신의 주이상스에 대한 불만 및 실재계의 불가능성과 화해하게 하는 한 방법"[6]

---

4) 《낙서족》의 의미에 대해서는 적지 않은 분석과 해석이 시도되어 왔다. 하지만, 대부분의 논의들은 손창섭 소설의 기원을 오이디푸스 콤플렉스에서 찾고자 하는 이 글의 문제의식과는 다른 관점에서 이 작품에 접근하고 있다. 이 가운데 주목할 만한 논의로는 이 작품을 "작가 자신의 존재 의미를 작가 자신이 소속된 세대의 측면에서 탐구한 작품"(방민호, 『한국 전후문학과 세대』, 향연, 2003, 188면.)으로 규정하면서 세대론적인 관점에서 이 작품의 의미를 천착하고 있는 방민호의 글과 이 작품을 손창섭이 "더이상 전쟁으로 인한 불구의 세계에 머물러 있기를 거부하고 관심의 영역을 넓혀 일제 시대의 체험 속으로 뛰어든, 해방 이후 일제시대를 본격적으로 다룬 첫 번째 소설로 독립운동을 하지 않을 수 없는 상황으로 걸어가고 있는 한 인물의 성장소설"(송하춘, 「전후 시각으로 쓴 첫 일제 체험 : 손창섭의 「낙서족」론」, 송하춘 편, 『손창섭』, 새미, 2003, 214-218면.)이라는 관점에서 이 작품의 의미를 분석하고 있는 송하춘의 글을 들 수 있다.
5) 숀 호머/김서영, 『라캉읽기』, 은행나무, 2006, 162면.

인 환상을 통해 대상을 고양시키는 '가족 로망스를 통한 왜곡'의 양상이고, 다른 하나는 독서의 전이적 구조를 활성화하는 '텍스트의 무의식으로서의 분열과 양가'의 양상이다.

2.1 '가족 로망스'를 통한 왜곡

1959년에 발표한 《낙서족》은 손창섭 소설의 기원 해명과 관련하여 중요한 의미를 지니고 있는 작품이다. 〈신의 희작〉을 통해 자신의 원죄인 오이디푸스 콤플렉스를 고백하기 직전 손창섭이 경험했을 것으로 짐작되는 극도의 분열과 혼란을 텍스트의 무의식을 통해서 징후적으로 보여주고 있는 텍스트가 바로 이 작품이기 때문이다. 물론 도현을 초점인물로 해서 제시되는 이 작품에서의 서사정보를 손창섭의 실제 개인사 및 가족사 정보로 환원하는 일은 신중한 접근을 필요로 한다. 하지만, 손창섭의 개인사 및 가족사 정보가 비교적 정확한 수준에서 제시되고 있는 〈신의 희작〉과 이 작품 사이에는 가족 친족성을 형성할 정도로 적지 않은 공통점7)이 존재하고 있다는 점에서 《낙서족》에 드러나는 서사정보를 오이디푸스 콤플렉스와 관련된 손창섭의 분열과 혼란의 징후로 해석하는 분석 틀은 충분한 설득력을 지닌다. 이 문제와 관련하여 《낙서족》은 〈신의 희작〉을 비롯한 다른 작품들과의 상호텍스트적 맥락에서 접근할 때 매우 흥미로운 텍스트의 정보를 제공하고 있다. 텍스트의 정신분석을 필요로 하는 그 정보는 두 가

---

6) 위의 책, 170면.
7) 이 부분에 대해서는 배경렬, 「손창섭의 『낙서족』 고찰」, 『현대문학이론연구』 30집, 2007, 205-209면 참조.

지로 압축할 수 있다. 하나는 다른 작품들에서는 등장한 적이 없었던 아버지가 이 작품에 처음으로 등장하고 있다는 점이고, 다른 하나는 〈신의 희작〉을 비롯한 다른 작품들에서 제시된 가족사의 정보와 이 작품의 그것 사이에 중요한 차이가 존재하고 있다는 점이다.

이 작품에서 처음으로 그 존재를 드러내는 아버지는 도현이 두 살 되던 해에 일제의 감시와 탄압을 피해 만주로 망명을 시도한 후 개인과 가족의 안위는 조금도 돌보지 않고 오직 조국의 독립을 위해 헌신하는 독립운동가로 등장하고 있다. 하지만 〈신의 희작〉에 의하면 손창섭의 실제 아버지는 손창섭이 아주 어린 시절에 유명을 달리한 것으로 되어 있다. 그리고 미국인 선교사 집안의 보모이자 독실한 크리스찬으로 등장하는 도현의 어머니 또한 온갖 풍상과 신산에도 불구하고 일점혈육인 도현의 성공과 시어머니 봉양에 헌신하는 자애로운 어머니로 설정되어 있다. 그런데 〈신의 희작〉에서 손창섭의 어머니는 평양 근교의 고무공장 직공으로 일하다 할머니와 손창섭을 배반하고 만주로 출분한 것으로 나와 있다. 그리고 그의 어머니를 유혹하여 만주로 출분한 남자 또한 무역이나 사업 관련 계통의 일에 종사했을 것으로 추정된다.

이 두 작품의 비교를 통해서 확인할 수 있는 바와 같이, 《낙서족》에 드러나고 있는 도현의 개인사와 가족사에는 손창섭의 실제 개인사와 가족사 정보의 착종과 왜곡이 작동하고 있다. 특히, 어머니를 유혹하여 만주로 도피한 그 남자를 손창섭이 어린 나이에 유명을 달리 한 실제 아버지로 대체한 다음 독립운동가로 설정한 대목에서의 왜곡과 착종은 오이디푸스 콤플렉스를 고백하기 직전 경험했을 것으로 보이는 손창섭의 분열과 갈등의 징후와 관련하여 매우 중요한 모티프로 기능한다. 이는 분명히 "오이디푸스 가족구조의 딜레마를 암시"[8]하는 가족 로망스이기 때문이다.

"부모와의 동일시 과정에 문제가 있는 히스테리 환자들을 분석한 결과 나온 개념"[9]인 가족 로망스의 환상 가운데 가장 빈번한 것은 "부모 혹은 아버지를 훌륭한 사람으로 대체하는 환상"[10]이다. 프로이트에 따르면, "오이디푸스 콤플렉스 단계가 지나고 초자아가 내면화되는 나이인 다섯 살이나 여섯 살쯤 되면 어린아이는 실재의 아버지를 상상적 아버지로 덮어씌움으로써 아버지를 둘로 만든다."[11]고 한다. 이때의 상상적 아버지는 "아이 자신이 스스로 만들어내는 강하고 전능하며 사랑과 존경받을 가치가 있는"[12] 이상형으로서의 아버지로 정치나 종교로부터 유래하는 어떤 권위를 체현하고 있는 사람이다. 이와 같이 환상에 의해 비루하고 비천한 실제의 아버지를 고귀하고 강한 이상형으로서의 아버지로 바꾸려는 노력은 "가장 고상하고 힘센 사람이 바로 아버지이며, 가장 아름답고 여성다운 사람이 어머니라고 느꼈던 사라져 간 행복한 시절에 대한 갈망의 표현"[13]에 다름 아니다.

한편, 가족 로망스의 발생과정에서 결정적인 역할을 하는 심리기제는 '환상을 통한 왜곡'이다. "어느 시대에도 그 현대인은 절망한다. 절망이 기교를 낳고 기교 때문에 또 절망한다."[14]라는 이상의 아포리즘

---

8) 나병철, 『가족로망스와 성장소설』, 문예출판사, 2007, 25면.
9) 권명아, 『가족이야기는 어떻게 만들어지는가』, 책세상, 2000, 140면.
10) 필리프 쥘리앙/홍준기, 『노아의 외투 : 아버지에 관한 라캉의 세 가지 견해』, 한길사, 2000, 28면.
11) 위의 책, 78면.
12) 위의 책, 112면.
13) 프로이트/김정일, 「가족 로맨스」, 『성욕에 관한 세 편의 에세이』, 열린책들, 2000, 60면.
14) 김윤식 엮음, 『이상문학전집』3, 문학사상사, 1993, 360면.

이 시사하는 바와 같이, 환상은 대개 주체의 현실과 이상 사이에 가로 놓인 화해 불가능한 존재론적 심연과 거리에서 그 동력을 얻게 된다. 그런 점에서 "라깡의 주체는 근본적으로 발화내용과 발화행위 사이의 갈라진 틈이나 벌어진 입을 통해서 그 존재성을 획득하며, 발화내용과 발화행위 사이의 간극을 메우려는 시도로 발생하는 환타지는 따라서 라캉의 주체론에서 내재적 필연성을 지닌다."[15]는 지적은 매우 적절해 보인다.

〈신의 희작〉의 S를 통해서 짐작하건대, 손창섭은 자신이 이상적인 모델로 생각한 오이디푸스적 삼각 구도(발화행위)와 현실세계에서 경험했던 오이디푸스적 삼각구도(발화내용) 사이에 존재했던 균열과 틈새로 인해 심각한 실존의 위기를 경험했던 것으로 보인다. 어린 시절에 죽은 부재의 아버지를 대체한 그 남자는 '멧돼지'라는 표상에서 알 수 있는 바와 같이 "아이에게 근친상간을 금지하는 법을 전수하고 아이의 욕망을 법에 종속시키는 오이디푸스적 아버지가 아니라 그의 아들들과 경쟁자들을 추방함으로써 원시부족의 여자와 부를 독점한 잔인하고 방탕한 폭압적 인물인 원초적 아버지"[16]에 불과했다. 리비도가 성적인 욕망이나 충동에 고착된 훼손된 팔루스의 소유자이자 자신의 어머니를 유혹하여 만주로 달아난 호색한으로 각인된 그 남자는 손창섭에게 동일시의 모델이 전혀 되지 못했을 가능성이 크다. 대신, 그 남자는 〈광야〉의 승두와 창규와의 관계를 통해서 알 수 있는 바와 같이, 손창섭에게 끊임없이 거세의 위협과 살의의 공포를 자극하는 강력한 적대자로 인식되었을 가능성이 농후하다. 자신의 어머니 또한

---

15) 박찬부, 『기호, 주체, 욕망』. 창비, 2007, 113면.
16) 숀 호머, 앞의 책, 111-112면.

아버지의 사후 자신과 할머니를 배반하고서 성적인 욕망을 위해 그 남자를 따라 만주로 출분해버린 지극히 타락한 여인으로 인식되었을 가능성이 매우 크다. 리비도가 성적인 에너지에 고착된 그 남자와 그 남자를 따라 만주로 출분한 어머니(발화내용) / 독립투사와 헌신적인 어머니(발화행위)사이에는 상징화의 기본공리인 의미론적 유사성에 의한 은유적 대체의 원리가 거의 작동되지 않고 있다. 대신 "자기 속의 비현실적이고 과대망상적인 신념이나 환각, 망상에 맞추려고 외부현실을 대폭 새로 짜고, 그래서 망상적 우월감을 유지"[17]해 나가는 방어기제로서의 왜곡(distortion)이 활발하게 작동하고 있다.

이와 같이 페르소나(persona) 차원의 발화행위와 실제 삶의 발화내용 사이에 발생하는 괴리와 분열의 정도가 심각한 이유는 오이디푸스 콤플렉스의 고백을 통하여 어머니에 대한 죄의식으로부터 해방하고자 하는 과정에서 손창섭이 겪었을 것으로 짐작되는 분열과 갈등의 강도가 그만큼 심각했음을 반증한다고 할 수 있다. 이는 "빛이 강렬할수록 어둠이 짙어지듯이 지배자 기표의 강도와 장악력이 높을수록 환상의 구조도 활발하게 활성화된다."[18]는 환상의 기본공리에 정확하게 부합한다. 이 작품에 드러나는 가족 로망스의 구도를 오이디푸스 콤플렉스의 고백을 통하여 어머니에 대한 죄의식으로부터 해방하고자 하는 과정에서 손창섭이 겪었을 것으로 짐작되는 분열과 갈등의 징후로 해석할 수 있는 가능성에 대한 유력하면서도 강력한 징후는 이 작품 곳곳에서 어렵지 않게 발견할 수 있는 서사의 균열과 양가성이다.

---

17) 조두영, 『목석의 울음 : 손창섭 문학의 정신분석』, 서울대학교 출판부, 2004, 77면.
18) 박찬부, 앞의 책, 113면.

2.2 '텍스트의 무의식'으로서의 분열과 양가성

《낙서족》의 서사는 아버지를 독립투사로 둔 도현이 일제의 엄혹한 감시와 탄압을 피해 중국으로 밀항을 떠나는 것으로 정리할 수 있다. 중국으로 밀항을 떠나기 전 일본 유학 시절, 도현이 일제에 대한 저항의 수단으로 도모하는 행위들－천황 살해나 은행 폭파를 위해 다이너마이트를 제조하는 등의 행위－들은 당시 여러 가지 객관적 정황이나 여건을 고려할 때 실현 가능성이 제로에 가까울 정도로 무모하고 비현실적이다. 더욱이 파출소 앞을 지나다니는 사소한 행위에서조차도 공포 수준의 두려움을 지니고 있다는 점에서 도현의 그러한 도모는 자기 기만적이기조차 하다. 그러한 맥락에서 도현의 민족의식을 "실체감 없는 관념적 당위에 불과"[19]한 것으로 규정하는 해석은 매우 적절해 보인다.

도현의 이러한 모순적인 언동을 통해서 드러나는 텍스트의 균열과 분열은 서사의 인과론적 통일성을 중시하는 리얼리즘의 미학적 규율에 비추어보면 적지 않은 결함이다. 하지만, 리얼리즘의 서사에 구멍을 낼 정도로 문제인 도현의 모순적인 언동은 오이디푸스 콤플렉스의 고백을 통하여 어머니에 대한 죄의식으로부터 해방하고자 하는 과정에서 손창섭이 겪었을 것으로 짐작되는 분열과 갈등의 징후로 해석하고자 할 때 매우 중요한 텍스트 정보로 기능한다. 이 작품 곳곳에서 어렵지 않게 발견되는 도현의 모순적인 언동은 〈신의 희작〉을 통해 자신의 원죄인 오이디푸스 콤플렉스를 고백하기로 결단을 내리기 직

---

19) 방민호, 앞의 책, 223면.

전 손창섭이 겪었을 격렬한 분열과 갈등을 징후적으로 예증하는 텍스트의 무의식으로 기능하기 때문이다.

주체의 무의식을 해석하는 중요한 통로로 기능하는 텍스트의 무의식은 무의식 일반의 작동기제처럼 "의식계를 받쳐주는 논리성, 시간성, 문법성, 모순율 등을 결정적으로 결하고 있다."[20] 억압된 무의식의 욕망과 의식의 검열과의 치열한 갈등과 타협의 결과로 발생하는 텍스트의 무의식은 "텍스트의 어느 부분이 지나치게 강조되거나 갑자기 생략되어 침묵할 때, 논리의 공백이나 틈이 생길 때, 작품 속에 동기화되어 있지 않은 병리적 현상이 드러날 때, 혹은 텍스트가 이해할 수 없이 경련하거나 광기를 띨 때 감지된다."[21] 이와 같이 개인의 무의식이 꿈, 농담, 말의 실수, 신체 증상 등과 같은 기호적 증상을 통해 감지되는 이치와 마찬가지로 텍스트의 무의식은 "텍스트의 논리적 공백이나 탈문자 현상, 혹은 여러 증상적 현상들을 통해 감지"[22]된다.

텍스트의 균열과 틈새와 같은 기호적 증상을 매개로 감지되는 텍스트의 무의식은 텍스트의 표층보다는 심층을 더 중시함으로써 '영혼의 고고학'이나 '의심의 해석학'과 같은 방법론으로 규정되는 정신분석학 체계에 많은 부분을 의존하는 비평가나 연구자들에게 주체의 무의식의 흔적이나 징후에 접근하는 유력한 통로로 기능한다. 이러한 맥락에서 볼 때, 상희를 비롯한 도현과 상희 모친 등, 이 작품에서 하나같이 숭고한 영적 대상의 위치로 고양된 존재로 등장하는 여성인물들은 오이디푸스 콤플렉스를 고백하기 직전 극심한 분열과 갈등을 겪었을

---

20) 박찬부, 앞의 책, 24면.
21) 위의 책, 9면.
22) 위의 책, 253면.

것으로 짐작되는 손창섭의 내면풍경을 탐색하는 데 중요한 요소로 작용한다. 특히, 도현의 관념 속에서 이상형의 인물로 주조된 상희에 대한 도현의 태도는 결정적일 정도로 중요한 텍스트의 무의식으로 기능한다.

도현이 동경 유학 시절에 하숙집 동숙인의 반연을 통해 알게 된 상혁의 여동생 상희는 3·1 운동 당시 일제에 의해 학살당한 아버지와 독실한 크리스찬이자 민족의식이 투철한 어머니를 둔 유학생으로 등장한다. 같은 나이에도 불구하고 상희는 도현의 충동적인 성격이나 무모한 결정에 대해 합리적인 조정자 역할을 하는 등 여러 가지 면에서 도현의 상징적 대타자 역할을 하는 인물로 기능한다. 하지만, 오이디푸스 콤플렉스의 징후로서의 피메일 콤플렉스와 관련된 손창섭의 분열과 갈등의 텍스트 무의식이라는 이 글의 관심과 관련하여 중요한 모티프는 그녀가 상징적으로 수행하고 있는 대상 a의 역할이다.

'그보다도 그것은 천사와 같이 신성하고 고귀한 상희', '인간의 육체를 빌린 천사로서 상희' 등의 표현에서 극명하게 드러나고 있는 바와 같이, 도현의 관념 속에서 상희는 〈미소〉의 귀양이나 〈잉여인간〉의 미스 홍처럼 승화의 기제를 통해 숭고한 영적 대상의 위치로 고양되어 나타난다. 구체적인 현실세계에서는 그 모델을 찾아보기 어려울 정도로 이상화되어 있고 도현의 상상 속에서 관념적으로 주조해낸 이상적인 여성상의 모습을 강하게 지니고 있다는 점에서 상희의 이미지는 "상징이나 상상의 형태로 재현(representation)되지는 않지만 어떻게든 자신을 '현현'한다는 라깡의 비재현적 재현, 혹은 리쾨르가 말하는 재현론적 환상"23)으로서의 실재나 대상 a의 존재론적 속성을 상당히 강하게 지니고 있다. "재현체계에 속해 있지 않아 상징과 이미지의 세계에서 '배척'되어 있으면서도 끈질기게 자신의 현전성을 주장하는, 기호적으로 나타나지 않으면서 실재적으로 현시하는, 구조의 속성이 아니면서도 구조 내에 '외−존재'하는 재현론적 환상을 창출"[24]하는 상희의 이미지는 상징화에 절대적으로 저항하는 실재로서의 대상 a의 존재론적 특성에 정확하게 부합하기 때문이다. 상희의 이미지가 마치 추상적인 진공상태에서나 존재할 것처럼 보일 정도로 현실적인 원근법이 없어 보이는 이유 또한 그것이 "상징적 거세에 의해서 영원히 차단되어 있는 실재계적 살아 있는 존재에의 상상적 재현"[25]으로서의 대상 a의 속성을 상당히 강하게 지니고 있기 때문이다.

그런데 텍스트의 무의식으로서의 분열과 양가성이라는 이 글의 관심과 관련하여 중요한 요소는 대상 a로서의 상희를 바라보는 도현의 태도와 대상 a로서의 특성을 공유하고 있는 〈미소〉의 '귀양'이나 〈잉여인간〉의 '미스 홍'을 바라보는 '나'나 천봉우의 시선 사이에는 존재론적 심연과도 같은 결정적인 차이가 존재하고 있다는 점이다. 대상 a로서의 귀양이나 미스 홍을 바라보는 나나 천봉우의 시선은 시종일관 숭고한 영적 대상의 위치로 고양된 존재에 걸맞은, 일방적인 존경과 숭배의 일관된 방향성을 유지하고 있다. 상희를 바라보는 도현의 시선 또한 기본적으로 귀양이나 미스 홍을 바라보는 시선에서와 같은 일방적인 존경과 숭배의 태도가 유지되고는 있다. 그러나 도현의 시

선에는 또한 서사 흐름의 일관성에 단층을 형성할 정도의 분열적이고
양가적인 태도가 병존하고 있다는 점에서 주목을 요한다. 상희에 대
한 도현의 돌출발언과 행동들을 통해서 드러나는 분열적이고 양가적
인 태도는 도현의 분열이나 갈등과 관련하여 아주 중요한 텍스트 정
보로 기능하기 때문이다.

> "전, 전, 조국을 위해 죽을 결심입니다!"
> 도현은 그 말만으로는 자기의 벅찬 감동을 표현하기가 부족해서,
> "상희 씬 정말 천사같이 고상한 분입니다. 전 상희씨를 존경합니다.
> 정말입니다."
> 했다. 그러나 도현은 그 말이 천박한 애정의 고백으로 오해받을까 봐
> 후회도 되었다.[26]
>
> (≪낙서족≫, ≪잉여인간 외≫, 동아출판사, 1995, 408)

> "전, 전 상희 씨를 존경합니다!"
> 도현은 불쑥 그래 놓고, 왜 또 이런 소릴 했나 하고 이내 뉘우쳐졌다.
>
> (≪낙서족≫, ≪잉여인간 외≫, 415면)

> "왜요, 왜 놀라셨어요?"
> 상희의 무심한 재촉을 받고,
> "무슨 얘기를 해도 괜찮겠습니까."
> 도현은 거북살스레 상희를 돌아보았다.
> "어서 계속하세요. 하던 얘길 다 마치셔야죠."
> "전 말입니다. 전 그때 어머니하구 아저씨하구 싸우는 줄 알았어요.
> 아저씨가 어머니 위에 올라타구 막 때린다구 생각했거든요.…"
> 상희의 얼굴이 새침해졌다. 도현은 그런 말을 할 게 아니었다고 뉘우

---

26) 앞으로 본문에서의 작품 인용은 인용문면 다음에 텍스트의 서지 사항과 인용
 면수를 밝히는 방식으로 통일하고자 한다.

쳤다. 둘은 하늘만 쳐다보며 한동안 잠잠한 채 있었다.

(≪낙서족≫, ≪잉여인간 외≫, 405면)

　인용문면에서와 같은 서술상황들은 이 작품에서 어렵지 않게 확인할 수 있는 대목들이다. 이 대목들에서 확인할 수 있는 바와 같이 "근본적으로 접근할 수 없고 만질 수 없으며 움직일 수 없는 낯설고 먼 존재이지만 강력한 흡인력을 가지고 분석주체를 자기주변에 끌어들이는"[27] 대상 a로서의 상희에 대한 도현의 존경과 숭배의 태도는 '귀양'이나 '미스 홍'을 대하는 나와 천봉우에서와 마찬가지로 일방적이다. 하지만, 강조한 문장들을 통해서 알 수 있는 바와 같이, 서술주체로 기능하는 도현은 상희에 대한 존경과 숭배의 태도를 표명한 자신의 앞선 진술을 바로 해체하거나 전복하는 상황을 반복하고 있다. 또한 어린 시절에 목격한 아버지와 어머니의 정사장면 이야기는 상해에 망명 중인 독립운동가로서의 자신의 아버지에 관한 아주 진지한 이야기를 하다가 느닷없을 정도로 돌출적으로 이루어고 있어 텍스트의 서사 흐름에 커다란 구멍과 균열을 내고 있다. 왜 이러한 공백이나 균열이 발생하게 되는 것일까? 이는 당시 실존의 결단을 요구할 정도의 고통스런 결정인 오이디푸스 콤플렉스를 고백하기 직전 손창섭이 경험했을 갈등과 분열이나 밀접한 관련이 있어 보인다.

　손창섭이 어머니와의 화해로 가는 도정에서 해결해야만 했던 결정적인 과제는 여성을 포함한 인간 일반의 존재론적 특성에 대한 정확한 이해와 균형감각을 회복하는 일이었을 것이다. 그 과제가 해결되지 않고서는 어머니와의 화해는 불가능했고 따라서 오이디푸스 콤플

---

27) 박찬부, 앞의 책, 166면.

렉스의 고백을 통하여 어머니에 대한 죄의식과 원한감정으로부터 해방되는 일 또한 불가능할 수밖에 없었다. 〈신의 희작〉을 통해서 드러난 바와 같이, 13살 무렵에 경험한 어머니의 성기 애무 사건과 그 무렵 목격한 원초적 장면으로 인해 손창섭은 오이디푸스 콤플렉스로 인한 심각한 외상과 신경증을 겪고 있었던 것으로 보인다. 오이디푸스 콤플렉스로 인한 심각한 외상과 신경증은 손창섭이 왜곡된 여성관을 형성하는 과정에서 상당한 중요한 동인으로 작용했을 것으로 보인다. 손창섭의 소설에 등장하는 여성인물들은 대체로 리비도가 육체적인 욕망에 고착된 동물적인 존재로 타자화되어 있거나, 아니면 섹슈얼리티가 완전히 거세된 천사와 같은 영적인 존재로 승화되어 있으며, 게다가 이 두 유형의 여성인물들에 대해 일방적인 혐오나 숭배의 태도를 보이는 남성인물들은 타자로서의 여성인물들과 건강한 소통과 관계를 맺는 데 장애를 보이는 피메일 콤플렉스를 드러내는데, 이는 오이디푸스 콤플렉스로 인해 어머니에 대한 손창섭의 죄의식과 원한감정이 투사되어 나타난 결과로 보여진다.

아무튼 손창섭이 오이디푸스 콤플렉스 고백을 통하여 어머니에 대한 죄의식과 원한감정이 강요하는 감정노동으로부터 해방되기 위해서는 무엇보다도 오이디푸스 콤플렉스로 인해 왜곡된 여성관으로부터 해방되는 것이 시급한 과제였다. 그리하여 자신의 어머니를 포함한 이 세상의 모든 여성들이 육체적인 욕망과 정신적인 지향을 동시에 갖춘 모순된 존재라는 사실을, 영혼과 육체라는 상호 이질적인 두 세계가 길항하면서 좀 더 완숙한 단계로 발전해 나아가는 변증법적인 존재임을 인정해야 했으며, 더불어 한 인간의 내면세계는 격렬하게 상충하는 충동이나 욕망들이 치열하게 각축하는 격전지임을, 따라서 육체적인 동물과 정신적인 천사의 두 얼굴 가운데 어느 한쪽만을 갖추고 있는 여성은 현실세계에 존재할 수 없다는 사실을, 모든 여성은 육체적인 욕망을 지닌 존재이면서 정신적인 지향을 추구하는 존재라는 사실을 인정해야만 했다. 이 작품을 발표하던 무렵 손창섭은 그러한 사실을 어느 정도 인정하기 시작했던 것으로 보인다.

라깡에 의하면, "애도 과정은 죽음으로 인한 상실과 결핍을 감싸는 어떤 상징적 기표를 창출해내고 이 과정에서 애도의 대상은 욕망 속의 대상, 오브제 a로 변신한다"[28]고 한다. 이러한 맥락에서 보면 손창섭은 이 작품 직전에 발표한 〈미소〉나 〈잉여인간〉을 발표하던 무렵에 어머니를 애도의 대상으로 인정하는 의식을 치렀을 것으로 보이며, 이 작품을 발표하던 무렵에는 애도의 과정에서 겪은 상실과 결핍에서 어느 정도 벗어난 것으로 보인다. 〈미소〉와 〈잉여인간〉에서 대상 a로 기능하는 귀양과 미스 홍에 대한 나와 천봉우의 시선과 달리 이 작품에서 대상 a로 기능하는 상희에 대한 도현의 시선에서 텍스트의 균열과 구멍이 드러나는 것은 바로 그러한 이유에서라고 생각한다.

하지만, 오이디푸스 콤플렉스로 인한 외상과 신경증의 강도가 컸던 만큼 안이한 화해나 무장해제는 쉽지 않았을 것이다. 모순을 존재론적 특성으로 하는 여성의 본질에 대한 완전한 인정으로 가는 과정에 당연히 목숨을 건 도약에 가까울 정도로 치열한 실존의 고투의 과정이 뒤따를 수밖에 없었다. 이 작품에서 어렵지 않게 확인할 수 있는 텍스트의 분열과 틈새는 그 과정에서 손창섭이 감당할 수밖에 없었던 극심한 분열과 갈등의 기호적 재현이나 상징적 번역인 것이다. 다시

---

28) 위의 책, 313면.

말해 도현의 돌출적인 발언이나 충동적인 도모를 통해서 빈번하게 드러나는 텍스트의 분열과 틈새는 "주체의 의식으로부터 억압된 기의에 대한 기표로서의 증상"[29]이라 할 수 있다. 이러한 해석은 억압된 내용이 의식계에 떠오르기 위해서는 반드시 떠오르려는 힘과 누르는 힘의 충돌, 의식과 무의식의 타협의 과정을 거쳐야 된다는 정신분석학의 기본 공리에 비추어봐도 충분한 설득력을 확보하게 된다. 더욱이 이 작품에서 드러나는 상희에 대한 도현의 양가적인 태도는 그러한 해석의 설득력을 더욱 높여주고 있다.

> 본질적으로 상혁은 심각미나 진지성이 느껴지지 않는 타입이었다. 의외인 것은 상혁의 태도만이 아니었다. 상희도 그랬다. 도현은 상희에게서 처음으로 육체를 느꼈다. 상혁과는 반대로 상희에게서는 지금까지 단지 내면세계가 풍기는 인품－다시 말하면 정신만을 느껴 왔던 것이다. 오늘 비로소 도현은 상희에게서 육체를 발견했다. 무심한 자태로 묵묵히 창 밖을 내다보고 앉아 있는 상희는 단순히 한 사람의 소녀에 불과했다. 정신성보다는 더 많이 육체미를 과시하는 아름다운 여자였다.
>
> (《낙서족》, 《잉여인간 외》, 430면)

> 도현은 노리꼬와 관계하는 동안 이상하게도 상희의 모습을 눈앞에 그리는 버릇이 생기었다. 자기가 지금 안고 있는 육체가 노리꼬가 아니고 상희라는 착각을 도현은 자신에게 강요하게 되었던 것이다. 그러면서도 진짜 상희 앞에서는 역시 언제나 마찬가지로 성스러운 여상을 우러러보는 경건한 도현이었다. 한 가지 다른 것은 그처럼 성스러운 여인상에게서 요즘은 어쩌다가 매혹적인 여인의 육체를 느끼는 수가 있다. 그런 경우에 도현은 천사를 모독하는 자책에 낯을 붉히며 황황히 상희의 앞을 떠나는 것이다.　　　(《낙서족》, 《잉여인간 외》, 433면)

---

29) 위의 책, 349면.

> 상희의 모습이 눈앞을 흘러갔다. 그러자 뜻하지 않고 노리코의 육체
> 가 눈앞에 다가섰다. 노리코에게는 처음부터 어딘가 정신성과 순결을 거
> 부하는 육체만이 있었다. 육체는 또한 그것만으로도 부피 있는 의미와
> 주장을 지니고 있었다. 도현은 몸을 부르르 떨고 노리코의 포근한 체온
> 에 끌리었다. 그는 더 주저할 여유가 없었다. 한 시간쯤 지나서 도현은
> 노리코네 집 현관 앞에 서 있는 자신을 발견했다.
>
> (《낙서족》, 《잉여인간 외》, 481면)

인용문면들에서 확인할 수 있는 바와 같이, 〈미소〉나 〈잉여인간〉
등의 작품에서 대상 a로 기능하던 여성인물들인 귀양이나 미스 홍이
섹슈얼리티가 거세된 천사나 성녀의 이미지로만 나타나던 양상과는
다르게 이들 작품에 바로 이어서 발표된 《낙서족》에서 대상 a의 속
성을 공유하고 있는 상희는 천사나 성녀의 이미지 이외에 육체의 욕
망을 지닌 양가적인 존재로 재현되고 있다. 이와 같이 상희에게서 육
체의 가치를 발견하는 도현의 태도는 텍스트의 분열이나 틈새와 더불
어 오이디푸스 콤플렉스를 고백하기 직전 경험했을 것으로 보이는 손
창섭의 분열과 갈등의 징후와 관련하여 매우 중요한 텍스트 정보로
기능한다. 상희의 육체의 가치에 대한 도현의 발견은 인간 일반의 성
적인 욕망이나 육체적인 가치에 대한 손창섭의 인정으로 해석 가능하
며, 이는 자신과 할머니를 배반하고 그 남자를 따라 만주로 출분해버
린 어머니에 대한 용서와 화해의 계기가 되기 때문이다.

하지만 어머니에 대한 죄의식이나 원한감정이 컸던 만큼 손창섭이
여성을 포함한 인간 일반의 육체적인 가치나 성적인 욕망을 인정하는
과정 또한 순탄하지 않았을 것으로 보인다. 도현이 '상희에게서 여성
의 매력과 체취를 강렬하게 느끼었다.…도현은 마구 걸으면서 자기

인생에 무슨 중대한 손실을 가져오고 있는 것 같이 느껴졌다. 그는 갈 피를 잡을 수 없는 혼란한 사념에 희롱당하며 거리를 늦도록 헤매었 다'(445면), '그날 밤도 도현은 노리코를 안고 자면서 상희를 생각했 다'(434면)라는 진술에서 알 수 있는 바와 같이, 손창섭은 여성을 포함 한 인간 일반의 존재론적 특성에 대하여 현실과의 타협을 통한 균형 감각을 회복하는 과정에서 극심한 혼란이나 분열을 경험했던 것으로 보인다. 이러한 혼란과 분열은 오이디푸스 콤플렉스를 고백하기 직전 손창섭이 겪었을 것으로 보이는 격렬한 분열과 갈등의 무의식의 기호 적 재현인 것이다.

3. 본격적인 화해의 징후로서의 연민과 애정

《낙서족》과 같은 해인 1959년에 발표한 〈포말의 의지〉는 손창섭 이 자신의 원죄이자 치명적인 외상인 오이디푸스 콤플렉스를 고백하 는 과정에서 통과의례의 절차로 요구되었던 어머니와의 화해와 관련 하여 《낙서족》 못지않게 중요한 의미를 지니는 작품이다. 몸을 파는 창녀인 영실에 대한 종배의 연민과 애정이 서사의 축을 형성하고 있 는 이 작품을 통해 손창섭은 자신의 원죄인 오이디푸스 콤플렉스를 고백하는 과정에서 반드시 요구되었던 '어머니와의 화해'를 투사하고 있기 때문이다.

변형된 형태이기는 하나 이 작품에는 〈신의 희작〉의 S를 통해서 제 시되고 있는 자전적 정보들, 특히 오이디푸스 콤플렉스 형성과 관련하여 중요한 정보들— 평양 유곽에서의 성장환경, 원초적 장면 경험—이 반복적으로 변주되고 있다. 그러한 맥락에서 이 작품의 서사 주체로 기능하는 종배를 손창섭의 세계관적 인물로 해석하는 데는 큰 무리가 없어 보인다. 이 작품을 발표하던 무렵 손창섭은 자신의 어머니를 애도하는 의식을 치렀던 것으로 보인다. 창녀 영실에 대한 종배의 태도는 그러한 판단에 중요한 원군으로 기능한다. 유곽에서 몸을 팔아 생계를 유지하면서 홀로 아들을 키우는 청상으로 등장하는 영실은 몇 가지 중요한 점에서 손창섭의 실제 어머니의 이미지가 투사된 인물로 보인다. 그런데 어머니와의 화해와 관련하여 중요한 점은 영실에 대한 태도에서 종배는 이전의 소설들에 등장하는, 손창섭의 세계관적 인물로 기능하는 다른 남성인물들의 태도와는 단층에 가까울 정도의 분명한 변화를 보여주고 있다는 점이다.

「손창섭, 소설의 기원」에서 밝힌 바와 같이, 〈공휴일〉을 정점으로 하는 초기소설들에, 한결같이 육체적 욕망에 포박되어 타자화된 존재로 등장하던 여성인물들에 대해 남성인물들은 최소한의 건강한 관계조차 맺지 못하고 그녀들을 일방적으로 혐오하거나 매도하는 모습을 보여주고 있다. 하지만 이 작품에서는 영실이 몸을 파는 창녀임에도 불구하고 종배는 헌신적인 관심과 애정을 보이는 데 적극적이다. 심지어는 직장 동료들을 영실의 손님으로 소개하고 알선하는 일조차도 주저하지 않을 정도이다. 어머니와의 화해와 관련하여 보다 더 중요한, 아니 결정적으로 중요한 사건은 작품의 말미에서 영실의 시체가 발견된 예배당을 찾아간 종배가 타종을 하는 행위이다.

종배는 곧장 종루 쪽으로 다가갔다. 그는 정신없이 종줄을 손에 감아

쥐고 잡아당겼다. 막혔던 가슴이 터질 듯이 종소리는 왕왕 울리기 시작
했다. 그 소리는 역시 고르지 못했으나, 전날 밤보다는 훨씬 나은 소리
로 울리었다. 마치 영실이 어디서 그 소리를 들어주리라는 듯이, 종배는
열심히 줄을 당기었다. 아이들의 떠들썩하는 소리에 뒤이어, 어른의 고
함 소리와 발소리가 뒤에 다가왔지만, 종배는 취한 듯이 그냥 종 줄만
잡아당기는 것이었다.

(〈포말의 의지〉, ≪잉여인간≫, 민음사, 2002, 277면.)

극도의 생활고와 주위의 냉대 속에 삶을 연명하던 영실은 죽음 바
로 직전 필사적인 의지로 예배당을 찾아가다 동사한다. 영실의 죽음
을 전해들은 종배는 문면에서 보는 바와 같이 예배당으로 들어가 발
작에 가까울 정도로 간절한 정성을 들여 타종을 한다. 영실의 죽음에
대한 애도의 의식을 상징하는 이 타종 행위를 통해 손창섭은 자신의
어머니에 대한 애도의 의식을 거행했던 것으로 보인다. 예배당의 종
소리는 영실이 생전에 참회의 의지와 속죄의 희망을 염원하는 상징적
매개물로 간주했다는 점에서 종배의 타종 행위를 자신의 어머니에 대
한 손창섭의 애도의 의식으로 해석하는 관점은 충분한 설득력을 지닌
다. 이는 "죽음이 함축하는 상징적 거세, 사물의 타살은 실재계 속에
상실의 구멍을 가져오고 이것이 애도 과정을 통해 기표를 작동시켜
타자의 영역인 상징질서에 어떤 변화를 가져온다."30)고 하는 라캉의
입장에 의해서도 그 근거를 확보하고 있다.

손창섭은 이 작품을 통해 자신의 어머니 이미지를 투사한 영실을
죽음에 이르게 한 다음 애도의 의식을 치름으로써 이제까지 원죄이자
치명적인 외상으로 자신을 괴롭혀왔던 오이디푸스 콤플렉스로부터 해

---

30) 위의 책, 313면.

방되는 과정에서 반드시 거쳐야만 했던 절차인 어머니와의 화해를 시도한 것으로 보인다. 이제까지의 분석을 통해서 볼 때, 손창섭은 여성인물들을 정신성이 거세된 요부나 탕녀의 이미지로만 나타내던 초기 소설들에서 그 반대인 섹슈얼리티가 거세된 천사나 성녀의 이미지로만 나타내던 〈미소〉와 〈잉여인간〉의 양극을 통과한 다음 《낙서족》과 〈포말의 의지〉에서 균형감각을 회복하는 단계를 거쳐 〈신의 희작〉에 이르러 비로소 자신의 원죄인 오이디푸스 콤플렉스를 고백하면서 어머니와의 화해를 결심했던 것으로 보인다.

4. 나오는 말

이 글은 「손창섭, 소설의 기원」에 이어 '손창섭 소설의 기원은 오이디푸스 콤플렉스이다'는 문제의식에서 출발했다. 그러한 문제의식과 관련하여 이 글은 손창섭의 소설은 손창섭에게 원죄이자 치명적인 외상으로 작용했던 오이디푸스 콤플렉스에서 기인하는 자신의 어머니에 대한 죄의식과 원한감정으로부터 해방되고자 하는 과정이었음을 밝혀보고자 하였다. 그러한 문제의식과 목적의 프리즘을 통해 분석한 결과 손창섭의 소설에서 오이디푸스 콤플렉스를 고백하고 해소하는 과정은 크게 세 단계 ― 어린 시절 아버지의 사후 자신과 할머니를 배반하고 다른 남자를 따라 만주로 출분해버린 어머니에 대한 죄의식과 원한감정을 여성인물들에게 전치(displacement)하는 단계, 자신의 어머니를 증오하는 데서 오는 죄의식에 대한 방어기제로서의 '환상 가로

지르기'를 통해 여성인물들을 숭고의 대상으로 승화(sublimation)하는 단계, 어머니와의 화해를 통해 오이디푸스 콤플렉스로 인한 자신의 죄의식으로부터 해방되고자 하는 단계—의 변화를 드러내면서 나타나고 있음을 확인할 수 있었다. 이 글은 그 세 단계 가운데 첫 번째와 두 번째 단계에 주목하고 있는 「손창섭, 소설의 기원」에 이어서 세 번째 단계에 주목하고자 했다. 이 글이《낙서족》과 〈포말의 의지〉 두 작품을 집중적인 분석 대상으로 소환했던 것도 이 두 작품들이 세 번째 단계의 과정을 텍스트의 무의식 차원에서 징후적으로 가장 정확하게 보여주고 있다는 판단에서였다. 이제까지의 분석과정을 정리 · 요약하는 수준으로 결론을 삼고자 한다.

먼저 이 글의 목적이나 문제의식과 관련하여《낙서족》은 가장 중요한 문제성을 지니고 있는 작품임을 확인할 수 있었다. 무엇보다 이 작품은 오이디푸스 콤플렉스의 고백을 통한 어머니와의 화해로 가는 도정에서 반드시 감당해야만 했던 손창섭의 극심한 심리적 갈등과 분열의 징후를 텍스트의 무의식을 통해 가장 분명한 형태로 드러내고 있었기 때문이다. 분석 결과 그 징후는 크게 두 가지 양상으로 드러나고 있음을 알 수 있었다. 하나는, 주체가 자신들의 욕망을 구조화하고 조직하는 방식이자 자신의 주이상스에 대한 불만 및 실재계의 불가능성과 화해하게 하는 한 방법인 환상을 통해 대상을 고양시키는 '가족 로망스를 통한 왜곡'의 양상이었고, 다른 하나는 독서의 전이적 구조를 활성화하는 '텍스트의 무의식으로서의 분열과 양가'의 양상이었다. 《낙서족》과 같은 해인 1959년에 발표한 〈포말의 의지〉 또한 손창섭이 자신의 원죄이자 치명적인 외상인 오이디푸스 콤플렉스를 고백하는 과정에서 통과의례의 절차로 요구되었던 어머니와의 화해와 관련하여 《낙서족》 못지않게 중요한 의미를 지니는 작품으로 해석하였다. 손창섭은 이 작품을 통해 자신의 어머니 이미지를 투사한 영실을 죽음에 이르게 한 다음 애도의 의식을 치름으로써 이제까지 원죄이자 치명적인 외상으로 자신을 괴롭혀왔던 오이디푸스 콤플렉스로부터 해방되는 과정에서 반드시 거쳐야만 했던 절차인 어머니와의 화해를 시도한 것으로 보았다. 이제까지의 분석을 통해서 볼 때, 손창섭은 여성 인물들을 정신성이 거세된 요부나 탕녀의 이미지로만 나타내던 초기 소설들에서 그 반대인 섹슈얼리티가 거세된 천사나 성녀의 이미지로만 나타내던 〈미소〉와 〈잉여인간〉의 양극을 통과한 다음 《낙서족》과 〈포말의 의지〉에서 균형감각을 회복하는 단계를 거쳐 〈신의 희작〉에 이르러 비로소 자신의 원죄인 오이디푸스 콤플렉스를 고백하면서 어머니와의 화해를 결심했던 것으로 보인다

III. 손창섭 소설의 기원

10

손창섭의 『길』에 나타난 '서울'과 '도일'

1. 들어가는 말

이 글은 한 가지 중요한 문제의식에서 출발한다. 그것은 기존의 대부분 연구들이 손창섭에 대한 논의의 지평을 주로 1950년대 전후문학과의 맥락에 한정하고 있다는 점이다. 물론 1950년대 전후문학을 거론할 때 장용학과 더불어 손창섭은 항상 논의의 중심에 위치해야 할 정도로 중요하다는 점에서 기존 연구들의 그러한 방향성은 지극히 정상적이고 또 어떤 점에서는 정당하다 할 수 있다. 그러나 기존 연구들의 그러한 방향성은 1960-70년대 작품들을 서자 취급하면서 손창섭의 작가적 정체성을 1950년대 전후작가에 고착시킬 수 있다는 점에서 문제가 아닐 수 없다. 더욱이 1960-70년대에 발표한 소설들 또한 "전쟁"을 일종의 존재론적 조건으로 이해하면서 '한국'이라는 역사적 특수성보다는 '전쟁'의 일반성에 주목함으로써 한국전쟁의 역사적 의미를 객관적으로 성찰하지 못하고 마는 전후소설의 일반적인 한계'[1]로부터 결코 자유로울 수 없음에도 불구하고 전후의 황폐한 현실과 부조리한 삶의 조건에 대한 치열한 대결의지를 통해 한국전쟁의 비극적 재앙을 증언하고자 했던 전후소설의 문제의식을 그대로 이월하고 있다는 점에서 1950년대 성과들에만 주목하는 기존 연구들의 방향성을 문제삼는 것 또한 지극히 정당하다.

이 글이 《길》(1968.7.29- 동아일보 연재, 1969년 동양출판사에서 단행본으로 출간)에 주목하고자 하는 바는 바로 이 문제의식과 밀접한 관련이 있다. 절망과 허무를 강요하는 전후의 광기와 야만에 대한 대결의지로 무장된 리얼리스트로서의 문제의식을 온전하게 이월하여 전후 못지않은 폭력과 부조리가 지배하는 1960년대 한국의 사회현실을 비판적으로 성찰하고 있는 작품이 바로 이 장편이기 때문이다. 더불어 이 작품은 "5.16 이후 군사정권 아래에서의 타락하고 부패한 현실에 대한 환멸이었을 것"[2]으로 추정될 뿐 여전히 의문부호로 남아 있는 손창섭의 도일 동기에 대한 중요한 단서나 정보원으로 해석이 가능하다는 점에서 더욱 문제적이다.

이러한 중요성에도 불구하고 이 작품에 대한 기존의 논의들은 매우 영성한 편이다. 이제까지 확인된 바로는 김병익의 「현실의 도형과 검증 : 손창섭의 《길》」, 이동하의 「손창섭의 《길》에 대한 한 고찰」, 그리고 이호규의 「타락한 현실, 무력한 의지 그러나 포기할 수 없다」 등

---

1) 하정일, 「주체성의 복원과 성찰의 서사」, 민족문학사 연구소 편, 『1960년대 문학연구』, 깊은샘, 1998, 17-18면 참조.
2) 「도일 후의 손창섭에 대하여」, 『작가연구』 창간호, 새미, 1996, 162면.

세 편에 불과하다. 먼저 이 작품에 대한 최초의 글에 해당하는 「현실의 도형과 검증 : 손창섭의《길》에서 김병익은 이 장편을 "무의미한 것을 무의미하게 보려는 초기의 절망적인 신음에서 서서히 일어나 〈잉여인간〉과《낙서족》등 과도기의 징검다리를 건너 무의미함에도 불구하고 새로운 의미부여의 작업장에 나선 첫 반응검사"3)의 의미를 지닌 작품으로 규정하고 있다. 손창섭의 전체 소설 체계 속에서 이 작품의 의미를 규정하고 있는 김병익은 이 작품에 기형적이고 불구적인 인간 군상들의 절망과 허무가 주조음을 이루던 50년대 전후소설의 운명론적 세계관에서 벗어나 존재와 세계에 대한 긍정적인 시선과 낙관적인 전망을 보여준 최초의 시도라는 의미를 부여하고 있다.《길》에 대한 본격적인 논문의 체제와 틀을 갖춘 글로서는 최초인 「손창섭의《길》에 대한 한 고찰」에서 이동하는 이 작품을 "손창섭의 문학세계 속에서는 전례를 찾을 수 없는 전대미문의 존재"로 규정하는 한편 "자본주의적 경제인의 이념형에 대하여, 그리고 자본주의 사회의 이념형에 대하여 아낌없는 긍정을 표시함으로써 그 나름의 독자적인 개성을 확보한 작품"4)으로 평가하고 있다.《길》에 대한 가장 최근에 발표된 「타락한 현실, 무력한 의지 그러나 포기할 수 없다」에서 이호규는 이 작품을 "한 10대 소년의 상경기를 통해 당대 사회의 부조리를 사실적으로 비판하고 있는 세태소설"5)로 규정하고 있다.

이 세 편의 글들은 해석의 관점이나 분석의 초점에서 개별적인 편

---

3) 김병익, 「현실의 도형과 검증 : 손창섭의《길》」, 김병익 외 편,『현대한국문학의 이론』, 민음사, 1982, 343면.

4) 이동하, 「손창섭의《길》에 대한 한 고찰」,『작가연구』창간호, 새미, 1996, 111-117면.

5) 이호규, 「타락한 현실, 무력한 의지 그러나 포기할 수 없다」,《길》, 북갤럽, 2002, 540면.

차를 드러내고 있음에도 불구하고 한가지 중요한 전제를 공유하고 있다. 그 한가지 중요한 전제는, '첫 반응검사', '전대미문의 존재'라는 표현들이 극명하게 보여주는 바와 같이 이 작품의 의미를 1950년대 전후소설과 단절의 지점에서 파악하고 있다는 점이다. 실제로, 인물들의 생의 의지나 세계관, 시·공간적 배경, 전망 등 다양한 서사의 층위에서 비교해 보더라도 이 작품은 황량한 시대적 표정만큼이나 황폐해진 내면풍경을 소유한 병적인 인간군상들의 절망이나 위악이 서사의 전면을 지배하던 1950년대 전후소설들과는 도저히 한 작가의 작품이라고 할 수 없을 정도의 단층을 형성하고 있다는 점에서 기존 논의들의 전제는 충분한 설득력을 확보하고 있는 셈이다.

이 글 또한 기본적으로 그 전제에 동의를 한다. 하지만, 이 글은 그 전제와는 조금 다른 전제를 내세워 이 작품의 의미를 탐색해보고자 한다. 그 전제는, 1952년 〈공휴일〉이라는 단편을 통해 등단해서 도일 이후 《봉술랑》연재를 끝으로 공식적인 창작활동을 마감하던 1970년대 후반까지 손창섭은 시종일관 당대의 사회 현실에 밀착하여 사회적 약자들의 소외나 타자들의 고통에 민감한 촉수를 작동한 리얼리스트로서의 문제의식을 견지한 작가였다는 점이다. 물론 '자화상'이라는 부제를 단 〈신의 희작〉에서 생생하게 확인할 수 있는 바와 같이, 행복하지 못했던 유년기의 개인사와 항상 건곤일척의 승부수를 강요받을 정도의 막다른 골목에 내몰리던 유랑체험을 반복하던 청년기의 성장과정으로 인해 존재와 세계를 인식하고 파악하는 손창섭의 시각이나 세계관이 왜곡되거나 협소할 수도 있다. 또한 유종호의 지적처럼, "그의 인간관은 단선적이고 단순하고 단조롭고, 사회 속에서 변화하는 인간이 아니라 그야말로 존재론적으로 파악된 인간을 그리고 있는 것"[6)]

일 수도 있다. 하지만 그러한 문제에도 불구하고 "나는 현실에서 또는 작품 속에서 나보다 더 괴로운 사람, 불행한 사람들을 찾아내려고 애썼고 한편 그들과 친하기를 원했다."[7]라는 고백적 진술에서 알 수 있는 바와 같이, 손창섭은 소설을 통해 항상 '잉여인간'으로서의 자신의 주변인적 처지를 투사시킨 사회적 약자나 타자들의 인생유전을 변호하고 대변하고자 의식적으로 노력했던 리얼리스트로서의 문제의식을 결코 포기하지 않았던 작가임을 인정하는 데 인색해서는 안 될 것이다.

손창섭을 리얼리스트로서 규정하는 전제의 연장선상에서 이 글은 《길》을 1960년대 후반 대한민국의 사회 현실에 대한 손창섭의 소설적 보고서이자 증언록의 형식으로 간주하고자 한다. 이 전제와 관련하여 이 글의 목적은 크게 두 가지로 압축된다. 하나는, 구체적인 작품 분석을 통하여 1960년대 대한민국의 사회 현실에 대한 손창섭의 문제의식을 확인하는 작업이다. 다른 하나는 이 작업을 손창섭의 도일의 동기와 관련하여 해석하는 작업이다.

2. 보고와 증언 의지 대상으로서의 1960년대 서울

자본주의 근대와 모더니티의 맥락에서 접근하고자 할 때 한국사회의 1960년대는 매우 특별한 지위를 확보하게 되는 시기이다. 그 명암과 공과에 대해서는 사회학자나 역사학자들의 면밀한 검증을 거쳐야 할 문제이지만, 한국사회에서 생산성과 효율성을 최고의 가치로 간주

---

6) 「기획대담 1950년대의 한국문학」, 『작가연구』 창간호, 새미, 1996, 234-235면.
7) 「나의 작가수업」, 송하춘 편, 『손창섭』, 새미, 2003, 299면.

하는 자본주의 근대와 도구적 합리성과 이성의 간계를 지배적인 작동
원리로 하는 모더니티의 질서가 본격적으로 뿌리를 내리는 시기가 바
로 1960년대이기 때문이다.

　자본주의 근대와 모더니티의 시간적 좌표에서 특권적인 지위를 확
보하는 시기가 1960년대라면, 공간적인 좌표에서 특권적인 지위를 확
보하게 되는 장소는 서울이다. 자본주의 근대 및 모더니티 일반과 마
찬가지로 한국사회의 1960년대 자본주의 근대 및 모더니티의 질서 또
한 서울이라는 공간을 중심으로 형성되기 시작하기 때문이다. 그 과
정에서 서울은 '한강의 기적'이라는 수사가 조금도 과장이 아닐 정도
로 엄청난 성장과 풍요를 견인하는 매력적인 공간으로 변모하지만, 또
한편으론 '도시는 인류의 가래침'이라는 루소의 독설이 단순한 수사가
아님을 증명이라도 하듯, 해방과 억압의 얼굴을 동시에 지닌 근대의
내적인 모순들이 응집된 장소이자 야만의 얼굴을 한 병리적 공간으로
변모하기도 한다. 《길》이라는 장편을 통해서 손창섭이 보고와 증언
의지의 법정에 소환하고자 하는 대상은 '폭압적인 근대화의 과정에서
위험사회'[8]의 징후를 드러내기 시작하는 1960년대 서울이라는 공간이
다. '1960년대 서울'에 대한 손창섭의 보고와 증언 의지는 크게 두 가
지 방향에서 이루어진다. 하나는 이 작품의 서사주체이자 초점인물로
기능하는 성칠이의 환멸과 각성을 통한 성장의 과정을 통해서이고, 다
른 하나는 손창섭의 대리인으로 여겨지는 서술자의 적극적인 논평이
나 비판적인 개입을 통해서이다.

---

8) 폭압적인 근대화와 위험사회라는 용어는 홍성태, 「폭압적 근대화와 위험사회」,
　이병천 엮음, 『개발독재와 박정희 시대』, 창비, 2003.에서 인용한 것이다. 홍
　성태는 이 글에서 폭압적 근대화로 인한 위험사회의 양상을 지역주의, 난민사
　회, 불신사회, 병영사회, 폭력사회 다섯 가지로 규정하고 있다.

2.1 환멸과 각성을 통한 성장

1960년대 서울에 대한 손창섭의 보고와 증언의지는 먼저 이 작품의 서사주체이자 초점인물로 기능하는 최성칠이라는 소년의 환멸과 각성을 통한 성장의 틀을 통해서 제시된다. 주체의 현전이나 동일성을 완성시켜 주는 대상은 타자의 부재나 이질성인 법. 따라서 열다섯 살의 시골 소년 성칠이를 이 작품의 서사 주체이자 초점 인물로 기능하게 한 작가의 의도는 1960년대 서울의 타락과 병리를 효과적으로 드러내기 위한 담론 전략이라 할 수 있다. 그러한 맥락에서 성칠을 "작가가 사용하는 내시경의 렌즈"[9]에 비유하는 지적은 매우 적절해 보인다. "여기서는 부정부패 음모 타락이 잡초처럼 무성한 우리의 성인사회, 특히 대도시의 추잡한 현실 속에다 아직 때끼지 아니한 순박한 시골 소년과 소녀를 집어던져 그 반응을 시험해보고 싶다. 근흑자흑이란 말이 있지만 이러한 오탁속에서 상상할 수 없었던 별의별 사람과 별의별 사건을 수없이 겪어나가야 할 그들이 과연 어떻게 변질해나가는가를, 즉 그들의 인간형성의 과정을 독자와 함께 지켜보려고 한다."[10] 라는 연재 당시 '작가의 말'은 그러한 해석의 설득력을 높여주고 있다.

2년 8개월의 서울 체험 기간 동안 성칠이 경험하는 환멸과 각성을 통한 성장이 이 작품의 중심 플롯을 구성하고 있다는 점. 그리고 성칠의 성장을 통해 1960년대 서울, 나아가서는 1960년대 한국의 사회현실에 대한 작가의 비판적인 증언의지를 실천하고 있다는 점에서 이 작품은 전형적인 성장소설의 특성을 지니고 있다.

---

9) 이호규, 앞의 글, 540면.
10) 김병익, 앞의 글, 344면에서 재인용.

교양소설, 형성소설, 입사소설, 보존소설, 발전소설 등 다양한 명칭으로 규정되는 성장소설은 기본적으로 "성인사회로의 존재론적 위치 변화를 위한 새로운 인식과 실천이 드러나는 소설 유형"[11]으로 그 개념을 정의해 볼 수 있다. 이러한 개념적 특성을 지니고 있는 성장소설의 플롯은 일반적으로 지적·도덕적·정신적으로 미성숙한 상태의 어린아이가 전쟁이나 죽음, 아니면 도시체험과 같은 극적인 체험을 통한 '악의 세계의 발견'을 통해 성숙한 주체로 성장하는 과정으로 채워져 있다. 성장의 과정에서 미성숙한 어린아이가 발견하는 세계는 크게 두 가지이다. 하나는, 위대하고 아름답게만 여겨져왔던 어른들의 세계가 반드시, 그리고 항상 위대하거나 아름답지만은 않다라는 사실이다. 다른 하나는, 존재와 세계의 현상과 본질, 육체와 영혼, 이성과 감정, 이상과 현실, 기대와 실제, 당위와 욕망, 안과 밖 사이에는 항상 균열과 분열이 존재하고 있다라는 사실이다. 성장의 과정에서 새롭게 발견하는 두 가지의 사실을 통해서 알 수 있는 바와 같이, 어른이 된다는 것은 존재와 세계의 양면성과 중층성을 간파하는 아이러니의 시선을 체득하게 되는 일이다. 성장의 과정을 통해서 아이러니의 시선으로 무장하게 되는 어린아이에게 이제까지 익숙했던 존재와 세계는 더 이상 예전의 그 익숙했던 존재와 세계가 아니게 된다.

이 작품의 이야기를 추동하는 서사의 핵심 축은 순진무구한 시골소년 성칠의 상경과 귀향이다. 상경과 귀향에 이르는 기간은 정확히 2년 8개월이며, 그 기간 동안 성칠의 나이는 열여섯에서 열아홉이 된다. 성칠의 상경 동기는 서울에서의 성공신화에 대한 욕망이며, 상경의 동기와 맞물리는 귀향의 동기는 당연히 서울에서의 성공신화의 좌절이

---

11) 최현주,『한국 현대성장소설의 세계』, 박이정, 2002, 40면.

다. 성공신화가 좌절되었다고 해서 성칠의 서울 생활이 실패라고만 단정할 수는 없다. 2년 8개월 동안의 서울에서의 인생유전을 통해 성칠은 존재와 세계의 본질에 대해 새롭게 눈을 뜨면서 성장하기 때문이다. 존재와 세계의 본질에 대한 새로운 인식지평을 통해 성장하는 과정에서 결정적인 계기로 작용하는 것은 서울에 대한 환멸과 각성이다. 그러한 점에서 서울에 대한 환멸과 각성이야말로 성칠의 성장을 견인하는 핵심 질료가 되는 셈이다.

환멸과 각성을 통한 성칠의 성장을 견인하는 서울에서의 인생유전 행로는 진옥여관 종업원 - 자성공업사 견습공 - 구두닦이 - 대금업 - 과일 행상으로 이어진다. 이러한 인생행로의 과정을 통해 순진무구한 시골 소년 성칠이 새롭게 발견하는 1960년대 서울의 현실은 온갖 불법과 타락, 비리와 부조리가 창궐하는 '악의 소굴'이다. 서울에서 성칠이 경험하는 인간들 또한 신명약국 주인이나 강남주 양과 같은 몇 사람을 제외하곤 모두 하나같이 타락하고 부패한 군상들뿐이다. 진옥여관의 사장이나 지배인, 자성공업사의 사장이나 공장장, 강이사, 기숙과 미옥 등 성칠의 인생유전 행로에서 만나는 이들은 나이, 성별, 계층, 지위, 학력 등에 상관없이 자신들이 추구하는 욕망에 자신들의 영혼을 저당잡힌 존재들이라는 점에서는 조금도 다를 바가 없다. 이들이 추구하는 욕망의 대상은 돈과 명예, 그리고 권력과 성[12]이다.

---

12) 이 네 가지 욕망의 대상 가운데 특히, 성적인 욕망에 대한 비판 수준은 거의 편집증적 강박에 육박할 정도로 도저한 편이다. 손창섭의 소설에서 관심을 가지고서 주목할 만한 부분은 성적인 욕망에 대한 병적인 비판과 비난이 자서전적 소설인 〈신의 희작〉을 발표한 1961년 이후에 발표된 작품들에서 두드러지게 나타나고 있다는 점이다. 그러한 부분은 이 작품에서 뿐만 아니라 고국으로의 귀환의지를 반영하고 있는 《유맹》이나 부부간의 관계를 통해서 정치적 권력관계를 성찰하고 있는 《부부》등 1960년대에 발표된 장편들에서 공통적

이들이 추구하는 욕망의 대상 그 자체를 크게 문제삼을 수는 없다. 미국의 원조와 강력한 중앙집권적인 통제를 통해 비약적인 산업발전과 경제성장을 구가하던 당시의 상황에서 그 네 가지 대상들은 장삼이사들의 보편적인 욕망이었기 때문이다. 문제는 욕망을 추구하는 과정에서 그들이 보여준 타락한 방식이다. 문제의 핵심은, 그들이야말로 타락한 사회에서 타락한 방법으로 타락한 가치추구에 골몰한 타락한 인간군상들의 전형이라는 점이다. 영도의 죄의식을 소유한 이들에게 중요한 것은 오직 욕망의 추구 그 자체일 뿐이다. 그 이외의 다른 것들에 대해서 이들은 전혀 관심이 없다. 자신들의 욕망을 추구하기 위해서 이들은 권모와 술수, 공갈과 협잡까지도 서슴지 않는다. 사물화된 의식과 전도된 가치관의 소유자들인 이들을 통해서 성칠에게 보여지는 서울의 모습은 타락한 인간 군상들의 전시장과 경연장을 방불케 할 정도이다.

> 그 기간 상경 이래 그가 걸어온 길은 모두가 그러한 위험지구였다. 진옥여관이 그랬고, 자성공업사도 그랬고, 그가 지금 숙식하고 있는 여기도 마찬가지였다. 달리 비유한다면 하나 같이 정연히 다듬어지고 청결한 탄탄대로가 아니라, 악취가 풍기고 병균이 득실거리는 쓰레기로 뒤덮인 지저분한 뒷골목 길이었다. (302-303)[13]

으로 관찰되고 있다. 〈신의 희작〉을 통해서 알 수 있는 바와 같이, 손창섭은 불행했던 유년시절의 개인사로 인해 전형적인 오이디푸스 콤플렉스를 성공적으로 극복하지 못한 전형적인 경우에 해당한다. 이 작품 이후 반복 강박에 가까울 정도로 반복되고 있는 성적인 욕망에 대한 병적인 비판과 비난은 자신의 오이디푸스 콤플렉스로 인한 죄의식을 완화하거나 해소시키기 위한 일종의 방어기제로 보여진다. 이에 대한 논의는 별도의 글을 필요로 한다.

13) 앞으로 본문에서의 작품 인용은 인용문면 다음에 인용면수를 밝히는 방식으로 통일하고자 한다. 인용 텍스트는 《길》, 북갤럽, 2002.

상경 이전 성칠은 자신의 정신적인 지주이자 삶의 좌표 역할을 했던 정지수 선생으로부터 배운 정직과 성실을 서울에 와서도 최고의 덕목과 규범으로 삼아 실천하고자 한다. 성칠의 그러한 실천의지는 그러나, '악취가 풍기고 병균이 득실거리는 쓰레기로 뒤덮인 지저분한 골목'이라는 '은유로서의 질병'이 규정하는 서울에서의 인생행로를 거치는 과정에서 거듭 시험대에 오르게 된다. 성칠이 이러한 시험은 "외부세계에 대한 무지로부터 중대한 인식으로의 통과과정으로 이끌고, 이를 통해 중대한 자기발견과 거기에서 결과되는 인생이나 사회와의 타협"14)을 유도하는 악의 발견의 의미를 지니게 된다.

이러한 판단의 설득력은 서울에서의 인생행로와 그 과정에서의 경험들에 대한 서술자의 서술 태도를 통해서도 확인할 수 있다. '그는 엉뚱한 세계에 뛰어든 당황과 불안감에서 마음이 어지러웠다'(46면), '여관이 이런 곳인 줄을 성칠은 꿈에도 생각지 못했다. 그러나 이 정도가 아니라 더 놀라운 일이 있었다.'(40면), '성인 남녀가 함께 목간을 한다는 것은 성칠이로서는 상상조차 할 수 없는 놀라운 일이었다.'(94면), '성칠은 뭐가 뭔지 알 수가 없었다. 그저 그 자신이 그런 일을 겪기라도 한 것처럼 점직하고 어지럽기만 했다.'(95-96면), '이 사실은 성칠에게 커다란 충격과 혼란을 가져다주었다. 도시 인간이란 게 뭐가 뭔지 알 수가 없다.'(168-167면), '오늘이야 오늘이야 별러오던 참에 그로서는 상상조차 할 수 없었던 엄청난 일이 벌어진 것이다.'(206면)

성칠의 성장을 견인하고 자극하는 서울에서의 인생행로와 그 과정에서의 경험을 서술하는 용어들은 모두 하나같이 정상적인 판단의 범

---

14) 모르데카이 마르쿠스/최상규, 「이니시에이션 소설이란 무엇인가」, 찰즈 E 메이 엮음/최상규, 『단편소설의 이론』, 정음사, 1984, 293면.

위나 상궤에서 벗어나는 일탈의 정도가 아주 심한 표현이나 수사로
일관하고 있다. 이러한 표현과 수사를 동원하여 서술자는 2년 8개월
동안의 서울에서의 인생행로가 성칠에게 실존의 존재론적 전환을 의
미할 정도로 커다란 사건의 의미를 함축하고 있음을 반영하고 있다.
더욱이 강이사의 이중적인 모습은 성칠에게 실존의 근저를 충격할 정
도의 강력한 혼동과 혼란을 경험하게 한다.

> 그런 일이 있은 뒤로는 인간에 대한 성칠의 소박한 가치 평가의 척도
> 가 흔들리기 시작했다. 지금까지 그가 존경할 수 있는 사람은 정직하고
> 점잖은(품행이 방정한) 위에, 지위가 높든지 돈이 많든지 학식이 뛰어난
> 사람이었다.…
> 아무리 정직하고 품행이 방정하더라도 지위나 돈이 없는 사람을 훌륭
> 한 사람이라고 할 수 있을까. 성칠의 고향에만 하더라도 점잖고 정직한
> 사람은 얼마든지 있다. 그렇다고 지위도 돈도 학식도 없는 그들을 과연
> 훌륭한 인물로 존경할 수 있을까.…
> 그렇지만 다시 뒤집어 생각하면 아무리 지위가 높고 돈이 많다고 해
> 도 사람으로서는 차마 할 수 없는 추잡한 짓을 하는 사람을 어떻게 존경
> 한단 말인가. 성칠은 아무리 생각해보아도 이 문제에 대해서 스스로 자
> 신있는 판단과 결론을 내릴 수가 없었다.(96-97면)

문면을 통해서 확인할 수 있는 사실은, 훌륭한 인간의 판단 기준에
대한 혼란으로 인해 고민하는 성칠의 내면풍경이 매우 복잡하고 착잡
하다는 점이다. 이제까지 성칠에게 훌륭한 사람이 갖추어야 네 가지
미덕은 학식과 지위, 그리고 정직과 단정한 품행이었다. 진옥여관 종
업원 시절 알게 된 강이사야말로 그러한 네 가지 미덕을 두루 갖춘
훌륭한 인물의 전형일 것이라 판단한 성칠은 존재 그 자체에 압도될

정도의 존경과 외경으로 그를 대한다. 그러나 거듭되는 경험을 통해서 알게 된 강이사의 실체는 지금까지 간직해 온 훌륭한 인간의 판단 기준 자체를 뿌리째 뒤흔들 정도로 부도덕하고 비열하고 야비한 인물로 드러난다. 네 자매 모두가 어머니가 다를 정도로 문란하고 방종한 성생활, 국회의원 선거 과정에서 당선을 위해 자신의 딸인 강남주마저 납치하여 린치하고서도 그것을 상대편의 테러로 전가하는 흑색선전을 동원할 정도로 능수능란한 권모와 술수, 법률 상식에 무지한 선량한 사람들의 약점을 이용한 재산 갈취 등 강이사가 보여주는 비행과 악덕은 일일이 열거할 수 없을 정도로 많고도 다양하다.

강이사의 이중적인 실체를 통해서 성칠은 존재의 겉과 속, 현상과 본질, 기대와 실제 사이에는 균열과 분열이 존재한다는 아이러니의 시선을 체득하게 된다. 그 과정에서 성칠은 인간이란 그 자체로 선하지도 악하지도, 그리고 추하지도 악하지도 않고 다만 독창적으로 존재할 뿐이다라는 성숙한 인간관을 체득하기도 하지만, 한편으론 문면에서 보는 바와 같이 강이사의 이중성에 대한 실망과 배반으로 인해 인간 자체에 대해 불신하고 혐오하는 부정적인 인간관을 체득하게도 된다. 성칠의 이러한 고민과 갈등은 "모든 가치들이 교환가치에 궁극적인 기원을 두고 있는 시장의 매개 메커니즘에서 생겨난 양가성이 전면화 · 편재화함에 따라 '자아' 역시 판단과 행위에 있어서 중대한 위협에 직면"[15]하게 되는 현대인들의 갈등과 분열을 여실히 보여주고 있다.

존재와 세계에 대한 과거의 관점을 무력화시킬 정도의 충격적인 경험을 반복하는 동안 성칠은 이제까지와는 전혀 다른 방식으로 존재와 세계를 바라보는 성장과 그 과정에 필연적으로 수반되는 시련을 경험

---

15) 페터 V 지마/서영상 · 김창주, 『소설과 이데올로기』, 문예출판사, 1996, 49면.

하게 된다. 2년 8개월의 서울에서의 경험이 야기한 주체의 위기와 실존의 분열을 성장으로 해석하는 해석의 정당성은 '인간은 누구나가 행복을 갈구하고 있다는 것, 그러나 결코 돈만으로 인간의 행복이 달성되지 않는다는 것을 그는 새삼스럽게 절실히 깨달았다.'(479면) '신명약국 주인의 말대로 국회의원이라는 사람도 무조건 존경하고 신용할 수 있는 족속은 아닌가 보다. 성칠은 차츰 현실 사회의 다단함과 복잡성을 실감할 수 있을 것 같았다.'(409면) '진옥여관 여주인의 사망 기사를 보았을 때와 마찬가지로 강이사의 국회의원 당선 보도를 보면서 성칠은 말할 수 없는 허무감에 사로잡혔다. 인간에 대한, 사회에 대한, 정치에 대한 신뢰감이 자신에게서 사라져 가는 것을 그는 느끼었다.'(488면) 등과 같은 서술자의 논평과 개입을 통해서도 확인할 수 있다. 다만, 중요한 것은 성칠의 성장을 서술자가 어떻게 바라보는가 하는 문제이다.

> 그만큼 인간을, 남녀를 바라보는 그의 눈이 성장해가는 것이다. 어쩌면 그것은 불행한 성장인지 모른다.(29면)

'불행한 성장인지 모른다'라는 추정의 형태를 통해서이긴 하나, 서술자는 성칠의 성장을 불행한 성장이라고 규정하고 있다. 서술자의 이러한 규정은 1960년대 한국의 사회현실에 대한 손창섭의 비판적인 문제의식을 반영하는 한편 더 나아가서는 손창섭의 도일 동기에 대한 중요한 정보원으로 기능하고 있다는 점에서 매우 중요한 의미를 지니게 된다. 더욱이 '진실한 의미에서의 출세나 성공이란 과연 무엇인가에 새로운 의문을 느끼면서' 성칠을 귀향하게 하는 서사의 설정 또한 손창섭의 도일 동기와 밀접한 관련이 있어 보인다.

2.2 적극적인 논평과 편집자적 해석을 통한 비판

열여섯 살 시골 소년 성칠의 순진무구한 시선을 통해서는 1960년대 서울을 통해서 드러나는 자본주의 근대 및 모더니티의 양면성과 폭력성을 규정하는 다양한 권력의지들 사이의 본질적인 연관관계와 총체성을 파악하는 데는 분명한 한계가 있을 수밖에 없다. 어른들의 악의 세계로부터 오염되지 않은 성칠의 순정한 시선이 1960년대 서울의 타락과 병리를 선명하게 드러내는 장점이 있을 수도 있겠으나, 근본적으로 단순과 과장의 혐의로부터 결코 자유로울 수 없기 때문이다. 초점인물로서의 성칠의 한계를 보완해주는 서술장치로 기능하는 인물이 신명약국 주인과 서술자이다. 그러한 서술장치의 작동은 신명약국 주인의 경우, 대화 도중 성칠의 질문에 대한 답변의 방식을 통해서, 그리고 서술자의 경우는 적극적인 논평이나 편집자적 해석의 방식을 통해서 이루어지고 있다.

초점인물 최성칠의 환멸과 각성을 통한 성장과 더불어 신명약국 주인의 적극적인 논평과 서술자의 편집자적 해석은 1960년대 서울에 대한 손창섭의 보고와 증언의지를 반영하고 있다. 더욱이 신명약국 주인의 적극적인 논평과 서술자의 편집자적 해석은 성칠의 성장에 비해 당시 한국사회의 대한 손창섭의 문제의식의 핵심을 훨씬 더 직접적인 형태로 반영하고 있다는 점에서 손창섭의 도일 동기와 관련해서도 더욱 중요한 의미를 지니게 된다. 그런 점에서 "성칠이 구두닦이를 하면서 알게 된 신명약국 주인은 한마디로 작가의 페르소나라고 할 수 있다. 그는 성칠을 상대로 신랄한 사회비판, 현실비판적인 얘기를 해서 성칠의 사회인식을 교정해주는 인물이다. 그는 곧 소설 속에 뛰어든 작가이다. 정지수 선생이 성칠의 유년의 정신적 지주라면 약국 주인은 성칠의 살아있는 정신적 지주이다."[16]라는 지적은 충분한 설득력이 있어 보인다. 한편, 그러한 서술장치의 작동은 신명약국 주인의 경우, 대화 도중 성칠의 질문에 대한 답변의 방식을 통해서, 그리고 서술자의 경우는 적극적인 논평이나 편집자적 해석의 방식을 통해서 이루어지고 있다.

그건 상대방의 약점을 이용해서 부당한 폭리를 취하는 행위야. 약뿐 아니라 모든 분야에서 세상엔 그런 악덕배가 많다. 사업가나 상인 중에도 그런 족속은 얼마든지 있구, 학교 장사꾼들도 그 따위들야. 의사 가운데도, 약사 가운데도 그런 것들이 수두룩해. 어떤 경우든, 상대방이 속으론 욕하면서 울며 겨자 먹기로 할 수 없이 이쪽 요구에 응해 오게 해선 안 되는 거야.(476면)

남주와 동거생활을 시작한 것은 확실히 경솔한 일이었다. 도에 넘는 남의 호의를 이유없이 받아들인다는 것이 우선 잘못이었다. 그것은 공것을 좋아하는 심리다. 한국인의 가장 나쁜 버릇의 하나다.(440면)

한국의 상인의 거의가 도둑놈이다. 손님에게 바가지 씌우는 것을 상술로 삼고 있는 악덕상인이 대부분이다. 게다가 걸핏하면 손님에게 욕짓거리를 하고 두들겨 패기가 예사다.(454면)

차츰 선거전의 열도가 가해지면서부터 전국적으로 불상사가 꼬리를 물고 일어나기 시작했다. 정체불명의 괴한들의 횡행, 협박, 공갈, 습격,

---

16) 이호규, 앞의 글, 543-544면.

폭행, 납치 등등 갖은 난동이 태연히 자행되었다. 이쯤 되면 완전히 난
장판이었다.(486면)

이 문면들은 당시 한국사회 현실에 대한 손창섭의 문제의식이 어떠
했나를 정확하게 엿보게 하는 대목들이다. 당시 한국사회는 미국의
개발 원조와 한국의 풍부한 노동력을 바탕으로 박정희 정권이 군사작
전을 방불케 할 정도의 일사불란한 체계와 일사천리의 속도로 국가
주도의 자본주의 근대를 진행하던 상황에 놓여 있었다. 당시 개발 독
재의 양상을 보이며 진행된 자본주의 근대는 정치·경제적 위기상황
이 닥칠 때마다 단 하나에 모든 것을 배팅하여 돌파구를 찾곤 했던
박정희 정권의 올인 전략과 밀접한 관련이 있었다. '한강의 기적'이라
는 수사가 압축하고 있는 바와 같이, 박정희 정권에 의해 의욕적으로
추진된 국가 주도의 산업화를 통한 자본주의 근대로 인해 한국사회는
엄청나게 빠른 속도로 성장과 발전을 이룩하게 된다. 하지만 그 정책
은 또한 미국에 대한 지나친 의존, 노동자·농민을 비롯한 사회적 약
자들의 일방적인 희생, 국가 주도의 산업화 정책에 반대하는 반체제
민주화 세력에 대한 억압과 탄압 등의 문제들로 인해 숱한 부작용과
사회 문제들을 양산하게 된다. 그러한 부작용이나 폐해들은 "현재의
한국사회 자체가 박정희 시대의 유산"[17]이라는 명제가 여전히 유효할
정도로 상당 부분 현재 한국 사회 문제의 기원을 이루고 있을 정도이다.
   그러한 부작용이나 폐해 가운데 손창섭이 가장 심각한 문제로 인식
하고 있었던 부분은 자본주의 근대가 진행되는 과정에서 사회 각 부
문에서 독버섯처럼 창궐하던 각종 부정부패와 부조리였던 것으로 보

---

17) 김형아/신명주, 『박정희의 양날의 선택』, 일조각, 2005, 13면.

인다. 당시 한국사회의 부정부패나 부조리 수준에 대해 손창섭은 복마전이나 악의 소굴로 인식하고 있었을 정도로 심각하게 보고 있었던 것으로 보인다. 손창섭의 그러한 인식 수준을 극명하게 보여주는 서사정보가 바로 신명약국 주인과 서술자의 적극적인 논평과 편집자적 해석의 형식이다.

1960년대 한국사회를 인식하고 평가하기 위해 신명약국 주인이나 서술자들이 동원하고 있는 용어나 표현들은, '그런 족속', '그 따위들', '그런 것들', '도둑놈', '악덕 상인', '난장판' 등 하나같이 경멸과 비하의 뉘앙스로 가득 차 있다. 거의 독설 수준이다. 그리고 그 정도나 수준을 한정하는 표현들 또한 '가장 나쁜', '거의가 도둑놈', '걸핏하면', '예사', '완전히' 등 빈도나 강도 등에서도 최고의 단계를 지시하는 낱말들로 이루어져 있다. 물론, 이와 같이 균형감각을 상실한 극단적이고 감정적 표현이나 용어들은 인식대상에 대한 온전한 이해를 차단하는 장애요인이 되기도 한다. 신명약국 주인이나 서술자의 절제되지 못한 과격한 표현이나 용어들 또한 그러한 문제로부터 결코 자유로울 수 없다. 대상을 단순화하거나 일반화한다는 점은 많은 연구자들로부터 손창섭 문학의 문제나 한계로 지적되어 온 바이기도 하다. 따라서 신명약국 주인이나 서술자의 표현이나 용어들에 대해 당시 한국사회의 한 단면을 확대·과장한 혐의를 지울 수는 있다. 하지만 그 문제는 당시 한국 사회에 대한 손창섭의 비판의 강도가 어느 정도로 강했는가 하는 맥락에서 바라보아야 할 것으로 보인다.

3. 도일 동기로서의 문제의식

손창섭은 1972년 말 고은에게 언젠가 반드시 다시 돌아오겠다는 다짐을 남기면서 부인이 살던 일본으로 건너간다. 도일의 동기, 그리고 도일 이후 손창섭의 구체적인 행적이나 신상에 대해서는 풍문만 무성할 뿐 정확하게 확인된 사실은 거의 없는 실정이다. 그도 그럴 것이, 손창섭은 "국내에서 한창 활동할 때에도 작품 활동 이외에는 매체나 지면을 통해 사생활이 노출되는 것을 몹시 꺼렸고, 문단의 교우관계도 극히 제한적이어서 그를 잘 아는 사람이 거의 없다시피 한 데다, 일본에 건너간 이후에는 아예 국내와 연락을 끊다시피"[18]하여 왔기 때문이다. 더욱이 손창섭은 자신의 신상이나 사생활에 관련된 글들을 남긴 게 거의 없기[19] 때문에 손창섭의 행적이나 신상을 둘러싼 풍문이나 추정은 세간에 회자되며 더욱 증폭되어 온 감이 없지 않다.

손창섭은 왜 도일하였을까? 손창섭의 도일 동기에 관한 해답은 그 당시는 물론이고 지금도 여전히 의문부호로 남아있다. 다만 여러 가지 추정이나 짐작만이 가능할 뿐이다. 그 중에서도 가장 믿을 만한 정보는 "5.16 이후 군사정권 아래에서의 타락하고 부패한 현실에 대한 환멸"[20]이었을 것이라는 추정이다. 도일 직전에 연재된 《길》의 분석을 통해서 그러한 추정의 설득력을 확인해보고자 했던 것이 이 글의

---

18) 「도일 후의 손창섭에 대하여」, 『작가연구』창간호, 1996, 새미, 160면.
19) 손창섭의 사생활이나 신상에 접근할 수 있는 글들이라곤 자화상이라는 부제를 단 〈신의 희작〉, 「아마추어 작가의 변」이나 「나의 작가 수업」 등 자신의 창작활동과 관련된 단상들을 기록한 에세이 정도이다. 에세이 성격의 글들에 대해서는 송하춘 편, 『손창섭』, 새미, 2003의 295-333면에 수록되어 있음.
20) 「도일 후의 손창섭에 대하여」, 앞의 책, 162면.

중요한 문제의식이었다. 다시 말해 5.16 이후 군사정권 아래에서의 타락하고 부패한 현실에 대한 환멸로 인해 더 이상 한국에 머물지 못하고서 일본으로 건너가게 된 사정을 소설 형식을 통해서 들려준 작품이 바로 《길》이 아니었을까 하는 짐작이었다. 이 작품의 연재가 끝난 지 3년이 지난 1972년 말 손창섭은 부인이 살고 있던 일본으로 훌쩍 건너간 이후 지금까지도 생사 여부 자체가 궁금할 정도로 은둔 생활을 고집해 오고 있다. 이 사실 하나만 보더라도 이 작품의 텍스트의 무의식을 도일 동기와 연결하는 이 글의 문제의식은 충분히 의미를 지니고 있어 보인다. 2장에서의 분석 결과를 이 글의 문제의식과 연결하여 논의하기에 앞서 도일 직전까지의 손창섭의 실존을 재구하는 게 순서일 듯싶다.

유년기의 불우했던 가족사와 성장환경, 그리고 청년기의 거듭되는 유랑체험과 그 과정에서 경험했던 혹독한 빈궁상황. 이러한 요인들이 그의 인성과 인격 형성에 복합적으로 작용하면서 손창섭은 정상적인 정신적 성장과 육체적 발육을 방해받았을 것으로 보인다. 여러 자료들을 통해서 유추해 볼 때, 비정상적인 성장환경과 혹독한 빈궁체험으로 인해 손창섭은 피해의식과 열등의식을 비롯한 다양한 신경증의 소유자였을 것으로 짐작된다. 이는 무엇보다도 손창섭 자신의 고백적 진술들이 다투어 증명하고 있는 바이다.

> 따뜻한 가정과 사랑이란 것을 모르고 어려서부터 거칠고 냉혹한 현실의 물결 속에 던져져야 했던 나는, 어떻게 해서든지 살아야 된다는 발악과 함께, 육체와 정신은 건전한 발육을 가져오지 못하고, 나날이 위축되고 야위어가고 일그러져만 갔다.[21]

　　우선 아무렇게나 생겨먹은 외모부터가 도무지 탐탁한 구석이라곤 없
는 것이다.…어느 한 구석 정상적인 엄격한 인간 규격에 들어가 맞는 풍
모는 도시 아니다.
　　S의 외형이 이런 꼬락서닐 제야, 그 내부 세계 또한 규격 미달의 불구
상태일 것은 거의 뻔한 노릇이다.[22]

　이와 같이 불우한 유년기와 청년기를 보내는 과정에서 손창섭은 자
신을 차별하고 무시한다고 생각하는 세상에 대한 피해의식 및 열등감,
그리고 그로 인한 세상에 대한 맹목적인 울분과 공격적인 충동으로
적지 않은 고통을 받았을 것으로 추정된다. 청년기의 성장과정을 보
여주는 작품이나 자료들을 통해서 짐작할 수 있는 바와 같이, 손창섭
은 자신의 처지를 항상 더 이상 물러설 곳이 없는 막다른 골목에 몰린
자의 절박한 상황, '모 아니면 도', '삶 아니면 죽음'이라는 백척간두의
극단적인 상황으로 규정했던 것으로 보인다. 이러한 상황에서 자신이
믿고 의지할 대상이라곤 자신의 맨몸뚱이 이외에 그 어느 것도 기대
할 수 없었던 손창섭이 선택할 수 있었던 유일한 생존전략은 폭력에
호소하는 방법 이외에 달리 없었을 것이다. 혈기방장한 청년기는 물
론이고 성인이 된 이후에도 상당 기간 지속되었던 폭력을 통한 문제
해결 방식은 손창섭의 그러한 처지를 고려하지 않고서는 이해하기 어
렵다. 그러한 폭력에의 호소를 통해 그는 단 한번조차 자신에게 우호
적인 적이 없었다고 생각하는 이 세상과 가진 자들에 대한 적대적인
감정과 울분을 맹목적으로 분출했던 것으로 보인다.
　그러나 건곤일척의 승부수로 선택한 폭력을 통해 매사를 해결하는

---

21) 손창섭, 「아마츄어 작가의 변」, 송하춘 편,앞의 책, 2003, 311-312면.
22) 손창섭, 〈신의 희작〉, 《잉여인간》, 민음사, 2002, 198-199면.

천둥벌거숭이 전략은 언제까지 지속될 수는 없는 법. 그러한 전략은
항상 상징계의 타자로 추방당하거나 배제당하는 위험을 감수해야만
하기 때문이다. 이러한 갈등 상황에서 폭력의 대안으로 등장하게 된
수단이 바로 글쓰기 행위였다. 1953년 31살의 나이에 단편 〈사연기〉
를 통해『문예』추천을 받아 정식으로 등단한 손창섭은 이후 이 세상
에 대한 적대적인 울분과 공격적인 충동을 글쓰기를 통해 상상적으
로 해소하게 된다. 손창섭에게 글쓰기 행위는 따라서 이 세상과 가진
자들에 대한 적대적인 감정과 울분을 분출하는 합법적인 폭력의 의
미를 지니게 된다. 자신의 글쓰기 행위의 의미나 지위에 대해 손창섭
은 스스로 합법적인 폭력으로 인정하는 듯한 글을 남기고 있어 주목
을 요한다.

> 이와 같이 새로운 '나'와 '남'의 발견은 결과적으로 나에게 인간 및 사
> 회에 대한 불신과 반발심을 길러주었고 심지어는 신에 대한 원망마저 품
> 게 하였던 것이다. 이리하여 나의 '인간'은 삐뚤어진 반항의식으로 성장
> 했고, 걷잡을 수 없는 피해의식에 사로잡히는 결과가 되고 만 것이다.
> 만신창이(滿身瘡痍)의 적의만 남은 불구의 패잔병이었다. 이러한 패잔
> 병이 현실 사회에 쉽사리 용납될 리가 없었다. 어딜 가나 멸시와 배척을
> 당할 뿐이었다. 이렇듯 나와의 공존과 공감(共感)을 허용하려 하지 않는
> 기성사회, 기성 권위에 대한 억압된 나의 인간의 자기 발산이 문학 형태
> 로 나타난 것이 말하자면 나의 소설이라 하겠다.[23]

등단 이후 손창섭은 이 세상과의 소통의 문을 완전히 차단하다시피
한 상태에서 은둔과 칩거에 들어가게 된다. 자신의 적대적인 감정과

---

23) 손창섭, 「아마츄어 작가의 변」, 앞의 책, 312-313면.

울분을 글쓰기 행위라는 합법적인 폭력을 통해 간접적으로 해소하고
난 손창섭에게 세상과의 교섭이나 소통은 더 이상 아무런 의미를 지
닐 수 없었기 때문이다. 그러한 변화는 등단 이후 손창섭에게 나타난
가장 중요한 변화였을 것으로 보인다. 손창섭이 이 세상과 단절한 채
은둔과 칩거를 고집하던 1960년대 한국사회는 급속한 산업화의 흐름
에 휩쓸리게 된다. 미국의 개발 원조와 한국의 풍부한 노동력을 바탕
으로 박정희 정권이 '우리도 한번 잘 살아보세'라는 기치를 내세우며
의욕적으로 추진했던 근대적 산업화는 보릿고개로 표상되는 한국사회
의 절대적인 궁핍을 해소하는 데 상당한 힘을 발휘할 정도로 효과를
보게 된다. 하지만 모든 사물에는 빛과 그림자가 공존하는 법. '초고
속 압축근대화'나 '개발독재'라는 용어에서 알 수 있는 바와 같이, 노동
자나 농민과 같은 하위주체들의 강요된 희생을 담보로 군사작전을 방
불케 할 정도로 빠르게 진행된 1960년대 한국사회의 산업화 과정은
예기치 못했던 수많은 부작용과 문제들을 드러내게 된다. 그 중에서
도 사회 각 부문에 독버섯처럼 창궐한 부정부패와 비리 및 부조리는
한국사회 부정부패의 기원을 이룰 정도로 심각한 양상을 드러낸다.
그 과정에서 대부분의 구성원들은 자본의 논리에 자신들의 영혼을 저
당잡히면서 부패와 타락의 수렁으로 기꺼이 투항해 들어간다. 이러한
상황이 조금도 개선되지 않을 것이라 판단한 손창섭은 더 이상 한국
에 머물지 못하고 부인이 살던 일본으로 건너갔을 것으로 짐작된다.
그러한 과정을 소설의 형태로 보여준 작품이 바로 《길》이었을 것이
다. 이 작품의 연재가 종료된 1969년으로부터 불과 3년 뒤인 1972년
말에 훌쩍 일본으로 건너 간 이후 지금까지도 소식조차 모르는 그의
근황이 이를 잘 말해주고 있다.

4. 나오는 말

이 글은 한 가지 중요한 문제의식에서 출발했다. 그 문제의식의 핵심은, 전후 못지않은 폭력과 부조리가 지배하는 1960년대 한국의 사회현실을 비판적으로 성찰하고 있는 《길》이 5.16 이후 군사정권 아래에서의 타락하고 부패한 현실에 대한 환멸이었을 것으로 추정될 뿐 여전히 의문부호로 남아 있는 손창섭의 도일 동기에 대한 단서나 정보가 될 수 있으리라는 기대였다. 이러한 문제의식의 연장선에서 이 글은 《길》을 1960년대 후반 대한민국의 사회현실에 대한 손창섭의 소설적 보고서이자 증언록의 형식으로 간주하고자 했다. 이러한 문제의식을 해명하기 위해 이 글의 작업은 크게 두 가지 방향에서 진행되었다. 하나는, 구체적인 작품 분석을 통하여 1960년대 대한민국의 사회 현실에 대한 손창섭의 문제의식을 확인하는 작업이었다. 다른 하나는 이 작업을 손창섭의 도일 동기와 관련하여 해석하는 작업이었다. 논의의 과정을 요약·정리하는 것으로 결론을 삼고자 한다.

분석 결과 '1960년대 서울'에 대한 손창섭의 보고와 증언 의지의 실현은 크게 두 가지 방향에서 이루어짐을 확인할 수 있었다. 하나는 이 작품의 서사주체이자 초점인물로 기능하는 성칠이의 환멸과 각성을 통한 성장의 과정을 통해서이고, 다른 하나는 손창섭의 대리인으로 여겨지는 신명약국 주인과 서술자의 적극적인 논평이나 비판적인 개입을 통해서였다. 환멸과 각성을 통한 성칠의 성장을 '불행한 성장'으로 규정하고 있는 점, 그리고 어른들의 악의 세계로부터 오염되지 않은 성칠의 순정한 시선을 보완하기 위한 서술적 장치로 동원되고 있는 신명약국 주인이나 서술자의 표현이나 용어들이 하나같이 경멸과 비하의 뉘앙스로 가득 찬 독설 수준에서 제시되고 있는 점 등으로 미루어 볼 때, 이 작품을 손창섭의 도일 동기에 대한 정보원으로 접근하고자 했던 이 글의 문제의식은 크게 무리가 아니었음을 확인할 수 있었다. 다시 말해 5.16 이후 군사정권 아래에서의 타락하고 부패한 현실에 대한 환멸로 인해 더 이상 한국에 머물지 못하고서 일본으로 건너가게 된 사정을 소설 형식을 통해서 들려준 작품이 바로 《길》이라 할 수 있다. 이 작품의 연재가 끝난 지 3년이 지난 1972년 말 손창섭은 부인이 살고 있던 일본으로 훌쩍 건너간 이후 지금까지도 생사 여부 자체가 궁금할 정도로 은둔 생활을 고집해 오고 있다. 이 사실 하나만 보더라도 이 작품의 텍스트의 무의식을 도일 동기와 연결하는 이 글의 문제의식은 충분히 의미를 지니고 있어 보인다.

11

강요된 디아스포라 : 손창섭의 『유맹』론

1. 들어가는 말

이제까지 손창섭에 대한 기존의 논의들은 거의 대부분, 그의 작가
적 정체성을 '1950년대 전후작가'라는 표지로 규정해 왔다. "손창섭은
1950년대 문학의 자화상"[1], "손창섭 소설의 현주소는 대부분 6·25전
쟁 직후의 피난지다"[2]라는 규정 들은 그와 같은 기존 연구들의 방향
성을 극명하게 보여주는 대표적인 사례들이다. 극도의 혼란과 절망으
로 점철된 1950년대 전후의 시대상황에 대한 문제의식을 적극적으로
반영하고 있는 작가는 물론 손창섭만이 아니다. 특정한 사회·역사적

---

1) 하정일, 「전쟁 세대의 자화상」, 『20세기 한국문학과 근대성의 변증법』, 소명출
판, 2000, 289면.
2) 송하춘, 「전후 시각으로 쓴 첫 일제 체험」, 송하춘 편, 『손창섭』, 새미, 2003, 213면.

인 상황에 조건지워진 현존재로서의 1950년대 작가들 또한 "모든 논리를 등지고 불치의 감탄사로써 말하지 않으면 안 되었던"[3] 전후의 황폐한 현실을 외면하기 어려웠을 것이다. 서사의 초점이나 전망, 기법이나 담론의 문법 등에서 적지 않은 차이를 드러내면서도 장용학, 서기원, 김성한, 선우휘, 오상원, 전광용, 이범선, 오영수 등 많은 작가들이 서사의 중심에 전후의 황폐한 현실과 그 속에서 유령처럼 존재했던 병적인 인간 군상들을 끊임없이 호출할 수밖에 없었던 이유 또한 원천 서사로서의 한국전쟁이 지니는 절대적인 하중으로부터 결코 자유로울 수 없었던 그들의 실존적 정황 때문이었을 것이다. 사정이 그러함에도 불구하고 장용학과 더불어 손창섭을 1950년대 전후작가의 상징으로 표상하는 이유는 어디에 있는 것일까? 다른 무엇보다도 1950년대 그의 대부분 작품들이 "전쟁으로 인해 훼손된 삶의 모습과 그로 인한 절망과 방황"[4]을 다른 어느 작품들보다 더 핍진하게 형상화하고 있기 때문일 것이다.

모든 사물에는 빛과 그림자가 공존하는 법. 1950년대 작가라는 맥락에서 손창섭의 작가적 정체성을 규정하는 기존의 대부분 논의들은 그것이 지니는 충분한 설득력에도 불구하고 한가지 결정적인 문제를 지니게 된다. 그 문제의 핵심은 손창섭을 1950년대 작가의 표지에 고착시키면서 논의의 대상 또한 1950년대 작품들에 한정시키게 됨은 물론 그 결과, 도일 이후 1970년대까지 지속된 그의 다른 중요한 성취들을 서자 취급하게 된다는 점이다. 실제로 손창섭은 1950년대 황폐한

---

3) 고은, 『1950년대』, 청하, 1989, 19면.
4) 이기인, 「개인의 생존과 인간다운 삶에의 집념」, 송하춘·이남호편, 『1950년대의 소설가들』, 나남, 1994, 34면.

전후 현실에 대해 지녔던 현실인식과 문제의식을 그대로 유지하면서 1970년대 후반에 이르기까지 활발한 창작활동을 지속했음을 알 수 있다. 구체적으로 이 시기(1959-78)에 "손창섭은 『낙서족』이나 『유맹』 외에도 『길』, 『부부』, 『이성연구』, 『삼부녀』, 『여자의 전부』, 『아들들』 등의 장편소설을 다수 남겼고 일본에 건너가서도 『유맹』에 이어 고려시대 무인 집권 시대를 배경으로 삼은 『봉술랑』을 연재한 바 있다."[5] 그럼에도 불구하고 1950년대 이후에 발표된 작품들에 대해서 관심을 보이지 않는 것은 온당하거나 공정한 처사라고 하기 힘들다. 이 글의 문제의식이 발기하는 장소는 바로 이 지점에서이다. "이처럼 손창섭과 그의 소설을 한국전쟁의 코드로만 이해하게 되면 특히 1960년대 중반 이후의 손창섭 소설에 대해 관심을 갖지 않게 되면서 손창섭 소설이라는 현상 전체를 이해하고 해명하는 데 한계로 작용할 수도 있다"[6]라는 지적은 이 글의 문제의식을 뒷받침하고 있다.

1960년 이후 발표된 장편들 가운데 특히 『길』과 『유맹』은 주목을 요하는 작품들이다. 우선 『길』은 언젠가 꼭 다시 오겠다는 말과 함께 "일본인 처와 함께 도일하게 된 가장 큰 동기로 거론되고 있는, 5.16 이후 군사정권 아래에서의 타락하고 부패한 현실에 대한 환멸"[7]의 소설적 보고서의 성격을 지니고 있어 아직까지도 의문부호로 남아 있는 손창섭의 도일에 관한 동기를 엿볼 수 있는 작품이고, 상당 부분 손창섭의 개인사적 정보와 일치하고 있다는 점에서 사소설적인 면모를 많이 지니고 있는 『유맹』은 재일 한인들의 비극적인 실상에 대한 소설

---

5) 방민호, 『한국 전후문학과 세대』, 향연, 2003, 200면.
6) 앞의 책, 166면.
7) 강진호, 「도일 후의 손창섭에 대하여」, 『작가연구』창간호, 새미, 1996, 160면.

적 보고서의 성격을 지니고 있어 도일 이후에도 여전히 한국과의 소통 단절로 인해 많은 궁금증을 자아내게 하고 있는 손창섭에 관한 정보를 엿볼 수 있게 하는 작품이기 때문이다. 이 두 장편들 가운데서 먼저 이 글이 논의의 대상으로 초점화하고자 하는 작품은 『유맹』이다. 크게 두 가지 이유에서이다. 하나는 앞서 말한 바와 같이 이 작품에 대한 기존 논의가 거의 없다라는 점이다. 강진호의 「재일 한인들의 수난사」와 방민호의 「손창섭의 『유맹』과 재일의 운명」 등 두 편의 주목할 만한 성과를 제외하곤 이 작품에 대한 기존의 논의를 찾아볼 수 없다. 다른 하나는, 이 작품이 최근 들어 많은 연구자들에게 관심의 초점으로 부상하고 있는 디아스포라 체험과 관련하여 생산적인 자극을 제공하고 있다라는 점이다. 이러한 문제의식과 동기에서 출발한 이 글이 도달하고자 하는 목표는 구체적인 작품 분석을 통하여 재일 한인 디아스포라에 대한 손창섭의 문제의식을 밝혀보고자 하는 작업이다

2. 강요된 디아스포라와 정체성의 분열

　『유맹』은 도일 이후 1976년 1월 1일부터 10월 28일까지 252회에 걸쳐 『한국일보』에 연재된 장편소설이다. "이 작품에도 작가의 자전적 체험이 강하게 투사되어 있다"[8], "단순한 자전적 소설이 아니라 사소설적 면모가 짙은, 자전적 성격이 매우 강한 소설"[9]이라는 지적들

---

8) 강진호, 「재일 한인들의 수난사」, 송하춘편, 앞의 책, 242면.
9) 방민호, 앞의 책, 236면. 이 소설의 사소설적 면모의 구체적 사실에 대해서는
　　이 책의 236-245면 참조.

에서 알 수 있는 바와 같이, 이 작품은 손창섭의 개인사와 작품의 서사정보 사이의 상관성이 두드러지는 서술 특성을 지니고 있다. 이와 같이 서술적 자아와 경험적 자아 사이의 서술적 거리가 아주 가까워지는 서술 특성으로 인해 이 작품은 도일 이후 손창섭의 세계관이나 작가의식을 엿볼 수 있는 좋은 자료로 기능한다. "나의 작품은 소설의 형식을 빌린 작자의 정신적 수기(手記)요, 도회(韜晦) 취미를 띤 자기 고백의 과장된 기록"10)이라는 자신의 소설관을 피력한 손창섭이 이 작품을 통해서 말하고자 했던 문제의식의 핵심은 무엇일까?

이 작품에서 지배적인 서사 대상으로 초점화되는 서사 단위는 최원복 노인 일가의 비극적인 가족사이다. 최원복 노인 일가의 비극적인 가족사가 문제성을 지니는 것은 그것이 한 개인의 가족사 문제로 국한되는 것이 아니고 "1947년 12월 말까지 외국인 등록을 마친 후 현재 일본에서 '특별 영주'의 자격으로 정주하고 있는 약 60만 명에 달하는 재일 조선인의 원형"11)을 전형적으로 보여주고 있기 때문이다. 최원복 노인의 비극적인 가족사를 매개로 손창섭이 전달하고자 한 문제의식의 핵심은 크게 두 가지이다. 하나는, 재일 한인들의 디아스포라가 주체적인 의지나 자발적인 선택에 의한 것이 아니라 일제의 폭력적인 식민지배와 수탈에 의해 강요된 것이라는 점이다. '강요된 디아스포라'와 관련된 작가의 문제의식을 담지하는 초점인물로 기능하는 인물이 최원복 노인이다. 다른 하나는, 이 작품이 연재되던 1970년대 당시 일본 사회의 차별과 억압 수준이 재일 한인들에게 정체성의 분열을 경

---

10) 손창섭, 「아마츄어 작가의 변」, 송하춘 편, 앞의 책, 317면.
11) 김광열, 「재일 조선인은 어떻게 형성되었나」, 한일민족문제학회엮음, 『재일조선인 그들은 누구인가』, 삼인, 2003, 73면.

험하게 할 정도로 일상적이고 폭력적이라는 점이다. '재일 한인들의 소외와 정체성 분열'과 관련된 작가의 문제의식을 담지하는 초점인물로 기능하는 인물은 최원복 노인의 막내 아들인 최성기이다.

이 두 개의 서사가 교직되는 서사구조로 이루어진 이 작품에서 작가의 문제의식을 전달하는 대리인으로 기능하는 인물은 서술자 '나'이다. '더구나 내가 북한의 평양 출신이며, 거기서도 3년간 살았다는 말을 하자', '내가 보통학교를 나온 직후 만주에 가 있을 때다', '더구나 난 성격적으로 내 얘기하길 좋아하지 않는 편이라서' 등과 같은 여러 가지 서사정보를 실제 손창섭의 개인사와 비교해 볼 때 '나'가 손창섭의 분신임을 짐작하기란 어렵지 않다. 작가의 문제의식을 전달하는 대리인으로 자연인 손창섭의 면모가 강하게 투영된 나로 설정한 것은 서술의 핍진성과 객관성을 확보하기 위한 서술 전략으로 보인다. 두 가지 이유에서이다.

우선 먼저 나 또한 재일 한인으로서 일본 사회의 폭력과 편견으로 인한 민족 차별을 직접 경험한 바 있는 당사자라는 사실이다. 나가 최원복 노인 가족을 알게 된 계기가 딸 종숙이 학교에서 당한 민족 차별로 인한 것이라는 서사 설정은 서술의 핍진성을 확보하기 위한 작가의 서술 전략과 밀접한 관련이 있어 보인다. 또 다른 이유는 일본인 처를 따라 일본에 오기 직전 남한 사회에서의 거주 경험이 있는 나의 이력 때문이다. 이러한 나의 이력은 남한 사회 경험이 전혀 없는 최원복 노인 일가를 비롯한 주변의 재일 한인들에 대해 서술의 우위를 확보하게 되고, 이러한 서술의 우위는 단순한 풍문이나 왜곡된 정보에 의해 남한사회에 대한 오해와 편견을 쉽게 버리지 못하는 최성기를 비롯한 주변 재일 한인들의 편향된 시각에 대한 균형추 역할을 하기 때문이다.

2.1 강요된 디아스포라

"일제는 중일전쟁 발발 후 1939-1945년까지 전쟁을 수행하기 위해 일본 각지의 석탄·금속 광산을 비롯한 군수 산업체의 부족한 노동력을 메우기 위해 수많은 조선인을 강제로 동원하였다. 이 전시기(戰時期)에 강제로 동원된 사람들은 이주 성격의 도일자가 아니기에 조국 해방 후에 거의가 귀환했다. 그러나 전시기 이전에 고향에 경제적 근거를 두지 않고 이주성의 도일을 한 사람들 중에는 1945년에 조국이 해방되었어도 즉시 돌아갈 수 없었던 사람이 많았다. 이들 본인과 후손이 현재의 재일 조선인인 것이다."[12] 비유하자면 옛날 강과 호수에 있다가 식민지배라는 홍수의 시대에 일본이라고 하는 수레바퀴 흐름 속으로 끌려들어간 존재들이 바로 이들 재일 조선인[13]들인 것이다. 이와 같이 현재 약 60여만 명에 달하는 재일 한인들은 거의 대부분 자신들의 의지나 의도와는 전혀 상관없이 일제 식민지배의 결과로 일본에 거주하고 있는 존재들이다. 최원복 노인의 비극적인 개인사가 문제성을 지니는 것은 그의 인생유전이 불법적인 식민지배와 폭력적인 식민수탈로 인해 인간 실존의 근저이자 행복의 샘인 고향으로부터 강제로 분리당하는 재일 한인 디아스포라의 원형을 전형적으로 보여주고 있기 때문이다.

최원복 노인이 존재의 출발이면서 뿌리이자 중심인 고향에서 축출

---

12) 앞의 글, 79면.
13) 서경식/김혜신, 『디아스포라 기행』, 돌베개, 2006, 30면.

되어 재일 한인 디아스포라의 처지로 전락하게 되는 것은 일제의 가혹한 식민수탈로 인해 시바다구미 댐공사장 계약 노동자로 전락 후 노동 이민 생활 시작－한인 노동자의 권고에 의해 탈주 후 야스모도 함바 축항공사장 자유 노동자로 신분 이동－일제의 강제 징용령에 의해 아시지노 비행장 확장 공사장 강제 수용－노동기계를 강요당하는 혹독한 노동조건을 피해 고광일과 함께 탈출－불심검문에 적발된 후 비호로 비행장 확장공사장으로 강제 이송－해방－고향인 북한을 갈 수 없어 일본 거주의 과정을 통해서이다.

시바다구미 댐 공사장 계약 노동자 생활을 시작으로 노동기계를 강요당하는 전시 공사 현장을 전전하다 종전 후 환국하지 못하고 재일 디아스포라 신세로 전락한 최원복 노인의 인생유전을 매개로 손창섭은 재일 한인들의 디아스포라가 불법적인 식민 지배와 가혹한 식민수탈을 통한 일제의 식민주의적 폭력에 의해 강요된 이산이었음을 증언하고자 했던 것으로 보인다. 그러한 판단을 가능하게 하는 중요한 근거는 두 가지이다. 하나는 최원복 노인이 노동이민을 오게 된 직접적인 동기를 일제의 가혹한 식민지배와 수탈로 인한 처가의 몰락에서 찾고 있다는 점이다. 그것은 최원복 노인이 재일 한인 디아스포라로 전락하게 되는 결정적인 동인을 일제 식민 당국의 조작에 의해 사상범으로 몰린 처남 구명운동을 위해 담보로 잡힌 전답 때문에 처가는 물론 최원복 노인 가족까지 몰락하게 되고, 몰락한 가정 경제의 회복을 위해 떠난 노동 이민에서 찾는 데서 잘 드러나고 있다.

다른 하나는 종전 이후 일본에서 거주한 이후에도 한민족으로서의 민족적 정체성을 고집하는 최원복 노인의 태도와 고국에 대한 향수 및 귀환의지이다. 최원복 노인은 이질적인 타자로서 감수해야 할 차별과 억압에도 불구하고 한인으로서의 자기의식을 지탱하는 기반이자 민족 정체성의 중요한 표지로 기능하는 모국어는 물론 음식이나 풍속과 같은 일상에서도 한민족으로서의 정체성을 고집한다. 또한 온갖 차별과 억압으로 인해 일본사회에 안주하지도 못하고, 그렇다고 분단된 조국 현실에 대한 양가적인 감정으로 인해 명확한 귀속의지도 지니지 못하는 불행한 의식에 포박되어 소외된 삶을 살아가는 아들이나 사위와 같은 재일 한인 2세들과는 달리 최원복 노인은 조국에 대한 도저한 향수와 명확한 귀환의지를 지니고 있다. 나의 주선에 의해 아내와 막내아들의 유골과 함께 귀환하는 영주 귀국 환송연 자리에서 '비록 고향이 아니라도 좋으니, 난 내 나라에 돌아가서 죽고 싶어. 일본이 아무리 살기 좋고, 동네 분들이 친절하게 해줘도, 결국 일본은 남의 나라지 내 나라는 아니지 않은가'라는 말과 함께 탁한 음성으로 아리랑을 부르는 대목은 자기 동일성의 근원으로 복귀하고자 하는 최원복 노인의 향수와 귀환의지의 진정성에 대한 강력한 원군으로 기능한다.

한편 노동기계를 강요당하는 가혹한 노동조건의 전시 공사 현장을 전전하는 최원복 노인의 인생유전을 통해서 손창섭은 야만의 얼굴을 한 일제의 노동수탈 강도에 대해서도 증언의 의지를 적극적으로 드러내고 있다. 최원복 노인을 비롯한 식민지 조선의 이주 노동자들은 임금 차별을 위시한 유형·무형의 각종 차별, 인간의 한계를 초월하는 열악한 환경에서의 고강도 노동으로 인한 크고 작은 노무 사고 및 노무 감독들의 폭력 행위와 같은 가혹한 노동수탈과 폭력적인 노무관리에 일상적으로 노출되다시피 하였다. 당시 노무 동원 정책에 의해 이주해 온 식민지 조선의 노동자들은 일제의 식민주의자들에게 군수 산업체의 부족한 노동력을 메우기 위한 노동기계 이상의 의미를 지닐 수 없었던 사물화된 존재에 불과했다.

최원복 노인의 회고를 통해서 전해지는 노동현장 상황은 일제의 식민 당국에 의해 "전시노무동원된 조선인 노동자들은 노동현장에서 무상노동에 가까운 저임금, 장시간 노동의 강요, 노동상해율의 급증 등 참혹한 노동조건과 병영적·이데올로기적 노동통제 아래 실로 육체 소모적인 희생을 강요"[14]당했던 당시의 실상에 그대로 부합하고 있다. '비국민인 너희들 조선놈의 새끼 노동현장에서 쏴 죽이든 때려죽이든 우리 맘대로'라는 아시지노 비행장 확장 공사장 현장 감독의 폭언을 전달하는 최원복 노인의 회고와 "네깐 놈들보다는 말 한 마리가 더 소중하다. 알았느냐? 네 따위들 목숨 열 개가 문제되지 않아. 말 한 필이 훨씬 가치가 있단 말이야"[15] 라는 노동현장 군사훈련 교관의 폭언을 전달하는 강제 징용 탄광 노동자의 증언의 일치는 최원복 노인의 회고적 진술이 순전한 허구가 아니라 구체적 사실에 기초한 의사 역사 기록이자 증언임을 극명하게 보여주고 있다. 이를 통해 손창섭은 당시 식민지 조선의 이주 노동자들을 노동기계로서의 효용가치가 다하면 "전쟁 중 사회적인 말살이며 신체적으로도 죽음을 의미하는 무서운 호명이었던 비국민"[16]이라는 주홍글씨의 낙인과 함께 폐기처분했던 소모품적인 존재로 취급할 정도로 야만의 얼굴을 지녔던 일제의 폭력적인 노동수탈을 증언하고 있다.

---

14) 김민영, 『일제의 조선인 노동력수탈 연구』, 한울, 1995, 152면.
15) 앞의 책, 152면.
16) 니시카와 나가오/윤대석, 『국민이라는 괴물』, 소명출판, 2002, 40면.

2.2 일상적인 차별과 폭력에 의한 정체성 분열

재일 한인의 정체성을 해명하는 문제는 대단히 어려운 일이다. 일본 사회의 마이너리티에 해당하는 재일 한인은 국민=민족적 동일성으로 환원되지 않는 독특한 중층적인 정체성을 지니고 있기 때문이다. 이와 같은 재일 한인의 중층적인 정체성과 관련하여 초점인물로 기능하는 최성기는 문제성을 지닌 인물이다. 일본사회의 일상적인 차별과 폭력에 의한 소외 및 정체성 분열을 감당하지 못하고 분신자살로 자신의 젊은 삶을 마감하는 최성기의 비극적인 개인사는 그것이 한 개인만의 문제에 국한되는 것이 아니라 일본 주류사회에 적응하거나 편입되지 못하고 온갖 차별과 폭력을 일용할 양식으로 이질적인 타자의 삶을 강요당했던 수많은 재일 한인 2세들의 소외와 상실감을 전형적으로 대변하고 있기 때문이다.

최원복 노인의 막내 아들인 최성기는 차별로 인한 전망 부재의 이유를 들어 대학을 자퇴한 후 실존의 구심점과 방향성을 상실한 채 끊임없이 출구로서의 일본 사회 바깥을 모색하는 적응장애를 지닌 주변인이다. 대학 시절 학생운동과 기독교에도 깊은 관심을 가지고 참여한 바 있었던 그의 이력에서 짐작할 수 있는 바와 같이, 비판적인 사회·역사의식의 소유자인 그에게 가장 절실한 화두는 자신의 민족적 정체성에 대한 심각한 고민과 모색, 민단과 조련계로 분열된 재일 한인사회의 갈등과 남북으로 분단된 조국에 대한 애정과 불만 등 한인 2세라는 자신의 존재론적 조건과 관련된 사회 문제들이다. 취업이나 승진 등을 비롯한 각종 사회·경제적 지위에서 침묵을 강요당하는 타자로서의 소외와 상실감에 시달리던 그는 사귀던 일본 아가씨 기요코와의 결혼이 좌절당하는 일을 계기로 23살의 젊은 나이에 분신자살로 삶을 마감하는 비극적인 운명의 주인공이 된다. 일본인 아가씨 기요코를 만나는 과정에서 더욱 민감하게 의식하게 된 자신의 민족 정체성에 대한 모색과 고민은 최성기로 하여금 분신자살이라는 극단적인 선택을 감행하게 할 정도의 실존의 분열을 자극했던 것으로 보인다.

'나는 순수한 남조선인도 북조선인도 아니다. 구태여 자신의 정체를 분석해본다면 4, 3, 3의 비율로 남조선인, 북조선인, 일본인이다. 그러니 어찌 40퍼센트만의 입장을 대변할 수 있겠는가.'
이 말을 처음 들었을 때 나는 적잖은 충격을 받았었다.(89면)[17]

아무 데서나 부모가 마구 한국말을 쓰는 것도 싫었다. 서툴러 빠진 부모의 일어도 듣기 거북했다. 그것은 음의 강약을 나타내는 탁음도 인토네이션도, 장단도 무시한 우스꽝스러운 한국식 일어이기 때문이다.…
성기는 부모와 외출하는 일이 거의 없었다. 부모가 한국말을 써도 일본말을 써도, 걸음을 멈추고 묘한 낯으로 힐끔힐끔 돌아보는 게 싫어서다.…
그는 정말 학교도 집어치우고, 아예 집을 나와 어디로든 먼 데로 떠나버리고 싶은 충동을 가끔 느끼었다. 일인 사회에 적절히 조화되지 못하는 부모가 원망스러웠고, 한국인으로 태어난 것이 한스러웠다.(97-98면)

허구적인 식민주의 담론의 권력기제가 효율적으로 작동하기 위해서는 담론의 폭력적인 반복을 통해 그 담론의 허구성을 실재로 승인하고 내면화하는 식민지 주체의 형성이 전제되어야 하는데, 일본과 남·북한의 틈새에서 부유하는 경계인으로서의 분열증적 정체성으로

---

17) 앞으로 작품인용의 각주 처리는 인용 다음에 면수만 밝히는 방식으로 통일하고자 한다. 작품 인용 텍스트는 『유맹』, 실천문학사, 2005.

인해 고민하고 갈등하는 최성기 군의 모습은 식민지 주체의 정체성 분열과 혼돈을 전형적으로 보여주고 있다. 이방인으로서의 소외와 상실감을 감당하지 못하고 충동적인 도피심리를 반추하며 끊임없이 실존의 돌파구로서 일본사회 바깥을 모색하는 최성기가 자신들의 일본인 이복동생인 사부로를 유괴한 후 석방의 조건으로 아프리카에 가서 살 수 있는 비용 1억원을 요구하는 구니오와 다케오 형제를 적극적으로 이해하려 하는 것도 일본 사회의 차별과 억압으로 인한 피해의식과 분열증적 정체성을 공유하고 있다는 동류의식과 연민 때문이다. 일본사회의 일상적인 차별과 폭력에 의한 소외 및 정체성 분열의 문제에 대해 손창섭은 그 문제가 예민한 감성과 비판적인 역사의식을 소유한 최성기라는 한 예외적인 개인에게만 해당되는 예외적인 현상이 아니라 거의 대분분의 재일 한인 2세들에게는 실존의 결단을 강요할 정도로 절실했던 문제라는 시각에서 접근하고 있다.

①"소장님의 호구조사가 또 시작됐네. 뭐 대한민국인임을 어떻게 생각하느냐구요? 뭐가 대한민국입니까, 뭐가. 우린 말예요, 대한민국 사람도, 남조선 사람도, 북조선 사람도, 일본 사람도 아니에요. 뭔고 하니, 우린 재일 한국인, 재일 조선인, 반드시 대가리에 그놈의 재일이란 딱지가 붙어다니는 특수족이에요.' 아시겠어요? 소장님"(370면)

②"그런 의미에선 아버님 연대 분들이 차라리 행복할지 몰라요. 저희처럼 일본서 나서 자란 사람들은, 관념상의 조국이 막연히 있을 뿐이지 그토록 못 견디게 돌아가고 싶은, 말하자면 피부로, 체온으로 실감할 수 있는 조국이란 없거든요."
최노인의 사위인 박 청년이 이런 말을 했다. (504면)

①은 남·북한 체제에 대한 사상의 차이로 조총련계 아내와 이혼한 백도선이 동일한 질문에 대해 냉소와 위악으로 답변하는 장면이고, ②는 최원복 노인의 영주 귀국 환송연 자리에 모인 가족 친지들이 자신들의 소회를 자유롭게 주고받는 과정에서 최노인의 사위인 박씨가 조국에 대한 자신의 심경을 허심탄회하게 밝히고 있는 장면이다. 이 두 사람의 진술을 통해서 분명하게 확인할 수 있는 사실은 1970년대 당시 일본 사회의 차별과 폭력에 의한 소외와 정체성 혼돈으로 인해 겪어야만 했던 재일 한인 2세들의 고통과 분열이 실존의 해체를 야기할 정도로 심각하다는 점이다.

태어난 조국으로서의 식민지 조선에 대한 명확한 기억과 단호한 귀환의지를 지닌 최원복 노인과 같은 한인 1세대들은 정체성의 혼돈이나 분열로부터 상대적으로 훨씬 자유로운 입장이다. 이에 비해 일본에서 태어나 조선과 일본의 관계성 속에 존재하는 백도선이나 최원복 노인의 사위인 박씨와 같은 한인 2세들에게는 조선과 일본은 조화되지 않는 분열된 이원적인 것으로 양자 사이에는 뛰어넘기 어려운 균열이 있다. "일본 식민지배의 결과 의도하지 않은 채 이 나라(일본)에서 태어난 재일조선인의 대다수는 이 나라의 언어밖에 모르고, 여기밖에는 집이 없고, 여기밖에 직장이 없고, 여기밖에는 친구도 아는 사람도 없다. 다시 말하면 삶의 기반이 여기 외에는 없는"[18] 이들에게 그러나 조국은 조선(남·북한)이며, 국적은 한국이거나 일본이거나 조선적인 채로 분열되어 있다. 이들이 민족 정체성의 분열과 혼돈을 경험하는 것은 따라서 지극히 당연한 사실이다. "좋든 싫든 간에 과거를 이어받은 일본과 조선의 틈새에서 양가적인ambivalent 자기 동일화의

---

18) 서경식, 앞의 책, 30면.

작업을 필연적으로 요구받고 있는 '재일'은 일본과 조선 중 그 어느 쪽인가이기보다는, 일본과 조선의 양쪽에 항상 주박(呪縛)된" [19]경계인으로서의 불행한 의식을 감당해야만 하는 실존의 소유자들이기 때문이다.

한편, 일본 사회의 일상적인 차별과 폭력으로 인한 재일 한인들의 정체성 혼돈은 일본 사회의 중심성을 유지하는 한편 재일 한인들의 타자성을 자명한 것으로 승인한기 위한 배제 전략으로서의 지배 담론을 내면화하게 된다. 일본 사회의 폭력과 차별에 시달리며 침묵을 강요당하는 타자로서의 재일 한인들이 살아남기 위한 생존전략으로 선택하게 되는 가장 일반적이면서도 무난한 방식은 허구적인 식민주의 지배 담론을 내면화하는 길이기 때문이다. "사이드가 말하는 오리엔탈리즘은 동양을 열등한 '타자'로 담론화함으로써 동양에 대한 서양의 헤게모니를 확립하는 기능을 수행한다. 그런 점에서 오리엔탈리즘은 서양의 자기 이미지를 우월한 문명으로 심화하는 일종의 책략이 된다. 오리엔탈리즘은 정형화된 이분법적 재현 체계를 통해 동양과 서양의 정체성을 구분하고 본질화하며, 유럽과 아시아의 차이를 고착시킨다. 오리엔탈리즘에 의해 구성된 동양은 '실재적' 동양의 객관적이고 신빙성 있는 재현이 아니라 본질적으로 담론이 구성한 상상의 공간이다. 따라서 동양에 관한 서양의 모든 지식은 어차피 식민지 팽창의 역사와 공모 관계에 있으며, 따라서 '순수하고 사심없는' 지식은 존재하지 않는다. 이러한 맥락에서 사이드의 오리엔탈리즘은 '전원적' 체제를 구성하고, 이를 통해 주체를 '재구성 · 개조'하고 통제함으로써 주체가

---

19) 윤건차/이지원, 「재일 조선인의 아이덴티티」, 정문길 · 최원식 외 엮음, 『주변에서 본 동아시아』, 문학과 지성사, 2004, 217면.

권력의 대상으로서 주어진 사회체제 안에서 적응하도록 만드는 기제인 푸코의 권력"[20]개념에 정확하게 부응한다.

1868년 메이지 유신 이후 "'문명'과 '야만'의 이원론을 중심으로 구축되어 가는 식민주의적 이항 대립주의 담론이 최종적으로는 선과 악의 이항 대립으로 수렴되어 가는 너무나 전형적인 사례"[21]인 탈아입구를 국가적 프로젝트로 설정한 일본은 서구의 근대에 대한 콤플렉스를 지닌 근대의 후발 주자이면서도 그 당시까지도 여전히 전근대적인 전통적 질서에 갇혀 있던 동양에 대해 엘리트 의식으로 무장하면서 다양한 헤게모니 장치와 폭력적인 강제를 동원하여 식민지 조선의 모든 부문을 식민 모국의 이해를 반영하는 구조로의 재편을 강제로 관철해 간다. 서구 근대에 대한 식민지적 무의식을 은폐하기 위해서 자신들이 '서양'과 동일한 수준의 문명국가임을 확인해야 할 필요성에 직면했던 일본은 자신들의 중심성을 가능하게 하는 야만적인 타자의 발견을 필요로 하게 된다. 그들의 야만적인 타자성은 서구 따라잡기의 우등생을 자처하던 일본이 그들을 동화시키거나 배제시킬 수 있는 이유이기도 했다. 이와 같이 전도된 오리엔탈리즘으로 왜곡된 일제에 의해 근대화가 진행되는 과정에서 식민지 조선의 전통은 철저할 정도로 문명(일본 제국, 서양)/야만(식민지 조선, 동양)의 이분법적 틀 속에서 해체된 후 부정적인 타자로 주변화된다. 그러한 억압과 폭력의 질서는 종전과 함께 종식된 게 아니고 끊임없이 확대·재생산되면서 전후 일본사회의 재일 한인들에게 여전한 현재형으로 작동 중에 있음을 이

---

20) 바트 무어-길버트/이경원, 『탈식민주의! 저항에서 유희로』, 한길사, 2001, 114-131면.
21) 고모리 요이치/송태욱, 『포스트콜로니얼』, 삼인, 2002, 61-62면.

작품은 여실하게 증명하고 있다.

대체적으로 조선 사람은 신용이 없어요. 게다가 협잡성이 농후하고, 몰경우하고⋯한국민의 이러한 일면을 지적하는 것은 비단 최씨 부부만이 아니다. 그동안 조사서에 응답해 준 20명 가까운 교포 중, 3분의 2 이상이 이와 비슷한 대답을 했다.(25)

이곳에서 나서 자란 2세와는 달리, 한국말을 알면서도 꼭 일어만을 쓰는 교포가 많은 데 나는 놀랐다. 내가 한국어로 말을 걸어도 일어로 응대해오는 교포가 대부분이다. 한국말을 모르느냐고 물으면, 오래 쓰질 않아서 서툴고 어색하다는 것이다. 그런 사람들은 동포끼리도 으레 일어만을 쓴다.(82)

"인종적/문화적/역사적 차이들을 인정하면서 부정하게 하는 하나의 장치로서의 식민지 담론은 똑같이 정형화되어 있지만 서로 정반대로 평가되는 식민자와 피식민자의 지식들을 생산함으로써 그 전략을 권위화하려 시도한다. 식민지 담론의 목적은 정복을 정당화하고 관리와 훈육의 체계를 확립하기 위해 피식민자를 근본적 기원의 기준에서 퇴보한 유형의 민중으로 해석하는 것이다."[22] 일제의 식민주의자들 또한 자신들의 불법적인 식민지배를 정당화하기 위해 다양한 수준에서의 식민지 담론을 개발·학습시키는데 민족적 패배주의와 열등감을 조장하는 내용으로 구성하는 식민지 담론은 그들의 주요한 담론 생산 방식의 하나였다.

재일 한인들이 신용이 없어 신뢰할 수 없다는 평가는 그와 같은 식

---

22) 호미 바바/나병철, 『문화의 위치』, 소명출판, 2003, 153면.

민지 담론의 연장선에서 전후 재일 한인들에 대한 차별과 편견을 정당화하기 위해 이데올로기적으로 타자성을 구성하는 과정에서 생산된 담론에 불과하다. 하위주체들의 문화적·인종적 차이를 자신들의 지배와 권력 행사의 정당성을 위한 차별로 전유한다는 점에서 재일 한인들에 대한 일본사회의 차별과 편견은 식민주의 담론의 전형적인 사례에 해당하기 때문이다. 그러한 맥락에서 문면에서 보는 바와 같이 '조선 사람들은 신용이 없다'라는 일본사회의 편견과 차별을 자기들 스스로 승인하고 내면화하거나 적극적으로 일본말을 사용하는 허위의식 등은 "문화적 중심에 주변부가 그저 받아들여질 뿐만 아니라 마치 양자(養子)처럼 완전한 양자 결연을 맺어 그 일부가 되는 욕망을 가지고 과도한 모방을 하는 현상인 의식적인 양자 관계 만들기(affiliation)"[23]나 "식민지화된 지역의 사람들이 종주국의 문화나 담론에 대해 '적절한 모방'을 강요받고, 결과적으로 종주국의 논리에 '점유'(appropriate)되고 마는 과정"[24]의 전형적인 사례라고 할 수 있다.

최성기의 비극적인 개인사나 재일 한인들의 허위의식 및 왜곡된 가치관을 통해서 손창섭은 재일 한인들에 대한 일본사회의 일상적인 차별과 억압이 어느 정도로 폭력적이었나를 증언하기 위한 문제의식을 반영하려 했던 것으로 보인다. 평소 "나는 현실에서 또는 작품 속에서 나보다 더 괴로운 사람, 불행한 사람들을 찾아내려고 애썼고 한편 그들과 친하기를 원했다"[25]라는 생각을 밝힐 정도로 하위주체들의 불행에 관심이 많았던 그에게 도일 이후 직접 경험이나 목격 등을 통해

---

23) 고모리 요이치, 앞의 책, 44면.
24) 위의 책, 47면.
25) 손창섭, 「나의 작가수업」, 송하춘편, 앞의 책, 299면.

보고 들은 재일 한인사회에 대한 일본 사회의 차별이나 편견은 그러한 문제의식을 자극하는 결정적인 촉매로 작용했을 것으로 보인다. 그리고 한번도 안정된 존재론적 기반을 가져보지 못한 채 평생을 유랑과 방랑으로 보내는 과정에서 형성된, 주변부적 타자의 소외와 상처에 유달리 민감한 촉수와 연대의식 또한 그러한 문제의식을 자극하는 중요한 동인으로 작용했을 것으로 보인다.

최성기의 비극적인 개인사나 재일 한인들의 허위의식 및 왜곡된 가치관을 일본사회의 차별과 억압의 증언 의지라는 문제의식과 관련해서 접근하는 해석은 최성기의 분분한 자살 동기에 대해서 '다만 분명히 말할 수 있는 것은 '그가 일본이라는 특수 상황 속에 사는 한국인이 아니었더라면 죽지 않았을 것'이라는 점이다'라는 나의 고백적 진술을 통해서 그 정당성과 설득력을 확보하게 된다.

자신의 딸인 서종숙에 대한 다케오의 폭력에서 작품을 시작하는 설정, 최원복 노인의 귀환과 관련된 대·소사를 적극 주선하는 노력, 조련계의 부인과 이혼한 후 방황하는 백도선과 일본인 아가씨와의 애정 갈등으로 방황하는 최성기 등 두 재일 한인 청년들과 격의없이 주고받는 친구 이상의 친밀감, 일본인 아가씨와의 애정갈등에서 촉발된 민족 정체성의 문제로 고민하는 최성기의 고민을 명쾌하게 해결해주지 못하고 돌려보내는 자리에서 반추하는 '흡사 채권자를 맨손으로 돌려보낸 것 같은 개운치 않은 심정이다'라는 술회와 '남한을 '남조선', 북한을 '북조선', 남북한을 통틀어 '조선'이라 듣고 부르며 자랐고, 지금도 그렇게 불러야 조국의 영상이 어렴풋이나마 떠오르는 이 젊은이에게 초로에 접어든 '한국인'이 진실로 할 수 있는 말은 과연 무엇인가.'라는 자문을 통해서 드러나는 부채의식과 무력감, 분신자살로 자신의 젊은 삶을 비극적으로 마감한 최성기의 빈소에서 혈육의 죽음 이상의 절절한 애도와 비통함으로 임하는 조상, 다카무라라는 일본인으로 귀화한 고광일의 두 아들인 다케오와 구니오 형제의 일본인 이복 동생 유괴사건에 대해서도 자신의 불행했던 과거의 어린 시절을 회상하면서 "위로부터의 억압감을 아래로 순차적으로 이양시킴으로써 전체의 균형을 유지하는 체계인 억압의 이양에 의한 정신적 균형의 유지"[26]로 해석하면서 '소년들은 견딜 수 없이 고독하고, 불안하고, 피로한지 모른다'라는 이해와 공감의 시선으로 서술하는 태도 등은 모두 그러한 문제의식의 연장선상에서 해석해야 그 진정한 함의를 정확하게 파악할 수 있는 정보들이다.

3. 문제의식으로서의 귀환의지

작가의 문제의식과 관련하여 이 작품에서 주목할 만한 또 다른 대목은 상대적으로 남한보다 북한을 더 좋은 사회로 높게 평가하는 일본과 재일 한인사회의 편향된 시각에 대한 나의 태도이다. 최성기의 친구인 백도선의 조련계 부인과 최원복 노인의 친구인 한창일 노인과의 논쟁과 충돌, 일본 사회에서 재일 한인을 만날 때마다 반사적으로 작동하는 민단과 조련계에 대한 강박적인 구분 기제, 남한보다는 북한 사회를 더 좋은 사회로 높게 평가하는 일본 사회의 주류적 시각에 대한 나의 민감한 태도 등에서 알 수 있는 바와 같이, 남·북한의 평가

---

26) 마루야마 마사오/김석근, 『현대정치의 사상과 행동』, 한길사, 1997, 61면.

에 대한 편향된 시각에 대해 나는 강박에 가까울 정도의 민감한 알레르기 반응을 보인다. 그러한 편향된 시각에 민감한 반응을 보이는 이유는 여론 형성에 결정적인 역할을 하고 있는 일본 사회의 대중 매체가 개방사회(남한) / 폐쇄사회(북한)이라는 본질적인 차이를 전혀 고려하지 않고 북한이 공식적인 경로를 통해 전달하는 일방적인 선전에 의한 왜곡된 정보를 마치 객관적인 사실인 것처럼 보도하는 데다가 재일 한인사회가 그와 같은 왜곡된 정보들을 그대로 승인·확대·재생산한다라고 생각하기 때문이다. '그렇지 않아도 일본의 신문, TV, 잡지 등 매스컴의 지나친 편파성에 나는 울화통이 터질 지경이었다. 남한에 대해서는 어떻게 해서든 헐뜯으려고만 든다. 그런가 하면 북한에 대해서는 덮어놓고 칭찬이다. 마치 북한의 선전문 같은 기사를 싣고 있다.'와 같이 일본사회의 친북한 편향적인 보도성향이나 '그렇지만 북조선은 지상 천국이구, 남조선은 도둑놈 소굴이라던데요.'와 같이 남한사회에 대한 재일 한인들의 근거없는 풍문이나 왜곡된 정보에 의한 편견과 오해 등에 대해 민감한 반응을 보이는 나의 태도는 작품 도처에서 산견된다.

이러한 나의 태도는 물론 당시 남한을 주변화하는 일본 사회의 편견과 차별에 대한 비판과 교정을 통해 남·북한 사회의 정확한 실상을 객관적으로 평가하게 할 수 있는 균형감각의 회복을 성찰하게 한다는 점에서 무시할 수 없는 의의를 지닌다. 하지만 역으로 남한 사회를 특권화하는 나의 태도는 냉전적인 사고와 국가주의의 틀로부터 결코 자유로울 수 없는 문제나 한계를 지니게 된다. 특히, "한 사람의 인간 속에, 조선과 일본이라는 두 개의 국가나 민족, 출신이나 언어, 습관이나 문화 등이 혼재하고 있어 조선과 일본의 관계성 속에 있는"27) "재일 동포 사회를 관통하는 한반도의 남/북과 일본의 경쟁하는 국가주의를 넘어서는 제4의 모험적 도정이 열리기를 기원"28)하는 현재의 시점에서 보면 나의 태도가 지니고 있는 한계는 너무나도 분명해 보인다. 하지만 그 어떤 예외적인 개인도 주체의 태도나 의식 형성에 구조적인 영향력을 행사하는 객관적인 구조로서의 아비투스를 완전히 무시하거나 초월할 수는 없는 법. 이 작품이『한국일보』에 연재되던 1976년 당시는 해방 이후 소모적인 체제 경쟁과 대결 구도를 유지해 온 남·북한의 분단체제가 가장 완고하게 작동하던 시기였다. 따라서 이 시기는 남·북한 모두 정도의 차이야 있겠지만 사회 구성원들에게 감시와 처벌의 시선을 내면화하면서 일상의 왜곡과 의식의 분열을 강요하던 시기이기도 했다. 당시 반공주의 이데올로기와 권위주의적 질서를 통해 취약한 제도적 정당성을 보완해나가던 유신 정권의 경직된 체제를 전제로 연재를 했던 손창섭 또한 국가주의에 포섭되지 않는 경계인의 시선을 통해 남·북한을 형상화하기는 어려웠을 것이다.

이러한 객관적인 정세 이외에 해방 직후 20대 중반의 청년기(1946-48) 때 직접 체험한 북한 사회의 실상 또한 이러한 나의 태도를 형성하는 데 중요한 동인으로 작용했을 것으로 짐작된다. 손창섭이 머물던 당시 북한사회는 소련을 등에 업은 김일성을 축으로 토지개혁을 비롯한 각종 사회개혁을 시도하면서 새로운 사회 건설에 들려있다시피 했다. 새로운 질서를 약속하는 각종 사회개혁을 시도하는 과정

---

27) 윤건차, 앞의 글, 216-217면.
28) 최원식,「주변, 국가주의 극복의 실험적 거점」, 정문길·최원식 외 엮음, 앞의 책, 332-333면.

에서의 당시 북한사회는 맹목적인 광기와 주술적인 신화가 사회의 모든 부문을 지배하면서 개인의 자유의지를 국가 권력의지의 영토 안에 식민화하는 전체주의 사회의 틀로부터 크게 자유롭지 못했다. 기존의 권위와 관습에 대한 혁명적인 반항아로 지적인 전위의 삶을 몸소 실천한바 있었던 "루소와 니체에게 열병환자처럼 도취"[29]된 적이 있었던 이력에다 "남에게 폐해를 끼치지 않는 범위 내에서 어디까지나 내 멋대로 살고 싶은 것이다. 아무러한 인습이나 형식이나 체면에도 구속받고 싶지 않다."[30]라는 소회를 밝힐 정도로 자유주의적인 성향을 지닌 손창섭에게 억압과 통제에 기초한 북한사회의 모습은 그 어떤 타협의 여지도 없는 야만의 얼굴을 한 비인간적인 사회로 인식되었을 것이다. 이는 '살기 좋다 나쁘다의 기준을 어디다 두느냐가 문제지만, 적어도 북한에 비하면 월등히 살기 좋은 건 틀림없죠. 방금 말했듯이 남한에는 제한된 범위나마 자유가 있으니까요. 자유 국가니까요'라는 주장에서 알 수 있는 바와 같이 자유의지의 허여 수준을 북한과 남한 사회의 상대적인 비교 우위를 평가하는 최종심급으로 결정하는 나의 태도를 통해서도 증명이 되고 있다.

한편, 타자의 욕망에 대한 주체의 진술을 통해서 드러나는 것은 정작 타자의 욕망이 아니라 주체의 욕망인 경우가 허다하다. 이러한 맥락에서 볼 때 최노인의 귀향에 대해 착잡한 심사를 가누지 못하며 번민하는 나의 태도는 이 작품을 통해 손창섭이 드러내고자 했던 진정한 문제의식의 핵심에 접근하는 유력한 통로로 기능한다. 최노인의 귀향과 관련된 나의 태도는 이 작품을 통해서 손창섭이 궁극적으로

---

29) 손창섭, 「나의 작가수업」, 송하춘 편, 앞의 책, 300면.
30) 손창섭, 「괴짜의 변」, 송하춘 편, 앞의 책, 301-302면.

드러내고자 한 문제의식의 핵심이 어디 있는가를 결정적으로 암시하고 있기 때문이다. 따라서 아내와 막내아들의 유골을 안고서 남한으로 환국하는 최원복 노인을 환송하고 귀가하는 자리에서 반추하는 '노인의 모습에서 나는 자신의 몰골을 보는 듯 했다. 나도 머지않아 다시 돌아가리라, 돌아가리라 벼르고 있는 것이다. 하지만 처자의 반대를 무릅쓰고 과연 돌아갈 수 있을는지, 만일 돌아가게 된다면 그 시기가 언제쯤 될는지 자신의 일이면서도 아득하기만 하다. 흡사 나는 대학 입시에 합격한 친구와 헤어진 낙방생의 심경이었다.'라는 번민과 소회는 이 작품의 진정한 문제의식과 관련된 텍스트의 무의식으로 해석할 필요가 있다.

　1973년 12월 25일 손창섭은 한국을 떠나면서 고은에게 언젠가 꼭 다시 오겠다는 다짐을 했다고 한다. 이 다짐에 미루어 짐작컨대 이 작품을 통해서 손창섭이 진정으로 전하고자 했던, 다시 말해 이 작품의 진정한 문제의식은 도일 직전 고은에게 언젠가 꼭 다시 오겠다는 다짐을 다시 한번 확인함과 동시에 반드시 이루고야 말겠다는 결연한 실천 의지를 보인 것이라 할 수 있다. 열세 살의 어린 나이에 이미 "비록 사지(死地)에 빠지더라도 세상에 나를 건져줄 사람은 없다"[31], "나의 눈앞에 초라하게 떠오른 나의 인간상은 부모도 형제도 고향도 집도 나라도 돈도 생일도 없는, 완전한 영양실조에 걸린 '육신(肉身)과 정신의 고아(孤兒)'였다"[32]라는 고백에서 알 수 있는 바와 같이, '나는 아무것도 가진 게 없다'라는 고아의식과 '나에게 내일은 없다'라는 종말의식으로 무장한 이후 소외와 고독을 일용할 양식삼아 평생을 만주,

---

31) 손창섭, 「나의 작가수업」, 송하춘 편, 앞의 책, 297면.
32) 손창섭, 「아마츄어 작가의 변」, 앞의 책, 312면.

일본, 각지로 유랑하는 과정에서 인간 실존의 근저이자 정체성 형성의 그루터기인 고향을 상실한 손창섭에게 존재의 의미창고로서의 안정된 존재론적 처소를 발견한 다음 그곳에서 정주하는 것은 실존의 최대 과제였을 것이다. 이러한 해석의 맥락에서 "최노인의 귀향을 통해서 작가 자신의 원초적 회귀의식을 표현한 것이다"[33]라는 지적은 적절해 보인다.

4. 나오는 글

이 글은 『유맹』을 1970년대 재일 한인사회의 비극적 실상에 대한 소설적 보고서라는 코드로 해석해보고자 하는 동기를 가지고서 출발했다. 이러한 동기에서 출발한 이 글의 목적은 재일 한인사회에 대한 일본사회의 차별과 억압에 대한 손창섭의 문제의식을 밝혀보고자 하는 것이었다. 분석의 결과 두 가지의 문제의식을 확인할 수 있었다. 그 두 가지의 문제의식의 핵심을 요약·정리하는 것으로 결론을 삼고자 한다.

첫 번째 문제의식의 핵심은 재일 한인들의 디아스포라가 본인들의 의지나 의사와는 거의 무관한 강요된 이산이었다는 점이다. 강요된 이산과 관련된 문제의식은 최원복 노인의 비극적인 개인사를 통해서 전달되고 있음을 확인할 수 있었다. 두 번째 문제의식은 재일 한인들에 대한 일본 사회의 차별과 억압이 그들의 정체성의 혼란과 실존의

---

33) 강진호, 「재일 한인들의 수난사」, 송하춘편, 앞의 책, 253면.

해체를 야기할 정도로 폭력적이었다는 점이다. 일본사회의 억압과 차별에 의한 정체성의 혼란과 관련된 문제의식은 최원복 노인의 막내아들인 최성기의 비극적인 개인사를 통해서 전달되고 있었다. 타자의 욕망을 통해서 드러나게 되는 것은 결국 주체의 욕망이라는 정신분석학적 전제를 바탕으로 이 글은 두 사람의 비극적인 개인사를 통해서 손창섭이 궁극적으로 전하고자 했던 문제의식의 핵심은 자신의 귀환의지였음을 밝혀보고자 했다.

12

송기숙의 소설에 나타난 분단의식의 실체와 그 의미

1. 들어가는 말

서경석은 작가 송기숙을 "1970-1980년대를 가장 치열하게 역사의 한복판에 서서 살아온 '정신'으로, 잘못된 시대와 싸우는 지식인으로, 그러면서도 펜을 놓지 않은 작가"[1]로 규정하고 있다. 서경석의 이러한 지적은 적어도, 과장의 혐의로부터는 자유로워 보인다. 송기숙에게 있어서 글쓰기 행위란 문학주의의 성채에 갇힌 자족적이고 폐쇄적인 언어 기교나 수사의 장식품적 지위에 머무르지 않고 있기 때문이다.

야만과 폭력이 지배하는 한국의 근·현대사에 대한 자신의 실천적

---

1) 서경석, 「투철한 역사의식과 농민적 언어의 가능성」, 『한국소설문학대계56』, 동아출판사, 1995, 489면.

문제의식과 용기의 등가라는 점에서 송기숙에게 있어서 글쓰기 행위
란 한마디로 실존적 기투행위 그 자체였다. "뇌만을 가지고 사유하지
않고 온몸(Leib)의 격정을 가지고서 사유한 소산이 니체의 철학"[2]이었
다는 비트겐슈타인의 지적처럼, 송기숙의 글쓰기 행위 또한 부정한 권
력과 불의의 역사에 대한 저항 의지와 새로운 질서에 대한 주체적 신
념을 전 존재로 실천하고자 했던 동기에서 출발하고 있기 때문이다.
"우리가 제정신을 가지고 살아간다는 것은 우리가 처한 역사적 현실
속에서 자기 존재를 확인하고 그것을 성실하게 실현하는 것이겠고, 글
을 쓴다는 것은 그러한 존재의 가장 적극적인 발현이라 생각한다.…
문학의 사회적 기능은 도깨비가 도깨비인 줄 모르고 살아가는 것을
그것은 도깨비의 삶이라고 깨우쳐주고 서로가 도깨비가 아닌 사람으
로 살아가자는 것일 게다. 도깨비가 세상에서 활개를 치고 도깨비들
이 세상에서 득세를 할 때 작가의 사회적 사명은 그만치 커지는 것이
아니겠는가? 이때 문학의 목적이 어디 그게 전부더냐는 소리는 한가
한 소리라고 생각한다"[3]라는 작가의 말은 송기숙의 작가적 지향이 어
디로 향하고자 했는가를 웅변으로 증명하고 있는 바이다.

　1966년 「대리복무」를 통해 등단한 이후 송기숙이 발표한 작품은 40
여 편의 중·단편과 10여 편의 꽁트, 그리고 그의 작가적 정체성의 표
지로 규정할 수 있는 역사의식을 집대성하고 있는 5편의 장편 소설이
있다. 결코 짧지만은 않은 창작활동 기간에 비한다면 다작이라고는
할 수 없는 이들 작품을 관통하고 있는 지배적인 서사구도는 '권력과

---

　2) 백승영, 「니체의 철학적 삶」, 김상환 외, 『니체가 뒤흔든 철학 100년』, 민음사,
　　2000, 17면 참조.
　3) 송기숙, 「작가의 말」, 『도깨비 잔치』, 백제, 1978, 8-9면.

민중 사이의 화해 불가능한 대립과 갈등'이다. 그리고 그러한 서사구
도의 구성적 상관속으로 기능하고 있는 의식은 '권력/악, 민중/선'이라
는 명확한 가치 평가적인 구도에서 투영되고 있는 작가의식이다. 그
의식의 강도는 너무나도 극명하여 단순도식의 혐의를 우려해야 할 정
도이다. 따라서 그 의식은 객관을 가장한 어정쩡한 중간자적 입장이
나 현실적 균형감각을 알리바이로 빙자한 상황논리가 틈입하고 들어
갈 한치의 틈새도 허용하지 않고 있다. "지금 이 땅의 삶과 역사를 향
해 정면으로 열려 있는"[4] 그의 대부분 작품들에서 상당한 서사적 힘
을 발휘하고 있는 문체들이 장식적인 묘사나 수사를 배제한 단문 위
주의 직선형 문장과 일반 민중들의 생동감 넘치는 건강한 구어체의
대화로 일관하고 있는 것도 그러한 작가의식의 반영 때문이리다.

　"농민을 위시한 민중 집단을 역사의 주체로 세우기 위한 예술적 실
천"[5]의 소산이라고 할 수 있는 40여 편의 중·단편은 '권력과 민중 사
이의 화해 불가능한 대립과 갈등'이라는 작가의 문제의식과 관련하여
크게 두 가지 계열의 서사체로 구분[6]할 수가 있다. 하나는 반세기가
넘는 오랜 세월 동안 남북한의 민중들에게 질곡과 억압으로 작용하면
서 체제 이데올로기로 기능해 온 분단체제[7]에 대한 작가의 비판적인

---

4) 홍정선, 「삶과 역사를 향해 열려 있는 공간」, 임환모 엮음, 『송기숙의 소설세
　계』, 태학사, 2001, 172면.
5) 진정석, 「민중문학의 새로운 전개를 위하여」, 임환모 앞의 책, 45면.
6) 송현호는 동시대적 삶의 진실과 고뇌가 짙게 배어 있다라는 사실을 전제로 송
　기숙의 소설을 크게 세 갈래(분단의 비극과 그 극복의 문제, 농촌의 현실과
　민중의 삶의 문제, 인간성 회복과 정의 사회 구현의 문제)로 구분한 다음 그것
　들에 대한 총괄적 해석을 시도하고 있다. 송현호, 「송기숙 문학의 세 갈래와
　저항문학적 성격」, 임환모 앞의 책, 13-44면 참조.
7) 분단체제라는 용어를 인문·사회과학 담론 공동체의 주민으로 편입시킨 연구
　자는 백낙청이다. 분단시대의 한반도 현실을 좀더 총체적이고 체계적으로 인

분단의식을 형상화하고 있는 작품들이다. 다른 하나는 온갖 애환과
시련에도 불구하고 이기적인 욕망이나 타산에 훼손되지 않은 건강한
심성과 권력의 부당한 횡포나 폭력에 단호하게 맞서는 올곧은 역사의
식을 견지하고 있는 민중들에 대한 믿음을 형상화하고 있는 작품들이
다. 비교적 초기인 1970년대 초반에 발표한 앞 계열의 서사체에 속하
는 작품들로는 「어떤 완충지대」(1968), 「백의민족 1968년」(1969), 「휴
전선 소식」(1971), 「전설의 시대」(1972), 「흰구름 저멀리」(1973), 「갈
머리 방울새」(1973), 「살구꽃이 필 때까지」(1980) 등을 들 수가 있다.
이들 단편들에서 명료한 형태를 얻고 있는 분단의식은 1980년대 이후
에도 계속 이월되어 「당제」(1983)와 「어머니의 깃발」(1984) 두 중편8)

식하고자 했던 의도를 가지고서 개념화를 제창했다고 하는 백낙청은 이 용어
를 자본주의 세계체제의 한 독특한 하위체제로 규정하고 있다. 이에 대해서는
백낙청, 「분단체제의 인식을 위하여」, 『분단체제 변혁의 공부길』, 창작과 비
평사, 1994. 및 「분단시대의 최근 정세와 분단체제론」, 『창작과 비평』 1994년
가을 참조. 하정일은 이 용어에 대한 백낙청의 논의를 "자본주의 세계경제에
의해 조건 지워지고 국가간 체제에 의해 영향을 받으면서 분단모순이라는 복
합모순을 간직하고 있는 체제"로 요약하고 있다. 하정일, 「시민문학론과 근대
극복론까지」, 『20세기 한국문학과 근대성의 변증법』, 소명출판, 2000, 79-80
면. 백낙청의 이 용어에 대해 손호철은 사회과학 담론 공동체가 요구하는 수
준의 개념적 엄밀성과 정합성 미달이라는 이유를 들어 소극적인 평가를 내리
고 있다. 이 부분에 대한 손호철의 논의에 대해서는 손호철, 「'분단체제론'의
비판적 고찰」, 『창작과 비평』, 1994, 여름. 및 「'분단체제론'재고」, 『창작과 비
평』1994, 겨울. 참조
이 글에서는 분단상황의 고착화로 인해 사회 구성원들에게 일정한 담론 효과
를 지닐 정도의 구조적 작동성을 지니고 있는 체제의 수준에 그 용어의 의미
를 한정하고자 한다.
8) 이 두 중편에 대해서는 글을 달리 하여 논의하고자 한다. 그 이유는 크게 두
가지이다. 하나는 논의의 대상을 1960년대 말에서 1970년대 초반에 이르는 시
기에 발표된 작품들로 한정하는 것이 송기숙 분단소설의 차별성을 통한 역사
적 의미를 밝혀보고자 하는 이 글의 의도를 보다 더 선명하게 부각시키는 데
도움이 되리라는 판단 때문이다. 다른 하나는 100매 내외로 한정된 원고 분량
의 제한 때문이다.

에서는 더욱 심화되어 나타나고 있다. 분단의식을 초점화하고 있는 서사체들에 비해 서사적 밀도나 깊이에서 보다 진전된 모습을 보이고 있는 뒷 계열의 서사체에 속하는 작품들로는 성호와 윤주의 결혼을 둘러싼 부자간의 갈등을 통해서 일제의 식민 지배 청산 문제를 정면에서 문제삼고 있는 「도깨비 잔치」를 정점으로 한 대부분의 중·단편들을 들 수가 있다.

이제까지 대부분의 기존 연구들은 건강한 심성과 올곧은 역사의식을 견지하고 있는 민중들에 대한 믿음을 서사 대상으로 초점화하고 있는 서사체들에 집중적인 관심을 보여 왔다. 이러한 연구사적 편향은 두 가지 이유에서 시각 교정을 요한다. 하나는, "민족 분단은 정치에서부터 가난한 시골 노인의 생활에까지 갖가지 험한 모습으로 인간을 옥죄고 있다"[9]라는 작가의 말에서 알 수 있는 바와 같이, 체제의 억압에 의한 질곡의 삶을 강요당하는 상황에서도 원초적 건강성과 활력을 유지하며 그 체제의 권력 의지에 맞서 온 민중들의 저항 의지를 작가적 화두로 일관해 온 송기숙에게 있어서 분단은 민중들의 생활세계를 규정하는 중요한 심급으로 인식되어 왔다는 점이다. 다른 하나는, 이문구에 의해 '불패자의 의지'[10]라는 분명한 형식을 얻은 바 있는 작가적 정체성의 표지들이 분단을 초점화하고 있는 소설들에서도 확인되고 있다는 사실이다. 이러한 문제의식을 바탕으로 송기숙의 분단소설을 대상으로 하는 이 글은 크게 두 가지의 연구목표를 가지고서 출발한다. 하나는, 대상 작품들의 구체적인 분석과 해석을 통하여

---

9) 송기숙, 「작가에게 지워진 역사의 짐」, 『창작과 비평』, 1994, 겨울, 431면.
10) 이문구, 「송기숙, 그는 어떤 사람인가」, 『재수없는 금의환향』, 시인사, 1979, 274면.

분단 의식의 실체를 해명하고자 하는 작업이다. 다른 하나는, 그러한 분단의식의 실체를 바탕으로 송기숙 분단소설의 역사적 의미를 밝혀 보고자 하는 작업이다.

2. 분단 의식의 실체와 그 의미

한국의 근·현대에서 분단이 가지는 사회사적 의미는 무엇인가? 그리고 분단의 시대를 힘겹게 살아온 한국의 사회 구성원들에게 분단은 어떤 실존적 의미를 지니게 되는 것일까? 이러한 질문들이 가지는 의미는 역사적인 남북 정상 회담 이후 화해와 협력을 통한 통일 시대를 열어가기 위한 초석을 다져가고 있는 현시점에서도 여전히 절박한 현재형으로 진행될 수밖에 없을 정도로 중요하다. 따라서 그 질문들은 반세기가 넘는 오랜 세월 동안 소모적인 체제 경쟁과 대결 구도를 유지해 온 분단 체제의 감시와 처벌의 시선을 내면화하면서 일상의 왜곡과 의식의 분열을 강요당하며 살아 온 한반도 구성원들이라면 그 어느 누구도 결코 자유로울 수 없는 문제이다. "한국소설이 민족 공동의 역사적 경험에 충실하고자 하는 한(분단 문제는) 중요한 주제의 하나일 수밖에 없다"[11]라는 지적은 그런 맥락에서 설득력이 있는 지적이다.

엄혹한 긴장을 요구하는 당대의 왜곡된 현실을 결코 외면하지 않았던 "투철한 산문정신과 여민근성의(黎民根性)"[12]의 소유자인 문제적

---

11) 유임하, 『분단현실과 서사적 상상력』, 태학사, 1998, 14면.
12) 이문구, 앞의 글.

개인 송기숙에게 분단 상황 또한 마찬가지 사정이었을 것이다. 혹독한 검열의 감시망에도 불구하고 등단 직후부터 활발하게 모색해 온 그의 분단 소설은 다양한 국가 이데올로기적 장치와 억압적인 국가기구를 동원하여 분단체제를 관리하는 과정에서 일반 민중들에게 미시적 일상의 수준에서까지 삶의 질곡으로 작용했던 분단 상황에 대한 치열한 문제의식의 소산이라고 할 수 있다. 더욱 문제적인 것은, 그의 대부분 분단 소설이 "분단 문학이 유행하기는커녕 금기에 가까웠던 7.4 성명 이전의 상황"[13]에서 발표되었다는 점과 분단 소설과 관련하여 일정한 성취와 문제의식을 보여준 바 있는 대부분의 작가들ㅡ최인훈, 이호철, 박완서, 김성동, 김원일ㅡ들과는 달리 자신의 개인사적 배경과는 직접적인 관련이 없는 실존적 조건에서 발표되었다는 점이다. 이 두 가지 점을 살펴보더라도 분단 상황에 대한 그의 문제의식이 얼마나 철저했는가를 엿볼 수 있다.

하응백은 분단문학[14](소설)의 개념을 "의식적으로 조국의 분단과 관련된 소재를 다루면서, 분단의 원인 규명, 분단으로 인한 삶의 질곡, 좌우의 대립과 관련된 생활고와 이데올로기적 대립에 주제가 놓여지는 문학", "좌우의 대립이 어떤 형태로든 작품에 내재되어 분단 극복이라는 큰 주제와 관련이 있는 소설"[15]로 정의하고 있는데, 송기숙의

---

13) 백낙청, 「80년대 소설의 분단극복의식」, 임환모, 앞의 책, 187면.
14) 분단문학이라는 용어는 명확한 개념적 한정을 설정하기가 쉽지 않은 개념이다. 그 정도로 그 용어는 포괄적이며, 따라서 모호한 개념이다. 이에 대해서는 많은 논자들이 동의를 하고 있다. "분단문학이란 분단문제를 소재로 삼은 모든 작품을 가리키는 현상 기술적 개념이며 또한 분단상황의 극복을 지향하는 가치 개념이기도 하다" 정호웅, 「분단극복의 새로운 넘어섬을 위하여」, 김승환·신범순 엮음, 『분단 문학 비평』, 청하, 1987, 85면.라는 지적은 개념 규정을 둘러싼 이 용어의 어려운 처지를 잘 대변해주고 있다.
15) 하응백, 「김원일 중·단편 소설 연구」, 『현대소설연구』제14호, 2001, 6, 324면.

분단 소설 또한 이 정의에 그대로 부합하고 있다. 분단 체제에 대한 비판적인 문제의식에서 출발하고 있는 송기숙의 분단 소설에는 분단으로 인한 삶의 질곡이 지배적인 서사 대상으로 초점화되면서 분단의 극복 의지 또한 분명한 형태로 드러나고 있기 때문이다. 지배적인 서사 대상으로 초점화되고 있는 분단으로 인한 삶의 질곡은 크게 두 가지의 양상—가족 공동체의 파괴로 인한 비애와 상실감, 분단 멘탈리티의 형성으로 인한 인간성 파괴와 일상의 왜곡—으로 드러나고 있다. 구체적인 분석과 해석을 통해서 분단 의식의 실체와 그 의미를 살펴보기로 한다.

2.1 가족 공동체의 파괴로 인한 비애와 상실감

오늘날 가족주의가 지닌 억압과 배제의 기제에 대한 비판과 성찰이 본격적으로 제기되고 있으며, 시대상황의 변화에 따라 전통사회의 근간을 형성해 온 가족이 해체의 징후와 기미를 보이고 있는 것은 부인하기 힘든 사실이다. 그럼에도 불구하고 아직까지 공동체적 조화와 질서를 유지한 상태에서 그 구성원들에게 안식처를 제공하며 우리 사회의 기본 단위를 구성해 온 조직이 가족이라는 사실 또한 부인하기 힘든 사실이다. 그런데 한국전쟁과 그로 인한 분단 상황은 가족 공동체의 질서에 심각한 균열과 파열을 내면서 그 당사자들에겐 평생을 가도 지울 길 없는 비애와 상처를 안겨 주었다. 헤어질 당시만 하더라도 "일시적인 국내 이동이었던 것이 사실상 자유로운 출입조차 허용되지 않는 반영구적 국제이동이 되어 고향과 혈족이라는 원초적 관계를 강제로 박탈당한"16)이산 가족들의 한과 슬픔은 아직까지도 분단을 소재로 한 문학 작품들의 원천을 이루고 있다. 민족 분단으로 인한 일반 민중들의 질곡에 적극적인 문제의식을 지니고 있었던 송기숙이 가장 먼저 주목하고 있는 부분은 바로 가족 공동체의 파괴로 인한 비애와 상실감이다.

가족 공동체의 파괴로 인한 비애와 상실감을 통해 분단 의식을 형상화하고 있는 작품들 가운데 가장 먼저 눈여겨 보아야 할 작품이 「어떤 완충지대」이다. 한국전쟁 당시 헤어진 남편을 포섭하여 월북하는 공작을 수행하다 체포되어 남한의 첩보대 장교인 강대위와 위장 결혼 후 역침투하라는 지령을 받고서 호송선을 기다리다 극도의 심리적 갈등을 견디지 못하고 자살하는 한 여인의 비극적인 운명을 통해 분단 비극을 형상화하고 있는 이 작품은 엄청난 힘의 불균형에도 불구하고 체제의 비정한 권력 의지가 강제하는 폭력이나 억압에 주체적으로 맞서고자 하는 여인의 저항의지에 대한 믿음을 통해서 분단의식을 드러내고 있기 때문이다.

작가의 분단의식과 관련하여 이 작품에서 핵심적인 의미를 지니는 사건이 바로 여인의 자살 행위이다. 이 작품에서의 다른 모든 사건이나 상황은 이 사건을 향해 집중하고 있다. 이 작품의 서사적 핵으로 기능하고 있는 여인의 자살 행위는 두 가지 점에서 분단상황에 대한 작가의 비판적인 문제의식을 함축하고 있다. 다소 작위적일 정도의 극적인 상황 설정을 통해서 제시되는 여인의 자살 행위는 먼저 자신들의 체제 유지라는 공적인 목적을 위해 합법적으로 행사되는 국가 폭력의 비정함과 비인간성에 대한 고발의 의미를 지닌다.

---

16) 조형·박명선, 「북한출신 월남인의 정착과정을 통해서 본 남북한 사회구조의 비교」, 변형윤 외, 『분단시대와 한국사회』, 까치, 1985, 145-146면.

이 작품의 초점인물로 기능하는 여인과 강대위의 공작 수행은 자신들의 자유의지와는 아무런 상관도 없는 체제의 권력의지의 강제에 의해 이루어지고 있다. 강대위나 여인을 자신의 체제 유지를 위한 권력의지의 도구로 식민화하고 있다는 점에서 남북한의 체제 모두 국가 폭력으로부터 결코 자유롭지 않다. 국가 폭력의 강요로 인한 딜레마적인 상황에서 경험하게 되는 극도의 갈등과 인간적인 고뇌 끝에 자살을 결행하기 직전, 강대위를 향한 '저는 이쪽저쪽의 입장을 떠나서 저를 어떤 사상의 깃발 밑에 끌어넣지 말고, 한 사람의 평범한 주부로 놔달라는 간절한 소망'과 '성경에는 자살이 금지되어 있습니다. 자살을 한다면 살아서 발붙일 땅을 잃은 저는 죽어서 영혼을 안주시킬 마지막 거점마저 상실하는 것입니다'라는 고백적 진술에서 알 수 있는 바와 같이, 여인의 자살 행위는 이제까지 자신의 생을 지탱시켜 준 가족의 가치와 독실한 기독교도로서 지켜야 할 신의 섭리마저도 지키지 못하게 하는 남·북한 체제의 권력의지가 지닌 폭력과 억압에 대한 비판과 고발이라고 할 수 있다. 이 여인의 자살행위를 통해서 작가는 또한 "분단은 정치적 반대 세력에게만 심각한 현실이 아니라, 일상의 삶을 살아가는 모든 사람들의 삶과 관련되어 있는 '최고의 현실'"[17]이라는 분단의식을 반영하고 있다.

여인의 자살 행위는 또한 남·북한 분단체제의 권력의지가 강제·강요하는 도구로서의 지위 수락에 대한 보상으로 주어지는 식민화된 일상의 행복을 단호하게 거부하는 주체의 결단과 선택의 의미를 지닌다. '결국 세 길 중에는 하나도 택할 수가 없습니다. 제 생명만이라면 모르겠는데 모두가 다름 사람의 생명이 줄래줄래 매달려 있습니다.

---

17) 김동춘, 「분단과 한국사회」, 『분단과 한국 사회』, 역사비평사, 1997, 33면.

하여간 지금 제 솔직한 심경은 어느 쪽에도 협조하고 싶지가 않습니다. 아니, 모든 것을 거부하고 그것을 소리높이 어디다 외치고라도 싶습니다.'라는 진술은 가족의 윤리와 종교의 신념을 버리고서도 국가에 충성하도록 강요하는 권력의지의 폭력에 대한 여인의 저항 의지를 분명하게 보여주고 있다. 그러한 맥락에서 여인의 자살을 "개인주의자의 허무감이나 도피 의식과 무관하고 어디까지나 '줄래줄래 매달려 있는' 다른 생명들에 대한 연대의식의 표현이자 기적처럼 얻어진 '우리 둘만의 시간'에 대한 책임의 이행"18)으로 해석하는 관점은 설득력이 있어 보인다.

한편 이 작품에서 자살이라고 하는 개인의 소극적 행위를 통해서이긴 하지만 폭력적인 분단체제에 대한 주체적인 저항 의지를 보여 주고 있는 것은 분단 상황에 대한 작가의 문제의식으로서 의미있는 성과라고 생각한다. 따라서, "분단문제를 일찌감치 소설로—그것도 장편소설로— 다룬 공로는 의당 『광장』의 저자에게 돌아가야겠지만, 분단극복의식이라는 점에서는 60년대 말의 이 단편이 이미 전혀 다른 차원에 올라 있었던 것이다"19)라는 지적은 타당한 근거가 있어 보인다. 이 작품을 통해서 드러나고 있는 분단 극복의식은 그 형태를 달리하면서 다른 작품들에 반복적으로 변주되어 나타나고 있다.

「살구꽃이 필 때까지」는 복합적인 모티프를 통하여 작가의 분단의식을 형상화하고 있는 작품이다. 분단의 비극을 일제 시대로까지 소급하여 접근하고자 한 이 작품에서의 작가의 의도는 단편의 장르적 특성을 고려하지 못한 무리한 서사적 설정으로 인해 충분한 효과를

---

18) 백낙청, 앞의 글, 188면.
19) 백낙청, 앞의 글, 188-189면.

거두지 못하고 있다. 작가의 분단 의식과 관련하여 이 작품에서 중요한 초점화의 기능을 하는 두 인물이 방호 영감과 학산 영감이다. 작가의 분단 의식과 관련하여 두 인물은 극명한 대조를 보일 정도로 대립적인 가치의 담지체로 기능하고 있다. 두 인물은 모두 원색적인 증오와 원한으로 인한 무차별적인 보복이 자행되던 한국전쟁 당시 좌익 세력들에 의해 가족 공동체가 파괴되는 상처를 안고 있는 사람들이다. 그런데 그 상처를 치유하는 방법이나 태도에서 두 인물은 극명한 대조를 보인다. 방호 영감이 적극적인 화해 의지를 실천하면서 미래 지향적인 태도를 보이고 있다면, 학산 영감은 과거의 피해 의식에 집착하면서 보복 의지만을 되뇌이는 과거 강박적인 태도를 보이는 인물이다. 두 사람의 상반된 태도는 한국전쟁 당시 적극적인 좌익활동을 하다 보복에 의해 죽은 아버지로 인해 졸지에 고아의 신세가 된 안순이에 대한 태도에서 극명하게 드러나고 있다.

> 아니, 그래 거둘 것들이 따로 있지 빨갱이 새끼를 거둔단 말입니까?
> 제 아비가 빨갱인지 노랭인지는 모르겠네마는 이 아이들은 빨갱이도 아니고 노랭이도 아니고 그냥 사람의 새끼들이네. 내 말이 지금 무슨 말인지 알겠는가?
> 하여간 빨갱이 새끼들은 싹 쓸어 버려야 해요.
> 그렇게들 싸워서 죽이고 죽고 나니 이 죄없는 것들이 이게 무슨 꼴인가? 우리가 이제 제정신 차리고 해야 할 일은 이런 불쌍한 것들을 너나없이 거두는 일일세.

양 극단에서의 평행을 보이는 두 인물의 대화를 통한 대조적인 형상화를 통해 작가가 의도하고자 하는 바는 분명해 보인다. 특히, 두 인물 가운데 응고된 신념으로서의 반공주의를 실천하고 있는 학산 영감이 일제 시대 군청 노무계장을 거쳐 시대상황이 바뀌자 특유의 능란한 처세술을 발휘하여 항상 권력에 영합하는 천박한 속물의 부정적인 인물로 형상화되어 있는 것을 보아도 분단 의식과 관련된 작가의 지향이 어디를 향하고 있는지는 너무나도 분명해 보인다. 과거의 피해의식에만 집착하는 학산 영감의 입장에서 보면 원수의 딸인 안순이를 며느리로까지 받아들이는 방호 영감의 화해 의지를 통해서 작가는 불행했던 기성세대들의 과거 상처와 피해로 인한 증오와 보복의 악순환을 다음 세대에까지 이월해서는 안 된다는 분단 의식을 투영하고 있다.

「흰구름 저멀리」 또한 한국전쟁 당시 헤어진 남동생에 대한 죄의식과 고향 산천에 대한 향수에 시달리는 한사장의 비애를 통해서 분단의식을 형상화하고 있는 작품이다. 분량 자체가 워낙 소품이라 서사의 진전과 굴곡이 거의 없어 작가의 분단의식을 명료하게 포착하기가 어려운 작품이다. 그러나 이 작품은 '포탄 속에 그놈을 남겨놓고 혼자 도망을 치다시피'한 상황에서 헤어진 남동생에 대한 한사장의 회한과 죄의식, 그 회한과 죄의식에 대한 보상심리로 전국의 낚시터를 전전하게 될 한사장의 간절한 동생찾기, 그리고 "단순한 향수가 아닌 집념 차원"[20]에서 진행될 한사장의 고향 생각 또한 결코 중단되지 않을 것이라는 암시를 통해서 가족 공동체의 삶을 파괴하는 혈육의 생이별을 강요한 한국전쟁과 그 이후의 분단체제에 대한 비판적인 문제의식을 반영하고 있다.

---

20) 이효재, 「민족분단과 가족문제」, 『분단시대의 사회학』, 한길사, 1985, 256면.

2.2 분단 멘탈리티의 형성으로 인한 인간성 파괴와 일상의 왜곡

"파시즘 이데올로기의 중요한 층위로 논의되는 남성적 환상은 문화적 상징 체계와 정치적 선전 선동, 역사와 현실에 대한 비전을 제기하는 방식을 통해 파시즘이 주체를 재구성하는 과정에서 산출되며, 파시즘의 주체 구성 문법에 의해 개조된 주체들은 용기와 소명의식, 강력한 전사 체제로서의 사회에 대한 동경 등의 남성적 인간학과 윤리학, 사회·국가관을 형성한다."[21]라고 하는데 분단 멘탈리티 또한 유사한 맥락에서 형성된다고 할 수 있다. 분단 상황이 고착화되는 과정에서 한국인의 의식에 내면화되는 과정을 통해 형성된 부정적인 집단 심성[22]으로 규정할 수 있는 분단 멘탈리티로는 감시와 처벌의 시선을 내면화하는 과정에서 형성되는 체제 순응적인 태도, "기존 질서에 도전하는 모든 형태의 대항 이념을 제압할 수 있는 강력한 무기"[23]로 기능해 온 반공 이데올로기의 내면화, 왜곡된 신념으로서의 반공 이데올로기 실천 등을 들 수 있다. 분단 멘탈리티를 비판적으로 조망하고 있는 송기숙 소설에 지배적인 서사 대상으로 초점화되고 있는 모티프는 왜곡된 반공 이데올로기를 폭력적으로 실천하는 인물들의 자기 파멸과 몰락이다.

거의 광기의 수준에서 분단 멘탈리티를 실천하다 인격 파탄 직전의 상태로까지 전락하였다가 윤심이라는 낙도의 순진무구한 처녀와의 만남을 계기로 분단 멘탈리로부터의 해방과 함께 인간성을 회복하는 김

---

21) 권명아, 「수난사 이야기로 다시 만들어진 민족 이야기」, 김철·신형기외, 『문학 속의 파시즘』, 삼인, 2001, 245-258면.
22) 유임하, 앞의 책, 13면 참조.
23) 김동춘, 「한국전쟁과 지배 이데올로기의 변화」, 앞의 책, 37면.

성준 상사의 각성을 통해 분단 의식을 반영하고 있는 「갈머리 방울새」
는 분단 멘탈리티와 관련하여 중층적인 의미망을 형성하고 있는 작품
이다. 김성준 상사의 각성 과정을 통해서 작가는 "일상 속에 내재되어
있는 분단의 상흔과 질곡을 민중의 시각에서 수용하고 넘어서려는 의
지"[24]를 반영하고 있기 때문이다.

이 작품의 초점인물로 기능하는 김성준 상사는 "전근대 사회에서
의 터부나 종교 일반과 유사한 성격"[25] 수준에서의 반공 멘탈리티를
체화하고 있는 인물이다. 김성준 상사의 분단 멘탈리티 수준은 확실
한 정보 가치마저 검증이 안 된 심달모라는 이름 세 자의 단서에만
의지한 채 '허허벌판의 짙은 안개 속에서 좁쌀 한 알을 찾아 미쳐 날
뛰다'시피 하는 간첩 색출 과정에서 극명하게 드러난다. 편집증적 집
착 수준에서 진행되는 심달모 검거의 이유에 대한 서사 정보는 거의
제로 상태여서 서사의 설득력을 훼손시키고 있다. 그러한 서사 설정
은 그러나 한국 전쟁 이후 사회 구성원들의 도덕과 가치의 중심 기준
을 제공하는 강한 체험적 기반을 확보하는 한편 국민을 강하게 결속
시키는 국가의 최고 이념으로 기능[26]해 온 분단 이데올로기의 담론
효과와 그 폭력성에 대한 작가의 비판적 문제의식의 반영이라고 할
수 있다.

'각성의 계기를 통한 김성준 상사의 새로운 주체로의 탄생'이라는
명제로 그 서사를 요약할 수 있는 이 작품은 또한 일반 민중들의 원초
적 건강성과 생명의 의지로 충만한 모성성의 세계에 대한 믿음을 통

---

24) 강진호, 「분단에 대한 자각과 주체적 극복 의지」, 『탈분단 시대의 문학논리』,
    새미, 2001, 111면.
25) 김동춘, 앞의 글, 76면.
26) 앞의 글, 37-77면 참조.

해서 작가의 분단 극복의지를 투영하고 있다는 점에서 더욱 문제적이다. 이와 관련하여 김성준 상사의 윤심이 겁탈과 뻘 및 피조개와 파랑새의 상징적 이미지는 중요한 서사 효과를 거두고 있다. 먼저 윤심이의 처녀성 겁탈 사건은 김성준 상사에게 각성의 결정적인 계기를 제공하는 핵 사건으로 기능하고 있기 때문이다. 따라서 이 사건은 김성준 상사에게는 각성을 통한 성숙에 이르는 통과제의의 의미를 지니며, 윤심이에게는 자신의 헌신적인 희생을 통한 각성의 계기를 제공하는 희생제의의 의미를 지닌다. 그리고 윤심이의 형상화와 관련하여 반복적으로 동원되는 뻘의 이미지는 훼손되지 않은 윤심이의 원초적 건강성을, 피조개와 파랑새의 이미지는 증오와 광기의 파괴적인 감정에 포박된 김성준 상사의 완악한 불모의 세계를 포용하여 새로운 주체로 탄생시키는 생명의 의지로 충만한 모성성의 세계에 대한 상징으로 기능한다.

「전설의 시대」와 「백의민족 1968년」 두 작품 또한 종교적 신념과 광기의 수준에서 분단 멘탈리티를 채현하다 몰락하는 인물들과 그들의 몰락 과정을 연민과 비판의 시선을 통해서 초점화하는 서술 상황을 통해 분단의 극복 의지를 반영하고 있는 작품이다. 먼저 형제간의 갈등을 통해서 분단의 비극과 분단 극복 의지를 형상화하고 있는 「전설의 시대」는 기본적인 서사의 설정에서 「살구꽃이 필 때까지」와 상호 텍스트적인 관계를 형성하고 있는 작품이다. 무엇보다도 이 작품은 분단 상황에 대한 상반되는 태도를 지닌 두 형제간의 대조적인 형상화를 통해 작가의 분단 의식을 반영하고 있기 때문이다. 두 형제 가운데 과거의 피해의식으로 인한 분단 멘탈리티에 집착하다 몰락을 자초하는 인생 궤적을 통해 분단의 비극을 초점화하는 인물로 기능하고

있다는 점에서 나의 형은 학산 영감을, 그리고 불행했던 기성세대들의
과거 상처와 피해로 인한 증오와 보복의 악순환을 다음 세대에까지
이월해서는 안 된다는 분단 의식을 투영하고 있다는 점에서 나는 방
호 영감을 대체적으로 모방하고 있다.

한편, 분단 극복의지의 투영과 관련하여 작가의 그림자이자 나의
매개 인물로 기능하고 있다는 점에서 나의 친구 윤수는 중요한 인물
이다. 분단 현실에 대한 나의 객관적인 인식을 매개하고 있는 윤수를
통해서 작가는 당시 반공주의와 권위주의적인 통치 방식에 기초한 박
정희 정권의 전체주의적인 질서에 대한 암시적인 비판을 가하고 있기
때문이다. 암시적인 비판의 주요 세목들로는 당시 "과잉 간략화와 이
의를 인정하지 않는 독선 등을 통한 난민 생산 체제"[27]의 도구로 동원
된 연좌제와 학술 논문의 개념이나 용어 사용에서마저도 검열의 기제
가 작동하고 있을 정도로 사상과 표현의 자유를 억압한 규율 권력의
폭력성을 들 수 있다. '그 동안 변한 것은 아무 것도 없다. 정치는 한
사람의 쇳소리나는 구호뿐이고 사람들은 그 구호 밑에서 여유가 없으
니 유머도 이렇게 치졸할 뿐이다'라는 윤수의 말에서 '한 사람의 쇳소
리나는 구호'의 주인공이 누구임을 추정하는 일은 어렵지 않다.

「백의민족 1968년」은 "공산주의의 위협에 대한 과장되고 왜곡된 공
포심과 그 공포심을 근거로 하여 무자비한 인권 탄압을 정당화하거나
용인하는 사회적 심리"[28]인 레드 콤플렉스의 전형을 보여주는 운동모
의 광기를 통해서 일상생활의 미세한 국면에까지 지배력을 행사하는

---

27) 후지따 쇼오조오/이홍락 옮김, 『전체주의의 시대경험』, 창작과 비평사, 2000,
    49면.
28) 강준만 외, 『레드 콤플렉스』, 삼인, 2000, 7면.

반공 이데올로기의 폭력성을 문제삼고 있는 작품이다. 이 작품의 서술자인 나와 운동모의 대립 구도를 통해서 분단 극복 의식을 투영하고 있는 이 작품은 운동모의 인물 설정이 희화화될 정도로 극적인 과장이 심하여 서사적 설득력이 없어 보인다. 그러나 그러한 과장은 그 당시 일상생활의 미세한 국면에까지 지배권을 행사하면서 사회 구성원들의 정신과 일상을 교묘한 방식으로 왜곡·조작하는 고도화되고 숨겨진 규율 권력으로서의 반공 이데올로기가 지닌 억압과 폭력의 강도에 대한 작가의 비판적인 문제의식의 반영이라고 할 수 있다.

'남해안 지방 어느 외딴 섬 어린이의 작문에 기초를 두고 있다'는 서두로 시작되는 「휴전선 소식」은 그 제목에서부터 분단 상황의 비극적 의미에 대한 작가의 비판적 문제의식을 적극적으로 반영하고 있는 작품이다. 표면상의 제목으로만 볼 때 이 작품의 공간적 배경은 남·북한 병사들간의 준전시 상황을 방불케 하는 군사적 대치로 인한 긴장이 감도는 휴전선 부근이어야 한다. 이 작품의 서사는 그러나 살벌한 휴전선의 상황과는 아무런 관련이 없는 남해안의 한적한 낙도를 배경으로 이루어지고 있다. 그러한 반어적인 서사 설정을 통해서 작가는 한적한 남해안의 낙도마저도 분단 상황으로부터 결코 자유로울 수 없다라는 분단 의식을 드러내고 있다. 특히, 낙도 어린이들에게 정신적 지주 역할을 해 왔던 선생님이 섬 주민들의 일상을 감시하는 기관원이라는 사실을 암시하는 작품 말미에서의 상황 설정은 모든 국민들에게 만인에 의한 만인의 감시 체계의 시선을 내면화시켜 온 반공 규율 권력의 억압과 폭력에 대한 작가의 비판이라고 할 수 있다. 그리고 서술자와 함께 이 작품의 서술 상황의 한 축을 형성하고 있는 '그렇지만 우리 선생님이 그런 무서운 모략을 했을 것 같지는 않습니다. 아버지들이 오해를 하고 계시는 것 같습니다. 그러나 어른들 일에 참견을 하고 나설 수도 없었습니다'라는 어린이의 작문 내용에서 알 수 있는 바와 같이, 그러한 상황이 존재의 세계의 양면성을 알 길이 없는 낙도의 천진무구한 어린이들의 시선을 통해서 초점화되고 있다는 점에서 분단의 비극적 의미는 더욱 고조되고 있다.

지금까지의 분석을 놓고 볼 때 분단 상황에 대한 비판적인 문제의식과 분단 극복 의지를 형상화하고 있는 송기숙의 소설들은 결코 무시되어서는 안 되는 소설사적 의의를 지니고 있다. 사실이 그러함에도 불구하고 그 소설들은 백낙청을 제외하고는 송기숙을 다룬 글에서건, 아니면 분단 소설을 다룬 글들에서건 정당한 평가를 받지 못한 채 홀대를 받아 온 것이 사실이다. 사정이 그렇게 된 데는 아주 역설적이게도 송기숙의 분단소설이 주로 1960년대 말에서 1970년대 초반에 집중적으로 발표되었다는 사실이 중요한 이유들 가운데 하나로 작용했을 것이라고 생각한다. 1960년대 말에서 1970년대 초반에 이르는 시기만 하더라도 미·소를 축으로 한 양대 진영 사이에 형성된 냉전 이데올로기가 세계사적 차원에서의 담론 효과를 발휘하던 시기였다. 그 시기는 또한 국내적으로도 박정희 정권의 사상 탄압과 인권 유린이 자행되던 시기였다. 그러한 상황에서 작가들은 말할 것도 없고 비평가를 포함한 연구자들 또한 분단과도 같은 민감한 정치적 소재를 글쓰기의 대상으로 삼는 것 자체가 상당한 수준에서의 자기 검열을 요구하는 문제였을 것이다. 그러한 추정은 "그 때나 지금이나 이 문제(분단 문제)는 다루기가 몹시 까다로워 표현 하나하나에까지 여간 신경을 쓰지 않았다. 이야기를 하다 그친 것 같기도 하고 뭔가 주변을 맴돌다만 것 같기도 하는 아쉬움이 있지만 그것은 그 원인이 내 능력의 문제만이 아니란 것을 짐작할 것이다"[29]라는 작가 자신의 고백적 진술에 비추어봐도 상당한 근거를 지닌다. "분단시대와 분단 극복이라는 용어가 본격적으로 논의되기 시작한 것은 70년대였고, 분단 문학이 한국문학의 중심적인 화두가 된 것은 80년대에 이르러서이다"[30]라는 진단이나 뛰어난 문학적 성취를 보인 바 있는 대부분의 분단 소설들이 1970년대 중반 이후에 발표된 사실 또한 그러한 추정의 설득력을 높여 주고 있다.

3. 나오는 말

이 글은 분단 상황에 대한 비판적인 문제의식과 분단 극복 의지를 형상화하고 있는 송기숙의 단편 소설들을 대상으로 하였다. 연구 대상을 분단 소설로 한정한 이유는 주로 1960년대 말에서 1970년대 초반에 발표된 그것들이 분명한 소설사적 의의를 지니고 있음에도 불구하고 이제까지 정당한 조명을 받지 못했다는 문제의식 때문이었다. 그러한 문제의식에서 출발한 이 글은 분단을 소재로 한 송기숙의 소설들에 나타난 분단 의식의 실체와 그 의미를 밝혀보고자 하였다. 그러한 동기와 목적을 가지고서 출발한 이 글의 논의를 정리하면 다음과 같다.

분단 상황을 서사의 대상으로 초점화하고 있는 대부분의 분단 소설들과 마찬가지로 송기숙의 소설에 나타난 분단 상황 또한 사회 구성

---

29) 송기숙, 「후기」, 『개는 왜 짖는가』, 한진출판사, 1984, 252면.
30) 송현호, 앞의 글, 16-17면.

원들의 인간적인 삶을 억압하고 훼손하는 부정적인 양상을 지니고 있음을 알 수 있었다. 분단 상황이 강요하는 삶의 질곡은 크게 두 가지의 양상으로 구분할 수 있었다. '가족 공동체의 파괴로 인한 비애와 상실감'이 그 하나라면 '분단 멘탈리티의 형성으로 인한 인간성의 파괴와 일상의 왜곡'이 다른 하나였다. 송기숙의 분단 소설에는 또한 국가의 부당한 권력의지에 대한 개인의 주체적인 저항 의지나 과거의 피해의식으로부터의 해방을 통한 미래 지향적인 화해 의지의 모색 등을 통한 분단 극복 의식이 분명하게 드러나고 있음을 알 수 있었다. 이러한 분석에 기초하여 이 글은 반공 이데올로기가 사회 전반의 규율 권력으로 무소불위의 막강한 힘을 행사하던 당시, 분단 현실을 소재로 삼는 것 자체가 분열증에 시달릴 정도의 자기 검열 상황으로 몰아갔을 1960년대 말과 1970년대 초반에 발표되었다는 사실 하나만으로도 송기숙의 분단 소설은 결코 무시할 수 없는 소설사적 의의를 지니고 있다라는 결론을 내리었다.

13

송기숙의 분단소설에 나타난 화해

1. 들어가는 말

해방 이후 한국의 근·현대사를 정직하게 대면하고자 할 경우 분단의 문제를 외면하거나 무시하기는 어려울 것이다. 분단만은 저지하고자 했던 김구 등의 노력이 좌절된 1948년 남과 북에 각각 체제와 이념을 달리 하는 대한민국과 조선민주주의인민공화국이 수립된 이후 반세기가 넘는 오랜 세월 동안 소모적인 체제 경쟁과 대결 구도를 유지해 온 분단 체제는 한반도 구성원들에게 감시와 처벌의 시선을 내면화하면서 일상의 왜곡과 의식의 분열을 강요해왔기 때문이다. 물론 역사적인 남북 정상 회담 이후 화해와 협력을 통한 통일 시대를 열어가기 위한 초석을 다져가고 있는 현시점에서 분단체제의 반공 이데올로기가 분출해내던 예전의 야만적인 에너지와 파괴적인 아우라는 많이 거세당한 게 사실이긴 하다. 하지만 여전히 절박한 현재형으로 진행되면서 사회 구성원들의 멘탈리티 형성에 유형·무형의 검열 기제로 작동하고 있는 상황 또한 외면하거나 부인하기 힘든 것도 사실이다. 그러한 맥락에서 "분단은 일회적인 사건이 아니라 오늘날까지 지속되어 온 민족사의 비극적인 특수성을 집약한 현실이다. 분단은 광복 이후 강대국에 의한 국토분할과 함께 상이한 이념을 가진 두 개의 정치체제가 양립하면서 동족간의 내분과 전쟁으로 이어지게 하여 엄청난 비극을 양산했다는 역사적 사실에만 그치지 않는다. 이 사건은 세월이 흐르면서 생생한 체험의 영역으로부터는 벗어났을지 모르나 이형동질의 비극을 재생산하는 '현재진행형'의 현실이라는 데 그 중요성이 존재한다. 뿐만 아니라 분단은 한국인의 의식에 내면화되면서 부정적인 집단심성인 이른바 '분단 멘탈리티'를 형성시켜 놓았다. 분단문제는 그러한 점에서 새로운 비극과 상처를 여러 세대에 걸쳐 강요해 왔으며, 한국소설이 민족 공동의 역사적 경험에 충실하고자 하는 한(분단 문제는) 중요한 주제의 하나일 수밖에 없다"[1]라는 지적은 설득력을 지닌다.

1966년 「대리복무」를 통해 등단한 이후 송기숙이 발표한 작품은 40여 편의 중·단편과 10여 편의 꽁트, 그리고 그의 작가적 정체성의 표지로 규정할 수 있는 역사의식을 집대성하고 있는 5편의 장편 소설이 있다. "농민을 위시한 민중 집단을 역사의 주체로 세우기 위한 예술적 실천"[2]의 소산이라고 할 수 있는 40여 편의 중·단편은 '권력과 민중

---

1) 유임하, 『분단현실과 서사적 상상력』, 태학사, 1998, 13-14면.
2) 진정석, 「민중문학의 새로운 전개를 위하여」, 임환모 엮음, 『송기숙의 소설세

사이의 화해 불가능한 대립과 갈등'이라는 작가의 문제의식과 관련하여 크게 두 가지 계열의 서사체로 구분[3]할 수가 있다. 하나는 온갖 애환과 시련에도 불구하고 이기적인 욕망이나 타산에 훼손되지 않은 건강한 심성과 권력의 부당한 횡포나 폭력에 단호하게 맞서는 올곧은 역사의식을 견지하고 있는 민중들에 대한 믿음을 형상화하고 있는 작품들이다. 이 계열의 서사체에 속하는 작품들로는 성호와 윤주의 결혼을 둘러싼 부자간의 갈등을 통해서 일제의 식민 지배 청산 문제를 정면에서 문제삼고 있는 「도깨비 잔치」를 정점으로 한 대부분의 중·단편들을 들 수가 있다. 다른 하나는 반세기가 넘는 오랜 세월 동안 남북한의 민중들에게 질곡과 억압으로 작용하면서 체제 이데올로기로 기능해 온 분단체제[4]에 대한 작가의 비판적인 분단의식을 형상화하고

계』, 태학사, 2001, 45면.

3) 송현호는 동시대적 삶의 진실과 고뇌가 짙게 배어 있다라는 사실을 전제로 송기숙의 소설을 크게 세 갈래(분단의 비극과 그 극복의 문제, 농촌의 현실과 민중의 삶의 문제, 인간성 회복과 정의 사회 구현의 문제)로 구분한 다음 그것들에 대한 총괄적 해석을 시도하고 있다. 송현호, 「송기숙 문학의 세 갈래와 저항문학적 성격」, 임환모 앞의 책, 13-44면 참조.

4) 분단체제라는 용어를 인문·사회과학 담론 공동체의 정주민으로 편입시킨 연구자는 백낙청이다. 분단시대의 한반도 현실을 좀더 총체적이고 체계적으로 인식하고자 했던 의도를 가지고서 개념화를 제창했다고 하는 백낙청은 이 용어를 자본주의 세계체제의 한 독특한 하위체제로 규정하고 있다. 이에 대해서는 백낙청, 「분단체제의 인식을 위하여」, 『분단체제 변혁의 공부길』, 창작과비평사, 1994. 및 「분단시대의 최근 정세와 분단체제론」, 『창작과 비평』 1994년 가을 참조. 하정일은 이 용어에 대한 백낙청의 논의를 "자본주의 세계경제에 의해 조건 지워지고 국가간 체제에 의해 영향을 받으면서 분단모순이라는 복합모순을 간직하고 있는 체제"로 요약하고 있다. 하정일, 「시민문학론과 근대극복론까지」, 『20세기 한국문학과 근대성의 변증법』, 소명출판, 2000, 79-80면. 백낙청의 이 용어에 대해 손호철은 사회과학 담론 공동체가 요구하는 수준의 개념적 엄밀성과 정합성 미달이라는 이유를 들어 소극적인 평가를 내리고 있다. 이 부분에 대한 손호철의 논의에 대해서는 손호철, 「'분단체제론'의 비판적 고찰」, 『창작과 비평』, 1994, 여름. 및 「'분단체제론' 재고」, 『창작과 비

있는 작품들이다. 비교적 초기인 1970년대 초반에 발표한 이 계열의
서사체에 속하는 작품들로는 「어떤 완충지대」(1968), 「백의민족 1968
년」(1969), 「휴전선 소식」(1971), 「전설의 시대」(1972), 「흰구름 저멀
리」(1973), 「갈머리 방울새」(1973), 「살구꽃이 필 때까지」(1980) 등을
들 수가 있다. 이들 단편들에서 명료한 형태를 얻고 있는 분단의식은
1980년대 이후에도 계속 이월되어 「당제」(1983)와 「어머니의 깃발」
(1984) 두 중편에서는 더욱 심화되어 나타나고 있다.

한편, "민족 분단은 정치에서부터 가난한 시골 노인의 생활에까지
갖가지 험한 모습으로 인간을 옥죄고 있다."5)라는 작가의 말에서 알
수 있는 바와 같이, 체제의 억압에 의한 질곡의 삶을 강요당하는 상황
에서도 원초적 건강성과 활력을 유지하며 그 체제의 권력 의지에 맞
서 온 민중들의 저항 의지를 작가적 화두로 일관해 온 송기숙에게 분
단은 민중들의 생활 세계를 규정하는 중요한 심급으로 인식되어 왔다.
혹독한 검열의 감시망에도 불구하고 등단 직후부터 활발하게 발표해
온 분단 소설에 투영된 작가의 분단의식이 최근에 발표된 작품들에서
도 반복적인 변주를 보이면서 계속 이어지고 있음을 보아도 그러한
추정이 조금도 과장이 아님을 알 수 있다.

이 글의 대상은 최근의 분단소설을, 보다 구체적으로는 남북 정상
회담 이후 화해와 협력을 통한 통일 시대를 열어가기 위한 초석을 다
져가고 있는 시대상황을 반영하면서 발표된 다섯 편의 분단소설6)을

평』1994, 겨울. 참조
　이 글에서는 분단 상황의 고착화로 인해 사회 구성원들에게 일정한 담론 효과
　를 지닐 정도의 구조적 작동성을 지니고 있는 체제의 수준에 그 용어의 의미
　를 한정하고자 한다.
5) 송기숙, 「작가에게 지워진 역사의 짐」, 『창작과 비평』, 1994, 겨울, 431면.
6) 『들국화 송이송이』(문학과경계사, 2003)에 수록된 「길 아래서」, 「들국화 송이

집중적으로 살펴보고자 한다. 다섯 작품들을 대상으로 한 논의를 통해서 이 글이 도달하고자 하는 연구의 목적은 크게 두 가지이다. 하나는 대상 작품들에 대한 구체적인 분석과 해석을 통해서 화해의 양상을 살펴보고자 하는 작업이고, 다른 하나는 그러한 화해의 모색을 통해서 작가가 의도하고자 한 문제의식의 심층을 탐사하고자 하는 작업이다.

2. 화해의 구체적인 양상

이 글이 분석 대상으로 하는 최근의 분단소설들은 "분단문학이 유행하기는커녕 금기에 가까웠던 7.4성명 이전의 작품들이나 80년대 분단문학의 중요한 성과로 꼽아야 할 「당제」와 「어머니의 깃발」"[7]과 비교하여 단층에 가까울 정도의 뚜렷한 변모를 보여주고 있다. 가장 뚜렷한 변모로는 유신정권의 반공 이데올로기가 지배하던 70년대에 발표된 이전의 분단소설들이 사회 구성원들의 정상적인 삶을 왜곡하고 훼손하는 국가폭력의 부당한 권력의지에 대한 개인의 주체적인 저항의지나 분단 상황이 강요하는 과거의 피해의식에 서사의 초점이 집중되어 있었다면 최근의 분단소설들에 와서는 과거의 상처나 피해의식으로부터의 적극적인 결별 의지를 드러내는 방향으로 서사의 초점이 중심 이동하고 있다는 점이다. 이와 관련하여 주목할 만한 서사 구성

송이」, 「북소리 둥둥」, 「성묘」, 「보리피리」 다섯 편이며, 앞으로 본문에서의 작품 인용은 인용문 뒤에 면수를 기록하는 방식으로 처리하고자 한다.

7) 백낙청, 「80년대 소설의 분단극복의식」, 임환모 엮음, 앞의 책, 186-187면.

상의 변화로는 다섯 작품 모두 이전 작품들과는 달리 노인들이 서사의 주체로 기능하면서 분단 상황이 강요했던 과거의 상처와 적극적인 화해를 모색하면서 미래 지향적인 전망을 암시주고 있다는 점을 들 수 있다. 이러한 서사 변모의 양상은 구체적으로 어떠한 모습으로 드러나는가? 그리고 이러한 서사의 초점 이동을 통해서 겨냥하고 있는 작가의 분단의식의 실체는 무엇일까?

2.1 과거의 상처와 피해의식으로부터의 적극적인 결별의지

대다수 남한 국민들에게 전쟁의 체험은 이성적으로 대면할 수 있는 성질의 것이 아니었다. 전쟁의 체험은 모든 민족 성원을 그들의 사회적 처지에 관계없이 실존적 상황에 내팽개쳐진 무력한 '개인'으로 만들었다. 따라서 전쟁의 참화는 이데올로기의 무게를 감당할 수 없는 '보통' 사람들을 정신병적 상태로 내몰았다.[8]라는 지적처럼 한국전쟁의 참화는 대다수 사회 구성원들에게 치명적인 외상을 남기게 된다. 제1차세계대전의 규모에 맞먹는 참혹한 민족상잔의 비극[9]이었던 한국전쟁 이후 체제와 이념을 달리 하는 남한과 북한이 들어서는 분단 상황에서 종교적 터부의 차원으로 승격된 반공주의는 국민을 강하게 결속시키는 기능을 해 온 최고의 국가이념이었을 뿐만 아니라 기존 질서에 도전하는 모든 형태의 대항 이념을 제압할 수 있는 강력한 무기[10]로 작동했다. 비이성적인 광기와 야만을 방불케 하는 반공주의가

---

8) 김동춘, 『분단과 한국사회』, 역사비평사, 1997, 58-59면.
9) 구중서, 「분단 극복 '화해'의지의 문학」, 변형윤 외, 『분단시대와 한국사회』, 까치, 1985, 331면.
10) 김동춘, 앞의 책, 37-53면 참조.

지배하는 분단 상황이야말로 민족 구성원들의 인간다운 삶에 질곡으로 작용하는 중요한 배경이라는 문제의식을 지녀온 송기숙에게 전쟁과 분단과 참화가 강요한 실존의 분열과 훼손은 결코 외면하기 어려운 작가적 책무로 인식되었을 것이다.

공안 당국을 대리인으로 내세운 반공규율 권력의 폭력에 의한 간첩 조작과 뒤이은 불법 연행 및 야만적인 고문으로 인한 한 개인의 상처나 강요된 이산 체험으로 인한 고통과 상실감 등 이전의 분단소설들에서 지배적인 서사대상으로 초점화되었던 분단의 비극들이 다섯 편의 소설들에서도 반복적으로 변주되는 데서 알 수 있는 바와 같이, 분단 상황으로 인한 개인의 상처와 고통에 대한 송기숙의 문제의식은 여전히 현재진행형으로 이월되고 있음을 알 수 있다. 하지만 이전의 소설들에서와는 달리 전쟁과 분단의 비극으로 인한 상처나 고통은 서사의 전면에 전경화되면서 지배적인 서술 비중을 차지하지는 않고 있다. 대신, 그러한 상처나 고통은 과거 회상이나 기억의 형태를 띤 단편적인 삽화의 형식으로 서사의 배경에 배치되면서 화해를 매개하는 서사의 기제로 작동하고 있을 뿐이다.

그러한 서사 양상의 차이를 보이는 데는 물론 '그러다가 이번에 남북이 대통령들까지 손을 잡는 걸 보자 이제 잡혀갈 걱정은 없겠다 싶어', '나도 등걸음칠 날이 코앞에 닥쳐오자 마음이 바쁘던 차에 대통령까지 북한을 다녀오고 이산가족도 만나고 이만치라도 시국이 풀리기에 이 일부터 했네'라는 서술정보에서 확인할 수 있는 바와 같이, 소연방의 해체와 동구권의 몰락으로 표상되는 냉전의 해체와 맞물린 계속되는 민주화과정과 경제 성장에서 자신감을 얻은 남한의 주도적인 역할로 일구어낸 남북 정상회담을 정점으로 그 이후 크고 작은 우여곡절을 겪으면서도 그 대세만은 계속 이어지고 있는 남북 화해와 협력의 분위기가 중요한 동인으로 작용한 사실을 무시할 수는 없다. 하지만, 이 글의 목적과 관련하여 보다 더 중요한 사실은 국내·외적 정세와 맞물리면서 진행된 분단상황에 대한 작가의 문제의식의 변화를 작품에서 구체적으로 짚어내는 작업이다.

먼저, 「길 위에서」는 다른 네 작품들에 비해 전쟁과 분단이 강요한 과거의 상처나 죄의식으로부터 과감한 결별 의지를 드러내면서 적극적인 화해를 모색하는 서사의 양상을 보다 분명한 형태로 보여주고 있다. 적극적인 화해의 모색과 관련된 작가의 분단의식은 한국전쟁 직후 해인사 인근 주둔 군부대의 트럭 전복 사고 당시 각각 운전병과 정비병으로 근무했던 김씨와 홍씨의 죄의식과 속죄행위를 통해서 드러난다. 이 작품에서 지배적인 서사 비중을 차지하는 이 사건은 두 사람의 죄의식과 속죄행위를 매개하는 핵사건으로 기능하게 되는데, 그것은 부대 인근에 은신중이던 빨치산 토벌작전 당시 김씨는 빨치산으로 활동하던 외삼촌과 형님을 구명하기 위해, 그리고 좌익 조직원으로 활동하던 홍씨는 그 작전의 방해공작을 위해 고의로 유도한 이 사고의 당사자들이기 때문이다.

이 사고로 인해 죽은 원혼들에 대한 죄의식 수준은 "대다수의 사람들이 죽은 전쟁이나 재해 등에서 살아남은 사람들이 흔히 느끼는 생존자 죄책감(survivor guilt)"[11]의 전형을 보여준다. 사고 당시로부터 50년이 지난 시점까지도 두 사람의 무의식에 수시로 출몰하면서 김씨에게는 신경증을, 홍씨에게는 간암이라는 정신적, 육체적인 상흔을 남기게 되는 데서 알 수 있는 바와 같이, 희생자들의 그림자로서 두 사

---

11) 칼루 싱/김숙진, 『죄책감』, 이제이북스, 2004, 13면.

람이 느끼는 생존자 죄의식의 강도는 한 개인의 실존이 감당하기에는 버거운 억압과 부하로 작용하고 있기 때문이다. 이 두 사람의 죄의식을 통해 작가는 외세의 강압과 타협에 의해 초래된 분단상황이 사회 구성원들에게 강요한 상처와 고통이 어느 정도로 파괴적이었는가에 대한 비판적인 문제의식을 반영하고 있다고 할 수 있다.

　한편 두 사람의 죄의식을 해소하는 속죄행위로 설정된 화장실 청소와 제사지내기는 화해와 관련된 작가의 분단의식과 관련하여 중요한 상징적인 함의를 지닌다. 먼저 제사 지내기는 그 사고로 죽은 원혼들이나 두 사람의 죄의식이 국가폭력의 권력의지에 의한 희생양이라는 사실을 암시하는 한편 사고 당시 가해자로 평생을 죄의식에 시달리며 지내야만 했던 두 사람의 죄의식을 속죄하는 의미를 반영하고 있다. 물론 이 사람들의 죽음이나 죄의식을 희생양으로 해석하는 것은 과잉해석의 혐의로부터 결코 자유롭지는 않다고 할 수 있다. 이들의 죽음이나 고통을 담보로 전쟁 상태의 진정한 종식과 완전한 평화체제를 회복한 것은 아니라는 점에서 이들의 죽음이나 고통은 "한 사회가 무차별적 위기에 처했을 때 그 위기의 책임자로 한사람이나 특정 집단을 지목하여 사회의 상호적 폭력을 그에게로 집중시킴으로써 다시 평화를 회복하는 희생양 메카니즘"[12]에 정확하게 부합하지 않기 때문이다. 이러한 사실은 1953년 7월 27일 협정 당사자 간에 체결된 한국휴전협정(The korean Armistice Agreement)이 "전후 한국의 정치군사적 존재조건을 틀지우고 있음은 물론 현 휴전체제의 역사적 법적 구속력으로 작용함으로써 향후 한국전쟁의 진정한 종식을 위해 어떠한 형태

---

12) 르네 지라르/김진식. 『나는 사탄이 번개처럼 떨어지는 것을 본다』, 문학과 지성사, 2004, 244면.

로든지 극복되지 않으면 안 될 한국전쟁의 기형아적 유물"[13]이라는 점에서 더욱 더 설득력을 얻는다. 하지만, 더이상의 비인도적 희생과 파괴를 가져올 비극적 재앙만은 방지해야 한다는 인도적 합의하에 전쟁 상태의 일시적이고도 잠정적인 중단과 평화를 의미하는 휴전협정과 그를 매개로 현재 다양한 인적 물적 교류를 통한 통일시대를 열어가는 초석을 다지는 데 적지 않은 기여를 하고 있다는 점에서 그들의 희생이나 죄의식을 희생양으로, 그리고 그들의 희생과 죄의식을 작가의 화해의지를 모색하는 매개적 장치로 규정하는 해석은 크게 무리는 아니라고 생각한다.

한편, 제사 지내기가 가해자나 피해자 모두 분단 상황의 희생자들이라는 문제의식을 통해 작가의 화해 의지를 반영하고 있는 데 비해 화장실 청소는 죄의식의 정화를 통한 속죄행위라는 문제의식을 통해 작가의 화해의지를 반영하고 있다. 40여 년 동안 계속되는 화장실 청소를 통해 김씨는 죄의식으로 인한 자신의 강박적인 신경증에서 해방되어 심신의 균형과 생의 활력을 회복한다는 점에서 그러한 해석은 설득력을 확보한다.

「들국화 송이송이」에서 반공규율 권력의 폭력성에 대한 비판 및 적극적인 화해의지의 모색과 관련된 작가의 문제의식은 털보 영감의 수난과 고향 찾기 모티프를 통해서 반영된다. 크게 털보 영감의 '출향'과 '귀향'이라는 두 개의 서사 단위로 구획 가능한 이 작품에서 출향은 사회 구성원들의 정상적인 삶을 왜곡하고 훼손하는 국가폭력의 부당한 권력의지에 대한 작가의 비판적인 문제의식을, 그리고 귀향은 분단으

---

13) 류상영, 「휴전협정의 성립과정과 성격」, 한국정치연구회 정치사분과, 『한국전쟁의 이해』, 역사비평사, 1993, 296-297면.

로 인한 과거의 상처와 죄의식의 정화를 통한 적극적인 화해의지의 모색과 관련된 문제의식을 반영하고 있다. 정상적인 맥락에서 고향은 대부분의 사람들에게 자기 정체성의 근원이자 자기 동질성에 대한 물화적 메타포로 기능하기 마련이다. 그것은 고향이 모든 현존재들의 심리적·시간적인 배후와 근원으로 기능하면서 자기 정체성의 뿌리를 형성하고 있기 때문이다. 따라서 고향을 떠난다는 것은, 더욱이 개인의 자유의지를 초월하는 거대한 외부의 폭력에 의해 출향을 강요당하는 경험은 실존적 지평으로서의 자신의 존재론적 뿌리를 거세당하는 근원적인 상실감과 비애를 가져오는데 털보영감의 출향은 바로 이러한 강요당한 출향에서 오는 비극적인 주체의 상실감과 비애를 전형적으로 보여주고 있다.

대부분의 현존재들에게 고향이 자신들의 존재의 출발이면서 뿌리이자 중심인 것과는 달리 털보 영감에게 고향은 악몽의 공간일 뿐이다. 털보 영감이 자신의 고향을 그렇게 인식하게 된 문제의 중심에는 반공 규율 권력의 폭력성이 자리잡고 있다. 그것은 반공 규율 권력의 권력의지가 털보영감에게 두 번의 폭력을 강제하기 때문이다. 먼저, 반공 규율 권력의 폭력성은 털보 영감에게 가족 공동체의 파괴와 사랑하는 처자와의 생이별을 강요하는 심리적 외상과 결손의 상처를 강제한다. 한국전쟁 직전 산골 오지에 화전민으로 근근이 연명해나가던 털보영감 가족은 빨치산들에게 식사 대접을 한 게 통비분자로 몰리는 화근이 되어 털보 영감 가족 공동체는 완전히 와해·해체되는 한편 결국에는 털보 영감 가족에게 일종의 '행복의 샘'(fons beati)으로서의 마지막 안식처이자 존재론적 터를 제공해왔던 집마저도 국가 권력의 일방적인 횡포와 폭력에 의해 소각되면서 마을을 떠나야만 되는 비극적인 운명의 처지로 내몰리게 된다. 또한 당시 털보 영감의 집 맞은편에 살던 동갑내기 처자 가족 또한 털보 영감 가족과 마찬가지 이유로 이산의 고통을 강요당하는데, 그 처자와 털보 영감 사이는 두 사람의 정혼을 양가에서 기정사실로 받아들일 정도로 친밀한 관계였었다는 점에서 반공규율 권력의 폭력성으로 인한 털보 영감의 강요된 이산 체험은 그 비극적인 강도를 더하게 된다.

기억 상실증에 걸리지 않은 정상적인 의식을 가진 인간이라면 누구나 아동 시절의 체험과 그에 대한 기억이 있다. 그리고 조부모와 부모, 어린 시절의 친구, 그 밖에 자연 풍경과 풍물은 인간의 자아 형성과 개인 발전에 가장 기초적이고 결정적인 역할을 하는 것이다. 그리고 이런 시절의 고향은 회상 속에서 '작고 좁음', '아늑함', '사적임', '보호됨', '가족' 등의 이미지로 나타나는 것이다. 하여튼 아동 시절의 체험과 그것에 대한 기억은 개인의 의식에서 고향을 기억하게 하고 확인시켜 주는 일종의 경각장치[14]가 된다. 따라서 한 개인이 외부의 강제적 폭력에 의해 고향에서 추방당한다는 경험은 "근원적인 삶의 공간으로서의 고향만 잃어버리는 것이 아니라 감정적인 유대와 공동체 의식, 그리고 자기 동질성, 존재와 삶의 근원까지도 망각 내지 상실할 위기"[15]와 등가라고 할 수 있다. 그 어떤 이데올로기적인 개입이 없이 순수한 인도주의와 동포애적인 입장에서 빨치산에게 제공했던 식사 대접을 공동체적 미덕으로 승인하기는커녕 통비분자라는 조작을 통해 고향에서마저 축출해버리는 설정을 야만의 얼굴을 한 반공 규율 권력의 폭력성과 비인간성에 대한 작가의 비판적인 분단의식의 반영으로

---

14) 전광식, 『고향』, 문학과 지성사, 1999, 42면.
15) 앞의 책, 19면.

해석이 가능한 것도 그러한 맥락에서이다. 같은 맥락에서 국가권력의 일방적인 폭력에 의해 가족 공동체가 파괴되고 사랑하는 처자와의 생이별을 강요하는 털보 영감의 고통과 비애를 통해서 작가는 국가란 "지배 계급의 손 안에 있는 억압도구에 불과할 뿐이다"[16]라는 마르크스의 국가관을 반영하고 있는 것이다.

또한 반공 규율 권력의 폭력성과 비인간성은 털보 영감 개인에게도 한 개인의 실존을 완전히 파괴하는 육체적 불구와 죄의식의 상처를 남기고 있다는 점에서 그것이 결코 한 세대에만 그치고 마는 일회성의 우발적인 사건이 아님을 작가는 증언하고 있다. 야만의 얼굴을 한 반공 규율 권력의 폭력성이 털보 영감에게 관철되는 방식은 고문과 강요된 자백에 의한 간첩 조작을 통해서이다. 고향을 찾아가는 과정에서 털보 영감의 순수한 무지가 매개가 되어 이루어진 간첩 조작 사건으로 인해 털보 영감은 한쪽 다리를 못쓰는 불구의 고통에 더하여 자신의 의지와는 전혀 상관없이 고향 친구인 메부리코 영감마저도 혹독한 시련과 고초를 겪게 했다는 죄의식을 평생의 짐으로 안고 살아간다. 이러한 서사 설정을 통하여 작가는 결국 권력이란 지배의 도구이자 내가 선택한 그대로 타인이 행위하도록 만드는 데 있으며 어디든지 내가 타인의 저항에 대항하여 내 자신의 의지를 관철시킬 수 있는 가능성을 가진 곳에 존재[17]한다는 권력 일반의 폭력성에 관한 전통적인 주장들에 강력한 지지를 보내고 있다.

한편, 분단상황을 타개하고자 하는 적극적인 화해의지의 모색과 관련된 작가의 문제의식은 털보 영감의 고향 찾기 모티프를 통해서 반

---

16) 한나 아렌트/김정한, 『폭력의 세기』, 이후, 2000, 63면.
17) 앞의 책, 64면.

영된다. 자신에게는 심리적 외상과 결손 체험 및 육체적인 불구와 죄의식만을 강요했을, 따라서 오로지 악몽으로 기억될 뿐인 고향임에도 불구하고 털보 영감은 50여 년 동안을 한순간도 망각하지 않고 고향에 대한 절절한 그리움을 간직하고 있다. 아주 일반적인 맥락에서 모든 현존재는 자신들이 떠나온 고향에 대한 그리움을 안고 살아가기 마련이다. 그것은 고향이 바로 나 개인의 과거를 형성하고 있기 때문이다. 더욱이 실존적 지평으로서의 고향에 대한 기억과 의식은 나의 현존이 과거와의 직접적인 연장선상에 있기보다 단절 속에 있을 때 더 강화되는 것이다. 따라서 털보 영감의 고향에 대한 간절한 그리움 또한 이와 같은 일반적인 맥락에서 이해될 수 있다. 그런데 털보 영감의 고향에 대한 간절한 그리움이 화해의지의 모색과 관련된 작가의 문제의식과 관련하여 그 문제성을 더하는 것은 출향 당시 같이 헤어진 고향 처자에 대한 애절한 순애보적 그리움 때문이다.

> 이제 털보 할아버지가 바로 여기서 그 할머니와 아들을 만나는 장면만 남은 셈이었다. 그게 오십여 년 만이라니 지난번 남북 정상회담 뒤 이산가족들이 만나던 장면들이 떠올랐다. 그 눈물겨운 장면이 바로 이 자리에서 벌어진다 생각하면 생각만 해도 신이 났다. 「들국화 송이송이」,(64면)

메부리코 영감의 손자인 명호의 시각을 통해서 초점화되고 있는 인용 문면을 통해서 알 수 있는 바와 같이, 고향 처자에 대한 털보 영감의 간절한 그리움은 단순히 헤어진 대상에 대한 그리움의 차원을 넘어 분단으로 인한 이산가족들 사이의 재회라는 거시적인 맥락에서의 작가의 문제의식을 반영하고 있다. 작가는 이러한 서사 설정을 통해 반세기가 넘는 오랜 세월 동안 체제와 이념을 달리 하면서 고착화된 분단 상황과 질서를 타개하기 위한 유효한 방법론으로 사랑의 윤리학을 제시하고 있는 것으로 볼 수가 있는 것이다.

2.2 이해와 상생의 윤리를 통한 화해의지 모색

「보리피리」, 「성묘」, 「북소리 둥둥」 세 작품에 와서는 분단의식과 관련된 서사의 양상에서 일정한 변모를 보여준다. 「길 아래서」와 「들국화 송이송이」 두 작품이 상대적으로 분단상황이 강제한 과거의 상처와 피해의식으로부터의 결별의지에 서사의 초점이 집중되어 있었다면 이들 세 작품은 과거의 상처와 피해의식보다는 화해의지의 모색에 서사의 초점을 중심 이동하는 변화를 보여준다. 과거의 상처와 피해의식으로부터의 적극적인 결별의지를 통한 화해의지의 모색과 관련하여 작가가 구체적인 방법론으로 제시하는 방안은 이해와 상생의 윤리의 실천이다.

먼저 「보리피리」는 한국전쟁 당시 의용군으로 참전했다 행방불명된 남편과 오라버니에 대한 간절한 그리움을 통해서 분단상황이 강제한 과거의 상처나 피해의식으로부터 벗어나 적극적인 화해의지를 모색하는 작가의 문제의식을 반영하고 있다.

> 예사롭게 말을 하던 할머니는 한숨을 내쉬었다. 말을 하다보니 정말 휴전선만 막히지 않았다면 자기 남편 식구들한테도 금방 싸가지고 달려가겠다 싶은 모양이었다. 젊었을 때는 남편이 거기서 새장가를 들어 자식을 두었을 거라 생각하면 가슴속에서 불이 치솟았지만, 그런 불길도

> 세월 속에 가라앉고 어느 때부턴가 거기서 낳았을 자식들도 모두 내 자
> 식으로 여겨지고 그 여자도 친정 동생이나 시누이처럼 마음속에 자리를
> 잡기 시작했다.「보리피리」,(136면)

이 작품의 서사 주체이자 초점인물로 기능하고 있는 할머니의 시각을 통해서 초점화되고 있는 이 문면은 적극적인 화해의지의 모색과 관련된 작가의 문제의식을 압축적으로 반영하고 있다. 작가의 문제의식과 관련하여 눈여겨보아야할 점은 분단 비극의 직접적인 피해자인 할머니의 태도 변화이다. 더욱이 할머니의 태도 변화는 이미 1970년대에 발표한 분단소설에서 분단 극복의지와 관련된 중요한 서사의 기제로 적극 활용한 바 있었던 생명의 의지로 충만한 모성성의 세계에 대한 믿음의 재등장이라는 점에서 눈길을 끈다. 작가의 문제의식과 관련된 할머니의 태도 변화를 극명하게 보여주는 대목은 한국전쟁 당시 월북하여 새가정을 꾸렸을 것으로 추정되는 남편에 대한 부분이다. 문면에서 보는 바와 같이, 북한 체제에 대한 메타포로 기능하고 있는 남편과 남편의 새로운 가족들에 대한 할머니의 정서적 반응은 '분노'에서 '용서와 이해'로 바뀌게 된다. 남편에 대한 할머니의 정서적 반응의 변화를 통해서 작가는 관용과 화해의 윤리를 통한 민족 동질성의 회복이야말로 분단시대를 극복하고 통일시대를 열어가는 과정에서 무엇보다 중요한 핵심동인이라는 사실을 암시하고 있다고 할 수 있다.

이해와 상생의 윤리를 통한 화해의지의 모색은 「성묘」에 와서도 반복적으로 변주되고 있다. 이 작품에서 화해의지의 모색은 한국전쟁 당시 각각 좌익과 우익 경찰로 활동하다 죽은 시누이와 남편으로 인한 분단의 비극을 체현하고 있는 윤주 할머니의 해원과 화해를 통해

서 초점화되고 있다.

> 절은 그런다 치고 이제부터 그 빨갱이 소리라도 그만들 하게. 빨갱이
> 든 흰갱이든 그런 색깔도 이제 바랠 만큼 바랬어. 더우기 자네는 그런
> 색깔이라도 온전히 지녀봤던가? 자네가 선거 생각하고 그런 것 같네마
> 는 이제 그래 갖고는 선거에도 표 떨어져. 「성묘」, (122면)

이 문면을 통해서 작가는 야만의 얼굴을 한 반공 규율 권력의 이데
올로기 국가장치로서의 반공 이데올로기가 우리 사회에서 더 이상 유
효하지 않는, 아니 유효해서는 안 되는 시대착오적인 허위의식이자 상
반된 이해관계의 갈등에서 지배적인 사회집단의 이익을 정당화하는
비합리적 욕망의 체계임[18]을 암시하고 있다. 이와 관련하여 작품 말
미에 한국전쟁 당시 좌익활동을 하다 입산 후 처녀의 몸으로 죽은 시
누이의 묘소에 성묘를 유도하는 윤주 할머니의 제안은 이해와 상생의
윤리를 통한 화해의지의 모색과 관련하여 중요한 상징적인 함의를 함
축한다.

『북소리 둥둥』은 다른 네 작품들에 비해 분단 극복이나 화해의지와
관련된 작가의 문제의식은 상대적으로 약화되어 나타난다. 그것은 이
작품이 실향민의 비애를 표상하는 유상수 영감과 관련된 분단상황의
비극보다는 풍물패의 상쇠영감 유상수의 흥겨운 타령과 가락에 서사
의 초점이 집중하고 있는 것과도 밀접한 서사적 상관성을 형성하고
있다. 다만, 이 작품에서 주목할 만한 요소로는 분단상황과 관련된 유
상수 영감의 상처와 비애를 광주 민중항쟁과의 연속선상에서 접근하

---

18) 데이비드 맥럴런/구승회, 『이데올로기』, 이후, 2002, 13면.

고자 한 작가의 역사의식이라고 할 수 있는데 이 또한 단편이라는 장르의 용량으로 인해 서사의 설득력은 그다지 밀도가 있어 보이지는 않는다.

한편, 다섯 작품에 반복적으로 등장하는 동·식물에 대한 생명윤리의 발견과 실천이나 천진난만할 정도로 맑고 고운 심성을 지닌 어린아이들의 등장은 이해와 상생의 윤리를 통한 화해의지를 모색하고자 하는 작가의 문제의식과 관련하여 중요한 상징적인 의미를 함축하고 있다. 이들 동·식물에 대한 생명윤리의 발견과 실천이나 천진난만한 어린아이들의 등장이 화해의지의 모색과 관련된 작가의 문제의식과 관련하여 문제성을 지니게 되는 것은 이들이 모두 건강한 상생의 에너지로 충만한 대상이라는 점이다. 이러한 서사의 설정을 통하여 작가는 전쟁의 잠정적인 중단 상태인 분단 상황을 완전히 해소하고 진정한 통일시대를 맞이하기 위해 우리들에게 절실히 요청되는 미덕이 바로 이러한 이해와 상생의 윤리가 아니겠는가 하는 문제의식을 반영하고 있는 것으로 보인다.

3. 나오는 말

이 글은 숱한 우여곡절에도 불구하고 남북정상회담을 계기로 그 대세만은 크게 흔들리지 않고 이어가고 있는 화해와 협력의 분위기에 동력을 받아 통일시대의 초석을 다져가고 있는 시기에 발표한 다섯 편의 분단소설을 그 대상으로 하였다. 분석 결과 이들 작품들은 거의 종교적 터부의 차원으로 승격된 반공 이데올로기가 지배하던 1970년대에 발표했던 분단소설들과는 분단 상황과 관련된 작가의 문제의식에서 중요한 차이를 보여주고 있었다. 가장 주목할 만한 차이로는 이전의 분단소설들이 주로 야만의 얼굴을 한 반공규율 권력의 무차별적인 횡포와 폭력에 의한 사회 구성원들의 고통이나 피해의식, 그리고 저항의지에 서사의 초점이 집중되어 있었다면 상대적으로 최근에 발표된 분단 소설들에 와서는 적극적으로 화해의지를 모색하는 방향으로 서사의 초점이 중심 이동하는 변화임을 밝히고자 하였다. 적극적인 화해의지의 모색은 크게 두 가지 양상으로 드러나고 있음을 알 수 있었다. 하나는 과거의 상처와 피해의식으로부터 적극적인 결별의지를 드러내는 양상이었고(「길 위에서」, 「들국화 송이송이」, 다른 하나는 이해와 상생의 윤리를 통한 화해의지를 모색하고자 하는 양상(「보리피리」. 「성묘」, 「북소리 둥둥」)이었다.

한편, 다섯 작품에 반복적으로 등장하는 동·식물에 대한 생명윤리의 발견과 실천이나 천진난만할 정도로 맑고 고운 심성을 지닌 어린아이들의 등장은 이해와 상생의 윤리를 통한 화해의지를 모색하고자 하는 작가의 문제의식과 관련하여 중요한 상징적인 의미를 함축하고 있음을 밝히고자 하였다. 모두 건강한 상생의 에너지로 충만한 이들 동·식물에 대한 생명윤리의 발견과 실천이나 천진난만한 어린아이들을 등장시킨 작가의 의도를 전쟁의 잠정적인 중단 상태인 분단 상황을 완전히 해소하고 진정한 통일시대를 맞이하기 위해 우리들에게 절실히 요청되는 미덕이 바로 이러한 이해와 상생의 윤리가 아니겠는가 하는 문제의식을 반영하고 있는 것으로 해석하였다.

14

이혜경 소설의 가족주의

1. 들어가는 말

지난 세기와 구분되는 새로운 세기의 한국 사회를 진단하는 변별적 표지로 예상해 볼 수 있는 구체적인 세목들로는 어떠한 것들이 있을까? 여성들의 사회·경제적 지위 향상, 사회적 약자나 소수들을 위한 다양한 시민 사회 운동의 활성화, 무한 욕망을 작동 기제로 하는 자본의 무차별적 개발로 인한 극심한 환경오염과 생태계 파괴, 막다른 골목에 다다른 자들의 폭력과 테러의 일상화, 마약 중독이나 청소년 범죄와 같은 일탈 행위자들의 폭발적인 증가…이 목록에다 '가족 공동체의 해체와 다양한 가족 모델의 등장'이라는 징후를 하나 더 추가하는 데 딴죽을 걸거나 끙짜를 놓을 사람은 아마 없을 것이다. 그리고 이 마지막 목록과 관련하여 이혜경은 문제적인 작가가 아닐 수 없다. 1982년『세계의 문학』봄호에 중편「우리들의 떨커」로 등단한 이후 발표한『길 위의 집』이나『그집 앞』,『꽃그늘 아래』등의 작품을 통해 이혜경은 동어반복의 혐의를 무릅쓸 정도로 '가족'을 화두로 삼는 글쓰기를 계속해 오고 있기 때문이다.

　"이혜경의 소설은 집과 가족에 대한 기억으로부터 뻗어 나온다. 집과 가족의 밧줄에 묶인 자의 고통과 괴로움은 이혜경 소설의 밑바탕을 이루는 곡진한 체험이다. 인내와 고통을 간직한 침묵하는 여성이야말로 이혜경 소설의 진정한 주인공이다"[1]라는 백지연의 독법처럼 이혜경 소설의 서사를 추동하는 핵심 동력으로 작용하는 벡터는 정상성이나 건강성과는 거리가 먼 일그러진 가족 상황이다. 하나같이 결손과 훼손의 표지로 인한 균열과 해체의 징후를 드러내고 있는 가족 상황의 중심에는 가부장제의 질서를 배경으로 한 남성의 권위와 폭력이 자리하고 있다. 그리고 또 다른 중심에는 남성들의 일방적인 횡포와 폭력을 묵묵히 감내하는 여성들의 인고와 희생이 자리한다. 남성의 폭력과 여성의 희생을 축으로 하는 이러한 서사 설정은 가족의 문제를 지배적인 서사 대상으로 초점화하고 있는 이혜경의 거의 모든 작품들에서 공통적으로 발견되나 최근의 작품들에서는 한 가지 중요한 변화를 보이고 있다. 그 변화의 핵심은 가족의 가치를 바라보는 작가의 태도나 전망으로, 무능하거나 무책임한 남성들의 횡포로 인한 온갖 고초와 신산을 겪으면서도 가족에 대한 신뢰나 애정의 끈을 애써 놓지 않으려 하던 초기작들과는 달리 후기의 작품들로 올수록 그 신

---

1) 백지연,「소멸과 생성의 변주곡」,『미로 속을 질주하는 문학』, 창작과 비평사, 2001, 229-235면.

뢰나 애정의 강도는 현저하게 약화되어 나타난다.

이러한 서사 설정을 통해서 이혜경이 가족과 관련하여 우리들에게 묻고자 하는 문제의식의 핵심은 무엇인가? 이러한 질문에 대한 성실한 탐색을 목적으로 이 글은 출발한다. 이러한 목적과 관련하여 이 글이 집중적으로 검토하고자 하는 작품들은 「우리들의 떨켜」, 「그늘바람꽃」, 「노래하는 여자 노래하지 않는 여자」, 「일식」, 「대낮에」, 「봄날은 간다」 등 모두 여섯 편의 중·단편들이다. 앞의 세 작품들은 주로 등단 이후 1990년대에 발표된 작품들로 민음사에서 출판한 『그 집 앞』(1998)에 수록되어 있으며, 뒤의 세 작품들은 『그 집앞』 이후 주로 최근에 발표된 작품들로 창작과 비평사에서 출판한 『꽃그늘 아래』(2002)에 수록되어 있다.

2. 가족 공동체의 가치에 대한 낙관적 전망

가족을 화두로 하는 이혜경의 초기 소설들에는 병으로 인해 이미 죽고 없거나 아니면 지금 병들어 누워 있는 결락의 표지를 달고 있는 남성 인물들이 많이 등장한다. 그리고 뻔뻔스러울 정도로 무책임하거나 아니면 무능과의 경계가 무화될 정도로 대책없이 선량한 남성 인물들 또한 그에 못지않은 비중으로 많이 등장한다. 그러한 남성들의 경제적 무능력으로 인해 권속들을 부양하는 책임은 온전히 여성들의 몫으로 전가되는 경우가 대부분이다. 여성들의 헌신과 희생을 강요하는 남성들의 횡포는 경제적 차원에서의 문제로만 끝나지 않는다. 가장으로서의 의무는 소홀하기만 했던 남성들은 가부장제 질서에 편승한 무책임한 도덕적 타락으로 인해 남은 가족들에게 평생가도 지우기 힘든 상처나 장애를 남기곤 한다. 남성들의 일방적인 횡포와 폭력에 대해 대부분의 여성들은 묵묵히 감내할 뿐이다. 그럼에도 불구하고 이혜경의 초기 소설에 등장하는 여성 인물들은 여성들에 대한 억압을 존속시키는 주요한 제도로서의 가족의 가치에 대한 믿음이나 기대를 완전히 포기하지는 않는다. 이러한 서사 문법을 전형적으로 보여주는 작품들로는 「우리들의 떨켜」, 「그늘바람꽃」, 「노래하는 여자 노래하지 않는 여자」 등을 들 수 있다.

상당히 긴 분량의 중편인 「우리들의 떨켜」는 이 글의 목적과 관련하여 주목을 받을 만한 작품이다. 이혜경의 등단작이기도 한 이 작품은 이 글의 관심 대상인 가족 서사의 원형을 비교적 선명한 형태로 보여주고 있기 때문이다. 상호 텍스트적인 맥락에서 이 작품과 가족 유사성을 형성하며 발표된 이후의 가족 서사들은 이 작품에 대한 반복적 변주라 해도 크게 틀린 지적은 아니다. 다른 가족 서사들과 마찬가지로 서사의 층위에서 이 작품은 먼저 "일그러진 가족의 풍경과 탈난 가족 상황으로 인해 갈등하고 고뇌하는 숱한 여성들의 내면 풍경"[2]을 서사 대상으로 초점화하고 있다. 서술 층위에서도 이 작품은 또한 "초점자에 의한 대상의 관찰과 지각, 그리고 심리적 반응이나 행위 양상을 제시하는 과정에서 수준 높은 서술 능력을 보여준"[3] 다른 가족 서사들의 서술 특성을 공유하고 있다. 그러나 이 작품은 가족 문제에 대한 작가의 균형감각을 대변하는 역할이 남성 인물인 장자 영

---

2) 우찬제, 「고독한 공생」, 이혜경, 『그 집앞』, 민음사, 1998, 272면.
3) 앞의 글, 274면.

민에게 주어져 있는 점과 서사의 초점이 남성들의 폭력이나 횡포에 의한 여성들의 희생과 수난보다는 무능할 정도로 선량하기만 한 아버지에 대한 연민과 동정에 맞추어져 있다는 점. 그리고 작품 말미에서 무능한 아버지에 대한 적대적인 감정을 가장 적극적으로 드러내던 누나가 수혈을 통해 아버지와의 화해를 모색하는 "혈연 중심의 근친 지향적 경향과 강한 부모 자녀 관계의 지속성"[4]을 특징으로 하는 전통적인 가족주의로의 회귀를 보여주는 점 등. 몇 가지 점에서 이후에 발표된 다른 가족 서사들과는 다른 차별성을 보여주고 있다. 이와 같이 이 작품은 남성 인물들을 부정적으로 서술하거나 가족 문제에 대한 작가의 대리인을 여성 인물들에게 설정하고 있는 대부분의 다른 가족 서사들과는 다른 서사 양상을 보여주고 있다. 이러한 점을 미루어 놓고 볼 때 이 작품을 발표하던 당시만 하더라도 가족 문제에 대한 이혜경의 문제의식이 분명했던 것 같지는 않아 보인다. 하지만 이후에 발표되는 작품들로 올수록 가족문제에 대한 작가의 문제의식은 그 깊이와 날카로움을 더해 가면서 남성들의 횡포와 억압 / 여성들의 희생과 인내의 이분법적 틀을 서사의 축으로 하는 가족 서사의 모델은 이혜경 소설의 정체성을 형성할 정도로 분명한 영토를 구축한다.

가족 문제에 대한 이혜경의 벼린 문제의식이 보다 분명한 형태로 반영되어 나타나는 작품들은 「우리들의 떨켜」와는 10년 이상의 격차를 두고서 발표된 「그늘바람꽃」, 「노래하는 여자 노래하지 않는 여자」 등과 같은 가족 서사들에서이다. 그리고 이 세 작품들 중에서 주목을 받아야 할 작품이 「그늘바람꽃」이다. 그 작품이 가부장제의 비인간성에 대한 비판적인 문제의식과 가족의 가치에 대한 낙관적인 전망을

---

4) 이재경, 『가족의 이름으로』, 또 하나의 문화, 2003, 18면.

반영하는 초기 가족 서사들의 서사 문법을 선명한 형태로 선보이고 있기 때문이다. 먼저 「그늘바람꽃」에서 가족 문제에 대한 작가의 문제의식과 관련하여 비판적인 심문의 대상으로 전경화되는 것은 가부장제의 억압과 폭력성이다. 보다 구체적으로는 성별 위계에 기초한 가부장제의 폭력이 여성들의 억압과 소외로만 끝나는 것이 아니라 그 제도의 중심에 위치한 남성들에게도 인간적인 삶을 왜곡하게 하는 장애로 작용5)한다는 것이 문제의식의 핵심이다. 그러한 문제의식과 관련하여 중요한 서사 주체로 기능하는 인물이 소희와 그의 남편이다.

제약회사의 영업 사원으로 소희 아버지가 운영하던 약국과의 거래를 통해 맺은 인연이 계기가 되어 결혼하게 된 소희 남편은 어린 나이에 부모를 여의고 홀로 힘으로 온갖 세파를 극복한 자수성가한 사람이다. 자수성가한 사람들은 대체로 자신의 생존 방식에 대한 왜곡된 자기 확신에서 오는 강박 신경증을 앓게 되는 경우가 많은데, 소희의 남편 또한 그러한 일반론에서 크게 벗어나지 않는다. 추호의 주저나 회의조차도 용인이 안 되는, 따라서 대개는 허망한 미망일 수밖에 없는 나르시시즘적인 자기 확신으로 인한 소희 남편의 강박 수준이 어느 정도였는가는 '서른다섯 살부터 일흔다섯 살까지, 일련번호로 숫자가 씌어 있고, 그해에 달성할 목표들이 적혀 있었어.⋯참 단정한 글씨였지. 펜습자 공책에 연습한 글씨를 보는 것 같았어. 그 글씨의 주인공은 인생도 그렇게 자로 잰 듯이 살려 했던 것처럼 보였어.'라는 소희 남편의 일기에 대한 서술자의 논평이 분명하게 보여주고 있다. 또한 자수성가한 사람들이 가정을 꾸릴 경우 대체로 권속들 위에 폭군

---

5) 이에 대해서는 좌담 「남성 지배 문화의 극복과 인간다운 삶」, 『지배 문화 남성 문화』, 또 하나의 문화, 1998, 16-28면 참조.

처럼 군림하는 폭력적인 가부장이 될 가능성이 크다. 더불어 가부장제 이데올로기를 신봉하는 대부분의 남성들은 가족들의 생계 부양을 해결하기만 하면 자신들의 의무를 다한 것이라는 허위의식에 매몰되어 가족 내의 노동과 자원의 불공평한 분배나 불평등한 권력 관계를 남녀의 생리적 특성과 기질에 따른 자연적이며 기능적인 분업으로 받아들이는 왜곡된 태도나 가치관을 소유하게 된다. 소희의 남편은 자수성가한 사람들에게서 일반적으로 관찰되고 있는 가장의 유형적 특성과 가부장제 이데올로기의 구속에 의한 왜곡된 태도를 공유하는 평균치 남성들의 특성을 전형적으로 보여주고 있는 인물이다. 가부장제 이데올로기로 무장된 견고한 성채에서 소희의 남편은 소희에게 폭군으로 군림하며 폭력과 횡포를 일삼고 있기 때문이다.

'오늘은 소희를 때렸다. 친구들과의 모임에서 소희가 나섰다. 번번이 타일렀는데 납죽납죽 술잔을 받아 마시더니…집에 돌아와서 지적했더니 말대꾸했다. 나도 모르게 때렸다.', '내 앞에서 발을 뻗고 앉는 버릇을 소희는 아직도 못 고치고 있다.', '집안의 모든 물건은 정해진 자리에 놓여야 했고 소희는 남편 앞에서 꼭꼭 무릎을 꿇고 앉아야 했어.' 등등의 남편 일기와 소희의 진술을 통해서 드러나고 있는 바와 같이, 가부장제의 규율 권력에 바탕한 남편의 감시와 처벌의 시선은 미치지 않는 곳이 없다. 소희의 일상과 욕망 도처에 편제한 규율 권력은 남편의 일방적인 명령 및 금기와 소희의 철저한 복종과 침묵에 의해 유지되는 왜곡된 관계를 가능하게 하는 핵심 기제로 작용하면서 거의 학대의 수준에 가까울 정도의 횡포와 폭력을 자행하게 한다. 수직적인 위계에 기초한 이 두 사람의 소외된 부부 관계는 마치 은대지와 봉토를 매개로 일방적인 상명하복을 규범으로 하는 봉건 영주와 가신의 관계를 연상케 할 정도이다.

더욱이 남편은 어린 시절 경험했던 결손 체험에 대한 보상 심리로 인해 가부장의 도리를 다해야 한다는 강박적 의식과 실제로는 그렇게 하지 못하는 행동 사이의 괴리로 인한 불안이나 불쾌한 감정을 완화하거나 소멸시키기 위해 투사나 위선과 같은 방어기제를 서슴지 않고 이용한다. 사소한 일로 인한 일상적인 폭력 이후에 남편이 항상 '소희는 모를 것이다. 저를 때리는 내 손길이 사랑이었음을…제 행동을 단정하게 단련시켜 저를 빛나게 하려는 것임을', '당신을 위해서 말하는 거야' 등과 같은 어설픈 자기 합리화나 변명을 통해 자신의 부당한 행위를 호도하려 하는 것이나, 심지어는 '사람이 있고 없고에 따라 달라지는' 위선적인 이중성을 보이는 것도 모두 그러한 맥락에서이다.

한편 소희는 자신의 간고한 삶을 통해 가부장제 이데올로기가 한 여성에게 어느 정도의 폭력과 억압으로 작용하는가를 여실히 보여주고 있는 인물이다. 가부장제 이데올로기의 구속에 의해 왜곡된 가치관을 지닌 남편은 일방적인 횡포와 폭력에 의해 소희의 침묵과 순종을 강요한다. 그 폭력과 횡포의 강도는 소희의 모든 문제에 검열과 처벌의 시선을 작동하면서 사소한 개성이나 욕망마저도 철저히 유린하거나 식민지로 영토화할 정도이다. 남편의 검열과 처벌의 시선에 포박된 소희의 자유 의지는 따라서 영도의 수준으로 전락한다. '여자가 살이 찌면 돼지비계 냄새가 나는 것 같다'는 남편의 폭력에 의해 소희가 먹는 즐거움을 잃는 것도, '제가 좋아하는 연분홍을 집어들었다가도 당신은 여전히 그리 천박한 색깔을 좋아하는군 하는 남편의 목소리가 귓전에 들려서 힘없이 놓아두는' 것도, 그리고 '우리 남편 죽었어요, 저처럼 밥만 축내는 여자 만나서 고생만 하다 갔어요'라며 자학에 가까운 허위의식을 보이는 것도, 모두 남편의 억압과 폭력의 논리를 내면화하면서 철저할 정도로 자신을 침묵하는 타자로 규정하는 식민지적 태도 때문이다. 그런데 소희와 같이 자신에게 강요된 한계를 말 없이 받아들이는 피지배자의 태도가 실은 그 이면에 수치와 모욕, 수줍음, 근심, 죄의식 등과 같은 자신들을 배반하는 고통스러운 감정[6]들에 그 뿌리를 두고 있는 것이다. 그러한 판단의 설득력은 남편의 사후 효임의 치킨집에서 소희가 집착에 가까울 정도의 엄청난 식탐을 보이는 것이나, 효임의 자극과 독려에 힘입어 자신의 본래 취향과 개성을 회복하면서 나날이 피어나는 것이나, 더욱이 입만 떼면 좋은 사람을 뒤집어 말할지도 모른다는 두려움을 읽어내는 효임의 짐작을 통해서도 입증이 되고 있다.

한편 이 작품에서 가부장제의 억압과 폭력성에 대한 작가의 문제의식과 관련하여 가장 문제적인 성격을 지닌 인물이 효임이다. 그것은 바로 효임이 작가의 문제의식을 대변하는 인물로 기능하고 있기 때문이다. 작가의 문제의식과 관련해서 효임이 문제적인 성격을 지니는 것은 크게 세 가지 차원에서이다.

먼저 효임은 자신의 인식 지평을 통해서 소희와 소희 남편을 초점으로 해서 전달되는 가부장제의 권위에 기초한 가족이란 불평등한 위계에 편승한 남성들의 여성 지배와 독점권을 합법적으로 보장해주는 폭력적인 제도에 불과할 뿐이라는 사실을 보여주고 있다. 더불어 젠더 위계에 기초한 가부장제가 그 질서의 주변으로 타자화되는 여성들에게만 엄청난 고통과 억압으로 끝나는 것이 아니라 그 질서의 중심에 선 남성들에게도 상당한 구속과 억압으로 작용하여 인간적인 삶을

---

6) 피에르 부르디외/김용숙 · 주경미 옮김, 『남성지배』, 동문선, 2000, 57면 참조.

가로막는 장애로 작용하는 중층적 체계라는 사실이 드러나는 것 또한 효임을 통해서이다. 또한 효임은 남편의 폭력적인 검열과 처벌의 시선에 포박되어 거세 직전에 놓인 소희의 본래 취향과 욕망을 탈영토화하는 매개의 역할을 한다는 점에서 문제적이다. 실제와는 다른 자신의 신체에 대한 강박을 해소하기 위해 표준 체중표를 제시한다거나 분홍색 립스틱에 대한 본래 취향을 다시 회복하기 위해 자극을 주는 등의 효임의 행위가 모두 남편의 억압에 의한 소희의 식민화된 삶을 청산하고 진정한 주체로 거듭나게 하려는 계산된 노력의 일부인 것이다. 그러한 효임의 노력은 소희 남편의 억압적인 검열과 시선의 상징인 일기를 태우게 하려는 행위에서 그 절정에 이른다.

가부장제의 폭력성과 관련하여 효임이 더욱 문제성을 지니게 되는 것은 본인 스스로가 어린 시절부터 성별 위계에 기초한 가부장제의 차별과 소외를 직접 경험한 적이 있는 인물임에도 불구하고 가족의 가치에 대한 마지막 신뢰나 애정을 포기하지 않으려 한다는 점이다. "가족주의의 온전한 복원도 아니며, 그렇다고 가족의 전면적인 부정"[7] 도 아닌 균형감각의 미덕이 비교적 분명한 형태로 드러나는 부분은 오빠에 대한 애정에서이다. 오빠는 효임의 소망이던 국문학과 진학을 포기하게 해야만 했던 장본인이다. 더욱이 그는 중년의 나이임에도 불구하고 경제적으로 독립하지 못한 채 여동생인 효임에게 기생하며 살아가는 무기력한 처지이다. 그러한 오빠를 바라보는 효임의 시선은 그러나 단순히 육친의 정만으로는 설명하기 힘든 애정과 살가움으로 충만하다. 가족 공동체의 따뜻한 유대에 대한 간절한 소망은 소희와 장씨의 재혼을 적극적으로 주선하려는 효임의 태도를 통해서도 분명

---

7) 백지연, 앞의 글, 232면.

하게 나타난다. '이번엔 몸도 마음도 다 바쳐 헌신할 다른 놈팡이 만나기 전에, 내 장씨 앞에 무릎 꿇리고 말거야. 그동안 읽은 어떤 책보다 감동적인 장면을 그려내고 말거야'라는 진술을 통해서 알 수 있는 바와 같이, 장씨의 간절한 구애에도 불구하고 계속 유보되는 소희와 장씨의 재혼을 성사시키려는 효임의 정성 또한 육친의 정 이상으로 살갑기만 하다.

이와 같이 가부장제의 비인간성에 대한 비판적인 문제의식을 서사의 기본 지향으로 하면서도 가족 공동체의 안온한 질서에 대한 소망을 반영하는 서사의 설정은 「노래하는 여자 노래하지 않는 여자」에서도 반복적으로 변주되고 있다.

가부장제의 비인간성에 대한 비판과 가족의 가치에 대한 낙관적 전망을 반영하고 있는 「그늘바람꽃」에서의 문제의식을 공유하고 있는 「노래하는 여자 노래하지 않는 여자」에서 문제성을 지닌 인물로 기능하는 것은 미정이다. 이 작품의 서술자와 초점인물로 기능하는 미정은 자신의 불행했던 성장 환경과 결혼 생활을 통해 가부장제 이데올로기에 기초한 가족의 가치에 대한 균형감각을 보여주고 있기 때문이다. 서술의 양적인 비중으로만 볼 때 가족의 가치에 대한 미정의 태도는 압도적일 정도로 부정적이다. 가족의 가치에 대한 미정의 부정적인 태도 형성에는 크게 두 가지의 상처와 외상이 작용하고 있다. 하나는 아버지의 성적 방종과 타락으로 인한 외상이며, 다른 하나는 남편의 폭력으로 인한 상처이다. 한 여성이 개인적으로 성숙하고 발전하여 더 높은 각성과 완전함에 이르는 개체화의 과정에서 어머니의 삶은 중요한 모델 역할을 하기 마련이다. 어머니의 바람직한 여성성의 모델 제시 여부는 아버지와 딸의 오이디푸스적 콤플렉스의 성공적인 해결 문제와도 상당한 관련이 있기 때문이다. 그리고 남성적 원칙의 최초 모델이 되는 아버지 또한 여성들의 개체화 과정에 어머니 못지않은 중요한 역할을 한다. 따라서 바람직한 어머니와 아버지의 모델을 경험하지 못하고서 성장한 여성들의 경우 남성들과의 관계에서 심각한 장애와 어려움에 직면하게[8] 되는데 미정의 불행한 삶은 그러한 여성들의 성장주기를 전형적으로 보여주고 있다.

무절제하고 방종한 성적 탐닉과 도덕적 일탈을 일삼는 아버지와 사랑만을 유일한 신앙으로 간주할 정도로 현실 감각이 떨어지는 미혼모의 어머니 사이에서 태어나 아버지의 오랜 부재를 일상으로 견디며 살아야 했던 환경에서 성장한 미정에게 여성으로서의 정상적인 개체화 과정을 기대하는 것은 무리일 것이다. 더욱이 4남매 가운데 두 사람만 어머니가 같을 정도로 타락한 아버지의 집에 살면서 목격하게 된 아버지의 성적 방종은 미정에게 성을 혐오하는 외상을 남기고 그 상처는 결국 이혼으로 끝나고 마는 불행한 결혼 생활로까지 발전한다. 적극적으로 재혼을 권고하는 어머니나 유부남과의 행복한 밀애를 소중하게 간직하는 경자 언니의 노래에 대해 미정이 냉소적인 태도나 경멸적인 반응을 보이는 것도 불행했던 성장 과정과 결혼 생활에서 받은 상처와 외상 때문이다.

한편 미정은 가족의 가치에 대해 부정적인 태도를 보이면서도 가족의 가치 그 자체를 부정하거나 포기하지는 않는다. 미정은 가족 공동체의 질서가 간직하는 애정과 친밀성에 대한 연대와 믿음을 조심스럽게, 그것도 자주 내비치고 있기 때문이다. '경미 언니의 질펀한 노랫가

---

8) 마야 스토르히/장혜경 옮김, 『강한 여자의 낭만적 딜레마』, 푸른숲, 2003, 89-98면 참조.

락에 내 몸이 젖어버린다. 어쩌면 아무 남자하고나 일을 벌여보는 것도 괜찮으리라는 생각이 든다.…그 순간, 나는 생소한 노랫소리를 듣는다. 믿을 수 없는 일이지만, 믿고 싶지 않은 일이지만, 그 노래는 내 입에서 나오는 것 같다'라는 작품 말미의 독백에서 알 수 있는 바와 같이, "다른 사람들과의 관계 그 자체에 내재적인 어떤 성격에 근거해서 감정적 관계를 지속시키는 것을 전제"[9]로 하는 낭만적인 사랑과 가정의 소중함을 강조하는 어머니나 경미 언니를 바라보는 미정의 시선 깊은 곳에는 표면에 드러나는 차가운 냉소나 경멸과는 다른 따스한 연대와 공감의 정서가 자리잡고 있다.

3. 가족 공동체의 가치에 대한 회의적 전망

남녀 모두를 억압하는 중층적 체제로서의 가부장제의 폭력성에 대한 비판적인 성찰과 비인간적이고 이해 타산적인 외부 세계와는 분리된 안식처로서의 가정의 가치에 대한 균형 감각의 유지를 기본 설정으로 하는 초기 가족 서사의 문법은 『꽃그늘아래』에 와서도 계속 이어진다. 그러나 『꽃그늘아래』에 수록된 가족 서사[10]들의 서사 문법은 크게 두 가지 면에서 중요한 변화를 드러내고 있다. 하나는, 가부장(남성)의 횡포와 폭력성의 강도가 초기의 가족 서사들의 그것에 비해 강해지면서 그로 인한 남은 가족들(여성)의 억압과 상처 또한 깊어지

---

9) 앤소니 기든스/배은경·황정미 옮김, 『현대사회의 성·사랑·에로티시즘』, 새물결, 1996, 28면.

10) 논의의 편의상 『꽃그늘아래』에 수록된 가족 서사들은 앞으로 『그집앞』에 수록된 가족 서사들과 구분하기 위해 후기 가족 서사로 명명하기로 한다.

는 점이다. 다른 하나는, 존재의 상실을 강요할 정도의 억압과 상처에도 불구하고 초기 가족 서사에는 삭막한 세계로 인식되는 근대 노동의 세계와 대립되는 이미지로서의 가정의 안온함과 공동체적 연대에 대한 기대나 낙관적인 전망이 주저나 망설임의 형태로나마 나타나고 있었던 데 비해 후기 가족 서사들에는 그 기대나 낙관적인 전망이 훨씬 약화되어 나타난다는 점이다. 이러한 서사 문법을 공유하고 있는 작품들로는 「대낮에」, 「봄날은 간다」, 「일식」 등을 들 수 있다. 이 작품들 가운데서도 「대낮에」는 주목을 받을 만한 작품이다. 무엇보다 이 작품은 후기 가족 서사들의 서사 문법을 가장 분명한 형태로 보여주고 있기 때문이다.

「대낮에」는 남편과 시누이가 경험했던 가정 폭력과 학대를 통해 가부장제의 폭력성과 가족의 가치를 심문하고 있는 작품이다. 그러한 문제의식과 관련하여 20년 만에 가족을 찾는 시아버지의 연락은 이 작품의 핵 사건으로 기능한다. 그 연락을 계기로 성장 과정에서 경험한 시아버지의 폭행과 학대로 인한 남편과 시누이의 외상 및 시아버지에 대한 그들의 분노를 정확하게 이해하게 되기 때문이다. 나의 시아버지는 가족들 위에 폭군처럼 군림하며 제도화된 폭력을 일상적으로 자행하던 인물이다. 『길 위의 집』에서의 길중씨를 연상케 하는 나의 시아버지는 따라서 '부친의 지배'를 의미하는 가부장제의 논리에 충직한 사도라고 할 수 있다. 어린 시절 시아버지의 잦은 폭행과 신체 위협으로 인한 나의 남편과 시누이의 외상이 어느 정도였는가는 '난 부모가 된다는 게 겁나. 자신 없어.', '내 아버지의 피가 내 몸 어딘가에 숨어 있다가 대물림할까봐 겁났어.', '그리움? 그것만은 고마워해야지. 그리워할 여지를 조금도 남기지 않았다는 거' 등과 같은 두 사람의 진술이 극명하게 보여주고 있다. 20년 만에 자신들을 애타게 찾는 시아버지의 간청을 애써 회피하거나 무시하려는 두 사람의 태도 또한 외상의 강박 수준과 그로 인한 분노의 강도를 정확하게 대변하고 있다.

이와 같이 나의 시아버지는 가계 부양자로서의 가장의 도리는커녕 잦은 폭행과 학대를 통해 남편과 시누이로 하여금 어른이 되어서까지도 극복하지 못하는 강박적인 외상과 분노만을 안겨준 폭력적인 인물이다. 그러나 그렇다고 해서 생물학적인 존재 근거로서의 아버지마저 부정할 수는 없는 문제이다. 그것은 최소한의 인륜을 저버리는 행위이기 때문이다. 남편과 시누이가 공황 장애와 도피 심리에 시달리면서 자신들의 아버지에 대한 분노와 인륜 사이에서 심각한 갈등을 보이는 것도 바로 그러한 이유에서이다.

이러한 서사 설정을 통한 작가의 의도는 폭력적인 "가장의 권위와 권력을 전제로 하는 불평등한 제도"[11]로서의 가족에 대한 비판적인 성찰과 대안적인 질서를 모색하고자 함이다. 그러한 문제의식과 관련하여 작가의 문제의식을 대변하는 나를 서술자로 동원하고 있는 서술 전략은 효과적인 담론 장치로 기능하고 있다. 단란하고도 화목한 환경에서 성장하여 가정을 친밀성과 연대의 공간으로 기억하고 있는 나의 서술 시각을 통해 가정을 소외와 폭력의 공간으로 기억하는 남편과 시누이의 외상과 분노는 훨씬 생생하게 관찰되고 전달되기 때문이다. 더욱이 서사가 진행될수록 시아버지의 폭력과 가해의 수준을 정확하게 알게 되는 나는 남편과 시누이의 상처와 갈등에 공감하게 되면서 결국 시아버지의 간청을 회피하고자 하는 두 사람의 태도에 동조하게 된다.

---

11) 다이애너 기틴스/안호용 외, 『가족은 없다』, 일신사, 1997, 60면.

이러한 나의 심경 변화와 맞물리면서 가부장제의 폭력성과 가족의 가치에 대한 작가의 문제의식과 관련하여 결정적인 의미를 지니게 되는 사건이 바로 전입신고 결행 여부이다. 전입신고를 결행하는 것은 시아버지에 대한 남편과 시누이의 분노를 인정하는 것이며, 그 인정은 또한 한 사람의 가부장이 다른 가족들에 대해 절대적인 권력을 행사하는 토대로서의 가부장제 이데올로기를 부정하는 것이기 때문이다. '나는 우리를 실종시키려 동사무소를 찾아가고 있었다. 끝내 숨을 수 있을까. 내가 나를 가릴 수 있을까. 생목 오르는 물음들을 밟으며, 고개를 외로 틀어 쏟아지는 눈물을 가리면서, 햇빛이 꿈결같이 환한 대낮에'와 같은 진술에서 알 수 있는 바와 같이, 남편과 시누이 못지않은 갈등에 시달리다 결국은 전입신고를 위해 동사무소를 찾아가는 나의 행위는 따라서 폭력적인 가부장제 이데올로기에 대한 부정적인 전망이라는 맥락에서 해석되어야 한다. 그리고 바로 이러한 결말 처리는 가부장제의 폭력에 대한 비판적인 성찰에도 불구하고 가족의 가치에 대한 낙관적인 전망 쪽으로 기울던 초기 가족 서사들과 분명히 갈라서는 지점이기도 하다. 이러한 문제의식과 서사문법은 「봄날은 간다」에서도 공유되고 있다.

상호 텍스트적인 맥락에서 「봄날은 간다」는 「그늘바람꽃」과 가족 친족성을 형성할 정도로 유사한 작품이다. 기본적인 서사 설정이나 서사 문법에서 두 작품은 많은 부분을 공유하고 있기 때문이다. 「그늘바람꽃」과 마찬가지로 「봄날은 간다」 또한 폭력적이고 위선적인 남편의 일방적인 횡포로 인한 종애라는 여성의 수난과 희생을 통해서 가부장제의 폭력성과 가족의 가치를 비판적으로 심문하고 있다. "가부장제 사회에서는 가부장제 질서가 유지되는 데 적합한 인간형의 형성이 조장"[12]되는데 「봄날은 간다」의 서사 주체로 기능하는 종애의 남편 또한 그 전형을 보여주고 있다. 「그늘바람꽃」에서의 소희 남편처럼 다른 형제들의 희생을 담보로 명문대학을 나와 중앙 일간지 기자로 출세한 종애의 남편 또한 어려운 성장환경을 극복하고 출세한 사람들에게서 나타나는 남성과 가부장의 성격적 특성을 전형적으로 보여주고 있기 때문이다. 종애 남편의 그러한 성격적 특성은 일등에 대한 강박과 표리부동한 이중성에서 분명한 형태를 보이며 드러난다. 특히 일등에 대한 종애 남편의 강박은 치열한 생존 경쟁과 적자생존의 법칙을 작동 메카니즘으로 하는 자본주의 사회의 특성과 상승 작용을 하면서 종애의 결혼 생활을 파국으로 몰고 가는 결정적인 요인이 된다. 일등에 대한 강박의 좌절과 그로 인한 울분과 공격적인 충동에서 일상적으로 반복되는 폭력은 온전히 종애의 몫이 되기 때문이다. 일상적인 폭력 이외에 종애의 결혼 생활을 더욱 불행하게 하는 것은 남편의 표리부동한 이중성이다. 철저한 계산과 치밀한 위선을 통해 준비되는 남편의 표리부동한 이중성은 거의 완전무결하여 주변 사람들은 물론 친정 식구들마저도 오해하게 하여 종애를 고립무원의 처지로 몰아간다.

이러한 서사 설정을 통한 작가의 의도나 문제의식은 분명해 보인다. 다른 가족 서사들과 마찬가지로 이 작품 또한 가부장제에 대한 두 가지의 문제의식을 반영하고 있다. 하나는, 남성에 의한 구조적인 억압에 기초하여 여성들의 침묵과 순종을 강요하는 가부장제의 폭력에 대한 비판적인 성찰이다. 다른 하나는, 권속들의 생계 부담을 책임지

---

12) 조혜순, 「조직내 전문직 여성의 적응을 위한 전략」, 『지배 문화 남성 문화』, 또 하나의 문화, 1998, 159면.

고 있기 때문에 가장은 집안에서 모든 행동이 다 허용되는 절대군주와 같은 대접을 받아야 하며, 집 밖에서는 다른 사람들에게 한없이 너그럽고 완벽한 가장으로 인정받아야 한다는 왜곡된 태도로 인해 남성들에게도 억압과 폭력으로 작용하는 가부장제 이데올로기의 비인간성에 대한 비판적인 성찰이다. 종애 남편의 폭력과 표리부동한 이중성으로 인한 종애의 불행한 결혼 생활은 바로 이러한 맥락에서 해석되어야 한다.

한편 가부장제의 폭력성에 대한 비판적인 성찰에서 이 작품은 「그늘바람꽃」에서의 문제의식을 공유하고 있지만 가족의 가치에 대한 전망에서는 분명한 차별성을 보이고 있다. 그러한 차별성을 극명하게 증명하는 사건이 바로 남편의 일상적인 폭력과 표리부동한 이중성에 인내의 한계를 느끼고서 감행하는 종애의 가출이다. 「그늘바람꽃」에서의 소희가 효임의 자극과 매개에 의해서도 가부장제 질서의 논리를 내면화하는 식민지적 태도를 극복하지 못하고 방황하는 데 비해 종애는 가출을 통해 가부장제의 질서와 억압으로부터 벗어나고자 하는 것이다. 종애의 탈출은 따라서 가부장제의 대안적 질서를 모색하고자 하는 주체적인 각성과 결단의 의미를 지니는 것이며, 가족의 가치에 대한 작가의 전망과 관련해서는 초기의 가족 서사들에서 유지되던 낙관적인 전망의 조심스러운 철회 내지는 회의라는 의미를 지니게 되는 것이다. 가족의 가치에 대한 회의적인 전망과 관련된 작가의 문제의식은 「일식」에 와서는 공간의 외연을 확장하면서까지 이월[13]되고 있다.

---

13) 삼 년을 체류 예정으로 떠난 인도네시아에서의 현지 체험과 관찰을 바탕으로 가부장제의 폭력성에 대한 비판적인 성찰과 가족의 가치에 대한 전망을 반복적으로 변주하고 있는 「일식」의 의미에 대해서는 공종구, 「가족! 사랑의 보루인가? 야만의 굴레인가?」, 한국 현대소설학회 엮음, 『2002 올해의 문제소설』,

4. 양가적인 전망의 의미

가족의 문제를 지배적인 서사 대상으로 초점화하는 이혜경의 가족 서사들에 대한 분석을 통해서 확인할 수 있는 바는 크게 두 가지 사실이다. 하나는, 생계 부양자로서의 남성과 가사 담당자로서의 여성이라는 성별 분업을 토대로 한 가부장제가 여성에게는 일방적인 희생과 순종의 강요를, 남성에게는 왜곡된 가치관이나 허위의식의 조장을 강제하는 중층·폭력적인 제도라는 점이다. 다른 하나는, 초기의 가족 서사에서 후기의 가족 서사로 올수록 가족의 가치에 대한 낙관적인 전망이 약화되는 양상을 보이고 있다는 점이다. 가족 공동체의 해체 징후와 다양한 대안 가족 모델의 등장 조짐이 일반적인 예상보다 훨씬 빠르게, 그리고 훨씬 강도 높게 진행되고 있는 최근 우리 사회의 풍속도와 관련하여 이러한 두 가지 사실이 시사하는 작가의 문제의식은 과연 무엇일까?

최근의 통계를 보면 이혼율과 저출산율에서 우리 사회는 가족 공동체의 해체를 이미 경험한 바 있는 서구 사회의 그것을 상회하고 있다. 이러한 변화는 수직적인 위계에 기초한 가문의 가치를 유달리 중시하는 유교적 관습을 오랫동안 유지해 온 우리 사회의 규범에서 보자면 사회 통합을 걱정할 정도로 심각한 문제이기도 하다. 그리고 "모든 사회·정서적 자원을 가족에 의존하다시피 하고 있는 우리 사회에서 가족 해체의 영향은 파괴적"[14]일 수도 있다. 하지만 한 가지 분명한 사실은 젠더 구조화된 근대의 가족 또한 다른 모든 근대의 제도나 체계

푸른사상, 2002, 365-370면 참조.
14) 이미경, 『신자유주의적 반격하에서 핵가족과 가족의 위기』, 공감, 1999, 77면.

와 마찬가지로 사회 역사적 구성물이라는 사실이다. 따라서 "근대 가족의 남성/생계부양자, 여성/가사 담당자라는 역할 분담은 가족원의 합리적 자율적 선택도 아니며 공평한 분업도 될 수 없다. 성별 분업이 남녀의 생리적 특성과 기질에 따른 자연적이며 기능적인 분업이라는 통념은 가부장제 사회의 지배 이데올로기일 뿐이다"[15]라는 주장은 상당한 호소력과 설득력을 지니고 있음에 틀림없으며, 따라서 가족의 모델 또한 앞으로는 지금의 핵가족과는 다른 다양한 모델들이 얼마든지 선을 보일 수 있을 것이다. 하지만 또한 혈연과 성별 분업에 기초한 사회 경제적 제도이자 인간 사회의 가장 기본적이며 보편적인 사회 제도로서의 가족은 그 사회의 건강한 존립과 발전의 바탕이 됨과 동시에 사회 전체의 질서와 안정을 유지하는 사회적 기능을 담당하고 있다는 점을 쉽게 부정하기 힘든 것도 분명한 사실이다. 더욱이 서구 사회와는 달리 사회적 약자들에 대한 사회적 안전망이 턱없이 부실한 데다 이제까지 가족의 문제를 전적으로 가족의 책임 영역으로 방치해 오다시피 한 우리 사회의 경우 가족 공동체의 해체나 붕괴는 사회 전체의 위기로까지 발전할 수 있는 문제이다.

가부장제 이데올로기의 폭력성과 억압 및 가족의 가치에 대해서는 분명한 비판의 시선과 회의적인 전망을 보이면서도 가족의 가치 그 자체에 대한 부정이나 해체에 대해서는 주저하는 것도 바로 가족의 가치가 지니고 있는 기능적인 측면과 분명한 대안의 부재 때문일 것이다. 가족 가구들은 어떠한 형태의 사회에서도 없어서는 안 될 중요한 부분이지만 역사적 창조물로서의 가족 이데올로기는 그렇지 않다. 이상적인 가족이란 존재하지 않는다. 가족 이데올로기가 없다면, 남

---

15) 이재경, 앞의 책, 33면.

성, 여성, 그리고 아이들 사이에 이루어지는 관계의 실체를 재고하고 재구성할 수 있을 것이며, 같이 살아가고 일을 할 때 좀더 평등하고 서로 배려하는 방향으로 나아갈 수 있을 것이다[16]라는 주장은 가부장제 이데올로기의 폭력성과 가족의 가치에 대한 전망을 강박적으로 반복하는 이혜경의 문제의식과 관련하여 중요한 함의를 담고 있다.

아무튼 버릴 수도, 그렇다고 취할 수도 없는 가족의 가치에 대한 작가의 시선은 이혜경 소설의 인물들처럼 집을 떠나 길 위에서 불안스레 방황하고 있다. 가족주의의 온전한 복원도 아니며, 그렇다고 가족의 전면적인 부정도 아닌 회색지대를 고수하는 작가는 고독하다라는 백지연의 진단은 그런 점에서 정곡을 꿰고 있다.

5. 나오는 말

이 글은 남성의 폭력과 여성의 희생을 축으로 하는 서사 설정을 통해 가족의 문제를 지배적인 서사 대상으로 초점화하고 있는 가족 서사를 통해 가족 문제와 관련된 이혜경의 문제의식을 밝혀보고자 했다. 이러한 목적과 관련하여 이 글은 대상 작품을 「우리들의 떨켜」, 「그늘바람꽃」, 「노래하는 여자 노래하지 않는 여자」, 「대낮에」, 「봄날은 간다」, 「일식」 등 여섯 작품으로 한정했다. 이 작품들이 가족 문제와 관련된 작가의 문제의식을 가장 분명한 형태로 드러내고 있다는 판단에서였다. 연구 목적과 관련된 분석의 필요에 의해 앞의 세 작품은 초

---

16) 다이애너 기틴스/안호용 외, 앞의 책, 244-245면 참조.

기의 가족 서사로, 뒤의 세 작품은 후기의 가족 서사로 분류하여 논의하였다. 논의한 바를 요약·정리하면 다음과 같다.

초기의 가족 서사나 후기의 가족 서사 모두 가부장제 이데올로기가 지닌 폭력성에 대한 비판적인 성찰이라는 문제의식은 공유하고 있었다. 여섯 작품 모두 생계 부양자로서의 남성과 가사 담당자로서의 여성이라는 성별 분업을 토대로 한 가부장제가 여성에게는 일방적인 희생과 순종의 강요를, 남성에게는 왜곡된 가치관이나 허위의식의 조장을 강제하는 폭력적인 제도라는 사실에 대한 비판적인 문제의식만큼은 분명하게 드러내고 있었다. 하지만 가족의 가치에 대한 전망에서 초기의 가족 서사와 후기의 가족 서사 사이에는 의미 있는 차이가 있음을 발견할 수 있었다. 초기의 가족 서사에서 후기의 가족 서사로 올수록 가족의 가치에 대한 낙관적인 전망이 약화되며 회의적인 전망이 우세해지는 차이를 발견할 수 있었다. 또한 가족의 가치에 대한 회의적인 전망을 보이는 후기 가족 서사에서도 가족의 가치 그 자체를 부정하거나 해체하는 양상은 드러나지 않고 있었다.

비인간적이고 이해 타산적인 외부 세계와는 분리된 안식처로서의 가정의 가치, 그리고 애정과 친밀성을 기초로 형성된 가족 공동체의 질서가 제공하는 휴식과 안온함의 가치를 부정하지 못하는 데다 분명한 대안 가족의 모델이나 방법론을 제시하지 못하는 자의 시선에 포착된 가부장제 이데올로기와 가족은 어떠한 표정으로 드러날까? 아주 복잡하면서도 미묘한 표정을 띨 수밖에 없을 것이다. 폭력성과 억압을 본질로 하는 가부장제 이데올로기와 그 이데올로기에 기초한 근대적 가족의 가치에 대해서는 분명한 비판의 시선과 회의적인 전망을 보이면서도 가족의 가치 그 자체에 대한 부정이나 해체에 대해서는 이혜경이 주저하는 것은 바로 그러한 맥락에서이다. 하지만 그러한 전망이나 몸짓을 통해 가족의 문제를 진단하고 성찰하는 이혜경의 시도는 가족 공동체의 해체 징후와 다양한 대안 가족 모델의 등장 조짐이 일반적인 예상보다 훨씬 빠르게, 그리고 훨씬 강도 높게 진행되고 있는 최근 우리 사회의 풍속도와 관련하여 충분히 의미 있는 작업이라고 생각한다. 그러한 시도들 자체가 이미 바람직한 가족 모델에 대한 성찰과 모색을 자극하고 있기 때문이다.

가족!

사랑의 보루(堡壘)인가?

야만의 굴레인가?

가족을 화두로 한 이혜경의 가족 서사에 관한 글을 끝마치는 지금까지도 강한 울림과 여운을 남기는 화두이다.

V. 한국 현대소설의 가족

15

탈리오 법칙의 유혹

전경린의 소설을 해독하는 지배적인 코드로 많은 비평가들은 대체로 '정념(情念)과 귀기(鬼氣)'를 지적해 왔다. 황현산으로부터 영주권을 부여받은 그 용어는 그 이후 비평 공동체의 많은 정주민들로부터 별다른 저항이나 거부감 없이 널리 통용되는 특권적인 지위를 누리고 있다. 그러면, 정념과 귀기를 구성하는 에너지의 실체가 도대체 무엇이길래 그것이 전경린 소설을 관통하는 서사의 핵으로 승인을 받게 되는 것일까?

일반적인 맥락에서 그것은 현존하는 질서의 중심에 선 기득권자들의 권력의지에 의해 영토화된 관습이나 도덕, 윤리나 규범 등이 지배하는 상징계의 정주민에 대한 위험한 타자로서의 의미를 지닌다. 따라서 그것은 모반과 전복의 의지를 통해 상징계의 질서에 끊임없는 균열과 틈새를 모색하는 과정에서 추방과 격리의 위협에 시달려야만

하는 상상계의 유목민의 운명을 감수해야만 하는 에너지이다. 정념과
귀기라는 용어가 그러한 맥락에서 전유되고 있다면 전경린의 소설은
그다지 대수로운 존재가 아닐는지도 모른다. 그 용어는 모든 문학의
본질인 '지금 이곳에 대한 환멸'과 '지금 이곳이 아닌 다른 세계에 대
한 동경'을 모색하는 유토피아 지향성의 또 다른 표현이기 때문이다.
더욱이 포괄적인 범주에서 전경린의 문제의식은 이제는 우리들에게
너무나도 친숙해진 페미니즘 소설과 동심원의 파장을 공유하고 있다.
그런데 문제는 그렇게 단순하지가 않다. 우리들이 이제껏 익히 보아
온 페미니즘 소설들과는 달리 그녀의 소설은 "여성의 운명이라는 낯
익은 주제를 전혀 낯선 방식"(황도경, 「반란의 성, 반역의 삶 : 전경린
론」, 『우리 시대의 여성 작가』, 문학과 지성사, 1999, 202면)으로 만나
게 하기 때문이다. 가부장제의 금기와 명령에 의해 억압되어 온 여성
들의 지독한 광기와 불온한 정열을 서사의 구성적 의식으로 전경화하
는 전경린의 소설이 전율을 불러일으킬 정도로 섬뜩하고 강렬한 느낌
을 주는 것도 그러한 맥락에서이다. '마녀의 탄생'이라는 황도경의 절
묘한 메타포 또한 여성들의 침묵을 강요해 온 남성들의 억압과 폭력
에 대한 분노, 그리고 남성에 의해 승인된 '여성성'의 영역에서 추방된
타자로서의 여성들의 욕망을 소중하게 기억하고자 하는 전경린의 작
가적 정체성에 주목한 결과이다. 바로 그 대목이 많은 비평가들로 하
여금 그녀의 소설에 주목하게 만드는 지점이다. 이 글의 분석 대상인
「낙원빌라」 또한 전경린 소설의 그러한 서사 양상에서 크게 벗어나지
않고 있는 작품이다.

  윤휘양이라는 여성의 불행한 인생 궤적을 통해 가부장제 질서의 억
압과 폭력성을 심문하고 성찰하는 「낙원빌라」가 던지는 질문은 크게

두 가지이다. 하나는 가족 제도와 가족 이데올로기의 허구성이며, 다른 하나는 남성들의 폭력에 대한 여성들의 대응 방법에 대한 성찰이다. 이 두 가지의 질문과 관련하여 이 작품은 크게 네 개의 서사 단락으로 구획할 수 있다. 이질적인 주파수와 코드로 인해 상호 소통과 교감이 거의 불가능한 남편과의 소외된 10년간의 불행한 결혼 생활. 낯선 사내로부터의 성 폭행을 이유로 전 가족의 냉대와 외면 속에 일방적으로 강요당하는 이혼. 4년간의 집요한 추적 끝에 찾아 낸 성 폭행한 남자에 대한 청부업자와의 계약을 통한 잔혹한 복수. 극도로 피폐해진 심신 및 자포자기의 심정과 함께 유폐의 의지를 가지고서 마지막 도피처로 선택한 낙원빌라. 들이 바로 그 네 개의 서사 단락이다. 따라서 이 네 개의 서사 단락의 의미를 분석하는 작업이야말로 이 작품의 핵심에 가장 먼저, 그리고 가장 정확하게 접근하는 지름길이 될 것이다.

먼저 이 네 개의 서사 단락을 통해서 작가가 비판적 심문과 성찰의 대상으로 초점화시키고 있는 것은 금기와 명령을 기제로 여성의 침묵과 순종을 강요하는 한편 여성을 성적인 소유물로 대상화하는 가부장제 질서의 폭력과 억압이다. 이 작품의 초점이 가부장제 질서의 폭력과 억압에 있음은 이 작품의 서사 주체로 기능하는 윤휘양의 인생 궤적을 따라가다 보면 어렵지 않게 알 수 있다. 구체적인 서술이나 진술을 생략하고 있어 결혼 이전의 그녀의 삶에 대해서는 정확하게 알 수 없지만 크게 불행하거나 불우했던 것 같지는 않아 보인다. 그러한 그녀의 삶에 불행의 단초를 제공하는 계기는 상호 소통과 교감이 거의 불가능한 남편과의 소외된 10년 동안의 결혼 생활이다. 애정없이 지속된 10년 동안의 건조한 결혼 생활에서 오는 소외와 절망의 강도가 어느 정도였는가는 ‘결혼한 후 말이 되지 못한 수많은 감정들이 차올라 과부하의 가슴이 꽝꽝 언 얼음 항아리처럼 퍽 하고 터져 버릴 것만 같았다’라는 서술이 웅변으로 암시하고 있다.

들끓는 용광로와도 같은 갈등과 분노를 가부장제 이데올로기에 의해 내면화된 내조와 양육에의 헌신과 희생이라는 어머니의 신화를 통해 삭이며 소외된 결혼 생활을 위태롭게 유지해 오던 휘양에게 한 낯선 사내로부터의 성폭행을 당하는 바로 ‘그 날’의 경험은 그녀의 삶을 파멸의 수렁으로 몰아넣는 악몽이 된다. 성폭행으로 인해 이혼을 강요당한 후 집요한 추적을 통한 잔혹한 복수에 나서는 계기를 마련한다는 점에서 ‘바로 그날’의 ‘바로 그 경험’은 문제를 일으키고 또한 충족시킴에 의해 플롯을 발전시켜 나가는 핵 사건(kernels)의 서사적 지위를 지닐 정도로 중요한 의미를 지닌다. 실제로 ‘그녀가 찾지 못하는 신비한 터널을 지나 기차는 그 날 이전으로 태워다 줄 것만 같았다’, ‘그녀는 한없이 단념하고 수긍하면서 남편과 아이를 사랑하고, 은밀하게 통제하면서 조용하게, 심지어 어느 정도는 행복하게 살았다. 그날 이전까지는…’라는 반복적인 서술들이 암시하는 바와 같이, 그 날의 그 경험이 그녀에게는 강박적인 악몽일 정도로 고통스러운 것이었음을 알 수 있다.

한편 그 사건으로 인한 절망과 수치에 시달리는 그녀에게 가장 따뜻한 정서적 위안과 보호를 제공해야 할 남편을 비롯한 양가의 가족들은 철저한 냉대와 의도적인 기피로 일관하다 일방적인 이혼을 강요한다. 여성의 육체를 남편이나 애인의 성적 소유물로 인정하는 가부장제가 유지되는 사회에서 강간과 같은 성폭행은 다른 남성의 소유물을 침범하는 범죄 행위로 간주하며 그 책임의 일부를 여성에게 전가

하는데, 성폭행을 이유로 휘양에게 일방적으로 이혼을 강요하는 남편의 행위는 가부장제 질서의 충직한 사도들의 전형을 전형적으로 보여주고 있다. 성폭행을 이유로 한 남편의 일방적인 이혼 강요는 남성 중심의 가부장제 사회에서 사회적 약자이자 소수인 휘양과 같은 여성들에게는 감당하기 어려운 이중의 폭력이 된다. 이러한 휘양의 상처와 소외를 통해서 작가는 구성원들끼리 서로 사랑하고 상호 작용하는 한 가지의 올바른 방식이 있다는 믿음을 가지게 하는 가족제도가 실상은 현존하는 사회, 경제, 정치, 그리고 젠더 체계를 결합시키고 입법화하는 데 절대로 필요한 하나의 수단임을, 그런 점에서 역사적 구성물로서의 허구적 이데올로기임을 진단하고 있는 것이다.

막다른 골목에 내몰린 상처입은 짐승과도 같은 절박한 처지의 휘양에게 따라서 윤리나 도덕, 또는 법과 규범 등과 같은 아버지의 질서는 남성들의 중심을 확대·재생산하고자 하는 권력의지의 소산으로 또 다른 억압이자 폭력일 뿐이다. '보복은 이제 나의 이념이 되었다. 안일을 넘어선, 나 자신에 대한 희생이며 헌신인 것이다'라는 진술을 자기 암시처럼 되뇌이는 휘양이 남성들에 대한 무차별적인 폭력 충동에 시달리며 성폭행한 그 남자의 보복에 나서게 되는 것은 당연한 귀결인지도 모른다.

4년 동안의 집요한 추적 끝에 범인을 찾아 낸 휘양은 청부업자들과의 철저한 계약을 통해 그 남자에 대한 복수를 시도한다. 시골의 한적한 기도원에 감금한 후 그가 죽을 때까지 감시와 통제를 하다가 죽음과 동시에 그의 성기를 절단해서 자신에게 보내는 것으로 되어 있는 계약 조건은 전율을 불러일으킬 정도로 섬뜩하고 잔혹하다. 바로 이 계약 조건을 통한 복수의 실행은 무정부적인 가치를 고취시킴으로써 주류 질서의 획일성에 도전하는 내용들이 많은 컬트 영화를 연상케 할 정도이며, 이제까지 그 어떤 여성 소설들에서도 찾아보기 힘들 정도로 강렬한 이채를 띤다. 그런데 이러한 서사의 설정은 한가지 중요한 문제를 제기하는데, 바로 가부장제 질서의 폭력에 대해 폭력으로 대안적인 질서를 모색하는 방법의 정당성에 관한 문제이다. 만일 이러한 방법이 정당성을 확보하게 된다면 우리 사회는 극도의 무질서와 혼란이 판을 치는 무규범의 아노미 상태, 그리고 폭력적인 힘의 논리에 바탕을 둔 보복의 악순환이 지배하는 야만의 늪에 빠지게 될 것이다. 물론 작가의 의도는 그러한 방법의 정당성을 주장하기 위한 것이 아니었을 것이다. 이제까지 인간을 남성과 여성으로 분리한 후 여성에 대한 남성의 지배와 권력 행사를 지극히 당연한 것으로 정당화해 온 가부장제 이데올로기가 얼마나 폭력적이며 허구적인가를 아주 철저하게 심문하고자 함이 작가의 진정한 의도였을 것이다. 그것은 '오염은 또 다른 오염을 부른다. 나는 내가 두렵다. 내가 얼마나 더 많은 폭력을 불러들이게 될지…', '지상 최고의 섹스 이벤트…그러나 그것이 진정한 씻김굿이었을까? 에나벨 청 모녀의 눈물, 오염과 정화 사이에 놓여 있는 그녀의 심연…'이라는 진술을 통해 자신의 보복 행위에 대한 정당성을 스스로 회의하는 데서도 잘 나타난다.

　한편 청부업자와의 계약 사항을 최종 확인한 휘양은 자신의 피폐한 생을 파묻어버릴 유폐의 의지를 가지고서 낙원빌라를 찾아간다. 낙원빌라는 표제로 동원될 정도로 이 작품에서 중요한 의미를 지니는데, 따라서 낙원빌라라는 공간이 지니는 상징적 의미와 그 공간을 자신의 마지막 도피처로 선택하게 되는 휘양의 동기를 밝히는 작업은 어떤 점에서 보면 이 작품의 의미 해석에서 가장 중요한 과제인지도 모른다.

우선 휘양을 초점인물로 해서 전달되는 낙원빌라의 주변 환경은 적멸과 폐허의 이미지로 가득 차 있다. 그리고 대략 50호 정도의 방을 가진 5층 복도식 건물의 낙원빌라 내부는 감시 카메라나 리모트 컨트롤과 같은 중앙 통제장치를 통해 거주자들의 일거수일투족에 대한 미시적 검열이 항상적으로 작동하는 폐쇄적인 배치로 구성되어 있다. 또한 이 빌라는 개인의 정체성을 완전히 포기하거나 주체의 자유의지를 완전히 거세해야만 입주자의 자격을 얻게 되는 계약을 입주의 조건으로 강제하는 공간이다. 따라서 그 계약 조건을 충족시키기 위해서는 빌라의 부속품으로 전락하여 생각하는 기능 자체를 완전하게 정지시키거나 자신의 개별적 정체성을 흔적의 형태로나마 암시할 수 있는 그 어떤 표지도 잊어버려야만 한다.

이 외에도 입주 이후 입주자들에게 강제로 부과되는 금지와 의무는 수없이 많다. 또한 이 공간 주변의 인물들이나 공간의 지배자인 미스 좌나 관리원인 아가씨 등의 인물들은 하나같이 정서적 장애나 신체적 불구와 같은 결락과 결손의 표지를 달고 사는 비정상적인 인간들이다. 이와 같이 황량한 폐허를 연상케 하는 공간 이미지, 병영 국가의 규율 권력을 방불케 하는 전체주의 질서와 인격 장애를 지닌 미스 좌의 독선과 광기를 통한 온갖 명령과 금지가 입주자들을 감시하고 통제하는 조직이라는 점에서 낙원빌라는 그 이름과는 달리 낙원의 이미지와는 최소한의 관련조차 없어 보이는 공간이다. 억압과 폭력이 지배하는 공간이라는 점에서 낙원빌라 또한 휘양이 저주에 가까울 정도로 혐오하는 공간이다. 한 차례의 방문을 통해 휘양은 낙원빌라의 그러한 공간적 특성을 정확하게 인식한다. 그럼에도 불구하고 휘양은 결국 낙원빌라를 자신의 마지막 도피처로 선택한다. 그 선택의 동기는 과연 무엇인가? 그리고 그러한 서사 설정을 통해서 작가가 문제삼고자 한 질문의 핵심은 과연 무엇일까?

이러한 서사 설정을 통한 작가의 의도는 크게 두 가지로 보여진다. 하나는 성폭행을 당하는 여성에겐 그것이 한 평생을 가도 치유하기 힘들 정도의 치명적인 상처와 그늘임을 말하고자 함이다. '육체에 가해진 상처는 의외로, 결코, 망각되지 않는다.……너무나 무방비하고 순진한 육체에 납득할 수 없는 힘으로 가해진 것이기에 단 한 번의 폭행도 영원으로 이어진 것이다.'라는 진술을 통해서 볼 때 그러한 판단은 무리가 아니다. 극도의 무기력한 상태에서도 생의 의지를 포기하지 않고 휘양을 버틸 수 있게 하는 힘의 원천, 따라서 그녀에게 남은 생의 유일한 목적은 자신을 파멸로 이끈 남자에 대한 복수에의 집념과 원한 어린 독기를 완성하는 일이다. 그녀의 낙원빌라 입주는 따라서 그 일을 완성하기 위한 수단이나 도구 이상의 의미를 지니지 못한다. 따라서 청부업자들로부터 그 남자의 부고장과 잘린 성기를 소포로 확인하는 순간 지옥과도 같은 세상에 대한 그녀의 생의 의지는 소멸될 수밖에 없는 것이다.

다른 하나의 의도는 남성 중심의 가부장제 질서에서 직업 없는 여성의 몸으로 홀로 독립한다는 것이 실제로 얼마나 고단한 노역인가를 묻고자 함이다. 그러한 추정은 '자신이 원하는 전세방의 액수만큼. 나는 3년 동안 그렇게 일했다.……이젠 어깨를 쓰기가 고통스럽다. 밤에 자리에 누워 있으면 두 어깨로부터 팔이 뜯겨 나가는 것 같다. 뜯겨나간 자리에 혈관이 실밥처럼 너덜거리는 것이 감은 눈 속에 보이곤 했다. 혼자 사는 여자가 생에 지쳐버리면 어떻게 되는지 나는 알고 있다. 나는 유폐를 기다린다.'라는 휘양의 고백을 통해 보강된다. 텍스트의 바깥은 없듯이 가부장제 질서의 바깥은 과연 없는 것인가?

오늘도 많은 선남선녀들은 사랑에 의해서건 조건에 의해서건 엄숙한 성혼 서약을 통해 부부의 연을 맺음과 동시에 가족의 울타리를 공유하며 결혼 생활을 시작한다. 그리고 그 중 적지 않은 부부들이 이런저런 이유와 사연들로 인해 애초의 엄숙한 성혼 서약과는 달리 너무나도 쉽게들 이혼을 한다. 또한 우리 주변에서는 지금 이 순간에도 이런저런 유형의 성폭행이 발생하고 있다. 가족은 무엇이며, 성폭행범들에 대한 효과적인 처벌 수단과 예방책은 무엇인가?

이 작품을 읽는 내내 내 생각의 회로 주변을 계속 배회하며 나름대로의 해답과 대안을 모색하게 하면서 나를 불편하게 했던 질문이다.

V. 한국 현대소설의 가족

16

가족! 사랑의 보루인가? 야만의 굴레인가?

지난 세기와 구분되는 새로운 세기의 한국 사회를 진단하는 변별적 표지로 예상해 볼 수 있는 구체적인 세목들로는 어떠한 것들이 있을까? 여성들의 사회·경제적 지위 향상, 사회적 약자나 소수들을 위한 다양한 시민사회 운동의 활성화, 무한 욕망을 작동 기제로 하는 자본의 무차별적 개발로 인한 극심한 환경오염과 생태계 파괴, 막다른 골목에 다다른 자들의 폭력과 테러의 일상화, 마약 중독이나 청소년 범죄와 같은 일탈 행위자들의 폭발적인 증가… 이 목록에다 '가족 공동체의 해체와 다양한 가족 모델의 등장'이라는 징후를 하나 더 추가하는 데 딴죽을 걸거나 꽁짜를 놓을 사람은 아마 없을 것이다. 그리고 이 마지막 목록과 관련하여 이혜경은 문제적인 작가가 아닐 수 없다. 1982년 「우리들의 떨켜」로 등단한 이후 발표한 『길 위의 집』이나 『그 집 앞』 등의 작품을 통해 이혜경은 동어반복의 혐의를 무릅쓸 정도로

'가족'을 화두로 삼는 글쓰기를 계속해 오고 있기 때문이다. 도대체 무엇이 이혜경으로 하여금 이토록 집착에 가까울 정도로 가족의 문제에 매달리게 하는 것일까? 가족을 이혜경 개인의 기억 안에 도사린 트라우마로 작동시킬 정도로 절실한 원체험은 과연 무엇일까? 정치한 정신 분석학적 접근을 요하는 그러한 작업은 「일식」에 대한 소략한 작품론 성격을 지닌 이 글이 감당하기에는 버거운 과제이다.

"이혜경의 소설은 집과 가족에 대한 기억으로부터 뻗어 나온다. 집과 가족의 밧줄에 묶인 자의 고통과 괴로움은 이혜경 소설의 밑바탕을 이루는 곡진한 체험이다. 인내와 고통을 간직한 침묵하는 여성이야말로 이혜경 소설의 진정한 주인공이다"라는 백지연의 독법은 이 글의 대상 텍스트인 「일식」을 해석하는 데도 여전히 유효한 틀로 작용한다. 이 작품 또한 가족 서사의 범주에서 벗어나지 않고 있기 때문이다. 영월과 다마이라는 두 여성 인물을 초점으로 하여 가족의 가치를 진단하고 있는 이 텍스트의 의미론적 중심에 놓이는 문제는 크게 두 가지이다. 하나는 가족의 의미를 성찰하는 작가의 시선이며, 다른 하나는 그 의미와 관련하여 반복적으로 동원되는 일식 현상의 상징적 함의이다. 따라서 이 두 가지 문제에 대한 성실한 탐색이야말로 이 작품의 해석적 요체가 아닐 수 없다.

금지와 명령을 기제로 하는 가부장제와 여성에 대한 억압을 존속시키는 주요한 제도로서의 가족의 폭력을 지배적인 서사 대상으로 초점화시킨 이전의 가족 서사들에서와 마찬가지로 이 작품에서도 가족의 의미를 바라보는 이혜경의 시선은 냉정하면서도 견고하다. 그런 점에서 존재의 출발이면서 뿌리이자 인간 실존의 근저(根底)로서의 농촌 공동체와 가족에 대한 도저한 향수와 회귀 욕망을 결코 감추려 들지 않는 신경숙의 시선과는 사뭇 대조적이다. 가족 공동체의 해체와 붕괴를 반복적으로 변주하는 다른 소설들에서와 마찬가지로 이 작품에서의 가족 또한 포근한 안식처가 아니라 균열과 소외의 공간으로 등장한다. 인도네시아를 배경으로 진행되는 이 작품에서도 가계를 책임져야 할아버지나 남편은 부재하거나 흔적으로만 기생할 뿐이다. 그로 인해 '아비 없는 혼혈아를 홀로 키워야 하는 어머니들은 길거리로 몰려나와 날품을 팔거나 구걸 행각을 하다 돌아가 누울 안온한 방 한 칸조차 없어 밤이면 얄따란 천이나 신문지를 덮고 노숙하면서 폐포 깊숙이 스며든 그을음을 뱉어내는 노역을 감내하거나', '부양해야 할 부모와 가르쳐야 할 동생'을 둔 다마이처럼 실질적인 가장의 멍에로부터 벗어나기 위해 자신의 전공인 영문학을 한국에서의 가정부 자리와 등가적 교환의 대상으로 도구화하며 자신의 집과 고국을 떠나고자 하는 도피 심리만을 강박적으로 반추하거나, 그애처럼 '포장마차에서 제공하는 점심 한 끼가 전부'일 수도 있는 월급을 위해 '혼절할 듯한 한낮의 열기 속'에서 자동 인형의 추파와도 같이 '아무 뜻도 전하지 못하는 열창'을 반복할 뿐이다.

하지만 이 작품은 가부장의 권위와 폭력으로 무장하거나 부양 능력을 상실한 아버지로 인한 가족 구성원들의 상처와 인고를 통해 가족의 의미를 성찰했던 이전의 가족 서사들과는 그 초점을 달리 한다. 대신 이 작품은 부부나 연인 관계를 축으로 가족의 의미를 성찰하고자 한다. 이를 위한 대립적 표지로 기능하는 인물들이 '영월을 축으로 한 그와 남편'과 '다마이를 축으로 한 토니와 샤하르'이다. 먼저 영월을 축으로 한 그와 남편의 관계를 통해 가족의 의미를 성찰하는 매개로 기능하는 의미소는 욕망(사랑)과 금기(관습)의 대립이다. 영월에게

'달이 차오르는 듯'한 충만한 에로스의 감정을 안겨주던 유부남인 '그'와의 사랑은 소도의 경계를 넘어서는 순간 '보아서는 안 될 것을 본, 탐내서는 안 될 것을 탐낸' 죄인이 될 수밖에 없는 상상계의 욕망이다. 따라서 '위반으로의 은밀한 초대'(엘렌 식수스)인 그와의 사랑은 상징계의 엄연한 금기와 질서가 해체되고 무화되는 소도 내에서만 가능할 뿐인 위험한 사랑이다. 위반으로의 은밀한 초대를 거부하고 상징계의 금기와 질서를 수락하는 과정에서 이루어진 남편과의 사랑 없는 가정생활은 영월에게 무의미한 소외만을 경험하게 할 뿐이다. '금세기 마지막 개기 일식 당시, 달이 해를 가릴 때, 그걸 보다가 망막이 타버려서 마침내 빛의 세계'에서 추방당한 마스똠을 불안한 심정으로 수소문하는 것도 눈이 멀까 두려워 상징계의 금기를 위반하지 못하고 남편과의 소외된 결혼 생활을 반복해야만 하는 자신의 처지를 조금이라도 위로받을 수 있으리라는 방어기제에서이다. 각 방을 쓸 정도로 건조하고도 사물화된 부부 관계를 유지해 오던 영월에게 남편의 비서로 근무하는 인다와의 외도는 결단의 상황으로 몰고 간다. 그러나 영월은 결단을 내리지 못하고 '그들의 소풍길을 막아야 할지 아니면 영월이 다시 떠날 것인지'를 두고서 갈등한다. 인다 또한 현지에서 수없이 많이 들은 바 있는 아비 없는 혼혈아를 키우는 여인들의 불행한 삶을 반복할지도 모른다는 연민과 애정에서이다.

한편, 다마이를 축으로 한 토니와 샤하르의 관계를 통해 가족의 의미를 성찰하는 매개로 기능하는 의미소는 욕망(사랑)과 조건의 대립이다. 간절히 사랑하는 토니와 온갖 공세를 통해 사랑을 얻고자 하는 샤하르 사이에서 극도의 갈등을 경험하던 다마이는 결국 샤하르를 선택하게 된다. 실질적인 가장 노릇을 하며 가난의 비참함을 뼈저리게 알고 있는 다마이로서는 결혼 비용조차 마련하지 못할 정도로 현실감각이 결여된 토니에게 자신의 일생을 맡기는 것은 도박일 수도 있기 때문이다. 극도의 번민과 갈등 끝에 자신의 결혼 상대자로 샤하르를 선택하는 중요한 결단을 꿈이나 우연과 같은 운명론적 세계관에 의탁하는 다마이의 미래를 바라보는 이혜경의 시선은, '다마이는 제 사랑의 기억을 차곡차곡 접어두고, 신이 가리켰다고 믿는 길을 걸어갈 것이다. 그 길 끝에서 무엇을 만날지 모르는 채, 어둠 속을 더듬어가며'라는 서술자의 진술이 암시하고 있는 것처럼 지극히 불안하기만 하다.

이러한 서사 설정을 통해서 이혜경이 제시하고자 하는 가족의 성찰은 무엇인가? 상상계의 욕망은 상징계의 금기를 위반해도 좋을 정도로 진정한 것인가? 아니면, 상징계의 질서는 상상계의 욕망을 억압해도 좋을 정도로 가치있는 것인가? 질문의 방식을 좀 더 전통적이면서도 소박한 형태로 바꾸어, 사랑인가 가족인가?(영월), 돈인가 사랑인가?(다마이) 이에 대해 이혜경은 섣부른 단정은 유보한다. 그 정답은 이혜경 소설의 인물들처럼 집을 떠나 길 위에서 불안스레 방황하고 있기 때문이다. 그런 점에서 "가족주의의 온전한 복원도 아니며, 그렇다고 가족의 전면적인 부정도 아닌 회색지대를 고수하는 작가는 고독하다"라는 백지연의 진단은 정곡을 꿰고 있다.

3년을 체류 예정으로 떠난 인도네시아에서의 현지 체험과 관찰이 바탕이 되었겠지만 그곳에서도 여전히 가족을 화두로 지속되는 이혜경의 글쓰기 행위! 공간의 외연을 확장하면서까지 가족에 대한 성찰을 강박적으로 반복하는 이혜경의 문제의식은 과연 무엇일까?

가족!

사랑의 보루(堡壘)인가? 야만의 굴레인가?

V. 한국 현대소설의 가족

17

가족으로부터 버림받은 존재들의
슬픈 이야기

2000년 동아일보 신춘문예에 「바늘」로 등단한 천운영은 이후 『바늘』(2001)과 『명랑』(2004) 두 권의 작품집을 세상에 선보이면서 평단과 일반 대중 독자들의 많은 주목을 받는 작가로 성장하고 있다. 5년 정도의 짧은 문단 경력에도 불구하고 천운영이 질풍노도의 기세로 한국문단의 중심을 향해 육박해 들어갈 수 있었던 데는 다른 무엇보다도 그의 인물들이 발산하는 강렬한 기운이 성공적으로 수행한 척후의 역할에 적지 않은 빚을 지고 있음을 부인하기 어렵다. 그러한 맥락에서 "천운영의 소설이 일차적으로 주는 느낌은 강렬함이다. 그 강렬함은 극적인 사건이나 실험적인 기법에서 연유하는 것이라기보다는 상당 부분 소설 속의 등장인물이 보여주는 성격과 행태의 독특함에서

기인한다. 그녀의 소설에서 우리는 일상의 평균적인 삶을 사는 사람들로서는 쉽사리 받아들이기 힘든 도착적인 인간관계와 거기서 빚어지는 일탈적 행위들을 목격하게 된다.…(그녀의 소설에서) 가족은 이들 인물의 심리적 외상(trauma)의 근원인 동시에 그로 인해 빚어지는 다양한 문제들이 궁극적으로 수렴되는 회귀점이기도 하다. 욕망과 금기의 역동적 관계는 이 작가의 소설에서 대부분 가족이란 회로를 타고 생산, 조정, 전파된다."라는 남진우의 지적은 적어도, 가족을 화두로 한 천운영의 소설에 관한 한, 아주 적실한 통찰로 여겨진다. 이 글의 해설 대상 작품인 「그림자 상자」 또한 가족에서 기원하는 외상으로 인한 불온한 기운과 일탈 충동을 주체 못하는 인물들이 서사의 주체로 기능하는 천운영의 서사 문법에 지극히 충실한 작품이다.

'가족으로부터 버림받은 존재들의 슬픈 이야기'로 규정할 수 있을 이 작품의 서술 상황은 작가의 치밀한 서술전략에 의해 구성되어 있다. 모두 다섯 단락으로 구성된 이 작품의 서사는 서사주체로 기능하는 여자와 남자가 각각 두 개의 서사단락을 갈마들며 서술하다 마지막 다섯 번째의 서사에 이르러 여자와 남자가 교호로 서술하는 입체적·중층적 서술로 배치되어 있기 때문이다. 여자와 남자가 서술주체로 기능하는 두 개의 서사에는 각각 그들이 가족으로부터 버림을 받거나 헤어지게 된 배경과 가족에 대한 도저한 그리움, 그리고 여자가 남자에게 자신의 배꼽을 칼로 찔러주기를 제안하는 과정에 관한 정보들로 채워져 있다. 마지막 다섯 번째 서사의 내용은 여자가 강도에게 둔기로 살해당한 후 남자가 구조대에 신고하는 정보로 구성되어 있다. 이러한 서사 설정을 통해서 천운영이 묻고자 하는 문제의식의 핵심은 과연 무엇일까? 이 질문에 대한 성실한 탐색을 목적으로 이 글은 출발한다.

먼저 이 작품의 서사 주체와 서술 주체로 기능하는 두 인물인 여자와 남자는 한 가지 공통점을 지니고 있다. 두 인물 모두 가족으로부터 버림받은 존재들이라는 사실이다. 남자는 어린 시절 상여 행렬을 구경나갔다가 미아가 된 후 부모와 고향도 모른 채 이름도 없이 빈집털이범으로 호구를 연명하는 고단한 삶을 살아가는 주변부적 존재이다. 절도를 위해 잠입한 집들의 가족사진에 대한 대책없는 동경과 선망에서 알 수 있는 바와 같이, 가족에 대한 형언할 수 없을 정도의 절절한 그리움이라는 결핍과 상처야말로 그에게는 일용할 양식이라고 해도 지나친 말이 아니다. 남자의 카운터파트로 기능하는 여자의 처지 또한 크게 달라 보이지 않는다. 미국으로 이민을 간 가족들과 헤어진 후 성공적으로 적응하던 직장마저 그만 둔 채 '한 달에 두 번쯤 근처 시장에 가서 장을 보는 것 말고는 외출을 하지 않을' 정도의 자폐적인 삶을 선택하는 여자 또한 중독에 가까울 정도의 맹렬한 식탐을 보이며 강박적으로 남자의 칼에 배꼽을 찔리기를 원하는 신경증적 징후의 소유자이기 때문이다.

이산의 상처와 결핍을 공유하고 있는 두 사람의 소외 가운데 가족을 화두로 한 작가의 문제의식과 관련하여 결정적인 정보원으로 기능하는 것은 여자의 신경증적 징후 모티프이다. 왜 그녀는 중독에 가까울 정도의 무서운 식탐에 탐닉하는가? 그리고 그녀는 왜 남자의 칼에 자신의 배꼽을 찔리기를 강박적으로 원하는가? 도대체 무엇이 그녀로 하여금 일반인의 상식적인 도덕률로는 도저히 이해하기 힘든 야성적이고 폭력적인 욕망의 포로가 되기를 자처하게 하는가? 도대체 그녀는 무엇 때문에 그러하는가? 이 질문을 해명하는 작업이야말로 이 작품을 통해서 천운영이 드러내고자 한 문제의식의 핵심에 가장 빨리, 그리고 가장 정확하게 도달하는 지름길이 아닌가 한다.

많은 비평가들로부터 천운영의 소설적 정체성의 기능적 표지로 지적되어 온 여성 : 공격성/ 남성 : 수동성이라는 이항 대립쌍은 이 작품에서도 반복적으로 변주되고 있다. 이 작품에서 전통적인 성범주의 위계를 전도시키는 이항 대립쌍은 상당한 액수의 보상금을 댓가로 자신의 배꼽 부위를 칼로 찔러주기를 제안하는 계약에서 주도적인 역할을 담당하는 것은 여자라는 설정으로 나타난다.

1) 칼은 형벌처럼 아무 때고 나타나 내 몸을 파고든다. 칼은 면죄부다. 내 몸에 칼이 꽂히는 상상을 하는 순간 내 몸에 대한 혐오와 증오는 사라진다. 모든 죄는 칼이 만들어내는 피로 씻긴다.…다만 칼이 내 몸속으로 들어와 정화되는 그 순간을 맛보고 싶은 것이다.

2) 복부에서 제일 안전한 곳은 아무래도 배꼽이다. 칼이 들어와도 장기에 파손의 염려가 적은 부위이기 때문이다. 자궁을 벗어나 세상에 나오는 그 순간부터 배꼽은 탯줄을 기억하기 위해 남겨진 쓸모없는 자국에 불과한 것이다. 탯줄을 꼭 기억해야 할 필요가 있을까?…나는 배꼽을 버리기로 했다. 남자가 가늠만 잘해준다면 배꼽이 있던 자리에는 기다란 칼자국이 대신 들어설 것이다. 이제 칼이 내 탯줄이다. 남자와 나는 칼을 통해 새롭게 태어날 것이다. 우리는 같은 탯줄을 통해 영양을 공급받게 되리라. 나는 칼을 통해 새로운 몸을 갖게 될 것이고 남자는 잃어버린 기억을 되찾게 될 것이다.

먼저, 인용문면 1)에서의 핵심은 칼이 내 몸에 대한 혐오와 증오를 해소하는 면죄부로 기능한다는 사실이다. 자신의 몸에 대한 여자의

혐오와 증오의 구체적인 동기나 원인은 분명하게 제시되어 있지는 않
다. 그러나 제한적이긴 하나 여러 가지의 서사정보를 토대로 유추해
볼 때 그것이 출생의 비밀을 둘러싼 어두운 기억과 관련이 있음을 짐
작하기란 그리 어렵지 않아 보인다. 그러한 해석의 설득력은 미국으
로 이민을 가버린 가족들과 떨어져 홀로 남은 후 '내가 따라가지 않는
것에 대해 가족들은 오히려 당연하게 생각하는 것 같았다. 이전부터
그들은 나를 불청객 대하듯 불편해했다. 가족들이 냉담할수록 내가
가족의 일원이 아니라는 생각을 지울 수 없었다. 어쩌면 가족이 나를
두고 떠난 것이 아니라 내가 일부러 가족을 버린 것일지도 몰랐다',
'나는 그들이 로스앤젤레스의 어느 거리에서 강도를 당했거나 총을 맞
아 비명횡사했을 거라고 상상하곤 한다.', '조금 더 화목한 가정이 탄
생하는 순간이다. 갑자기 비린내가 확 끼쳐온다. 행복한 결말은 날계
란보다 더 비리다.' 라는 여자의 진술에서 강력한 원군을 얻게 된다.
따라서 여자가 강박적인 악몽과도 같은 출생의 어두운 기억으로부터
벗어나고 싶은 것은 당연한 이치이다.

인용문면 2)에서의 핵심은 탯줄에 대한 기억을 버리고 배꼽을 없애
고자 하는 여자의 강박적인 욕망이다. 모든 인간은 모체와 탯줄과의
분리를 경험하면서 이 세상에 태어나게 된다. 따라서 그 분리의 흔적
인 배꼽이야말로 모체에 대한 기억을 가장 강력하게 간직하고 있는
지점이다. 따라서 탯줄에 대한 기억을 버리고 배꼽을 없애고자 하는
여자의 강박적인 욕망을 출생의 어두운 비밀과 그로 인한 죄의식의
해방 충동으로 해석하는 것은 크게 무리가 아니다. 동일한 해석의 맥
락에서 탯줄 자리에 들어선 칼자국을 배꼽으로 대체하겠다는 여자의
욕망 또한 출생의 어두운 기억으로 인한 이제까지의 상처를 잊고서

새로운 삶을 시작하고 싶다는 간절한 욕망과 의지의 표현이라고 할 수 있다.(또는, 생물학적인 기원과는 다른 기원을 지닌 대안적인 가족 모델의 모색일 수도 있다) 따라서 인용문면은 출생의 비밀과 관련된 어두운 기억을 망각하고 그 기억에서 촉발되는 죄의식을 정화하는 한편 새로운 탄생을 위한 통과제의에 따르는 고통을 감수하겠다는 여자의 의지를 압축적으로 대변하고 있다. 이러한 해석의 맥락에서 칼과 배꼽의 의미를 "새로운 삶을 위한 재생의 의식"이나 "자신의 삶 전체를 지배하는 출생과 관련된 정신적 상처를 자신의 몸 일부분에 집중시키고자 하는 희생제의"로 규정하는 김동식의 해석은 꽤 적절해 보인다.

그런데 문제는 여자의 그러한 욕망이 과연 실현될 것인가 하는 점이다. 더욱이 여자의 욕망은 완전 망각 상태에 있는 남자의 가족에 대한 기억을 자극하는 설정으로 되어 있다는 점에서 그 욕망의 실현 여부는 가족에 대한 작가의 문제의식을 압축하고 있다고 할 수 있으며 그 문제의식이 압축적으로 드러나는 부분은 작품의 마지막 부분에서이다. 배꼽을 칼자국으로 대체하고자 하는 여자의 욕망! 과연 실현될 것인가? 좌절할 것인가? 약속한 장소에서 여자는 남자 대신 엉뚱한 강도에게 칼이 아닌 둔기로, 그리고 배꼽 부위가 아닌 머리를 맞고서 살해를 당하며, 자신에게 계약을 제안한 문제의 여자임을 확인한 남자가 구조대에 전화를 시도하는 것으로, 한마디로 여자의 욕망은 철저하게 배반당하는 설정으로 서사는 종결된다.

이와 같이 아이러닉한 상황 설정을 통해서 천운영이 우리들에게 던지고 있는 질문의 핵심은 무엇인가? 남자와 여자같은 주변부적 존재나 하위 주체들에게 가족이란 무엇이며 무슨 의미나 가치를 지니는

가? 그리고 이들에게 이 세상은 얼마나 폭력적이며 가혹한가? 그리고
또 얼마나 부조리한가? 그리고 칼자루를 배꼽으로 대체하는 표상이
상징하는, 생물학적인 기원과는 다른 기원을 지닌 대안적인 가족 모델
의 모색은 과연 얼마만큼의 가치를 지니고 있는 것일까? 이러한 질문
에 대한 답에 대해서는 "세계와 자아의 불화에 대한 이 작가의 믿음이
얼마나 근본적인지 여실히 나타내주고 있다"라는 남진우의 진단으로
대신하고자 한다. 가족에 대한 남자의 간절한 그리움이 항상 상여의
이미지를 따라 출몰하고 있는 이 작품에서의 설정 또한 그러한 진단
에 대한 충실한 보증서로 기능한다.

2부

한국 현대소설의 풍경들

1

박태원의 지식인 소설에 나타난 식민지 근대

1. 들어가는 말

'견고한 모든 것은 대기 속에 녹아버린다'(All That is Solid Melts into Air)'. 마르크스의 이 명제는 마샬 버만이 모더니즘의 생성과 그 전개 과정을 추적하고 있는 『현대성(근대성)의 경험』이라는 자신의 저서의 원 제목으로 동원하여 더 유명해진 구절이다. 근대성의 경험과 그 명제 사이에는 어떤 본질적인 연관이 있는 것일까? 그리고 자본주의 근대와 관련하여 마르크스가 그 명제를 통해서 담아내고자 했던 문제의식의 핵심은 과연 무엇이었을까? '경계의 해체와 소멸을 통한 비동시적인 것의 동시적 착종과 혼융', 그리고 그러한 카니발적 질서를 가능하게 하는 탐욕스런 자본의 무한 욕망. 바로 이러한 현상들이 자본주의 근대와 관련하여 마르크스가 그 명제를 통하여 담아내고자 했던 문제의식의 핵심이 아니었을까? 생각한다. 그 문제의식은 또한 이 글의 대상인 박태원의 지식인 소설에 나타난 식민지 근대를 설명하는 유효한 해석 기제로 작동하게 될 것이다.

근대성(modernity)이라는 용어는 원래 "유럽인들의 삶의 이해이자 유럽 역사에 있어서의 한 시점"[1]인 근대 사회의 특성을 가리키는 개념이었다. 그러나 20세기 이후 세계사적 맥락에서 일반화된 시대 구분의 범주를 의미하는 보편 개념의 지위를 획득한 이 용어는 오늘날 "역사의 특정한 순간에 탄생한 동질적인 시대정신이라기보다는 서로 다른 시기에 출현하여 발전한 '근대적이라고 정의할 수 있는 제도, 문화, 정신이 서로 얽혀 있는 집합체"[2]의 의미로 그 개념의 외연과 내포가 확장된 중층적이고도 복합적인 개념으로 발전하게 되었다. 월러스틴이 '기술의 근대성'과 '해방의 근대성'과의 협동과 갈등이라는 개념으로 재치있게 표현하고 있는 이 개념은 자본주의 근대화에 따른 사회적인 변화와 개인적인 경험으로 우리에게 신뢰와 위협, 해방과 억압, 환희와 고뇌 등의 두 얼굴을 동시에 지닌 자기 모순적인 체계라고 할 수 있다.

이와 같이 근대성은 "자연적 질서에 대한 과학적 추구, 정치적 혁명의 자기 결정, 경제적 행위에서의 자유, 합리주의의 전사회적 차원으로의 확산과 이를 보증하는 근대적 제도"[3]를 매개로 미리 정해진 신

---

1) 이성환, 「근대와 탈근대」, 김성기 편, 『모더니티란 무엇인가』, 민음사1994, 154-156면.
2) 문소정, 「한국 가족의 근대성에 대한 성찰」, 역사문제연구소 엮음, 『전통과 서구의 충돌』, 역사비평사, 2001, 42면.
3) 앞의 글.

분적 운명이나 전통 또는 자연적인 제약으로부터의 자유라는 해방의
빛을 한 쪽에 지니는 반면, 또 다른 한 쪽에는 무한 욕망을 작동기제
로 하는 자본의 무차별적 개발로 인한 환경오염과 생태계 파괴, 교환
가치의 보편화에 의해 존재의 고유한 질적 가치를 박탈당하는 물화
(reification)에 의한 소외와 분열, 대상을 도구화하는 도구적 이성을
매개로 하는 근대적 규율 권력의 감시와 통제에 의한 억압, 프롤레타
리와 자본가의 분리 이외에는 어떠한 분리도 허용하지 않는 자본 논
리의 침투로 인해 성과 속, 고귀한 것과 저속한 것, 중심과 주변, 정상
과 병리, 주체의 동일성과 타자의 차이, 교환가치와 사용가치, 영혼과
육체, 이상과 현실 등 근대 이전의 전통 사회에서 분명한 위계와 경계
를 유지해 온 가치나 질서들이 그 자체로 모순되면서 전화하는 통일
성 속에서 서로 충돌하고 결합하는 과정에서 의미론적 대립과 차이가
무화되는 가치의 양가성이나 불확실성의 증대 같은 억압의 그림자를
동시에 지니게 된다.

한편 서구의 충격과 일제의 강제에 의한 기형적인 형태이긴 하지만,
1930년대 이후의 식민지 조선 사회에서는 자본주의적 경제 범주가 사
회 구성체적 수준에서 질적인 규정성을 획득하기 시작한다. 모든 가
치를 환금 가능성과 등가적 교환의 대상으로 도구화하는 자본의 논리
가 근대적 질서로 재편해나가던 식민지 조선 사회의 구성원들의 의식
과 일상에 아비투스로 기능하면서 근대 일반이 지니고 있는 모순과
한계가 드러나기 시작하는 때가 바로 이 시기이기 때문이다. 특히, 근
대 부르주아 사회에서는 "굳어진 것들은 모두 사라지고, 신성한 모든
것들은 모독당하며, 사람들은 마침내 냉정하게 자신들의 참된 삶의 조
건들, 그리고 자신의 동료들과의 관계를 직시하지 않을 수 없게 된

다"4)고 하는데 식민지 조선 사회의 인간관계 또한 그러한 근대 일반의 모순으로부터 자유로울 수 없게 된다. 또한, "개인의 정체성이 비교적 고정되어 있고 안정적이던 전통사회와 달리 근대사회에서의 개인의 정체성은 좀더 유동적이며 복합적인 개인적 구성물로 변화하면서 끊임없는 반성이나 회의를 경험할 뿐만 아니라 자신의 정체성에 대한 타인들의 인식과 평가에 대한 불안이 야기하는 정체성의 위기로 인해 문화적 아노미 현상을 경험"5)하게 되는데 근대성의 상징이라고 할 수 있는 도시의 형성과 자본의 논리에 의한 근대적 주체들이 형성되기 시작하는 1930년대 식민지 조선의 구성원들 또한 개인의 정체성 위기와 관련된 근대사회 작동기제의 영향으로 인한 실존적 좌절을 경험하게 된다.

그런 점에서 이 글이 주목하고자 하는 박태원의 지식인 소설은 문제적이다. 특히, 이 글이 집중적인 분석 대상으로 삼고자 하는 「딱한 사람들」, 「거리」 두 작품은 특별한 주목을 요한다. 비록 단초적인 형태로이긴 하지만 그 작품들은 지식인들의 경제적 소외를 통해 근대 부르조아 사회의 질서로 재편되어 가던 식민지 조선 사회에서의 근대적 주체가 경험하는 정체성의 혼란과 분열을 통한 존재론적 성찰을 보여주고 있기 때문이다. 이러한 존재론적 성찰을 통해서 드러내고자 했던 식민지 근대에 대한 박태원의 문제의식은 과연 무엇이었을까? 이 질문에 대한 성실한 탐색을 해 보고자 하는 것이 이 글의 동기이자 목적이다.

---

4) 마샬 버만/문명식, 『맑스주의의 향연』, 이후, 2001, 143면.
5) 더글러스 켈너, 차원현 역, 「대중문화와 탈현대적 정체성의 구축」, 스콧 래쉬·조나단 프리드먼 편, 윤병호 역, 『현대성과 정체성』, 현대미학사, 1997, 171-178면.

2. 자본의 논리를 매개로 한 존재론적 성찰

40여 편에 이르는 박태원의 중·단편은 서사의 초점인물을 축으로 크게 세 유형 — 예술가나 지식인이 서사의 초점인물로 기능하는 작품군, 카페 여급이 서사의 초점인물로 기능하는 작품군, 도시 주변부의 빈민이나 노인들이 서사의 초점인물로 기능하는 작품군 — 으로 범주화할 수 있다. 이 세 작품군들은 개별 범주들 사이의 유형적인 차이에도 불구하고 물질적인 궁핍이나 가난이 서사를 추동하는 매개로 기능하는 가족 유사성을 형성하고 있다. 특히, 이상의 「날개」와 더불어 1930년대 역사적 모더니즘의 최고 성취로 평가받고 있는 「소설가 구보씨의 일일」을 정점으로 「음우」, 「투도」, 「채가」 등의 후기 소설에 이르기까지 예술가나 지식인이 초점인물로 기능하는 박태원의 소설에는 물질적인 욕망이나 자본의 논리에 대한 주체의 양가적 태도를 지배적인 서사 대상으로 초점화하고 있는 작품들이 지속적으로 변주되고 있다. 자본의 논리의 침투로 인한 식민지 조선 사회의 타락과 파행에 대한 박태원의 관심은 '서정 시인조차 황금광으로 나서게 하는 때'라는 명제를 낳게 할 정도이다.

지식인이 서술자나 초점인물로 기능하고 있는 점, 자신의 경제적 소외를 극복할 만한 최소한의 노력도 하지 않은 채 가족이나 주변 친구들의 막연한 도움에 기생하며 살아가는 극도의 무기력한 생활 태도, 자신의 경제적 소외에서 오는 비애나 상실감을 매개로 인간 관계에 대한 존재론적 성찰을 반추하고 있는 점, 온정주의와의 타협을 통한 공허한 절충주의로의 안이한 해결 등 두 작품은 유형적 법칙성을 형성하고 있을 정도로 공통적인 화소가 뚜렷하다. 더욱이 이 두 작품들은 감정적인 잠재의식적 동질감을 기초로 한 일차적인 인간관계인 친구와의 우정, 가족, 부부관계를 성찰의 대상으로 삼고 있다는 점에서 각별한 주목을 요한다. 이 두 작품을 통해서 드러나는 존재론적 성찰의 구체적인 내용은 무엇일까? 그리고 그러한 성찰을 매개로 드러나고 있는 식민지 근대에 대한 박태원의 문제의식은 무엇일까? 구체적인 분석을 통해서 살펴보도록 한다.

2.1 우정의 정체성에 대한 존재론적 성찰

「딱한 사람들」은 순구와 진수라는 두 동경 유학생을 초점인물로 하여 우정의 정체성에 대한 존재론적 성찰을 모색하고 있는 작품이다. 지식인을 초점인물로 하는 박태원의 대부분 다른 소설들에서와 마찬가지로 이 작품에서도 실직으로 인한 극도의 경제적 궁핍 상황 모티프가 우정의 정체성에 대한 존재론적 성찰의 계기로 기능하고 있다. 이 두 사람이 처한 경제적 궁핍 상황은 한 끼의 식사를 해결하는 문제조차 절실할 정도로 도저하다. 그러나 이들은 그저 양복이나 책과 같은 소유물들을 저당잡혀 그때그때의 문제를 미봉적으로 해결하거나 주위 친구들의 막연한 도움에만 기생하려 할 뿐 자신들의 경제적 궁핍 상황을 극복하기 위한 그 어떤 적극적인 모색도 시도하지 않는 무기력한 상태에서 무위도식할 뿐이다. "하릴없이 신문이나 뒤적이며 퇴영적이고 나태한 사고로 하루하루를 소일하거나 무위도식, 무기력, 무정견 속에서 타인에게 기생하려는 의존적인 경향성까지 보인다는 점에서 이 두 사람은 한마디로 룸펜(lumpen)"[6]의 전형이라고 할 수 있다. 또한 두 사람 사이에 정도의 차이는 있으나 근본적으로는 인생의 모든 문제를 회피함으로써 한 치의 실패 가능성조차도 모면하고자 하는 회피형 인물의 전형을 보여주고 있는 이들 사이에 우정의 정체성에 대한 구체적인 성찰의 계기를 제공하는 사건이 담배 다섯 개피를 분배하는 문제이다. 한때는 절친했던 두 사람의 관계가 그 사건을 계기로 적대적인 관계로 악화되면서 우정의 가치가 심각한 심문의 대상으로 초점화되기 때문이다.

'자율성과 의존, 밀접함과 거리감, 융합과 저항 사이의 영원한 투쟁은 사회 구성원들을 전통적인 결속이나 신념으로부터 분리시키는 근대 사회의 개인화 과정에서 발생하는 모순들의 표현이자 반영이다. 그 과정에서 정체성의 보루를 제공해주던 안정적인 일차적 결속을 상실하게 되는 각 개인들은 당신 자신이 되는 것과 똑같이 자아를 모색하는 그 누군가와 지속적으로 함께 사는 것 사이에 균형을 맞추는 일에 혼란과 모순을 경험하는 한편 자아 존중감에도 상당한 상처를 입는다.'[7]고 한다. 그리고 "인격 전체의 결합이 아니라 특수화된 개인들의 유용성을 목적으로 하는 결합이 인간 사이의 유대를 대신"[8]하게 되는 근대 사회에서의 인간관계는 인간과 인간 사이의 분리와 고립을 근본적인 특성으로 지니게 된다. 그러한 맥락에서 "오늘날 인간과 인간을 이어주는 끈에는 적나라한 이해관계와 아무런 감정도 없는 현금 지불 뿐"[9]이라는 마르크스의 통렬한 진술은 물화와 소외를 본질로 하

---

6) 김진송, 『서울에 딴스홀을 허하라』, 현실문화연구, 1999, 120-122면.
7) 울리히 벡·엘리자베트 벡-게른샤임/강수영 외 옮김, 『사랑은 지독한 혼란』, 새물결, 2002, 93-146면 참조.
8) 프리츠 파펜하임/황문수, 『현대인의 소외』, 문예출판사, 1994, 86면.
9) 이진우, 「다른 마르크스」, 『현대 비평과 이론』19호, 한신문화사, 179면.

는 근대적 인간관계의 정곡을 정확하게 꿰고 있다. 따라서 '젊은 그들의 위에 마땅히 있어야 할 온갖 좋은 것들을 말끔 빼앗아간 듯싶은 궁핍한 생활'로 인해 담배 분배와 같은 지극히 사소한 문제를 가지고서도 자신들의 우정에 심각한 균열을 경험하게 되는 두 사람의 경제적 소외로 인한 갈등과 대립은 근대사회에서의 개인화 과정에서 발생하는 실존적 좌절을 전형적으로 보여주고 있다고 할 수 있다.

그런데 담배 분배를 매개로 한 우정의 정체성에 대한 두 사람 사이의 존재론적 성찰은 두 가지 점에서 일정한 한계를 보이고 있다. 하나는 근대적 인간관계에 대한 존재론적 성찰의 깊이 문제이고, 다른 하나는 그러한 성찰을 통해서 드러나고 있는 식민지 근대에 대한 문제의식의 깊이이다. 우선 먼저, 담배 분배를 문제로 두 사람이 경험하게 되는 우정의 균열과 갈등, 그리고 다시 우정을 회복하는 과정은 극도의 경제적 궁핍으로 인한 심리적 공황 상태에서 상대방에 대한 충동적인 공격 욕구를 발산하고 해소하는 운동 과정에서 즉자적으로 진행될 뿐이다. 따라서 담배 분배 문제로 인한 두 사람의 갈등과 대립은 "수단과 목적을 두 개의 독립된 범주로 의식하는 것을 핵심으로 하는 한편 주로 합리적 정신의 계획적인 과정에 의해 형성"[10]되는 선택의지를 작동기제로 하는 근대적 인간관계의 본질에 대한 의미있는 존재론적 성찰을 보여주지는 못하고 있다. 그러한 문제의식의 취약함으로 인해 두 사람의 갈등과 대립이, '진수는, 문득 다시 일어나, 오시이레 문을 열었다. 한 개의 담배. 감추어 두었던 보배나 다시 꺼내듯이 그는 그걸 소중하게 들고 자리로 왔다. 그리고 그가 그것을 두 손으로 용하게 꼭 절반을 내어 가지고, 그 한 토막을 순구 앞에 내밀며 자아-

---

10) 프리츠 파펜하임/황문수, 앞의 책, 73-74면.

담배나 태세. 그렇게 말하였을 때, 그의 말과 또 그의 담배 든 손끝은 이상한 감격으로 떨렸다'라는 결말에서와 같이, 그저 좋은 게 좋다는 온정주의를 통한 공허한 절충주의로 화해를 보게 되는 것은 당연한 수순이라고 할 수 있다.

이와 같이 자신에게 존재론적 갈등을 야기하는 상황에서 적극적인 돌파구를 모색하지 못하고 공허한 절충주의로 안주하고 마는 박태원의 소극적인 태도는 이미 자본의 논리에 대한 혐오와 동경의 양진자 사이에서 끊임없는 왕복운동을 반복하다 '내일, 내일부터 내 집에 있겠소, 창작하겠소'라는 구보의 공허한 인사말에서 이미 예견된 바 있을 뿐만 아니라 지식인을 초점인물로 하는 다른 작품들에서도 반복적으로 변주되고 있다.

한편 순구와 진수 두 사람을 통해서 제시되는 식민지 지식인의 경제적 소외는 그 당시 일제의 식민지 교육 정책이나 식민지 수탈 정책과의 구조적 관련 속에서 접근할 때 그 의미가 정확하게 해명되는 현상이다.

> 向學熱이 旺盛한 그들이 學問을 더 닦지 못하고 生活에 억매게 되는 데도 無限한 苦悶이 있을 것이지만, 그 中에도 더 苦悶인 것은 就職難이다. 統計로 보아 해마다 그 數를 더하게 됨은 一般으로 重大한 事實이며, 社會 問題化되어 있는 現狀이지만 中等敎育을 받은, 이 일군은 그들의 生活意識이 이미 知識階級의 重要한 氣質의 一部를 所有하고 있으니, 아모리 無職이라 하드라도 발벗고 勞動판에 들어슬 사람은 몇이 못된다. 그들은 이미 小市民性을 다분이 所有하게 된 까닭이다.
> 그러나 社會에서는 그들의 心境을 理解하고, 그대로 生活을 保障해 주지는 못하는 것이니, 이 일군의 苦悶이 결코 정도 問題가 아니다.…

> 勞動할 수 없는 그들, 著作으로 살 수 없는 그들은 苦悶의 사거리에서 煩惱하고 있는 것이니, 이것은 朝鮮的 特殊性이라고 할 수 있다.[11]

구체적인 통계 자료를 제시하지 않고 있는 이 문면으로만 보아서는 그 당시 지식인들의 실업 문제에 대한 정확한 실상을 파악하기가 어렵다. 그러나 이 문면은 계급적 스펙트럼의 중간에 속한 지식인들의 실업으로 인한 심리적 갈등을 가늠해 볼 수 있는 생생한 정보를 제공하고 있다. 사실, "당시 식민지 조선의 실업 문제는 상당히 심각한 양상이었다. 특히 지식인의 실업률은 심각하였는데, 이는 근대적 교육기관을 통해 해마다 많은 고등교육 이수자들이 양산되어 소비도시인 경성에서 제대로 직업을 얻지 못하였기 때문이었다. 일본은 조선의 공업화 과정에서 고도의 기술 노동자와 숙련 노동자를 필요로 하였지만 이것은 일본에서 수출되었던 일본인들로 충당하였고 조선인은 일본인 노동자의 반도 안 되는 임금과 하루 12시간 이상 노동을 감수해야 하는 단순노동의 기회만이 주어졌다. 따라서 양산된 지식인들은 그들의 기대에 맞는 직업에서 소외되는 한편 저임금·장시간의 힘겨운 노동에 선뜻 뛰어들지도 못한 채 깊은 절망과 소외 그리고 자괴감을 맛보며 외형적으로 근대화된 경성 거리를 방황"[12]하였던 것이다.

이와 같이 일제 식민지하 지식인들의 실직으로 인한 소외와 경제적 궁핍은 개인적인 차원에서의 문제가 아니라 사회 구조적인 차원에서의 문제이다. 그런데 단편이라는 장르적 특성을 고려하더라도 실직에서 오는 소외와 궁핍으로 인한 순구와 진수 두 사람 사이의 미묘한

---

11) 박영희, 「조선 지식계급의 고민과 그 방향」, 『개벽』복간3, 1935.1.
12) 이계옥, 「박태원의 소설가 구보씨의 일일 연구」, 숙명여대 석사학위 논문, 1990, 29면.

인간적 갈등과 화해에 이르는 심리적 단편들만이 현상적으로 제시될 뿐 식민지 지식인들의 실업 문제에 대한 사회사적 지평은 철저히 차단당하고 있는 이 작품은 그 부분에 대한 고려가 너무나도 미약하다. 이는 당시 지식인의 경제적인 소외를 초래한 근본 원인으로서의 일제의 식민지 근대에 대한 박태원의 문제의식이 그만큼 철저하지 못했음을 말해 주는 것이라 할 수 있다. 그런 점에서 이 작품이 "일제 식민지하 실직 지식인들의 절대 빈곤과 소외된 현실의 문제를 왜소화하고 있다"[13)는 지적은 설득력이 있어 보인다. 또한 당시 박태원과 두터운 교분을 주고 받으며 지내던 안회남의 "박태원 씨는 현미가 아니라 한 번 더 수공을 치른 백미이다.…여하간 작가 박태원 씨에게는 그것이 많이 개인적인 것이거나 보다 사회적인 것이거나 사상의 적극적 태도가 보이지 않는 것이 제일 유감이다. 그는 퍽도 사상을 기반하는 것이 미약한 것 같다. 그것의 체계가 도무지 왜소한 모양이다. 그렇기 때문에 씨는 인생을 관찰하나 이해하지 않고 세상을 묘사하나 비판하지 않는 것이다.…어떻든지 간에 현재 작가 박태원 씨에게 있어서는 기교의 세계가 퍽도 윤택한 대신 사상의 세계는 너무도 수척하지 않은가 한다."[14)라는 지적 또한 동일한 맥락에서 박태원 문학 일반의 정곡을 꿰고 있다.

2.2 관계 일반의 정체성에 대한 존재론적 성찰

인간 관계의 본질에 대한 성찰적 자의식을 지배적인 서사 대상으로

---

13) 구인환 편저, 『박태원』, 지학사, 1990, 256-257면.
14) 안회남, 「작가 박태원론」, 『소설가 구보씨의 일일』, 깊은샘, 1994, 348-353면.

초점화하고 있는 「거리」 또한 「딱한 사람들」에서의 기본적인 서사 설정으로부터 크게 벗어나지는 않고 있다. 그러나 근대적 인간관계에 대한 성찰성의 깊이라는 문제에서는 상당한 진전을 보이고 있다. 서사를 추동하는 과정에서 이 작품이 「딱한 사람들」에 비해 주로 사건의 객관적 제시보다는 초점인물의 심리 내용이 더 중요한 비중을 차지하는 서술 상황의 특성을 지니게 되는 것도 바로 그러한 성찰성의 깊이와 기능적 관련이 있다.

인간 관계의 본질에 대한 성찰적 자의식을 반추하면서 이 작품의 서사 주체로 기능하는 인물은 스물아홉 살의 무명 소설가 '나'이다. 「딱한 사람들」에서와 마찬가지로 이 작품에서도 적빈의 궁핍 상황이 가족을 포함한 관계의 정체성에 대한 '나'의 존재론적 성찰을 자극하는 계기로 작용하게 된다. 나의 가족이 처한 적빈 상황은 어머니와 형수의 품삯에 의존하며 연명할 정도로 어렵다. 형의 죽음 후 실질적인 가장으로서 가정의 적빈 상황을 타개해야 할 책임을 지고 있는 나는 그러나, 어머니와 형수의 부양에 기생하며 '아무데서도 즐겨 사 주지 않는 소설만 부지런히' 쓰면서 목적없는 충동적인 배회만을 반복할 뿐이다. 가족을 부양해야만 하는 당위와 오히려 부양을 받고 있는 존재의 틈새에서 극도의 소외와 분열을 경험하던 나는 집세 문제로 인한 어머니와 집주인인 기생들과의 싸움을 방관자적인 입장에서 관찰하는 과정에서 가족의 정체성을 포함한 인간 관계의 본질에 대한 성찰을 반추하게 된다.

사실, 어버이니, 자식이니, 지아비니, 지어머니, 형제니, 친구니 하고 떠들어도, 사람과 사람의 관계란, 결국, 따지고 보자면 이해 관계 이외에

아무것도 없다할 것으로, 저편에서 생각하니까 이편에서도 생각하는 것
이요, 이편에서 고맙게 하니까, 저편에서도 고맙게 하는 것이지 저편에
서는 죽을 때까지 제 생각은 조금도 할 턱 없는 줄 번연히 알면서도, 이
편에서는 언제까지든 그를 생각하고, 그를 위하여서는 아무러한 보수도
받는 일 없이 저로서 할 수 있는 온갖 것을 하겠다고, 바로 팔 걷고 나설
시러베 아들놈은 없을 게다.[15)]

일반적으로 전근대 사회에서의 구성원들은 자신들에게 친숙함과
보호, 안정적인 자리매김과 확실한 정체성을 제공하던 공동체와의 전
통적인 결속으로 인해 결코 혼자가 아니었다. 그러나 개인화 과정이
진행되는 과정에서 그러한 전통적인 결속이 그 권위를 상실하게 되는
근대 사회에서의 개인들은 특정한 공동체나 집단의 경계 밖에서 자신
들의 삶을 이끌어 나가도록 기대되고 강요받게 된다. 이러한 전통적
결속의 단절은 개인에게 이전의 강제나 의무로부터의 자유를 의미한
다. 그러나 그와 동시에 촘촘히 짜여진 사회가 제공했던 지원과 안전
감도 사라지기 시작한다. 세속화가 퍼져가고 새로운 생활 패턴이 출
현하고 여러 가치 체계와 종교들이 사람들의 마음 속에서 경쟁하게
됨에 따라, 이전에 개인에게 지향과 의미와 더 큰 우주 속에서 정박지
를 제공했던 많은 이정표들이 사라졌다. 그 결과 대다수 구성원들은
내부적 안정성의 심대한 상실을 경험하게 된다. 한마디로 탈주술화
과정을 핵심 기제로 하는 근대 사회에서의 개인들은 내적 고향 상
실[16)]을 경험하게 되는 것이다. 아울러 각 개인들이 지닌 고유한 본질
이나 가치에 의해 규정되지 않고 교환 가치에 따라 상품으로 규정되

---

15) 『소설가 구보씨의 일일』, 깊은샘, 1994, 171-172면.
16) 울리히 벡, 앞의 책, 94-95면.

는 계약 관계를 인간 관계의 본질로 규정하는 근대 사회에서의 개인들은 모두 고립되어 타인들과 긴장 관계를 맺게 되는데, 모든 인간 관계의 본질을 이해관계의 차원으로 환산해서 인식하는 나의 도구적인 인간관 또한 자본 논리의 오염에 의한 근대적인 인간관의 전형이라고 할 수 있다.

이와 같이 나가 인간 관계의 유적 본질뿐만 아니라 강력한 감정적 연대로 맺어진 가족 관계마저도 왜곡하고 물화된 사고 방식에 지배당하게 된 데는 가족의 적빈 상황 타개에 아무런 도움도 주지 못하는 자신의 무능력에서 오는 자책과 갈등으로 인해 타자와 세계에 대한 객관적인 인식 능력을 상실한 데서 그 원인을 찾을 수 있다. 그러나 한편으로 당시 "인간을 인간에게 고유한 목적이 아니라 우리들이 생각해 낸 목적을 위한 수단으로 사용"[17]하게 하는 자본의 논리가 점차 질적인 규정력을 획득하기 시작하는 당시 식민지 조선 사회의 환경 또한 무시 못할 원인이라고 생각한다. 실제로 당대 사회의 지식인들이 1930년대 식민지 조선 사회와 지식인의 실업 문제를 자본주의 메카니즘과의 구조적 관련 속에서 파악하고 접근하고 있음을 보여주는 자료들을 적지 않게 볼 수 있는데 그 대표적인 것으로는 김기림의 「인텔리의 장래」(『조선일보』, 1931.5.17-5.24)를 들 수 있다.

현대의 세계를 지배하는 것은 '돈'이다. 경제학적 표현을 택하면 자본이야말로 현대의 주인이다. 그래서 금융 자본의 궤하軌下에 지식 계급은 일률적으로 행복한 경우로서는 노예로, 불행한 경우로서는 실업자로서의 자신을 발견한다. 그래서 자본주의적 생산 방법은 더욱 '인텔리겐

---

17) 프리츠 파펜하임, 앞의 책, 77면.

차'의 성원을 '프롤레타리아'에 접근한 층으로 전락시키고 이리하여 이 '프롤레타리아'에 접근한 층은 더욱 광범해지고 그 위에 생활 조건 및 노동 조건은 더욱 '프롤레타리아'적이 되고 특권자임을 그치고 사슬 이외에는 아무것도 잃어버릴 것이 없고 그 위에 얻을 것은 한 개의 세계인 그 계급에 속하기 시작하는 것이다.[18]

　김기림의 진술에서 알 수 있는 바와 같이. 당대의 식민지 지식인들은 무한한 자기 확장 욕망을 작동 기제로 하는 자본의 본질에 대해서 분명하게 인식하고 있었음을 알 수 있다. 아울러 식민지 지식인들의 실업 문제 또한 무소불위의 막강한 파괴력을 지닌 자본 논리의 맥락 속에서 파악하고 있음을 알 수 있다. 따라서 단순히 두 사람의 감정적 대립과 화해의 과정을 매개로 우정의 정체성을 성찰하고 있는 「딱한 사람들」과는 달리 이 작품이, 아주 미약한 암시의 차원이긴 하지만, 당대 식민지 조선 사회와의 구조적 관련을 통해서 가족을 포함한 인간 관계의 본질에 대한 존재론적 성찰을 모색하고 있다는 점에서 교환가치가 지배하기 시작하는 식민지 근대에 대한 비판적인 문제의식의 편린을 보여준 작품이라고 할 수 있다. 그러한 맥락에서 이 작품이 "소외라고 하는 현대인들의 보편적인 내면 세계를 첨예하게 분석함으로써 「딱한 사람들」보다는 내면 심리가 밀도 있게 표출되었다"[19]라는 지적 또한 설득력이 있어 보인다.

　한편 이 작품은 식민지 지식인의 가난 문제가 당위와 존재의 괴리로 인한 극도의 분열과 자의식 과잉의 상태에서 타자와 정상적인 인

---

18) 김기림, 「인텔리의 장래」『김기림 전집』제6권, 심설당, 1988, 권성우, 『모더니티와 타자의 현상학』, 솔, 1999, 218-219에서 재인용.
19) 정현숙, 『박태원 문학 연구』, 국학자료원, 1993, 164-165면.

간 관계를 맺지 못하고 사회적 교섭이 차단된 '나'의 비관주의적이고 파편화된 세계상을 통해서 초점화됨으로써 그것의 사회적 의미에 대한 깊이 있는 접근은 이루어지지 못하고 있다. 따라서 경제적 무능으로 인한 소외와 상실감을 수습하는 과정에서 반사적으로 이루어지는 목적없는 배회와 방황 도중 '한 편의 귀한 작품'의 창작 의지를 다짐하거나 자살 충동을 반추하는 행위가 공소하게 들리는 것도 그러한 맥락에서이다.

지금까지의 분석을 통해서 알 수 있는 바와 같이 박태원은 식민지 근대가 진행되는 과정에서 자본의 논리에 의해 인간 관계가 왜곡되거나 훼손되는 현상에 대해 비판적인 문제의식을 가지고 있었음을 알 수 있다. 특히 박태원의 문제의식이 더욱 문제성을 지니게 되는 것은 그것이 계약과 이해를 본질로 하는 근대적 인간 관계 일반의 존재론적 본질을 심문의 대상으로 초점화하고 있다라는 점이다. 물론 인간 관계 일반의 존재론적 성찰의 깊이나 치열함에서는 박태원의 지식인 소설은 일정한 한계를 드러내고 있다. 그리고 친구나 가족과 같은 일차적인 관계마저도 이해관계에 의해 훼손되는 관계의 소외를 낳게 한 발생 동인으로서의 사회사적 배경에 대해서도 박태원의 지식인 소설은 별다른 관심을 보이지 않고 있다. 그것은 박태원 개인의 한계이기도 하겠지만 당시 서구의 충격과 일제의 강제에 의해 이제 막 근대의 들머리에 진입하기 시작한 식민지 조선의 근대 수준을 반영한 결과라고 해야 할 것이다.

3. 나오는 말

이 글은 근대적인 인간관계 일반의 본질에 관한 존재론적 성찰을 형상화하고 있는 박태원의 지식인 소설을 대상으로 하였다. 연구 대상을 지식인 소설로 한정한 이유는 그러한 존재론적 성찰을 통해서 드러내고자 했던 식민지 근대에 대한 박태원의 문제의식을 밝혀보고자 함이었다. 그러한 목적을 가지고서 출발한 이 글의 논의를 정리하면 다음과 같다.

집중적인 분석 대상으로 선택한 두 작품 모두 정도의 차이가 있기는 하나 식민지 근대가 진행되는 과정에서 자본의 논리에 의해 인간관계가 왜곡되거나 훼손되는 현상에 대해 비판적인 문제의식을 가지고 있음을 알 수 있었다. 특히 계약과 이해를 본질로 하는 근대적 인간 관계 일반의 존재론적 본질을 심문의 대상으로 초점화하고 있다는 점에서 「거리」는 식민지 근대에 대한 박태원의 문제의식의 깊이가 결코 단순하지만은 않았음을 알 수 있었다. 한편, 박태원의 지식인 소설은 친구나 가족과 같은 일차적인 관계마저도 이해관계에 의해 훼손되는 관계의 소외를 낳게 한 발생 동인으로서의 식민지 지식인의 궁핍 상황에 대한 사회사적 배경에 대해서는 별다른 관심을 보이지 않고 있음을 알 수 있었다. 이는 식민지 근대에 대한 박태원의 문제의식이 투철하지 못했음을 말해 주는 것으로 보았다.

2

이태준의 지식인 소설에 나타난 민족의식

1. 들어가는 말

한 작가를 연구하는 과정에서 1차 텍스트 이상의 자료적 가치를 지니는 것은 없을 것이다. 한 작가에 대한 평가나 해석이 작품 내적 논리의 정치한 뒷받침을 동반해야만 하는 것도 그러한 이유에서이다. 그럼에도 불구하고 상식에 가까운 이러한 원칙이 제대로 지켜지지 않는 경우를 우리들은 종종 만나게 된다. 1930년대 문학사의 한 봉우리를 점하고 있는 이태준 또한 그러한 경우에 해당된다.

이태준의 문학은 기존의 문학사나 작가론에서 순수문학이나 모더니즘 계열의 문학범주에 속하는 것으로 평가받아 왔다. 그러한 평가나 해석과 맞물리면서 이태준의 작가적 표지를 범박한 의미에서의 형식주의자로 규정해 온 것이 기존 문학사나 작가론의 주류적 경향이었다. 그런데 기존 문학사나 작가론의 주류적 규정이나 해석은 한 작가의 연구과정에서 중요한 원칙으로 앞서 지적한 작품 내적 논리의 정치한 뒷받침을 동반하지 않고 있다는 점에서 많은 문제를 지니고 있다. 이태준을 범박한 의미에서의 형식주의자로 규정하는 기존의 해석이나 평가는 적어도 이태준이 구인회의 핵심 구성원이라는 기대지평에 선입된 규정이 아닌가 하는 혐의로부터 결코 자유로울 수 없기 때문이다. 그것은 이태준의 1차 텍스트인 작품들이 다투어 증명하고 있는 바이다.

꼼꼼하게 읽어보면 알겠지만, 이태준 작품의 이념적 에토스는 한마디로 '민족주의'라고 할 수 있다. 초기작은 물론이고 공격적이고도 전투적인 민족주의의 왜곡된 형태로 분출되는 월북 이후 일련의 작품들에 이르기까지 이태준 문학은 민족주의의 이념적 지향을 분명하게 보여주고 있기 때문이다.

한편, 일제의 식민지적 근대는 타자의 배제와 차별 전략을 통해 우리 고유의 민족적 에토스를 주변화하는 폭력적 과정의 연속이었다. 일제의 식민지적 근대를 자신들의 사회·역사적 조건으로 하여 창작 활동에 임할 수밖에 없었던 일제 식민지 시대의 작가들이 대부분 자신들의 이념적 지향에 상관없이 민족주의적 성향을 지니게 되었으리라는 것은 어렵지 않게 추측할 수 있다. 더욱이 기능적으로 미분화된 당시 상황에서 전문적 문인이라기보다는 지사나 지식인의 범주에 더 가까웠던 일제 식민지 시대의 작가들에게 민족의식은 어찌 보면 사회화 과정을 통한 이차적 의식이라기보다는 생득적인 일차적 의식에 오히려 더 가까웠을 것이다. 이태준 또한 예외적인 존재가 아니었다. 더욱이 이태준은 집단적인 형성동인 이외에도 그의 가계나 성장환경, 수학과정 등에서 보여준 일련의 기질과 행동[1]들을 보더라도 개인적인 형성동인 또한 누구 못지않게 강했으리라 추측된다. 그러한 추측이 전혀 근거없는 예단이 아니라는 것은 작가 이태준의 민족의식이 그대로 투영된 것으로 보이는 인물들이 중심인물로 등장하는 작품들이 몸소 증명하고 있다. 이 글은 그 과정을 논증하는 데 그 목적이 있다. 따라서 이 글은 이태준 작품의 이념적 에토스로 기능하고 있는 민족주의의 양상을 구체적인 작품분석을 통해서 밝혀보고자 하는 의도와 동기를 가지고서 출발한다.

구체적인 분석 작업은 「고향」, 「장마」, 「패강랭」, 「토끼이야기」, 「사냥」, 「무연」 등의 작품들을 중심으로 진행할 것이다. 분석 대상을 작가 이태준의 대리인으로 추정되는 지식인이나 소설가들이 서술자나 초점인물로 기능하는 이 작품들 중심으로 한정하게 된 것은 크게 두 가지의 이유에서이다. 하나는 이 작품들이 이태준의 민족의식과 관련된 작가적 정체성을 가장 분명한 형태로 보여주고 있다는 점이다. 다른 하나는 이 작품들이 시대상황의 변화와 맞물리면서 전개되는 민족의식의 변화 궤적을 일정하게 반영하고 있다는 점이다.

---

1) 이에 대해서는 이태준의 자전적 소설로 평가되는 장편 『사상의 월야』와 이명희의 「상허 이태준 문학세계」, 국학자료원, 1994, 31-40면, 박헌호, 『이태준과 한국 근대소설의 성격』, 소명출판, 1999, 29-47면, 장영우, 『이태준 소설 연구』, 태학사, 1996, 37-68면 참조.

2. 민족의식의 변화 궤적

2.1 억압적 감정의 충동적 분출

1931년 『동아일보』에 연재된 「고향」은 작가 이태준의 자전적인 요소가 상당히 강하게 반영된 작품이다. 어린 시절 양친을 여의고 뿌리 뽑힌 삶을 전전하다 신산스런 6년간의 동경 유학 생활을 마치고 귀국한 지식인 주인공 김윤건이 경험하는 식민지 조선의 실상과 그에 대한 비판적인 문제의식을 형상화하고 있는 서사 정보는 상당 부분 이태준의 자전적인 정보에 부합하고 있기 때문이다. 따라서 식민지 조선의 실상과 그에 대한 김윤건의 비판적인 문제의식의 의미를 살펴보는 작업은 이 글의 목적인 이태준의 민족의식과 관련된 작가적 정체성을 규명하는 데 중요한 관건이 된다.

우선 이태준의 민족의식을 규명하는 작업과 관련하여 이 작품에서 주목할 만한 점은 중일전쟁을 계기로 군국주의 체제가 노골적으로 강화되기 시작하는 1937년 이후에 발표되는 다른 작품들에 비해 식민지 조선의 실상과 그에 대한 지식인의 비판적인 문제의식이 훨씬 직접적인 형태로, 그리고 강도 높게 표출되고 있다는 점이다. 식민지 조선의 실상과 그에 대한 김윤건의 비판적인 문제의식과 관련하여 서사의 초점으로 전경화되는 대상은 크게 두 가지이다. 하나는 '식민 지배 권력의 억압과 폭력성'이며, 다른 하나는 '식민지 조선 지식인 사회의 부패와 타락상'이다. 먼저 식민 지배 권력의 억압 및 폭력성과 관련하여 김윤건의 민족의식을 자극하는 계기로 작용하는 서사 정보로는 미시적 감시망과 통제 시선의 내면화 과정을 통해 식민지 조선의 비판적 지식인들을 개인화하고 하나의 사물처럼 대상화하고자 하는 일제 식민 당국의 규율 권력을 들 수 있다.

> '윤건은 그 형사에게 선행지가 불분명한 점으로 유다른 조사를 받았다. 갑판 위에다가 손가방을 열어제치고 책갈피마다 털어보인 뒤에 선실로 들어간즉 윤건을 위해서 남겨논 자리는 없었다.…윤건은 정거장 대합실에 들어서서 가방을 내려놓고 길게 기지개를 켜보았다. 그러나 윤건은 무슨 죄나 진 사람처럼 갑자기 움찔하였다. 그것은 배가 하관에 있을 때 자기를 취조한 형사가 부산 와서도 자기 눈 앞에 버티고 섰기 때문이다.[2]   (「고향」, 『달밤』, 128면)

> 그는 초량까지 따라오면서 조선 형사처럼 우르딱딱거리지는 않는 대신 진땀이 나도록 지지콜콜히 캐어물었다. 나중에는 보는 것이 무슨 책이냐고 엄두를 내어 가지고 가방을 들고 저리 가자고 하였다. 윤건은 시렁에 얹었던 가방을 내려 가지고 그의 뒤를 따라 변소 앞 손 씻는 데로 가서 그가 하라는 대로 가방 속을 털어 보았다.
> 윤건은 참말 땀을 흘렸다. 참말 자기가 무슨 범인이나 아닌가 하고 의심하리만치 불안을 품지 않을 수가 없었다.   (「고향」, 『달밤』, 130면)

이 문면은 「만세전」의 이인화를 통해서 명료한 형식을 얻은 바 있는 식민지 지배 권력의 폭력적인 작동 방식에 대한 비판적인 문제의식을 예각적으로 보여주고 있다. 일반적으로 헤게모니가 취약한 권력 집단일수록 강제와 폭력을 수단으로 하는 다양한 억압적인 국가기구

---

2) 앞으로 본문에서의 작품 인용은 인용문 다음에 인용 작품의 제목과 인용 면수를 명기하는 방식으로 통일하고자 한다. 인용 텍스트로는 깊은샘 출판사, 1995의 이태준 문학 전집을 선택했다.

와 감시 장치를 통한 주체의 개체화 과정을 통해 권력을 유지해 왔음은 동서고금의 역사가 다투어 증명하고 있는 바이다. 이 과정을 통해 감시와 통제의 시선을 내면화하게 되는 개인들은 원자처럼 분리되어 저항의 에너지를 결집할 수 있는 통로인 공동체의 연대의식을 상실하게 되면서 합리적인 예속화의 길에 들어서게 된다. 때와 장소를 가리지 않고 작동하는 감시와 통제의 편제적 시선을 내면화하는 과정에서 자신을 마치 범인인 것처럼 순간적인 착각을 하게 되는 김윤건의 모습을 통해서 당시의 식민지 지배 권력의 개체화 과정 수준이 마치 "감금된 자가 권력의 자동적인 기능을 보장해주는 가시성의 지속적이고 의식적 상태로 이끌려 들어가는 일망 감시장치(panopticon)의 주요한 효과"[3]를 방불케 할 정도로 폭력적이고 철저했음을 알 수 있다.

　검열이나 위협, 배제와 선택과 같은 강제와 억압의 방법을 통해 사물의 질서를 배우게 하는 한편 금기, 관계, 명령을 익히게 하여 마침내 복종할 줄 아는 주체로 소환하는 식민지 지배 권력의 작동 방식에 대한 윤건의 지배적인 정조는 '그래서 윤건은 의례로 그만한 취조쯤은 차장이 차표 조사하는 것 같은 예상사로 알고 다니는, 이미 중독된 사람들과 같이 무신경 무비판적으로 당하고 지나칠 수는 없었다. 윤건은 유리같이 맑은 조선의 봄 하늘을 오래간만에 바라보면서도 마음속에는 폭풍우와 같은 울분이 뭉게거리고 있었다.'라는 서술자의 진술에서 알 수 있는 바와 같이 아주 강렬한 수준의 '울분'이다. 그 방법의 유효성이나 현실 정합성과는 상관없이 이 울분의 정조는 식민지 지배 권력의 폭력적인 작동 방식에만 국한되는 것이 아니라 동경 유학 시절 막연하게 품고 있었던 자신의 기대나 이상과는 너무나도 어긋나는

---

3) 미셸 푸코/오생근 역, 『감시와 처벌』, 나남출판, 2000, 297면.

식민지 조선의 현실에서 경험하게 되는 타락한 질서나 전도된 가치 전반에 무차별적으로, 그것도 충동적으로 관철되고 있다.

식민지 조선 지식인 사회의 부패와 타락상과 관련하여 김윤건의 민족의식을 자극하는 서사 정보로는 식민지 조선의 지식인 사회에 팽배해진 물신화된 사고 방식과 지식인들의 변절을 들 수 있다. 아내가 위독하다는 급전을 받고서 귀국하는 배 안에서 마주치는 무기력한 식민지 조선 민중들의 모습을 통해 민족 현실에 대한 정확한 인식과 민족의식의 각성을 통해 민족적 주체로 거듭나는 계기를 확보하는 이인화와 유사하게 윤건이 그러한 계기를 마련하는 공간 또한 6년 동안의 신산스런 동경 유학 생활을 청산하고 귀국하는 귀로에서이고, 그 계기를 마련하는 인물은 귀로에 우연히 동행하게 되는 동경 유학생이다. 유력자의 배경에 편승하여 은행원으로 취업이 보장되어 귀국하는 동경 유학생과의 대화를 통해서 윤건은 울분과 분노만을 느낄 뿐이다. 자신의 전공지식을 생산적으로 활용할 수 있는 이상을 추구하고자 하는 윤건의 지향과는 달리 동경 유학생은 취업이나 보수와 같은 속물적인 욕망 이외의 다른 문제에 대해서는 영도의 인식 지평을 드러내기 때문이다. 그와의 만남을 '무슨 미끼나 받아먹은 것처럼 꺼분하고 무슨 전염병자와나 식탁을 같이하였던 것처럼 불안스러웠다'라는 진술에서 알 수 있는 바와 같이 윤건에게 동경 유학생은 "한 인간이 동물적 상태를 뛰어넘어 '정신'으로 존재할 수 있는 가장 기본적인 조건인 자기 고유의 개별적 내면성을 소유하지 못하고 사회 일반에 통용되고 있는 담화를 반복하기만 하는 자동 반복 기계"[4]에 불과할 뿐이다. 그런데 문제는, 귀국 이후 자신의 전공지식을 활용할 수 있는 이상적인 공간

---

4) 이종영, 『내면성의 형식들』, 새물결, 2002, 40면 참조.

을 모색하는 과정에서 만나게 되는 식민지 조선의 지식인들이 하나같이 식민 지배 체제에 영합하거나 속악한 자본의 논리에 포섭되어 개인의 안위와 영달만을 추구하는 체제 순응적인 타락한 속물들 뿐이라는 점이다.

'부르주아로 살아남아야 한다'는 지상명제를 떠받치고 있는 두려움과 불안은 부르주아로 살아남는 것을 보장해주는 수단인 화폐를 최종 목적으로 전화시킨다. 화폐의 이러한 최종 목적화는 부르주아의 내면에 자리잡고 있는 두려움과 불안, 그리고 변별적 씨니피앙을 간직하려는 욕망이 얼마나 큰 것인가를 말해주는 것일 뿐이다. 이렇게 신격화된 목적 또는 적어도 최종 목적으로서의 화폐가 공동체적 유대에 입각한 사회적 신뢰를 붕괴시키는 것은 당연하다. 화폐가 최종 목적이 됨에 따라 타자들을 포함한 다른 것들 대부분은 그 최종 목적에 종속되는 수단이 되기 때문이다. 짐멜에 의하면 돈을 벌기 위해서 주어지는 기회를 닥치는 대로 이용하는 사람들의 삶의 내용은 선험적 규정성을 완전히 결여5)하고 있다고 하는데 귀국 이후 윤건이 만난 식민지 조선의 대부분 지식인들은 그러한 삶의 존재론적 특성을 전형적으로 보여주고 있는 인물들이다.

귀국 이후 서울에서의 경험을 통해 발견한 식민지 조선의 실상은 '구복(口腹)에만 충실한 개'의 삶에 비견되는 타락한 지식인들에게는 온갖 부귀와 명예가, 그리고 '사람의 하루'의 삶에 비견되는 정직한 지식인들에게는 온갖 차별과 배제가 주어지는 전도된 가치가 지배하는 타락한 현실일 뿐이다. 자신의 영달과 치부를 위해 일제의 식민 지배 체제에 영합하는 속물 지식인들만이 제도의 중심에서 판을 치는 식민

---

5) 이종영, 앞의 책, 76면.

지 조선 현실에서 적극적인 참여와 실천을 통해 새로운 질서를 모색하고자 하는 체제 비판적인 지식인들에게 주어지는 보상이란 제도의 질서에서 추방당하는 일 이외의 다른 길이 있을 수 없다. 환멸의 비애만을 경험하게 할 뿐인 식민지 조선의 타락한 질서에 맞서고자 하는 윤건이 '위험스러운 타자'로 격리되는 것은 어찌 보면 '제 2의 자연'에 가까울 정도로 자연스러운 일이다. 식민지 조선 지식인 사회의 부패와 타락상에 대한 극도의 울분과 좌절의 감정을 수습하지 못한 채 배회하다 우연히 만난 동경 유학생 일행을 따라나선 요릿집에서 취업률만으로 대학 교육의 성취를 판가름하는 전문대학의 사은회 석상을 충동적인 폭력의 분출을 통해 아수라장으로 만든 윤건이 곧장 범죄자의 신분이 되어 제도의 질서에서 추방을 당하게 되는 것도 그러한 맥락에서이다. 윤건의 그러한 처지에 대해 '그는 얼마 전 동경서 올 같은 불경기에 조선서는 감옥 증축에 삼십여만 원을 예산한다는 기사를 신문에서 읽은 생각이 났다.…이리하여, 6년 만에 돌아온 고향이나 의탁할 곳이 없던 김윤건의 몸은 그날 저녁부터 관청의 신세를 지게 되었다'라고 서술하고 있는 작가의 의도는 분명해 보인다. 상황논리에 편승하거나 현실과 타협하기를 거부하는 윤건과 같은 체제 비판적인 지식인의 자유의지를 거세하는 서사의 설정을 통해서 작가는 억압과 폭력에 의해 유지되는 식민지 지배 체제와 그러한 체제에 맞서기는커녕 수단과 방법을 가리지 않고 영합하고자 하는 속물들만이 판을 치는 속악한 식민지 조선의 지식인 사회에 대해 통렬한 비판을 가하고 있는 것이다.

물론 충동적인 폭력의 분출을 통해서 문제의 해결을 시도하는 윤건의 방식에는 문제가 많다. 특히 그 중에서도 사회 구조적인 거시적인 차원의 문제를 개인의 윤리적 차원에서 접근하고 있는 점이나, 자신은 절대선, 그리고 자신 이외의 다른 사람들은 모두 절대악이라는 존재론적 우월감을 바탕으로 모든 문제를 배타적일 정도로 폐쇄적인 대립항을 통해서 접근하는 점 등은 현실과의 구체적 교섭을 통한 총체적 접근을 불가능하게 한다는 점에서 문제가 아닐 수 없다. 그럼에도 불구하고 윤건의 행위는 대부분의 타락한 속물적인 지식인들과는 달리 당시의 시대적·민족적 과제를 해결하기 위해 식민지 지식인에게 마땅히 요구되는 비판적인 자유의지를 실천하고자 했다는 점에서 충분한 의미를 지닌다. 그러한 맥락에서 "윤건의 이상주의적 사고와 행동은 본질적으로 현실을 타락한 사회로 규정하고 거기에 동화될 수 없다는 자의식에서 비롯된 것으로, 그러한 자의식이 지사적 의기라든가 민족주의 정신에 바탕을 둔 것으로 해석할 수 있는 근거를 찾기는 그리 어렵지 않다"[6]라는 지적은 설득력이 있어 보인다.

1936년에 『조광』에 발표된 「장마」는 작가 개인의 심경을 반추하고 토로하는 사소설의 형식적 외피를 쓰고 있는 작품이다. 1930년 이화여전 음악과 출신의 이순옥과 결혼하여 낳은 장녀 소명의 이름이나 당시 두터운 친분관계를 유지하며 지내던 이상이나 박태원과 같은 문우들의 이름과 지명들이 실명 그대로 제시되는 등 여러 가지의 서사 정보로 미루어 볼 때 이 작품은, 당시 이원조가 '수필적 경향'[7]이라 명명한 바 있는 신변담 형식으로 규정될 만한 충분한 근거를 가지고 있기 때문이다. 이태준의 단편에서 작가의 개인적인 체험을 최소 수준

---

6) 장영우, 앞의 면, 83면.
7) 이원조, 「丁丑一年間문예계총람」, 『조광』 1937년 12월, 45-46면, 황종연, 「반근대의 정신」, 『비루한 것의 카니발』, 문학동네, 2001, 432면에서 재인용.

의 허구화 과정을 거쳐 형상화하고 있는 신변담 형식이 우세해지기 시작한 것은 30년대 후반과 40년대 초반이다. 그리고 그러한 변화는 당시 체제 유지를 위해서는 사상 통제와 검열 등과 같은 국가 이데올로기적 장치에 의존할 수밖에 없을 정도로 악화되어 가던 식민 통치 방식과 밀접한 관련이 있다는 것이 일반적인 진단이다. 그런데 태평양 전쟁을 기점으로 천황제 파시즘의 논리가 무차별적으로 관철되던 1940년대 초반에 발표된 「토끼 이야기」(1941), 「사냥」(1942), 「무연」(1942), 「석양」(1942) 등의 신변담 형식들이 작가의 개인적인 신상이나 가족사와 관련된 주변적인 이야기나 주관적인 소회를 토로하는 수준에 갇혀 있는 데 비해 이 작품은 동일한 신변담 형식임에도 불구하고 「고향」에서의 기본적인 문제의식을 그대로 유지하고 있다. 물론 「고향」에 비해 비판의 강도와 빈도는 현저히 약화되어 나타난다. 그런 점에서 이 작품은 이태준의 민족의식의 변화 궤적을 살펴보고자 한 이 글의 목적과 관련하여 주목을 요한다.

 "결국 작가가 평범한 생활인으로서의 자신을 인식하고 긍정하는 계기들을 보여주는"[8] 이 작품에서 단편적이긴 하나 작가의 민족의식을 엿보게 하는 층위 또한 「고향」에서와 마찬가지로 두 가지이다. 먼저 일제의 식민 통치 방식의 억압성과 관련하여 나의 민족의식을 자극하는 대상은 일제의 행정 구역 명칭 변경과 창씨개명이다. '그렇게 비즈니스의 능률만 본위로 문화를 통제하는 것은 그릇된 나치스의 수입이다'라는 고백적 서술에서 알 수 있는 바와 같이 일률적인 강제를 통해 행정 구역 명칭을 일본식으로 변경하는 작업에 대한 작가의 비판 강도는 결코 약하다고 할 수 없다. 더욱이 이 작품은 불과 몇 년 후에

---

8) 황종연, 앞의 글, 433면.

실제로 강행된 창씨개명 작업을 정확히 예상하고 있어 작가의 민족의
식이 당시의 구체적인 현실에 상당히 밀착해 있었음을 알 수 있다.

한편 식민지 조선 지식인 사회의 부패와 타락상과 관련하여 나의
민족의식을 자극하는 계기로 작용하는 것은 장마로 인해 울적해진 심
사를 달래기 위해 나선 거리 산책에서 우연히 만난 중학 동창 강군과
의 대화이다. '낚시줄의 처세관'을 통해 자신의 생존방식을 변호하고
있는 강군의 태도는 두 작품들에서 통렬한 매도의 대상으로 초점화되
고 있는 지식인 군상들과 한치의 차이가 없는 속물의 전형이다. 물론
이 작품에서는 「고향」에서와는 달리 강군으로 대변되는 식민지 조선
지식인 사회의 부패와 타락상에 대해서 충동적인 폭력의 분출을 통해
울분의 감정을 해소하지는 않는다. 그러나 그 문제의식에 있어서만큼
은 "개인적 영달에 눈이 먼 친일 모리배의 속물 근성을 통렬하게 꾸짖
으려 했던 것"[9]으로 보인다. 그런 점에서 볼 때 이태준의 글쓰기 작업
을 "장인적 기교를 강조하는 근대적 미의식의 소산으로 자기 목적적
인 것으로서의 예술작품을 창조하는 일과 정확하게 일치하고 있다"[10]
는 지적은 일면적인 해석이 아닐 수 없다.

1938년에 발표된 「패강랭」은 「고향」이나 「장마」에서의 기본적인
문제의식은 어느 정도 유지하고 있으면서도 그 비판의 강도나 빈도는
「장마」에 비해서도 현저히 약화되어 나타난다. 그러나 이 작품은 태
평양 전쟁을 기점으로 천황제 파시즘의 논리가 무차별적으로 관철되
던 1940년대 초반에 발표된 작품들에 비한다면 민족주의적 지향이 비
교적 분명한 편이다. 그런 점에서 이 작품은 1940년대 초반 객관적인

---

9) 장영우, 앞의 책, 150면.
10) 서영채, 「두 개의 근대성과 처사의식」, 『소설의 운명』, 문학동네, 1996, 347-348면.

정세의 악화로 인한 작가의식의 급속한 후퇴를 반영하면서 발표된 사소설 형식의 과도기적 양식이라고 할 수 있다. 상식적인 지적이겠지만 이 작품의 그러한 서사 양상은 1937년 중일전쟁을 계기로 구체화되기 시작한 전시체제로의 질서 재편과 밀접한 관련이 있다. 중일전쟁을 계기로 식민지 조선 사회의 전 부문을 전시 동원체제로 정비해 나가던 일제의 식민 당국은 반도를 일본화하여 내선일체를 구현하는 것을 통치의 최고 목표로 설정한다. 그 목표를 효과적으로 달성하기 위한 두 가지의 구체적인 방법론으로 일제의 식민 당국이 내세운 것이 바로 '조선인 지원병 제도의 실시'와 '학교의 쇄신과 확충'이었으며, 후자의 핵심은 조선 고유의 문화와 민족정신을 말살하여 조선인들의 저항 에너지를 거세시키는 것이었다. 그런데 이 작품은 상당히 암시적인 수준에서이긴 하지만 일제 식민 당국의 야만적인 의도를 정확하게 간파하고서 그에 대한 비판적인 문제의식을 정확하게 반영하고 있다.

작가의 분신으로 추정되는 소설가 현이 초점인물로 기능하는 이 작품에서 작가의 민족의식을 엿보게 하는 층위 또한 「고향」에서와 마찬가지로 두 가지이다. 먼저 일제의 식민 통치 방식의 억압성과 관련하여 현의 민족의식을 자극하는 대상은 일제의 야만적인 문화정책이다. 그와 관련하여 십여 년 만에 평양에 들른 현의 비판적 의식에 포착된 구체적인 세목들로는 민족혼의 정수라 할 수 있는 조선어 시간의 축소, 평양 고유의 문화적 정체성을 상징하는 여자들의 하얀 머릿수건과 빨간 댕기의 소멸 등을 들 수 있다. 이에 대한 현의 비판 강도는 '그런 아름다운 그 고장에 와서도 구경하지 못하는 것은, 평양은 또 한 가지 의미에서 폐허라는 서글픔을 주는 것이었다.'라는 감상적인 진술에서 알 수 있는 바와 같이 울분의 감정이나 직접적인 진술로 대응하던 「고향」이나 「장마」에서와는 달리 상당히 소극적이며 암시적이다.

그러나 한편으론 이 작품에서는 평양 시가에 새롭게 들어선 대규모의 경찰서 건물과 군사 보안을 이유로 을밀대 주변의 비행장에 대한 삼엄한 경계와 통제 등의 서술 정보를 통해서 당시 전시 동원체제의 수준이 일상의 차원에서까지 미시적으로 작동하고 있었음을 암시하고 있어 이태준의 현실적 촉수가 결코 무디지 않았음을 엿보게 한다. 더욱이 주역에 나오는 '서리를 밟거든 그 뒤에 얼음이 올 것을 각오하라'는 뜻의 '이상견빙지'를 반복적으로 되뇌이며 '밤 강물은 시체와 같이 차고 고요하다'라는 내적 독백을 통해 일제의 식민억압 정책이 갈수록 혹독해지면서 그 야만의 도를 더해갈 것이라는 것을 정확히 예언하고 있는 사실에 이르러서는 시대를 읽는 이태준의 날카로운 통찰력 또한 범상치 않았음을 알 수 있다.

이러한 사실들에 비추어 보더라도 이태준이 당대의 시대상황과 절연된 진공상태에서 문장이나 기교에만 공을 들인 미문가나 형식주의자만은 아니었음을 잘 알 수 있다. 그것은 무엇보다도 자신의 소설관을 압축하고 있는 듯한, "현세의 제현상에 촌가의 방심이 없는 가장 정력적인 집착의 기록, 문자로 흐르는 곤곤한 인간장강이 곧 산문, 곧 소설의 정체요 위용일 것이다. 오늘 작가들로서 가장 반성해야 될 것은 시력의 박약, 산문을 수예화시키려는 데서 일어나는 욕교반졸이 아닐까"11)라는 진술이 증언하고 있다.

한편 부귀와 명예만을 추구하는 속물적 지식인들에 대한 환멸과 울분의 감정을 충동적으로 분출하는 「고향」에서의 모티프는 이 작품에서도 반복적으로 변주되고 있다. 이 작품에서 그러한 속물적인 지식

---

11) 이태준, 「소설」, 『무서록』, 깊은샘, 1999, 145면.

인의 전형을 보여주는 인물로는 학교 동창으로 평양의 부회의원과 실업가인 김이 등장한다. 두 작품에서의 타락한 지식인들과 마찬가지로 김 또한 수단과 방법을 가리지 않고 재산증식과 신분 상승에만 관심을 가지는 속물이다. 모든 것을 환금 가능성의 세계로 치환해서 생각하는 물신숭배의 사유 회로를 지닌 김에게 평양 여인들의 머릿수건조차도 호사스런 사치이며 낭비일 뿐이다. 또한 김에게 당시 지식인 사회에서 일종의 유행처럼 확산되던 방향 전환은 분별력이 있는 처신이며, 현과 같이 정신적인 귀족주의를 고집하며 작가의 자존심을 내세우는 지식인들은 세상물정에 어두운 아둔패기일 뿐이다. 「고향」에서와 마찬가지로 이 작품 또한 두 사람 사이의 갈등과 대립을 김에 대한 현의 혐오와 울분을 충동적으로 분출하는 것으로 해소하고 있는데 그것은 문제의 해결과는 너무나도 거리가 멀다. 그러한 감정 분출은 오히려 현과 같은 문제적 개인의 윤리적 열정이나 사명감만으로 넘어서기에는 일제의 강고한 식민 지배 질서가 너무 강력하고 거대함을 무기력하게 승인해야만 하는 데서 오는 절규이기 때문이다.

2.2 민족의식의 내면적 잠복

1940년 이후에 발표된 지식인 소설에서는 중요한 변화가 나타난다. 이 글의 목적인 민족의식과 관련하여 주목할 만한 변화는 민족의식이 현저하게 약화되어 나타난다는 점이다. 보다 구체적으로는, 1940년 이전의 지식인 소설에서 서사의 양축을 형성하던 식민 지배권력의 폭력성과 타락한 지식인 사회에 대한 비판은 흔적의 형태로 내면화된 채 일상의 세목들이 서사의 중심에 전경화된다. 이러한 서사 양상의 변화는 태평양 전쟁을 전후하여 최악의 상태로 치달은 객관적인 정세의 악화와 밀접한 관련이 있는데, 이태준은 당시의 정세를 한 개인의 힘으로는 감당하기 불가능한 불가항력적인 흐름으로 접수하였던 것으로 추정된다. 이러한 추정은 당시 일제의 강요에 의해서이긴 하지만 자신이 주재하던 『문장』지에 발표했던 「지원병 훈련소의 일일」(1940,11)과 「대동아공영권 확립의 신춘을 맞이하여」(1941,1) 등과 같은 글을 보더라도 큰 무리는 아니라고 생각한다. 그러한 추인을 하는 과정에서의 소회나 일상이 이 시기를 전후하여 발표된 지식인 소설에 별다른 허구적 여과 과정 없이 반영된 것으로 보인다.

태평양 전쟁을 불과 열 달 정도 앞둔 1941년 2월, 자신이 주간으로 있던 『문장』에 발표한 「토끼 이야기」의 서사 대상으로 초점화되는 것은 크게 두 가지이다. 하나는 당시의 시대상황에 순응해가는 자신의 무기력함과 본격소설을 써야만 한다는 평소의 당위적인 다짐과는 달리 생계 수단으로서의 신문소설 창작에 매달리는 소시민적 왜소함에 대한 성찰적 자의식이다. 다른 하나는 호구지책의 수단으로 시작한 토끼 사육을 둘러싼 가정의 일상이다. 양적인 비중으로만 따지면 후자가 압도적이나 실질적인 서사의 핵심은 작가의 대리인으로 추정되는 현의 성찰적인 자의식과 관련된 의미이다.

현의 비장한 결심이 그렇지 않아도 굳어질 무렵인데 '동아'가 '조선'과 함께 고스란히 폐간이 되는 것이었다.
명랑하라, 건실하라, 시대는 확성기로 외친다. 현은 얼떨떨하여 정신을 수습할 수 없는데다, 며칠 저녁째 술이 취해 돌아왔던 것이다.
새 사조가 지나갈 때마다 많으나 적으나, 또 그전 것을 위해서나 새것을 위해서나 반드시 희생자는 났다. 그 사조가 거대한 것이면 거대한 그만치 넓은 발자취로 인류의 일부를 짓밟고 지나갔다.

　오는 날도 비지를, 소위 실적의 반도 못 가져온다. 건조사료도 선금과 배달비까지 후히 갖다 맡겼는데도 오지 않는다. 콩이 잘 들어오지 않아 두부 생산이 준 것, 그러니 두부 대신 비지 먹는 사람이 는 것, 그러니 비지는 두부보다도 더 귀해진 셈이다. 건조사료란 잡곡의 겨인데 무슨 곡식이나 칠분도 내지 오분도로 찧으니 겨가 나올 리 없다.

(「토끼 이야기」, 『돌다리』, 174-178면)

　현의 의식의 편린을 통한 단편적인 정보이기는 하나 이 문면은 무모한 전쟁을 목전에 두고서 갈수록 경화되어 가던 일제의 군국주의 체제의 광기로 인해 당시의 객관적인 정세가 어떠했는가를 잘 보여주고 있다. 당시의 시국이나 정세와 관련하여 이 문면이 제공하는 사회·경제사적 정보들은 조선과 동아의 강제 폐간을 통한 사상 통제, 온갖 선전 선동을 통한 침략전쟁의 합리화, 콩이 부족하여 두부 대신 비지를 먹는 사람이 늘어날 정도로 악화된 식량 사정 등이다. 그리고 이러한 서사 정보들은 1941년 태평양 전쟁을 전후로 식민지 조선의 모든 부문을 전시 동원체제로 전환하는 과정에서 일제가 강행했던 야만적인 민족 말살 및 식민 수탈 정책들에 그대로 부합된다.

　한편 이 작품이 발표되던 1941년의 식민지 조선 문단은 1939년에 결성된 조선문인협회를 중심으로 시국강연회, 전쟁문학의 밤, 결전문예좌담회, 해군 견학단 파견 등의 다양한 사업을 통해 황도문학 건설에 총력을 기울이던 상황에 놓여 있었다. 당시 이광수, 김동인, 백철, 최재서 등의 중진급 문인을 중심으로 한 많은 작가들이 시대의 대세라는 상황논리를 내세우면서 황도문학 건설의 도구로서의 글쓰기에 경쟁적으로 투신하는 것은 그리 낯설지 않은 풍경이었다. 이러한 시대상황을 고려할 때 이태준은 시대상황에 대한 긴장의 끈을 놓지 않으려는 안간힘을 통해 식민지 지식인으로서의 역사의식과 작가정신을 끝까지 고수하려 했던 양심적인 지식이었음을 이 작품은 증언하고 있다. 물론 친체제적 글쓰기만이 활자화의 은전을 누릴 수 있었던 야만의 광기가 지배하는 시대의 압력으로부터 이태준 또한 결코 자유롭지는 못했을 것이다. 실제로 이 작품에서 이태준의 대리인으로 추정되는 현이 당시의 시대상황에 대해 단편적으로 언급할 뿐 그에 대한 비판적인 개입이나 논평 없이 성찰적인 자의식을 반추하는 것이나, '야만의 광기가 지배하는 시대의 압력'과 '내면의 양심이 요구하는 역사의 논리' 사이에서, 그리고 '예술적인 완성도 높은 본격소설'과 '생계수단으로서의 신문소설' 사이에서 극도의 분열과 갈등을 경험하며 이기지도 못하는 술을 연일 황음으로 탕진하며 소일하는 것도 모두 그러한 맥락에서일 것이다.

한편 이 작품에서 토끼 사육은 시대의 압력과 내면의 양심, 본격소설과 신문소설 사이에서 불행한 의식을 반추하며 힘든 생활을 이어가던 현에게 '생활의 발견과 생계의 해결'이라는 합리화를 통한 현실도피의 명분을 제공한다.

> 토끼를 기르기에는 날마다 붙잡히는 일이기는 하나 날마다 신문소설을 써대는 것보다는 마음의 구속은 적을 것 같았고, 토끼를 기르면서는 넉넉히 책도 읽고 십 년에 한 편이 되더라도 저 쓰고 싶은 소설에 착수할 여력도 있을 것 같았다. 이런 것은 시대가 메가폰으로 소리쳐 요구하는 명랑하고, 건실한 생활일 수도 있는 점에 현은 더욱 든든한 마음으로 토끼 치기를 결심하였다.　　　　　(「토끼 이야기」, 『돌다리』, 175면)

문면에서 보는 바와 같이, 아내의 강권이 동기가 되어 선택한 토끼 사육의 의미는 크게 두 가지이다. 하나는 토끼 사육이 신문소설에 한눈을 팔지 않고 본격소설에만 정진할 정도로의 고소득을 보장한다는 점이다. 다른 하나는, 당시 식민 당국의 정부 시책에 협조하는 방편이 될 수도 있다는 점이다. 그러나 토끼 사육의 결과는 참담한 실패로 끝나게 되고, 결국 현에게 남은 선택지란 가족의 생계를 해결하기 위해 그 전보다 더 열심히 신문소설을 써대는 한편으로 정부 시책에도 적극 협조하는 길뿐이다. 따라서 토끼 사육을 선택하게 된 현의 진정한 의도는 앞으로 가정의 생계를 위해 어쩔 수 없이 내면의 양심보다는 시대의 압력을, 본격소설보다는 신문소설을 선택할 수밖에 없음을 밝히고자 함이다. 그러한 해석이 전혀 무리가 아님은 이 작품에 이어서 발표된 「사냥」이나 「무연」과 같은 작품들을 살펴보면 잘 알 수 있는데, 이 작품들에는 발표 당시의 시대상황에 대한 암시는 흔적조차도 없이 주인공 주변의 사소한 일상을 수필적 담론의 수준에서 평면적으로 형상화하고 있기 때문이다.

태평양 전쟁 이듬해인 1942년 2월과 6월에 발표된 「사냥」과 「무연」을 살펴보면, 태평양 전쟁 이후의 시대상황이 실제로도 그랬지만 얼마나 여유없이 급박하게 전개되고 있었는가를 간접적으로 유추할 수 있다. 사냥과 낚시를 소재로 한 그 두 작품들을 지배하는 서사의 중심은 오로지 사냥과 낚시에 관한 일상들 뿐이다. 불과 몇 달 전에 발표된 「토끼 이야기」에서 단편적인 형태로마나 가능했던 발표 당시 시대상황에 대한 사회·경제사적 정보를 이 두 작품들에서는 그 흔적조차도 찾아보기 힘들다. 그 정도의 표현 자유마저도 허용할 수 없을 정도로 전황은 시시각각 일제에 불리하게 전개되고 있었던 것이다.

「사냥」은 언론사 퇴직 후 시골서 대서업자로 어느 정도의 기반을 잡은 중학 동창의 주선으로 따라나선 사냥에서의 경험을 평면적으로 기록하고 있는 작품이다. 이제까지 살펴 본 작품들과의 상호 텍스트적 맥락을 전혀 고려하지 않고서 이 작품 자체만을 독립적으로 본다면 한 편의 단정한 사냥 기행문 정도로도 읽힐 수 있는 작품이다. 따라서 텍스트의 표면상으로만 보면 당시의 시대상황에 대한 서사의 긴장이나 밀도 같은 것이 전혀 느껴지지 않는 작품이다. 그러나 장영우의 심층적 독해처럼, 한의 사냥 동행의 동기를 일제에 의해 언론사로 추정되는 직장을 물러난 후 그에 따른 복잡하고 우울한 심정을 이성으로 조절할 수 없게 되자 마침내 자연 속에서 잊고 지냈던 야성적인 정열을 되찾고자 하는 마음에서 찾으면서 이 작품의 의미를 직장을 잃은 도회인의 우울한 내면풍경을 사냥이란 사건에 간접 투사시킴으로써 일제말 지식인의 고민과 갈등을 형상화한 것[12]으로 규정하는 것은 무리한 해석이라고는 보이지 않는다. 그리고 사실, '이제 막상 손을 더 댈려야 댈 수가 없게 되고 보니 그것들이 잡무만은 아니었든 듯와락 그리워지는 그 편집실이요 그 교실들이었다.'라는 서술 정보나 이 작품이 발표된 당시의 시국이나 정세를 고려할 때 한의 퇴직이 발악에 가까운 일제의 무차별적인 사상 통제와 검열에 의한 강제였음을, 또한 작품 말미의 '단돈 삼십원으로도 달아날 수 있는 그 양복조끼에게는 세상이 얼마나 넓으랴 싶었다.'라는 한의 고백적 진술을 통해서 창살없는 감옥과도 같은 일제 말기의 식민지적 질곡에서 주체의 자유의지를 완전히 거세당한 채 박제화된 삶을 강요당할 수밖에 없었던 당시의 시대상황 및 자신의 처지에 대한 징후를 발견해 낼 때 그러한

---

12) 장영우, 앞의 책, 175-177면 참조.

독해는 설득력을 지니기조차 한다. 그러나 앞서 분석한 작품들과의 상호 텍스트적 맥락에서 볼 때 이 작품은 객관적 정세의 악화 및 그러한 정세를 개인의 열정이나 저항의지로는 거역하기 힘든 시대의 흐름으로 간주하는 작가의식의 후퇴로 인해 이전의 다른 작품들에 비해 작가의 민족의식이 현저하게 약화되어 나타나고 있음은 부인하기 어려운 사실이다. 이 작품의 이러한 서사 양상은 네 달 뒤에 『춘추』에 발표된 「무연」에서도 반복적으로 변주되고 있다.

「무연」역시 「사냥」과 마찬가지로 태평양 전쟁 이후 일제에 불리하게 전개되던 전황과 함께 한치 앞을 내다볼 수 없을 정도로 급박하게 돌아가던 시국이나 정세에 대한 긴장을 조금도 찾아보기 힘든 작품이다. 이 작품의 서사를 지배하는 것은 어린 시절 한때를 보낸 외가에서 외조부나 외삼촌들을 따라다니며 즐겼던 용못에서의 낚시에 얽힌 추억들과 상전벽해를 떠올리게 할 정도로 너무나도 변해 버린 외가의 주변 풍경에 대한 회상이다. 그리고 그 회상을 지배하는 정조 또한 회고적인 정취와 상실감이다. 사실 이 단편은 1912년 어머니마저 여의고 외조모를 따라 철원 용담으로 귀향한 후 학업을 위해 상경하는 1918년까지 이태준이 머물렀던 어린 시절의 추억을 기록하고 있는 「용담 이야기」(1932년 9월, 『신동아』)라는 수필의 소설적 번안이라고 해도 좋을 정도로 체험의 직접성이 강한 작품이다. 불과 네 달 전에 발표된 「사냥」에 비교해서도 이 작품의 이러한 서사 양상은 주목할 만한 변화를 발견하게 한다. 그 이전의 다른 지식인 소설들에 비해 현저한 작가의식의 약화를 반영하면서도 「사냥」은 징후적인 맥락을 통해서나마 당시의 현실에 대한 지식인의 고민과 갈등을 담아내려 한 흔적이 엿보였다. 그런데 「무연」에서는 그러한 고민의 흔적조차 잘 보이지 않고 있다.

무엇보다도 이 작품 이전의 다른 모든 지식인 소설들이 지식인으로 등장하는 서술자나 초점인물이 경험하는 타락한 식민지 질서에 대한 울분이나 비판 또는 고민을 현재의 시점에서 서술하는 것과는 달리 당시의 암담한 시대상황을 외면한 상태에서 회고적인 정취로 일관하고 있는 이 작품만이 유일하게 과거의 회상 시점에서 서술하고 있는 서술 상황을 보더라도 그러한 서사 양상의 차이를 잘 알 수 있다. 그러한 점에서 이 단편을 "시대의 흐름에 체념한 듯한 담담한 심정"[13]을 형상화한 작품으로 규정한 지적은 적절해 보인다. 한편 이 작품은 기권도 하나의 정치적 선택 행위이듯이 파시즘 체제의 히스테리적 폭력이 일상적으로 자행되던 당시 시대상황에 대한 외면 역시 그 체제에 대한 묵시적 또는 소극적 승인일 수 있다는 사실을 작품 말미의 '상전벽해라 일러는 오나 모든 게 따로 대세의 운행이 있을 뿐, 처음부터 자갈을 날라 메꾸듯 할 수는 없을 것이다.'라는 나의 진술을 통해 확인하게 한다. 자신의 신체적 불구를 비관하여 선비소에 투신하여 자살한 자신의 작은 아들의 혼백을 불러내기 위해 노구를 이끌고 자갈로 연못을 메꾸고자 하는 할머니의 필사의 노력을 시대의 대세를 거역하는 무모한 행위로 단정하는 나의 모습에서, 야만의 광기가 무차별적으로 분출해내는 폭력의 부하를 더 이상 감당하지 못하고 시대의 대세라는 상황논리를 내세워 일제의 파시즘 체제를 접수하는 고뇌에 찬 이태준의 얼굴이 읽혀지는 것은 자연스러운 일이다.

---

13) 강진호, 「이태준연구 : 단편소설을 중심으로」, 고려대석사학위논문, 1987, 115면.

3. 나오는 말

이 글은 한 가지의 중요한 문제의식을 가지고 출발했다. 기존 문학사나 작가론의 일반적인 규정과는 달리 이태준은 누구 못지않은 분명한 민족주의적 지향을 지닌 작가라는 사실을 논증하고자 함이 바로 그 문제의식의 핵심이었다. 이 글의 분석 대상을 이태준의 대리인으로 추정되는 지식인이나 소설가들이 서술자나 초점인물로 기능하는 지식인 소설들로 한정하게 된 것도 바로 그러한 연구목적과 밀접한 관련이 있다. 구체적으로는 「고향」(1931), 「장마」(1936), 「패강랭」(1938), 「토끼 이야기」(1941), 「사냥」(1942), 「무연」(1942) 등의 작품들을 대상으로 한 논의를 요약 정리하면 다음과 같다.

이태준의 지식인 소설에 나타나는 민족의식은 두 차례에 걸쳐 단층에 가까울 정도의 변화를 보임을 알 수 있었다. 1937년의 중일전쟁과 1941년의 태평양전쟁이 그 두 차례의 변화 계기를 가져오는 동인임을 밝혔다. 중일전쟁을 전후하여 발표한 작품들에서 태평양전쟁을 전후하여 발표된 작품들로 올수록 민족주의적 지향이 점진적으로 약화되어 나타남을 알 수 있었다.

먼저 중일전쟁 이전인 1931년에 발표된 「고향」은 이태준의 민족주의적 지향이 가장 분명하게 드러나는 작품임을 알 수 있었다. 그 작품을 통해서 작가가 드러내고자 했던 민족의식의 핵심은 식민 지배권력의 억압 및 폭력성과 식민지 조선 지식인 사회의 타락상이었음을 밝히고자 하였다. 그리고 이 작품을 지배하는 정조는 타락한 식민지 질서에 대한 울분의 감정임을 알 수 있었다. 본격적인 전시 동원체제가 작동하면서 갈수록 객관적인 정세가 악화되어 가던 중일전쟁을 전후하여 발표된 「장마」와 「패강랭」에서는 「고향」에서의 기본적인 문제의식은 그대로 유지되면서도 타락한 식민지 질서에 대한 비판의 강도나 빈도에서는 「고향」에 비해 현저하게 약화되어 나타남을 알 수 있었다. 야만의 광기가 무차별적으로 자행되던 태평양 전쟁을 전후하여 발표된 「토끼 이야기」, 「사냥」, 「무연」 등의 작품들에서는 그 이전의 지식인 소설들과는 달리 민족의식이 내면적으로 잠복되는 양상을 보임을 알 수 있었다. 그러한 변화와 함께 이 시기의 작품들에 나타난 가장 중요한 서사 양상의 변화는 식민 지배 권력의 폭력성과 타락한 지식인 사회에 대한 비판은 흔적의 형태로 내면화된 채 일상의 세목들이 서사의 중심에 전경화되는 것이었다.

시대의 변화를 정확하게 반영하면서 변주되는 민족의식의 변화 추이를 토대로 이 글은 이태준의 작가적 정체성을 시대상황에 대한 긴장의 끈을 놓지 않으려는 안간힘을 통해 식민지 지식인으로서의 역사의식과 작가정신을 끝까지 고수하고자 했던 양심적인 지식인으로 규정하였다. '이상적 사회주의자를 꿈꾼 뛰어난 문장가'라는 표제 아래 월북 이후의 유명을 달리 하기까지의 비운의 행적을 소개하는 글을 보더라도 그러한 규정은 큰 무리라고는 생각이 되지 않는다. 반복되는 정치적 숙청과 복권을 거듭하다 결국은 1974년 강원도 장동 탄광 노동자 지구로 부인 이순옥과 함께 재추방되어 뇌혈전으로 죽은 부인의 병간호를 하다 '어딘가로 사라졌다'라는 공식적인 기록만 있을 뿐 정확한 사망 연도나 일시도 불분명할 정도로 비참하게 생을 마감한 이태준의 마지막[14]에서 야만의 광기가 무차별적으로 분출해내는 폭력

---

14) 이에 대해서는 조영복, 『오래 잊혀진 그들 월북 예술가』, 돌베개, 2002, 275-298.

의 부하를 안간힘을 다해 버티고자 하는 식민지 지식인의 모습이 겹쳐지기 때문이다.

'성격이나 기질이 한 사람의 제 2의 천성이다'. 이태준의 글쓰기 행위와 생애의 의미를 힘겹게 따라가면서 새삼스레 확인하게 되는 통찰인 것 같다.

3

최인훈의 단편소설

1. 들어가는 말

《광장》에서 촉발된 백철과 신동한의 논쟁 이후 반복되는 논쟁에도 불구하고 최인훈은 한국의 근·현대 소설사 지형을 작성하는 작업에서 항상 정전의 자리를 차지하고 있는 작가이다. 그것은 최인훈이 "월남작가들의 기본도식을 이루고 있는 뿌리뽑힌 인간이라는 주제를 보편적 인간조건으로 확대시킨 전후 최대의 작가"[1]라는 명료한 규정을 얻을 정도로 문제적인 작가이기 때문이다. 그러면, 무엇이 최인훈을 그와 같은 문제적인 작가로 만드는가? 그 중심에는 당연히 시대와의 고투와 대결의지를 가장 정직하게, 그리고 가장 정확하게 반영하고

---

1) 김윤식·김현, 『한국문학사』, 민음사, 1979, 250-251면.

있는, 다양한 장르를 넘나드는 수많은 작품들이 자리하고 있다.

등단작인 1959년 〈GREY 구락부 전말기〉」에서 1994년에 발표한 《화두》에 이르기까지 최인훈의 소설세계를 떠받치고 있는 축은 크게 두 가지이다. 하나는, 한국전쟁과 그로 인한 분단상황 및 1960년대 이후 본격적으로 진행된 한국사회의 자본주의 근대화 과정에 대한 성찰적 자의식이다. 분단상황과 한국사회의 자본주의 근대를 바라보는 최인훈의 시선은 망원경적 넓이와 현미경적 깊이를 동시에 확보하면서 인식대상과의 안이한 화해를 쉽게 허락하지 않는 입체적인 특성을 지닌다. 시선의 입체성과 중층성을 통해 최인훈은 미시적으로는 부조리하고 모순된 존재로서의 인간의 존재론적 본질에 대한 성찰과 탐색을 반추하는, 거시적으로는 분단상황과 근대화 과정이 지니는 의미를 세계사적 맥락에서 총체적으로 조망하는 문제의식을 보여주고 있다.

다른 하나는, 현실세계의 그림자인 언어와 서사양식을 매개로 하는 소설의 정체성에 대한 미학적 자의식이다. 최인훈은 등단 이후 소설의 장르적 외연과 내포를 최대한 심화·확장하고자 하는 왕성한 실험정신을 시도한 바 있으며, 그것이 최인훈의 평가와 관련된 논쟁의 핵심을 차지한다. "무한한 확장을 유일한 법칙으로 삼고 있는 정복자의 자유와 모든 가능성을 향해 열려 있는"2) 개방성을 지닌 소설은 그 이웃 장르들의 영토를 자신들의 식민지로 복속시키고자 하는 제국주의적 욕망을 그 장르적 속성으로 한다. 이와 같이 일체의 장르적 경계와 구속을 해체하면서 필요에 따라 다른 장르들을 자신의 영토 안에 적극적으로 포섭하는 형식적 유연성과 비결정성을 장르적 본질로 하는

---

2) 마르트 로베르/김치수·이윤옥, 『기원의 소설, 소설의 기원』, 문학과 지성사, 1999, 11-12면.

소설은 "하찮은 일상에 대한 수필적 기록에서부터 설명적 진술이 배제된 희곡적 대화와 지문, 그리고 서정시에 이르는 문학적 글쓰기는 물론이고, 철학이나 과학 분야의 개념적이고 추상적인 언어와 사고"[3]까지 모든 글쓰기 양식을 자신이 통치하는 제국의 신민으로 포섭한다. 환타지나 패러디 기법의 적극적 차용, 사건의 유기적 구성보다는 존재와 세계에 대한 철학적 단상이나 방대한 역사적 사실에 대한 해석적 전유 등이 서사를 추동하는 에세이적 경향 등 다양한 형식실험과 미학적 변주를 시도하는 과정에서 이야기 구조를 축으로 하는 전통적인 소설 문법의 해체를 통한 새로운 소설문법의 모색을 줄기차게 시도하고 있는 최인훈의 실험정신[4]은 근대소설의 그러한 장르적 특성이 지닌 가능성의 최대치에 근접한 담론 실천이라고 생각한다.

한국전쟁 이후 강화된 냉전 이데올로기 및 분단체제와 맞물리면서 진행된 한국사회의 근대화 과정에 대한 미학적 전유를 통해 "1960년

---

3) 서은주,「최인훈 소설 연구」, 2000.6, 연세대학교 대학원 박사학위 논문, 2면.

4) 최인훈은 이창동과의 대담에서 "아무튼 지난 한 세기가 내 생각에는 평범한 인간이 그것을 진지하게 대면한다면 죽음과 광기에 부딪치는, 그런 기막힌 세월이었다고 생각해요. 민족으로도 그렇고 개인적으로도 그렇지요. 그런 것을 작가라는 입장으로서 부딪칠려고 해보니까 나한테는 무슨 전통적인 소설이니 주류니 어떠느니 리얼리즘이 어떠느니 하는 종래의 그릇은 아무 쓸모가 없었어요. 뭐라 할까, 바다 한복판에서 지극히 원시적인 배 하나를 타면서 동시에 거기서 천문 계산도 하고 낚싯대를 가지고 수심도 재고 하는 식으로 삶을 생각하고 소설을 쓸 수밖에 없었다는 느낌이에요. 그런 것이 결과적으로 내 작품의 보잘것없는 형식을 만들어냈는데, 아까 얘기한 것처럼 나는 구체적으로 이렇다 하게 내밀 것은 하나도 없고 내 작업방식 자체를 내 문학의 메시지로 내놓고 싶은 거지요"(이창동, 「최인훈의 최근의 생각들」, 『작가세계』1990년 봄, 세계사, 52면.)라는 말로 자신의 형식실험의 성격과 의미를 설명하고 있다. 이 설명에서 알 수 있는 바와 같이 최인훈 소설의 형식실험은 종잡을 수 없을 정도로 변화무쌍한 격동의 한국 근·현대사를 적확하게 포착하기 위한 미학적 고투의 산물임을 알 수 있다.

대의 한국적 근대에 반응하는 지식인의 방법적 회의와 성찰의 태도를 가장 첨예"[5]하게 보여주고 있는 최인훈의 소설에 대해서는 그간 많은 연구 성과들이 축적되어 왔다. 다양한 방법론과 문제의식으로 무장한 기존의 연구 성과들은 한국의 현대소설사 지형에서 최인훈이 차지하는 의미나 의의를 해명하는 데 적지 않은 기여를 해 왔다. 하지만 그러한 기여에도 불구하고 기존의 연구 성과들은 한가지 중요한 문제를 드러내고 있다. 기존의 연구 성과들은 거의 대부분 최인훈의 단편들에 대해서는 비평적 관심을 외면해 왔다는 점이다. 특히 초기 단편들은 기존 논의의 변방에서 부당한 서자 취급을 받아오면서 변변한 주목을 받아보지 못한 것이 저간의 사정이다. 거의 없다라는 말이 사실에 가까운 표현일 것이다.

최인훈의 초기 단편들은 장편들에서 일관된 법칙성을 지니고서 드러나는 세계관의 원형을 징후적으로 보여주고 있다는 점에서 장편 못지않은 중요한 의미를 지닌다. 《광장》의 이명준, 《회색인》·《서유기》에서의 독고준, 그리고 《소설가 구보씨의 일일》의 구보 등 최인훈의 실존과 세계관의 대리 표상에 근접한 인물들은 모두 하나같이 제3의 시선을 통한 열린 변증법이나 다원주의자의 모습을 보여주고 있다. 그들은 마치 한 인물처럼 존재와 세계의 본질을 구성하는 대립자들 가운데 어느 한 쪽으로의 안이한 귀속을 거부한 채 차연의 시·공간적 차이에 유보시키는 끊임없는 진자운동을 반복하는 과정에서 최종적인 씨니피에로서의 텔로스를 추적하는 근대적 주체의 내면풍경을 치열하게 보여주고 있기 때문이다. 이러한 중요성에도 불구하고 최인훈의 초기 단편을 대상으로 한 글은 김영찬의 「최인훈의 초기 중

---

5) 김영찬, 『근대의 불안과 모더니즘』, 소명출판, 2006, 20면.

단편 소설의 현대성」과 오생근의 「믿음의 세계와 창의 문학」 정도에 불과하다. 더욱이 오생근의 글은 작품집 말미에 수록된 해설 성격의 글로 본격적인 연구 수준에 합당한 글은 따라서 김영찬의 글 한 편 정도라고 할 수 있다. 이 글의 문제의식이 발기하는 지점은 바로 이 부분에서이다. "『광장』이전의 최인훈의 초기 소설은 소홀히 다루어지거나 단편적으로만 언급되고 있는 실정이고, 그러니 그것을 최인훈 소설의 발전과정이나 문학사적 견지에서 정확하게 자리매겨야 한다는 요구는 당연히 있을 수도 없었다. 그러나 최인훈의 초기 소설은 단순히 이후 문학적 작업의 예비단계 정도로만 환원되지 않는 문제성을 지니고 있다. 무엇보다도 그 소설들은 주제의식과 방법론의 측면에서 이후 전개되는 최인훈 소설들의 중요한 핵심을 고스란히 선취하고 있기도 하다"[6]라는 지적 또한 이 글의 문제의식과 동궤의 선상에 놓여 있다. 초기 단편들에 대한 집중적인 분석을 통해 최인훈 장편의 구성적 의식이라고 생각되는 열린 변증법이나 다원주의자로서의 최인훈의 문제의식을 탐색하고자 하는 목적을 가지고서 이 글은 출발한다. 본격적인 논의 대상을 〈그레이 구락부 전말기〉, 〈라울전〉, 〈우상의 집〉, 〈구월의 다알리아〉 등 《광장》이전의 초기 단편들로 한정하게 된 이유 또한 그러한 문제의식과 밀접한 관련이 있다.

---

6) 김영찬, 「최인훈 초기 중단편 소설의 현대성」, 『상허학보』7집, 상허학회, 2001.8, 385-386면.

2. 존재와 세계의 존재론적 본질에 대한 입체적 성찰

이제까지 비평의 광장이나 연구의 법정에 가장 많은 소환을 당한 《광장》을 비롯하여 《회색인》, 《서유기》, 《화두》 등 최인훈의 대표 장편들은 한가지 분명한 공통점을 지니고 있다. 그것은 그 작품들의 이야기를 추동하는 서사 주체나 서술자들의, 존재와 세계를 바라보는 태도나 시선의 입체성과 중층성이다. 존재와 세계를 인식하고 해석하는 그들의 시선은 한결같이 단순하거나 단선적이지 않다. 따라서 선부르게 주체의 동일화 욕망을 작동하여 인식대상을 단선적으로 재단하는 법도, 단일한 기원으로 환원하는 법도 결코 없다. 그렇다고 무책임하게 불가지론의 방어기제나 방패막이를 내세워 회피하지도 않는다. 다만, 인식대상으로서의 존재나 세계의 복잡한 실상을 최대한 존중하면서 치밀하게 관찰하고 치열하게 성찰하고 엄정하게 해석할 뿐이다. 그와 같은 태도나 시선의 입체성과 중층성은 최인훈의 인식론적 안테나에 포착되는 모든 대상―존재나 세계의 본질, 한국의 근·현대의 역사에 대한 해석과 평가, 분단체제나 근대화 과정에 대한 성찰, 근대적 주체의 욕망 일반, 문학과 예술 일반의 존재론―에 예외없이 관철되고 있다. 최인훈의 거의 대부분 소설들의 서사 문법이 이야기를 구성하는 개별 사건들 사이의 유기적·인과론적 연결보다는 서사 주체들의 관념이나 자의식의 느슨한 연결에 더 많이 의존하는 반사실주의적 형식화와 관념지향성을 보이게 되는 것도 그와 같은 태도나 시선의 입체성·중층성과 밀접한 관련이 있다. 많은 연구자나 비평가들이 최인훈의 작품을 "물량적 근대화가 제공하는 묘한 활력과 정치적·이데올로기적 질곡과 자아의 위기가 강화되는 극단적인 부조화라는 매혹과 절망의 양가적 아이러니를 주된 동기이자 미학적 원리를 삼는 1960년대 한국 모더니즘"[7]의 맥락에서 해석하고 평가하는 것도 그러한 이유에서이다. 그리고 이 글에서 집중적으로 살펴보고자 하는 초기 단편들이 문제적인 이유는 최인훈 소설의 인식론적 정체성의 표지라고 할 수 있는 존재와 세계의 존재론적 본질에 대한 태도나 시선의 입체성과 중층성의 징후를 비교적 분명한 형태로 보여주고 있다는 점이다.

2.1 부조리하고 모순된 존재로서의 인간 존재

공식적으로 등단작에 해당하는 〈그레이 구락부 전말기〉(《자유문학》1959.10)는 이후의 장편들에서 보다 분명한 형태를 보이면서 반복적으로 변주되는 세계와 존재에 대한 최인훈의 세계관을 징후적으로 보여주고 있는 작품이다. 이 작품은 전후의 폐허와 허무를 극복하고 자유와 민주주의라는 근대적 가치에 대한 도저한 열망이 준동하던 4.19 직전의 시대상황을 배경으로 하고 있다. "대학 시절에 명동에 드나들면서 겪었던 일을 적당히 변형시킨"[8] 이 작품에서 서사의 전면에 전경화되는 사건들은 "현실에서 고립되어 내부로의 정신적 망명을 시도하는 전후 젊은이들의 치기어린 유희와 그 좌절"[9]이다. 전후의 황폐한 현실을 위악적인 방식으로 견디어나가고자 하는 과정에서 경험

---

7) 김민수, 『환멸의 세계, 매혹의 서사』, 거름, 2002, 77면 참조.
8) 최인훈, 「나에게 있어 『광장』 이전과 이후」, 『문학과 세계』1996년 가을, 문학과 지성사, 1361면.
9) 김영찬, 앞의 책, 281면.

하게 되는 젊은이들의 좌절과 도피에 대립하는 힘은 일상적인 감시와 통제의 시선을 통해 젊은이들의 자유의지와 비판적인 에너지를 거세하는 권력의지의 폭력성과 억압성이다. 그 앞에서 현을 비롯한 네 명의 구성원들은 무기력하게 타협·투항하고, 관념의 성채라는 한계에도 불구하고 그 당시 부조리하고 폭력적인 체제의 권력의지에 대한 젊은이들의 저항 에너지의 결집소라는 의미를 지니고 있던 그레이 구락부는 결국 해체되는 운명을 맞이한다. '젊은이들의 분출하는 자유의지 / 체제의 폭력적인 권력의지'라는 이항 대립 구조를 통해서 최인훈은 당대의 시대상황에서 바람직한 젊은 지식인상을 모색하고자 하는 문제의식을 반영하고자 했던 것으로 보인다. 하지만 이 글의 문제의식과 관련하여 이 작품에서 보다 더 중요한 의미를 지니는, 따라서 주목할 부분은 다음과 같은 대목이다.

> 키티, 인간이란 복잡한 짐승이야. 크롬웰의 민완 비서가 저 밀턴이었다는 일을 키티도 알지. 바이런이 희랍에서 죽은 것은, 하이네가 혁명의 동조자였던 것은 다 무엇일까? 시인은 힘을 찬미해. 시인의 깊은 마음 속에는 제왕의 꿈이 숨어 있는 거야. 플라톤이 정치학을 누누이 풀이한 건 무슨 생각에서일까? 사람이란 아주 복잡한 거야. 해방되고 연이어 일어난 저, 정계 거물 암살범들의 뒤가 이내 아리송한 채로 있는 건 다 아는 일인데, 어떤 측에선 공산당일 줄로 짐작도 했지만 그도 아니었단 말야. 바로 우리 결사의 손이었어. 우린 플라톤의 공화국을 이념으로 시인하면서, 테러를 마다하지 않아.[10]

---

10) 〈GREY 구락부 전말기〉, 《우상의 집》, 문학과 지성사, 1993, 42면. 앞으로 본문에서의 작품 인용은 인용 문면 다음에 해당 작품명과 면수를 밝히는 방식으로 통일하고자 함.

‘그레이 구락부’의 해체 과정에서 현과 키티 두 사람이 벌이는 논쟁 장면이다. 현의 주장에서 두드러지게 드러나는 부분은 존재와 세계의 부조리한 이중성, 즉 존재와 세계의 본질로서의 아이러니에 대한 가차 없는 통찰이다. 오늘날 문학이론이나 인문학에서는 전통적인 용법에서와는 달리 아이러니를 훨씬 더 거시적이고 포괄적인 맥락에서 접근하고 있다. 주로 수사나 표현 기교의 차원에서 정의되던 아이러니는 오늘날 담론의 차원에서 존재와 세계를 바라보는 시선이나 태도와 관련되어 사용되는 의미의 확장을 경험하게 된다. 담론 차원의 아이러니 맥락에서 보면 이 세상과 인간 존재 자체가 아이러니의 구조이다. 육체/영혼, 이성/감정, 이상/현실, 기대/실제, 당위/세계, 안/ 밖 사이에는 틈새와 분열이 발생하는 아이러니의 상황이 항상 존재할 수밖에 없기 때문이다, 이와 같이 “아이러니의 자아 반영적 시각은 과거의 단절과 불확실한 미래 사이에서 작가나 철학자들이 보여주는 이중적 시각, 이중적 담론의 시발점이 되기도 한다. 사고와 그 수단으로서의 언어 속에 깊이 내재해 있는 이중적 시각, 분열의 유혹과 그 두려움 사이에서 이루어지는 담론은 필연적으로 아이러니”[11]할 수밖에 없는 이유도 모두 그러한 맥락에서이다.

아이러니의 이중적 시선을 통해서 전달되는 존재와 세계에 대한 현의 성찰에서 주목되는 부분은 ‘복잡한 짐승’이라는 명제로 압축되는 인간 존재의 존재론적 본질에 대한 통찰이다. 현에 의하면 인간이란 다른 동물 일반과 마찬가지로 동물로서의 유적 특성을 공유하고 있는 동물이되 추상적인 사고능력과 정교한 체계의 언어라는 소통수단을

---

11) 에른스트 벨러/이강훈 · 신주철, 『아이러니와 모더니티 담론』, 동문선, 2005, 169-170면.

지니고 있는 고등동물이라는 것이다. 또한 인간이란, 이성과 감정, 정신과 육체, 천사와 악마, 아니마와 아니무스, 냉정과 열정 등 한 인간 속에 도저히 화해 불가능한 이질적인 영역들이 사이좋게 공존하는 부조리하고 모순된 존재라는 것이다. 이와 같이 인간의 존재론적 본질을 부조리하고 모순된 존재로 파악하고 있는 현이 말하고자 하는 바의 핵심은, 인간이란 항상 이성적인 존재만은 아니라는 사실, 무의식 아래 억압된 욕망과 의식 바깥으로 드러난 표현, 규범과 도덕의 형태로 포장되어 나타나는 그럴듯한 명분과 그럴듯한 명분 뒤에 잠복되어 있는 맨얼굴의 실리 사이에는 항상 분열과 간극이 존재할 수밖에 없다라는 사실이다. 따라서 자유분방하며 정열에 찬 유려한 시를 발표하여 열광적인 인기를 얻은 바이런이 귀족사회의 반역아로서 부도덕한 방탕 생활 때문에 영국 사교계에서 추방된 후 여러 나라를 방랑하다 그리이스 독립전쟁에 의용군으로 참전하여 파란 많은 생애를 마치거나, 정치의 논리가 모든 부분의 결정변수로 군림하던 해방공간에서 공산당의 소행으로 발표된 정치 지도자들에 대한 암살 사건들 가운데 일부가 실은 국가폭력에 의해 자행된 백색 테러였을 수도 있다는 사실 등은 모두 부조리하고 모순된 인간 존재의 특성에서 비롯된 것이라는 점이다.

현의 모습을 통해서 징후적으로 읽어낼 수 있는 최인훈의 모습은 모든 존재에는 빛과 어둠, 해방과 억압, 우연과 필연, 삶과 죽음, 운동과 정지, 이성과 감성, 몸과 마음, 신체와 관념 등과 같이 길항과 갈등의 관계를 형성하고 있는 상호 대립물들이 한 실체에 공존하고 있다는, 한마디로 '모순의 운동성'을 모든 존재의 본질적 조건으로 규정하는 변증법의 논리를 자신의 인식론적 표지로 삼아 존재의 어느 한 극단에 대한 안이한 편향을 단호히 거부하는 건강한 다원주의자로서의 모습이다. 〈그레이 구락부전말기〉를 비롯한 초기 단편들에서 징후적으로 드러나던 다원주의자로[12]서의 최인훈의 인식론적 정체성은 이후 발표되는 장편들에서 내용적으로는 보다 더 심화·확장된 형태로, 그리고 형식적으로는 훨씬 더 명료한 형태를 지니면서 드러난다. 이러한 다원주의자로서의 인식론적 틀을 통해 최인훈은 기계론적 인과론이나 단선적 환원주의에 기초한 객관적 진리야말로 형이상학적 현전에 대한 믿음을 전제로 하는 자기 동일성의 원리에 기초하고 있음을, 따라서 그것은 타자의 배제와 억압을 피할 수 없음을, 한마디로 기계론적 인과론이나 단선적 환원주의에 기초한 객관적 진리란 '권력의지의 간계'에 다름 아님을 통찰하였을 것으로 판단된다.

2.2 존재를 압도하는 힘으로서의 세계의 초월적 폭력

〈라울전〉(≪자유문학≫1959.12)은 〈구락부 전말기〉와 더불어 "이후 창작활동의 전시기에 걸쳐 지속된 작가의 욕망구조와 세계인식의 원형질을 보여주고 있다는 점에서 중요한 의미"[13]를 지닌 작품이다.

---

12) 존재와 세계에 대한 의심의 제도화와 균형감각을 자신의 인식론적 표지로 하는 회의주의자와 다원주의자로서의 최인훈의 사유체계는 어떤 점에서 '아무것도 진리가 아니다, 따라서 모든 것이 허용된다'라는 허무주의와 반토대주의의 명제를 통해서 근대적인 계몽이성의 폭력성과 허구성에 대한 통렬한 전복과 반역을 감행하여 오늘날 다양한 포스트 담론체계의 저수지 역할을 하고 있는 니체의 사유체계 및 다원성과 우연성을 삶의 전제조건으로 설정하면서 니체를 통한 니체의 극복을 자신의 철학적 과제로 삼고 있는 리차드 로티의 우연성 철학과도 담론적 친연성을 보이고 있다. 니체와 로티의 담론체계에 대해서는 이진우, 『이성은 죽었는가』, 문예출판사, 1998, 4장과 8장 참조.
13) 김영찬, 앞의 책, 281면.

실제로 최인훈은 김현과의 대담에서 "특히 「라울전」에서 사울하고 대립되는 인물로 나오는 라울을 들여다보면 개인의 의지와는 관계없는 역사의 움직임이라고 할까, 그런 것에 절망하는 지식인의 모습이 그려져 있어요. 그 지식인을 선생님 자신이라고 보아도 될까요"라는 질문에, "네 그렇게 보아도 된다고 생각합니다."[14]라고, 별다른 유보없이 인정하고 있어 그러한 해석의 설득력을 높여주고 있다.

서사의 외형상 〈라울전〉은 "나사렛 예수가 활동했던 시대를 배경으로 인간 이성과 신의 섭리의 어긋남이라는 기독교적인 주제"[15]를 다루고 있는 작품으로 보인다. 표면상의 이러한 의미구조는 랍비 라울과 그의 죽마고우이자 필생의 숙적인 랍비 바울과의 경쟁과 대결이라는 구도를 통해 나타난다. 실제로 서사의 거의 대부분은 자신의 독실한 신심과 발분의 노력에도 불구하고 번번이 바울에게 패배하고 좌절하는 라울의 원망과 절망이 차지하고 있다.

> 신은, 왜 골라서, 사울 같은 불성실한 그리고 전혀 엉뚱한 자에게 나타났느냐? 이 물음을 뒤집어놓으면, 신은 왜 나에게, 주를 스스로의 힘으로 적어도 절반은 인식했던! 나에게, 나타나지를 아니하였는가? 하는 문제였다.…
>
> 애를 쓰지도 않은 사울에게 그처럼 큰 은혜를 내린 것은, 무엇 때문인가? 성전(聖典)의 예언자들은 모두 신의 사랑을 받을 만한 값있는 바른 사람들이 아니었던가?　　　　　　　　　　　　(〈라울전〉, 70면)

거듭되는 좌절로 인한 패배의식과 콤플렉스를 지닌 라울에게 독실

---

14) 김현/최인훈, 「변동하는 시대의 예술가의 탐구」, 최인훈, 『길에 관한 명상』, 솔과 학, 2005, 67면.
15) 김영찬, 앞의 책, 282면.

한 신심을 견지해나갈 수 있도록 만드는 최후의 방어기제는 그래도 여호아의 마지막 은총만은 자신의 몫이 될 것이라는 보상적 기대이다. 신의 구원에 대한 간구와 신의 섭리를 깨치고자 하는 이성적 노력을 포기하지 않고 보상적인 기대가 실현되기를 고대하던 라울에게 그 마지막 은총마저 바울의 몫으로 돌아가자 라울의 원망과 절망은 극한에 달한다. 자신의 이해지평을 초월하는 신의 섭리, 전혀 예기치 않았던 뜻밖의 우연이나 초월적인 힘의 개입에 의해 자신의 존재를 압도하는 신의 섭리, 그리고 엉뚱한 방향에서 자신의 운명을 일방적으로 결정해버리는 신의 섭리는 라울에게 부조리한 폭력으로 인식될 뿐이다. 존재증명의 최후 거점을 상실해버린 라울에게 남겨진 유일한 선택지란 오직 죽음일 뿐이다.

한편, 라울이 경험하는 원망과 절망은 4.19 직전 당시 한국의 사회·정치 상황에 대한 최인훈의 원망과 절망으로, 따라서 이 작품은 미국으로부터의 원조와 학습에 의해 본격적인 자본주의 근대로의 질적인 전환을 모색해나가던 당시 한국의 사회현실에 대한 비판과 성찰의 알레고리로 해석할 수 있다. 주지하다시피, 4.19 직전 한국의 현실은 전후의 폐허와 허무가 지속되는 가운데 극도의 혼돈과 무질서, 온갖 부조리한 폭력과 부정들이 난무하던 아노미적 상황이었다. 윤리나 규범보다는 약육강식의 정글의 법칙과 도덕과 정치의 분리를 핵심 원리로 하는 마키아벨리즘이 사회의 모든 부문을 지배하던 당시의 사회·정치 현실에서 절차와 과정의 합리성과 수단과 방법의 정당성을 존중하는 민주주의를 포함한 다양한 근대적 문화·제도는 오직 형식적인 법조문 속에서만 그 생명력을 유지하는 박제화된 장식에 불과할 뿐이었다. 그리고 절대적인 궁핍 상황을 극복하는 일을 국가적인 과제로 내세웠던 당시의 한국 현실에서는 아직은 아닌, 따라서 강 건너 미국이나 서구의 전유물에 불과할 따름이었다. 이성에 의한 이성 비판의 가능성까지도 열어놓는 근대성의 근간이자 핵심 기제인 합리적 이성의 벡터와는 정반대되는 방향으로 진행되는 당시의 한국 현실에서 절차나 과정의 정당성을 문제삼는 일은 따라서 낭비나 사치로 인식되기 십상이었을 것이다.

이 작품을 발표하던 당시 최인훈은 스물세 살, 약관의 나이에 불과했다. 세상에 대한 경험이 부족한 이 시기에는 주로 관념적 지식에 의한 추상적 틀에 의존하여 가치 판단과 해석을 하는 경향이 농후할 수밖에 없게 된다. 그리고 20대 초반의 나이는 현실세계를 바꿀 만한 아무런 힘이나 수단을 갖추고 있지 못한 시기이기도 하다. 그와 같은 존재론적 조건 속에 구속되어 있었던 최인훈이 거대한 실체로서의 당시 한국 사회를 감당할 수 유일한 방법이나 대안이란 오직 골방의 밀실에 유폐되어 절망과 좌절만을 반추하는 길 이외의 다른 방법은 없었을 것이다. 따라서 20대 초반의 최인훈이 당시 한국의 사회 · 정치 현실에서 라울 이상의 절망과 좌절을 경험했으리라는 추정은 지극히 당연할 수도 있다. 당시 한국의 사회 · 정치 현실을 압축적으로 표상하는 메타포로 동원하고 있는 '거대한 피난민촌'이라는 명제는 당시의 한국 사회 현실에서 최인훈이 경험했던 좌절과 절망의 강도가 어느 정도인가를 극명하게 보여주는 바로미터라고 할 수 있다. 이와 같은 해석의 맥락에서 볼 때 "이렇듯 「라울전」은 언뜻 보기에 신의 섭리는 인간 이성의 기준을 초월한다는 종교적인 주제를 다루고 있는 듯하지만, 작가는 그 종교적 주제의 이면에서 스스로 믿었던 이성의 힘이 운명의 벽 앞에서 무너지는 것을 경험하는 한 지식인의 회의와 좌절의 역사를 탐구한다. 결국 「라울전」에서 최인훈은 합리적 이성을 통해 세계를 전유하고 자아를 실현하려는 지식인적인 욕망과 그것을 불가능하게 하는 비합리적인 세계의 논리를 대립시키면서, 세계의 논리에 패배하고 좌초하는 지식인의 존재조건에 대한 성찰을 전개하고 있는 셈이다. 그리고 그 성찰에는 자아와 세계의 조화로운 합일에 대한 욕망을 좌절시키면서 인간의 이성이나 의지와는 무관하게 전개되는 세계의 논리에 대한 패배의식과 무력감이 배음(背音)으로 깔려 있다. 그 점에서 이 작품은 전쟁과 전후의 현실을 겪으면서 압도적인 현실의 파괴성 앞에서 자기 삶의 준거로 작용하던 이성의 무력함을 경험한 전후사회 지식인의 존재조건에 대한 알레고리로 읽을 수 있다."16)라는 지적은 충분한 설득력을 지니고 있다.

지금까지의 분석을 통해서 알 수 있는 바와 같이, 최인훈은 20대 초반의 젊은 나이에도 불구하고 이미 성숙한 어른의 관점인 다원주의와 아이러니의 이중적 시선을 통해서 존재와 세계의 비의를 통찰하고 있다. 아이러니의 시선을 통해서 세상을 본다는 것은 외관과 실제, 표면과 심층 사이에는 항상 괴리와 분열이 존재한다는 사실을 민감하게 의식하고서 존재와 사물의 겉에 드러난 외관보다는 그 외관 뒤에 잠복되어 있는 이면의 실제를 더 중시하는 인식 태도를 의미한다. 그리고 다원주의 시각으로 세상을 해석한다는 것은 주체의 동일화 의지에 의한 단일한 중심이란 항상 그 중심에서 배제된 수많은 타자들의 억압과 소외에 기초해 있음을 민감하게 의식하고서 타자들의 중심들 또한 적극적으로 인정하는 해석 태도를 의미한다. 다원주의와 아이러니의 시선을 성숙한 어른의 관점으로 보는 것은 바로 그러한 의미에서

---

16) 앞의 책, 284면.

이다. 그러면, 20대 초반의 젊은 나이에 최인훈이 이미 성숙한 어른의 관점인 다원주의자와 아이러니의 이중적 시선을 확보하게 된 배경은 어디에 있는 것일까? 무엇보다 실향민이라는 그의 존재론적 조건에서 찾아야 할 것 같다.

익히 알려져 있는 바와 같이, 최인훈은 한국전쟁과 그로 인한 분단 상황이 강제한 실향민이다. 1950년 한국전쟁과 그로 인한 피난. 그리고 그 이후 계속되는 유랑체험을 거듭하는 과정에서 그는 많은 가치박탈을 경험한 것으로 전해지고 있다. 그의 많은 작품들은 어떤 점에서 월남 이후 소설가로서의 자신의 존재론적 뿌리를 내리는 과정에서 보고 들은 경험들에 자극받거나 촉발된 성찰들을 질료로 하고 있다. 많은 연구자들이나 비평가들의 그의 창작활동의 근본적인 동인으로 피난민 의식으로 규정하는 것도 그러한 맥락에서이다. 최인훈이 다원주의와 아이러니의 시선을 존재와 세계를 바라보는 인식론적 정체성의 표지로 삼게 되는 배경 또한 자기 동질성의 토대이자 근원적인 삶의 공간이 되기도 하는 고향에서 강제로 분리된 이후 남한에서 불안정하고 유동적인 삶을 살아가는 과정에서 경험한 다양한 가치박탈 체험들이 상당한 영향을 주었으리라 추정해 볼 수 있다. 최인훈의 그러한 인생유전에 대해 김욱동은 "'한 몸으로 인생을 두 번 거친 듯하고, 한 사람으로서 두 몸이 있는 듯하다'는 명제로 자신의 인생역정을 규정하고 있는 후쿠자와 유키치(福澤諭吉)의 삶에 견주고 있다."[17] 실제로 최인훈은 자신의 "문학 원천에 대한 길잡이 역할을 하고 있는"[18]

---

17) 김욱동, 『『광장』을 읽는 일곱 가지 방법』, 문학과 지성사, 1996, 31면 참조.
18) 공종구, 「구성적 의식으로서의 방법적 회의와 균형감각 : 최인훈의 『소설가 구보씨의 일일론』」, 『한국 근·현대 작가·작품론』, 새미, 2001, 74면.

《소설가 구보씨의 일일》을 비롯한 여러 작품들이나 수필, 또는 대담 등과 같은 1차 자료들을 통해 한국전쟁 이후 계속되었던 유랑체험과 그것들이 자신의 정체성 형성에 미친 영향 등에 대해 암시적인 형태로 드러내고 있다.

> 전쟁이 났을 때 그는 고등학교 일학년이었다. 전쟁이란, 거의 모든 사람에게 그런 것이지만 더구나 고등학교 일학년짜리에게는 그것은 어떤 어질머리였다. 피난. 월남. 이십 년의 세월. 그 이십년은 구보에게 있어서 그 어질머리의 실마리를 풀어가는 일이었다. 어질머리. 삶은 어질머리를 가만히 앉아서 풀어가는 가내수공업 센터 같은 것이 아닌 것도 사실이긴 하였다. 풀어간다는 것도 살면서 풀어가는 것이고, 산다는 일은 어질머리를 보태는 일이었다.…
> 아름다움을 남보다 더 누린 사람은 반드시 그 갚음을 해야 한다. 월남 후 그는 그 갚음을 하기에 이십 년을 허비했다.[19]

> 그 까닭은 앞서도 얘기한 것처럼, 나는 우리 시대는 이미 삶의 뜻이 동상이나 고체형으로 밖에 있지도 않고, 그렇다고 경문이나 '미사'처럼 안에 있는 것도 아니고, 그렇다, 마치 주식 시장의 장세표처럼 시간의 띠 위에 각각으로 표시되는 주가처럼 벌써부터 '움직이는 질서'의 형태로만 존재한다는 그런 세계 인식 때문인 줄로 안다.[20]

인용문면에서 유추해낼 수 있는 바와 같이, 최인훈이 그 어떤 고정된 근원이나 단일한 중심 또는 표면의 현상들에 함몰되지 않고 개방적인 사유체계의 깊이와 트임이 요구되는 다원주의자와 아이러니스트로서의 시선을 소유하게 된 데는 월남 이후 뿌리뽑힌 삶이 강제하는

---

19) 최인훈, 『소설가 구보씨의 일일』, 문학과 지성사, 1991, 19-20면.
20) 최인훈, 「원시인이 되기 위한 문명한 의식」, 『꿈의 거울』, 우신사, 1990, 246-247면.

불안한 상황에서 가장 확실한 존재론적 거점을 모색해야만 했던 자신의 존재론적 조건이 결정변수로 작용하고 있음을 알 수 있다. 실제로도 최인훈은 "선생님께서 해방 이후에 6.25사변과 함께 월남하신 뒤의 그 뿌리뽑힌 공간이 아니고 고향이라는, 자기가 그려보고 기억해낼 수 있는 단단한 삶의 바탕이 있었던 것이지요. 그런데 그 이후의 선생님의 삶은 아까 LST 이야기도 하셨습니다만 현실의 바탕이 없어지다 보니까 현실이 아닌 다른 무엇, 이를테면 관념이나 지식이라든가 그런 것에 바탕을 두려고 그러셨지 않을까 하는 생각이 드는데요."라는 이창동의 물음에 "그렇게 보아도 될 겁니다.…땅 위에 정착하기 어려웠던 개인적이고 현실적인 경험이 지배하고 있다."[21]라고 대답하고 있는 것으로 보아서도 그러한 해석은 크게 무리가 아닐 듯싶다.

3. 한국전쟁과 분단체제에 대한 비판적 성찰

"2000년에 이루어진 한 조사에서 과거 2천 년 동안 일어난 한국사 10대 사건 가운데 으뜸"[22]을 차지할 정도로 한국전쟁은 종전이 선언된 지 반세기가 지났음에도 불구하고 한국인들의 의식구조와 심성 형성에 주요한 동인으로 작용하고 있다. 14살의 어린 나이에 가족과 함께 월남한 최인훈의 기억 속에 한국전쟁은 실향 체험과는 상관없이 무작위 표본을 대상으로 실시된 설문조사의 결과로는 짐작조차 할 수 없을 정도로 충격적이고도 복잡한 실체로 각인되어 있을 것이다. 실

---

21) 이창동, 「최인훈의 최근의 생각들」, 『작가세계』, 1990년 봄, 50-62면 참조.
22) 강준만, 『한국 현대사 산책 1950년대 편』 1권, 인물과 사상사, 2004, 10면.

제로 최인훈은 LST를 타고서 월남하던 당시 상황을 "뿌리를 뽑았다는 표현으론 부족하고, 한 도시 자체의 껍질을 면도칼로 싹 잘라가지고 달랑 들어서 옮긴 것 같다고나 할까…인간에게 정서적으로 제일 강력한 호소력을 가지고 있는 접근법에 대해서 대단히 해체적인 상태가 되어버리는 심리적인 외상을 입게 되는 것이죠."[23]라고 기억하고 있는데, 그 기억에서 알 수 있는 바와 같이, 최인훈에게 한국전쟁은 그 이전과 그 이후를 기점으로 실존의 지층 자체를 달라지게 할 정도의 결정적인 체험으로 자리하고 있다. 최인훈의 수사를 존중한다면 한국전쟁은 그에게 "6.25라는 날짜는 찢어 버린 달력장이 아니라 오늘의 장이고 또 내일의 장이며, 전쟁 뒤에 온 사회적 변화까지를 생각한다면 너무나 가혹한 지옥이라고 불러도 과하지 않을"[24] 정도로 충격적인 체험이었던 것이다. 최인훈 소설의 원형적 질료로 간주되는 피난민 의식 또한 이와 같은 한국전쟁이 강제한 충격적인 체험을 원천 서사로 하고 있음은 주지의 사실이다.

《광장》을 비롯한 장편에서 드러나는 세계관의 원형을 징후적으로 보여주고 있는 초기단편들 또한 한국전쟁과 분단상황에 대한 최인훈의 문제의식을 반영하고 있다. 〈그레이 구락부전말기〉에서는 감시와 처벌의 시선을 핵심기제로 하는 다양한 이데올로기적 국가 장치나 국가폭력에 의해 "현실로부터 자발적으로 고립된 채 세계를 정관하면서 사유"[25]하는 창 타입 인물들의 결사체인 그레이 구락부가 강제로 해체당하는 알레고리적 설정을 통해서, 그리고 〈라울전〉에서는 개인의

---

23) 이창동, 앞의 글, 50면.
24) 최인훈, 「전쟁소설」, 『문학과 이데올로기』, 문학과 지성사, 1988, 99면.
25) 김영찬, 앞의 책, 289면.

자유의지나 합리적 이성을 압도하는 초월적인 힘에 의해 지배되는 세계의 부조리와 폭력에 의해 일방적으로 좌절하고 패배하는 라울의 비극적 운명이라는 알레고리적 설정을 통해서 반영되고 있다. 이들 작품들이 알레고리적 설정과 같은 암시적이고 모호한 방식을 동원하고 있는 데 비해 〈우상의 집〉은 한국전쟁과 분단상황에 대한 최인훈의 문제의식을 보다 분명한 형태로 보여주고 있다는 점에서 주목을 요한다.

 "언제부터 어떻게였는지는 모르겠지만, 당시 명동 여기저기 있던 음악실, 다방 같은 데 드나들게 되었고, 청동다방에서 오상순 선생을 자주 뵈었다. 이 때의 경험을 소재로 쓴 것이 「우상의 집」이다."[26]라는 회상이 전해주는 바에 의하면, 이 작품은 50년대 당시 문인들의 친교와 실무 공간으로 기능하면서 실질적인 문단 역할을 하던 다방이나 음악실을 출입하면서 보고 들은 경험을 바탕으로 하고 있다. 그러나 이 작품에서 중요한 비중을 차지하고 있는 액자 이야기의 서사 주체로 기능하는 '나'의 이력이 최인훈의 자전적인 정보와 일부 일치하고 있는 점, 액자 이야기 내에 한국전쟁과 관련된 장편들에서 강박 반복에 가까울 정도로 자주 동원되고 있는 '방공호와 여인 모티프'가 변형되어 나타나는 점 등의 서사 정보에 비추어 볼 때 이 작품의 실질적인 원천 서사는 14살의 고등학교 1학년 나이에 원산에서 경험한 한국전쟁을 배경으로 하고 있다. 그 사실을 전제할 경우 이 작품에 등장하는 액자 이야기의 서술자 나와 액자 바깥 이야기의 서술자 나는 실제로 동일 인물로, 액자 이야기 안의 서술자 '나'는 당시 원산에서 경험한 한국전쟁 당시의 최인훈의 모습을, 액자 이야기 바깥의 '나'는 환도 직후 명동에서 실질적인 문단 역할을 하던 다방을 드나들며 문인들과

---

26) 최인훈, 「원시인이 되기 위한 문명한 의식」, 『꿈의 거울』, 우신사, 1990, 240면.

교제를 나누던 최인훈의 모습을 투영하고 있다고 할 수 있다. 따라서 이 작품의 서술 상황은 한국전쟁의 폭력성과 관련된 액자 이야기의 서술자 나의 고백을 액자 이야기 바깥의 서술자 나가 객관적으로 성찰하는 있는 구조로 되어 있는 셈이다. 그러한 서술구조를 통해서 최인훈은 한국전쟁에 대한 자신의 문제의식을 반영하고 있다.

한국전쟁에 대한 최인훈의 문제의식과 관련하여 중요한 의미를 지니게 되는 것은 액자 이야기의 서술자 나의 실존을 지배하는 '살아남은 자의 죄의식'이다. 한국전쟁 당시 미군의 공습에 의해 명재경각의 상황에 처한 이웃집 여인을 죽음에 이르도록 방치하였다는 나의 살아남은 자의 죄의식은 나와 같이 피치 못할 사정으로 인해 주변 사람들을 돌보지 못하고 살아남은 죄의식으로 시달리는 많은 사람들의 대리 표상으로 해석 가능하기 때문이다. 물론 살아남은 자로서의 나의 죄의식이 의사의 진단처럼 '과대망상, 오이디푸스 콤플렉스, 히로이즘 등 복잡한 뿌리가 엉켜 있는 일종의 노출증'일 수도 있다. 하지만 한국전쟁에 대한 최인훈의 문제의식과 관련하여 중요한 것은 나의 죄의식의 정신질환 여부가 아니다. 문제는 한국전쟁이 감수성이 예민한 건강한 젊은 청년을 극도의 죄의식으로 인해 정신질환에 시달리게 할 정도로 폭력적이었다는 점이다. 액자 이야기 안의 서술자 나의 죄의식을 성찰하는 액자 이야기 바깥의 서술자 나의 태도는 안타까움이다. 액자 이야기 바깥의 서술자 나의 안타까움은 "그 규모에서 나치의 유대인 학살에 못 미친다 해도, 그 잔인성에 있어서는 20세기 전쟁에서 발생한 어떤 학살도 능가하여 민중의 체험과 기억 속에 전투로서의 전쟁 뒤에 가려져 있는 또 다른 전쟁"27)으로 각인되어 있는 한국전쟁

---

27) 김동춘, 『전쟁과 사회』, 돌베개, 2006, 377면.

에 대한 최인훈의 문제의식을 보다 직접적인 형태로 드러내고 있다는
점에서 중요한 의미를 지닌다.

> 트렁크를 들고 밖에 나온 나는 무작정 뛰었다. 사람들이 보았다면 정
> 신병자가 병원에서 달아나는 것으로 보았을 게다. 줄곧 달려가는 나의
> 머릿속에는 가끔 바람까지 일어 모래가 펄펄 날리는 멍멍한 사막이 끝없
> 이 펼쳐져가고 있었다.   (《우상의 집》, 91면)

프로이디즘의 지식에 의존하여 일방적으로 자신을 정신질환자로
규정하는 정신과 의사에 맞서 액자 이야기 안의 서술자 나가 내세우
는 대항논리는 헤겔의 논리학이다. 헤겔의 논리학을 자신의 논리적
거점으로 삼기 위해 나가 구사하는 담론 전략은 '프로이디즘 : 표면의
사실 / 헤겔의 논리학 : 이면의 진실'이라는 이항 대립 구도이다. 이러
한 대립 구도에 의하면, 나의 행위와 말을 신경증 환자의 증상으로 판
단하는 정신과 의사의 규정은 표면에 드러난 사실들만을 임상자료로
삼은 얼치기 진단에 불과할 뿐이다. 따라서 그러한 얼치기 진단으로
서는 한국전쟁으로 인한 사회 구성원들의 외상과 관련된 이면의 진실
은 접근할 방도가 없고 오직 헤겔의 논리학만이 그 이면의 진실에 접
근할 수 있으며, 나의 일탈적인 행위와 거짓말 또한 그 헤겔 논리학의
정수에 해당한다는 것이 나의 주장이다.
　자신의 거짓말은 '전쟁이 우리들에게 무엇을 했는가를 가르쳐준 창
조적 거짓말'이라는 논리로 자신의 정당성을 주장할 수 있는 것도, 정
신과 의사를 '쥐꼬리만한 프로이트 부스러기'에 의존하는 '간사한 사기
꾼'으로 몰아세우며 자신의 퇴원을 요구할 수 있는 것도, 자신은 어느

누구보다 명석한 판단능력과 현명한 지혜를 지닌 아주 지극히 정상적인 인간임을 주장할 수 있는 것도 모두 자신의 주장이 이면의 진실에 접근 가능한 헤겔의 논리학에 정초하고 있다는 자신감과 자부심 때문이다. 그러한 자신감과 자부심에 바탕을 두고서 자신의 정상성과 정당성을 변호하며 간절한 도움을 요청하는 액자 이야기 안의 서술자 나의 대한 액자 이야기 바깥의 서술자 나는 문면에서 보는 바와 같이 극심한 혼란과 함께 현장에서 벗어나는 무기력한 모습을 보여주고 있다. 나의 이러한 태도는 "개인의 이성이나 의지를 배반하는 완강하고 불가항력적인 현실 앞에서 느끼는 지식인으로서의 무력감"[28]에서 나오는 것으로 이는 월남 이후 존재론적 거점을 모색하면서 20대 초반을 힘겹게 통과하던 최인훈이 당시 한국전쟁에 대해서 가지고 있던 자신의 혼란과 무기력을 투영한 것이라고 할 수 있겠다. 당시 최인훈에게 한국전쟁은 〈구월의 다알리아〉의 패잔병 인민군 장교가 강요당해야만 했던 부조리한 폭력일 뿐이었다.

4. 나오는 말

　최인훈의 단편들은 장편들에서 일관된 법칙성을 지니고서 드러나는 세계관의 원형을 징후적으로 보여주고 있다는 점에서 장편 못지않은 중요한 의미를 지니고 있음에도 불구하고 이제까지 별다른 주목을 받아오지 못하였다는 사실이 이 글의 문제의식을 출발시킨 중요한

---

28) 김영찬, 앞의 책, 289면.

동기로 작용했다. 이러한 문제의식을 바탕으로 이 글은 최인훈의 단편에 대한 집중적인 분석을 통해 최인훈 장편의 구성적 의식이라고 생각되는 열린 변증법이나 다원주의자로서의 최인훈의 문제의식을 탐색해보고자 하였다. 본격적인 논의 대상을 〈그레이 구락부 전말기〉, 〈라울전〉, 〈우상의 집〉, 〈구월의 다알리아〉 등 《광장》이전의 초기 단편들로 한정하게 된 이유 또한 그러한 연구목적과 밀접한 관련이 있다. 이제까지의 논의를 요약·정리하는 것으로 결론을 삼고자 한다.

분석 결과 최인훈의 초기 단편들에서 크게 두 가지의 징후를 확인할 수 있었다. 하나는 다원주의자로서의 최인훈의 인식론적 정체성과 관련된 징후였고, 다른 하나는 한국전쟁과 분단체제에 대한 최인훈의 자의식과 관련된 징후였다. 먼저 다원주의자로서의 인식론적 정체성과 관련하여 이 글이 주목한 대상은 입체적이고 중층적인 시선을 통해서 존재와 세계의 본질을 부조리와 모순으로 파악하고자 하는 아이러니스트로서의 최인훈이었다. 이와 관련하여 이 글은 이성과 감정, 정신과 육체, 천사와 악마, 아니마와 아니무스, 냉정과 열정 등 한 인간 속에 도저히 화해 불가능한 이질적인 영역들이 사이좋게 공존하는 부조리하고 모순된 존재로서의 존재와 세계의 본질이 아이러니스트로서의 최인훈의 이중적 시선에 포착되는 지점을 밝혀보았다. 더불어 이 글은 존재와 세계의 본질에 대한 아이러니의 이중적 시선을 통해 최인훈이 궁극적으로 드러내고자 했던 문제의식의 핵심은, 인간이란 항상 이성적인 존재만은 아니라는 사실, 무의식 아래 억압된 욕망과 의식 바깥으로 드러난 표현, 규범과 도덕의 형태로 포장되어 나타나는 그럴듯한 명분과 그럴듯한 명분 뒤에 잠복되어 있는 맨얼굴의 실리 사이에는 항상 분열과 간극이 존재할 수밖에 없다라는 사실이었다.

이러한 문제의식의 핵심과 관련하여 이 글이 징후적으로 밝혀낼 수 있었던 최인훈의 모습은 모든 존재에는 빛과 어둠, 해방과 억압, 우연과 필연, 삶과 죽음, 운동과 정지, 이성과 감성, 몸과 마음, 신체와 관념 등과 같이 길항과 갈등의 관계를 형성하고 있는 상호 대립물들이 한 실체에 공존하고 있다는, 한마디로 '모순의 운동성'을 모든 존재의 본질적 조건으로 규정하는 변증법의 논리를 자신의 인식론적 표지로 삼아 존재의 어느 한 극단에 대한 안이한 편향을 단호히 거부하는 건강한 다원주의자로서의 모습이었다.

이 글은 또한 20대 초반의 젊은 나이에 최인훈이 이미 성숙한 어른의 관점인 다원주의를 자신의 인식론적 정체성의 표지로 삼게 되는 배경을 실향민이라는 그의 존재론적 조건에서 찾아보았다. 자기 동질성의 토대이자 근원적인 삶의 공간이 되기도 하는 고향에서 강제로 분리된 이후 남한에서 불안정하고 유동적인 삶을 살아가는 과정에서 경험한 다양한 가치박탈 체험들이 다원주의자로서의 자신의 인식론적 정체성을 구축해가는 과정에 중요한 동인으로 작용하였다고 보았기 때문이다.

한국전쟁의 의미와 관련된 최인훈의 자의식을 살펴보는 통로로 이 글이 집중적으로 분석한 단편은 〈우상의 집〉이었다. 이 작품의 분석을 통해 최인훈에게 한국전쟁은 〈구월의 다알리아〉의 패잔병 인민군 장교가 강요당해야만 했던 부조리한 폭력으로 인식되고 있음을 밝혀보고자 하였다. 이와 관련하여 이 글은 〈우상의 집〉이 개인의 이성이나 의지를 배반하는 완강하고 불가항력적인 현실 앞에서 느끼는 지식인으로서의 무력감을 반영하고 있는 작품으로 이는 월남 이후 존재론적 거점을 모색하면서 20대 초반을 힘겹게 통과하던 최인훈이 당시 한국전쟁에 대해서 가지고 있던 자신의 혼란 및 무기력과 구조적 상동관계에 있음을 밝혀보고자 하였다.

4

최인석의 소설에 나타난 환상

1. 들어가는 말

1990년대 이후, 보다 정확하게 1990년대 중반 이후 한국 소설의 기법과 담론 층위에 나타난 변화들 가운데 가장 주목할 만한 현상으로 어떤 것을 들 수 있을까? "근대적 상징 체계에 대한 전복의 상상력으로까지 평가"[1]받기에 이른 환상[2]의 부상과 득세가 아닐까 생각한다. 1990년대 이후 등단한 신세대 작가들은 물론이고 전통적인 리얼리즘

---

1) 박정수, 『현대 소설과 환상』, 새미, 2002, 10면.
2) 일반적으로 문학연구나 비평 공동체에서 환상은 두 가지 차원의 의미를 지니고 있다. 하나는 단순한 기법이나 모티프 차원에서의 '환상'이고, 다른 하나는 환상을 서사의 중심 구성원리로 하거나 주제를 효과적으로 드러내기 위한 중요한 기능적 장치로 동원되고 있는 경우를 지칭하는 장르 차원에서의 '환상문학'이다. 이 글에서는 두 가지의 의미를 별다른 구분 없이 사용하고자 한다.

미학을 추구했던 기성작가들조차도 환상을 창작방법이나 기법의 차원에서 적극적으로 동원하고 있는 사실만 보더라도 그러한 진단이나 해석에는 무리가 없어 보인다. 이 글이 문제 삼고자 하는 최인석 또한 마찬가지이다.

최인석이 이제까지 발표한 거의 대부분의 소설은 항상 '지금 이곳에 대한 환멸'과 '지금 이곳이 아닌 다른 세계에 대한 동경'을 모색하는, 차안의 세계를 넘어 피안의 세계를 추구하는, 따라서 이미 상실해버렸거나 아직은 도래하지 않은 유토피아 지향성을 핵심 질료로 하는 문학의 본질을 지향해 왔다. "최인석은 그 동안 여러 작품집과 장편소설 등을 통해 유토피아에 대한 강렬한 희구와 현실의 심연에 대한 탐사를 특유의 부정의 상상력을 통해 극적으로 보여준 작가이다"[3]라는 규정이나 "최인석의 90년대 중반 이후의 작품 세계를 지배하는 문제의식 가운데 무엇보다도 두드러진 것은 아마도 낙원에 대한 동경일 것이다"[4]라는 지적들은 그 동안 최인석이 추구해 온 작가적 지향이나 정체성에 비추어 매우 적절해 보인다.

한편, 1986년 월간 『소설문학』 장편소설 공모에 『구경꾼』이 당선되면서 본격적인 소설 창작을 시작한 이후 대부분 선이 굵은 남성적인 서사와 극적인 갈등 구조의 서사 문법을 반복적으로 변주해 온 최인석의 소설은 『내 영혼의 우물』』(1995)을 기점으로 한 가지 중요한 변화를 보이고 있다. 『내 영혼의 우물』 이후에 발표된 최인석의 소설들은 한결같이 작품 결말에서의 전망을 주로 환상에 의존하거나 환상

---

3) 복도훈, 「심연에서 비극으로」, 최인석, 『목숨의 기억』, 문학동네, 2006, 259면
4) 장경렬, 「현실과 환상 사이에서」, 최인석, 『아름다운 나의 귀신』, 문학동네, 1999, 261면.

을 작품의 주요 모티프나 기법 차원에서 적극적으로 동원하고 있다는 점이 그 변화의 핵심이다. 최근 들어 조금씩 달라지고는 있지만 그 동안 한국의 문학 공동체에서 환상은 그것이 기법 차원에서이건 장르 차원에서이건 상관없이 그다지 좋은 평가를 받지 못해 왔던 게 사실이다. 그럼에도 불구하고 최인석은 환상에 의존하는 서사문법의 변화를 계속 시도하고 있다. 도대체 왜 그런 것일까? 이 글의 문제의식이 출발하는 지점은 바로 이 부분에서이다.

사실 환상 그 자체가 문제가 되는 것은 아니다. 환상을 "사실적이고 정상적인 것들이 갖는 제약에 대한 의도적인 일탈"5)로 규정하면서 문학을 "다른 사람들이 당신의 경험을 공유할 수 있다는 핍진감과 함께 사건·사람·상황·대상을 모사하려는 욕구인 미메시스 충동과 권태로부터의 탈출·놀이·환영·결핍된 것에 대한 갈망·독자의 언어 습관을 깨뜨리는 은유적 심상 등을 통해 주어진 것을 변화시키고 리얼리티를 바꾸려는 욕구인 환상 충동의 산물"6)로 파악하는 흄의 지적처럼 현실세계에서 좌절된 욕망의 대리충족 수단으로서의 환상은 재현과 더불어 모든 문학 예술작품이 지니게 되는 두 가지 본질적인 속성이기 때문이다. 더욱이 상징계의 검열이나 금기에 의해 무의식 아래 억압의 형태로 잠복되어 있던 간절하면서도 강렬할 욕망이 왜곡이나 변형, 전이 등 다양한 형태로 재구성되어 나타나는 환상은 주체의 기원이나 집단 무의식의 실체를 가장 정확하게 파악할 수 있게 만드는 통로의 역할을 한다는 점에서 매우 중요한 의미를 지닌다. 효율적으로 구사될 경우, 정치·사회적 검열이나 억압을 피하기 위한 수단이

---

5) 캐스린 흄/한창엽, 『환상과 미메시스』, 푸른나무, 2000, 20면.
6) 앞의 책, 55면.

나 전략으로서의 정치적 알레고리, 또는 효과적인 현실비판의 담론 전략이나 장치로 기능할 수도 있다는 점에서 환상은 리얼리즘의 대안적인 미학으로서도 충분한 의미를 지닌다. 환상의 특성을 '은밀한 위반으로의 초대'나 '억압된 것으로의 초대'라는 수사로 규정하고 있는 식수스와 프로이트의 문제의식은 환상이 지닌 위반과 전복의 가능성에 대한 그와 같은 적극적인 평가한 밀접한 관련이 있다. 이 글의 두 번째 문제의식이 자극을 받는 지점은 바로 이 부분에서이다. 『내 영혼의 우물』 이후 반복 강박에 가까울 정도의 양상을 보이면서 변주되고 있는 최인석 소설의 환상은 과연 어떤 의미를 지니고 있으며, 어떻게 평가할 수 있을 것인가?

등단 이후 문단의 주류와는 이질적인 타자의 성채를 구축해 온 최인석 소설의 실체나 본질을 해명하기 위해 공을 들인 글들은 대략 30여 편에 이른다. 그 대부분은 작품 해설이나 계간평, 그리고 평론 형식으로 발표된 글들이다. 본격적인 논문 형태의 틀을 갖춘 글은 거의 없는 형편이다. 더욱이 이 글의 문제의식인 환상의 의미와 관련해서 최인석 소설을 해석하고 있는 글은 『아름다운 나의 귀신』의 해설 형식으로 발표된 장경렬의 「현실과 환상 사이에서」를 제외하고는 찾아보기 힘들다. 장경렬의 글은 매우 깊이 있고 충분한 설득력을 지니고 있기는 하나 논의의 대상을 한 텍스트에만 한정하고 있다는 점에서 아쉬움이 있다.

최인석은 도대체, 그리고 왜 환상에 의존하는 서사문법의 변화를 계속 시도하고 있는 것일까? 그리고 그 의미를 어떻게 해석하고 평가할 것인가? 하는 문제의식에서 출발한 이 글은 두 가지의 작업을 수행하고자 한다. 하나는 최인석의 소설에 나타나는 환상의 변주 양상을

살펴보고자 하는 작업이다. 다른 하나는 그 의미를 해석하고 평가하
는 작업이다. 그 두 가지의 작업과 문제의식을 위해 이 글은 분석 대
상 텍스트를 『내 영혼의 우물』, 『혼돈을 향하여 한걸음』. 『나를 사랑
한 폐인』 세 작품집과 『아름다운 나의 귀신』 연작 장편으로 한정하고
자 한다. 이 글의 문제의식이나 목적과 관련된 환상의 변주 궤적과 그
의미를 네 텍스트가 가장 명료한 형태로 보여주고 있다라는 판단에서
이다.

2. 환상의 변주 양상

1980년, 「벽과 창」이라는 희곡을 통해 등단한 이후 연극 활동에 전
념하던 최인석은 1986년 월간 『소설문학』 장편소설 공모에 『구경꾼』
이 당선되면서 본격적인 소설 창작을 시작하게 된다. 그 이후 최인석
은 『인형 만들기』(1991), 『내 영혼의 우물』(1995), 『혼돈을 향하여 한걸
음』(1997), 『나를 사랑한 폐인』(1998), 『목숨의 기억』(2006) 등의 작품집
과 『구경꾼』(1986), 『잠과 늪』(장 · 단편집, 1987), 『새 떼』(1988), 『내 마
음에는 악어가 산다』(1990), 『안에서 바깥에서』(1992), 『아름다운 나의
귀신』(연작 장편, 1999), 『서커스 서커스』(2002), 『이상한 나라에서 온
스파이』(2003) 등의 장편을 발표하면서 여성성과 사인성의 세계가 주
조음을 형성하던 밀실과 내면의 문학이 지배하던 1990년대 문단에
"사회적이고 역사적인 지평에서 삶의 정의와 당위의 문제에 천착하는
공적인 윤리의식"[7]으로 무장된 광장의 문학을 선보이며 자신만의 독

특한 소설적 영토를 구축한다.

등단 이후 지금까지 최인석이 발표한 작품들은 장르나 발표 시기의 차이에 상관없이 한 가지 분명한 공통점을 지니고 있다. 그 핵심은, 그가 이제까지 발표한 대부분의 소설들이 광기와 폭력이 지배하는 야만의 세계, 우승열패와 약육강식의 정글 법칙이 지배하는 불모의 세계에 대한 절망적인 인식 및 환멸의 정서와 그 세계를 넘어 모든 폭력과 차별로부터 해방된 새로운 세계를 동경하고 모색하는 유토피아 지향성을 서사의 기축으로 삼고 있다는 점이다. 그리고 광기와 폭력이 지배하는 야만의 세계에 대한 절망적인 인식 및 환멸의 정서와 그 세계를 넘어서고자 하는 구원의 가능성, 아니 넘어서야 한다는 구원의 당위성과 관련된 유토피아 지향성 사이에는 심연과도 같은 절망적인 거리가 가로놓여 있으며, 그 두 세계 사이에 가로놓인 절망적인 거리가 서사의 동력으로 작용한다. 이 글의 문제의식과 관련하여 주목할 만한 점은, 초기에서 후기의 작품들로 올수록 최인석 소설의 서사 동력으로 작동하고 있는 그 절망적인 거리의 심연이 커지는 양상을 보이고 있으며, 환상성의 요소는 그 절망적인 거리의 심연을 표상하는 담론 장치로 기능하고 있다는 점이다.

최인석의 소설에서 환상성의 요소가 징후의 차원에서 드러나기 시작한 시기는 『내 영혼의 우물』(1995)에 수록된 작품들을 발표할 때부터이다. 「내 영혼의 우물」, 「세상의 다리밑」, 「새, 떨어지다」, 「철로는 밤에도 반짝인다」 등 이 작품집에 수록된 작품들에는 최인석의 소설에 집요하게 반복되는 유토피아에 대한 동경이나 지향과 관련된 환상성의 요소들이 알레고리나 상징의 형태를 통한 징후의 차원에서 드러

---

7) 김예림, 「유토피아를 위한 변주」, 『작가세계』, 2000년 봄, 세계사, 110면.

나고 있기 때문이다. 그런 점에서 최인석의 소설을 "리얼리즘적 성격이 강하게 드러나는『구경꾼』에서『안에서 바깥까지』의 시기와 환상적 요소가 도입되는『내 영혼의 우물』이후부터 지금까지"[8]의 두 시기로 구분하는 지적은 매우 적절해 보인다. 알레고리나 상징의 형태를 매개로 한 징후의 차원에서 드러나기 시작한 최인석 소설에서의 환상성은 최근에 발표한 작품들에 올수록 그 형태는 분명해지고 그 강도 또한 심화되는 양상을 보인다. 구체적으로는『내영혼의 우물』에서『혼돈을 향하여 한걸음』,『혼돈을 향한 한걸음』에서『나를 사랑한 폐인』, 그리고『나를 사랑한 폐인』에서『아름다운 나의 귀신』으로 올수록 환상성의 요소는 더욱 분명해진다. 이러한 차이가 발생하는 이유와 그 의미는 무엇인가?

2.1 징후 차원에서의 환상

그 평가 여부와는 상관없이 환상의 발생 동인이 '결핍', 라캉의 용어를 빌리면 현실세계에서 채워지지 않은 욕망으로서의 '잉여쾌락'이라는 점에 대해서는 재론의 여지가 없다. 라깡적 의미에서 환상을 "자신을 엄습하는 이해할 수 없는 기표를 향유하고 욕망하는 나름의 방식"[9]으로 규정할 수 있는 것도 바로 그러한 맥락에서이다. '환상은 결핍이다'라는 명제에 관한 한, 최인석의 소설 또한 결코 예외일 수 없다.

"지상적 삶에 대한 환멸과 부정 그리고 천상적 삶을 향한 낭만적 비

---

8) 홍기돈, 「영혼의 깊은 우물로 남는 두 개의 상처」,『작가세계』, 2000년 봄, 세계사, 86면.

9) 홍준기, 「자끄 라깡, 프로이트로의 복귀」, 김상환·홍준기,『라깡의 재탄생』, 창작과 비평사, 2002, 130면.

약 사이에서 운동"[10]하고 있는 최인석의 소설에 환상이 징후의 형태로 드러나기 시작하는 시기는 『내 영혼의 우물』(1995)에 수록된 작품들을 발표할 때부터이다. 표제작인 「내 영혼의 우물」을 포함하여 모두 6편의 작품을 수록하고 있는 이 작품집에서 환상과 관련하여 의미있는 정보는 이 작품집에 수록된 작품들에서 이미 최인석 소설에 나타나는 환상의 원형 구조를 발견할 수 있다는 점이다. 이 작품집 이후의 작품들에서도 일정한 법칙성을 가지고서 반복적으로 변주되는 환상의 구조는 크게 두 층위의 서사 단위로 구획이 가능하다. 하나는, 유토피아의 지향과 관련된 작가의 문제의식을 대변하는 인물들이 서사의 초점인물로 기능하고 있으며, 묵시론적 세계관으로 무장된 이 인물들에 의해 현실세계는 언제나 훼손과 결핍의 파토스에 의해 지배되는 타락과 혼돈의 공간으로 규정되고 있다는 점이다. 다른 하나는 항상 훼손과 결핍의 파토스가 지배하는 현실세계의 질서와는 완전히 다른 유토피아의 세계, 모든 금기와 억압으로부터 해방된 천년지복의 성소의 공간이자 존재론적 본향의 처소를 제시하고 있다는 점이다. 최인석의 소설에 나타나는 환상은 그것이 드러나는 방식이나 강도의 차이만 있을 뿐 이 원형 구조의 기본적인 틀은 항상 유지된다.

『내 영혼의 우물』에 수록된 작품들은 표제작인 「내 영혼의 우물」을 포함하여 모두 여섯 편이다. 앞서 밝힌 바와 같이, 이들 작품들에는 유토피아의 지향과 관련된 작가의 문제의식을 대변하는 초점인물을 비롯한 대부분의 인물들이 범죄자나 수배자 등 끊임없이 현실세계 중심의 바깥을 모색하는 위험한 타자들이나 여호아 증인 신도나 막노동판의 인부 등 소외와 차별을 일상적으로 경험하는 사회적 약자들이

---

10) 김예림, 앞의 글, 110면.

서사의 주체로 기능하고 있다. 불온한 열정이나 광기에 휘둘려 일탈 행위나 범죄의 세계로 빠져들게 되는 이들의 모습을 통해서 파악되는 이 세상은 온갖 부조리와 폭력이 지배하는 '악의 소굴'일 뿐이며, 그 속에서 존재하는 인간 존재란 '탐욕과 본능의 화신'들일 뿐이다. 현세 에서의 삶을 불의와 폭력이 지배하는 악의 소굴에서 광기와 본능의 화신들이 벌이는 한바탕 탐욕의 잔치로 규정하는 작가의 묵시론적 세 계관에 구원의 전망이나 가능성이 들어설 자리는 그리 커 보이지 않 는다. 그러한 해석의 설득력은 이 작품집에 수록된 작품들에서는 물 론이고 이후에 발표되는 다른 작품들에서도 유토피아의 지향과 관련 된 작가의 문제의식을 표상하는 공간적인 메타포로 기능하면서 반복 적으로 변주되고 있는, '지금 이곳 : 사람이 살 수 없는 공간 / 이후 너머 : 살고 싶은 공간'이라는 이항 대립의 시·공간적 도상을 통해서 도 충분히 증명되고 있다.

> 이건 세상이 아니다. 세상이 버린 곳이다. 버림받은 곳이다. 이건 폐 허다. 이건…엉터리다. 세상에 이렇게 사는 짐승은 아무도 없다 / 거기 에서는 절대로 이런 일은 벌어지지 않아.
> 　　　　　　　　　「내 영혼의 우물」, 『내 영혼의 우물』, 46-50면.[11]

> 지옥이 따로 있는 것이 아니었습니다. 오늘날의 이 세상이 고스란히 지옥이었습니다. 나 자신부터가 지옥이었습니다. / 어떠한 개인적 국가 적 국제적 억압이나 착취, 불평등도 없는 곳입니다. 죽음과 탐욕이 없는 곳입니다.…젖먹이 갓난아이가 독사굴에 들어가 독사와 함께 노는 곳입 니다. 생명이 생명 그 자체로 축복이 되는 곳, 삶이 삶 그 자체로 환희요

---

11) 앞으로 본문에서의 작품 인용은 인용문면 다음에 인용 면수를 밝히는 방식으 로 통일하고자 한다. 인용 텍스트는 참고문헌에 제시되어 있음.

즐거움이요 성취가 되는 곳입니다. 그것이 언젠가는 존재하게 된다는 것.
「세상의 다리 밑」, 『내 영혼의 우물』, 81-92면.

이 세상에선 안 돼요. 여기선 안 돼요. 아무것도 찍어지지 않아요.…
그냥 힘만 들어요. 힘쓰는 사람만 괴로워요. 힘쓰는 사람만 미친 사람이
에요 / 호주에 가서 살아요. 거긴요, 누구나 잘살 수 있대요.…거기 사람
들은 사람 괄시도 하지 않는대요.
「새 떨어지다」, 『내 영혼의 우물』, 138-139면.

지옥으로 압축되는 '지금 이 세상'과 모든 차별과 폭력으로부터 해
방된 성소로서의 '이후 너머의 세상' 사이의 차이는 너무나도 커서 그
둘 사이에 화해나 타협의 가능성은 전혀 없어 보인다. 하지만, 최인석
은 「내 영혼의 우물」의 심영배, 「세상의 다리 밑」의 신유민, 「철로는
밤에도 반짝인다」의 고경철, 「세계의 바닷가」의 영수와 그 친구들을
통해서 희미하게나마 그 전망의 가능성을 조심스레 타진해보고 있다.
그 전망의 가능성과 관련하여 핵심적인 장치로 기능하고 있는 게 바
로 상징이나 알레고리 형태의 징후 차원에서 제시되고 있는 환상이다.
이들 작품에서 환상은 분명한 형태를 지니고서 드러나지는 않는다.
다만, 이 세상의 모든 악의 근원인 탐욕과 폭력으로부터 해방된 유토
피아를 암시하는 심영배의 '행복한 개 학교'(「내 영혼의 우물」)나, 심
형숙의 '새 박물관'(「새 떨어지다」)등과 같이 반복적으로 변주되는 이
항 대립의 시·공간적 도상을 통해 암시적으로 제시되거나, 아니면,
통일에 대한 간절한 염원을 상징적으로 표상하는 '반짝이는 철로'(「철
로는 밤에도 반짝인다」)나 어떤 일이 있더라도 세상의 불의와는 결코
타협하지 않겠다는 젊은날의 순수한 열정을 상징하는 '세계의 바닷

가'(「세계의 바닷가」) 등과 같이 상징이나 이미지의 형태를 통한 징후의 차원에서 제시되고 있다.

『혼돈을 향하여 한 걸음』(1997)에 수록된 작품들에서도 환상의 원형 구조는 별다른 변화 없이 그대로 반복된다. 우선, 「노래에 관하여」, 「심해에서」, 「평화의 집」 등 이 작품들의 이야기를 추동하는 서사 주체로 기능하는 인물들은 사창굴, 삼청교육대, 고아원 등 정상적인 가치가 심각하게 훼손된 결핍과 부재의 공간 속에서 광기와 폭력에 지배되는 주변부적 타자나 하위 주체들이기 때문이다. 환상 또한 현정순의 넋두리에 의해 제시되는 '십만억 불토를 지나가야 존재하는 극락'(「혼돈을 향하여 한걸음」)이나 밤무대 가수인 체이스 리의 선창과 소대원들의 화답에 의해 합창되는 '아하 누가 푸른 하늘 보여주면 좋겠네', (「노래에 관하여」) 등 모든 차별과 폭력으로부터 해방된 유토피아에 대한 동경이나 지향과 관련된 환상성의 요소들이 알레고리나 상징의 형태를 통한 징후의 차원에서 드러나고 있기 때문이다. 다만 차이가 있다면, 이 세상 전체를 심해와 매음굴로 규정하는 한동환 선생과의 면담 이후 가출이나 방화와 이사 가운데 어느 것 하나도 실현시키지 못한 채 심해로부터의 탈출의지를 포기하는 선영의 좌절, '우린 사람도 아니며, 여긴 세상도 아니야'라는 마지막 고백을 남긴 후 삼청교육대를 탈출하다 사살되고 마는 순식의 비참한 종말, 한여름밤의 꿈과도 같았던 잠깐 동안의 가족의 화목과 행복이 물거품처럼 사라진 후 다시금 고아원에 수용되어 이제는 폭력의 객체에서 주체로 변하는 미영의 불행한 인생유전 등 부정적인 현실에 대한 절망적 인식 및 환멸의 정서와 부정적인 현실을 넘어서고자 하는 주체의 의지 사이에서 팽팽한 긴장을 유지하던 무게 중심의 균형추가 서서히 환멸의 정서와 절망적인 인식 쪽으로 기울어지고 있다는 점이다.

지금까지의 분석을 통해서 알 수 있는 바와 같이, 이 두 작품집에서는 아직 인과론적 질서에 바탕을 둔 리얼리즘 미학의 규율에 균열과 틈새를 드러낼 정도로 분명한 환상성은 드러나지는 않고 있다. 이 시기까지만 하더라도 최인석은 환상에 대한 분명한 미학적 자의식을 가지고 있지는 않았던 것으로 보인다. 이는 현실세계에 대한 환멸의 정서 및 혐오의 감정과 그것을 넘어서고자 하는 주체의 초월 의지 및 전망 사이의 거리가 절망적일 정도로 심하지는 않았음을 반증한다. 두 작품집에 반복 강박의 형태로 변주되고 있는 징후 차원에서의 환상은 부정적인 현실에 대한 절망적 인식 및 환멸의 정서와 부정적인 현실을 넘어서고자 하는 주체의 의지 사이의 역학관계가 어느 한쪽으로 쏠리지 않고 팽팽한 긴장관계를 유지하는 과정에서 보여준 미학적 고투의 결과라고 할 수 있다. 그런 점에서 당시 최인석의 작품들에 대해 "한마디로 말해 작가 최인석은 자신의 부정적 인간관과 절망적 세계인식을 넘어설 대안적 전망에 대하여 아직 어떤 결정적 확신을 가지고 있지 못한 것 같다"[12]라는 해석은 충분한 설득력을 확보한다.

2.2 환상에 대한 미학적 자의식

징후의 차원에서 반복적인 변주를 보이던 환상은 『나를 사랑한 폐인』(1998)에 수록된 작품을 발표하는 시기에 이르면서 단층에 가까울 정도의 분명한 변화를 보이기 시작한다. 이 작품집에 수록된 「나를 사

---

12) 염무웅, 「부정의 치열성과 예술적 형상화」, 최인석, 『혼돈을 향하여 한걸음』, 창작과 비평사, 1997, 286면.

랑한 폐인」이나 「지리산에 저 바다」 같은 작품들에서는 기법적인 자의식을 가지고서 환상을 의식적으로 사용하고 있기 때문이다. 이 작품들에서도 물론 '저기 저 너머에, 저 구름바다를 건너면 그곳이 있다.…여기는 세상이 아니다. 여기는 사는 데가 아니다. 여기는 사람 같은 것들이나 사는 데지만 저기는 사람 같은 것들은 없다. 그런 것들은 못 사는 데다. 니 아부지 어머니 할아버지 할머니 다 저기 산다. 사람 아닌 것들, 용들이 사는 데다.…(「지리산에 저 바다」, 『나를 사랑한 폐인』, 161면)에서와 같이, '지금 이곳 : 사람이 살 수 없는 공간 / 이후 너머 : 살고 싶은 공간'의 시·공간적 도상을 통해 유토피아 지향과 관련된 작가의 문제의식을 표상하는 환상의 원형 구조는 반복적으로 변주되고 있다. 하지만 그 이전의 작품들에 비해 폭력과 허위가 지배하는 세상의 중심에 대한 환멸과 절망의 정서는 더욱 강렬해지며, 그와 맞물려 세상의 중심에 대한 절망과 환멸의 정서를 상징적으로 표상하는 환상의 강도 또한 더욱 분명해진다.

> 저기 저 너머에 마성산이라는 곳이 있다요. 거기에서는 온갖 아름다운 무늬가 새겨진 돌이 나고, 금하고 옥이 많이 난다요. 거기 사는 천마라는 흰 짐승은 생김새가 흰 개 같은데 머리가 검고 사람을 보면 하늘 높이 날아 오른다요…거기에서 더 멀리 가면, 한참을 더 가면…선원산이 있는데, 거기 짐승은 암놈 수놈이 없어도 스스로 새끼를 배고 낳는다요. 그 너머에는 하택이라는 나라가 있는데, 거기에서는 남자 여자가 서로 쳐다보기만 해도 새끼를 낳는다요…그 나라 사람들은 먹지도 않고 입지도 않으며, 잠을 많이 자는데, 50일을 자고 하루 정도 깨어난다요.
> (「나를 사랑한 폐인」, 『나를 사랑한 폐인』, 42-43면)

귀허…큰 언덕, 그것은 상상 속의 지명, 신화에 나오는 지명이었다.

발해의 동쪽으로 몇 억만 리가 되는지도 알 수 없는 머나먼 곳에 바닥이 없는 커다란 골짜기가 있는데, 그 골짜기의 이름이 바로 귀허였다. 온 세상 팔방의 물과 은하수의 별까지 그 골짜기로 흘러드는데, 그 골짜기의 물은 늘지도 않고 줄지도 않는다. 다섯 개의 아름다운 산들이 그 골짜기를 에워싸고 있으며, 그 산의 둘레는 삼만 리, 높이도 삼만 리에 이른다.…

그곳에 사는 짐승들은 서로 잡아먹는 법이 없고 서로 싸우는 법이 없습니다.…거기 사는 사람들은 말이 아니라 노래로 얘기하고 생각으로 소통하고 마음으로 이해하는데, 눈물을 모르고 고통을 모르며, 기다림을 모르고 헤어짐을 모릅니다.

(「나를 사랑한 폐인」, 『나를 사랑한 폐인』, 66-67면)

이 시기 작품들에 드러난 환상과 관련하여 의미 있는 변화는 문면에서 확인할 수 있는 바와 같이, "상상력과 환상의 보고로서 고대인의 꿈과 무의식에 뿌리를 둔 원형적 심상의 집대성"[13]인 산해경의 세계를 적극 차용하고 있다는 점이다. 합리적 이성을 금과옥조로 여기는 "과학적인 사고가 분절에 기초한 인과론에 정초해 있다면, 신화적인 사고는 오케스트라처럼 총체성에 기초해 있다. 이런 신화적인 사고에서는 물고기가 바람과 싸우는 것이 하등 이상하지 않다. 신화적인 상상력 속에서 쌍둥이와 언청이와 토끼의 토템과 발부터 먼저 태어난 아이는 영웅과 악마, 선과 악으로 쉽사리 교환"[14]된다. 통합적이고 총체적인 사고를 지향하는 신화적 상상력이 지배하는 산해경의 세계는 언어의 형식을 빌린 모든 금기와 분별이 존재하기 이전의 원초적 건강성이 생생하게 약동하는 세계이다. 그런 점에서 산해경의 세계는

---

13) 정재서 역주, 『산해경』, 민음사, 2007, 23면.
14) 클로드 레비 스트로스/임옥희, 『신화와 의미』, 이끌리오, 2000, 119면.

언어의 체계로 표현되는 문화적인 금기 체계가 지배하는 상징계보다
는 "감각에 대한 지각, 동일시, 그리고 통일성에 대한 환영적인 감각
으로 구성된 언어 이전의 영역"15)인 상상계에 더 근접한 세계이다.
"상징계가 의사소통과 합리성을 산출하는 의미론적이고 통사론적인
능력의 통일성이라고 한다면, 환상문학과 밀접한 관계가 있는 상상적
영역은 모든 다른 것, 즉 상징계에 부재하고 이성적인 담론 바깥에 있
는 모든 것을 제시"16)하기 때문이다. 실재에 대한 상징계의 범주와 그
통일성에 대한 거부와 교란을 통하여 모든 분별과 차별을 해체하고
무화하는 절대성을 향한 욕망인 상상적인 합일을 표현한다는 점에서
환상은 본질적으로 이상주의적인 속성을 지닐 수밖에 없다.

　이 시기 환상의 의미와 관련하여 「나를 사랑한 폐인」의 서사 주체
로 기능하는 한동찬이라는 인물은 대단히 중요한 의미를 지닌다. 시
인 지망생에서 신문기자로, 신문기자에서 월간 종합지 기자로, 월간
종합지 기자에서 월간 여성지 기자로 계속 전락의 과정을 반복하는
한동찬은 여러 가지 점에서 당시 현실세계와 환상에 대한 최인석의
문제의식을 대변하고 있기 때문이다. 현실과 이상 사이의 균열과 분
열로 인한 존재론적 갈등과 불행한 의식으로 인해 천상계의 낙원에서
추방당한 자의 상실감을 반추하며 현실세계를 견디어가던 한동찬은
가공의 특집 기사가 문제가 되어 황폐해진 내면을 달래기 위해 무작
정 떠나온 강원도 거진에서 자신 못지않은 상처와 황폐한 내면을 소
유한 김정순이라는 여인을 만나게 된다. 사바세계의 모든 욕망이나

---

15) 숀 호머/김서영, 『라캉 읽기』, 은행나무, 2006, 64면.
16) 로즈메리 잭슨/서강여성문학연구회, 『환상성 : 전복의 문학』, 문학동네, 2001,
　　234면.

집착으로부터 해방되어 모든 분별과 구분의 경계를 넘어선 듯한 카페 귀허의 여주인 김정순과의 만남은 한동찬에게 새로운 세계로의 진입을 예비하는 계기가 된다는 점에서 결정적일 정도로 중요한 의미를 지니게 된다. 김정순과의 만남을 통해 이제까지 자신의 삶이 허위와 기만으로 오염된 비루한 세상에서의 누추한 연명이었음을 아프게 자각한 한동찬은 미망과 집착에 불과한 허망한 욕망으로부터 해방되는 계기를 맞기 때문이다.

이윤 추구를 위해서라면 악마와의 거래조차 마다하지 않을 정도로 타락한 세상에 대한 환멸의 비애를 반추하며 통음으로 자신의 삶을 탕진하던 한동찬은 김정순과의 만남을 계기로 이제까지의 삶의 방식을 청산하고 새로운 삶을 모색하게 된다. 그 과정에서 한동찬이 경험하게 되는 것은 고대 영웅소설이나 성장소설에서의 서사 주체들이 공통적으로 마주치게 되는 엄청난 시련과 고통이다. 사건 수습 후 자신의 복직을 설득하기 위해 찾아온 김 주간과 서영에게 한동찬이 반복적으로 되뇌이는 말이 기존의 삶의 방식을 고수하고자 하는 그 두 사람에게 이 세상의 언어 체계나 문법의 틀로는 도저히 해독이 안 되는 언어도단의 선문답이나 암호처럼 들리게 되는 것은 새로운 삶의 질서로 진입하고자 하는 과정에서 한동찬이 경험하게 되는 고통과 시련의 강도가 만만치 않음을 증명하고 있다. 이는 또한 허위와 술수가 지배하는 비루한 현실세계에 대한 한동찬의 절망적 인식과 환멸의 정서로 인한 결별의 의지가 어느 정도인가를 역설적으로 증명하고 있다. 자신을 폐인으로 규정하는 한동찬의 절망적 인식과 환멸의 정서는 작가의 문제의식을 대변하고 있다는 점에서 당시 최인석의 비극적 세계관의 밀도 또한 매우 강렬했음을 어렵지 않게 짐작할 수 있다.

이와 관련하여 1997년『문학동네』여름호 젊은 작가 특집에 자전소설의 형식을 빌려 발표한「소설가 최보(崔甫)의 어제, 또 어제」는 매우 중요한 의미를 지니는 작품이다. 그 작품은 소설의 형식을 빌린 '환상의 미학적 메니피스토' 역할을 하기 때문이다.

> 꿈 때문에 더욱 세상살이가 힘드는데도 불구하고 어째서 사람들은 끊임없이 꿈을 꾸는 것일까. 어째서 오늘이 아닌 것을, 여기가 아닌 것을, 오늘 여기 사는 자기가 아닌 것을 상상하는 것일까. 우리의 까마득한 선조들이 이미 그런 곳을 본 적이 있고, 그리하여 우리의 핏속에, 우리 두뇌의 어떤 갈피에 그 기억이 남아 있기 때문인가. 아니면, 그저 지금 이곳이 주는 고통으로부터 벗어나기 위해서, 또는 단순히 그런 상상을 통해서나마 위안이라도 받기 위해서인가.
> (「소설가 최보(崔甫)의 어제, 또 어제」,『나를 사랑한 폐인』, 94면)

> 시므온이 이 세계를 로마의 학정 아래 시달리는 이스라엘이라고 생각하는 것과 마찬가지로, 그 역시 이 세계를 야만의 채찍질에 시달리는 이스라엘이라고 생각하고 있었으니까. 그 역시 시므온과 마찬가지로 언젠가는 메시아가 오리라는 것을 믿었으니까. 세상과 사람이 끝내 이 지경으로 살다 사라지고 말리라고 믿기에는 그는 사람에 대한 너무 큰 신뢰, 망상이 아니기를 간절히 바라며, 신뢰를 품고 있었으니까.
> (「소설가 최보(崔甫)의 어제, 또 어제」,『나를 사랑한 폐인』, 97면)

문면에서 확인할 수 있는 바와 같이, 최인석에게 있어 문학은 그 본질에서 부재와 상실로 경험되는 것들을 추구하는 한편, '하지 말라' 또는 '해서는 안 된다'라는 문법에 기초한 상징계의 질서와 금기에 의해 억압과 침묵을 강요당해 온 주체의 절실한 욕망을 상상적으로 실현하는 환상과 크게 다르지 않아 보인다. 그리고 최인석에게 중요했던 것은 기법 차원에서의 환상 그 자체가 아니라 환상을 강제하는 절망적인 현실 세계의 불모성이었음을 알 수 있다. 이와 관련하여 최인석은 환상이야말로 주체의 절실한 욕망과 현실세계 사이의 아득한 거리로 인한 절망과 환멸의 정서를 가장 효과적으로 드러낼 수 있는 기법적인 장치이자 담론 전략임을 공공연하게 밝히고 있다. 다시 말해 환상은 리얼리즘의 유효한 담론 도구로 기능할 수 있다는 것이 환상에 대한 최인석의 일관된 주장이라고 할 수 있다.

> 지금 여기서 사는 삶은 지겹고 절망적이다. 정보화니 생명 연장이니 아무리 떠들어봐야 나의 내부에 드리워진 절망감은 부정할 수 없다. 세상이 아무리 변해서 변화의 혜택이 생기더라도 그것은 일부에게 주어질 뿐이고, 대다수는 지금 이대로 비참하게 남아 있을 것이다. 그것을 외면하는 것들이 얼마나 가치 있을까. 이러한 현실을 과거와는 다른 방식으로 바라보고자 하는 노력이 바로 환상성의 도입이다. 내 머릿속으로 생각하는 세계와 글로 써내야 하는 현실은 너무도 판이하다. 그러다 보니 도대체 어떻게 할 수가 없다. 그런데, 환상성은 하나의 방법일 뿐이다. 이것이 마치 내 소설이 다다른 목적지처럼 얘기되고 있지만, 그것은 잘못 보는 것이다. 이런 식으로 얘기할 수밖에 없는 현실에 주목했으면 한다.[17]

> 『내 영혼의 우물』에서부터 전형적인 리얼리즘에서 멀어지고 있다는 점은 인정해. 하지만, 환상성을 도입하니까 내가 편해. 머리로 생각하는 세계와 써내야 하는 현실의 거리가 가까워지는 것 같거든. 『아름다운 나의 귀신』에서는 그 거리가 더욱 가까워졌고. 그런데 이걸 가지고 유토피아에 대한 낭만적 변형이라고들 하던데? 쓸데없는 소리지. 그렇게 말할 수밖에 없는 현실을 중요하게 파악해야 하는데 말이야.[18]

---

17) 홍기돈, 앞의 글, 72면.

　　하지만 희망이 없을 때, 절망적일 때에 우리에게 아무런 희망적인 게 없다, 라는 사실을 확인하는 것이야말로 바로 희망을 찾아내는 중요한 길이 될 수 있을 거라 생각해요[19]

　　환상을 통해서 표현되는 욕망은 일반적으로 인간의 합리적 이성의 한계를 초월할 정도로 끔찍하여 현실세계에서는 도저히 허용되기 어려울 정도로 괴기스러운 욕망이거나 현실세계에서는 실현되기 어려울 정도로 강렬하거나 절실한 욕망일 가능성이 매우 크다. 이와 같이 현실세계에서는 도저히 믿기지 않을 정도로 강렬하거나 절실한 욕망과 그것의 실현 가능성 사이에 가로놓인 절망적일 정도로 아득한 거리가 환상을 만들어내는 동력으로 작용한다.

　　식민지 조선의 유일한 모더니스트라고 할 수 있는 이상은 "어느 시대에도 그 현대인은 절망한다. 절망이 기교를 낳고 기교 때문에 또 절망한다"[20]라는 아포리즘을 통해 1930년대 식민지 조선의 억압과 폭력으로 인한 자신의 절망과 좌절을 분출한 바 있다. 최인석의 환상 또한 그 어떤 소망조차도 바랄 수 없을 것 같다는 유폐된 자의 절망적인 정서라는 맥락에서 접근해야 그 의미를 정확하게 파악할 수 있다. 최인석의 이러한 고민과 모색은 어떤 면에서 1930년대 후반 객관적인 정세의 악화로 인한 주체의 위기가 심화되는 상황에서 성격과 환경의 조화를 보여주지 못하는 세태와 내성의 소설들이 득세하는 문단 현실에 대해 "나는 이것을 작가의 내부에 있어서 말하려는 것과 그리려는

---

18) 앞의 글, 87면.
19) 최인석·정여울, 「세상의 모든 우렁이들에게」, 최인석, 『서커스 서커스』, 책세상, 2002, 196면.
20) 김윤식 엮음, 『이상문학전집』3, 문학사상사, 1993, 360면.

것과의 분열에 있지 않은가 하고 생각한다.…이런 현상은 말할 것도 없이 우리의 사는 시대의 이상과 현실이 너무나 큰 거리로 떨어져있는 현실 자체의 분열상의 반영일 것이다.…좌우간 세태소설, 내지는 세태적인 문학의 성행은 무력의 시대의 한 특색이라 할 수 있다"[21]라는 말로 자신의 안타까운 소회를 피력한 임화의 내면과 무척이나 많이 닮아 있어 보인다.

2.3 묵시론적 전망의 대체표상으로서의 환상

『아름다운 나의 귀신』(1999)에 오면서 최인석 소설의 환상은 또 한 차례의 단층에 가까운 변화를 보여준다. 이 연작 장편 소설에서는 이제까지와는 달리 인과론적 질서에 바탕을 둔 리얼리즘 미학의 규율에 균열과 틈새를 드러낼 정도로 분명한 환상성이 드러나고 있기 때문이다. 이 작품집을 통해서 드러나고 있는 환상은 단순한 기법이나 모티프 차원을 넘어 세계관 차원에서 작동하고 있을 정도로 작품 도처에 분명한 형태를 보이면서 전면적으로 그 모습을 보이고 있다. 이 연작 장편에 드러나는 환상은 그 이전까지의 환상에서 유지되던, 부정적인 현실에 대한 절망적 인식 및 환멸의 정서와 부정적인 현실을 넘어서고자 하는 주체의 의지 사이에서의 팽팽한 긴장관계가 무너지면서 균형의 중심추가 부정적인 현실에 대한 절망적인 인식과 환멸의 정서 쪽으로 기울어지기 시작하는 양상을 보인다.

환멸과 친구가 되어야겠다. 너무 오래 환멸이라는 놈을 외면하고 살

---

21) 임화, 「세태소설론」, 『문학의 논리』, 학예사, 1941, 346-364면.

았다. 사실은 그놈이야말로 언제나 내 곁에 머물러 있었는데, 늘 나를 지켜보고 있었는데, 그를 곁에 두고도 나는 늘 다른 친구들을 그리워하며 살았다. 이미 나를 버린 친구, 소식을 끊어버린 친구, 죽었는지 살았는지 생사조차 알 수 없게 되어버린 친구들을.

　이제는 환멸과 친구가 되는 수밖에 없겠다. 구겨진 넥타이라도 매고, 봉두난발이 된 머리칼에는 물을 묻혀 빗질이라도 하고, 새로운 친구를 맞아들여야겠다.

　안녕, 환멸이여. 어서 와 내 식탁에 앉아서 술을 받으라. 나의 친구여.
　　　　　　　　　　　　　(『아름다운 나의 귀신』, 작가의 말 전문)

　인용한 글은 『아름다운 나의 귀신』의 작가의 말 전문이다. 대체로 작품의 머리말 형식으로 쓰게 되는 작가의 말은 그 작품을 발표하던 당시의 작가의 생생한 내면을 압축하고 있는 경우가 적지 않다. 따라서 작가의 말은 그 작품의 문제의식을 해명하는 중요한 정보원으로 기능하기도 한다. 그리 길지 않은 이 작가의 말에서 도두보이는 것은 1920년대 식민지 조선의 자연주의 문학의 출사표라고도 할 수 있는 염상섭의 「개성과 예술」의 지배적인 정서인 현실 폭로와 환멸의 비애이다. 이 작가의 말에서 키 워드로 등장하면서 당시 최인석의 내면을 극명하게 압축하고 있는 '환멸'은 3.1운동이 좌절된 직후 허무의 정서에 감염되어 환멸의 비애를 반추하던 염상섭의 내면과 그리 멀어 보이지 않는다.

　'현실과 비현실 사이에 드리워진 무슨 막 같은 눈보라'(149면)와 같은 환상을 둘러싼 쟁점의 핵심은 리얼리즘의 한계를 극복하는 수단으로서 효과적인 현실비판의 전략이나 장치가 될 수 있는가 아니면 단순히 현실 도피를 조장하는 수단이나 도구에 불과할 뿐인가 하는 문제이다. 답은 둘 중에 하나이거나 둘 다이거나 할 것이다. 최근 들어, 특히, 『아름다운 나의 귀신』 이후 보다 전면적으로, 그리고 보다 의욕적으로 시도하고 있는 최인석의 환상은 매우 안타깝게도 "문제의 본질은 그의 '설정'과 '지향'사이에 가로놓여 있는, 방법상의 행복하지 못한 불화에 있다. 이 '불화'가 실재하는 세계 안에서 전망과 출구를 찾지 못한 데서 오는 자기 파괴적인 초월적 비상이 아니기를 바라는 마음 간절하다"22)라는 지적과도 같이, 그다지 성공적인 것 같지는 않아 보인다. 그런데 최인석의 소설에서 더욱 안타깝게 느껴지는 것은 환상과 같은 매개를 통하지 않고서는 리얼리즘 미학의 핵심인 원근법을 통한 현실적인 전망을 세우는 게 불가능할 정도로 우리들의 현실세계가 갈수록 불모와 불임의 세계로 전락해가고 있다는 우울한 전망이 아닌가 생각한다. 철거 반대 투쟁 현장에서 '그러니까 차라리 천막 앞에 버티고 서서 지팡이를 칼처럼 휘두르며, 아침부터 병째로 소주를 입에 들이부으며, 저 몽매한 고종 임금의 병졸들을 모조리 짓밟아라. 오늘은 경복궁을 깨뜨리고 내일은 운현궁을 무너뜨린다. 모레는 평양성을 들이치고 글피는 백두산 천지에 오른다. 하고 외치는 도깨비 선생이야말로 어쩌면 가장 의미 있는 짓을 하고 있는 것처럼 여겨졌다'(149면)라는 서술자의 진술이야말로 갈수록 강고해져가기만 하는 현실세계의 거대한 벽에 대한 절망, 그리고 그로 인한 최인석의 우울한 전망이 어느 정도인가를 극명하게 보여주고 있는 것이 아닌가 생각한다. 『아름다운 나의 귀신』 이후 발표된 최인석 소설의 환상에 대한 본격적인 천착은 글을 달리 하여 살펴보고자 한다.

---

22) 한수영, 「환멸의 몽유록」, 『소설과 일상성』, 소명출판, 2000, 280면.

3. 나오는 말

이 글은 최인석의 소설에 나타난 환상의 변주 양상과 그 의미를 살펴보고자 하는 목적을 가지고서 출발했다. 그 목적과 관련해서 이 글은 대상 작품을 『내 영혼의 우물』, 『혼돈을 향하여 한걸음』, 『나를 사랑한 폐인』 세 작품집과 『아름다운 나의 귀신』 연작 장편으로 한정했다. 이 글의 문제의식이나 목적과 관련된 환상의 변주 궤적과 그 의미를 네 텍스트가 가장 명료한 형태로 보여주고 있다는 판단에서였다. 지금까지의 논의를 요약·정리하는 것으로 결론을 삼고자 한다.

분석 결과, 등단 이후 지금까지 최인석이 발표한 작품들은 장르나 발표 시기의 차이에 상관없이 한 가지 분명한 공통점을 지니고 있음을 확인할 수 있었다. 그가 발표한 대부분의 작품들이 광기와 폭력이 지배하는 야만의 세계, 우승열패와 약육강식의 정글 법칙이 지배하는 불모의 세계에 대한 절망적인 인식 및 환멸의 정서와 그 세계를 넘어 모든 폭력과 차별로부터 해방된 새로운 세계를 동경하고 모색하는 유토피아 지향성을 서사의 기축으로 삼고 있다는 점이었다. 그리고 부정적인 세계에 대한 절망적인 인식 및 환멸의 정서와 구원의 가능성 사이에 가로놓인 절망적인 거리가 이 글이 주목하고자 했던 최인석 소설의 환상을 낳게 하는 서사의 동력으로 작동하고 있음을 알 수 있었다.

이 글은 최인석 소설의 환상을 세 단계- 환상성의 요소가 징후의 차원에서 드러나는 시기, 미학적 자의식을 가지고서 동원한 시기, 그리고 세계관적 차원에서 전면적으로 사용한 시기-로 구분하였다. 주로

『내 영혼의 우물』과 『혼돈을 향하여 한걸음』 두 작품집에 반복 강박의 형태로 변주되고 있는 징후 차원에서의 환상은 부정적인 현실에 대한 절망적 인식 및 환멸의 정서와 부정적인 현실을 넘어서고자 하는 주체의 의지 사이의 역학관계가 어느 한쪽으로 쏠리지 않고 팽팽한 긴장관계를 유지하는 과정에서 보여준 미학적 고투의 결과로 해석하였다. 『나를 사랑한 폐인』에 수록된 작품들에서의 환상은 좀 더 의식적임을 알 수 있었다. 그러나 이 두 작품집에 수록된 작품들에서의 환상의 강도는 아직 인과론적 질서에 바탕을 둔 리얼리즘 미학의 규율에 균열과 틈새를 드러낼 정도로 분명하지는 않음을 확인할 수 있었다. 그러나 마지막 단계인, 세계관적 차원에서 환상을 전면적으로 동원하고 있는 『아름다운 나의 귀신』에서의 환상은 리얼리즘 미학의 규율을 해체할 정도의 균열을 드러내고 있음을 알 수 있었다. 이 연작장편에 드러나는 환상은 그 이전까지의 환상에서 유지되던, 부정적인 현실에 대한 절망적 인식 및 환멸의 정서와 부정적인 현실을 넘어서고자 하는 주체의 의지 사이에서의 팽팽한 긴장관계가 무너지면서 균형의 중심추가 부정적인 현실에 대한 절망적인 인식과 환멸의 정서 쪽으로 기울어진 결과로 해석하였다. 결론적으로 최인석 소설의 환상과 관련하여 중요한 점은 환상 그 자체의 미학적 완성도나 담론 효과를 떠나 환상과 같은 매개를 통하지 않고서는 리얼리즘 미학의 핵심인 원근법을 통한 현실적인 전망을 세우는 게 불가능할 정도로 우리들의 현실세계가 갈수록 불모와 불임의 세계로 전락해가고 있다는 우울한 전망이 아닐까 생각해보았다. "어느 시대에도 그 현대인은 절망한다. 절망이 기교를 낳고 기교 때문에 또 절망한다"라는 이상의 아포리즘으로 이 글을 마무리하고자 한다.

5

관념적 로맨티스트의 농촌계몽,
그 의미와 한계

1. 문학텍스트, 어떻게 읽을 것인가?

이 글의 대상은 춘원 이광수의 장편 소설 『흙』이다. 그리고 이 글이 감당해야 할 과제는 이광수의 『흙』에 나타난 농촌계몽의 의미와 한계를 살펴보는 작업이다. 이 과제를 수행하기에 앞서 문학텍스트는 무엇이며, 문학텍스트의 의미를 어떻게 해석할 것인가? 하는 문제들에 대한 개략적인 윤곽부터 제시하는 게 순서일 듯싶다.

누가 뭐래도 문학은 '언어예술'이다. 음악이나 조각과 달리 문학은 언어를 표현수단으로 작가의 사상이나 감정을 드러내는 예술양식이기 때문이다. 한편 문학은 상상력을 토대로 그 당대의 시대정신이나 사회 구성원들의 보편적인 욕망을 반영하는 사회적 생산물이기도 하다. 사정이 이러하다면 문학텍스트는 당대의 시대정신이나 사회 구성원들의 보편적인 욕망을 언어적인 구조물을 통해 반영하는 상상적 실천으로 규정해 볼 수 있겠다. 가장 소박한 수준의 문학적 담론에서는 당대의 시대정신이나 사회 구성원들의 보편적인 욕망을 '내용'이라 하고 언어적인 구조를 '형식'이라 한다. 따라서 제대로 된 문학연구에서 형식과 내용은 둘이 아니라 하나가 되어야 한다. 사정이 그러함에도 불구하고 그 둘을 분리해서 형식과 내용이라는 서로 다른 개념으로 명명하는 이유는 그렇게 분리해서 부르지 않으면 문학텍스트를 설명할 방법이 없기 때문이다. 그러니까 분리가능해서 분리하는 게 아니라 설명의 편의 때문에 분리하는 것이다. 그렇다면 문학텍스트의 의미는 어떻게 해석할 것인가?

이 질문에 대해서는 그 동안 크게 세 가지의 관점이 주도권을 다투어 왔다. 가장 전통적인 관점, 그러니까 문학 텍스트의 해석 공동체에 가장 먼저 등장한 관점은 작가의 의도를 문학 텍스트의 의미로 파악하는 관점(역사·전기 비평)이었다. 이 관점에 의하면 문학텍스트의 의미는 하나가 되어야 한다. 창작주체로서의 작가의 의도는 하나이어야만 하기 때문이다. 그런데 문학텍스트의 의미는 실제로 독자들마다 다르기도 하고, 심지어는 동일한 독자라도 독서의 환경이나 조건에 따라서 다르기도 하다는 점에서 이 관점은 심각한 도전에 직면한다. 이와 대척적인 지점에 독자들의 해석을 문학텍스트의 의미로 파악하는 관점(독자반응비평이나 수용미학)이 등장한다. 문학텍스트의 의미와 관련된 이론의 역사에서 보면 가장 최근에 등장한 이 관점에 의하면 문학텍스의 의미는 극단적으로 독자들의 수만큼이나 많을 수도 있다는 형식논리가 성립된다. 하지만 실제로는 전혀 그렇지가 않다. 문학텍스트의 구조 자체나 해석공동체의 해석규범이 텍스트 해석의 수를 일정하게 한정하기 때문이다. 그리고 마지막으로 텍스트의 구조 자체에서 문학 텍스트의 의미를 찾으려 하는 관점(구조주의나 형식주의)을 들 수 있다. 문학텍스트를 자족적인 실체로 접근하는 이 입장은 문학텍스트의 의미 생산에 매우 중요한 요소로 기능하는 텍스트 바깥의 지점들을 전혀 고려하지 못한다는 한계로부터 자유로울 수 없는 문제를 지닌다.

지금까지의 설명을 통해서 알 수 있는 바와 같이, 문학텍스트의 의미 해석과 관련된 세 가지의 관점들은 모두 나름대로의 설득력과 타당성을 지니고 있다. 하지만 모든 이론이나 방법론의 일반적인 운명처럼, 그 세 관점들이 지니는 설득력이나 타당성들은 부분적일 수밖에 없다. 창작주체로서의 작가가 존재하지 않는 문학텍스트는 존재할 수조차 없고, 그리고 작가의 의도 또한 없지 않을 수 없다는 점에서 문학텍스트의 의미를 작가의 의도에서 찾고자 하는 관점은 충분한 의미를 지닌다. 또한 '독자가 읽어주지 않는 문학텍스트란 하얀 종이 위에 찍힌 검은 활자'에 불과할 뿐이라는 수용미학의 명제를 빌리지 않더라도 문학텍스트의 해석은 결국 독자의 해석을 통해서 완성된다는 점에서 문학 텍스트의 의미를 독자의 해석에서 찾고자 하는 관점 또한 해석 공동체의 시민권을 확보하는 데 조금도 문제가 되지 않는다. 그리고 작가의 의도나 독자의 해석이 구체적으로 실현되는 물리적인 장소는 다름 아닌 문학텍스트라는 점에서 구조주의나 형식주의 비평 또한 충분한 존재 이유를 지닌다. 그런 점에서 문학텍스트의 의미를 해석한다고 하는 작업의 핵심은 꼼꼼한 문학텍스트 읽기를 통해 작가의 의도를 밝혀내는 일이라 할 수 있다.

사정이 이러하다면 올바른 문학 텍스트 해석을 위해서 요구되는 전제는 크게 두 가지이다. 먼저 대상 텍스트를 정치하게 분석하고 해석할 수 있도록 대상 텍스트를 꼼꼼하게 읽는 작업이다. 문학 연구는 문학텍스트에 대한 연구이기 때문이다. 문학연구의 중심은 항상 그리고 언제나 텍스트(작품) 자체여야 한다는 사실에 대해서는 아무리 강조해도 지나치지 않다. '백문이불여일독', '읽고 또 읽을 것'. 문학연구의 제 1공리이자 명제로 삼아야 할 화두이다. 다음으로는 텍스트의 생산과 관련된 주변의 컨텍스트를 면밀하게 섭렵하는 작업이다. 문학텍스트는 추상적인 진공상태에서 발생하는 게 아니다. 구체적인 사회·역사적인 존재로서의 창작주체인 작가의 언어적 실천행위의 결과인 문학 텍스트에는 그 작가의 개인적인 생애나 사상, 그리고 그 작품이 쓰인 당대의 시대상황이나 사회·역사적 배경 등이 반영될 수밖에 없다. 따라서 텍스트를 꼼꼼하게 읽는 작업과 텍스트 주변의 컨텍스트에 대한 면밀한 섭렵, 이 두 가지의 작업은 올바른 텍스트 해석을 위한 기본의 기본, 건축공사로 비유하면 정지작업과 기초공사에 해당된다. 서구의 최신 문학이론이나 방법론 또는 난삽한 개념이나 용어 등은 이 두 가지 작업 이후의 문제이다.

2. 관념적 로맨티스트로서의 이광수와 이광수의 문학

식민지 조선의 근대소설 지형도를 작성하는 과정에서 춘원 이광수와 횡보 염상섭 두 사람은 기념비적인 작가로 평가받을 정도로 중요한 비중을 차지한다. 그러한 문학사적인 평가에 대해서는 이제까지 별다른 이의가 없어 보인다. 하지만 존재와 세계를 바라보는 시선의 깊이와 넓이, 문체의 밀도나 구성의 체계 등과 같은 문학적 평가에 관한 한 이광수는 당시 대중적인 인기와는 상관없이 염상섭에 비해 항상 높은 평가를 받아오지 못한 것이 저간의 사정이었다. 왜 그러할까? 치밀한 리얼리스트(염상섭) / 관념적 로맨티스트(이광수)라는 대립쌍을 통해서 이 문제에 접근해보고자 한다.

알려져 있다시피 이광수는 1892년생이고 염상섭은 1897년생이다. 나이로만 치자면 이광수가 다섯 살이나 많다. 그럼에도 불구하고 거의 같은 시기에 발표한 『흙』(1932)과 『삼대』(1931)를 비롯한 많은 작품들을 비교해보면 알겠지만 존재와 세계를 바라보는 시선의 깊이와 넓이에서 염상섭은 이광수에 비해 훨씬 어른스러워 보인다. 왜 그러한 차이가 생겨났을까? 이 문제에 대한 답을 구하는 작업은 『흙』에 대한 친절한 해설을 목적으로 하는 이 글의 관심 범위는 물론이고 필자의 능력을 훌쩍 벗어나는 일이다. 때문에 그저 소박한 심정적인 추정의 수준에서 성장환경이나 기질상의 차이에서 온 것이겠거니 하고 짐작만 할 수 있을 따름이다. 다만 그러한 차이를 토대로 두 사람의 작가적 정체성을 '염상섭 : 치밀한 리얼리스트 / 이광수 : 관념적인 로맨티스트'로 규정하여 『흙』의 해설과 관련하여 도움이 될 만한 이야기는 좀 해 볼 수는 있을 것 같다.

먼저 존재와 세계를 파악하는 시선이라는 맥락에서 두 작가를 비교해보면 이광수는 매우 단순하고 단선적이다. 그에 비해 염상섭은 상대적이긴 하나 매우 입체적이고 치밀한 편이다. 이광수 소설에 등장하는 주요 인물들의 내면을 지배하는 욕망의 동기는 주로 '이념'이나 '주의'에 관한 것이 많다. 그 이념이나 주의 또한 대단히 거창할 뿐만 아니라 관념적인 구호 수준에 머무르고 있는 것들이 대부분이다. 그리고 이들은 거의 이상주의자의 면모를 지니고 있을 뿐만 아니라 매우 충동적이고 감상적이다. 반면 염상섭의 소설에 등장하는 주요 인물들의 내면을 지배하는 욕망의 동기는 많은 연구자들의 지적처럼 '돈'과 '성'에 관한 것들이 대부분이다. 그리고 그들은 대단히 냉정하고 치밀하고 영악하고 타산적이다. 아주 거칠게 요약한다면 이광수 소설의 주요 인물들이 이념과 주의에 목숨을 거는 인간형이라고 한다면, 염상섭 소설의 주요 인물들은 돈과 성에 목숨을 거는 인간형들이라고 할 수 있다.

폭력적인 단순화의 혐의를 무릅쓰고, 근대소설을 리얼리즘 소설로, 그리고 리얼리즘 소설을 보통 사람들의 살아가는 이야기 양식으로 규정했을 때, 이광수의 소설은 본격적인 리얼리즘 소설과는 상당한 거리가 있다. 우선 무엇보다도 이광수 소설에서는 근대 자본주의 현실세계에서는 경험하기 쉽지 않은 관념형의 인물들이 서사를 이끌어나가는 중심인물들로 등장하기 때문이다. 근대 리얼리즘 소설과 관련된 이광수 소설의 취약점을 더욱 부각시키는 요소는 주요 인물들이 이념이나 주의를 선택하게 되는 과정이나 동기 또한 전혀 설득력이 없이 관념적이고 충동적이라는 점이다. 부분적으로 이광수 소설의 중심인물들은 초월적인 능력을 지닌 고대 영웅소설에서의 주인공들과 강한 친족성을 형성하고 있다.

이와 같이 존재와 세계를 바라보는 시선이나 인식 지평이 단순하고 단선적이다 보니까 이광수의 소설에는 모순과 부조리로서의 인간존재의 본질에 대한 깊이 있는 성찰이나 예리한 통찰은 보이지 않고 있다. 이광수 소설은 또한 '들끓는 욕망의 용광로'로서의 인간존재들이 자신들의 존재 증명이나 인정 투쟁을 위해 이합집산을 거듭하며 벌이는 이전투구의 구체적인 실상에 대해서도 깊이 있는 천착도 보이지 못하고 있다. 다만, 이광수는 자신의 소설을 통해 인간존재와 사회현실을 자신의 섣부른 이념이나 관념에 의해 주관적으로 재단하고 평가할 뿐이다. 이광수 소설에 등장하는 존재와 세계가 철저할 정도로 윤리적인 이분법의 세계로 분할되거나 재단되는 것도 모든 것을 자신의 해석적인 전유에 의해 주관적·주정적으로 주조하는 관념적인 로맨티스트로서의 이광수의 세계인식과 밀접한 관련이 있어 보인다.

3. 윤리적 이분법의 세계

관념적 로맨티스트로서의 이광수의 세계관은 30여 편 정도에 이르는 장편소설의 구조에 중요한 변수로 기능한다. 이광수가 일반 독서 대중들의 폭발적인 인기를 한 몸에 받으면서 정열적으로 발표한 장편소설들의 대부분이 '윤리적 이분법의 척도로 재단된 세계'라는 점이야말로 세계관과 구조 사이의 구조적 상동성을 극명하게 보여주는 대표적인 사례이다.

이광수 소설의 서사를 추동하는 인물들은 절대선의 의지로 무장된 긍정적인 세력과 절대악의 의지로 무장된 부정적인 세력들로 확연히 구분된다. 이광수 소설에는 그 중간의 점이지대가 별로 보이지 않는다. 온갖 상충하는 분열증적 욕망들로 인한 갈등과 고투를 존재론적 조건으로 하는 근대적 주체들의 불행한 의식에 비추어 볼 때 이광수 소설은 과장과 왜곡, 그리고 단순화의 혐의로부터 결코 자유롭지 않아 보인다. 그런 점에서 이광수 소설은 동화적 상상력이 지배하는 고대 설화의 세계나 영웅소설의 서사와 닮은 점이 적지 않아 보인다.

이광수 소설의 플롯 또한 고대 영웅소설들의 플롯과 많이 닮아 있다. 기본적으로 이광수의 소설의 플롯은 고대 영웅소설의 그것처럼 '악의 세력/선의 세력의 대결 구도'를 중심축으로 형성되어 있기 때문이다. 플롯의 전개 과정 또한 이광수 소설은 악의 세력들의 음모와 박해로 인해 선의 세력들이 수난을 당하다 마지막에 이르러 전혀 예상치 못한 우연이나 천우신조의 도움을 받아서 문제를 해결하거나 아니면 악의 세력들이 선의 세력에 감동·감화를 받아 절대선의 세계로 백기 투항하는 형국으로 끝나는 고대 영웅소설의 전형에서 크게 벗어나지 않고 있다. 그 과정 또한 서사의 진행과정이나 현실세계의 논리에 비추어 보아서도 전혀 설득력이 없어 보인다. 뿐만 아니라 서사의 진행 계기들이나 결말 부분에서의 낙관적인 전망이나 해피엔딩 또한 느닷없을 정도로 충동적이고 갑작스럽다.

근대소설을 리얼리즘이라고 했을 때 리얼리즘 미학의 핵심 규율은 현실에서 출발하라, 현실을 객관적으로 그려라, 현실을 냉정하게 그려라, 현실을 비판적인 시각에서 그려라 하는 것이다. 하지만 이광수의 소설은 거의 대부분 아쉽게도 구체적인 현실에서 자신의 관념이나 주장을 이끌어내는 게 아니라 역으로 자신의 관념이나 주장이 현실세계를 압도·재단하는 측면이 매우 강하다. 바로 이 부분이야말로 이광수의 소설이 리얼리즘 미학으로부터의 심각한 일탈이라는 문제를 지니게 될 수밖에 없게 만드는 근본적인 이유라고 생각한다. 이 글에서 본격적인 해설의 대상으로 소환하고자 하는『흙』또한 예외가 아니다. 예외가 아니라기보다는 이광수 소설의 그러한 문제점을 가장 전형적으로 보여주는 대표적인 작품이 바로『흙』이 아닌가 생각한다.

이광수 소설의 대부분 서사구조들처럼 이 작품의 서사구조 또한 극명할 정도의 이분법적 대립의 구도를 바탕으로 하고 있다. 그 이분법적 대립 구도의 핵심 축은 '허숭을 정점으로 하는 긍정적인 세력 / 김갑진을 정점으로 하는 부정적인 세력'으로 구획할 수 있다. 허숭을 정점으로 하는 긍정적인 세력들은 허숭을 제외하고는 유순, 맹한갑, 작은갑 등 농민들로 구성되어 있다. 이들은 하나같이 일신의 영위와 영달보다는 대의와 공동체적 가치에 헌신하는 이타적인 존재들이라는 특성들을 공유하고 있는 인물들이다. 허숭만 하더라도 보성전문 졸업 후 고등문관 시험에 합격하여 변호사 자격증을 취득한, 그 당시 세속의 기준으로 보더라도 입신양명에 성공한 인물이다. 게다가 그는 당시 조선의 부호인 윤참판의 막내인 정선과 결혼하여 물질적으로도 풍요로운 미래가 약속된 전도양양한 젊은이이다. 그러나 그는 그 모든 현세의 부귀영화와 권세를 등지고 자신의 이상을 실현할 수 있는 대안적인 공간으로 정한 살여울로 내려간다. 자신을 무시하고 자신을 대의를 폄하하는 정선과의 불행한 결혼생활로 인한 번민과 갈등이 빌미가 되기도 하지만 보다 더 근본적으로는 농촌 계몽에 대한 자신의 이상 실현을 포기할 수 없기 때문이다.

반면 갑진을 정점으로 하는 부정적인 세력은 정선, 이건영, 정근 등 고등교육을 받은 상류 계층의 지식인 집단들로 구성되어 있다. 이들은 일본 또는 미국 유학생 출신으로 식민지 조선을 위해 일하기보다

는 철저할 정도로 자신의 일신상의 안일과 영달만을 추구하고자 하는
출세 지향적인 인물들이다. 당시 식민지 조선 사회의 상류 계층에 속
하는 이들이 하는 일이란 애오라지 팔난봉과 파락호를 방불케 할 정
도의 엽색행각과 방탕 뿐 다른 일이란 관심 밖이다. 한마디로 이들은
타락한 부르주아 속물의 전형들이라 할 수 있다.

　서사의 전개는 허숭의 헌신적인 농촌 계몽 사업과 그것을 끊임없이
방해하는 적대적인 세력들의－아내 정선과 김갑진과의 불륜, 정근의
음해와 무고 공작, 아내 정선의 몰이해와 질투－갈등과 대립을 축으
로 형성된다. 이 부분이 서사의 거의 대부분 비중을 차지한다. 그러다
가 서사의 결말에 이들이 허숭의 인격과 대의에 감동·감화를 받아
회개하고 회심하는 것으로 종결된다. 그런데 문제는 이 두 세력 사이
에 중간의 점이지대가 존재하지 않고 있다는 점, 그리고 결말 부분에
서의 정근과 갑진의 회심 부분 또한 긴밀한 서사의 내적인 계기나 동
기부여가 결여되어 있다는 점이다. 한마디로 리얼리티가 없다는 점이
다. 왜 그러한가? 이에 관해서는 농촌 계몽의 관념성과 허구성을 설명
하는 다음 절에서 상술하기로 한다.

4. 농촌계몽의 관념성과 허구성

　『흙』은 이광수가 동아일보 편집국장으로 재직(1926.11-1933.08)중
이던 1932년에 동아일보에 291회(1932.4.12-1933.7.10)에 걸쳐 연재한
장편 농민소설이다. 이 작품에 대해서는 그 동안 숱한 논의가 있어 왔

다. 그 숱한 논의들 가운데 그 동안 이 작품의 지배적인 해석 코드로 동원되었던 키 워드들은 '민족주의 문학', '계몽주의 문학', '농민문학' 등이었다. 문제는 이 소설을 통해서 드러내고자 한 이광수의 민족주의 의식이나 농촌 계몽의 성격이다.

앞서 말한 바와 같이, 이광수가 이 작품을 『동아일보』에 연재하기 시작한 것은 1932년 4월 12일부터이다. 이 작품의 연재가 1932년에 시작되었다라고 하는 사실은 이 작품의 심층적인 의미망을 탐색하는 데 매우 중요한 요소로 기능한다. 왜 그러한가? 이와 관련하여 무엇보다도 세 가지 사실을 지적할 필요가 있다.

먼저 이 해는 브나르도 운동이 본격적으로 진행되기 시작한 시기이자 이광수가 『동아일보』의 편집국장 신분으로 재직 중이던 시기라는 점을 들 수 있다. 사회주의 계열의 적색 농민 조합이 확산되는 것에 맞서 민족주의 계열의 농촌 계몽 운동으로 출발한 브나로드 운동은 이 작품이 발표되던 1932년경이면 본격적인 국면에 접어든다. 당시 조선일보와 더불어 브나로드 운동의 구심체 역할을 했던 동아일보의 편집국장으로 재직 중이었던 이광수는 이러한 시대의 대세를 외면할 수 없었을 것이다. 다음으로 이 해는 우가키 카즈나리(宇坦 一成)가 식민지 조선의 총독으로 부임한 시기라는 점을 들 수 있다. 1932년에 식민지 조선의 총독에 부임한 우가키는 취임사에서 시정의 핵심 목표로 물심안정주의를 내세운다. "우가키의 물심 안정주의는 농촌 진흥 운동과 보통교육 확충으로 나타났다. 농촌 진흥운동의 목적은 조선인의 생활수준의 향상에 있었고, 그 궁극적 목적은 세계공황으로 대 타격을 입은 일본 경제의 구매력 있는 시장을 조선에 조성하기 위해서였다."[23] 그리고 마지막으로 이 시기는 일제가 1931년 만주사변을 계기로 본격적인 대륙침략 전쟁에 나서면서 식민지 조선을 대륙침략의 병참기지이자 교두보로 삼으면서 전시동원체제로 재편하기 시작한 시기라는 점을 들 수 있다. 당시 부르주아 민족주의 우파의 대표적인 지식인으로서 1922년 귀국 후『민족개조론』발표를 기점으로 서서히 체제 내화의 길로 접어들던, 그리고 자기 현시욕이 상당한 강한 기질의 이광수로서는 이러한 시대상황으로부터 자유로울 수 없었을 것이다.

이 작품은 이와 같이 직접적으론 브나로드 운동과 같은 동아일보사 중심의 농촌 계몽사업, 그리고 간접적으론 우가키 총독의 식민지 지배 정책의 일환인 농촌진흥운동 및 만주사변을 계기로 돌입한 본격적인 전시동원체제라는 사회·역사적 맥락과의 긴밀한 조응 속에서 발표를 시작한 작품이다. 이 작품의 발생 배경이자 동인으로서의 이러한 사회·역사적 맥락은 이 작품의 구조적인 특성과도 밀접한 관련을 맺고 있는데 그게 바로 이 작품의 핵 사건으로 기능하는 농촌 계몽운동의 관념성과 허구성이다.

이 작품은 한마디로 당시의 브나로드 운동이나 농촌진흥운동을 외면할 수 없었던, 아니 적극적으로 관여하고 싶었던 이광수가 소설이라는 상상적인 매개물을 통해 자신의 농촌 계몽 의지를 관념적으로 투사시킨 작품이라고 할 수 있다. 다시 말해 이 작품은 당시 식민지 조선의 구체적인 농촌 현실에 바탕을 두고서 형성된 게 아니라 책상 위에서 관념적으로 주조된 자신의 농촌 계몽의지를 살여울이라는 상상적인 허구의 공간을 통해 투사시킨 결과물이라고 할 수 있다. 이 작품이 태생적으로 관념성과 허구성이라는 한계로부터 자유로울 수 없는 이유는 바로 거기에 있는 것이다. 서사 구조의 차원에서 이 작품의 이

---

23) 호사카 유우지,『일본제국주의의 민족동화정책 분석』, 제이앤씨, 2002, 118면.

야기를 추동하는 주인공인 허숭의 농촌 계몽 운동으로의 헌신적인 투신, 정선과 백선희의 동참, 김갑진의 검불랑 이농, 그리고 정근의 개과천선 등 이 작품의 주요 모티프로 기능하는 사건들이 하나같이 서사의 내적인 계기나 동기가 부족하여 서사의 밀도가 떨어지게 하는 것도 이 작품의 태생적인 한계인 관념성과 밀접한 관련성이 있다. 또한 관념성과 관련된 이 작품의 한계는 한국 최초의 근대 장편이라는 문학사적인 평가를 받고 있는 『무정』을 비롯한 이광수의 대부분 장편들이 안고 있는 구조적인 문제이기도 하다.

한편, 관념성으로 인한 『흙』의 구조적 문제에 대해서는 그 어느 누구보다 이광수 본인이 정확하게 인식하고 있었던 것으로 보인다. 1부 45회분 연재를 마치고 단군 유적 답사를 위해 연재를 일시적으로 중단하면서 발표한 작가의 "오늘날 조선의 사람과 흙을 그리려 하는 나에게는 수십 년 도회 생활만 하고 농촌을 등졌던 나에게는 반드시 많은 느낌과 재료를 얻으리라고 믿는다."라는 말에서 이 작품을 연재하는 과정에서 농촌 생활의 경험 부족으로 인해 이광수가 느낀 창작의 어려움을 어렵지 않게 확인할 수 있기 때문이다. 이 작품의 관념성에 대해서는 이광수 본인 말고도 김동인이나 홍효민 등 당시 문단의 동료들 또한 다투어 지적하고 있다. 당시 이광수의 문학을 자신이 극복해야 할 커다란 산으로 느끼면서 식민지 조선의 신문학 영토를 개척해나갔던 김동인의 "조선 농촌이라는 데 대해서 이만치 인식이 적은 작자가 이 작에서 주인공 허숭으로 하여금 농촌 계발에 활동하게 한데 이 작품은 출발부터 미흡한 점이 있다. 도회인이 책상머리에 앉아서 상상으로 생각하는 조선 농촌의 고민과 현실과의 새에는 상당한 어긋남이 있지 않을까"24)라는 지적이나 당시 농촌 문학에 상당한 관

심을 가지고 있었던 카프 계열의 비평가인 홍효민의 "여기에 춘원작
『흙』이란 상당한 지수를 소비한 장편소설도 그 실은 춘원이 의도하는
바 귀농운동을 이렇게 하였으면 어떨까(?) 하는 문제를 제시함에 지남
이 없는 것이다."25)라는 지적들은 모두 『흙』이 지닌 관념성의 문제를
겨냥한 것들이다.

한편 농촌 계몽 운동의 관념성 이외에 이 작품이 안고 있는 또 하나
의 문제는 농촌 계몽 운동의 이데올로기적 허구성이다. 거시적인 맥
락에서 브나로드 운동의 뿌리는 그 연원을 소급해 올라가면 3.1운동
이후 일제의 식민 당국과 부르주아 민족주의 우파 세력들 사이에 타
협의 결과로 주어진 문화 통치나 문화적 민족주의에 가 닿는다. 당시
일제의 식민 당국은 3.1운동을 계기로 무단통치 방식이 지니고 있었
던 문제를 정확하게 인식하면서 식민 통치 방식의 방향 전환을 모색
할 수밖에 없는 상황에 처하게 된다. 또한 윌슨의 민족자결주의의 허
구성을 정확하게 간파하는 과정에서 약소민족의 비애를 절감한 부르
주아 민족주의 우파 세력들은 일제로부터의 해방과 독립은 오로지 우
리 민족의 주체적인 역량과 투쟁 밖에 없다는 사실을 인정하지 않을
수 없게 된다. 하지만 당시 우리 민족의 실력이나 역량으로 볼 때 정
치 투쟁과 같은 운동 방식은 시기상조로 판단한 부르주아 민족주의
우파 진영에서는 현실적인 대안으로 문화 운동이라는 점진적인 독립
방안을 구상하게 된다. 이러한 상황에서 일제의 식민 당국은 문화운
동을 통한 민족주의 운동을 전개할 수 합법적인 공간 제공을, 그리고
부르주아 민족주의 우파 진영에서는 그에 대한 화답으로 무장 투쟁이

---

24) 김동인, 「춘원연구」, 김치홍 편저, 『김동인평론전집』, 삼영사, 1984, 167면.
25) 홍효민, 「귀농운동의 관념화 : 『흙』의 제구성의 양상」, 『인문평론』 제14호, 79면.

나 테러를 통한 과격한 정치 투쟁의 포기를 서로 주고받는 타협의 결과로 주어진 게 바로 1920년대 문화적 민족주의의 본질이라고 할 수 있다.

한마디로 1920년대 문화적 민족주의의 본질은 일제의 부당한 식민 지배에 대한 저항의지를 담보로 교환한 체제 순응적인 온건한 운동이라고 할 수 있다. 그리고 '준비론'이나 '실력양성론' 등은 바로 당시 문화적 민족주의 운동의 구체적인 방법으로 제시된 운동 노선들이다. 문화적 민족주의 운동 노선이 농촌 계몽 운동의 방향에서 진화된, 따라서 문화적 민족주의 노선의 연장선상에 있는 브나로드 운동은 아주 거칠게 요약하면, 근본적으로 체제 순응적인 지향을 크게 벗어날 수 없었던 운동으로 평가할 수 있다. 이 작품에서 허숭이나 백선희가 살여울에 정착한 후 농민들을 대상으로 계몽과 교화의 대상으로 실시한 구체적인 내용들―문맹퇴치, 위생사상보급, 생활개선 운동, 협동조합을 통한 경제생활 합리화―이 일제 총독부의 농촌 진흥운동 내용과 크게 다르지 않다는 점을 보아도 브나로드 운동에 대한 그러한 평가는 조금도 무리가 아니라고 생각한다. 브나로드 운동의 한계와 관련된 이광수의 농촌 계몽 의지의 이데올로기적 허구성은 다음과 같은 대목에서 분명하게 확인된다.

숭이가 정선을 기다리는 제일 플랫폼에서는 군대를 송영하는 제이 플랫폼 광경이 잘 건너다보였다. 정선이가 탄 열차가 경성 역에 들어오기를 기다려서 북으로 향할 군대 열차는 정선의 열차보다 십 분 가량 먼저 정거장에 들어왔다.

열차가 정거장에 들어올 때에 송영 나온 군중은 깃발을 두르며 반자이를 부르고 중국 사람의 것과 비슷한 털모자를 쓴 장졸들은 차창으로

머리를 내밀고 화답하였다. 송영하는 군중이나 송영받는 장졸이나 다 피가 끓는 듯하였다. 이 긴장한 애국심의 극적 광경에 숭은 남모르게 눈물을 흘렸다. 고향과 사랑하는 사람들을 두고 나라를 위하여 죽음의 싸움터로 가는 젊은이들, 그들을 맞고 보내며 열광하는 이들. 거기는 평시에 보지 못할 애국, 희생, 용감, 통쾌, 눈물겨움이 있었다. 숭은 모든 조선 사람에게 이러한 감격의 기회를 주고 싶다고 생각하였다. 전장에 싸우러 나가는 이러한 용장한 기회를 못 가진 제 신세가 힘없고 영광 없는 것 같이도 생각되었다.

인용문면을 통해서 확인할 수 있는 사실은 본격적인 대륙 침략을 통한 15년 전쟁(일본에서는 1931년 만주사변에서 1945년 종전까지의 기간을 15년 전쟁이라고 부른다)의 시발인 만주사변의 전장에 출전하는 장졸들을 환송하는 자리인 출정식 장면에 대한 이광수의 내면풍경이다. 일제의 식민지 지배 역사에서 1931년의 만주사변은 매우 중요한 의미를 지니는 사건이다. 이 사건을 계기로 본격적인 대륙침략 전쟁을 발판을 마련한 일제는 식민지 조선의 모든 부문을 대륙침략의 전지기지이자 병참기지로 영토화하는 정책을 시행해나가기 때문이다. 그 과정에서 혹독해진 경제적 수탈과 사상 탄압으로 인해 식민지 조선 민중들의 생활고는 더욱 악화되고 지식인들의 활동공간은 더욱 위축된다. 이와 같이 1931년의 만주사변은 일제의 식민지 조선 지배 정책이 야만의 얼굴을 드러내기 시작하는 결정적인 변곡점을 형성할 정도로 당시 식민지 조선 사람들에게는 좋지 않은 사건이었다. 그럼에도 불구하고 이광수는 허숭이라는 대리인을 통해 만주사변에 직접 출정하지 못한 자신의 처지와 신세를 한탄하고 있다. 이러한 이광수의 모습에서 우리는 1922년 상해로부터 귀국한 이후에 발표한『민족개조론』에서부터 그 징후를 보이기 시작한 친일에의 지향이 본격적으로 드러나 일제 말기 "소학교를 졸업한 사람은 전부 지원병 검사를 받도록 하여야 할 것입니다. 이러하여서 조선에 징병제도가 하루바삐 실천되도록 촉진하여야 할 것입니다. 우리 자제가 전부 징병되는 날이 우리가 완전한 황국신민이 되는 날임을 뇌고(牢固)하여야 합니다."[26] 라는 전시동원체제하에서의 황국신민화론을 주장하면서 식민지 조선의 청년들에게 징병을 독려하던 이광수의 모습을 선취할 수 있는 것은 결코 과잉해석이 아니라고 생각한다.

---

26) 이광수, 「성전 3주년」, 김병걸 · 김규동 편, 『친일문학작품선집1』, 실천문학사, 1986, 87면.

6

1980년대 소설의 진단과 성찰

1. 들어가는 말

최근 들어 문학 공동체의 자장 내에서 10년을 주기로 소설사의 의미 단위를 구획하는 틀이 하나의 제도적 관행이나 규약으로 자리를 잡아가는 듯하다. 물론, 그 틀의 실체적 정합성 여부는 엄밀한 문학사적 검증을 요하는 일일 것이다. 하지만 최근 들어 '1950년대의 소설가들', '1960년대 문학 연구', '1970년대 문학 연구', '1970년대 장편소설의 현장' 등, 10년 단위의 시대적 표지를 표나게 내세우는 연구 성과물들이 부쩍 눈에 많이 띄는 현상을 보더라도 문학 공동체의 정주민들에게 그 틀은 어느 정도의 설득력이나 구속력을 담보하고 있어 보인다. '1980년대의 한국 소설에 대한 성찰과 진단'이라는 목적지를 향해 출발하고자 하는 이 글 또한 바로 그 틀을 숙주로 하고 있음을 부인하기 힘들다. 근본적인 시대적 패러다임에서 1980년대와는 지각변동에 가까울 정도의 뚜렷한 단층을 형성하고 있는 지금 시점에서 1980년대의 소설을 성찰하고 진단하는 작업은 어떤 의미를 지니는 것일까? 그리고 1980년대의 소설에서 우리들이 하루 빨리 청산해야 할 대상은 무엇이며, 또 소중하게 간직해야 할 이월 가치는 무엇인가? 아니, 질문의 형식을 바꾸어서, 1980년대의 소설에서 얻은 것은 과연 무엇이며, 잃은 것은 또한 무엇인가? 이러한 문제의식을 가지고서 이 글은 출발한다.

2. 하위 주체들의 복권과 부상 : 1980년대

한국의 근·현대 소설이 존재론적 운명으로 타고 태어나다시피 한 지배적인 특성들 가운데 하나가 바로 반영 대상으로서의 당대 시대상황의 존재 구속성일 것이다. 사정이 그렇게 된 데는 물론 작가의 윤리의식이 미학의 문제로 전이되는 대표적 글쓰기인 근대소설의 장르적 특성에서 기인한 바가 없지 않을 것이다. 하지만 그보다는 한국 근대소설의 사회·역사적 배경이나 물적 토대가 보다 근본적인 차원에서 최종 심급으로 작용했을 것으로 보는 것이 사실에 더 가까운 판단일 것이다. 주지하다시피 한국의 근대소설은 범박하게 일제의 식민지 근대를 사회·역사적 배경으로 하여 출발한다. 한국 근대소설의 사회·역사적 배경을 형성하는 일제의 식민지 근대는 타자의 배제와 차별

전략을 통해 우리 고유의 민족적 에토스를 주변화하는 폭력적 과정의 연속이었다. 일제의 식민지 근대를 자신들의 사회·역사적 조건으로 창작 활동에 임할 수밖에 없었던 일제 식민지 시대의 작가들이 대부분 자신들의 이념적 지향에 상관없이 민족주의적 성향을 지니게 되었으리라는 것은 어렵지 않게 추측할 수 있다. 더욱이 기능적으로 미분화된 당시 상황에서 전문적 문인이라기보다는 민족 지사나 실천적 지식인의 범주에 더 가까웠던 일제 식민지 시대의 작가들에게 민족의식은 어찌 보면 사회화 과정을 통한 이차적 의식이라기보다는 생득적인 일차적 의식에 오히려 더 가까웠을 것이다.

'신이 사라진 시대의 서사시의 후예'를 자임하며 시지프의 도로(徒勞)를 방불케 하는 고투를 감내하면서 당시의 시대적 과제이던 민족 해방과 계급 해방이라는 총체성 추구를 위한 민족 운동의 몫까지 떠맡아야만 했던 한국의 근대소설 및 작가들의 운명은 1980년대의 소설에 와서도 부분적인 형질 변화와 함께 그대로 반복된다. 더욱이 시대의 대의에 복무하다 희생당한 사람들에 대한 부채의식으로 인해 서정시인마저도 거리의 투사로 내몰리던 1980년대의 상황에서 작품과 시대상황 사이의 구조적 상동관계는 보다 더 직접적이면서도 단선적인 형태를 띠게 된다. 선과 악이 이분법적으로 극명하게 구분되는 동화적 상상력[1]이 지배하던 1980년대의 시대상황에 대한 선이해가 1980년대의 소설에 대한 생산적인 논의를 위한 중요한 전제로 작동하게 되는 것도 그러한 맥락에서이다.

---

1) 동화적 상상력의 코드를 통해 1980년대의 시대상황과 문화적 정체성을 해명하는 논의에 대해서는 정준영, 「2001년, 그리고 동화적 상상력」, 『문학동네』 30호, 2002년 봄호, 22-35면 참조.

김진균은 1980년대를 "위대한 각성과 주체 형성의 시대"[2]로 규정하고 있다. 이 규정에서 알 수 있는 바와 같이, 1980년대는 그 동안 지배 이데올로기의 억압과 폭력에 의해 부당한 소외와 침묵하는 타자의 지위를 강요당해 왔던 하위 주체들이 자신들의 정당한 권리 회복을 위해 역사의 새로운 주역으로 급부상하던 시대라고 할 수 있다. 물론, 새로운 중심을 향해 질풍노도의 기세로 총진군하던 하위 주체들의 사회변혁 열망이 순탄하게 영토를 확장해 나갈 수는 없었다. "지배 담론의 권력을 정당화하는 이분법적 체계를 전복"[3]하고자 하는 하위 주체들의 고난의 대장정은 신군부 세력의 야만적인 탄압이라는 거대한 암초와 복병을 만나게 되며, 그 과정에서 많은 사람들이 숱한 고초와 희생을 경험하게 된다. 1980년대 문학은 바로 이와 같이 풍찬노숙을 일용할 양식으로 역사적 소명의식이나 시대적 대의를 실천하는 과정에서 권력의 편집증적 광기에 의해 자신들의 생명을 포함한 소중한 가치들을 저당잡혀야만 했던 '확신의 속죄양'들에 대한 죄의식이나 부채의식을 중요한 형성 기제로 하여 발생한다.

3. 변혁의 서사 : 1980년대 소설

한 비평가는 1960년대의 소설을 '성찰의 서사'로, 1970년대의 소설을 '비판의 서사'로, 그리고 1980년대의 서사를 '변혁의 서사'라는 아주

---

2) 김진균, 「1980년대 : '위대한 각성'과 새로운 주체 형성의 시대」, 이해영 편, 『1980년대 혁명의 시대』, 새로운 세상, 1999, 11면.
3) 바트 무어-길버트/이경원 옮김, 『탈식민주의! 저항에서 유희로』, 한길사, 2001, 210면.

명쾌한 도식으로 정리한 바 있다. 그 맥락에서 변혁의 서사라는 압축적인 명제는 1980년대 소설의 집단적인 정체성을 명료한 형태로 규정하는 의미를 지닌다. 그러면 변혁의 서사라는 압축적인 명제로 규정 가능하게 하는 1980년대 소설의 실질적인 질료는 과연 무엇인가?

1980년대 소설을 변혁의 서사로 규정하는 것은 80년대의 소설을 자족적 실체로서의 언어 구조물이나 개별적인 구성요소들의 폐쇄회로가 아니라 '실존적 기투로서의 이데올로기적 실천 행위'나 '운동으로서의 문학'으로 간주한다는 의미이다. 레닌의 톱니바퀴와 나사론에서 그 고전적 범례를 확인할 수 있는 그러한 문학들은 우리 근대 문학사에도 격세유전의 법칙성 비슷한 양상을 보이며 등장하는데, 멀리는 1900-10년대의 애국계몽기류의 서사에서 1920-30년대의 카프 문학, 그리고 가까이는 해방공간과 1970년대의 민족문학을 들 수 있다.

범박하게 리얼리즘 문학이나 민족문학의 코드로 포괄할 수 있는 1980년대 소설의 정체성을 선명하게 드러내는 방식으로 이제까지 많은 논자들은 1990년대 소설과 비교하거나 대조하는 틀을 많이 소비해 왔다. 그러한 틀의 설득력을 위해 많은 논자들은 거시 담론/미시 담론, 광장/밀실, 남성성/여성성, 불/물, 공동체의 역사/개인의 일상, 리얼리즘/모더니즘 등과 같은 이항 대립적 코드를 동원하는 담론 전술을 구사해 왔다. 하지만 1980년대 소설의 고유한 정체성을 선명하게 드러내기 위해서는 1970년대 소설과의 비교나 대조의 틀을 동원하는 방식이 보다 더 효과적이다. "80년대에 대한 청산과 단절의 감각을 근원적인 파토스로 하여 출발한 90년대 소설"4)이 80년대 소설과는 변화와 단절의 지형만을 예각적으로 드러내는 데 비해 유신 독재 체제와

---

4) 황종연 외, 『90년대 문학 어떻게 볼 것인가』, 민음사, 1999, 19면.

의 불화나 그 체제에 대한 미학적인 저항을 존재론적 조건으로 민중이 주체가 되는 대안적 근대에 대한 모색을 추구했던 1970년대 소설은 변화는 물론 지속의 지형까지도 정확하게 보여주고 있기 때문이다.

실제로, 문제적 인물들의 형상화, 진보적인 발전사관을 반영하는 유기적인 서사, 노동자나 농민, 도시 빈민들과 같은 주변부 타자들의 삶에 대한 적극적인 애정과 관심, 낙관전인 전망의 제시, 총체성의 현존을 통한 총체성의 추구 등 서사의 문법이나 양식적 특성에서 1970년대 소설과 80년대 소설은 가족 유사성을 공유하고 있을 정도로 강한 서사적 친연성을 지니고 있다. 특히, "이분법적 현실인식과 부정의 변증법이라는 인식론적 매개를 통한 저항의 서사"5)라는 본질적인 문제의식에서 양 서사는 별다른 차이를 보이지 않고 있다. 그러나, 그럼에도 불구하고 1980년대 소설은 1970년대 소설과 분명하게 분기되는 영토를 구축하고 있다. 1970년대 소설과의 분리를 통한 영토 확정 과정에서 1980년대 소설의 정체성 표지로 기능하게 되는 경계의 지점들이 바로 계층/계급, 민족/민중, 비판/변혁, 비판적 리얼리즘/사회주의 리얼리즘의 대립 코드들이다. 이 대립 코드를 통해서 알 수 있는 바와 같이 1980년대 소설은 한마디로, 당시 다양한 부문에서 폭발적으로 분출하던 사회 변혁에 대한 진보적인 열기와 열망을 열정적으로 담아내면서 기층 민중들의 계급적 당파성과 낙관적 전망을 첨예한 형태로 반영한 글쓰기라고 규정할 수 있다. 그리고 이와 같은 1980년대 소설의 상징적인 표지 역할을 하면서 1980년대 소설 공화국의 출정식을 논쟁의 형태로 선포하는 유명한 문건이 바로 김명인의 「지식인문학의

---

5) 하정일, 「저항의 서사와 대안적 근대의 모색」, 민족문학사연구소 현대문학분과 편, 『1970년대 문학 연구』, 소명출판, 2000, 32-35면 참조.

위기와 새로운 민족문학의 구상」인 것이다.

세대론적인 인정투쟁의 혐의가 다분한 이 글에서 김명인이 해체와 공격의 대상으로 설정한 주요 표적은 백낙청의 민족문학론이다. 김명인은 이 글에서 민족문학을 "정치·경제·문화 각 부분의 실생활에서 민족이라는 단위로 묶여져 있는 인간들의 전부 또는 그 대다수의 진정으로 인간다운 삶을 위한 문학"[6]으로 규정하고 있는 백낙청의 민족문학론을 소시민적 헤게모니에 입각한 시민적 민족문학으로 비판한 다음 자신의 민족문학론을 민중적 세계관과 노동자 계급의 계급적 당파성에 입각한 '민중적 민족문학'으로 차별화하는 담론 전술을 구사하고 있다.

> 1980년대 문학의 길은 지식인문학의 퇴조와 위기로 얼룩진 길이었다. 지식인문학은 자기분열하고 자기위안하며, 민중에 대해 소극적인 지지와 감상적 공감을 보내면서도 한편으로는 불안과 의혹의 눈초리를 거두지 못하고 절뚝이면서 힘겨운 길을 걸어왔다.…결론적으로 말해 기왕의 시민적 민족문학론은, 그 주체의 세계관이나 문학관이 지닌 계급적 한계로 인해 생산대중으로부터 제기되는 문학 및 예술 전반에 걸친 막대한 욕구를 수용해낼 수 없다는 것이 필자의 생각이다. 시민적 민족문학론이 아무리 관용적이고 포용적이라 해도, 그것은 그 주체의 존재론적 한계 때문에 거의 불가능하다.…
> 지금 소시민계급의 몰락과 함께 위기에 다다른 지식인문학인들이 새롭게 선택해야 할 준거집단은 노동하는 생산대중이다. 노동하는 생산대중의 세계관을 받아들여 그 전망 아래 세계인식의 질서를 재편성해야 한다.[7]

---

6) 백낙청, 「민족문학개념의 정립을 위해」, 성민엽 편, 『민중문학론』, 문학과 지성사, 1984, 65면.
　원래 이 글은 『월간문학』 1974년 7월호에 「민족문학 개념의 신전개」라는 제목으로 발표되었다.

상대방의 비평적 주체에 대한 명백한 도덕적 우위를 전제한 정언명제의 담론 형식을 동원하고 있는 이 글에서 김명인이 선명하게 강조하는 바는 민중적 민족문학으로의 시민적 민족문학의 흡수통일이다. 당시 논쟁의 현장으로부터 20여 년이나 지난 지금 시점에서 냉정하게 판단해 보면 시민적 민족문학론과 민중적 민족문학론 사이에 근본적인 질적인 차이는 크게 느껴지지 않는다. 무엇보다도 백낙청이 자신의 민족문학 개념을 "그 개념에 내실을 부여하는 역사적 상황이 존재하는 한에서 의미 있는 것이고, 상황이 변하는 경우 그 개념은 부정되거나 보다 차원 높은 개념 속에서 흡수"[8]될 수 있는 역사적인 구성물로 파악하고 있기 때문이다. 실제로 민족문학을 "민족의 주체적 생존과 그 대다수 구성원의 복지가 심각한 위협에 직면해 있다는 위기 의식의 소산으로 민족의 주체적 생존과 인간적 발전이 요구하는 문학"[9]으로 파악하고 있는 백낙청의 입장은 노동자를 정점으로 한 기층 민중들의 세계관적 전망이나 계급적 당파성을 표나게 내세우고 있지 않을 뿐, 문학을 통한 민족모순과 계급모순 해소의 매개라고 하는 민중적 민족문학론의 본질적인 문제의식을 공유하고 있다는 점에서 김명인의 당위론적 주장은 공허한 느낌마저 없지 않다. 김명인의 글에서 세대론적 인정투쟁의 징후를 발견하게 되는 것도 바로 그러한 맥락에서이다. 하지만, 김명인이 당위론적 정언명제의 수준에서 주장을 펼치게 된 보다 근본적인 원인은 "아무튼 이 글은 1970년대 민족문학을 지

---

7) 김명인, 「지식인문학의 위기와 새로운 민족문학의 구상」, 『희망의 문학』, 1990, 32-51면.
8) 이상갑, 「1970년대 민족문학론의 성과와 한계」, 『근대민족문학비평사론』, 소명출판, 2003, 46면.
9) 백낙청, 앞의 글, 65면.

배했던 소시민적 헤게모니를 해체하여 이를 민중적으로 재편함으로써
기왕의 시민적 민족문학이 맞고 있던 위기를 극복하고자 했던 절박한
위기의식의 소산이었고 이는 곧 이념과 실천의 양면에서 민중의 바다
로 뛰어들기 원했던 나 스스로의 간절함의 표현"[10]이었다는 본인의
고백적 진술처럼 당시 기층 민중운동이 폭발적으로 성장하는 과정에
서 헤게모니와 운동의 방향성 상실로 인한 심각한 분열과 혼돈을 경
험하던 시민적 민족문학의 위기를 극복하고자 했던 절박한 상황 인식
때문이었을 것이라고 생각한다. 1980년대 소설의 지형 또한 김명인의
절박한 상황 인식을 적극적으로 공유하면서 형성된다.

앞서 설명한 바와 같이, 서사의 문법과 본질적인 문제의식에서
1970년대 소설과 1980년대 소설은 리얼리즘과 민족문학의 양식적 특
성을 분명하게 공유하고 있다. 그럼에도 불구하고 1980년대의 소설은
또한 1970년대의 소설과는 다른 변화와 단절의 지점을 분명하게 드러
내고 있기도 하는데, 그러한 분기를 가능하게 하는 변별적인 종차가
바로 사회 변혁 주체로서의 노동자 계급의 민중적 세계관과 계급적
당파성의 중심성 여부이다. 다양한 사회 변혁 운동이 폭발적으로 분
출하던 사회 분위기와 그러한 운동에 헌신적으로 복무하다 희생당한
사람들에 대한 부채의식에 많은 부분을 빚지고 있는 1980년대 소설이
주로 역사철학이나 거대서사에 의존하게 된 이유 또한 노동자 계급의
민중적 전망이나 계급적 당파성이 서사를 추동하는 구성적 의식으로
기능하게 했던 서사의 문법 때문이다. 노동자 계급의 전망이나 계급
적 당파성을 중요한 심급으로 설정하는 서사 문법은 1980년대 소설로
하여금 카프의 문학이 범했던 오류인 계급 결정론과 환원주의에 의한

---

10) 김명인, 앞의 책, 5면.

추상적 공식주의의 확대·재생산이라는 비판으로부터 자유롭지 못하게 하는데, 아무튼 극명한 이분법적 도식에 의존하고 있는 1980년대 소설의 우세종은 크게 세 가지 유형으로 분류할 수 있다. 먼저, 살아남은 자의 죄의식에 대한 보속의 차원에서 광주의 비극적 재앙에 대한 증언을 소설로 완성하겠다는 서약을 작가적 출발로 삼은 임철우의 소설을 정점으로 한 일련의 광주 서사체를 들 수 있다. 다음으로는 1987년 노동자 대투쟁에서 그 정점을 이루는 다양한 사회변혁 운동의 방향성을 형상적으로 번역해내고자 한 문제의식에서 출발한 사회주의 리얼리즘 계열의 노동소설을 들 수 있다. 그리고 마지막으로, 그 동안 반공 이데올로기의 억압과 폭력에 의해 타자의 목소리로 왜곡과 침묵을 강요당해 온 근·현대사의 활발한 조명과 새로운 해석을 적극적으로 담아내고자 한 문제의식에서 출발한 장편 역사소설을 들 수 있다.

3.1 비극적 재앙에 대한 증언 : 광주 서사체

"사실 80년대는 1980년의 '광주민주화운동'으로부터 시작된다."[11]라는 진술처럼 광주는 1980년대를 압축적으로 표상하는 상징적 코드로 기능한다. 그러한 규정을 가능하게 하는 것은, 그 사건이 80년대의 들머리에서 발생했다는 이유도 있겠지만 보다 근본적인 차원에서는 80년대를 지배하는 대결구도인 학생운동을 전위로 한 다양한 사회변혁 운동 세력 대 전두환을 정점으로 한 신군부 세력 사이의 전선 형성에 결정적인 계기가 된다는 점에서이다. 그 충격의 강도에서 한국전쟁

---

11) 김진균, 앞의 글, 12면.

못지않은 그 사건은 '80년 광주 이후 이 땅에서 서정시를 노래하는 시인은 결단코 없으리라'는 한 시인의 비장한 아포리즘을 자극할 정도로 참혹한 비극적 재앙이었다. 대한민국 정부와 국군의 존재 이유 및 반세기가 넘는 오랜 세월 동안 혈맹으로만 인식되어 온 미국이라는 나라의 실체에 대해 심각한 의문부호를 던진 광주의 비극은 때로는 증언에 대한 편집증적 강박을 강제하거나, 때로는 망각 충동과의 화해를 유혹하면서 80년대 작가들의 무의식을 지배하다시피 했다. 그러나 80년대 중반까지 "불법 체포와 구금, 언론에 대한 폭압적 통제, 조작적인 이데올로기 공세 등을 통해서만 권력을 유지할 수 있었던 신군부 세력들에 의해 정치적 금기의 상징이자 판도라의 상자"[12]로 불온시되었던 광주의 참상을 서사의 중심으로 호출해내고자 한 작가들은 그리 많지 않았다. 물론, 자기 검열을 통한 망각의 유혹을 과감하게 물리치고 다양한 서사 맥락의 변주를 통해 80년 광주의 비극을 외면하지 않으려는 작가들이 전혀 없었던 것은 아니다. 구체적으로는 분명한 사회 계급적 맥락에서 광주의 역사적 의미를 재해석하고 있는 「깃발」이 있는가 하면, 형이상학적인 원죄의 차원에서 그 비극의 의미를 성찰하고 있는 「저기 소리없이 한 점 꽃잎이 지고」가 있고, 또한 구체적인 투쟁 방법론의 차원에서 광주를 심문하고 있는 「밤길」도 있었다. 그러나 80년 5월 광주의 바로 그 비극에 관한 한 임철우를 배제하고서는 그 어떤 논의도 진정성을 확보하기 어렵게 되어 있다.

짐작컨대, 주술이나 마법의 차원에서 강박적으로 작동하는 컴플렉스나 트라우마로부터 완전하게 자유로운 사람은 거의 없을 것이다. 세계내 존재로서의 대부분의 사람들은 자신들의 실존적 정황이나 존

---

12) 서영채, 「임철우론 : 『봄날』에 이르는 길」, 『문학동네』 14, 1998년 봄호, 32면.

재론적 조건에 따라 대개는 한두 가지 이상의 컴플렉스나 트라우마에 시달리며 살아가기 마련이다. 적절한 출구나 해법 찾기에 실패할 경우 그 대상의 심신을 황폐화시킬 정도로 소모시키기 때문에 대부분의 사람들은 다양한 방식들을 통해 그것들을 치유하거나 극복하려고 한다. 어떤 사람들은 합리화나 투사와 같은 방어기제를 동원하기도 하고, 또 어떤 사람들은 마약이나 대체 의학에 의존하기도 하고, 또 어떤 사람들은 전문의와의 상담에 호소하기도 한다. 그런데 이들과는 달리, 글쓰기의 방식을 통해 자신들의 콤플렉스나 트라우마를 감당하고자 나선 존재들이 있으니 바로 작가들이다.

임철우에게 있어서 1980년 광주는 주술이나 마법의 차원에서 강박적으로 작동하는 트라우마이다. 임철우의 무의식을 점령군의 기세로 접수해버린 80년 광주는 이후 임철우 소설의 결정적인 창작 동인으로 기능한다. 그런 점에서 80년 광주는 임철우 소설의 기원이자 종말이라고 할 수 있다. 임철우 소설에서 80년 광주가 지니는 비중이 그 정도로 압도적이라는 의미이다. 실제로 첫 번째 작품집인『아버지의 땅』을 제외한 작품집들, 구체적으로는 『그리운 남쪽』(문학과 지성사, 1985),『달빛 밟기』(문학과 지성사, 1987), 『불임기』(고려원, 1987)에 수록된 대부분의 중·단편들에서 서사를 추동하는 핵 사건으로 기능하는 단위는 80년 광주의 참상들이다.

1980년 5월 당시 역사의 현장에서 살아남은 자의 죄의식의 보속과 억압된 진실의 증언을 위해 발표한 임철우의 광주 소설은 거의 대부분 알레고리의 양식적 외피를 두르고 있다. 우선 신군부 세력의 언론 통제와 이데올로기적 공세에 의해 고립무원의 처지로 격리된 광주의 처지를 변두리의 외딴 집과 대비시키는 알레고리적 공간 설정을 동원하고 있는 「그들의 새벽」. '해고 모티프'와 '개 독살 모티프'의 이중적 알레고리 장치를 동원하고 있는 「그물」. '교통사고 모티프'와 '일탈 모티프'를 동원하고 있는 「어둠」. 그리고 '서사 공간의 명칭 모티프'와 '서사 주체들의 이름 모티프'를 통하여 소시민적 지식인들의 나약함과 기회주의적 속성을 자조적으로 반추하는 과정에서 80년 광주에 대한 작가의 문제의식을 보여주고 있는 「수박촌 사람들」이 알레고리의 양식을 통하여 80년 광주에 대한 작가의 죄의식과 증언 의지를 표명하고 있는 작품들13)이다.

이들 초기 작품들에서 공통적으로 발견되는 정서는 크게 두 가지이다. 하나는, 신군부 세력의 언론 검열과 이데올로기적 공세에 의해 폭도들의 난동으로까지 왜곡되고 있던 광주의 진실에 대한 절박한 증언 의지이다. 다른 하나는, 야만적인 폭력이 자행되는 현장에서 저항의지를 실천하지 못하고 무기력하게 관망으로만 일관하다 살아남은 자의 죄의식이나 가해자의 야만적 폭력 및 다른 지역 사람들의 무관심에 대한 원망의 감정이다. 그러나 이후에 발표된 「동행」, 「봄날」, 「직선과 독가스」, 「사산하는 여름」, 「불임기」 등 의 중·단편들에 와서는 초기의 소설들과 마찬가지로 알레고리의 양식에 의존하면서도 주로 살아남은 자의 죄의식을 지배적인 서사 대상으로 초점화하는 양상으로의 변모를 보인다. "알레고리를 통해 현실을 조감한다는 것은 알레고리 자체를 현실 재현을 위한 포장으로 격하시키며, 태도상 단절과 절망의식이 강조"14)될 문제점이 있다는 지적처럼, 알레고리의 양식적

---

13) 이 작품들의 의미에 대해서는 공종구, 「임철우 소설의 트라우마」, 『한국 근·현대 작가·작품론』, 새미, 2001, 52-72면 참조.
14) 김만수, 「서정과 서사」, 『문학의 존재영역』, 세계사, 1994, 82면.

효과에 대해서는 물론 의문의 여지가 있을 수 있다. 하지만 "신군부 세력들의 정치적 정당성에 치명타를 가할 수 있는 뇌관"[15]이었던 광주를 소재로 한다는 것 자체가 목숨을 담보로 한 도박일 정도로 야만의 광기가 지배했던 당시의 정세나 시국을 고려할 때 광주를 소재로 가능성의 최대치를 실현할 수 있는 거의 유일한 양식이 알레고리였을 것이라고 추정하는 것은 전혀 무리가 아닐 것이다. "광주사태에 대한 언급은 금기였고 정치권력에 의해 진실은 은폐되고 허위가 선전되던 상황이었으므로, 직접적 진술이 불가능한 상태에서 후일담이나 알레고리는 금기의 틈을 여는 매우 유효한 방편"[16]이었다는 해석이 설득력을 지니는 것도 그러한 맥락에서이다. 더욱이 광주의 비극적 재앙과 참상을 소재로 한 임철우의 소설들 가운데 알레고리의 성격을 짙게 띠는 것은 주로 1980년대에 발표된 중·단편에 한해서라는 사실 또한 그러한 추정의 설득력을 높여주고 있다. 무엇보다도 그것은 "광주 항쟁을 정면으로 다룬 최초의 장편소설"[17]인 『봄날』(문학과 지성사, 1997)의 서두에서 "나로서는 이것이 단지 소설로서만이 아니라 비교적 사실에 충실한 하나의 기록물로서도 남을 수 있기를 바란다"라는 바람과 함께 "당시의 시간적·공간적 상황을 최대한 사실적으로 전달하고자 하는 작가의 욕심 때문에 지나치리만큼 세세하고 지루하게 묘사한 부분이 적지 않았다"[18]는 고백적 진술이 웅변으로 증언하고 있다.

---

15) 서영채, 앞의 글, 32면.
16) 『문학과 사회』42, 문학과 지성사, 1998년 여름, 642면.
17) 성민엽, 「불의 체험과 그 기록」, 『문학과 사회』42, 문학과 지성사, 1998년 여름, 645면.
18) 임철우, 『봄날』, 문학과 지성사, 1997, 14면.

3.2 사회 변혁운동의 매개 : 노동소설

1980년대 한국사회의 지형을 설명하는 키워드로 광주민주화운동 못지않은 비중을 지니는 사건으로 노동자 계급의 부상 및 다양한 사회 변혁운동의 폭발적 분출을 지목하는 데 딴죽을 걸거나 끙짜를 놓을 사람은 아마 없을 것이다. "1980년 3월 대투쟁에서 시작하여 1990년 1월 민주노조운동의 전국적 구심체인 전국노동조합협의회의 결성으로 마감하는 80년대는 계급 역량의 우위를 둘러싼 지배계급과 피지배계급간의 대투쟁과 부르주아 정치권력의 지배구조를 변화시키고자 한 노동자·민중의 대투쟁이 집중"[19]된 시기였기 때문이다. "국가·자본과의 대립 전선을 유지·강화하는 투쟁을 전개하면서 사회 변혁운동의 능동적 주체로 성장"[20]하던 노동자 계급의 상승적 기운과 낙관적 전망은 1987년의 노동자 대투쟁을 계기로 그 정점에 도달하게 되며, 그러한 사회 환경의 변화는 1980년대 소설의 지형에도 일정하게 반영된다. "노동문학의 등장과 전개는 80년대 문학을 특징짓는 가장 중요한 사건이다"[21]라는 명제는 바로 그러한 지형 변화의 맥락을 정확하게 반영하고 있다.

물론 소설사적 맥락에서 노동자 계급의 계급적 이해와 정서를 반영하는 노동소설의 족출 현상이 1980년대에 처음으로 등장하게 된 것은 아니다. 1980년대의 노동소설은 '현장성에 있어서 황석영의 『객지』나

---

19) 김영수, 「계급주체 형성 과정으로서의 1980년대 노동운동」, 이해영 편, 앞의 책, 245면.
20) 앞의 글, 248면.
21) 윤지관, 「80년대 노동시와 리얼리즘」, 『민족현실과 문학비평』, 실천문학사, 1990, 195면.

조세희의 『난장이가 쏘아올린 작은 공』으로 대변되는 1970년대의 노동소설과 밀접하고, 운동성에 있어서는 1920-30년대 카프의 노동소설과 연접'22)되기 때문이다. 하지만 노동소설이 당시 폭발적으로 분출하던 노동자 계급의 변혁적 세계관을 목적의식적으로 반영하면서 한 시대의 문화적 상징권력을 확보할 정도로 세력을 얻게 된 시기는 아마 1980년대가 최초라고 해야 할 것이다.

단순 도식의 혐의나 추상적 공식주의 등과 같은 부정적인 꼬리표에도 불구하고 '운동으로서의 문학'을 표방하는 노동소설들은 대부분 계급적 이해를 달리 하는 자본가와 노동자 사이의 첨예한 전선을 서사의 기본축으로 할 수밖에 없다. 1980년대의 노동소설 또한 노동소설의 서사 일반이 의존하고 있던 선(노동자) / 악(자본가)라는 선명한 이분법적 구도를 공유하게 되는 것도 그러한 맥락에서이다. 더욱이 고립 분산적이고 조합주의적인 경제 투쟁의 수준에 머물던 노동운동의 현실을 반영하던 70년대의 노동소설과는 달리 '사회 변혁에 대한 열망'과 '혁명적 낙관주의'를 표나게 내세우는 사회주의 리얼리즘의 계보에 속하는 80년대 노동소설에서의 이분법적 경계는 더욱 더 선명한 형태를 지니게 된다. 개별 작가들에 따라 미묘한 편차와 분화를 보이고 있음에도 불구하고 대부분의 80년대 노동소설들이 사회주의 이데올로기의 매개를 통해 계급적으로 각성한 노동자들을 서사의 주체로 기능하게 하거나, 서사의 중심을 파업이나 폐업과 같은 노동운동의 실천을 통해 억압적인 국가기구와 이데올로기적 장치를 통한 노동의 소외를 강요하는 왜곡된 분배구조와 불평등한 사회현실을 개선하는 내용으로 구성하거나, 서사의 종결을 새로운 질서에 대한 낙관적 전망이

---

22) 이재선, 『한국 현대소설사』, 민음사, 1991, 454면 참조.

나 혁명적 선취로 끝맺게 하는 것도 주체의 변혁 의지를 서사의 구성적 원리로 삼는 사회주의 리얼리즘 소설에 대한 80년대 노동소설의 친연성 때문이다. 한마디로 80년대의 노동소설은 '꼭 내일이 아니라도 좋다'라는 동혁의 다짐을 바로 눈 앞의 현실로 앞당기려는 주체의 의지와 열정이 강하게 투영된 문학이라고 할 수 있다.

80년대 소설 지형의 형성에 뚜렷한 지분을 지니고 있는 노동소설의 범주에 해당되는 대표적인 작품들로는 "채희문의 「노점없는 거리」, 박태순의 「밤길의 사람들」, 김영현의 「달맞이 꽃」, 방현석의 「내딛는 첫발은」, 「새벽출정」, 정도상의 「새벽 기차」, 김한수의 「성장」, 「내미는 너의 손」, 김남일의 「파도」, 홍희담의 「깃발」, 정화진의 「쇳물처럼」, 「규찰을 서며」, 유순하의 「내가 그린 내 얼굴 하나」, 「내가 그린 네 얼굴 하나」, 『생성』, 『배반』, 김인숙의 「성조기 앞에 다시 서다」, 김향숙의 「얼음벽의 풀」, 한백의 「동지와 함께」 등[23]을 들 수 있다. 이 밖에도 창작 주체의 신원 논쟁의 계기가 된 노동자 출신 작가들의 작품들을 들 수 있다.

3.3 은폐 또는 억압된 역사의 복원

'역사란 과거와 현재와의 끊임없는 대화'라는 E.H 카아의 저 유명한 고전적인 명제를 굳이 호출하지 않더라도 과거의 역사적 사실은 해석 주체의 시점이나 세계관에 따라 끊임없이 새롭게 쓰여질 수밖에 없다. '현재의 눈'으로 바라보는 과거로서의 역사는 당대의 필요에 따라 새

---

23) 이재선, 앞의 책, 451면.

롭게 발견되거나 발명되기 때문이다. 역사는 기록이 아니라 구성이자 해석이라는 정의가 설득력을 지니게 되는 것도 그러한 맥락에서이다. 설령 기록이라고 하더라도 그 기록은 해석 주체의 선택과 편집이라는 여과 과정을 전제로 한다는 점에서 역사는 구성과 해석의 담론적 지위로부터 완전히 자유로울 수 없게 된다. '문학 : 허구 / 역사 : 사실'이라는 종래의 소박한 이분법이 해체의 대상으로 회의의 법정에 소환되거나 소설의 양식적 명칭을 팩션(faction)으로 명명하자는 문제의식을 공유하는 분위기가 확산되거나 또는 허구와 사실의 경계를 확정짓는 문제가 소설 장르의 정체성 규명에서 가장 어려운 난제로 부상하게 되는 것도 구성과 해석으로서의 역사의 담론적 지위와 밀접한 관련이 있다.

그런데 우리 소설사에서 구성과 해석으로서의 역사의 담론적 지위를 80년대의 장편 역사소설만큼 극명하게 보여준 사례도 그렇게 많지 않을 것이다. 이제까지 별다른 주목을 받아보지 못하고 인구로만 회자되거나 권력의지의 개입에 의한 왜곡된 해석으로 사실과는 다르게 알려졌던 과거의 역사적 사실들이 80년대 들어서면서부터 새롭게 주목을 받기 때문이다. 그 중에서도 조정래의『태백산맥』은 특별한 주목을 요한다. 그것은 그 작품이 그 동안 반공 이데올로기의 검열 기제에 의해 금기의 대상으로 억압되어 온 분단상황을 새로운 시각에서 총체적으로 형상화하고 있기 때문이다. "여순반란사건과 지리산의 빨치산 운동 등으로 이어지는 공산당의 유격활동의 실상을 근원적인 것에서부터 사실적으로 파헤치고 있는 이 작품은 분단과 한국전쟁의 비극이 상당 부분 민족 내부의 모순에 기인하고 있음을 반성적으로 성찰하고 있는 것이다. 이러한 접근은 이 소설이 과거 사실을 파헤치면서 동시에 새로운 역사에 대한 전망을 가능하게 한다는 점에서 의미 있는 작업이라고 할 것이다. 이처럼 『태백산맥』은 분단상황의 비판적 인식을 바탕으로 그 소설적 객관성을 획득하고 있으며, 분단문학 최대의 성과로 지목되고 있는 것이다."24)

이 작품이 분단상황에 대한 비판적인 인식을 통해 분단극복의 역사적 전망까지 제시할 수 있었던 데는 물론 "내가 『태백산맥』을 쓴 근본적 이유는 민족통일에 작은 힘이나마 보탬이 되고자 하는 소망 때문이었다."25)는 진술에 압축된 작가의 역사의식이 중요한 동인으로 작용했을 것이다. 그러나 작가의 역사의식이나 문제의식은 진공상태에서 형성되는 것이 아니라 그 당대 시대상황의 자장 내에 공존하는 다른 힘들과의 교섭이나 길항을 통해서 형성된다. 따라서 작가 조정래가 그 작품을 완성하던 만 6년이라는 짧지 않은 기간 내내 "그 동안 반공주의에 의해서 일방적으로 왜곡되고, 굴절되고, 암장된 수많은 역사적 사실들을 바르게 펴고 밝히고 찾아내고자"26)한 역사의식을 견지할 수 있었던 데는 당시 폭발적으로 분출하는 사회 변혁 운동의 열기에 화답한 진보적 기류에 적지 않은 영향을 받았을 것이다. '모든 작품이란 정도의 차이야 있겠지만 한 '작가의 개인적 창조물'이기도 하지만 그 작가가 속한 '집단의 사회적 생산물'이기도 하다'라는 명제가 설득력을 지니게 되는 것도 바로 그러한 맥락에서이다. 더불어 『태백산맥』의 진정한 창작 주체는 작가 조정래 한 개인이라기보다는 오히려 1980년대 시대상황이라는 명제 또한 설득력을 지니게 되는 것이다.

---

24) 권영민, 『한국현대문학사』, 민음사, 1993, 347-348면.
25) 조정래, 「형제애 회복을」, 『누구나 홀로 선 나무』, 문학동네, 2002, 354면.
26) 조정래, 「태백산맥, 그 골짜기와 봉우리들」, 앞의 책, 139면.

4. 나오는 말

'하위 주체들의 복권과 부상'이라는 코드를 통해 관측한 지형에서 알 수 있는 바와 같이 1980년대의 소설의 지배적인 경향 중의 하나는 당시 민중이라는 용어로 표상되는 사회적 약자들에 대한 애정과 관심을 서사의 중심에 설정하는 것이었다. 당시 폭발적으로 분출하던 각종 사회 변혁 운동의 열기와 상승작용을 이루면서 진행된 소설 지형의 변화는 부분적으로 사회 변혁에 대한 관념적 조급으로 인한 지나친 목적의식의 생경한 노출과 그로 인한 도식주의 등과 같은 적지 않은 문제를 드러내기도 하였고, 그 부분들은 많은 비판의 표적이 되기도 하였다. 하지만, 그 동안 지배 계급의 이데올로기적 공세와 왜곡된 분배구조에 의해 정당한 대접을 받지 못한 채 주변부적 타자로 부당한 소외를 경험해야만 했던 민중들의 계급적 각성을 촉발한 사회 변혁 담론의 한 축을 지탱했던 1980년대 소설이 감당했던 역할에 대해서는 조금도 인색할 필요가 없을 것이다.

새로운 밀레니움이 시작되기 몇 년 전, 많은 사람들은 미구에 닥칠지도 모를 재앙이나 충격에 대하여 호들갑을 떤다 싶을 정도로 많은 예측들을 다투어 내놓곤 했었다. 아주 다행스럽게도 그러한 예측들 가운데 적중된 것은 그다지 많지 않았다. 하지만 1980년대와 비교하면 지금의 세상은 지각변동이라는 표현이 조금도 과장이 아닐 정도로 혁명적인 변화를 경험하였고 지금도 그 변화는 진행되고 있는 중이다. 그러한 변화가 진행되는 과정에서 1980년대의 소설이 악착의 의지로 붙들었던 치열한 문제의식이나 화두는 이제 시대착오적인 허깨비나 철이 지나도 한참이나 지난 유행가 취급을 받고 있다. 사정이 과연 그러하다면, 새로운 천 년이 전개되고 있는 현재의 상황은 1980년대의 소설들이 치열한 문제의식이나 화두를 통해 대결하고자 했던 야만의 얼굴을 한 한국사회의 폭력이나 억압이 완전히 해소된 유토피아인가? 대답은 그렇지 않다라는 데에 문제의 심각성이 있다. 문제가 현상되는 방식이나 정도의 차이만 있을 뿐, 그 문제의 본질이나 근원에서는 1980년대나 지금의 상황이나 별로 다를 바가 없어 보인다. 오히려, 1980년대 소설들의 발생 동인으로 작용했던 한국사회의 폭력이나 억압은 훨씬 더 세련되고도 교활한 방식으로 현상되면서 그 문제의 해결을 더욱 더 어렵고 복잡하게 만들고 있다.

보다 구체적으로, 자본의 논리와 정글의 법칙이 지배하는 신자유주의적 세계화의 거센 격랑에 의해 사회·경제적 양극화 현상이 위험 수위에 도달하면서 사회적 약자들의 생존 조건은 갈수록 벼랑 끝으로 내몰리고 있다. 이러한 상황이 계속 진행되거나 방치될 경우 사회적 약자들이 문제의 해결책으로 선택할 수 있는 대안이란 그리 많지 않아 보인다. 매우 우울한 전망이긴 하지만, 또한 그렇게 되어서도 안 되겠지만, 『세계화의 덫』이라는 책에서 두 사람의 저자들이 진단하고 있는 바와 같이, 막다른 벼랑 끝에 몰린 사회적 약자들이 극한상황을 탈출하기 위한 마지막 돌파구로 불법적인 폭력이나 봉기와 같은 극단적인 방식을 선택하게 될지도 모를 일이다. 더욱이 현재의 한국사회는 가진 자들의 도덕적 헤게모니나 사회 안전망의 수준과 같은, 사회 통합에 아주 긴요한 요소들이 다른 선진국들에 비해 상대적으로 취약한 수준에 머무르고 있는 데다 최근 들어서는 사회·경제적 지위마저도 고착화되거나 세습되는 징후를 드러내는 등 여러 가지 측면에서 위험사회의 수준에 육박하고 있다.

이러한 현실에서 과연 문학이란 무엇이며, 문학이 할 수 있는 일이란 과연 무엇일까에 대해 다시 묻지 않을 수 없다. '죽어가는 어린아이 앞에서『구토』는 아무런 힘도 없다'라는 사르트르의 고백이나 '『구토』는, 단순히 그것이 존재한다는 사실만으로, 한 어린아이의 아사(餓死)가 추문이 되는 공간을 규정한다. 세상 어딘가에 문학이 존재하지 않는다면, 한 어린아이의 죽음이 도살장에서의 어떤 동물의 죽음보다 더 중요할 이유가 없을 것이다'라는 리카르도의 진술이 소중해지는 대목도 바로 이 지점에서이다. 1980년대 소설의 문제의식이 쉽게 청산되거나 폐기처분 되어서는 안 되는 이유 또한 바로 이 지점에서일 것이다.

'문학의 영원한 스승은 현실이다'라는 김수영의 아포리즘이야말로 문학의 영원한 스승이 아닐까?라는 성찰을 성찰하며 이 글을 마무리한다.

공종구

학력 및 경력
전남대학교 국어국문학과 졸업(1977-1984)
전남대학교 대학원 석·박사 학위(1984-1992)
군산대학교 국어국문학과 교수(1992-현재)

주요저서
『한국현대문학론』(국학자료원, 1997)
『한국 근·현대 작가·작품론』(새미, 2001)
『채만식 중·장편소설연구』(소명출판, 2009, 공저)외
주요논문
손창섭 소설의 기원
최인훈의 단편소설
채만식 소설에 나타난 친일의 경로와 동기 외

한국 현대소설의 윤리

초판인쇄 2009년 9월 18일
초판발행 2009년 9월 25일

저자 공종구

발 행 인 윤석원
발 행 처 도서출판 박문사
책임편집 이혜영
등록번호 제2009-11호

우편주소 서울시 도봉구 창동 624-1 현대홈시티 102-1206
대표전화 (02) 992 / 3253
팩시밀리 (02) 991 / 1285
전자우편 bakmunsa@hanmail.net

ISBN 978-89-94024-07-3 93810   정가 34,000원